U0432406

钟山诗文集

东南大学出版社
SOUTHEAST UNIVERSITY PRESS

图书在版编目(CIP)数据

钟山诗文集/王鹏善编著. —南京:东南大学出版社,2013.1
ISBN 978-7-5641-3983-4

Ⅰ.①钟… Ⅱ.①王… Ⅲ.①中国文学—作品综合集 Ⅳ.①I211

中国版本图书馆 CIP 数据核字(2012)第 297475 号

钟山诗文集

出版发行	东南大学出版社
社　　址	南京市四牌楼 2 号　　邮　　编:210096
出 版 人	江建中
网　　址	http://www.seupress.com
电子邮箱	press@seupress.com
经　　销	全国各地新华书店
印　　刷	南京工大印务有限公司
开　　本	889 mm×1194 mm　1/16
印　　张	37.75
字　　数	900 千字
版　　次	2013 年 1 月第 1 版
印　　次	2013 年 1 月第 1 次印刷
书　　号	ISBN 978-7-5641-3983-4
定　　价	380.00 元

本社图书若有印装质量问题,请直接与营销部联系。电话:025-83791830

本书编委会

顾　　问　梁白泉　汪振和

主　　任　王鹏善

副 主 任　（按姓氏笔画）
　　　　　　卢海鸣　许卫宁　牟小玉
　　　　　　李利江　张立新　解自来

编　　委　（按姓氏笔画）
　　　　　　王鹏善　尹玉兰　卢海鸣　吕冬阳
　　　　　　刘学军　许卫宁　牟小玉　李利江
　　　　　　吴小铁　沈梅芳　张立新　柳云飞
　　　　　　解自来　廖锦汉　颜一平

编纂单位　南京钟山文化研究会

主　　编　王鹏善
编　　纂　吴小铁
编　　务　（按姓氏笔画）
　　　　　　王　韦　王广勇　王前华　吴志男
　　　　　　张学东　陈燕菊

资料提供　（按姓氏笔画）
　　　　　　王　毅　邓　攀　杨永泉　吴志男
　　　　　　汪　励　陈希亮　金建陵　周瑞玉
　　　　　　韩文宁　童　庆　詹天灵

图片制作　周黎明

凡 例

1. 断代：朝代分六朝、唐代（含南唐）、宋代、元代、明代、清代、民国、当代。跨代作者入新朝 10 年内（含 10 年）亡故者，列于上一朝（然为新朝做出重大贡献，或官于新朝者，不在此例）；反之，入新朝 10 年以后亡故者，均列入新朝，与其政治主张无关。

文选不断代排列，但在作者前加方括号，注明朝代。例：[宋] 王安石。

2. 作者排列按生年顺序：生年相同者，按卒年顺序；生年不明者，按卒年顺序（靠最接近的卒年年份）；生卒年相同者，按姓氏笔画顺序，笔画少者在前；生卒年不明者，按成进士之年；如未中进士则按中举之年，年后加"前后"；如成进士不在成举人翌年，则按中举之年；或按职官明确的年份（或按有明确活动年份的，如某年作序跋、碑记等前推 10 年），亦酌加前后；如均不明，则排列在同时与之唱和之诗人后；只知朝代者，仅标朝代，排列在该朝代之后；佚名作者可大致确定朝代者，排列在该朝代最后；《灵谷禅林志》中有部分诗作者"生卒年及生平不详者"，因原书是相应按同时期作品及相互唱和的作品放在一起的，故这部分作者相应靠近已知简历的作者排列。

3. 作品后一般均标明出处。同一作者多件作品，如出处相同，只列作者名一次，列出处一次（标"均自"）；同作者同书不同卷多首作品，前卷后空行顶格标"前人"（卷数虽不同，但作品简短，且排列在同一页的，可不标前人）；不同出处作品则分别列作者名（如属相关出处，如续集、二集之类，亦可标"前人"，或不标，列出处（其中相同出处的标"以上"）；但只在第一件作品前的作者名后标注生卒年（含简历）。

4. 作品出处不同而内容有异字的，一般不做说明；涉及作品与钟山之关系的，酌加标示。

5. 有的作品另有根据能够判定有错字者，一般直接作了修改；部分缺失文字据上下文义可猜出者，加括号( )标示。

  6.原注有史料价值的均列于诗后,加双圈◎空两格起头,一般性注释则舍去;编者注,加【注】表示,空一格排。

  7.作者简介,以"小五宋"排,与作者名("小四细圆")共占四行。不足四行者听之。

  8.朝代:前空两行,后空两行。四宋加粗居中,两字占三字位,加【】。

  9.文选作者简历排于文后,如选用若干篇,则排在最后一篇文后。作者姓名与简历内容同用小五号宋体排,姓名加粗体,单名中空一格。如与诗词作者相同,则作者仅标姓名、生卒年,后标"见前"。不再另作简历。

  10.楹联作者集中排列;附录一般不加作者简历,如作者较少,亦可集中排列。

  11.本书使用规范简化字。但个别涉及人名、地名或诗文中易引起歧义者,酌情保留古字、异体字。

序 言

王鹏善

钟山，是古都南京的城市之根和发展之源，是一座见证了南京沧海桑田变化、记录了频繁时代变迁、刻下了清晰历史印记的江南名山。2005年，围绕建设"国内领先、国际一流"，"文化制胜，建设文化景区"的战略构想，我有了纂修《钟山志》的想法。修志之初，即拟将历代文人雅士吟咏钟山的诗文附录在后，以当《艺文志》。不意巍巍钟山，人文渊薮，历代艺文蔚为大观，稍加披览，所获已多。我公务繁忙，未暇亲董斯役，遂嘱于南京地方志办公室吴小铁同志。

吴小铁同志锐意穷搜，自《四库》"集部"外，旁涉清人及民国志书，更网罗杂刊旧报，兼之师友襄助，绠长汲深，于钟山艺文，所得甚夥。资料如此浩繁，如皆附在《钟山志》后，有畸重之感，若加以删减，则实在可惜。权衡再三，决定先将《钟山志》印行，而"艺文"一部，则以《钟山诗文集》单独出版，作为《钟山志》续篇，两全其美，相得益彰。

书名标"诗文"而非"艺文"，取其简洁易晓外，亦有微意存焉。自汉班固撰《汉书》，删刘歆《七略》中的"辑略"创为《艺文志》，历来为后世修史者效法。北齐、北周间宋孝王撰《关中风俗传》专收一方人士著作，开我国方志著录书目之风气。北宋初《太平寰宇记》，始增录诗词、艺文，《四库总目提要》谓之"盖地理之书记载至是书而始详，体例至是而大变"。后世地方志，多仅著录地方人士著述目录，清代时偶有以收录诗文代替书目者，但并不为时人所许。如章学诚《答甄秀才论修志第一书》即主张，《艺文志》"当仿《三通》、《七略》之意，取是邦学士著选书籍，分其部汇，首标目录，次序颠末，删芜撷秀，掇取大旨，论其得失，比类成编"，如取诗赋、记序、杂文之类，则为"选文之体，非复志乘之体"。但在《第二书》他又补充道，文选宜与《艺文志》相辅佐，可"取其有关民风流俗，参伍质证，可资考校，分列诗文记序诸体，勒为一邑之书，与志相辅，当亦不为无补"。反观钟山，其为历史名胜，而非行政区划，故其《艺文志》当列之书目与《诗文集》搜录之诗文，适相重合，以附庸而为大国，可谓名正言顺。

我以为，《钟山诗文集》的编纂，贡献有三：

其一，曰存史。辑录前人诗文，一仍其旧，可真实反映各个时代有关钟山政治、经济、军事及重大事件、文物名胜、民情风物等社会历史现象乃至天文、地理、生物等自然现象，是最为宝贵的第一手材料。许多诗文作者，时代久远，其名不显，作品散失，此集所存，吉光片羽，弥足珍贵。

其二，曰提升。我曾总结钟山文化，分为六部，即六朝文化、明代文化、民国文化、佛教文化、山水城林文化、生态休闲文化。此六大文化可为南京文化代表，堪称南京历史文化主流。此集诗文作者，或居处金陵如王安石，或侨寓钟山如顾炎武，更多的是登山临水，惊鸿一瞥，以生花妙笔，状山河之胜，此乃对钟山文化最好最美的诠释。我们今天汇集群贤诗文，实为提升弘扬钟山乃至古都南京文化品位计，不仅发思古之幽情而已！

其三，曰继承。往昔极"左"思潮盛行之时，中国传统文化曾面临断代危机，当前市场经济大潮又使人们无暇顾及传统文化。2011年10月18日，党的第十七届六中全会通过《中共中央关于深化文化体制改革推动社会主义文化大发展大繁荣若干重大问题的决定》，这份纲领性文件认真总结我国文化改革发展的宝贵经验，系统阐释了新形势下文化改革发展的指导思想、目标任务与政策举措。2011年12月29日至30日，南京市委十三届二次全会对南京深化文化体制改革、推动文化大发展大繁荣作出全面部署，要使南京成为全国公共文化服务高地、文化创作生产高地、文化产业集聚高地、文化人才荟萃高地、文化遗产传承高地、文化创新引领高地。《钟山诗文集》的出版，便是为实现此目标迈出的坚实一步，更是为中华传统文化的传承留下了历史的脚印！

此集虽历时数年，广搜博采，筚路蓝缕，多所创获，但书海无穷，难免遗漏，其所未尽，以俟来者，不当之处，敬请指正。

是为序！

目 录

序 言
诗 集

诗 词

【六　朝】

谢灵运 001	沈　约 001	谢　朓 002	吴　均 002
陆　倕 002	何　逊 002	刘孝绰 003	刘孝仪 003
萧子显 003	刘孝先 004	萧　统 004	虞　骞 005
释洪偃 005	阴　铿 005	王　褒 006	庾　信 006
徐伯阳 006			

【唐代、南唐】

王昌龄 006	高　适 007	李　白 007	李嘉祐 008
郎士元 008	耿　湋 008	崔　峒 009	白居易 009
元　稹 009	杜　牧 009	温庭筠 010	李商隐 010
殷尧藩 010	释齐己 010	李建勋 010	徐　铉 011
李　中 012	李　煜 012	朱　存 012	

【宋　代】

叶清臣 013	梅尧臣 013	章望之 013	苏　颂 013
王安石 014	郑　獬 024	杨　备 024	范纯仁 025
黄　履 025	王　令 026	程　颢 026	张舜民 027
郭祥正 027	苏　轼 028	李之仪 029	苏　辙 029
王　雱 030	黄　裳 030	黄庭坚 031	贺　铸 031
陈师道 032	晁补之 032	张　耒 033	蔡　肇 033
吴则礼 033	饶　节 034	释觉范 034	叶梦得 038
李　光 040	程　俱 040	华　镇 041	王庭珪 041
韩　驹 041	周紫芝 041	李　纲 042	吕本中 044
王　拙 045	张元幹 045	周　孚 045	仲　殊 046
释道潜 046	朱　翌 046	刘子翚 047	胡　铨 048
吴　苪 048	史　浩 049	陈俊卿 050	韩元吉 050
陈　序 050	周　邦 051	李流谦 051	范成大 052
周必大 052	杨万里 053	杨元亨 054	周　燔 054
张孝祥 054	楼　钥 055	辛弃疾 055	曾　丰 056

赵 蕃 056	马之纯 056	张 祁 057	任希夷 058
虞 俦 058	章 甫 058	苏 泂 059	罗必元 060
刘 榘 061	吴 渊 061	李曾伯 061	薛师董 062
李 琏 062	李 兼 062	曾 极 062	周文璞 063
商飞卿 064	释庆如 065	倪 垕 065	

【元 代】

释至慧 065	张之翰 065	白 朴 066	汪元量 066
张伯淳 066	释 英 067	曹伯启 067	家之巽 067
何 中 068	许 谦 068	杨 载 068	萨都剌 069
虞 集 070	黄 溍 070	胡 助 071	王 奕 071
释大䜣 071	许有壬 072	王 冕 072	陈 旅 073
黄镇成 073	吴景奎 073	宋 褧 074	丁 复 074

【明 代】

陈 谟 074	妙 声 074	梁 寅 075	宋 濂 075
刘 基 076	汪广洋 077	刘三吾 078	乌斯道 080
释守仁 081	陶 安 081	释来复 082	张 羽 084
释宗泐 084	朱元璋 084	李 祺 088	释居顶 089
张 适 089	胡 奎 089	孙 蕡 090	姚广孝 091
高 启 091	黄 哲 092	张孟兼 092	郯 韶 092
方孝孺 093	詹 同 093	杨士奇 094	史 谨 094
林 鸿 095	释清濬 096	释清㵾 098	解 缙 098
刘 嵩 098	王 偁 098	释夷简 099	魏 骥 100
王 英 101	李昌祺 101	释宏道 101	周 叙 102
祖 俊 102	商 辂 102	吴希贤 103	吴 节 103
释性嘉 103	史 鉴 104	吴 宽 104	贺 确 104
庄 昶 105	史 忠 105	李 汛 105	李 杰 105
倪 岳 106	刘 昌 106	程敏政 106	李东阳 107
凌 文 107	张 琦 107	储 巏 108	乔 宇 108
吴一鹏 108	谢承举 109	罗钦顺 110	赵善鸣 110
夏尚朴 111	秦 金 111	俞 经 112	鲁 昂 112
朱 昱 112	金 璲 112	陈 沂 112	徐献忠 113
蔡 羽 114	文征明 114	张 璧 114	周 广 114
王廷相 115	边 贡 115	顾 璘 116	刘 龙 117
符 验 117	傅汝舟 118	吕 楠 118	胡缵宗 118
严 嵩 118	陈良谟 119	张邦奇 120	蒋山卿 120
陈凤梧 120	王 俨 120	杨 旦 121	任 德 121
徐 珪 121	黄省曾 121	金大车 122	丰 坊 122

顾　清 122	谢　榛 123	王　问 123	皇甫汸 123
徐　缙 124	文　彭 124	潘　珍 124	冯世雍 125
许　谷 125	王　韦 125	郑　作 126	魏　纶 126
何良俊 126	周　伦 126	唐顺之 127	瞿景淳 127
释智鉴 128	黄姬水 128	唐　珤 129	黄彦果 129
释溥叡 129	王　蒉 130	朱鸣阳 130	刘　爕 130
邱九仞 130	陈应之 131	周凤鸣 131	郭登庸 131
黎民表 131	尹　耕 132	蔡汝楠 132	张舜臣 132
刘世扬 133	廖　梯 133	张　衮 133	徐　渭 134
吴　扩 134	释果斌 135	王　教 135	叶良珮 135
狄　冲 136	顾梦圭 136	葛　涧 136	屠应埈 137
樊　鹏 137	王世贞 137	赵崇信 138	袁　衮 138
高　简 138	蔡　圻 138	揭　科 138	释可浩 139
钱师周 139	奚良辅 140	孙　瑶 140	杨　雷 140
程秀民 140	林廷机 141	施　峻 141	舒　缨 141
王世懋 142	余孟麟 142	周　山 142	喻　时 142
林树声 143	俞咨益 143	焦　竑 143	乔世宁 144
杨希淳 145	于慎行 145	陈所闻 145	李维桢 145
汤显祖 147	臧懋循 148	柳应芳 148	王嗣经 148
程可中 148	胡应麟 149	邬佐卿 149	王懋明 149
陈邦瞻 149	畲　翔 150	释法聚 150	朱之蕃 151
黄居中 152	顾起元 153	李言恭 155	徐元春 155
钟　惺 156	曹学佺 157	高　出 159	李流芳 160
刘宗周 160	王肇元 160	汤有光 160	颛　愚 161
杜士全 161	谭元春 161	卓发之 162	范景文 162
傅　岩 162	邢　昉 163	吴用先 163	郑　鄤 163
吴应箕 163	张如兰 164	廖孔悦 164	郭　瀞 164
夏完淳 164	高奕宣 165	张鸿仪 165	金　谋 165
刘　逑 166	严　荣 166	姚　侗 166	沈　经 166
徐　识 166	丁　圯 167	赵　庠 167	翟　铣 168
方　宪 168	刘　槩 169	陈敏昭 168	朱　凤 168
张　佐 169	王　辙 168	黄　璋 169	方　东 169
张云谟 169	孙　甫 169	王亦临 169	何其孝 170

【清代】

林古度 170	谈　迁 171	萧云从 172	阎尔梅 173
朱应昌 173	张　怡 175	吴伟业 175	方　沂 175
杨国士 176	王式古 176	大　依 176	纪映钟 176
黄宗羲 177	钱德震 177	方以智 177	杜　濬 178

方　文 178	顾炎武 180	魏　耕 182	吴嘉纪 182
龚　贤 182	陆　宝 183	张煌言 183	史唯圆 183
顾景星 184	吴　云 184	严绳孙 185	蒋　超 185
陈维崧 185	潘柽章 186	朱　彝 186	冷士嵋 187
朱彝尊 188	屈大均 188	彭孙遹 190	梁佩兰 190
胡其毅 190	王士禛 190	邵长衡 191	陈廷敬 191
鲍夔生 192	周在浚 192	沈皞日 193	孙致弥 193
方　授 193	王　棨 194	曹亮武 194	孔尚任 194
张云章 195	王　蓍 195	蔡士桢 195	毕星炯 195
严虞惇 196	查慎行 196	先　著 196	卓尔堪 198
玄　烨 198	纳兰性德 198	刘　岩 198	汤右曾 199
于　準 199	张自超 199	高不骞 200	曹　寅 200
龚翔麟 200	朱元英 201	刘芳荫 201	释大健 202
陈鹏年 202	金　埴 203	周廷谔 203	徐士仪 204
余宾硕 204	程瑞枋 206	叶方嘉 206	屈　复 207
胡玉昆 207	凌天杓 207	沈德潜 208	李　绂 208
盛本柟 209	徐　夔 209	姜公铨 209	童昌龄 209
朱　卉 210	朱元律 210	王　栻 210	葛祖亮 211
黄炳先 211	倪肇毅 211	倪肇政 211	马国镇 211
黄梦麟 212	萧　瑢 212	钱陈群 212	汤　叙 212
徐麟吉 213	释寂曙 214	黄子云 214	马逸姿 215
吴贯勉 216	厉　鹗 216	郑　燮 216	蔡　垒 217
夏之蓉 217	刘大櫆 218	许　田 218	释明铬 218
李向隆 218	汪大乾 219	沈宗敬 219	王永年 219
范　莱 219	谢　煦 220	吴敬梓 220	金德瑛 221
释法守 221	彭启丰 222	盛宏邃 222	释宏选 223
全祖望 223	朱鹤年 224	释觉明 224	许其恕 225
马　益 225	王　惠 226	赵　柽 226	涂学诗 226
殷成柱 226	陆昆曾 227	弘　历 227	杨绳武 230
顾国泰 230	吴绍熹 231	黄　达 231	袁　枚 231
陶元藻 232	顾承烈 233	释德玉 233	程晋芳 234
朱　筼 235	梅　恒 235	孙　珍 235	柳际春 235
钱维城 236	于　灏 236	韩　焕 236	马国鉴 236
王　琯 236	王　瑷 237	朱　颖 238	许　焞 238
陈　符 238	卢　镐 238	戴翼子 239	蒋士铨 239
贾　铣 240	陈奉兹 240	许龙章 241	阮葵生 241
赵　翼 241	蒋　和 242	钱大昕 242	沈　初 243
毕　沅 243	袁　树 244	陆　建 244	姚　鼐 245
屈景贤 245	姚　莹 246	陈　蔚 246	王友亮 246

张汉昭 249	韩廷秀 249	郭宗正 250	俞月山 250
林　淳 250	陆　衢 251	陈　毅 251	鳌　图 251
杨芳灿 252	张敦仁 252	方于谷 253	黄　堂 253
曹　庚 254	永　琰 254	黄以旂 254	单　达 254
王赓言 254	阮钟瑗 255	马士图 255	朱　珔 256
陈文述 256	张　井 262	汤贻汾 262	刘绍曾 264
奎　光 264	顾櫰三 264	锡龄额 265	袁　迟 266
陶　澍 265	杨庆琛 266	释达宗 266	范仕义 267
王嘉言 267	瞿曾辑 267	沈学渊 268	彭蕴章 268
王路清 268	甘　煕 269	张汝南 270	金　鉴 271
闵文昭 271	卜汝为 271	祁寯藻 271	徐　淳 271
许正绶 272	胡本渊 272	朱绪曾 273	甘　熙 273
俞　瀜 276	余霈元 276	陆　言 276	阮　镛 276
陈　醇 277	何绍基 277	黄　模 278	吴　会 278
吴　湘 278	陶涣悦 279	陈元富 279	周介福 279
张文虎 280	张　翼 281	杨长年 281	甘　炘 281
方浚颐 281	林　端 282	释悟开 282	汪士铎 283
缪征甲 284	陈　塾 284	江　璧 285	薛时雨 285
蔡　琳 285	陈　坚 285	周宝偀 286	秦　臻 291
汤　濂 291	张裕钊 293	倪　鸿 293	庄　棫 293
凌　煜 294	叶声扬 294	谭　献 294	陈作霖 294
罗震亨 297	袁　昶 297	罗晋亨 298	释敬安 298
吴继曾 298	施赞唐 299	刘源深 299	俞明震 300
宋　恕 300	丘逢甲 301	薛绍徽 302	李经达 302
吴保初 303	林述庆 303	庞树柏 303	周　实 304
蒋国平 306	李　竑 306		

【民　国】

冯　煦 306	吴俊卿 307	陈重庆 307	林　纾 307
裴景福 307	余诚格 308	陈　衍 308	康有为 309
潘飞声 309	陈三立 309	吴鸣麒 311	陈国常 312
程颂万 312	刘文燿 312	姚永概 312	胡石予 313
夏寿田 313	王　瀣 314	罗惇曧 314	朱锡梁 314
仇　埰 315	金天羽 315	陈去病 316	杨　圻 317
张通之 317	陈衡恪 318	金嗣芬 318	高　旭 318
张　农 320	孙举璜 320	蒋同超 320	张　素 320
连　横 321	叶玉森 321	高　燮 321	胡汉民 322
蔡哲夫 323	于右任 324	温　见 325	鲁　迅 325
余天遂 326	胡翔冬 326	吕碧城 326	陈树人 326

吴　梅 327	周　伟 328	邹　鲁 328	黄　侃 328
叶楚伧 330	陈隆恪 330	姚　光 332	曹经沅 332
林学衡 333	卢　前 333	刘慎诒 334	郁元英 334
陈永联 334	敏　中 338	戴公望 335	曾迪公 336
何近仁 336			

【当代】

何亚希 337	关赓麟 337	叶恭绰 340	柳亚子 340
汪辟疆 340	宋式骦 342	胡小石 342	汪　东 342
姚锡钧 343	毛泽东 343	叶圣陶 344	张恨水 344
许君武 344	溥　儒 344	凌宴池 344	冯　振 345
王个簃 345	林散之 345	陆维钊 346	胡士莹 346
徐震堮 347	唐圭璋 347	陈九思 347	顾毓琇 347
陈家庆 348	高二适 349	潘伯鹰 350	刘工天 350
吴白匋 350	朱　偰 351	钱仲联 352	吴君琇 352
潘　受 353	毕　峪 353	孙　望 353	张思温 354
王斯琴 355	周退密 355	许永璋 355	马骙程 356
霍松林 356	陈祥耀 357	袁第锐 357	丁　芒 357
陈汉山 358	秦效侃 358	朱　帆 358	吴亚卿 359
季惟斋 359			

新体诗

林学衡 361

楹　联
（362—365）

康　熙	魁　玉	曾国藩	薛时雨	汤　濂
谢元福	侯　度	郑孝胥	于右任	蒋介石
林散之	李宗海	汪继光	田翠竹	陈　衡
张平沼	沙元伟	（佚名不列）		

文　集

北山移文	孔稚珪 367
志法师墓铭	陆　倕 368
开善寺碑铭	王　筠 368
答广信侯书	萧　纲 369
钟山飞流寺碑	萧　绎 369
与刘智藏书	前　人 369

江宁吴少府宅饯宴序	王　勃	370
上元县开善寺修志公和尚堂石柱记	李顾行	371
八功德水记	梅　挚	371
江宁府祭蒋山庄武帝神文	张方平	372
蒋山钟铭	王安石	372
蒋山觉海元公真赞	前　人	372
乞将田割入蒋山常住札子	前　人	373
诏以所居园屋为僧寺及赐寺额谢表	前　人	373
依所乞私田充蒋山太平兴国寺常住谢表	前　人	373
书《王荆公游钟山图》后	陆　佃	374
谒蒋帝祠	张　耒	374
钟山志公塔	张舜民	374
妙宗字序	释惠洪	375
钟山赋诗	前　人	375
蒋山谢晴文	葛胜仲	375
祈雨宝公塔文	叶梦得	376
祈晴宝公塔文	前　人	376
双林大士碑	程　俱	376
圆悟禅师传（节选）	孙　觌	377
和州褒山佛眼禅师塔铭（节选）	李弥逊	378
蒋山大佛殿记	刘　岑	378
净慈道昌禅师塔铭（节选）	曹　勋	379
诗词改字（节选）	洪　迈	379
注书难（节选）	前　人	380
游钟山记	陆　游	380
皇太后服药蒋山疏文（己卯）	周必大	381
泛舟游山录二（节选）	前　人	381
记金陵登览（节选）	前　人	382
八功德水庵题壁诗	周　煇	382
隐静修造记	张孝祥	383
请恩老住蒋山疏	前　人	383
坐禅不亏人	赵与时	384
蒋山寺八功德水亭记	赵师缙	384
钟山赋	周文璞	384
游钟山记	胡炳文	385
重镌十二时歌碑跋	赵孟頫	386
泰定钟铭	赵世延	387
封蒋山宝公和尚制	虞　集	387
太平兴国禅寺碑	前　人	387

杨云岩居士作蒋山僧堂偈序	释大䜣 389
题《王荆公寻僧图》	前　人 390
应制钟山说	张以宁 390
游钟山记	宋　濂 391
蒋山寺广荐佛会碑文	前　人 394
跋《蒋山法会记》后	前　人 396
游灵谷寺记	刘三吾 396
圣忌荐疏	释居顶 397
勅赐灵谷寺碑	徐一夔 398
灵谷寺记	朱元璋 400
游新庵记	前　人 401
祭保志法师文	前　人 403
广荐佛会记跋	张孟兼 403
致大宝法王书	朱　棣 403
大明孝陵神功圣德碑	前　人 405
神龟赋（有序）	梁　潜 409
瑞应甘露赋	金幼孜 410
神龟颂（并序）	前　人 411
游阳山记	胡　广 412
计偕录（节选）	郑　真 414
明代迁建志公舍利塔碑记	刘仲质 415
宝石神龟颂	唐文凤 415
成化重泐（三绝）碑跋	刘　珝 417
（景泰）《钟山志》序	仪　铭 417
游灵谷记	都　穆 418
游灵谷记	吕　楠 418
送浮屠性嘉序	王　屿 420
《冬游记》（节选）	罗洪先 420
高皇帝像赞	徐　渭 421
《金陵杂纪》（节选）	王　樵 421
重修宝公塔记	释可浩 424
白云窝记	释续洪 425
留都述游·游孝陵灵谷寺记	王士性 425
（嘉靖）《灵谷寺志》序	黄　河 426
灵谷寺东探梅记	冯梦祯 427
募修灵谷寺四大天王殿疏	黄居中 427
客座赘语（节选）	顾起元 428
钟　山	张　岱 432
《金陵选胜》（节选）	孙应岳 433

山晓亭记	杜濬	435
钟山纪略	余怀	436
康熙间重修(灵谷寺)志序	吴云	437
灵谷寺记	前人	438
八功德水记	前人	438
树王记	前人	439
树节记	前人	440
第一禅林碑跋	前人	440
祖道重辉碑	前人	441
灵谷禅林柴山碑记	何采	442
孝陵恭谒记	屈大均	443
游钟山灵谷寺记	王士禛	445
池北偶谈(节选)	前人	446
遣祭文	福临	447
圣驾诣明太祖陵颂(有序)	张玉书	447
皇帝躬祀孝陵记	林璐	448
遣祭文	玄烨	449
祭文(康熙三十八年)	前人	450
孝陵恭谒记	魏世俊	450
杜茶村先生墓碣	方苞	451
康熙间重修《(灵谷寺)志》序	释寂曙	452
钟山赋	李兰	453
金陵述游(节选)	齐周华	454
重勒宝公像碑跋	释法守	455
康熙间重修《(灵谷寺)志》序	盛宏邃	456
树君臣记	前人	456
康熙间重修《(灵谷寺)志》序一	马益	457
康熙间重修《(灵谷寺)志》序二	前人	457
祭文(乾隆二十二年)	弘历	458
祭文(乾隆二十六年)	前人	458
扫葺无量殿记	释德玉	459
岘亭记	姚鼐	459
游钟山记	顾宗泰	460
重建圣师塔记	胡镐	461
《灵谷寺志》序(道光)	朱绪曾	461
《灵谷寺志》序(道光)	甘熙	462
灵谷深松赋	前人	463
半山寺记	奎光	464
重构半山亭记	魁玉	464

修治金陵城垣缺口碑记	曾国藩 465
灵谷龙神庙碑记	前　人 465
祭明太祖陵寝文	洪秀全 466
游紫霞洞	汤　濂 467
挥泪碑	朱洪章 467
表忠之碑	前　人 468
怀朱军门洪章并序	沈瑜庆 469
《灵谷禅林志》序（光绪）	谢元福 471
清故让之禅师塔铭	前　人 471
善僧塔（湘乡王肇鸿敬题）	王肇鸿 473
祈雨谢坛文	释祖慧 474
游半山寺记	顾　云 474
振威将军张公新建部下阵亡将校祠堂记	陈鸣玉 475
游半山寺记	刘可毅 477
游灵谷寺记	俞殿华 478
祭明陵文	孙　文 479
重印《灵谷禅林志》序（民国）	林　森 480
海棠木瓜	徐　珂 480
人以"避青先生"号顾亭林	前　人 480
钟山园墅小志	陈诒绂 481
白门食谱（节选）	张通之 482
《明孝陵志》序	柳诒征 483
躬祭明孝陵诗话	郭则澐 483
潘士魁和周实《明孝陵》诗	周　实 485
《孝陵图》与摹本	前　人 485
庚戌重九金陵游记	姚　光 485
《总理陵园小志》自序	傅焕光 486
游新都后的感想（节选）	袁昌英 487
总理奉安哀辞	罗家伦 488
南京（节选）	朱自清 488
陵园明月夜	王平陵 489
灵谷寺	赵景深 497
孙中山先生的奉安大典	项德言 498
孝陵游感	艾　芜 502
中山陵前中秋月	梁得所 502
孝陵樱	张慧剑 504
灵谷寺后	前　人 504
金陵一周记（节选）	张梅盦 505
首都名胜（节选）	马元烈 506

茶陵谭公墓志	507
故陆军上将范烈士墓表	507
游灵谷寺并谒陵园记	曾迪公 510
金陵览古(节选)	朱 偰 512
章太炎曾谒孝陵	杨心佛 518
梅花山	黄 裳 519
半山寺与谢公墩	前 人 522
王介甫与金陵	前 人 525
明楼赋	袁裕陵 529
附录一 钟山游草	531
附录二 丁亥重九紫金山天文台登高诗集	554
后　记	573

清宣统二年(1910)徐上添绘《金陵四十八景》之"钟阜晴云"

清道光六年(1826)仙槎张宝绘《泛槎图》"钟阜穿云"

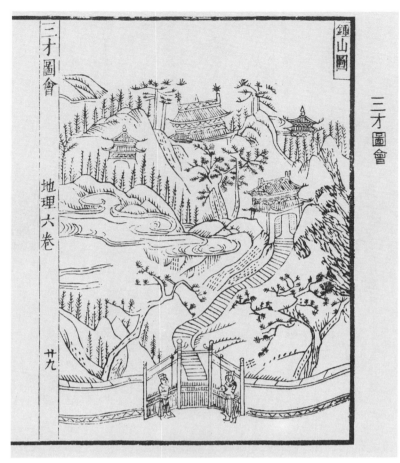

明万历三十七年(1609)王圻、王思义编《三才图会》之"钟山图"

清乾隆三十六年(1771)高晋等纂《南巡盛典》之"灵谷寺"(上官周绘)

诗 集

诗 词

【六 朝】

谢灵运（385—433），小名客，会稽（今上虞）人。陈郡士族，东晋名将谢玄孙。袭封康乐公，刘宋后降为康乐侯。曾任永嘉太守、临川内史等官。后以叛逆罪被杀。擅诗，主要创作在刘宋时期，以山水诗最为著名，被尊为中国山水诗派鼻祖。又与颜延之合称"颜谢"。著有《谢康乐集》。

[刘宋]谢康乐

君子有所思行

总驾越钟陵，还顾望京畿。踯躅周名都，游目倦忘归。
市廛无阨室，世族有高闱。密亲丽华苑，轩甍饬通逵。
孰是金张乐，谅由燕赵诗。长夜恣酣饮，穷年弄音徽。
盛往速露坠，衰来疾风飞。余生不欢娱，何以竟暮归。
寂寥曲肱子，瓢饮疗朝饥。所秉自天性，贫富岂相讥。

《汉魏六朝百三家集》卷六十六

沈约（441—513），字休文，吴兴武康人。出身门阀士族。笃志好学，博通群籍，擅诗文。历仕宋、齐、梁三朝。萧子良开西邸，招为文学士。为"竟陵八友"之一。后助萧衍谋立梁朝。官至尚书左仆射，迁尚书令，领太子少傅。晚年忧惧而卒。著有《晋书》、《宋书》、《四声谱》等。

游钟山应西阳王教（五章）

灵山纪地德，地险资岳灵。终南表秦观，少室迩王城。
翠凤翔淮海，衿带绕神坰。北阜何其峻，林薄杳葱青。

又

发地多奇岭，干云非一状。合沓共隐天，参差互相望。
郁律构丹巘，崚嶒起青嶂。势随九疑高，气与三山壮。

又

即事既多美，临眺殊复奇。南瞻储胥观，西望昆明池。
山中咸可悦，赏逐四时移。春光发陇首，秋风生桂枝。

又

多值息心侣，结架山之足。八解鸣涧流，四禅隐岩曲。
窈冥终不见，萧条无可欲。所愿从之游，寸心于此足。

又

君王挺逸趣，羽旆临崇基。白云随玉趾，青霞杂桂旗。

淹留访五药，顾步伫三芝。于焉仰镳驾，岁暮以为期。

《古诗镜》卷十九

谢　朓（464—499），字玄晖，陈郡阳夏（今河南太康）人。出身世家。与谢灵运同族，世称"小谢"。初任竟陵王萧子良功曹、文学，为"竟陵八友"之一。后官宣城太守，终尚书吏部郎。东昏侯永元初，遭始安王萧遥光诬陷，下狱死。尝与沈约等共创"永明体"。著有《谢宣城集》。

游东田

戚戚苦无悰，携手共行乐。寻云陟累榭，随山望菌阁。
远树暖阡阡，生烟纷漠漠。鱼戏新荷动，鸟散余花落。
不对芳春酒，还望青山郭。

《谢宣城集》

【注】《南史齐纪》：文惠太子（萧长懋）立楼馆于钟山下，号曰东田。

吴　均（469—520），又作吴筠，字叔庠，吴兴故鄣人。好学有俊才，诗文自成一家，称为"吴均体"。梁天监初年，为郡主簿。萧宏将他推荐给武帝，很受欣赏。后又任奉朝请。欲撰《齐书》，武帝不许。私撰《齐春秋》，触帝忌，书焚，并被免职。后奉旨撰《通史》，书未成即去世。

登钟山讌集望西静坛

客思何以缓，春郊满初律。高车陆离至，骏骑差池出。
宝椀泛莲花，珍杯食竹实。才胜商山四，文高竹林七。
复望子乔坛，金绳蕴玉帙。风云生屋宇，芝英被仙室。
方随凤皇去，悠然驾白日。

《御定渊鉴类函》

陆　倕（470—526），字佐公，吴人。少勤学，于宅内起两茅屋，杜绝往来，昼夜读书，如此者数岁。尝借人《汉书》，失《五行志》，乃暗写还之，略无遗脱。竟陵王子良开西邸，延英俊，倕预焉。与任昉友。为梁武帝所重，累迁太常卿。工书法。著有《南史本传》、《九品书人论》等。

和昭明太子钟山解讲

终南邻汉阙，高掌跨周京。复此亏山岭，穿窿距帝城。
当衢启朱馆，临下构山楹。南望穷淮溆，北眺尽沧溟。
步檐时中宿，飞阶或上征。网户图云气，龛室画仙灵。
副君怜世网，广命萃人英。道筵终后说，銮辂出郊坰。
云峰响流吹，松野映风旌。睿心嘉杜若，神藻茂琳琼。
多谢先成敏，空颂后乘荣。

《古诗纪》卷一百

何　逊（472—518），字仲言，东海郯人。何承天曾孙。齐太尉、中军参军何询子。八岁能诗，弱冠举秀才。任安成王参军事兼尚书水部郎，后为庐陵王记室。诗与阴铿齐名，文与刘孝绰齐名。其诗善于写景，工于炼字，为唐代杜甫所推许。有集八卷，已佚，明人辑有《何记室集》。

行经孙氏陵

昔在零陵厌，神器若无依。逐兔争先捷，掎鹿竞因机。
呼噏开伯道，叱咤掩江畿。豹变分奇略，虎视肃戎威。
长蛇虭巴汉，骥马绝淮淝。交战无内御，重门岂外扉。
成功举已弃，凶德愎而违。水龙忽东骛，青盖乃西归。
竭来已永久，年代暧微微。苔石疑文字，荆坟失是非。
山莺空曙响，陇月自秋晖。银海终无浪，金凫会不飞。
闉寂今如此，望望沾人衣。

《何水部集》

[南朝] 何 逊

刘孝绰（481—539），字孝绰，本名冉，小字阿士，彭城（今江苏徐州）人。幼颖异，七岁能属文，善草隶，为沈约、任昉、范云所赏；年十四，代父起草诏诰。初为著作佐郎，后官秘书丞。迁廷尉卿，被到洽所劾免职。后复为秘书监。其文为世所重。明人辑有《刘秘书集》。

奉和昭明太子钟山解讲

御鹤翔伊水，策马出王田。我后游祇鹫，比事实光前。
翠盖承朝景，朱旗曳晓烟。楼帐萦岩谷，缇组曜林阡。
况在登临地，复及秋风年。乔柯变夏叶，幽涧洁凉泉。
停銮对宝座，辨论悦人天。淹尘资海滴，昭暗仰灯燃。
法朋一已散，笳剑俨将旋。邂逅逢优渥，托乘侣才贤。
摛辞虽并命，遗恨独终篇。

《古诗纪》卷九十七

刘孝仪（484—550），名潜，以字行，彭城人。刘孝绰弟。初为始兴王萧法曹行参军，随同出镇益州，兼记室。后又随晋安王萧纲出镇襄阳。曾出使北魏。累迁尚书左丞，兼御史中丞。历任临海太守、豫章内史。后侯景叛乱，州郡失陷。大宝元年病逝。文甚弘丽。著有《刘孝仪集》。

和昭明太子钟山讲解

诏乐临东序，时驾出西园。虽穷理游盛，终为尘俗喧。
岂如弘七觉，扬鸾启四门。夜气清箫管，晓阵烁郊原。
山风乱采旄，初景丽文辕。林开前骑骋，径曲羽旄屯。
烟壁浮青翠，石濑响飞奔。回舆下重阁，降道访真源。
谈空匹泉涌，缀藻迈弦繁。轻生逢遇误，并作辈龙鹓。
顾已同偏爵，何用挹衢樽。

《汉魏六朝百三家集》卷九十七

萧子显（487—537），字景阳，南兰陵（今常州）人。齐高帝萧道成孙。历任太子中舍人、国子祭酒、侍中、吏部尚书等职。后迁吴兴太守。博学能文，好饮酒、爱山水，不畏鬼神，恃才傲物。见九流宾客，不与交言，惟举手中扇，一挥而已。谥曰骄。著有《后汉书》、《南齐书》等。

奉和昭明太子钟山讲解

嵩岳基旧宇，盘岭跨南京。叡心重禅室，游驾陟层城。

金辂徐既动，龙骖跃且鸣。涂方后尘合，地迥前笳清。
逦迤因台榭，参差憩羽旌。高随阆风极，势与元天并。
气歇连松远，云升秋野平。徘徊临井邑，表里见淮瀛。
祈果尊常住，渴慧在无生。暂留石山轨，欲知芳杜情。
鞠躬荷嘉庆，瞻道闻颂声。

《古诗纪》卷九十五

刘孝先（500年前后在世），南朝彭城人。齐大司马从事中郎刘绘子、刘孝绰七弟。善五言诗，工画。初为武陵王纪法曹、主簿。纪迁益州，随转安西记室。承圣中，与兄孝胜俱随纪军东出峡口。兵败，至江陵。元帝以为黄门侍郎，迁侍中。兄弟并以五言诗见重于世。文集值乱俱不存。

草堂寺寻无名法师

飞镜点青天，横照满楼前。深林生夜冷，复阁上宵烟。
叶动花中露，湍鸣阁里泉。竹风声若雨，山虫听似蝉。
摘果仍荷藉，酌水用花传。一卮聊自饮，万事且萧然。

和亡名法师秋夜草堂寺禅房月下

幽人住山北，月上照山东。洞户临松径，虚窗隐竹丛。
出林避炎影，步径逐凉风。平云断高岫，长河隔净空。
数萤流暗草，一鸟宿疏桐。兴逸烟霄上，神闲宇宙中。
还思城阙下，何异处樊笼。

均自《古诗纪》卷九十八

萧　统（501—531），字德施，小字维摩，南兰陵人。梁武帝萧衍长子。天监元年立为太子。天纵才俊，五岁读遍五经，通礼仪，性仁厚，喜愠不形于色。善交文士，广集图书，主持编撰《文选》，为后世所推崇。性爱山水，于玄圃穿筑，更立亭馆，与朝士名素者游其中。不畜声乐。卒谥昭明。

[梁]昭明太子

和上游钟山大爱敬寺

唐游薄汾水，周载集瑶池。岂若钦明后，回鸾鹫岭岐。
神心鉴无相，仁化育有为。以兹慧日照，复见法雨垂。
万邦跻仁寿，兆庶涤尘羁。望云虽可识，日用岂能知。
鸿名冠子姒，德泽迈轩羲。斑斑仁兽集，足足翔凤仪。
善游慈胜地，兹岳信灵奇。嘉木互纷糺，层峰郁蔽亏。
丹藤绕垂干，绿竹荫清池。舒华匝长阪，好鸟鸣乔枝。
霏霏庆云动，靡靡祥风吹。谷虚流凤管，野绿映丹麾。
帷宫设廛外，帐殿临郊垂。俯同南风作，斯文良在斯。
伊臣限监国，即事阻陪随。顾惟实庸菲，冲薄竟奚施。
至理徒兴羡，终然类管窥。上圣良善诱，下愚惭不移。

钟山解讲

清霄出望园，诘晨届钟岭。轮动文学乘，笳鸣宾从静。

暾出岩隐光，月落林余影。纭纷八桂密，坡陁再城永。
伊予爱丘壑，登高至节景。迢递睹千室，迤逦观万顷。
即事已如斯，重兹游胜境。精理既已详，玄言亦兼逞。
方知蕙带人，嚣虚成易屏。眺瞻情未终，龙镜忽游骋。
非曰乐逸游，意欲识箕颍。

以上《昭明太子集》卷一

前　人

开善寺法会

栖鸟犹未翔，命驾出山庄。诘屈登马岭，回互入羊肠。
稍看原蔼蔼，渐见岫苍苍。落星埋远树，新雾起朝阳。
阴池宿草雁，寒风摧夜霜。兹地信闲寂，清旷惟道场。
玉树琉璃水，羽帐郁金床。紫柱珊瑚地，理幢明月珰。
牵萝下石磴，攀柱陟松梁。涧斜日欲隐，烟生楼半藏。
千祀终何迈，百代归我皇。神功照不极，睿镜湛无方。
法轮明暗室，梵海渡慈航。尘根久未洗，希沾垂露光。

《灵谷禅林志》

虞　骞（502年前后在世），生卒年及字号不详，南朝梁会稽（今浙江绍兴）人。官至王国侍郎。工五言诗，名与何逊相埒。又与吴爽、江洪齐名。原有集，已佚。今仅存《登钟山下峰望》、《寻沈剡夕至嵊亭》等五首。

登钟山下峰望

冠者五六人，携手岩之际。散意百仞端，极目千里睇。
叠岫乍明昏，高云时卷闭。遥看野树短，远望行人细。

《文苑英华》卷一百五十九

释洪偃（504—564），俗姓谢，会稽山阴人。少小出尘，从龙光绰公学，神悟绝伦。闭志闲房，高尚其道，间以阅史广见识。又善草隶，见称时俗。其貌、义、诗、书，号为"四绝"。当时英杰，皆推赏之。萧纲劝之还俗入仕，不听。后于建康宣武寺讲经，盛极一时。撰有《成实论疏》。

游钟山之开善、定林，息心宴坐，引笔赋诗

杖策步前岭，褰裳出外扉。轻萝转蒙密，幽径复纡威。
树高枝影细，山尽鸟声稀。石苔时滑屣，虫网乍粘衣。
涧傍紫芝晔，岩上白云霏。松子排烟去，堂生寂不归。
穷谷无还往，攀桂独依依。

《古诗纪》卷一百十七

阴　铿（511—566），字子坚，武威姑臧人。幼年好学，能诵诗赋，后博涉史传，尤善五言诗，为时所重。后世以其与何逊并称"阴何"。仕梁，官湘东王萧绎法曹参军。入陈为始兴王陈伯茂府中录事参军，以文才为陈文帝所赞赏，累迁晋陵太守、员外、散骑常侍。著有《阴常侍集》。

开善寺

鹫岭春光遍，王城野望通。登临情不极，萧散趣无穷。
莺随入户树，花逐下山风。栋里归云白，窗外落晖红。
古石何年卧，枯树几春空。淹留惜未及，幽桂有芳丛。

《艺文类聚》

王 褒（约513—576），字子渊，琅琊临沂人。出生世家。其妻为鄱阳王萧恢之女。识量渊通，志怀沉静。美风仪，善谈笑，博览史传，尤工属文。梁元帝时任吏部尚书、左仆射。江陵沦陷后入西魏。授车骑大将军，仪同三司。后迁小司空，出为宜州刺史。著有《王司空集》。

明庆寺石壁

夏水悬台际，秋泉带雨余。石生铭字长，山久谷神虚。

咏定林寺桂树

岁余彫晚叶，年至长新围。月轮三五映，乌生八九飞。

均自《王褒集校注》

庾 信（513—581），字子山，南阳新野人。庾肩吾子。与徐陵文并绮丽，世称"徐庾体"。曾任东宫学士，为宫廷文学的代表作家。梁元帝时为散骑常侍，聘西魏。梁朝灭，遂留长安。北周代魏，迁骠骑大将军、开府仪同三司。时独与王褒不得归南方，客死他乡。著有《庾子山集》。

奉和法筵应诏

五城邻北极，百雉壮西昆。钩陈横复道，闾阖抵灵轩。
千柱莲花塔，由旬紫绀园。佛影胡人记，经文汉语翻。
星窥朱鸟牖，云宿凤凰门。新禽解杂啭，春柳卧生根。
早雷惊蛰户，流雪长河源。建始移交让，徽音种合昏。
风飞扇天辨，泉涌属丝言。羁臣从散木，无以预中天。
回翔遥可望，终类仰鹍弦。

《古诗纪》卷一百二十五

徐伯阳（516—581），字隐忍，东海人。敏而好学，善色养，进止有节。年十五以文笔称。家有史书，所读近三千卷。试策高第，任东宫学士、临川嗣王府墨曹参军。梁大同中，出为侯官令，甚得民和。侯景之乱时依萧勃，勃平还朝。后除镇右新安王府谘议参军事。撰有《辟雍颂》。

游钟山开善寺

聊追邺城友，躐步出兰宫。法侣殊人世，天花异俗中。
鸟声不测处，松吟未觉风。此时超爱网，还复洗尘蒙。

《文苑英华》

【唐代、南唐】

王昌龄 （698—756），字少伯，祖籍太原，生于京兆长安。早年贫耕，年近不惑始中进士。任秘书省校书郎，又中博学宏辞，授汜水尉，贬岭南。唐开元末返长安，改授江宁丞。谪龙标尉。安史乱起，为刺史闾丘所杀。以诗名，有"七绝圣手"、"诗家天子"之称。著有《王昌龄集》。

送朱越

远别舟中蒋山暮，君行举首燕城路。
蓟门秋月隐黄云，期向金陵醉江树。

《万首唐人绝句》卷十七

高适 （700—765），字达夫、仲武，沧州人。居宋中。少孤贫，爱交游，有游侠之风。唐天宝八年应举中第，授封丘尉。十一年辞官。次年入节度使哥舒翰幕，为掌书记。安史之乱后，曾任淮南节度使，彭州、蜀州刺史等职，封渤海县侯。诗与岑参并称"高岑"。著有《高常侍集》。

同群公宿开善寺

驾车出人境，避暑投僧家。徘徊龙象侧，始见香林花。
读书不及经，饮酒不胜茶。知君悟此道，所未披袈裟。
谈空忘外物，持戒破诸邪。则是无心地，相看唯月华。

《灵谷禅林志》卷十二

[唐]李太白

李白 （701—762），字太白，号青莲居士，唐陇西成纪人。幼迁绵州（今江油市）。曾游长安，贺知章见其文曰"谪仙人也"，言于玄宗，诏供奉翰林，眷誉甚优。"安史之乱"中为永王李璘幕，后被流放夜郎，遇赦还。晚年困顿，卒于当涂。其诗纵横变化，凌云百代。著有《李太白集》。

金陵歌送别范宣

石头巉岩如虎踞，凌波欲过沧江去。钟山龙盘走势来，
秀色横分历阳树。四十余帝三百秋，功名事迹随东流。
白马小儿谁家子？泰清之岁来关囚。金陵昔时何壮哉，
席卷英豪天下来。冠盖散为烟雾尽，金舆玉座成寒灰。
扣剑悲吟空咄嗟，梁陈白骨乱如麻。天子龙沈景阳井，
谁歌玉树后庭花？此地伤心不能道，目下离离长春草。
送尔长江万里心，他年来访南山老。

《全唐诗》卷一百六十六

金陵听韩侍御吹笛

韩公吹玉笛，倜傥流英音。风吹绕钟山，万壑皆龙吟。
王子停凤管，师襄掩瑶琴。余韵渡江去，天涯安可寻。

《全唐诗》卷一百八十四

留别金陵诸公

海水昔飞动，三龙纷战争。钟山危波澜，倾侧骇奔鲸。
黄旗一扫荡，割壤开吴京。六代更霸王，遗迹见都城。
至今秦淮间，礼乐秀群英。地扇邹鲁学，诗腾颜谢名。
五月金陵西，祖余白下亭。欲寻庐峰顶，先绕汉水行。
香炉紫烟灭，瀑布落太清。若攀星辰去，挥手缅含情。

《李太白文集》卷十二

登梅岗望金陵，赠族侄高座寺僧中孚

钟山抱金陵，霸气昔腾发。天开帝王居，海色照宫阙。
群峰如逐鹿，奔走相驰突。江水九道来，云端遥明没。
时迁大运去，龙虎势休歇。我来属天清，登览穷楚越。
吾宗挺禅伯，特秀鸾凤骨。众星罗青天，朗者独有月。
冥居顺生理，草木不翦伐。烟愢引蔷薇，石壁老野蕨。
吴风谢安屐，白足傲履袜。几宿一下山，萧然忘干谒。
谈经演金偈，降鹤舞海雪。时闻天香来，了与世事绝。
佳游不可得，春去惜远别。赋诗留岩屏，千载庶不灭。

《李太白文集》卷十八

李嘉祐（约728—约781），字从一，赵州人。唐天宝七年擢第，授秘书正字。坐事谪鄱江令。调江阴入为中台郎，上元中出为台州刺史，大历中复为袁州刺史。与严维、刘长卿、冷朝阳诸人友善，为诗丽婉。著有《齐梁风集》一卷，《全唐诗》收其诗二卷。

送韦邕少府归钟山

祁门官罢后，负笈向桃源。万卷长开帙，千峰不闭门。
绿杨垂野渡，黄鸟傍山村。念尔能高枕，丹墀会一论。

《唐诗品汇》卷六十六

郎士元（756年前后在世），字君胄，中山人。唐天宝十五年擢进士第。宝应初选畿县官。诏试中书，补渭南尉，历右拾遗，出为郢州刺史。与钱起齐名。自丞相以下出使作牧，二君无诗祖饯，时论鄙之，故语曰"前有沈宋，后有钱郎"。著有《郎士元集》。

送韦逸人归钟山

逸人归路远，弟子出山迎。服药颜犹驻，耽书癖已成。
柴扉多岁月，藜杖见公卿。更作儒林传，应须载姓名。

《全唐诗》卷二百四十八

【注】此诗又作皇甫冉诗。

耿湋（763年前后在世），字洪源，河东人。登唐宝应二年进士第，历官周至县尉，右拾遗，大理司法，遭贬逐。后复起，官至左拾遗。贞元中去世。工诗，与钱起、卢纶、司空曙诸人齐名，号"大历十才子"。其诗不深琢削，而风格自胜。有集三卷，已佚。明人辑有《耿湋集》。

游钟山紫芝观

系舟仙宅下，清磬落春风。雨过芝田长，云深药径重。
古房清磴接，虚殿紫烟浓。鹤驾何时去，游人自不逢。

《唐诗品汇·唐诗拾遗》卷六

崔峒（766年前后在世），博陵人。登进士第，为拾遗，集贤学士，终於州刺史。《艺文传》云终右补阙。"大历十才子"之一。存诗一卷。

登蒋山开善寺

山殿秋云里，香烟出翠微。客寻朝磬至，僧背夕阳归。
下界千门见，前朝万事非。看心兼送目，葭菼暮依依。

《御定渊鉴类函》

[唐]白乐天

白居易（772—846），字乐天，号香山居士，河南新郑人。唐贞元十六年进士。历任左拾遗、江州司马，杭州、苏州刺史，少傅。晚居洛阳，谥文。擅诗，史称"诗魔"；与元稹发起新乐府运动，世称"元白"。诗歌主张"合为事而作"、"老妪能解"，对后世影响甚大。有《白氏长庆集》。

池上赠韦山人

新竹夹平流，新荷拂小舟。众皆嫌好拙，谁肯伴闲游。
客为忙多去，僧因饭暂留。犹怜韦处士，尽日共悠悠。

《白氏长庆集》卷二十八

【注】题名一作"赠钟山韦处士"。

元稹（779—831），字微之，别字威明，唐洛阳人。15岁以明两经擢第，28岁列才识兼茂明于体用科第一，授右拾遗。元和四年任监察御史，因触犯权贵，贬江陵府士曹参军。后靠宦官援引，官至尚书左丞、武昌军节度使。诗与白居易齐名，世称"元白"。著有《元氏长庆集》。

和友封题开善寺

梁王开佛庙，云构岁时遥。珠缀飞闲鸽，红泥落碎椒。
灯笼青焰短，香印白灰销。古匣收遗施，行廊画本朝。
藏经霑雨烂，魔女捧花娇。亚树牵藤阁，横查压石桥。
竹荒新笋细，池浅小鱼跳。匠正琉璃瓦，僧锄芍药苗。
旋蒸茶嫩叶，偏把柳长条。便欲忘归路，方知隐易招。

《元氏长庆集》卷十三

[唐]杜樊川

杜牧（803—853），字牧之，唐京兆万年（今陕西西安）人。又因祖居樊川，人称杜樊川。大和二年进士。为淮南节度使牛僧孺掌书记。后任监察御史，黄州、池州、睦州刺史。终中书舍人。曾注《孙子兵法》，并著文陈藩镇之祸与用兵之策。其诗多指陈时局，对后世影响较大。

江南春

千里莺啼绿映红，水村山郭酒旗风。
南朝四百八十寺，多少楼台烟雨中。

《全唐诗》

【注】南朝时钟山有七十余座寺院。

温庭筠 (约812—约870),本名岐,字飞卿,唐太原祁人。生性傲岸,屡试不中,仅任过隋县尉、国子助教、方城尉等职。诗与李商隐齐名。又与韦庄并称"温韦"。时试律赋,八韵一篇,温才思敏捷,叉手八次而成八韵,称"温八叉"。诗多感慨和艳情,浓艳香软,尤以乐府为最。

访知玄上人遇暴经因有赠

缥帙无尘满画廊,钟山弟子静焚香。
惠能未肯传心法,张湛徒劳与眼方。
风扬檀烟销篆印,日移松影过禅床。
客儿自有翻经处,江上秋来蕙草荒。

《温飞卿诗集笺注》卷九

李商隐 (约813—约858),字义山,号玉溪生,怀州河内(今河南沁阳)人。唐开成二年进士。泾原节度使王茂元爱其才,以女嫁之。曾任东川节度使判官等职,因受"牛李党争"影响,一生郁郁不得志。诗与杜牧齐名,世称"小李杜"。为文奇古,号三十六体。著有《玉溪生诗》。

咏 史

北湖南埭水漫漫,一片降旗百尺竿。
三百年间同晓梦,钟山何处有龙盘?

《全唐诗》卷五百三十九

[唐]李义山

殷尧藩 (814年前后在世),苏州嘉兴人。唐元和九年登进士第,历任永乐县令、福州从事,辟李翱潭州幕府,官至侍御史。有治绩。性简静,美风姿,工诗文,好山水。和沈亚之、姚合、雍陶、许浑、马戴为诗友,酬答甚多。曾拜访韦应物,遂相投契。尝有《忆江南》三十首,已佚。

早 朝

曙钟催入紫宸朝,列炬流虹映绛绡。
天近鳌头花簇仗,风低豹尾乐鸣韶。
衣冠一变无夷俗,律令重颁有正条。
昨日钟山甘露降,玻璃满赐出宫瓢。

《全唐诗》卷四百九十二

释齐己 (864—943?),本姓胡,名得生,自号衡岳沙门,唐代益阳人(亦作长沙郡人)。七岁居大沩山寺,诗句多出人意表,众僧奇之,劝令落发为僧。久之,居长沙道林寺。后梁龙德元年,为江陵龙兴寺僧正。著有《白莲集》。

再经蒋山与诸长老夜话

远迹都如雁,南行又北回。老僧犹记得,往岁已曾来。
话遍名山境,烧残黑栎灰。无因伴师往,归思在天台。

《白莲集》卷三

李建勋 (约872—952),字致尧,广陵人(一作陇西人)。少好学能属文,尤工诗。南唐李昇镇金陵,用为副使,预禅代之策,拜中书侍郎同平章事。昇元五年,放还私第。嗣主璟,召拜司空。以司徒致仕,赐号"钟山公",年已八十。后归高安别墅,一夕无疾而终。著有《钟山集》。

钟山寺避暑勉二三子

楼台虽少景何深，满地青苔胜布金。
松影晚留僧共坐，水声闲与客同寻。
清凉会拟归莲社，沉湎终须弃竹林。
长爱寄吟经案上，石窗秋霁向千岑。

道林寺

虽向钟峰数寺连，就中奇胜出其间。
不教幽树妨闲地，别著高窗向远山。
莲沼水从双涧入，客堂僧自九华还。
无因得结香灯社，空向王门玷玉班。

以上《全唐诗》卷七百三十九

前 人

留题爱敬寺

野性竟未改，何以居朝廷。空为百官首，但爱千峰青。
南风新雨后，与客携觞行。斜阳惜归去，万壑啼鸟声。

《金陵梵刹志》

徐　铉（916—991），字鼎臣，五代时广陵人。十岁能属文，与韩熙载齐名。仕吴为秘书郎。后仕南唐，历中书舍人、翰林学士、吏部尚书。归宋，为散骑常侍，贬行军司马，卒于邠州。工诗文，精小学，曾校订《说文解字》，擅篆隶，通围棋。著有《骑省集》、《质疑录》、《棋图义例》等。

宿蒋帝庙明日游山南诸寺

便返城闉尚未甘，更从山北到山南。
花枝似雪春虽半，桂魄如眉日始三。
松盖遮门寒黯黯，柳丝妨路翠毵毵。
登临莫怪偏留恋，游宦多年事事谙。

爱敬寺有老僧，尝游长安，言秦雍间事，历历可听，因赠此诗兼示同行客

白首栖禅者，尝谈灞浐游。能令过江客，偏起失乡愁。
室倚桃花崦，门临杜若洲。城中无此景，将子剩淹留。

游蒋山题辛夷花寄陈奉礼

<small>本约同游，陈不至，故咏此。</small>

今岁游山已恨迟，山中仍喜见辛夷。
簪缨且免全为累，桃李犹堪别作期。
晴后日高偏照灼，晚来风急渐披离。
山郎不作同行伴，折得何由寄所思。

以上《骑省集》卷一

宣威苗将军贬官后重经故宅
蒋山南望近西坊，亭馆依然镞院墙。
天子未尝过细柳，将军寻已戍炖煌。
欹倾怪石山无色，零落荒池水不香。
为将为儒皆寂寞，门前愁杀马中郎。

《骑省集》卷二

和张少监舟中望蒋山
溪路向还背，前山高复重。纷披红叶树，间斗白云峰。
尽日慵移棹，何年醉倚松。自知闲未得，不敢笑周颙。

《骑省集》卷五

李　中（约920—约974），字有中，江西九江人（一说陇西人）。南唐升元六年，与刘钧等同读书白鹿洞庐山国学，博取功名。曾否登进士，无考。尝官淦阳宰（一说官至水部郎中）。工诗文。与沈彬、左偃、韩熙载、徐铉等友好，多有唱酬。通琴棋书画，尤擅草书。著有《碧云集》。

宿钟山知觉院
宿投林下寺，中夜觉神清。磬罢僧初定，山空月又生。
笼灯吐冷艳，岩树起寒声。待晓红尘里，依前冒远程。

《全唐诗》卷七百五十

李　煜（937—978），字重光，初名从嘉，号钟隐、莲峰居士，彭城人。南唐元宗李璟第六子。于宋建隆二年继位，史称李后主。开宝八年，国破降宋，俘至汴京，被封为右千牛卫上将军、违命侯。后被毒死。精书法，善绘画，通音律，善诗文，尤擅词，被称为千古词帝。有《李煜集》。

亡后见形诗
异国非所志，烦劳殊清闲。惊涛千万里，无乃见钟山。

◎贾魏公尹京日，忽有人来，展刺谒曰：前江南国主李煜。相见，则一清瘦道士尔。自言今为师子国王，偶思钟山而来。怀中取一诗授贾，读之，随身灰灭。

《全唐诗》卷八百六十六

[南唐]李后主

朱　存（943年前后在世），金陵人。南唐保大年间，尝取吴大帝及六朝史迹作览古诗两百首。地志家多引以为证。入宋尚在世。

潮　沟
一作玉涧，今蒋帝庙侧，缘山涧是也。

流水东西傍帝台，六朝重为两朝开。
曾看鹢首知高下，莫问渔舟识去来。

《景定建康志》

【宋　代】

叶清臣（1000—1049），字道卿，长洲人（一作乌程人）。宋天圣二年榜眼。历任光禄寺丞、集贤校理，迁太常丞，进直史馆。论范仲淹、余靖以言事被黜事，为仁宗采纳，仲淹等得近徙。同修起居注，权三司使。知永兴军时，尝修复三白渠，溉田六千顷，为时人称颂。有《述煮茶小品》。

嘉定十四年庚寅仲夏二十有一日祈雨应足，诗以谢之

有龙高卧大江边，为雨为云职所专。
五月半间方觖望，一霖三日遂连绵。
皇天建极宁忧过，老守怀疑用竭虔。
杰塔赐灵千古在，瓣香端拜为祈年。

《灵谷禅林志》卷六

[宋]梅圣俞

梅尧臣（1002—1060），字圣俞，世称宛陵先生，宣州宣城人。初试不第，以荫补河南主簿。宋皇祐三年，赐同进士出身。官太常博士，以欧阳修荐，为国子监直讲，累迁尚书都官员外郎。参与编《新唐书》，尝为《孙子兵法》作注。诗与苏舜钦齐名，习称"苏梅"。著有《宛陵先生集》。

送贤良田太丞通判江宁

世为燕赵客，慷慨有奇才。对策汉庭后，拜官江国来。
舟从瓜步去，潮自蒋山回。心寄城头月，相随上古台。

《宛陵集》卷六

章望之（1012年前后在世），字表民，北宋建州浦城（今属福建）人。少孤，以伯父章得象荫监杭州茶库，逾年辞疾去。除金书建康军节度判官、知乌程县，皆不赴。著有《救性》、《明统》、《礼论》及歌诗杂文数百篇，集为三十卷，已佚。

一人泉

一人泉在此山颠，万人可饮闻旧言。
顾我无人试此水，盛夏独饮南风前。

◎一人泉在蒋山北高峰绝顶、古定林寺后，仅容一勺，挹之不竭，自山下至泉五里。

《景定建康志》卷十九

苏　颂（1020—1101），字子容，泉州同安人。徙居润州丹阳。宋仁宗庆历二年进士。熙宁四年授秘书监、知银台司。未几，出知应天府、杭州。后迁翰林学士承旨，除右光禄大夫、守尚书左丞，拜左光禄大夫、守尚书右仆射兼中书侍郎。以太子少师致仕。著有《苏魏公文集》。

暮春与诸同寮登钟山望牛首

清明天气和，江南春色浓。风物正繁富，邦人竞游从。
官曹幸多暇，交朋偶相逢。并驱出东郊，乘兴游北钟。

陟险不蜡屐，扶危靡揩笻。上登道林祠，俯观辟支峰。
辞山次阡陌，长江绕提封。萧条旧井邑，茂盛新杉松。
揽物思浩浩，怀古心颙颙。念昔全盛时，兹山众之宗。
天门对双阙，霸业基盘龙。六朝递兴废，百代居要冲。
人情屡改易，世事纷交攻。当时佳丽地，一旦空遗踪。
惟有出岫云，古今无变容。

《苏魏公文集》卷二

王安石（1021—1086），字介甫，晚号半山，抚州临川人。宋庆历二年进士。曾任淮南判官、鄞县知县、常州知州、江宁知府、翰林学士。熙宁二年起拜参知政事，两度任同中书门下平章事，推行新法。熙宁九年罢相后，隐居江宁钟山。元丰三年封荆国公。卒谥文。著有《临川文集》。

[宋]王安石

示元度（营居半山园作）
今年钟山南，随分作园囿。凿池构吾庐，碧水寒可漱。
沟西雇丁壮，担土为培塿。扶疏三百株，莳楝最高茂。
不求鹓雏实，但取易成就。中空一丈地，斩木令结构。
五楸东都来，厮以绕檐溜。老来厌世语，深卧塞门窦。
赎鱼与之游，俀鸟见如旧。独当邀之子，商略终宇宙。
更待春日长，黄鹂弄清昼。

【注】元度：即蔡卞。宋熙宁三年进士，王安石婿。

与望之至八功德水
念方与子违，悄悦夜不眠。起视明星高，整驾出东阡。
聊为山水游，以写我心悁。知子不餔糟，相与酌云泉。

《临川文集》卷一

定林示道原
昨登定林山，俯视东南陔。但见一方白，莫知所从来。
湿银注寒晶，衾以青培堆。迢迢淹霭中，疑有白玉台。
是夕清风兴，烦云豁然开。常娥攀桂枝，顾景久徘徊。
杖藜忽高秋，陈迹与子陪。壮观非复昔，平芜夜莓苔。

《临川文集》卷二

题半山寺壁二首
我行天即雨，我止雨还住。雨岂为我行，邂逅与相遇。

又
寒时暖处坐，热时凉处行。众生不异佛，佛即是众生。

定林寺
众木凛交覆，孤泉静横分。楚老一枝筇，于此傲人群。

城市少美蔬，想今困惔焚。且凭东北风，持寄岭头云。

题定林壁
定林自有主，我为林下客。客主各有心，还能共岑寂。

对棊与道源至草堂寺
北风吹人不可出，清坐且可与君棊。
明朝投局日未晚，从此亦复不吟诗。

书八功德水庵
幽独若可厌，真实为可喜。见山不碍目，闻水不逆耳。
翛然无所为，自得而已矣。

独归
钟山独归雨微冥，稻畦夹冈半黄青。疲农心知水未足，
看云倚木车不停。悲哉作劳亦已久，暮歌如哭难为听。
而我官闲幸无事，北窗枕簟风泠泠。于时荷花拥翠盖，
细浪翻雪千娉婷。谁能歙眼共此乐，秋港虽浅可扬舲。

独卧有怀
午鸠鸣春阴，独卧林壑静。微云过一雨，淅沥生晚听。
红绿纷在眼，流芳与时竞。有怀无与言，伫立钟山暝。

以上《临川文集》卷三

同沈道原游八功德水
寒云静如痴，寒日惨如戚。解鞍寒山中，共坐寒水侧。
新甘出短绠，一酌烦可涤。仰攀青青枝，木醴何所直。

望钟山
伫立望钟山，阳春更萧瑟。暮寻北郭归，故绕东冈出。

思北山
日日思北山，而今北山去。寄语白莲庵，迎我青松路。

和耿天骘同游定林
道人深闭门，二客来不速。摄衣负朝暄，一笑皆捧腹。
逍遥烟中策，放浪尘外躅。晤言或世闻，谁谓非绝俗。

以上《临川文集》卷四

忆北山送胜上人

苍藤翠木江南山，激激流水两山间。
山高水深鱼鸟乐，车马迹绝人长闲。
云埋樵声隔葱蒨，月弄钓影临潺湲。
黄尘满眼衣可濯，梦寐惆怅何时还。

《临川文集》卷十

半山春晚即事

春风取花去，酬我以清阴。翳翳陂路静，交交园屋深。
床敷每小息，杖屦或幽寻。惟有北山鸟，经过遗好音。

题雱祠堂（在宝公塔院）

斯人实有寄，天岂偶生才。一日凤鸟去，千秋梁木摧。
烟留衰草恨，风造暮林哀。岂谓登临处，飘然独往来。

【注】雱：即王雱，王安石子。风造：《记纂渊海》作"风送"。

定 林

漱甘凉病齿，坐旷息烦襟。因脱水边屦，就敷岩上衾。
但留云对宿，仍值月相寻。真乐非无寄，悲虫亦好音。

自白门归望定林有寄

蹇驴愁石路，余亦倦跻攀。不见道人久，忽然芳岁残。
朝随云暂出，暮与鸟争还。杳杳青松壑，知公在两间。

宿定林示无外（名务周）

天女穿林至，姮娥度陇来。欲归今晼晚，相值且徘徊。
谁谓我忘老，如闻虫造哀。邻衾亦不寐，共尽白云杯。

宿北山示行详上人

都城羁旅日，独许上人贤。谁为孤峰下，还来宴坐边。
是身犹梦幻，何物可攀缘。坐对青灯落，松风咽夜泉。

北山暮归示道人

千山复万山，行路有无间。花发蜂递绕，果垂猿对攀。
独寻寒水度，欲趁夕阳还。天黑月未上，儿童初掩关。

以上《临川文集》卷十四

游北山

揽辔出东城，登临目暂明。烟云藏古意，猿鹤弄秋声。

客坐苔纹滑，僧眠槛荫清。赏心殊未已，山下日西荣。

和子瞻同王胜之游蒋山

子瞻同王胜之游蒋山有诗，余爱其"峰多巧障日，江远欲浮天"之句，因次其韵。

金陵限南北，形势岂其然。楚役六千里，陈亡三百年。
江山空幕府，风月自觥船。主送悲凉岸，妃埋想故莲。
台倾凤久去，城踞虎争偏。司马墦庙域，独龙层塔颠。
森疏五愿木，塞浅一人泉。柂杖穷诸岭，蓝舆罢半天。
朱门园绿水，碧瓦第青烟。墨客真能赋，留诗野竹娟。

以上《临川文集》卷十六

宝公塔

道林真骨葬青霄，窣堵千秋未寂廖。
宝势旁连大江起，尊形独受众山朝。
云泉别寺分三径，香火幽人止一瓢。
我亦鹫峰同听法，岁时歌呗岂辞遥。

觉海方丈

往来城府住山林，诸法翛然但一音。
不与物违真道广，每随缘起自禅深。
舌根已净谁能坏，足迹如空我得寻。
岁晚北窗聊寄傲，蒲萄零落半床阴。

道光泉

簳龙带雨绕山行，注远投深静有声。
云漏滴槽朝自暖，虹垂斋镬午还晴。
铜瓶各满幽人意，玉瓫因高正士名。
神力可嗟妨智巧，桔槔零落任苔生。

◎道光泉，在蒋山之西梁灵曜寺之前。熙宁八年，僧道光披榛莽得泉，深五尺，穴竹引注寺中，由岭至寺，凡三百步。王荆公手植二松于其傍。其后道光又得二泉，合为一派，主寺者作屋覆于其上，名曰"蒙亭"。以此泉得之道光，故名"道光泉"。

登宝公塔

倦童疲马放松门，自把长筇倚石根。
江月转空为白昼，岭云分暝与黄昏。
鼠摇岑寂声随起，鸦矫荒寒影对翻。
当此不知谁客主，道人忘我我忘言。

重登宝公塔复用前韵二首

空见方坟涌半霄，难将生死问参寥。
应身东返知何国，瑞相西归自本朝。
遗寺有门非辇路，故池无钵但僧瓢。
独龙下视皆陈迹，追数齐梁亦未遥。

又

碧玉旋螺恍隔霄，冠山仙冢亦寥寥。
空余华构延风月，无复灵踪落市朝。
帐座追严多献宝，供盘随施有操瓢。
他方出没还如此，与物何心作迩遥。

全椒张公有诗在北山西庵，僧者墁之，怅然有感

十年怊怅蹑山阡，终欲持杯滴到泉。
东路角巾非故约，西州华屋漫修椽。
幽明永隔休炊黍，真俗相妨久绝弦。
遗墨每看疑邂逅，复随人事散如烟。

以上《临川文集》卷十七

八功德水

雪山马口出琉璃，闻说诸天与护持。
此水遥连八功德，供人真净四威仪。
当时迦叶无尘染，何事阌乡有土思。
道力起缘非一路，但知瓢饮是生疑。

《临川文集》卷十八

钟山西庵白莲亭

山亭新破一方苔，白帝留花满四限。
野艳轻明非傅粉，秋光清浅不凭材。
乡穷自作幽人伴，岁晚谁为静女媒。
可笑远公池上客，却因松菊赋归来。

《临川文集》卷二十五

霹雳沟

霹雳沟西路，柴荆四五家。忆曾骑欸段，随意入桃花。

昭文斋

我自中山客，何缘有此名。当缘琴不鼓，人不见亏成。

◎米黻题余定林所居，因作。

北山洊亭
西崦水泠泠，沿冈有洊亭。自从春草长，遥见只青青。

移松皆死
李白今何在？桃红已索然。君看赤松子，犹自不长年。

山　中
随月出山去，寻云相伴归。春晨花上露，芳气着人衣。

被召作
荣禄嗟何及，明恩愧未酬。欲寻西掖路，更上北山头。

再题南涧楼
北山云漠漠，南涧水悠悠。去此非吾愿，临分更上楼。

题定林壁怀李叔时
云与渊明出，风随御寇还。燎炉无伏火，蕙帐冷空山。

离蒋山
出谷频回首，逢人更断肠。桐乡岂爱我，我自爱桐乡。

杂　咏（四首之一）
故畦抛汝水，新垄寄钟山。为问扬州月，何时照我还？

题八功德水
欲寻阿练若，曳屐出东冈。涧谷芳菲少，春风着野桑。

与徐仲元自读书台上定林
横绝潺湲度，深寻荦确行。百年同逆旅，一壑我平生。

书定林院窗
道人今辍讲，卷袠寄松萝。梦说波罗蜜，当如习气何？

◎问远大师师云：夜来梦与说《十波罗蜜》。

以上《临川文集》卷二十六

九　日
九日无欢可得追，飘然随意历山陂。
蒋陵西曲风烟惨，也有黄花一两枝。

南　荡

南荡东陂水渐多，陌头车马断经过。
钟山未放朝云散，奈此黄梅细雨何。

以上《临川文集》卷二十七

自定林过西庵

午鸡声不到禅林，栢子烟中静拥衾。
忽忆西岩道人语，杖藜乘兴得幽寻。

归　庵

稻畦藏水绿秧齐，松鬣初干尚有泥。
纵蹇寻冈归独卧，东庵残梦午时鸡。

雪中游北山，呈广州使君和叔同年

南州岁晚亦花开，有底堪随驿使来。
看取钟山如许雪，何须持寄岭头梅。

谢安墩（二首）

我名公字偶相同，我屋公墩在眼中。
公去我来墩属我，不应墩姓尚随公。

又

谢公陈迹自难追，山月淮云只往时。
一去可怜终不返，暮年垂泪对桓伊。

欲往北山以雨止

北山朝气淡高秋，欲往愁霶独少留。
散策缘冈初见日，兴随云尽复中休。

北山有怀

香火因缘寄此山，主恩投老更人间。
伤心踯躅冈头路，明日春风自往还。

定　林

穷谷经春不识花，新松老栢自欹斜。
殷懃更上山头望，白下城中有几家。

北　山

北山输绿涨横陂，直堑回塘滟滟时。
细数落花因坐久，缓寻芳草得归迟。

北山道人栽松

阳坡风暖雪初融,度谷遥看积翠重。
磊砢拂天吾所爱,他生来此听楼钟。

蒋山手种松

青青石上岁寒枝,一寸岩前手自移。
闻道近来高数尺,此身蒲柳故应衰。

江宁夹口二首

钟山咫尺被云埋,何况南楼与北斋。
昨夜月明江上梦,逆随潮水到秦淮。

二

日西江口落征帆,却望城楼泪满衫。
从此梦归无别路,破头山北北山南。

以上《临川文集》卷二十八

元丰二年十月政公改路,故作此诗

独龙新路得平冈,始免游人屐齿妨。
更有主林身半现,与公随转作阴凉。

【注】《王文公文集》此诗题为"僧修定林路成"。

书定林院牕

与安大师同宿,既晓问昨夜有何梦,师云:有数梦皆忘记。

竹鸡呼我出华胥,起灭篝灯拥燎炉。
试问道人何所梦,但言浑忘不言无。

同熊伯通自定林过悟真二首

与客东来欲试茶,倦投松石坐欹斜。
暗香一阵连风起,知有蔷薇涧底花。

二

城郭纷纷老倦寻,幅巾来寄北山岑。
长遭客子留连我,未快穿云涉水心。

悟真院

野水从横漱屋除,午牕残梦鸟相呼。
春风日日吹香草,山北山南路欲无。

定林院昭文斋

定林斋后鸣禽散,只有提壶守屋檐。

苦劝道人沽美酒，不应无意引陶潜。

钟山晚步
小雨轻风落楝花，细红如雪点平沙。
槿篱竹屋江村路，时见宜城卖酒家。

记　梦
　　辛酉九月二十二夜，梦高邮土山道人，赴蒋山北集云峰为长老，已而坐化，复出山南兴国寺，与余同卧一榻，禅怀出片竹数寸上绕生丝，属余藏之，余弃弗取，作诗与之。
月入千江体不分，道人非复世间人。
钟山南北安禅地，香火他时供两身。

泊船瓜洲
京口瓜洲一水间，钟山只隔数重山。
春风又绿江南岸，明月何时照我还？

寄金陵传神者李士云
衰容一见便疑真，李子挥毫故有神。
欲去钟山终不忍，谢渠分我死前身。

以上《临川文集》卷二十九

钟山即事
涧水无声绕竹流，竹西花草弄春柔。
茅檐相对坐终日，一鸟不鸣山更幽。

暮　春
北山吹雨送残春，南涧朝来绿映人。
昨日杏花浑不见，故应随水到江滨。

与北山道人
莳果疏泉带浅山，柴门虽设要常关。
别开小径连松路，只与邻僧约往还。

定　林
定林修木老参天，横贯东南一道泉。
六月杖藜寻石路，午阴多处弄潺湲。

定林所居
屋绕湾溪竹绕山，溪山却在白云间。
临溪放杖依山坐，溪鸟山花共我闲。

游钟山
终日看山不厌山，买山终待老山间。
山花落尽山长在，山水空流山自闲。

松　间（被召将行作）
偶向松间觅旧题，野人休诵北山移。
丈夫出处非无意，猿鹤从来不自知。

以上《临川文集》卷三十

同陈和叔游北山
春风荡屋雨填沟，东合翛然拥鬻裘。
邻壁黄粱炊未熟，唤回残梦有鸣驺。

怀钟山
投老归来供奉班，尘埃无复见钟山，
何须更待黄粱熟，始觉人间是梦间。

江宁夹口（三首录一）
月堕浮云水卷空，沧洲夜泝五更风。
北山草木何由见，梦尽青灯展转中。

人　间
人间投老事纷纷，才薄何能强致君。
一马黄尘南陌路，眼中唯见北山云。

题北山隐居王闲叟壁
荒村日午未开门，雨后余花满地存。
举世但知旌隐逸，谁人知道是王孙。

夜闻流水
千丈崩奔落石碕，秋声散入夜云悲。
州桥月下闻流水，不忘钟山独宿时。

以上《临川文集》卷三十一

杂咏五首（录一）

朝阳映屋拥书眠，梦想钟山一慨然。
投老安能长忍垢，会当归此濯寒泉。

《临川文集》卷三十二

游钟山

两山松栎暗朱藤，一水中间胜武陵。
午梵隔云知有寺，夕阳归去不逢僧。

《临川文集》卷三十三

离北山寄平甫

日月沄沄与水争，披襟照见发华惊。
少年忧患伤豪气，老去经纶误半生。
休向朝廷论一鹗，只知田里守三荆。
清溪几曲春风好，已约归时载酒行。

同长安君钟山望

解装相值得留连，一望江南万里天。
残雪离披山韫玉，新阳杳霭草含烟。
余生不足偿多病，乐事应须委少年。
惟有爱诗心未已，东归与续棣华篇。

以上《王荆公诗注》卷三十七

郑 獬（1022—1072），字毅夫、义夫，安州安陆（今属湖北）人。宋仁宗皇祐五年进士。通判陈州，入直集贤院、修起居注、知制诰。出知荆南，还判三班院。拜翰林学士，权知开封府。熙宁二年，出知杭州，徙青州。因反对青苗法，乞宫祠，提举鸿庆宫。著有《郧溪集》。

出金陵却寄蒋山元师

不及林间红鹤群，飞泉却得夜深闻。
风帆又绝秦淮去，回望北山空白云。

《郧溪集》卷二十八

杨 备（1023年前后在世），字修之，建州浦城人。工部侍郎兼修撰杨亿（974—1024）弟。宋仁宗天圣中为长溪令，后宰华亭。因爱姑苏风物，遂家吴中。庆历中为尚书虞部员外郎，分司南京。曾作《姑苏百题》、《金陵百咏》。《两宋名贤小集》存其《六朝遗事杂咏》一卷。

桂 岭

步步高如月里攀，拂云枝叶伴云间。
开花结子清香远，应似淮南一小山。

栽松岘

耸壑凌霄色共苍，森然万树约千行。

刘郎大厦寻颠覆，应是其间少栋梁。

覆杯池
金杯覆处旧池枯，此后还曾一醉无。
东晋中兴股肱力，元皇亦学管夷吾。

应潮井
碧甃时时减复增，山头海面密相应。
古来泉脉谁穿凿，潮落潮生不暂澄。

八功德水
翠壁如屏旱不枯，一泓甘滑饮醍醐。
高僧到此闻丝竹，还有金鳞对跃无。

九日台
甲光如水戟如霜，御酒杯浮菊半黄。
东日西风满天仗，箫韶一部奏清商。

钟 山
周子无心隐姓名，裂荷焚芰使猿惊。
不能高枕云中卧，琐屑贪它墨绶荣。

蒋帝庙
深区岩扉敞庙门，灵风时动戟衣翻。
御灾捍患阴功大，玉册荣加帝者尊。

燕雀湖
平湖岸侧见高坟，万土衔来燕雀群。
鉴面无波天一色，此中文藻似储君。

《宋杨修之金陵览古百题诗》

范纯仁（1027—1101），字尧夫，吴县人。范仲淹次子。举宋仁宗皇祐元年进士。初知襄城县，擢江东转运判官，召为殿中侍御史。哲宗时为给事中，同知枢密院事，拜尚书右仆射兼中书侍郎。后因元祐党籍，贬武安军节度副使、永州安置。谥忠宣。有《范忠宣集》、《弹事》、《国论》。

[宋]范纯仁

和吴君平游蒋山兼呈王安国二首
十年游宦阻朋从，尊酒俄欣二友同。
单父能名推子贱，襄阳高节爱庞公。
六朝山色空陈迹，十里松声正晚风。
联骑追攀不知暮，却嫌归路入尘中。

又
钱塘山色饱相从，复此登临景物同。
旧国池台余草碧，夕阳楼阁半山红。
当时言笑如朝梦，今日心颜尽老翁。
终爱岩间坐禅客，能将万事付虚空。

《范忠宣集》卷三

黄　履（1030—1101），字安中，邵武（今属福建）人。宋嘉祐间进士。神宗朝，累官御史中丞。哲宗时，除翰林学士兼侍讲。刘安世论其党附蔡确冒定策之功，罢知越州。绍圣初，复御史中丞，仰章惇风旨，弹击吕大防、刘挚诸人甚力。后两任尚书右丞，元符间求罢，寻卒。

次韵和若愚登宝公塔

宝塔登题称逸材，云关岫幌半天开。
独龙下峙钟形峻，灵鹫旁连翼势回。
翠琬名传千载远，紫金身应四朝来。
十虚含吐真空里，假步移文亦小哉。

严观《江宁金石记》卷八

[宋]黄履

王　令（1032—1059），字逢源，元城（今河北大名）人。5岁失双亲，随其叔祖王乙居广陵。及长，在天长、高邮等地以教学为生，有治国安民之志。宋至和二年，赋《南山之田》诗求见王安石，安石大喜，誉为"可以任世之重而有功于天下"，并以妻妹嫁之。28岁卒。著有《广陵集》。

同孙祖仁、王平甫游蒋山作

山形郁盘陀，石路随直纡。荫松坐兴长，饮泉百烦除。
忆望江上楼，采翠横晴虚。爱之不能去，取席卧与俱。
若逢佳宾客，不暇外礼拘。意爱交自然，笑语略可无。
常思一徃游，杖履穷昏晡。忽从贤豪招，气类喜不殊。
更以肴酒随，倾泻谈笑余。仰跻苍崖巅，下视白日徂。
夜半身在高，若骑箕尾居。欢余悲感集，论说追古初。
在昔天下衰，群奸起相屠。相地视八极，怀险归此都。
全吴既臣魏，余晋仍避胡。此右山所瞻，形势高四隅。
游者昔为谁，名字不见书。想当出尘樊，盘礴望八区。
固宜有高兴，何亦妄滞濡。忆在初元年，虎狼出当涂。
众豪泣相盟，万甲聚一呼。楼船下三江，千里悬旌旗。
忠谋屈巨猾，弱力张远图。乞灵诉明神，至此当踟蹰。
想当得请初，胜势先群诛。虽时幸成功，倨仄已可吁。
岂无当时人，缩伏岩下庐。约身甘贱贫，卑势无忧虞。
坐视扰扰中，同为祸福躯。我当明时来，木石聊自娱。
遗祠今莫问，故邑已成墟。归谢山下民，相期在犁锄。

《广陵集》卷八

程　颢（1032—1085），字伯淳，原籍河南府，生于湖北黄陂。与胞兄程颐世称"二程"。其家历代仕宦，自幼深受家学熏陶，思想上受父程珦影响，以非王安石新法著称。早年学于周敦颐。神宗时，建立自己的理学体系，人称"明道先生"，为有宋一代大儒。著有《伊川先生文集》等。

游紫金山

仙掌远相招，萦纡度石桥。暝云生涧底，寒雨下山腰。
树色千层乱，天形一罅遥。吏纷难久住，回首羡渔樵。

《两宋名贤小集·明道先生诗集》

[宋]程颢

张舜民（约1034—约1100），字芸叟，号浮休居士，邠州人。宋英宗治平二年进士。尝上书反对王安石新法。后为监察御史，进秘书少临，曾使辽。历知陕、潭、青三州。官至集贤殿修撰。性慷慨，以敢言称。嗜画，品题精确，擅画山水。为文有理致，尤长于诗。著有《画墁集》等。

哀王荆公（四首）

门前无爵罢张罗，玄酒生刍亦不多。
恸哭一声唯有弟，故时宾客合如何。

又

乡闾匍匐苟相哀，得路青云更肯来。
若使风光解流转，莫将桃李等闲栽。

又

去来夫子本无情，奇字新经志不成。
今日江湖从学者，人人讳道是门生。

又

江水悠悠去不还，长悲事业典刑间。
浮云却是坚牢物，千古依栖在蒋山。

《画墁集》卷四

郭祥正（1035—1113），字功父，自号谢公山人，当涂人。进士。宋熙宁间知武冈县，签书保信军节度判官。赞同新法，但为王安石所不满。后通判汀州，知端州，弃官隐于当涂青山。少有诗名，梅尧臣赞为"李白后身"。诗风多样，其诗如大排筵席二十四味。著有《青山集》。

喜钟山泉禅师见过

闻师飞锡来，七日远辈饮。欣谐清净谈，中夜未能寝。
师提宝公刀，为我裁古锦。言归不须忙，溪上冰雪凛。

《青山集》卷五

钟山宝公塔

盘盘钟山古城北，夹道青松两行直。
浮屠突兀倚云烟，绘事犹存旧刀尺。

又

刀裁尺量不可过，浮生不悟欲如何。
凭栏直下视千里，多少丘墟藏绮罗。

《青山集》卷九

次韵安中尚书钟阜轩

钟山鳞鬣奋晴雷，观里幽轩选胜开。
江水北流朝海去，斗杓东转斡春回。
已将白雪传龙笛，何用黄金筑隗台。
宝塔中天挂刀尺，层层鸳瓦不浮灰。

次韵朱世昌察院登钟山

盘龙首尾压西东,宝塔棱层位正中。
万古林泉流王气,六朝冠盖入悲风。
烟生城郭尘昏尽,月满沙汀雪映空。
回首临川埋骨处,后来经纬付诸公。

以上《青山集》卷二十三

寄王丞相荆公

谢公投老宅钟山,门外江潮去复还。
欲买扁舟都载月,一身和影伴公闲。

《青山集》卷二十七

和北山泉老(三首)

从来心照两相通,信饷瓶盛自在空。
谁道钟山远姑孰,北窗时复挹清风。

又

蓼花红淡苇条黄,故有离人思抑扬。
手眼不知相扚否,墨华时寄两三行。

又

已将形影老江南,不饮情怀稍自谙。
安得道人挥玉麈,一宵清语响园庵。

《青山集》卷二十九

前 人

宿钟山赠泉禅师

夜半松柏响,绕岩鸾凤音。披衣送遐盼,明月方庭深。
楼殿遍瑶层,宝塔楼中岑。定分付赤刀,世故仍痴滛。
六朝遗破塚,四圣崇幽林。香厨饭玉粒,千岁闲于今。
况逢大道师,妙传诸佛心。其徒五百人,坐忘静沉沉。
宝光泳琉璃,永无尘垢侵。何以明归仰,顿首兴微吟。

《青山续集》卷二

苏 轼(1037—1101),字子瞻,号东坡居士,眉山人。宋嘉祐进士。神宗时因反对新法而求外职,任杭州通判、知州等。以"诗谤"罪贬黄州。后任翰林学士,出知杭州、颍州,官至礼部尚书。又贬谪惠州、儋州。北还翌年病死。擅诗文词书法。与父洵、弟辙合称"三苏"。著有《东坡集》。

同王胜之游蒋山

到郡席不暖,居愁空悯然。好山无十里,遗恨恐他年。
欲欹南朝寺,同登北郭船。朱门收画戟,绀宇出青莲。
夹路苍髯古,迎人翠麓偏。龙腰蟠故国,鸟爪寄层巅。
竹杪飞华屋,松根泣细泉。峰多巧障日,江远欲浮天。

[宋]苏东坡

略彴横秋水，浮屠插暮烟。归来踏人影，云细月娟娟。

《景定建康志》卷三十七

前　人

六月七日泊金陵阻风，得钟山泉公书寄诗为谢

今日江头天色恶，炮车云起风欲作。
独望钟山唤宝公，林间白塔如孤鹤。

又

宝公骨冷唤不闻，却有老泉来唤人。
电眸虎齿霹雳舌，为予吹散千峰云。

又

南行万里亦何事，一酌曹溪知水味。
他年若画蒋山图，为作泉公唤居士。

《苏诗补注》

李之仪（1038—1117），字端叔，自号姑溪居士，沧州无棣人。宋元祐初为枢密院编修官，通判原州。后从苏轼于定州幕府，朝夕倡酬。元符中监内香药库，被参停职。崇宁初提举河东常平。因得罪权贵，除名编管太平州。遇赦复官，晚年卜居当涂。著有《姑溪词》、《姑溪居士前集》。

和友人见寄三首

明月平时敢自因，特高兰玉信吾人。
便从缑岭如无愧，更许毗耶约问津。
每见似醺千日酒，不言常备四时春。
妙云岂独南游契，又喜钟山近得邻。

又

俗驾难回固有因，勒移终愧北山人。
不辞冒雨投归步，始信忘形是要津。
一笑未容披软语，十分先觉报新春。
定应偏契王郎便，消得从来愿卜邻。

又

除却吟诗总是尘，道人应笑可怜人。
固知参请能成佛，未到升腾且咽津。
村落风烟常似腊，禅房灯火已如春。
会须随例餐锤子，聊借明窗暂作邻。

《姑溪居士前集》卷五

[宋] 苏子由

苏　辙（1039—1112），字子由，眉州眉山人。宋嘉祐二年进士。曾任御史中丞，尚书门下侍郎，出知汝州，再谪雷州安置，贬循州等地。定居颍川，自号颍滨遗老，以读书著述参禅为事。卒谥文定。擅诗古文辞，为"唐宋八大家"之一，又与父洵、兄轼合称"三苏"。著有《栾城集》。

见江亭（在蒋山）

江水信浩渺，连山巧蔽亏。端能上崄绝，故自识津涯。
灭没樯竿度，飘摇鹭羽迟。何人倚舟望，亦爱此峰危。

定林院

定林两山间，崖木生欲合。茅屋倚岩隈，重重阴清樾。
晨斋取旁寺，生事信幽绝。吾人定何为，常欲依暖热。

八功德水

君言山上泉，定有何功德。热尽自清凉，苦除即甘滑。
颇遭游人病，时取破匏挹。烦恼虽云消，凛然终在臆。

游钟山

江南四月如三伏，北望钟山万松碧。
杖藜试上宝公龛，众壑秋声起相袭。
青峰回抱石城小，白练前横大江直。
石梯南下俯城闉，松径东蟠转山谷。
乔林无风声如雨，时见游僧石上息。
行穷碧涧一庵岩，坐弄清泉八功德。
归寻晚饭众山底，困卧定林依石壁。
朝游不知涧谷远，莫归但觉穿双屐。
老僧一身泉上住，十年扫尽人间迹。
客到惟烧栢子香，晨饥坐待山前粥。
丈夫济时诚妄语，白首居山本良策。
茹蔬饭糗何足道，纯灰洗心聊自涤。
失身处世足愆尤，愧尔山僧少忧责。

均自《栾城集》卷十

王雱（1044—1076），字元泽，临川人。王安石子。自幼敏悟，20岁前已著书数万言。治平四年进士，历任旌德县尉、太子中允、崇政殿说书、天章阁待制兼侍读。才高志远，睥睨一世，不能做小官。擅属文。与安礼、安国合称"临川三王"。著有《老子训传》、《南华真经新传》等。

钟 山

当年睥睨此山阿，欲着红楼贮绮罗。
今日重来无一事，却骑羸马下坡陁。

◎此王雱讦直，不为荆公所喜，然此诗实可传也。

《说郛》许彦周（顗）诗话

黄 裳（1044—1130），字勉仲，延平（今福建南平）人。宋神宗元丰五年进士第一。曾官端明殿学士、礼部尚书。卒赠少傅。擅诗词。其词作语言明艳，如春水碧玉，令人心醉。以《减字木兰花》等最为著名，流传甚广。著有《演山先生文集》、《演山词》。

题南华洞

数卷真经学两忘，何须疑蝶更疑庄。
水云生计不知老，诗酒光阴无限长。
何处猿声残客梦，有时风信漏天香。
钟山不愧移文士，信步寻幽到草堂。

《演山集》卷七

[宋]黄山谷

黄庭坚（1045—1105），字鲁直，自号山谷道人，晚号涪翁，洪州分宁（今修水）人。宋治平四年进士。历官叶县尉、国子监教授、校书郎、著作佐郎、秘书丞、涪州别驾、黔州安置等。卒于宜州贬所。擅诗词，为江西诗派开山之祖；精书法，史称"宋四家"之一。著有《山谷集》。

菩萨蛮

王荆公新筑草堂于半山，引八功德水作小港，其上垒石作桥，为集句云："数间茅屋闲临水，窄衫短帽垂杨里。花是去年红，吹开一夜风。　梢梢新月偃，午醉醒来晚。何物最关情，黄鹂三两声。"戏效荆公作。

半烟半雨溪桥畔，渔翁醉着无人唤。疏懒意何长，春风花草香。　江山如有待，此意陶潜解。问我去何之，君行到自知。

《山谷集·山谷词》

贺　铸（1052—1125），字方回，自号庆湖遗老，宋山阴（今绍兴）人，居卫州（今汲县）。孝惠皇后族孙。授右班殿直，曾任泗州、太平州通判。尚气使酒，终生悒郁不得志。大观三年以承议郎致仕，卜居苏州、常州。家有藏书万卷，手自校雠。工诗文，尤长于词。有《庆湖遗老集》。

晓登柏子冈回望金陵，怀寄钟山泉禅师

在乌江东北二十里，己巳四月赋。

晨征念王事，驽驾烦屡咄。既陟崔嵬高，稍辞丛薄密。
乌牛沾宿露，白鸟明初日。清川舣艋迟，绿岸浮图出。
缅怀秣陵游，曾缀秦淮绋。曳舄白下门，供香金粟室。
得闻四句偈，如奉三尺律。损益非所知，婚嫁行且毕。
庶几追老庞，薄暮微万一。誓将迁枳根，待变江南橘。

《庆湖遗老诗集》卷三

钟山法云彦上人留中飡罢，游草堂寺

寺即周顒故居，辛未正月金陵赋。

弭楫秦淮尾，登临殊兴回。难消蔬饭饱，更过草堂来。
日转嵩扉暝，风披蕙帐开。吾非海盐令，猿鸟莫相猜。

《庆湖遗老诗集》卷五

答王拙见寄（王字闲叟，戊辰五月石迹戍赋）

好在金陵王隐君，尺书忽与我相闻。

莼鲈久负秋风约，猿鹤终寻旧日群。
横笛卧吹南浦月，杖藜笑度北山云。
六朝陈迹何须问，一曲沧浪酒十分。

《庆湖遗老诗集》卷六

赠僧彦

彦，字纯老。庚午冬泊舟秦淮，屡与纯老过钟山泉禅师。丙子三月再由金陵，泉公化去已累月，赋此诗以示纯老。

昔年杖舄几相从，同遇弥天汉上翁。
早恨扬舲南浦别，俄惊扫地北山空。
壮心脱落浮云外，病骨支吾梦境中。
赖有西岩旧桃李，异时应许共春风。

重游钟山定林寺

辛未正月金陵赋。

破冰泉脉漱篱根，坏衲遥疑挂树猿。
蜡屐旧痕寻不见，东风先为我开门。

以上《庆湖遗老诗集拾遗》

前 人

酬别法云彦上人

辛未正月金陵赋。

将别雁门师，殷勤访所之。江湖怀北阙，鸥鸟恋南枝。
朝隐非吾所，山英不汝欺。明年东下约，春水漾苹时。

《全宋诗》

【注】《四库全书》该诗题作法堂彦上人，据《全宋诗》改法云彦上人。

陈师道（1053—1102），字履常，一字无己，号后山居士，彭城人。宋元祐初，苏轼等荐其文行，起为徐州教授，历仕太学博士、颖州教授、秘书省正字。安贫乐道，有"闭门觅句陈无己"之称。为苏门六君子之一，江西诗派重要作家。亦能词，风格拗峭惊警。著有《后山先生集》。

舒御史太夫人挽词

回合蒋山秀，佳城去域中。佩环无晓日，蘋藻自春风。
断发人何在，捐金事已空。遂移男子孝，更作直臣忠。

《后山集》卷五

[宋]陈后山

晁补之（1053—1110），字无咎，号归来子，济州巨野人。幼能属文，日诵千言，早负盛名。文风及为人深受苏轼影响，为"苏门四学士"之一。宋元丰二年进士，院试第一。授司户参军。大观末年改知泗州，到官不久卒。建炎四年，赠直龙图阁。从弟晁谦之编其作为《鸡肋集》。

题僧法芝钟山诗后

明珠出袖四百琲，座有烟霞草木香。

断取钟山擎石掌，那知不下净名床。

《鸡肋集》卷二十

【注】一名"题僧昙秀《钟山杂咏二十首》后"。

钟山有石故名

江上秋涛喷玉岩，风镂月炼白云缄。
为君一叩无人境，要听洪钟出万杉。

《鸡肋集》卷二十一

[宋]张文潜

张　耒（1054—1114），字文潜，号柯山，亳州谯县人。迁居楚州（今江苏淮阴）。13岁好为文，17岁作《函关赋》，传诵人口。宋熙宁六年进士，曾任太常少卿等官，坐元祐党籍落职。与黄庭坚、晁补之、秦观合称"苏门四学士"。晚年贫病交加，孤寂而卒。著有《张右史文集》。

谒蒋帝祠过钟山下（二首）

野塘春水绿迢迢，上有东风弄柳条。
晓日已穿东岭出，轻寒犹欲战驼毛。

又

溶溶野水戏凫鹥，垄麦初长午景迟。
尽日绿杨闲照水，临风自爱好腰支。

《柯山集》卷二十六

蔡　肇（　？—1119），字天启，润州丹阳人。宋元丰二年进士。崇宁初拜中书舍人，逾月，降显谟阁待制，出知明州。再夺职，提举洞霄宫，会赦卒。初事王安石，又从苏轼游，声誉益显。能画山水人物木石，善诗文。尝与王诜、李公麟、苏轼、米芾等人雅集西园。著有《丹阳集》。

用俎字韵呈樗年（同文唱和诗）

堕灶一言能破釜，魔界扫空成佛土。
钟山道场天所开，万壑千岩散花雨。
白衣居士演真谛，江海滔滔流法乳。
自从玉麈飞上天，妙缘谁救诸有苦。
我昔南行入定林，水鸟松风能妙语。
六时天乐彩云飞，百丈寒江翠绡舞。
此地知君会着力，雷作弹指开蛰户。
空山蕙帐盍思归，秋末晚菘行可俎。

《柯山集》卷二十七（附收）

吴则礼（　？—1121），字子副，宋富川（一作永兴，今湖北阳新）人。以父荫入仕。会为军器监主簿，因事谪荆州。官至直秘阁，知虢州。工诗，与唐庚、曾纡、陈道诸名士唱和。晚年居豫章，自号北湖居士。著有《北湖集》、《书录解题》。

余自离荆渚遍身生疮，了无佳思，至金陵舍舟登陆，之朱方道游钟山

三年窜逐去荆州，岂料重为此寺游。

钟鼓山林浑好在,独惊老子雪蒙头。

《北湖集》卷四

饶　节(1065—1129),字德操、次守,自号倚松道人,江西临川人。自幼好学,曾游鄂皖豫等地。就学于吕希哲,与谢逸、汪革、谢薖并称江西诗派"临川四才子"。陆游称其为当时诗僧第一。宋元符间,曾为曾布门客。崇宁二年在邓州香岩寺祝发出家,法名如璧。著有《倚松诗集》。

宝志禅师梁天监中将入寂,然一烛付后阁舍人吴庆,庆以事闻帝,叹曰:大师不复留矣,烛者将以后事嘱我乎?颂

已是梁王不识真,末后殷勤付舍人。
柳花飞尽莺犹语,独对钟山指暮云。

《倚松诗集》卷二

释觉范(1071—1128),俗姓彭,名惠洪,又名德洪,宋筠州人。少年时尝为县小吏,黄山谷喜其聪慧,教令读书。擅诗文书画,后为海内名僧。以医识张天觉。大观中入京,得祠部牒为僧,往来郭天信之门。政和元年,张、郭得罪,觉范决配朱崖。著有《筠溪集》、《冷斋夜话》等。

[宋]释惠洪

同庆长游草堂

万株苍烟间,杳然出微径。相逢知有得,一笑洗孤愤。
萧萧半窗雨,终日满风听。绿云到巉绝,小立锐清兴。
约公我辈人,发此一区胜。春工自无私,风力亦强敏。
柳垂拂掠黄,溪作揩磨净。篱间殿寒梅,吴姬发微哂。
已忻鸟声乐,更爱游丝迥。余郎妙天下,气与山岳峻。
春光缠肺肠,霁月磨风韵。诗如画好马,落笔得神骏。
日斜兴未阑,山穷春不尽。更为明日游,踏遍钟山顶。
旋汲一人泉,峰头煮春茗。

《石门文字禅》卷二

七夕卧病,敦素报云道夫已至北山,迟迟未入城,其意耽酒,用其说作诗促之

去年钟山今夕晴,二豪兴发来扣扃。
开轩咄嗟办法供,一味万壑松风声。
颓然意适相枕卧,便觉语笑纷先争。
我方小立倚风槛,君忽蹶起孤髻撑。
今年此乐堕渺莽,维摩卧疾毗耶城。
乌衣郎亦憎俗子,闭户卧看星河横。
美髯和易坐畏暑,扁舟散髪歌月明。
遥知君定宿浮玉,诗狂欲跨横海鲸。
传闻已至蒋陵坞,留滞未归宜一抨。
连床夜语久不理,砚席忍垢珠网生。

乃尔弥日复信宿，不为万顷无浊清。
推挤不去有深意，恋此百瓮郎官清。
瓮边被缚真有道，酒后耳热良高情。
不嫌折简苦招唤，要看欸段兀醉醒。

和灵源寄莹中

此来渐觉身无累，欲学濂溪讳名氏。
钟山万顷独经行，山日松风吹冻耳。
闻有僧从法窟来，当锋戏作横机试。
探怀示我妙伽陀，两翁回互偏中至。
乃知道德无贫贱，□□相求亦相契。
妙谈何日看挥斤，此老鼻端有余地。

奉陪王少监朝请游南涧，宿山寺步月
（二首）

朝为北山游，暮作南涧宿。此生亦何幸，称心良易足。
青灯委昏花，笑语暖幽独。月出东南峰，升此一轮玉。
开扉发清啸，意行无涧谷。胜韵高摩空，妙语清到骨。
亲朋万石门，门吏千钟禄。如何饭薇蕨，衲子相追逐。
明年守北屏，夜直黄金屋。应怀此夕游，梦想亦清淑。
定有寄来篇，吴笺烦自録。

又

单衣喜和风，诗眼爱空翠。野亭亦翛然，散坐聊倦倚。
坐久忽闻樵，见视一笑喜。那知深林外，曲折见流水。
幽光弄绀碧，春色泼秀气。去为千顷泽，堤柳相妩媚。
月光方下彻，浮空见颡尾。投砾戏惊之，扑摝沙禽起。
归途望林墅，烟霭隔山寺。便如斜川游，岁月亦相似。

次韵叶集之同秀实、敦素、道夫游北山，会周氏书房

王郎本豪放，富贵缠缚之。颇复厌丝竹，来听松风悲。
叶侯须似棘，谈兵辄纷披。恃此文武胆，英气吐北西。
正直威鬼神，动欲焚滛祠。道夫忧国心，造次常念兹。
事功未入手，愤酒谁共酾。正恐追老范，一吐胸中奇。
秀实气刚大，归宿未易期。新诗弄清婉，霜晓临湘湄。
钟山冠世境，登赏乃所宜。林间见隐者，面有无求姿。
不必问贤否，但读诸公诗。我无支遁才，敢逐王谢为。
推挤幸不死，岂非怜其痴。一昨阅诗战，望见仆旌麾。
今能犯矢石，居久气自移。

以上《石门文字禅》卷三

同敦素沈宗师登钟山酌一人泉

钟山对吾户，春晓开烟鬟。白云峰顶泉，绀碧生微澜。
经年未一酌，对客愧在颜。两翁亦超放，瘦策容跻攀。
大千寄一瞬，境静情亦闲。是时天惨憯，佳处多遗删。
立谈共嘲谑，豪气破天悭。临川冰玉清，风流继东山。
兹游适所愿，但恨无弓弯。东阳邱壑姿，痴绝胆亦顽。
孤坐巉绝处，掉头不肯还。天风吹笑语，响落千嵓间。
归来数清境，但觉毛骨寒。从君乞秀句，端为刻斓斑。

提举范公开轩面钟山，名曰"寸碧"，索诗

湖山烟翠层，千叶青莲拆。公家莲蘤间，如眼不自觌。
一登功名途，富贵两追迫。开轩延爽气，拄笏望秀色。
钟山盘万丈，云破见尾脊。殷勤度邑屋，分此一寸碧。
升空带青小，撑汉螺髻出。我亦个中人，登览增眼力。
知公寓逸想，喧不碍岑寂。给札令赋诗，相顾愕坐客。
愧无莫云词，涴公雪色壁。

以上《石门文字禅》卷四

寓钟山

生涯如倦鸟，栖息此山中。睡足谁呼觉，烟消篆已空。
翻经欺眼力，斜日借窗红。卧听铜瓶泣，青松万壑风。

钟山有花如比丘状，出秾叶间，王文公名为"罗汉花"，僧请赋诗

通力元无碍，随缘自应真。此生花上露，故现叶间身。
知见幽香在，伽梨翠色新。一枝聊把玩，未愧鹫峰人。

寄题行林寺照堂

闻说行林寺，杳然丛秀间。堂清开水镜，山好理烟鬟。
有雾窗呵暗，无尘扉自关。人牛今不见，蓑笠两俱闲。

以上《石门文字禅》卷九

钟山悟真庵西竹林间，苍崖千尺，岁久折裂，余与敦素行山中至此，未尝不徘徊，庵僧为开轩向之，尽收其形胜，名曰"两翁"，作此

水边修竹才堪数，竹外苍崖已半颓。
我辈自追方外乐，轩窗谁为此间开。

待邀山月三人共，要听松风万壑哀。
坐久篆畦香绕遍，碧消烟缕雪残灰。

次韵敦素两翁轩见寄

识暗长嗟未烛微，坐令归梦绕嵩扉。
忽惊尘土登须鬓，已觉云山负衲衣。
孤坐知君扶瘦策，此诗慰我脱危机。
天藏钟阜一区胜，乞与君俦为发挥。

以上《石门文字禅》卷十一

余游钟山宿石佛峰下，因上人自归宗来，赠之六首

曾共故山寒食，忽惊庐岳重阳。
想见洞庭橘柚，累垂又出青黄。

二

世议嗟嗟廹隘，白头相视如新。
只有渊明似我，逢人故面成亲。

三

君住青鸾溪上，我留石佛峰前。
捉手粲然一笑，秋容□更撑天。

四

却度来时危径，断崖落照孤烟。
分手更无可奈，相看只有凄然。

五

已是浮云身世，更余一钵生涯。
是处青山可老，何妨乘兴为家。

六

西风夜吹客梦，霜清更入钟山。
且作跳鱼纵壑，会看倦鸟知还。

《石门文字禅》卷十四

合妙斋二首（录一）

雨过东南月清亮，意行深入碧萝层。
露眠不管牛羊践，我是钟山无事僧。

次韵超然洞山二首

洞山正似钟山坞，惭愧新诗写得真。
欲唤定林闲相国，要看清散岸纶巾。

又

油然无定似云间，今在江南尽处山。
肤寸顾吾真可度，奇峰如子未容攀。

大风雪中迪吉老寻余钟山二首

风声卷地犇万马，雪花连空若推下。
道人轩渠何所来，笑里丹砂不知价。

又

万事信缘安乐法，一身随分实头禅。
不知影草声前句，何似和衣粥后眠。

超然在东华作此招之

芒鞋踏破成何事，坐榻尘埋只汗颜。
斋钵生涯唯涧饮，结茅终待老钟山。

时余适金陵定居定林，超然将南归从余游，以为诗谶也，复次其韵

袖手对君增白业，照溪嗟我减朱颜。
遥知岁晚归心急，不为江南卧看山。

以上《石门文字禅》卷十五

变禅者归蒋山见佛果乞偈

霸陵将军万人敌，射虎饮羽马蹄易。
下马视之辄一笑，宁知虎为草中石。
控弦复射又中的，窘然有声箭不入。
将军但知为石耳，坐令疑虎心相失。
诸方今谁达此机，蒋山老勤默而识。
变公心挂蒋山云，浩然欲归约不得。
洞庭青草水粘天，高帆摩空一千尺。
仰看浪摧碧玉山，此时法界毛端集。

送澄禅者入蒋山

妙明廓彻圆当念，念未圆明颠倒转。
譬如醉眼旋屋庐，屋庐岿然醉目眩。
要令鹘仑常现前，一切时中莫污染。
昔日蒋山解颠草，一字不可饶两点。

以上《石门文字禅》卷十七

叶梦得（1077—1148），字少蕴，苏州吴县人。宋绍圣四年进士，历官

翰林学士，户部尚书，江东安抚制置大使，兼知建康府、行宫留守。所历皆有能声。晚年隐居湖州石林谷，故又自号石林居士。卒赠检校少保。擅词，对南宋词风演变有重要影响。著有《建康集》、《石林词》等。

[宋]叶梦得

郡斋望蒋山

十年在空山，未觉与世殊。再来抚城郭，始悟非吾庐。
岂不有华屋，旌旗拱上都。峩冠坐清旦，百里前走趋。
而我麋鹿姿，怅然若囚拘。忽看北山岑，突兀当坐隅。
欢言顾之笑，便欲凌崎岖。似我槿篱间，层峦俨相扶。
遥瞻不得往，起步空长吁。少年四方志，顾眄略九区。
衰慵一如此，毕愿终田闾。拙艰固应尔，岂但悲老夫。

建康旧俗，贵重九、上巳，诸曹皆休务，祀神登北山，参议马君独不出，携诗相过，因言石林之胜，次其韵

倦飞归鸟正思还，叩户聊分半日闲。
胜事漫同谈栗里，佳时休笑负龙山。
簿书已老无余力，香火朝真有旧班。
他日尚期能过我，试穷千嶂共追攀。

次韵马参议同游蒋山

华屋惊随劫火飞，江山空自绕邦圻。
灵踪可便超千载，妙解谁从寄一微。
着屐尚堪穷碧落，据床聊伴俯清辉。
追寻会识关心处，未怪衰翁苦忆归。

再次韵

颓垣败屋落花飞，草草春光亦故圻。
但爱野塘输渌净，不知风景转清微。
帐空尚忆猿惊晓，基废犹传凤览辉。
女几自无平贼意，坐来休笑久忘归。

三次韵

荒林寂寂鸟飞飞，旧事那容数一圻。
山色自怜云泱莽，暮寒犹作雨霏微。
谈余故喜舌仍在，境胜端知玉有辉。
问取塔中黄面老，此身何处是真归。

四次韵

雨厌残云暝不飞，乱红犹欲点春圻。
蒋陵路绝人谁到，萧寺庭荒迹已微。
偃蹇松篁空自老，参差观阁旧相辉。
令威等是千年客，想有辽东独鹤归。

以上《建康集》卷一

同惇立游蒋山，谒宝公塔、王荆公墓，晚过草堂寺，周颙故宅也

我居在城府，再至俄二年。岂无山水心，可奈簿领缠。
今晨偶乘兴，适此宾从贤。零雨洗骄阳，谷中听流泉。
凭高快远览，正见江浮天。至人本无心，与我常周旋。
谁云唤不应，汝意自不虔。麦陇稍已滋，横水涨微涟。
佳城倚华表，拱木埋貂蝉。暮过草堂寺，借榻聊暂眠。
不复闻怨鹤，茅檐但连延。归路践落日，群峰郁相先。
回风送远响，墟里生晚烟。吾庐怅何许，东望良慨然。

◎谁云：余自到镇，每雨旸祈宝公塔，未尝不应。

诸幕府见和复答二首（录一）

一勺清甘寄悟真，觉城东路更相邻。
台倾劫火无遗烬，地转奔风有伏轮。
但遣篮舆从太守，深知幕府尽诗人。
登临莫忘千秋意，不必山阴记暮春。

◎一勺清甘：八功德水在定林寺址，宋旧名悟真寺。
◎台倾劫火：寺经兵火尽焚。

次韵马参谋（议）蒋山开堂饭素

邂逅聊凭法供真，兹山谁谓我非邻。
相追更喜同枝策，得意遥知了斲轮。
幽事要须尘外侣，好诗仍惜镜中人。
归来袖里传新句，惊放岩花作小春。

以上《建康集》卷二

李 光（1077—1159），字泰定，号转物老人，越州上虞人。宋崇宁五年进士，历官秘书少监，吏部侍郎，江东安抚大使、知建康府，参知政事。因与秦桧不合，贬藤州安置。后复左朝奉大夫，致仕，行至江州卒。孝宗时谥庄简。其诗清绝可爱。著有《前后集》、《椒亭小集》、《庄简集》。

次韵奉酬当时参议见赠游钟山五诗

二水苍茫外，千峰杳霭间。伤心金碧地，举目异河山。
英谋参上幕，爽气盖群雄。愤世仍忧国，都忘酒醆中。
六国衣冠盛，中原气象存。腰间佩金印，莫忘杀王敦。
雅志希三釜，平生擅一丘。归寻赤松约，何必更封留。
塞北烟尘息，江南胜气多。君王总戎旅，来继大风歌。

《庄简集》卷六

[宋]李 光

程 俱（1078—1144），字致道，衢州开化人。宋绍圣四年以外祖荫补吴江主簿。监太湖盐场时上书论事罢官。后历官礼部员外郎，秀州知州、秘书少监、中书舍人等，因病退居。秦桧荐主国史馆，不赴。为人亢直有气节。其诗卓然自立，兼得唐中叶以后名士众体。著有《北山集》。

定 林

定林在何许，窈窕钟山麓。得非夸娥民，遗我障岩谷。

《北山集》卷六

华 镇（1079年前后在世），字安仁，会稽人。好学博古，工诗文。元丰二年登进士第。官至朝奉大夫，知漳州军事。著有《文集》一百卷，《杨子法言训解》、《书记》、《会稽览古诗》、《会稽录》等均已佚；今存《云溪居士集》。

宣化道上望钟山

望外江山千万重，北山秀气冠江东。
可怜秋月澄明夜，怨鹤长悲蕙帐空。

《云溪居士集》卷十三

王庭珪（1079—1171），字民瞻，庐陵人。宋政和八年进士。调茶陵丞，与上官不合，弃官隐居卢溪。绍兴中，胡铨请斩秦桧，谪新州，独以诗送行。坐讪谤，流夜郎（一作岭南）。孝宗时召对内殿，赐国子监主簿，乾道六年，复除直敷文阁。性亢厉，为诗雄浑。著述富。著有《卢溪集》。

赠蒋山僧（并引）

　　蒋山僧觉海持刘美中书来茶陵，予以解官遇海于庐陵，作数语送之，俾游云阳寻定佛果祖师道场，以乞丐于衡湘间。

云阳秀湘南，祖刹隐林峤。曾出老古锥，今尚有余貌。
神驹过江来，羁靮不受敲。潮音震海湖，乞食偏蛮徼。
遣子寻故岑，飞锡出泥淖。端能破悭贪，亦须硬嘴爪。
定林枕双溪，门前风水闹。一派绕钟山，归时可自照。

《卢溪文集》卷五

韩 驹（1080—1135），字子苍，号牟阳，陵阳仙井（今四川井研）人。尝在许下从苏辙学。宋政和初，献颂得官，赐进士出身，任秘书省正字。不久即因学苏辙而被贬官。后任秘书少监，中书舍人兼修国史。绍兴元年，知江州。卒于抚州。其诗讲究字字有来历。著有《陵阳先生诗》。

送权师谒蒋山华藏二长老

祇园寺里长连榻，衲被蒙头坐五年。
忽忆山中有尊宿，欲来言下觅真诠。
萧萧野店云生钵，渺渺江津月入船。
一段孤湖千里去，不知何事苦参禅。

《陵阳集》卷三

周紫芝（1082—1155），字少隐，号竹坡居士，宣城人。宋高宗绍兴十二年进士，历任右迪功郎敕令所删定官、枢密院编修官、知兴国军。为官简静。秩满，入居庐山以终。以诗名，自然顺畅；亦擅词，清丽婉曲。曾向秦桧父子献谀诗。著有《太仓稊米集》、《竹坡词》、《竹坡诗话》。

宿蒋山

薄游践初心，寓宿便晚静。山空秋有声，人寂夜更永。
华鲸催晓色，有客动深省。焚香礼大士，杖策上危岭。

黄金明窣堵，妙音生佛境。眼穷天无尽，地转江万顷。
缅怀梁武帝，问法昔造请。识师鸟巢中，道契言自领。
会令天龙宫，金碧粲绝顶。我来修法供，汲水具乳茗。
愿同桑下留，览胜毕余景。还从天际归，悠然理烟艇。

《太仓稊米集》卷六

李　纲（1083—1140），字伯纪，号梁溪，绍武人。宋政和二年进士。靖康元年守京城，退金兵。高宗即位，用为相，力图革新，仅七十五天即罢免。后复用为湖南宣抚使兼知潭州，旋罢。多次上疏，陈抗金大计，均未被采纳。能诗词。著有《梁溪先生文集》、《靖康传信录》、《梁溪词》。

同李似之游蒋山

北风阻行舟，驾言游蒋山。相携得良友，谈笑穷跻攀。
松林静杳冥，殿阁罗烟鬟。宝公骨已冷，白塔孤云间。
乘高望长空，极目波涛翻。东南正戎马，戈甲照江干。
与子适相遇，偷此半日闲。怀古六朝远，道旧一笑欢。
忆昨赐对初，接武玉殿班。螭坳珥史笔，每惭追继难。
迂疏与世违，谪官堕瓯蛮。宽恩幸脱去，假道来江关。
邂逅两萍梗，飘泊惊风旛。回首顾涮河，不知涕泗潸。
着鞭愿努力，世路方多艰。

[宋]李　纲

颂示勤老

平生闻说蒋山勤，今日相逢过所闻。
还似泉公唤居士，一声吹散满天云。

登钟山谒宝公塔

宝公真至人，鸟爪金色身。杖携刀尺拂，语隐齐梁陈。
我登钟山顶，白塔高嶙峋。再拜礼双足，聊结香火因。

题定林院

行过钟山到定林，青松一径白云深。
三间古屋昭文馆，那有沉迷富贵心。

题八功德水

石作方池紫翠崖，湛然定水贮琼瑰。
何须功德标为八，万行圆成自此来。

题偃秀轩

青葱秀色一轩中，俯瞰梁朝万本松。
顶蹙风云疑偃盖，枝蟠雨露若蟠龙。
四时郁郁宁雕叶，千载亭亭不改容。
却笑宗人生岱岳，佞秦先得大夫封。

次韵李似之秋居杂咏十首并引（录一）

予素有高世之志，家梁溪上，田园足以结伏腊，泉石足以供吟哦。归自谪所，藉此就闲，而巨寇方起，干戈相邻，闻诸弟奉亲挈族旅泊淮甸，田园泉石皆未可保，慨然感怀。过金陵，邂逅李似之，出《秋居杂咏》十篇，因次韵和之。摅情言志，不必以秋为兴也。

我行大江滨，举头见钟山。清风自南来，长啸宇宙宽。
邂逅适相遇，取友平生端。恋恋故人意，怜此范叔寒。
世路方多虞，期子慎所安。他时来访我，陋巷一瓢颜。

蒋山佛果师为缘事来，而此土方饥，戏赋是诗，以发一笑

钟山禅老天骨奇，丛林晏座如孤罴。
诸方宗仰第一义，说法舌作霹雳飞。
年来为众建广厦，胸中结构良峨巍。
修梁巨栋资喜舍，缾锡不惮东南驰。
飞腾道俗走檀越，堆积金贝罗珠玑。
此方旱潦异常岁，百里稚耋方流离。
析薪爨子给朝夕，阖境半作婴儿啼。
坐看缘事莫措手，却欲反着僧伽黎。
未闻兰若泣龙象，好把信施赒寒饥。
向来收拾大宝聚，随手散尽真慈悲。
惟师具眼得空观，稇载岂愁华橐归。
吾言可听勿惆怅，无价宝珠元在衣。

次韵上元宰胡俊明、蒋山勤老唱和

余顷谪沙阳，追蒙恩得归，往还几涉三岁，触目散怀，一寓于诗，得古律数百首，自罹艰棘，绝不复作，今秋既御祥琴，适友人胡俊明寄示《钟山酬唱》，因次韵和之，自此渐理笔砚畦径，吟哦缀缉，寄情烟霞泉石，以写闲居之适当浸成篇轴，漫录之以贻同志者。时宣和癸卯冬至后三日，梁溪居士序。

竺教流传入中土，以相求之无自可。
达摩西来直指心，拟议之间已蹉过。
皮髓谁分深浅机，祖祢翻贻子孙祸。
钟山禅老真可人，高唱宗风震江左。
学流云集欲何为，佛祖要须自心作。

宰官倥偬牒讼间，偷暇相从还作幺。
也知襟抱素相亲，更把篇章迭酬和。
词严义密读难晓，字顺文从诚皆妥。
应怜孤陋方杜门，亦欲追随良未果。
故将佳句寄幽人，此意勤渠滋愧荷。
谈空摩诘无一言，听法文殊非两个。
若将情解议真如，明眼人前应看破。
世间万法互低昂，正若旋轮与推磨。
随时俯仰乃善谋，就中拙者无过我。
九折羊肠欲着鞭，万里沧溟思纵柁。
祇今行年四十余，已觉衰颓多坐卧。
平生作具何所施，尽以付之一畀火。
回光返照默自参，妙湛本然无点涴。
公方齿壮志气豪，正可立功同魏颗。
胡为亦复味禅那，坐视轩裳如絷锁。
莲社庄严清净池，文室含容高广座。
他时共结香火缘，心期耿耿当非颇。
为余稽首问勤师，如师材德诚磊砢。
钓龙罗凤大江滨，法器谁为语无堕。
庭前倘有立雪人，我欲因风致三贺。

以上《梁溪集》卷十六

普现庵铭

蒋山佛果禅师勤公，筑庵于旧方丈之侧。东吴李弥逊以普现目之，梁溪李某为作铭曰：

一月普现一切水，水月无尽月惟一。如来普现群生前，
化身亿万亦如是。譬犹一灯变百千，光明晃耀无量数。
又如两镜互相照，重重妙影咸摄入。我观此庵方丈地，
而能变含十方界。诸天宫殿众地狱，日月星宿及山河。
人畜龙仙之所居，皆悉容受不迫迮。谁能住此作佛事，
现身随类为说法。种种化导诸有情，而实无一得度者。
劫风吹鼓世界坏，劫水漂流火洞然。此庵初无变坏相，
风灾水火皆熄灭。虽云无刹不现身，乃是至密藏身处。
佛子若住普现庵，当作是念为正念。

《梁溪集》卷一百四十二

吕本中（1084—1145），字居仁，世称东莱先生，寿州人。早年诗酒风流，二十岁左右戏作《江西诗社宗派图》，遂使"江西派"定名。其诗亦属江西派，其词风格新奇清丽。后期推崇李白、苏轼，南渡后，时有悲慨时事之作。著有《春秋集解》、《紫微诗话》、《东莱先生诗集》等。

初离建康

尝忆他年出旧京，汴堤榆柳与船平。
宁知此日钟山路，亦是东行第一程。

又

纷纷车马未言还，我独支离便得闲。
尚有同门二三子，肯同今夜宿钟山。

《东莱诗集》卷十六

【注】一名"钟山寄范十四弟诸人"。

王　拙（1088年前后在世），字闲叟，号北山隐者，宋代江宁（今南京）人。居士。隐居钟山。能诗，与梅尧臣、贺铸有交往，并与贺铸同社，贺铸有诗赠之（参见贺铸诗）。

北山隐居

负郭萧然筑短墙，北山隐几意悠长。
静看青草随时换，笑问白云何事忙。
范蠡浮家终觉晚，刘伶荷锸信非狂。
楮冠布褐安吾分，那有移文到草堂。

《金陵诗征》卷五

[宋]张元幹

张元幹（1091—约1170），字仲宗，号芦川居士、隐山人，永福（今福建永泰）人。北宋政和初为太学上舍生。曾任陈留县丞。靖康元年金兵围汴，入李纲行营使幕府；李纲罢，亦遭贬逐。绍兴元年以将作监致仕。与胡铨等交。其词慷慨悲壮，豪迈刚健，流传千古。著有《芦川集》等。

次韵奉酬楞伽室老人歌，寄怀云门、佛日，兼简乾元老珪公，并叙钟山二十年事，可谓趁韵也

云门道价倾缁白，一去如何绝书尺。
乾竺宗旨超隐峰，客至不鸣斋后钟。

又

杨岐儿孙真铁脊，二子等是僧中龙。
平生我如拆韈线，老来要认本来面。

又

忆昨二老初相知，竹炉拥衲清夜围。
佛眼霜颅象懒瓒，圜悟辨口吞韩非。

又

钟山往事无人识，我识二子因师得。
楞伽一句作么生，请问同参俱本色。

《芦川归来集》卷一

周　孚（？—约1174），字信道，济南人，寓居丹徒。七岁通《春秋》。为诗初学陈师道，再学黄庭坚，俱能得其遗矩。常与辛弃疾赠答。登乾道二年进士。官真州教授。其诗不事雕绘，词旨清拔，近于自然。著有《蠹斋铅刀编》三十二卷。

赠萧希仁

钟山昔游眺，苍翠莫崚嶒。不睹骑鲸像，空瞻下马陵。
斯文今堕地，夫子独传灯。剩欲抠衣问，嗟予病未能。

◎希仁精临川之学。

《蠹斋铅刀编》卷一

仲 殊（1092年前后在世），本姓张，名挥，字师利，以法号行，安州人。曾应进士试。因游荡不羁，几被其妻毒死，弃家为僧，先后寓居苏州承天寺、杭州宝月寺。常食蜜以解毒，人称蜜殊；又称僧挥。能诗文，操笔立成。与苏轼往来甚厚。宋崇宁年间自缢而死。著有《宝月集》。

诉衷情·建康

钟山影里看楼台，江烟晚翠开。六朝旧时明月，清夜满秦淮。　　寂寞处，两潮回，黯愁怀。汀花雨细，水树风闲，又是秋来。

《全宋词》

释道潜（1094年前后在世），本名昙潜，号参寥子，赐号妙总大师，俗姓王，钱塘人。幼即出家为僧，能文章，尤喜为诗。与苏轼、秦观友善，常有唱和。绍圣间，苏轼贬海南，道潜亦因诗获罪，责令还俗。后得曾肇为之辩解，复为僧。崇宁末归老江湖。著有《参寥子诗集》。

将之金陵寄侍琪服之秀才

黄昏落帆牛渚矶，苍石岸黑行人稀。
渔灯夜深远近没，水鸟月明来去飞。
瓶盂渐与南斗阔，身世东去将焉为。
钟山咫尺行可及，会当与子同遨嬉。

钟山夜月

万壑千岩夜未央，月华松色共苍苍。
上方已觉无人语，金殿谁焚柏子香。

以上《参寥子诗集》卷四

过钟山寻俞清老不遇

霜风薄木韵含悲，岁晚寻君失后期。
夜鹤晓猿惊怨歇，草堂人去已多时。

《参寥子诗集》卷七

朱 翌（1097—1167），字新仲，号潜山居士、省事老人，舒州（今安徽潜山）人。卜居四明鄞县。宋政和八年同上舍出身。历官实录院检讨、秘书少监、中书舍人。谪居韶州十九年。秦桧死，充秘阁修撰，出知宣州、平江府。名山胜景，游览殆遍。著有《猗觉寮杂记》、《潜山集》等。

题蒋山草堂

俯仰之间迹已尘，重来屐齿藓痕匀。

晚菘早韭有真味，夜鹤晓猿无故人。
万一可偿他日愿，再三须卜此山邻。
北山大士乃吾祖，烝蕙肴兰长荐新。

《潜山集》卷二

刘子翚（1101—1147），字彦冲，一作彦仲，号屏山，建州崇安（今属福建）人。刘韐之子。以荫补承务郎，兴化军通判，以病辞。筑室屏山讲学。朱熹即其学生。工诗。与韩驹、吕本中、曾几等交游唱和。因其诗多全景式反映南北宋交替时的社会时事，历来为人所重。著有《屏山集》。

[宋]刘子翚

入钟山开善寺

双童肩竹舆，兀兀如乘舟。及兹朝暑微，远访招提幽。
苍山望中横，清泉脚底流。所历已殊胜，况乃穷林丘。
僧房在在凉，逢迎足茶瓯。岸帻幽鸟鸣，横琴素烟浮。
倦借一榻眠，吾生复何求。薰风溪上来，虚檐散飕飕。
开怀若倾倒，忽去不可留。人间苦炎热，物外常清秋。
功名非所期，聊寻赤松游。

《屏山集》卷十二

【注】刘子翚，一作（1112—1160）。待考。

同吴居安入开善四首

游松庵

虚廊附山翔，泉声小庵闭。斋余恣行邀，剥啄忻屡至。
午阴遇兰芳，夕照坐松吹。徜徉无所为，聊尽今日意。

宿省轩

夜空合一寂，扰扰息万劳。幽怀耿不寐，孤灯侧残膏。
稍知山雨来，声在横林高。凄然却成梦，梦泛秋江涛。

过报德庵

循溪踏危矼，路入箐筜坞。森森翠梴间，一干横清雨。
茶烟日月静，石壁轩扉古。尽兹北山旁，小胜无遗取。

出　山

日日冬气昏，霜风不镰面。回舆始见山，数点寒中现。
我行得胜友，笑语生华绚。如何剑峰南，咫尺不常见。

《屏山集》卷十四

九日登北山

戏马英雄安在哉？闲因九日上崔嵬。
步穷岩壑身忘倦，望尽乾坤意始开。
已向晚风伴落帽，可无新菊共浮杯。
佳时及早须行乐，老境侵人咄咄来。

《屏山集》卷十六

同原仲成元致和入开善

寒声萧萧霜叶秋，石路硗确穿林幽。
云横远岫若平断，风约小溪如倒流。
偶经名蓝亦终日，喜有胜士同兹游。
移床果茗咄嗟办，曳杖欲归仍更留。

《屏山集》卷十七

约致明入开善不至二首

乔松翠竹锁禅关，乘兴时来兴尽还。
懊恨刘郎招不得，瘦筇独自入寒山。

又

偶临沙岸立多时，淡淡烟村日向低。
幽事挽人归不得，一枝梅影浸澄溪。

《屏山集》卷十八

胡 铨（1102—1180），字邦衡，号澹庵，吉州庐陵人。南宋建炎二年中进士，授抚州军事判官。任枢密院编修时，闻朝廷遣使金国求和，上书请斩秦桧头，屡谪吉阳军。复起后知饶州，官至工部、兵部侍郎，以资政殿学士致仕。晚年定居庐陵青原山。卒谥忠简。著有《澹庵文集》等。

与正觉长老同游蒋山

宝公何似赞公房，好句还追铁凤翔。
金象妙高惊地胜，木犀清远送天香。
明年蜡屐谁犹健，昨日登楼我尚强。
三老未应输二老，兹游奇绝永难忘。

◎宝公：是日登宝公塔。好句：铁凤翔见赞公房诗。登楼：阁高百尺梯凡五折，最难上。

《景定建康志》卷三十七

[宋]胡澹庵

吴 芾（1104—1183），字明可，号湖山居士，田市吴桥村人。南宋绍兴二年进士。任监察御史时，两淮抗金失利，建议高宗亲征，驻跸建康"以系中原之望"。历官礼部侍郎，敷文阁直学士、临安知府。以龙图阁直学士告老还乡，修小西湖，终日从事著述。卒谥康肃。著有《湖山集》。

陪梁大谏察院同登蒋山

山如屏嶂阜如钟，中有巍巍古梵宫。
六代兴王俱扫迹，一僧遗塔尚摩空。
万松雪类长波挂，八水源从异域通。
家在天台最深处，见山还忆故山中。

《湖山集》卷六

陪梁大谏陈察院同登蒋山

尽室斋心谒梵宫，愿求一语卜穷通。
老夫只欲归田去，懒把前程问志公。

《湖山集》卷九

史 浩（1106—1194），字直翁，明州鄞县人。南宋绍兴十五年进士，官国子博士、尚书右仆射，除少傅，以太保致仕。封魏国公，进官太师。卒封会稽郡王，谥文惠。嘉定十四年，追封为越王。曾为赵鼎、李光、岳飞等平反。与其子史弥远、孙史嵩之三代为相。著有《鄮峰真隐漫录》。

陪洪景卢左司，马德骏、薛季益、冯圆中三郎中，汪中嘉总干游蒋山，以三十六陂春水分韵得三字（壬午正月十五日）

大江汹澎湃，风静星斗涵。截然当地险，界限天东南。
金陵帝王都，窟宅何耽耽。龙虎争负恃，盘踞昔所谈。
我适访陈迹，策马冲烟岚。蒋山上叠翠，秦淮俯拖蓝。
宝公道场主，貌像坚瞿昙。千年窣堵波，倒影落寒潭。
共知胜绝处，即是弥勒龛。春春足佳致，慨想聊停骖。

又

六朝互兴废，较德同朝三。中原文武境，久困兵贪婪。
曾无混一志，溥施鸿恩覃。区区守霸图，局束令人惭。
岂若吾主圣，坐遣凶渠戡。长驱翔灞上，垂拱受朝参。
回观兹奥区，脱去如遗篸。小臣执羁靮，喜释心如惔。
再拜觞万寿，恺乐将屡酣。却来寻故栖，了此七不堪。

《鄮峰真隐漫录》卷二

用王荆公韵计十三首（录五）

和《钟山晚步》

幽溪细雨落轻花，无限春锄立岸沙。
苦竹黄芦迷望眼，孤烟起处是人家。

和《道傍大松人取以为明》

夭矫龙鳞众欲攀，肯随蒿艾老空山。
便教不受栋梁用，犹作光明满世间。

和《同熊伯通自定林过悟真》

欲寻云屋煮新茶，领客行寻一径斜。
遐想当时挂纱帽，笑看盌面白浮花。

和《城北》

春温初褪鹤绫袍，已觉东风绽小桃。
楮策城阴无限景，秦淮波阔蒋山高。

和《答东流顿令罢官阻风》

解印今朝去有期，何须更勒北山移。
了知风伯恳留意，正是攀辕卧辙时。

以上《鄮峰真隐漫录》卷四

陈俊卿（1113—1186），字应求，莆田人。南宋绍兴八年进士（榜眼）。授泉州观察推官，勤于职务。历官尚书右仆射，同中书门下平章事兼枢密使，以少师、魏国公致仕。天资忠孝，清严好礼。在朝正色立言，无所顾避。凡所奏请，均关治乱安危之大者。卒谥正献。著有文集二十卷。

淳熙己亥岁三月十三日，祈雨宝公祠下获应如响，敬以小诗言谢

农事春郊闵雨时，乞灵奔走宝公祠。
炉中沈水才三祝，天上油云已四垂。
薉薉通宵茅屋冷，青青破晓麦田滋。
更祈三日滂然降，大作丰年遍海涯。

《灵谷禅林志》卷六

韩元吉（1118—1187），字无咎，号南涧，开封雍邱人。南宋绍兴十八年以祖荫入仕。官至吏部尚书，封颍川郡公。有政绩，曾出使金国。晚年寓居信州上饶。擅词，其作多抒发山林情趣。与陆游、朱熹、辛弃疾、吕祖谦等多有唱和。著有《桐荫旧话》、《南涧甲乙稿》、《南涧诗余》等。

次韵王季夷时同宿蒋山

亭亭石塔宝公龛，剩喜僧床得对谈。
堪凛词场君亦滞，驱驰世路我何堪。
军书又见纷南北，敌势由来说二三。
淮岸西风晚更急，似传烽火过江南。

《南涧甲乙稿》卷五

次韵王季夷时同宿蒋山（三首）

北山应见太清年，兴废由来亦偶然。
自我得之还自失，老禅刀尺尚相连。

又

草堂一壑转山腰，杖策无因隐士招。
蕙帐只应容我老，冷猿孤鹤夜寥寥。

又

当年丞相读书林，谁识更张万事心。
垅上牛羊共回首，插天乔木暮阴阴。

《南涧甲乙稿》卷六

陈 序（1123年前后在世），字颜育，南宋句容人。尝从苏庠（养直）学诗，受知于浙漕向子諲（伯恭），邀与同行，妻以爱姬。姬，寇莱公玄孙也。伯恭闻于朝，授和州文学，终删定官。曾与周邦同游钟山，并题诗八功德水庵壁。著有《碧岩集》。

题钟山八功德水庵壁

寒骑瘦马度山腰，目断青溪第一桥。
尽是帝王陵墓处，野风荒草暝萧萧。

又

十年尘土暗衣巾,乱走江乡一病身。
西第将军成底事,北朝开府是何人?

《宋诗纪事》卷四十二

周　邦（1123年前后在世），字德友，海陵人。徙居钱塘。周煇之父。宋徽宗宣和间为江东转运司干办公事。尝从苏庠、张孝祥游。曾与陈序同游钟山，并次其韵题诗八功德水庵壁。《于湖集》有《以茶芽焦坑送周德友，德友来索赐茶，仆无之也》诗。著有《政和大理入贡录》，已佚。

题钟山八功德水庵壁次陈颜育韵

雄压吴头控楚腰,千峰环拱冶城桥。
黄旗紫盖旋归汉,古刹凄凉尚号萧。

又

北岳经行匪滥巾,相陪来现隐沦身。
春萝秋桂还吾辈,白浪红尘付若人。

《灵谷禅林志》卷二

李流谦（1123—1176），字无变，南宋汉州德阳人。李良臣子。以文学知名。荫补将仕郎，鹏授成都灵泉县尉。秩满，调雅州教授。虞允文宣抚蜀，招置幕下，多所赞画。寻以荐除诸王宫大小学教授。改奉议郎，通判潼州府。著有《澹斋集》八十九卷，已佚。

再游蒋山

系马松门竟日留,一灯深殿炯清幽。
杖头犹识齐梁谶,屐齿曾经王谢游。
瑟瑟新毛吃老树,娟娟睐目破红榴。
风铃塔上知何语,应使行人估客愁。

又

江南春晚见芳菲,雪白梨花照客衣。
步步来求诸佛记,尘尘全现祖师机。
不禁战伐山河老,犹说经纶俎豆非。
共饮名园那惜醉,落红故故傍愁飞。

《澹斋集》卷六

登宝公塔

树老巢翻鹰亦化,锡飞近地鹤犹惊。
太平寺主今安在,潮打山围建业城。

又

三尺杖头闲一把,兴亡随分百余年。
我来但爱松风好,觅得僧窗一觉眠。

再游蒋山
寒山寺里立斜晖，只有垂杨自在垂。
不待新亭成洒涕，向来已识宁馨儿。
六经岂解亡人国，万卷平生最苦辛。
只作卧龙嗟晚悟，当年人畏近前嗔。

以上《澹斋集》卷八

范成大（1126—1193），字致能，号石湖居士，宋吴郡人。南宋绍兴二十四年进士。知处州，修复通济堰。乾道六年出使金国，不辱使命，除中书舍人。淳熙五年拜参知政事，仅两月被劾罢。后退隐故里石湖。卒赠少师，谥文穆。素有文名。著有《石湖集》、《揽辔录》、《吴郡志》等。

[宋]范成大

钟山阁上望雨
天阔山长雨似烟，忽然飞去暗平川。
秔禾未实籼禾瘦，不用廉纤便需然。

晨出蒋山道中
霜痕如雨沁东郊，乐岁家家一把茅。
故国丘陵多麦垄，新晴篱落有梅梢。
小山何在应招隐，北岭如今已献嘲。
归计未成聊琢玉，飘飘风袖作推敲。

元日谒钟山宝公塔
雪后江皋未放春，老来犹驾两朱轮。
归心历历来时路，官事驱驱病里身。
未暇鸡窠寻古佛，且防鹤帐怨山人。
君看王谢墩边地，今古功名一窖尘。

以上《石湖诗集》卷二十二

前人

祷雨同陈丞相韵
膴原龟坼暮春时，夹路炉熏共祷祠。
唤起云头千嶂涌，飞来雨脚万丝垂。
无情梅坞犹红绽，有意秋田尽绿滋。
大施门开须满愿，愿均此施匝天涯。

《灵谷禅林志》卷六

周必大（1126—1204），字子充，一字洪道，号省斋，晚号平园老叟，吉州庐陵人。南宋绍兴二十一年进士。举博学宏词科。官至右丞相，封益国公。以少傅致仕。卒谥文忠。与陆游、范成大、杨万里等都有很深的交谊。为文词婉义正。有《益国周文忠公全集》。

次韵邢怀正(孝庸)通判游蒋山
(戊寅十二月十八日)

仙人薄蓬莱，乘槎度河浒。旧观桑田变，今访钟山古。
驾言出东门，恍若之帝所。朝曦霁青霜，枫叶落红雨。
亭亭望浮图，隐隐插天宇。坡垂北溟鳌，石卧南山虎。
遥闻饭后钟，绝胜纮如鼓。恭惟布金地，草木谁敢侮。
孤芳破冰雪，喜见梅萼吐。同游皆大雅，缟素竞先睹。
巾车似元亮，漱石杂孙楚。相将挹灵泉，何用照牛渚。
西方化人国，未觉道修阻。法筵盛龙象，一一会心侣。
茗盌散午梦，蒲团便软语。悬知雨花社，重辨风幡舞。
相投甚针芥，味道真酪乳。从来草堂灵，俗驾回吾祖。
况如云仍辈，幺么那复数。后车倘许随，未羡黄金坞。

《文忠集》卷一

杨万里（1127—1206），字廷秀，号诚斋，吉州吉水人。南宋绍兴进士。曾任太常博士、广东提点刑狱、尚书左司郎中兼太子侍读、秘书监等。主张抗金，正直敢言。宁宗时辞官居家，终忧愤而死。工诗，时称"诚斋体"，与尤袤、范成大、陆游合称"南宋四大家"。著有《诚斋集》。

题半山寺(三首)

霜松雪竹老重寻，南荡东陂水自深。
凤去宅存谁与共，不如作寺免伤心。

◎伤心：公哭元泽诗云"一日凤凰去"。

又

老无稚子为应门，病有毗耶伴此身。
相府梵宫均是幻，却须舍宅即离尘。

又

日边赐额寺名新，鸡犬相迎旧主人。
见说小儿齐拍手，半山寺主裹头巾。

游定林寺即荆公读书处(四首)

钟山已在万山深，更过钟山入定林。
穿尽松杉行尽石，一庵犹隔白云岑。

又

一个青童一蹇驴，九年来往定林居。
经纶枉被周公误，相罢归来始读书。

又

半破僧庵半补篱，旧题无复壁间诗。
只余手植双桐在，此外仍兼洗砚池。

又

踏月敲门访病夫，问来还是雪堂苏。
不知把烛高谈许，曾举乌台诗帐无？

以上《诚斋集》卷三十一

早炊新林望见钟山

辞俸钟山一月前，如何知我北归轩？
不通姓字殷勤甚，忽到新林野竹边。

《诚斋集》卷三十三

前 人

三月三日上忠襄坟，因之行散得绝句
（六首录一）

除却钟山与石城，六朝遗迹问难真。
里名只道新名好，不道新名悮后人。

《宋诗钞》卷七十八·江东集钞

贺建康帅全处恭迎宝公祷雨随应

大士多年不入城，入城犹未炷炉薰。
忽吹淮水千峰雨，不费钟山半朵云。
桑叶秧苗俱起舞，葵花萱草亦欢欣。
尚书款送公归去，留下丰年二十分。

《灵谷禅林志》卷六

杨元亨（生卒年及生平不详），字鹄山，南宋时人。《景定建康志》收此诗置杨万里诗后。

半山寺

蹇驴挟策一苍头，罢相归来隐寂寥。
看到半山三不足，依然野水漫青苗。

《景定建康志》卷四十六

周 燔（1132年前后在世），吴郡（今江苏苏州）人，一作泰州人。南宋高宗绍兴二年进士。孝宗时知芜湖县。

定林庵

定岩坐听松声好，德水行穿竹影斜。
无限世间幽绝处，天公分付与僧家。

《景定建康志》卷四十六

张孝祥（1132—1169），字安国，号于湖居士，简州人。卜居历阳乌江。宋绍兴二十四年进士，廷试第一。曾因触犯秦桧下狱。隆兴元年，为建康留

守,因赞助张浚北伐而被免职。后任荆南湖北路安抚使,治水有政绩。进显谟阁直学士致仕。卒葬钟山清国寺。著有《于湖集》、《于湖词》。

应庵退席蒋山,来寄昭亭万寿,三请不得已而去,辄赠长句,兼简苏州内翰尚书

逍遥丘壑欲忘年,忽作风蝉蜕骨仙。
钟阜恰从三昧起,灵岩重要一灯传。
极知扫迹终无策,且与临岐快着鞭。
莫作山林城市想,从来大隐故居廛。

又

不寄音书又隔年,因师问讯玉堂仙。
碧油早觉儒为贵,青海应无箭可传。
忆昔丝纶催唤仗,何时沙路听鸣鞭。
生涯落寞公知否,准拟松江受一廛。

《于湖集》卷六

楼　钥(1137—1213),字大防,号攻媿主人,鄞县人。南宋隆兴元年进士。为胡铨所知赏。官至吏部尚书兼翰林侍讲、参知政事、资政殿大学士。卒谥宣献。博通经史,讲求实学,通训诂小学,论述可信。其题跋颇为后世所重。著有《北行日录》、《攻媿集》。

题汪季路尚书所藏米元晖《蒋山出云》

龙盘往昔名钟山,云起从龙意自闲。
肤寸须臾成戴帽,坐看膏雨满人间。

《攻媿集》卷十一

[宋]辛稼轩

辛弃疾(1140—1207),原字坦夫,改字幼安,别号稼轩,历城人。二十一岁参加抗金义军,不久归南宋。历任湖北、江西、湖南、福建、浙东安抚使等职。一生力主抗金。曾上《美芹十论》与《九议》,条陈战守之策。擅词。作品风格豪放,与苏轼齐名,合称"苏辛"。有《稼轩长短句》。

一剪梅·游蒋山呈叶丞相

独立苍茫醉不归。日暮天寒,归去来兮。探梅踏雪几何时?今我来思,杨柳依依。　　白石江头曲岸西。一片闲愁,芳草萋萋。多情山鸟不须啼,桃李无言,下自成蹊。

满江红·建康史帅致道席上赋

鹏翼垂空,笑人世、苍然无物。又还去、九重深处,玉阶山立。袖里珍奇光五色,他年要补天西北。且归来、谈笑护长江,波澄碧。　　佳丽地,文章伯。金缕唱,红牙拍。看樽前飞下,日边消息。料想宝香熏阁梦,依然画舫清溪笛。待如今、端的约钟山,长相识。

均自《辛弃疾词全集》

曾　丰（1142—1224），字幼度，号樽斋，乐安人。宋乾道五年登进士，历任永州教授、浦城县令、德庆知府、湖南参帅、朝散大夫等。勤政无为，不畏权贵。尝培植真德秀，开办西山书院，弟子有董德修、邓求斋、何谷等。以文章名。曾与黄子由编《豫章乘》。著有《缘督集》。

上广东运副马少卿寿十首（录一）
侯星转作使臣星，驿传轺车得按行。
天节前驱绣衣出，蒋山摇动大江清。

《缘督集》卷九

赵　蕃（1143—1229），字昌父，一字章泉，南宋郑州人。后徙信州之玉山。以荫补州文学。调浮梁尉，连江主簿，皆不赴。后为太和主簿，受知于杨万里。官终直秘阁。性刚介不可夺。始受学刘清之；年五十犹问学于朱熹。著有《乾道稿》、《淳熙稿》、《章泉稿》。

观王文之所藏荆公帖
余行江左路，曾涉蒋山椒。野逸思乘蹇，仪型想冠貂。
帖窥藏五世，诗续咏前朝。永日欣无斁，巾欹膝屡摇。

《章泉稿》卷二

马之纯（约1144—？），字师文，号野亭，婺州东阳人。弱冠登宋隆兴元年进士。初为严州比较务，受知张（栻）宣公，潜心经籍，穷通诸子百家。宁宗庆元间曾主管江东转运司文字。赠太子少师。著有《尚书中庸论语说》、《周礼随释类编》、《春秋左传纪事》及编年诗文若干卷。

钟　山
石城为虎此为龙，都邑无如此地雄。
万壑千岩皆拱北，三江七泽尽朝东。
埋金依旧祥光现，凿浦仍前地脉通。
吴晋六朝尝已验，如今留钥比关中。

八功德水
钟山有岭号屏风，碧石青林一径通。
听得山腰鸣陆续，看来海眼净冲融。
初尝但得烦心解，再饮能令万虑空。
软美轻清无限好，经中所说正相同。

蒋山太平兴国禅寺
凌晨同作蒋山游，细雨丝轻雾不收。
谢得东风如有意，故教晴色渐盈眸。
松阴十里青丝障，石磴千层白玉楼。
弥望宽平有如此，故应常作帝王州。

桂　岭
桂花千树占岑岩，绝胜淮南一小山。
萧籁有时吹木末，天香无限满人间。
悬知彼处有金粟，为见如今闻麝兰。
蹑磴缘崖期采摘，分明如向月中攀。

栽松岘

钟山山上亦僮僮，吏课何妨使种松。
还似农桑分殿最，亦如榆柳计功庸。
初时出土平如荠，后日横空矫似龙。
每见路旁多合抱，不知手植是谁侬。

覆杯池

当初一马过江来，幕府山头刈草莱。
无数流离未安集，几多政事合图回。
只应早起观庭燎，安得时常近酒杯。
江左中兴仗谁力，一池春水泛新醅。

应潮井

俯看沧海仰看山，相去分明霄壤间。
有井无冬亦无夏，与潮俱往又俱还。
想应透彻深无底，怪得浮沉转似环。
不用浙江亭上望，请君来此一凭栏。

蒋帝庙

一尉为官亦已轻，后来封爵一何荣。
骨青相貌由来异，羽白威神俨似生。
尝遣阴兵随义旅，不从私铸长奸萌。
自当血食钟山上，仍与钟山换却名。

又

爵以土王从六代，谥为庄武自南唐。
缘何血食垂千祀，为有威灵庇一方。
魏有钟离寻败走，秦屯淝水辄奔亡。
虫生火起徒妖怪，载记还应择未详。

《景定建康志》

张　祁（1155年前后在世），字晋彦，南宋和州乌江人。邵弟，孝祥父。以兄使金恩补官。曾被秦桧罗织下狱，桧死获免。累迁直秘阁、淮南转运判官。谍知金人谋，屡闻于朝。言者以"张皇生事"论罢之，明年敌果大至。后卜居芜湖，筑堂曰归去来。有文集，已佚。

游钟阜寺呈同集诸公

晓出白下门，东山耸屏颜。脱身廛市中，办此一日闲。
西风忽凛冽，秋容著坚顽。烟树小摇落，寒云起斓斑。
但惊节物变，敢辞登陟艰。诸峰互崭绝，落势相回环。
盘固建康城，俨若呵神奸。造化钟英灵，尽压东南山。
厚疑接坤轴，高欲窥帝关。太平严梵刹，华屋罗千间。
向来劫烧灰，旧观初未还。象教岂易灭，佛力不可扳。
风雷运梁栋，斤斧勤输般。会见落成日，千门响铜环。
山僧肯分甘，我亦诛茅菅。人生少会心，胜处天所悭。

归辔理残照，欲去仍跻攀。后会傥可约，此兴殊未阑。
只恐俗士驾，频来遭诋讪。哦诗记幽讨，剩语君其删。

《景定建康志》卷三十七

任希夷（1156— ?），字伯起，号斯庵，祖籍眉州，徙居邵武。任伯雨曾孙。宋淳熙三年进士。曾任浦城簿、萧山丞，太常寺主簿，兵部侍郎，礼部尚书兼给事中，签书枢密院事，参知政事，出知福州。卒谥宣献。从朱熹学，笃信力行。朱熹誉之为"开济士也"。著有《斯庵集》，已佚。

钟　山
城如虎踞来擒虎，山号盘龙属卧龙。
天险不能回运去，地灵元自要人雄。

同刘武子、孙季和游钟山，和刘武子韵
有客新从蜀道还，共招北隐步松间。
何人写出秋风句，付与淮南大小山。

[宋]任斯庵

钟山春游
青楼醺酽客中圣，碧苑秋千人半仙。
春满江南佳丽地，绿杨芳草思娟娟。

又
柳边淮水一般绿，花底钟山分外青。
闲趣游丝不知远，夕阳才过已疎星。

均自《景定建康志》卷三十七

虞俦（1163年前后在世），字寿老，宁国（今属安徽）人。南宋隆兴元年进士。初为广德、吴兴二郡教官，历绩溪令，知湖州、婺州，历任太学博士，监察御史，国子监丞，江南西路转运副使、兼知平江府，中书舍人，兵部侍郎。生平崇敬白居易，家建"尊白堂"。著有《尊白堂集》。

法妙观（以雨留观中一宿）
钟山畴昔愧移文，俗驾宁容更浃辰。
忽有片云池上起，元来却是雨留人。

《尊白堂集》卷四

章甫（1166年前后在世），字冠之，自号转庵、易足居士，南宋饶州鄱阳人。早年曾应科举，后以诗游士大夫间。与韩元吉、陆游、张孝祥等多有唱和。陆游《入蜀记》有"同章冠之秀才甫登石镜亭，访黄鹤楼"等记其事。著有《易足居士自鸣集》十五卷，已佚。

法刚化士于蒋山藏经乞语
钟山夜半发奇怪，火光炽然脱三昧。
法筵龙象不须惊，宝公留得眉毛在。
食轮才转法轮随，楼台金碧还相辉。

大千经卷何处觅，刚禅藏在僧迦叶。
如来言语皆真实，别有真经名第一。
琅函宝藏不能收，若遇知音请拈出。

《自鸣集》卷三

苏 泂（1170—1250后），字召叟，一字泠然，南宋山阴人。苏颂四世孙。少时随其祖父游宦入蜀，曾任过短期朝官，在荆湖、金陵等地作幕宾。陆游诗弟子，与辛弃疾、姜夔等人多有唱和。作《金陵杂兴》二百首。卒年七十余。著有《泠然斋集》、《泠然斋诗余》。

蒋山寺诗

高人元是爱山林，倦翼犹思息树阴。
况是先贤遗旧迹，未妨吾党得幽寻。
熙丰法在言何害，莘渭人非恨已深。
老我谁能知许事，自敲亭竹和猿吟。

《泠然斋诗集》卷五

金陵杂兴（录十六首）

（钟山隐士）

春韭夏菘谁复种？绿葵红蓼尚堪羹。
山存虎踞龙盘势，谷隐猿惊鹤怨名。

（宝公塔）

东门草色绿匆匆，游女行寻郎马踪。
鸡鱼不到吴大帝，签卜争求梁宝公。

（孙权墓、谢安墓）

孙陵冈上丛生草，太傅坟前没字碑。
人世百年元有限，何须功业更巍巍。

（周颙草堂）

周颙宅作阿兰若，娄约身归窣堵波。
今日丹青拜荆国，草堂香火已无多。

（栽松庵）

东冶亭东转半山，栽松庵外万琅玕。
重来钟阜同僧话，回顾城中几客闲。

（八功德水）

八功德水饮一勺，当下令君热恼消。
城里红尘莫回首，小屏风岭好逍遥。

（十里松）

小小游车四面红，美人花貌映玲珑。
随车更有郎行马，散入钟山十里松。

（蘼芜涧）

蘼芜涧边春草青，桃叶渡头江水生。

女郎到此歌一曲，不尽今来古往情。

（半山园）

绿阴黄鸟半山园，谢字王名宛若存。
试问时人两安石，却推翁仲不能言。

（钟山草堂）

日日花光乱酒光，青帘绿树映红妆。
今年幸得元戎伴，三到钟山共草堂。

（蒋山寺）

小伞障羞去复回，蒋山寺里看花开。
摩挲拄杖君随我，遮莫松间喝道来。

（蒋子文庙）

青骨标灵尔许奇，翩翩白马去何之。
庙门贴在烟云上，此是江东第一祠。

（王安石与钟山僧）

短褐钟山不跨驴，杖藜横笛野僧俱。
虽无字说烦清老，犹恐龙眠画作图。

（王文公读书处）

钟山窈窕转龙身，小屋低松次第新。
试觅定林依旧在，只无当日读书人。

（钟山寺）

小盖高肩翼蔽无，钟山寺里换篮舆。
相逢举止无羞涩，一段风流似上都。

（南朝帝陵）

晋宋齐梁几帝陵，土堆谁解有英灵。
三台五省纷纷改，惟有钟山只么青。

《泠然斋诗集》卷六

【注】括号内小标题为编者所拟。

罗必元（1175—1265），字亨父，号北谷，江西进贤人。少师危骊塘、危蟾塘，壮为性理之学，与柴中守、欧阳镇、冯曾讲切。曾移书真德秀："老医尝云，伤寒坏证，惟独参汤可救。先生其今之独参汤乎？"嘉定四年进士。官抚州司法。通判赣州，上疏论贾似道被免。后官汀州知州。

半山寺

道德文章一世师，只伤学术欠通时。
不思翻动熙宁祸，却欲重修作福基。

定林寺

罢相归来再读书，定林庵内守清虚。
少年错解周官处，悔杀当朝是误渠。

凭高怀古

凭高怀古思悠悠，遥想骑驴白下游。
不是龙眠图画里，如今亲到蒋山头。

均自《景定建康志》

刘 棨（1181年前后在世），字仲则，自号求斋，莆阳人。南宋淳熙八年进士，初官嵊县令。时江浙诸郡有旱，拨义仓米赈济。历官宝文阁待制知建康、兼江淮制置使，工部尚书，以宣奉大夫致仕。居官倦倦，无一念不在于国。历事四朝，刚正疾恶。工诗文书法。著有《刘尚书集》。

定林庵

联镳小憩定林庵，祗欠携壶太子岩。
禅律兵机非二致，山僧笑我饱曾参。

《景定建康志》卷四十六

吴 渊（约1190—1257），字道父，号退庵，宣城人。南宋嘉定七年进士。嘉熙二年以宝章阁直学士、朝奉大夫知太平州，兼江东转运使。历任华文阁直学士，沿海制置使。后累官江东安抚使，调兵往援川蜀，力战有功，拜参知政事。封金陵侯。著有《退庵文集》、《易解》。

满江红·雨花台再用弟履斋《乌衣园》韵

秋后钟山，苍翠色、可供餐食。登临处、怨桃旧曲，催梅新笛。江近苹风随汛落，峰高松露和云滴。叹头童齿豁已成翁，犹为客。　　老怀抱，非畴昔；欢意思，须寻觅！人间世、假饶百岁，苦无多日。已没风云豪志气，只思烟水闲踪迹。问何年、同老转溪滨，渔钩掷？

《全宋词》

李曾伯（1198—1265后），字长孺，号可斋，原籍覃怀，后寓嘉兴。历知扬州、淮西制置使，知静江府，龙图阁学士，端明殿学士，资政殿学士，观文殿学士，知庆元府、沿海制置使。南宋咸淳元年，为贾似道所嫉褫职。素知兵，所至有治绩，称南渡后名臣。著有《可斋杂稿》等。

庚子祈雨蒋山，赠月老

蒋山月老尝谓予言，寺赡衲子数百，阙半岁粮。予曰何所办之？曰：赖宝公打供耳。予曰：尔之住蒋山，我之总西饷也。道不同而理同，恃此心而已矣。宿因祷雨醒，出旧话，缀作一诗以寄。庚子秋晚。

欲知计寺金穀吏，便是钟山粥饭头。
尔欲朝朝动鱼鼓，我期日日饱貔貅。
几为晓灶炊烟喜，又作秋田渴雨忧。
自有宝公能办供，元凭心上细推求。

《可斋杂稿》卷二十七

薛师董（1200年前后在世），字子舒，号敬亭，南宋永嘉（今浙江温州）人。敷文阁待制薛弼（1088—1150）曾孙。薛师石（1178—1228）弟。曾为华亭船官，后游幕金陵，在金陵时与苏泂有唱和。尝于苏泂《金陵杂兴诗》后题诗八首。

题《金陵杂兴诗》后八首（录二）

舒王不让杜樊川，二十八字今断弦。
可怪苏郎呈好手，剪花排锦蒋山前。

又

定林草木也风骚，曾睡山中听桔槔。
春雨江湖八年事，空肠只忆吃丝糕。

苏泂《泠然斋诗集》附

李 琏（生卒年及生平不详），南宋时人。曾于苏泂《金陵杂兴诗》后题诗十八首。约与薛师董为同时人。

题《金陵杂兴诗》后十八首（录一）

孙帝陵傍水最悲，蒋侯庙下月来迟。
夜深客子心惊恐，猿挂南朝枫树枝。

苏泂《泠然斋诗集》附

李 兼（1207年前后在世），字孟达，宣城人。李孝先曾孙。博学工诗，杨万里推许之。出知台州，居官有守，既卒，吏民为之巷哭、罢市。南宋开禧三年为秦国长公主宅建美德坊，嘉定元年曾为《天台集》做序。著有《雪岩集》、《李孟达集》、《山阴诗话》，编有《兰亭考》。

钟 山

白鸟江天阔，青山佛阁重。影孤寒日塔，声殷暮烟钟。
异世文中选，当时镜里容。犹传遗蜕骨，只在此高峰。

◎宝公塔在山顶，世传梁昭明乃宝公后身。

《宛陵群英集》卷五

曾 极（1208年前后在世），字景建，号云巢，南宋抚州临川人。曾慥子，承家学。朱熹得其诗书异之，遂通往来。因题金陵行宫龙屏，忤丞相史弥远，谪道州，卒。著有《舂陵小雅》、《金陵百咏》。

宝公塔

六帝园陵堕劫灰，独余灵骨葬崔嵬。
行人指点云间鹤，唤得齐梁一梦回。

八功德水

数斛供厨替八珍，穿松漱石莹心神。
中涵百衲烟霞色，不染齐梁歌舞尘。

钟山石

战血潜流石脉中，苍崖凿断见殷红。
千年杀气方回薄，草木无春山尽童。

荆公祠
霜筠雪竹古积蓝，投老归与志自甘。
一食万钱终忍垢，鱼羹饭美忆江南。
文孝庙
德隐前星民已和，山隈水曲庙何多。
皇孙不得承天统，犹使而翁恨蜡鹅。
蒋帝庙
白马千年系庙门，炉烟浮动衮龙昏。
阖棺谩说荣枯定，青骨犹当履至尊。
吴大帝陵
老瞒虎裂横中州，何物生儿作仲谋。
四十帝中功第一，园陵无主使人愁。
荆公墓
谋把清标犯世纷，平生功业自超群。
如何今代麒麟阁，只道诗名合策勋。
商飙馆
商飙基在昔人非，草木犹为富贵移。
曾是六朝歌舞地，黄花一半染胭脂。
钟山番人窟
单于结队远来侵，凿穴钟山用意深。
天堑连空遮不断，烽烟且到海中心。
孙陵鹅眼钱
六代初终几变迁，孙陵无树起寒烟。
青蚨细薄如榆荚，犹是当年买笑钱。
青松路
致君尧舜事何难，投老钟山赋考盘。
愁杀天津桥上客，杜鹃声里两眉攒。
王介甫手种松
彙进群奸卒召戎，萌芽培养自熙丰。
当时手植留遗爱，只有岩前十八公。

《金陵百咏》

周文璞（1216年前后在世），字晋仙，号方泉、野斋，汝阳（今属山东）人。南宋嘉定中曾任溧阳县丞。后隐于方泉，坎坷不遇。擅诗词，尚奇怪，不减李贺。与姜夔、葛天明、韩淲迭相唱和，与张端义交谊甚笃。宝庆间，"江湖诗案"发，文璞被累，遂以诗为讳。著有《方泉集》。

王荆公墓（四首）
一丈荒坟上，悠悠落日斜。子孙来祭后，守墓扫杏花。
又
野老从余话，文公在半山。蹇驴追不及，落日寺深关。

又

年少坐谈玄，钟山直北边。春风吹梦过，泪浥旧貂蝉。

又

守法曾丞相，能文陆左丞。风流如未泯，应作寺中僧。

金陵怀古（六首录一）

孙伯陵头水最悲，蒋侯庙下月来迟。
夜深行客心惊恐，猿挂晋朝枫树枝。

半山寺

野芳汀芷互幽妍，相国风流亦未传。
衮冕尘埃半山寺，自相撑住过年年。

跋《钟山赋》二首

丁年写了钟山赋，举向禅宫入定僧。
僧却为余言未好，扶行同谒晋诸陵。

又

往在秦淮问六朝，江楼只有女吹箫。
昭阳太极无行路，岁岁鹅黄上柳条。

题蔡武伯所藏荆公砚

兽面鼎足奔回玄，中有润泽比雨露。当年曾出富国疏，
老子平生用心处。帝谟商颂周六典，刻画声形劳解诂。
至今文字与风骚，一一相辉炫缃素。如闻四海失枝梧，
可憾诸公欠调护。谁令天乎遽如许，可是石也能无预。
陈玄同归蒋山路，亦使高人野僧觑。若为持入定林中，
应有明云入天柱。吾乡风流蔡夫子，匣而藏之美无度。
君不见，　　　　公卿后进陆象山，作祠堂记余千言，
直欲百世俟圣贤。惜哉不得铭此砚，使我失意心惘然。

均自《方泉集》

商飞卿（？—1206？），字翚仲，台州临海人。宋淳熙二年由太学登进士。初任无为军教授，历官工部郎官，提举福建路常平茶盐事，监察御史，后以司农领江东、淮西钱粮。开禧初擢户部侍郎，韩侂胄举兵图恢复中原时总管粮饷，因兵败积忧成疾卒。平生俭约。著有《周易讲议》。

宝公塔祷晴有感

秋来畎亩禾生耳，深轸弥旬积雨阴。
虔叩宝公香一蓺，忧民心竟彻天心。

《金陵诗征》卷四十三·方外

释庆如（生卒年及生平不详），字一翁，南宋时人。蒋山寺住持僧。

和商总领大卿祷晴有感

我公自有回天力，一笑阴云四野开。
从古昌黎衡岳事，而今人又说天台。

《金陵诗征》卷四十三·方外

【注】《灵谷禅林志》（卷六）所录以上二人诗淆混倒置。

倪 垕（1238年前后在世），字泰定，仁和（今浙江杭州）人。南宋理宗嘉熙二年进士。宝祐六年以朝散大夫除淮西总领兼江东运判。开庆元年提举江淮茶盐所。转朝议大夫，兼建康府制置留司职事。当年十月离任。曾为马之纯祠堂撰记，刻于金陵凤凰台。

宝祐戊午腊七日祷雪蒋山二首

濡辔周原晓色开，候人知是半山来。
天尖花瓣风成阵，一片山光玉作堆。
报道丰年喧宇宙，尽教春色满楼台。
宝公契我机缘在，何必埋腰勘熟梅。

又

点旋随车尚尔飘，犯寒旌骑怯征貂。
靠崖松树玉皆老，著朵梅花粉欲销。
景入渔村诗外尽，香从僧塔顶中烧。
疢怀虽为民祈福，得似春风驾使轺。

《灵谷禅林志》卷六

【元 代】

释至慧（生卒年不详），字愚极。元初住钟山宝公塔院。

讲经台

自是虚空讲得休，萧萧林木冷含秋。
至今岩畔多顽石，似对春风一点头。

《灵谷禅林志》卷十四

张之翰（？—1296），字周卿，晚号西岩老人，邯郸人。元至元三十一年自翰林侍讲学士知松江府，有古循吏风。时民苦荒租，额以十万计，力奏得蠲。入名宦祠。元贞元年在府治西南建西湖书院，二年卒。生平著述甚富。其诗清新逸宕，有苏轼、黄庭坚之遗韵。著有《西岩集》。

蒋 山（三首）

一片风烟画不真，好山却与寺平分。
题名多是王安石，得姓元因蒋子文。
鹤怨猿惊人已去，龙蟠虎踞世空闻。

凭谁指似南朝事，十里青松树拂云。

又

一片青山画障开，入山便不觉尘埃。
泉声时带松声落，云气常兼海气来。
乞食僧归窗动竹，读书人去洞生苔。
有心更欲登危顶，却被钩辀苦唤回。

又

半山人去寺留名，想见骑驴道上行。
因屋争墩犹有说，舍家为寺果何情。
旧题到此俱零落，新法于今几变更。
欲吊英灵无处问，春风吹断杜鹃声。

《西岩集》卷七

白　朴（1226—1307），原名恒，字仁甫；改名朴，字太素，号兰谷，祖籍隩州。徙居真定（今河北正定）。终身未仕。入元后，徙家金陵，放情山水，诗酒优游。尤工曲，与关汉卿、马致远、郑光祖合称"四大家"。曲作有《唐明皇秋夜梧桐雨》、《裴少俊墙头马上》等。著有《天籁集》。

水龙吟·九日同诸公会饮钟山，望草堂有感

倚天钟阜龙蟠，四时青壁云烟润。陂陀十里，苍髯夹路，清风缓引。兰若西边，草堂别崦，遗基犹认。自猿惊鹤怨，山人去后，谁更向、此中隐？　　独爱丹崖碧岭，枕平川、人家相近。登临对酒，茱萸香细，莓苔坐稳。老计菟裘，故应来就，林泉佳遁。怕烟霞笑我，尘容俗状，把山英问。

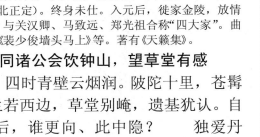

[元]白　朴

《全金元词》

汪元量（1241—1317后），字大有，号水云，钱塘人。南宋咸淳三年以辞章给事宫廷，旋任琴师。德祐二年，随皇太后北行入大都。尝数至囚所会文天祥。后随恭帝迁往上都等地，过祁连山、青城山及五岳。元至元二十五年著黄冠南归。著有《湖山类稿》、《汪水云诗》、《水云词》。

题王导像（见遂昌山人杂录）

秦淮浪白蒋山青，西望神州草木腥。
江左夷吾甘半壁，只缘无泪洒新亭。

《水云集》

张伯淳（1242—1302），字师道，号养蒙，崇德人。朝议大夫张琥子。九岁举童子科，以父荫铨迪功郎、淮阴尉。宋咸淳七年进士。授太学录。入元，荐授杭州路儒学教授等官。至元二十九年召对称旨，授翰林院直学士，同修国史。官至侍讲学士。卒谥文穆。擅书法。著有《养蒙集》。

送蒋山住持

未识师之面，词林叙语详。世缘皆土苴，佛法孰金汤。
地大山林小，天闲日月忙。宝公多见解，还肯话潮阳。

《养蒙文集》卷八

释 英（1244—1330），字存实，号白云，钱塘人。俗姓厉。唐代诗人厉玄之后。幼好学，稍长以诗名。元初游闽海江淮燕汴间，在大都与赵孟頫结识。一日登径山闻钟声，忽有所悟，遂去为浮屠，遍访丛林高僧。泰定元年，住阳山福岩精舍。卒年87岁。著有《白云集》三卷。

送明李上人游方兼寄蒋山忠禅师

忽忽离天目，迢迢问石头。如何当九夏，独自上孤舟。
瑞必乘时出，身须为道谋。谢郎今老大，月下正垂钩。

《白云集》卷三

曹伯启（1255—1333），字士开，砀山人。元至元中任冀州教授，累迁集贤侍读学士，进御史台侍御史，出浙西廉访使。泰定初以年老告退。天历初，起任淮东廉访使，拜陕西诸道行台御史中丞。卒赠河南行省左丞，谥文贞。性庄肃，奉身清约，思致敏用。著有《曹文贞公诗集》。

和人游蒋山二首

为怜山崒嵂，不避路萦回。况值八九月，那无三两杯。
人生行乐耳，世事已焉哉。碌碌剡溪令，何如终草莱。

又

古人追乐事，日费百千回。发兴排诗律，消愁仗酒杯。
何时能仿此，吾道付悠哉。所恨亏甘旨，斑衣愧老莱。

和何御史登蒋山二首

亭亭孤塔耸青霄，常与云林伴闃寥。
欲谢微官居胜境，恐因凉德负清朝。

又

千章夏木宜倾盖，一脉寒泉可弃瓢。
眼底尘缘犹未断，仙凡咫尺路迢遥。

以上《曹文贞公诗集》卷三、卷八

家之巽（1260年前后在世），字志行，眉州（今四川眉山）人。寓吴兴（今浙江湖州）。南宋理宗景定间举进士，为建康制置司干官。宋末，为临安府通判。入元，尝作德政碑媚杨琏真伽，为士论不齿。尝和《三贤堂诗》，推尊苏轼。又为演福寺作观音殿碑，大骂贾似道。

定林庵（五首）

山人当日济时艰，要把唐虞作样看。
奏罢箫韶无凤至，空教猿鹤怨盟寒。

又

功名良苦赋归欤，两鬓霜花百念枯。
钟鼎楼台浑一梦，数间茅屋亦浮屠。

又

十载浮云几变更，归来钟阜碧嶙峋。
早知山色无今古，只与青山作主人。

又

六籍工夫四海名，太平底事竟沉沉。
裕陵一去何年再，长使时贤泪满襟。

又

老屋三间山径幽，中藏无限古今愁。
新诗吟罢春云合，塔里金仙笑点头。

《景定建康志》卷四十六

何　中（1265—1332），字太虚，一字养正，抚州抚乐人。少颖拔，以古学自任。家有藏书万卷，手自校雠。其学弘深广博。与门弟子讲易诗书春秋等，同郡吴澂、揭傒斯皆推服之。元至顺二年应聘任龙兴郡学师，明年六月以疾卒。著有《知非堂稿》、《通鉴纲目测海》、《通书问》等。

读荆公集（二首录一）

持方试药诡能医，失着推枰却付谁？
东阁招延宾履散，彤庭抚问使车驰。
蒋山旧宅僧堪托，白下新诗柳最知。
宇宙茫茫经世事，周官今又废多时。

《知非堂稿》卷五

许　谦（1269—1337），字益之，号白云山人，浙江东阳人。晋许孜后裔。年幼丧父，由母口授《孝经》、《论语》。师承金履祥，不数年尽得其传。廉访副使赵宏伟驻节金陵，聚弟子延谦为师。延祐元年，患眼疾归。创办八华书院，弟子过千。谥文懿。有《白云集》、《诗集传名物钞》。

游钟山至八功德水

悠悠钟山云，朝夕碍我目。褰衣试一往，何与云相逐。
驱马出东门，十里至山麓。幽人昔已亡，谁能继芳躅。
猿鹤乘古林，鼪鼯啸深木。传闻西方人，伊昔擅斯谷。
既云事幽栖，何必眩华屋。泓泉抱何德，浊蘩供一沃。
岩同屐欲倦，小憩倚修竹。凉飔自披襟，佳兴亦云足。

《灵谷禅林志》卷二

[元]许白云

杨　载（1271—1323），字仲弘，浦城人。徙居杭州。年四十未仕，以布衣召为国史院编修官。元延祐二年复科举，登进士第，受饶州路同知浮梁州事。官至宁国路总管府推官。以文名，与虞集、范梈、揭傒斯并称四大家。文章以气为主，其诗润而不枯，风格雄健。著有《杨仲弘诗》。

寄康大夫

官居乌府号清严，察吏由来首六廉。
旧直螭头司纪载，新加豸角备观瞻。
蒙恩圣主宁求进，具礼名流每执谦。
欲论六朝兴废事，篮舆应度蒋山尖。

《杨仲弘集》卷六

萨都剌（1272—1340），字天锡，号直斋，回族。祖徙雁门，生于代州。元泰定四年进士，擢南台御史。因弹劾权贵，迁镇江录事司达鲁花赤。后任浙江行省郎中，迁江南行台侍御史。次年又迁淮西江北道经历。晚年寓居武林。诗才旷逸，楷书特工。著有《雁门集》、《西湖十景词》。

[元]萨都剌

钟山晓行

楼阁龙云气，苍茫第几峰。长风万松雨，落月半山钟。石磴盘空险，僧廊落叶重。吾皇曾驻跸，千古说蟠龙。

满江红·金陵怀古

六代豪华，春去也、更无消息。空怅望，山川形胜，已非畴昔。王谢堂前双燕子，乌衣巷口曾相识。听夜深、寂寞打孤城，春潮急。　　思往事，愁如织；怀故国，空陈迹。但荒烟衰草，乱鸦斜日。玉树歌残秋霞冷，胭脂井坏寒螀泣。到如今、只有蒋山青，秦淮碧。

《花草稡编》卷十七

酹江月·游钟山紫微观赠谢道士，其地乃文宗驻跸升遐处

金陵王气，绕道人丹室，紫霞红雾。一夜神光雷电转，江左云龙飞去。翠辇金舆，绮窗朱户，总是神游处。至今花草，承恩犹带风雨。　　落魄野服黄冠，榻前赐号，染蔷薇香露。归卧蒲龛春睡暖，耳畔犹闻天语。万寿无疆，九重闲暇，应忆江东路。遥瞻凤阙，寸心江水东注。

《全金元词》

游钟山

骢马穿云到上方，南巡辇路碧苔荒。
禅僧白昼看竹殿，山鬼黄昏避御床。
云冷夜深龙在钵，日长时有虎巡廊。
小桃十月开如锦，犹带前朝雨露香。

游钟山

林影扶疏护碧苔，肩舆上下路萦回。
潮声万壑松风过，云气满楼山雨来。
梁武庙荒春草冷，荆公墓在野棠开。
百年感慨成何事，且进生前酒一杯。

陪张御史游钟山

乌府仙人獬豸冠，清游喜得共儒酸。

鹃花过雨干岩净，骢马穿云六月寒。
山鬼每惊诗句险，客怀惟爱酒杯宽。
一时佳兴千年遇，莫作浮生半日看。

题半山寺
今日偶成林壑趣，清幽恨未得从容。
龙归石洞半山雨，潮卷天风十里松。
春路泥深多滑马，晚楼雾重只闻钟。
荆公旧隐知何处，回首苍茫第几重。

以上《雁门集》

虞 集（1272—1348），字伯生，号道园，祖籍仁寿，生于衡阳，迁居崇仁。虞允文五世孙。少受家学，尝从吴澄游。元大德初，以荐授大都路儒学教授，国子博士。迁集贤院修撰，尝领修《经世大典》，官至侍讲。与揭傒斯、柳贯、黄溍并称元四家。著有《道园学古录》、《道园遗稿》。

[元] 虞 集

与众仲助教读王临川遗事，慨然兴怀。良上人为蒋山善公求送行，因为赋此
霜筠雪竹钟山寺，最忆临川旧所游。
病骨荒陂秋澹澹，白头遗恨思悠悠。
燕归云海迷华屋，鹭起星河近彩舟。
欲托善公重到日，松间石上试相求。

楚石琛藏主自蒋山归，却欲就丛林阅藏，同舟清江之上，赋此赠之
手携北山云，却上西江水。月明洲渚生，叶落风不起。
虚舟不移棹，寒波钓金鲤。银河转碧落，北斗去天咫。
龙吟匣中剑，虎跃弘上矢。杀机谁敢当，吹毛岂轻试。
贝叶启千函，木榻脱双履。惟应胜壁观，悠然度年岁。

均自《道园学古录》

黄 溍（1277—1357），字文晋、晋卿，婺州义乌人。元延祐间进士，官至侍讲学士、知制诰。博览群书，议论精要。在朝中挺然自立，不附权贵，时人誉为"冰壶三尺，纤尘不污"。卒封江夏郡公，谥文献。擅书法。曾撰《义乌县志》。著有《日损斋稿》、《黄文献集》。

登钟山最高顶，以"三山半落青天外"为韵，得天字
平陆漫千里，兹山乃穹然。犹怜布金地，未即辞喧阗。
严液散珠琲，春冈走蜿蜒。稍欣涉幽邃，登顿衣屡褰。
路细石礧礧，崖深竹娟娟。洞扉划开敞，峻峰指中天。
冥探历欹釜，垂萝弱容牵。碧潭隐光怪，华雨摽崇蔙。
下睨飞鸟背，茫茫但苍烟。眇默园圃期，凄凉云峤篇。

休驾将未能，惆怅春风前。

《文献集》

胡　助（1278—1355），字履信，一字古愚，自号纯白老人，元金华人（一说婺州东阳人）。始举茂才，为建康路儒学学录，历美化书院山长、温州路儒学教授，两度为翰林国史院编修官，三为河南山东燕南乡试考官，秩满授承事郎太常博士致仕。著有《纯白斋类稿》三十卷。

寄陈玉林炼师

羽衣道士识重瞳，冠剑芒寒星斗胸。
赤壁月华惊梦鹤，蓬莱云气护飞龙。
新宫突兀三清殿，故国苍茫六代松。
忽忆旧游今白发，何期再听蒋山钟。

蒋　山

钟阜龙蟠自古今，宝公塔畔足幽寻。
穿云碧溜寒声细，夹道苍髯古意深。
千载有怀穷涧壑，几人无愧老山林。
齐梁遗迹多芜没，聊把闲愁入醉吟。

均自《纯白斋类稿》

王　奕（1279年前后在世），字伯敬，号斗山，玉山（今属江西）人。入元，特补玉山县儒学教谕，自号至元逸民。与谢枋得等有交往。著有《斗山文集》十二卷，《梅岩杂咏》七卷，并不传。今存《东行斐稿》三卷。

南乡子·和谢潜庵蒋山

搔首倚熏风，一幅画团尘土中。鹤怨猿惊人去也，潜龙。谁绞香车起蛰松。　　岁月去熙丰，世味人情自淡浓。春去春来暾不竟，匆匆。蜀羽吴山血又红。

《玉斗山人集》卷三

释大訢（1284—1344），俗姓陈，号笑隐，世居江州，徙家南昌。受戒后精研佛典，旁及儒道等百家之书。元泰定二年住持中天竺寺。天历元年在文宗潜邸建大龙翔集庆寺，任住持。次年升三品大中大夫，法号广智全悟大禅师。至元二年封释教宗主。博学有才，善诗文。著有《蒲室集》。

次韵张梦臣侍御游蒋山五十韵

胜游还送客，秋日净郊原。别酒欢逾洽，行厨礼不烦。
枫林生晚吹，鞠沼媚晨暾。满座金貂贵，斯人玉雪温。
丝纶承异渥，黼黻进嘉言。宥密皇猷重，才华大雅浑。
披云帘挂玉，前席锦为墩。接武夔龙地，冥怀雁鹜村。
外台分重寄，南服占名藩。登麦初横槊，迎春及赐旛。
凭高荒壥没，吊古断碑昏。种竹期招凤，寻僧共听猿。
洞呀狞蟒化，海立怒鹏骞。珠钿沉智井，金铺委坏垣。
国初遗老在，江表故家蕃。及物多膏泽，为邦固本根。

化行民自信，身退道弥尊。美俗时丕变，吾人溺可援。
山川还寂寞，岁月去翩翩。废馆弦声绝，虚龛绘像存。
苔斑饥鼠走，梅卧野蜂屯。除道看骢马，来仪集采鸾。
传呼惊鹿铤，笑语答江喧。抚迹多遗恨，怀人欲断魂。
驭风宁有待，斲垩妙无痕。师表儒林盛，贤劳王事敦。
不求金跃冶，但爱土为塤。陈宝徒祠雉，柏温苦化鼋。
青山随地好，朱实著霜繁。充味和椒桂，同馨佩芷荪。
衡庐肩可拍，参井手先扪。说剑双龙吼，挥毫万马奔。
筑台先自隗，学圃耻如樊。破衲多年冷，穷檐旁午暄。
不才甘朽栎，何幸枉高轩。芜秽烦芟制，泥涂赖力掀。
班扬锋远避，屈贾气还吞。举世怀燕石，惟吾重鲁璠。
三光开浑沌，万派出昆仑。喜接东山屐，叨陪北海罇。
辱知荣筐帛，怀德报壶飧。多稼欣逢岁，嘉蔬更满园。
云霄翔观鹤，溟渤偃鲸鲲。寒士勤嘘拂，诸生淑讨论。
望尘趋末路，立雪候重阍。缘忝三生旧，心冥万化元。
棠阴思召伯，柳色忆王孙。精卫惭填海，神鳌力负坤。
他时愁远别，此意竟难谖。嵩华相从去，重窥玉女盆。

《蒲室集》卷三

许有壬（1286—1364），字可用，先世居颍，后徙汤阴。幼随父读书江南。元大德末年，游学京师。延祐二年进士，授同知辽州事。至治二年任江南行台监察御史。历官集贤大学士，中书左丞，光禄大夫。历事七朝，垂五十年，遇国家大事，无不尽言。著有《至正集》、《圭塘小稿》。

游蒋山次李五峰韵

道途虽仆仆，得暇即登山。有乐来金地，何心梦玉关。
雪余梅喷白，霜重树留殷。畎畞无遗秉，郊原有败菅。
泉香龙已去，松老鹤初还。好作菟裘计，分云住半间。

《至正集》卷十四

清平乐·登北山阁

　　钟山高处，又结层楼住。山自苍苍江自去，万景一时收聚。　　平生湖海诗豪，更倾五斗香醪。不信人间好句，不教驱入霜毫。

《至正集》卷八十一

[元]王冕

王　冕（1287—1359），字元章，号梅花屋主，元诸暨人。本田家子，通《春秋》诸传。举业不遂，即焚所为文。尝游燕京，有荐以馆职，不就。工画梅，用胭脂作没骨体，贵胄争购。因作题梅诗，几罹诗祸，逃归，隐于九里山。其画开写意新风，对明清画坛影响久远。著有《竹斋集》。

太平兴国寺锁翠轩

当轩种竹一万个，清荫满林生绿苔。

六月不知天气热，长年只觉雨声来。
岂惟凤鸟不食实？又见龙孙渐脱胎。
计我岁寒为伴侣，屋头更着几株梅。

《竹斋集》卷上

陈　旅（1288—1343），字众仲，莆田人。幼受教于外祖，笃志于学。以荐为闽海儒学官。中丞马祖常奇之，与游京师。又为虞集所知，延至馆中。赵世延引为国子助教。历江浙儒学副提举、应奉翰林文字。至正元年迁国子监丞，卒于官。为文典雅峻洁，不徇世好。著有《安雅堂集》。

陪赵公子游蒋山，即席次李五峰韵

弭棹丹阳郭，鸣鞭白下山。晴原烟翳翳，幽树鸟关关。
石液玻瓈碧，云根玛瑙殷。佛岩开细菊，僧径入丛菅。
雨洗川容净，潮随野色还。六朝有幽事，尽在夕阳间。

《安雅堂集》卷三

黄镇成（1288—1362），字元镇，号紫云山人，福建邵武人。自幼笃志力学，博览群书。二试不第，遂游楚汉齐鲁燕赵，坐船浮海而返，筑室城南，号"南田耕舍"，以圣贤道学自励。朝廷部使者屡荐之，不就。后荐江西路儒学提举，未赴而卒。著有《秋声集》、《尚书通考》。

送上人游钟山

一上钟山万虑消，虚空楼阁翠岩峣。
金陵郁郁帝王宅，天堑悠悠南北朝。
月满石城秋似水，风高淮浦夜生潮。
未应便作乘芦去，且听仙人碧玉箫。

《御定渊鉴类函》卷二十八

吴景奎（1292—1355），字文可，浙江兰溪人。三十岁时，刘贞掌浙东宪府掾，辟为从事。明年贞去，景奎亦归。久之，荐署兴化县儒学录，因母老辞去。擅诗。其作音节宏敞，豪放自喜。著有《药房樵唱》。

答《蒋山宝公塔下高阁》

宝公塔下登高阁，日尽东南半壁天。
江接秦淮围故国，地连吴楚渺平川。
猿惊鹤怨移文在，虎踞龙蟠王气偏。
闻说先皇游幸日，白毫千丈礼金仙。

六朝遗迹

望中紫气已苍凉，六代遗基付夕阳。
钟阜插天犹虎踞，虞渊浴日见龙翔。
楼船铁锁江城在，玉树金莲野草荒。
一自王师来饮马，乌台百尺凛风霜。

均自《药房樵唱》卷二

宋　褧（1294—1346），字显夫，元大都宛平人。状元宋本弟。少敏悟，出语惊人。泰定元年擢进士，历任安南使者、翰林国史院编修官、监察御史、翰林待制、国子司业，与修宋、辽、金三史，拜翰林直学士，寻兼经筵讲官。卒赠国子祭酒、范阳郡侯，谥文清。著有《燕石集》。

送王伯修内翰奉母之官南台御史（六首录一）

无惊莫饮采石酒，有耳休听商女歌。
揽辔归来无一事，蒋山高处看烟萝。

《燕石集》卷九

丁　复（1314年前后在世），字仲容，天台人。元延祐初，游京师，与杨载、范梈同时被荐，辞不就。放情诗酒，浪迹江淮间。徙居三次，晚乃下班侨寓于金陵之城北。户南有桂树，每醉，辄倚树吟。平生所作，不下数千篇，脱稿即弃去。其作不事雕琢，自然超逸。著有《桧亭集》。

望钟山联句

霸气遂终陈，蒋山犹姓蒋。

《御定佩文韵府》卷五十二之四

【明　代】

陈　谟（1305—1400），（按《海桑集》序，卒于洪武二十一年）字一德，泰和人。隐居不仕。明洪武初，征至京师议礼，引疾辞归，家居教授。屡聘为江浙考试官。尝谓学必敦本，莫加于伦常，莫先于变化气质。一时学士，靡然从之，称海桑先生。著有《海桑集》十卷。

戊申元日次韵

午夜朝回岁亦迁，一蓬残雪入新年。
寒云宿雾晴犹积，翠壁丹崖晓半鲜。
淡淡春生黄苇岸，泛泛波泛白鸥天。
蒋山风日应妍美，到日同参不二禅。

《海桑集》卷二

妙　声（1308—1383后），字九皋，吴县（属今江苏）人。元末居景德寺，后居常熟慧日寺。明初主平江北禅寺。洪武三年，与释万金同被召，掌天下僧教。能诗，与袁桷、张翥、危素俱相友善，所作颇有士风；又值元季明初扰攘之时，感事抒怀，往往激昂可诵。著有《东皋录》七卷。

钟　山

大江之南多名山，钟山秀出乎其间。神龙蜿蜒露脊鬣，
长鱲𩹦𩹦饶斓斑。上走怪石之揭嶫，下有流水之潺湲。
禅宫据会制其古，帝阙密迩恩常颁。虚空阑楯宝公塔，
松竹储胥圆悟关。天生贤懿扶象教，地设险峻防神奸。
云车风马来万里，象齿明珠奔百蛮。山川灵气自融结，
玄运往复犹循环。竭来说法奉明诏，那有道德开天颜！

斋宫延问漏十刻，杞菊赐馔噉百锾。兹山才留四五日，探讨未得须臾闲。草堂之灵应怪我，移文勿遽吾将还。

《全明诗》第一册

梁　寅（1309—1389），字孟敬，江西新喻人。祖辈务农，家贫力学，淹贯《五经》。累举不第，征为集庆路儒学训导，仅二年而归。元末兵起，遂隐。明初征入金陵修礼乐。讨论精审，诸儒皆推服。书成，辞归。结庐石门山，四方士多从学，称为"梁五经"。著有《石门词》。

游钟山

（元）至正己丑春清明前二日，重游钟山，从行者友生金陵张复先、奉先，高昌拜特穆尔，金陵喻询、张士安及子岷，始由寺后观宝公塔，憩崇禧小苑，登惟秀亭，望大江、台城久之，历拥翠亭饮八功德泉，既而小酌松下，分韵赋诗，用"又得浮生半日闲"为韵，而以长少为次，予赋又字十韵为之倡。

[明]梁　寅

钟山旧游经十载，佳辰今喜登临又。
清明况与数友同，春浓更觉诸峰秀。
绀殿觚棱隐玄雾，閟宫旛幢昏白昼。
古松尚讶龙屈蟠，怪石还疑鹿逗遛。
偶逐樵人茧足趋，惊逢老僧雪眉覆。
郁郁天花百和香，泠泠风篁七弦奏。
东崖西崖绚金碧，前林后林开锦绣。
扪萝或如啼猿抱，下坂急若流星走。
少年兼戒垂堂险，素心默借神灵佑。
名山共阅太史书，思傍精庐卜云构。

《石门集》卷二

宋　濂（1310—1381），字景濂，号潜溪，浦江（今义乌）人。曾受业于元末古文大家吴莱、柳贯、黄溍，于学无所不通。明初与刘基等同受朱元璋礼聘，尊为"五经"师，为太子讲经。主修《元史》，官翰林院学士、知制诰。后因胡案牵连，流放茂州，途中病卒。有《宋学士全集》。

望钟山作简周先辈（有序）

[明]宋潜溪

春旭载和，钟山在望。道光泉之嫩碧宜咽，朱湖洞之飞丹可寻，爰忆旧游，辄形新咏，不惭下俚，以艳高情云尔。

钟山菀如沐，绣巘孕春饶。生黄归灌棠，骇绿乱陵苕。
谷沸桃雀集，飚回川景娇。兹今愧畜轸，宿昔忆联镳。
陟峻鼻生火，酣芳脸带潮。诗情霞间迥，酒缬望中销。
偏怜晴萝思，长丽凉月宵。文园病渴吻，沈生减围腰。
江表周公子，华采双凤翘。逸兴如遄举，相随撷鞠苗。

题方方壶画《钟山隐居图》

余十年不作诗，见方壶子此图，不觉逸兴顿生，会仲修请题，忻然命笔。第尘土袭人者久，殊不能佳耳。诗曰：

飘飘方壶子，本是仙者伦。固多幻化术，笔下生白云。
白云缥渺间，拔起青嶙岣。似是朱湖洞，笙鹤遥空闻。
岂无许飞琼，烹芝啖华芬。鍊师从何来，面带山水文。
相期守规中，结庵在云村。心游帝象先，神栖太乙根。
我嗳上清诀，卫以龙虎君。内涵玄命秘，一气中夜存。
行当去采药，共入无穷门。

均自《文宪集》卷三十一

刘 基（1311—1375），字伯温，元浙江青田人。好学敏求，聪慧过人。通经史、晓天文、精兵法。仕元，后被革职。元至正二十年赴金陵，成为朱元璋的重要谋臣之一。大明开国，封诚意伯，任御史中丞兼太史令。卒谥文成。诗文与宋濂、高启并称"明初三大家"。著有《诚意伯集》。

[明]刘伯温

半山寺二首

王家废寺旧闻名，荆棘花开鸟自鸣。
深夜狐狸穿破冢，佛灯争似鬼灯明。

又

奸时变法事多端，气焰兴妖胆自寒。
漫道谄谀堪媚佛，竟将佛作么人看。

钟山作十二首

一

紫桂吹香媚小山，月华的皪满林间。
坐来凉气生虚室，知是山云作雨还。

二

松露滴阶星在天，草虫相吊响如弦。
宝公塔上西风急，半夜林鸦不得眠。

三

九月江南叶未黄，空山松柏夜深凉。
玄蝉且莫催徂景，留取幽兰作晚香。

四

玄武湖中草自秋，石头城下水长流。
繁华过眼成今古，更与牛羊竞一丘。

五

春去秋来荣复衰，花残叶落总堪悲。
谁能句曲山中去，乞取茅君一虎骑？

六

北斗阑干夜未央，钟残虚牖出天香。
佛灯相对坐宵寂，坠露满林生白光。

七

一炷清香一卷经，世间无事是山僧。

何须更卓飞空锡，长使时人恨不能。

八

月落山空雾未开，风生咆虎响如雷。
树头惊鹊相呼起，欲下还飞一百回。

九

白雁萧萧柿叶红，野花开尽六王宫。
空余一道秦淮水，着意西流竟向东。

十

策杖登山信早凉，山花涧草总能香。
扪萝抱水归来倦，不扫苍苔卧石床。

十一

袅袅西风散白苹，冥冥落日起黄尘。
青娥不分秋容寂，故染枫林似老人。

十二

槁叶含风弹夜弦，蟋蛄凄唳答寒蝉。
鸡鸣埭上繁华子，莫向秋霜惜盛年。

蒋山寺十月桃花

王母桃花此地栽，风霜摇落为谁开？
琳宫玉座同黄土，绛蕊丹趺自绿苔。
度朔烟霞违梦想，武陵云水怨归来。
残蜂剩蝶相逢浅，黄菊芙蓉莫浪猜。

《诚意伯文集》卷六

蝶恋花·蒋山寺十月桃花

度朔移来天上种，绛蕊丹趺，王母亲曾弄。青女素娥为侍从，婵娟独擅三千宠。　　回首欢娱谁与共？荒草残烟，冷落秦源洞。阆苑风高迷彩凤，断魂飞入韩凭梦。

《诚意伯文集》卷十一

侍宴钟山应制

清和天气雨晴时，翠麦黄花夹路歧。
万里玉关驰露布，九霄金阙绚云旗。
龙文骕骦骖鸾辂，马乳蒲萄入羽卮。
衰老自惭无补报，叨陪仪凤侍瑶池。

《诚意伯文集》卷十六

汪广洋（？—1379），字朝宗，江苏高邮人。少师余阙，淹通经史。朱元璋下采石，进"高筑墙、广积粮"之策。擢元帅府令史、江南行省提控。官至右丞相。因胡惟庸案，诏赐毒而死。为人宽和自守，史称"终明之世，惟善长、广洋得称丞相"。善篆隶，工为歌诗。著有《凤池吟稿》。

登蒋山望江亭次韵二首

绝顶出华构，有时来一登。曾将六朝事，闲问百年僧。
寓目诚多感，投身愧未能。暂留林下夕，江浦散渔灯。

又

每到蒋山日，令人老眼青。溜泉深处落，独客静中听。
萝径依禅榻，苔函锁佛经。更须临绝顶，一上望江亭。

《凤池吟稿》卷四

銮舆春日幸钟山寺

道林灵刹拥祥光，法驾来临日载阳。
五色云中环雾旆，万年枝上发天香。
风传鸣鸟笙竽合，石荫垂萝紫翠凉。
拟对明时歌胜事，愧无词赋续班扬。

题钟山胜景应制

北山佳气郁葱葱，高处深藏七佛宫。
松下鹇眠无客到，洞中龙出有云从。
茶煎紫笋逢支遁，药炼丹砂羡葛洪。
更欲蹑凫凌绝巘，扶摇大块鼓雄风。

以上《凤池吟稿》卷七

刘三吾（1312—1403后），字如孙，自号坦坦翁，元末茶陵人。早岁中乡举，未居官。73岁时，荐召京师，授左春坊赞善，迁翰林学士。参订明典章制度。明洪武三十年与白信蹈等主持会试，酿成"南北榜"案遭遣戍。后召还，不久卒。为人慷慨，胸无城府。工诗。著有《坦斋集》。

游灵谷寺，寄谢濬公，并呈董学士兼林公辅、顾文昭

[明]刘三吾

圣恩许过灵谷寺，琼署春坊两学士。路出朝阳半舍馀，
天与胜游今日霁。笋舆缓缓度崇冈，野花在在来香气。
隐见钟山紫翠开，知是上方楼阁地。池塘新凿鸿濛天，
殿宇高凌霄汉际。志公移来舍利身，道场始自圣明世。
历观壁上诸画图，皆出天下高手艺。万松响起海波涛，
四月转为寒飔员。所爱结庐种修篁，辄一到门领清致。
为感濬公笃所有，留宿山房情甚至。因偕一往山之阳，
饱看八德泉所自。刓本能令建写来，到厨不假珚运费。
煮茶可以仙灵通，入馔可以醒醐味。周行载历会膳堂，
三绕仍临坐禅次。住山得此尊宿贤，当代允符清众议。
惟应学行足服人，岂但官称为觉义。超然天界劫灰前，

本我帝心简在赐。嗟予好作名山游，所至不辟履行勘。
天禧高塔忆曾登，上人一初不相值。偷闲敢辱圣主知，
即事上廑御亲制。今兹觉义过殷勤，相期二老至再四。
平生愿望获遂酹，他日论谈成故事。留衣为别愧未能，
作诗寄赠谢先施。倩书垩壁纪岁年，敢冀碧纱笼姓字。

《灵谷禅林志》卷十二

御制赐僧清濬诗钦和十二首

水满溪桥云满房，山中人景两相当。
已从天界诸禅定，不用心斋得坐忘。
松遇霜余方郁郁，菊经霜后尚煌煌。
懒残自有煨来芋，服食宁资禹日粮。

二

濬公觉义义幽微，改住名山得最巍。
圣主制诗临黼座，内官传旨出彤扉。
当持炉篆虔恭迓，如对龙颜咫尺威。
珍重山门永为镇，中间字字总天机。

三

名山自得老宗工，枯稿回为润泽容。
松顶露华宵警鹤，谷中云气日从龙。
闲心已断尘诸想，清福宜过禄万钟。
准拟开春一相访，请公举似赵州风。

四

龙蟠钟阜最高巅，岂但游人纵眼便。
一统山河古来少，五云宫阙望中鲜。
学宗儒教文章好，吟到唐音家数全。
惟有濬公俱透彻，和诗宜在翰林先。

五

水秀山清性所便，皆资圣主福为田。
袈裟载展开山地，龙象重新说法筵。
既荷同门相致赠，更廑衲子与参禅。
近来闻得蒲团力，静坐惟应忘岁年。

六

山中此榻不虚悬，人得丛林第一禅。
锦绣幡幢临讲座，丹青楼阁起中天。
法筵曷致殷勤祝，圣寿宜歌亿万年。
早起日华融泽腹，似冰冰释世间愆。

七

会得山中境趣幽，总缘此处日经由。

梅英簇簇溪湾上，雁字悠悠天尽头。
八德水香茶鼎夜，六朝碑晕藓花秋。
凭公领袖诸清众，清众推公第一流。

八
寻诗偶过钓鱼矶，鱼水相忘得所依。
秀气钟为万花谷，巧思织就五云机。
闲身昼永林泉乐，斋供春来笋蕨肥。
安得过从方丈室，为谈名理抉幽微。

九
草堂人去历年多，天与诗僧此地过。
每到临流□水嗅，便思在涧考槃歌。
法门兴起公为始，圣代遭逢人几何。
莫学中峰吟思敏，遄嗔旧病复来魔。

十
路入岩云穿薜萝，会心不觉为嗟跎。
九秋明月清溪夜，一曲沧浪孺子歌。
送客临流俄过去，答禅挥尘定婆娑。
住山能赋能文者，得以扬休不甚多。

十一
出门一笑得天游，山色青青总佛头。
祇好焚香销宝篆，底须继晷事膏油。
音闻梵呗群僧集，歌弄宫商百鸟啾。
好是住山廑御制，遂成典故播千秋。

十二
天风吹锡过名山，山在东头紫翠间。
禅定香随梅影到，谷虚音答鼓声寒。
年华似水长流去，心境和云一共闲。
送客回头能几远，便分尘世与禅关。

《灵谷禅林志》卷十三

乌斯道（1314—1390?），字继善，号春草，浙江慈溪人。元代理学家赵宝峰门人。明洪武四年荐授石龙知县，后调永新知县。坐事谪定远，放还。擅诗文，文与其兄乌春风并擅时名。精书法，小楷行草，各臻其妙。善画山水，苍劲秀远，在倪、黄之间，亦工写竹。著有《春草斋集》。

登蒋山
作镇皇州势独雄，英英紫气散晴峰。
龙蟠实为金陵重，鹤怨曾因蕙帐空。
云拥禅关新建塔，花明潜邸旧行宫。
试临绝顶闲凭眺，锦绣山河感慨中。

《春草斋集》卷三

释守仁（？—1391），字一初，号梦观，富阳（今属浙江）人。出家四明山延庆寺。元末明初住持杭州灵隐寺。明洪武十五年授僧录司右讲经，三考升右善世。二十四年主天禧寺，示寂于寺。能文辞，草书宗晋，亦能篆隶。有草书《上桧楼和尚诗帖》等传世。著有《释梦观集》。

上命赋诗三首贺清濬

寒岩草木政严冬，一日春回雨露浓。
安石故居遗雪竹，道林新塔倚云松。
木鱼声断催朝饭，铜鼎香销起暮钟。
千载奎文留秘藏，天光午夜照金容。

又

宝所迢遥接化城，关开圆悟摄群生。
八窗月色禅心净，一榻松声梦寐清。
岩下佛光宁有种，涧边草木不知名。
缁衣共乐无为化，夙夜无忘答圣情。

又

入山路转谷逶迤，每怪登临客到迟。
拥衲懒添煨芋火，分泉频溉种莲池。
静听乳鹿鸣莎草，闲看跳猿环树枝。
整顿宗纲扬圣化，镜容大士笑掀眉。

《灵谷禅林志》卷十三

正月十五钟山书事，并简陶礼部

上念群灵殒劫灰，法筵亲向蒋陵开。
云垂五采金仙降，灯拥千官玉辇来。
旌旆影寒香旖旎，箫韶声转月徘徊。
清朝盛典谁能记？白发词臣汉史才。

《金陵诗征》卷四十四

陶安（1315—1368），字主敬，当涂人。从李习游。元至正八年举乡试，授明道书院山长。避乱家居。太祖渡江，率父老出迎。与语甚欢，留参幕府，授左司员外郎。洪武初命知制诰，兼修国史，裁刑律。历江西行省参知政事。追谥文宪。学术淳正，尤长于易。著有《陶学士集》。

[明] 陶 安

癸卯闰三月十九日，奉旨代祠宝公，遇环中子于山中，送余出寺，余止之，环中子曰：不出圆悟关。因续为句

不出圆悟关，已入清净境。长松闭虚岩，闲坐吊孤影。
我行宝珠林，闻君万缘屏。意将叩玄奥，未敢辄呼警。
童子倚马睡，侍卒息驰骋。飞亭揽空翠，木末潮万顷。
茕然忽我即，握手语高岭。脱屣人世外，豁若春梦醒。
遰霏栖沈寥，幽云荫苍冷。万叶发远香，半天觉清迥。
山水多胜事，兴到暂同领。嘉君匪逃儒，默几聊习静。

形迹若异途，一理内自省。楼阁起太空，先见常炯炯。
沸海指龙涛，神光破溟涬。惜无浮生闲，共此白昼永。
下阶踏重藓，倚阑瞰方井。天地一逆旅，谁宜叹萍梗。
送客临虎溪，余情咏佳景。何当从之游，慰此心耿耿。

《陶学士集》卷一

寄吴左丞

长沙爵邑旧鄱君，曾住临川壮武勋。
帝室遂能宾百粤，王孙今复将三军。
火旗铁马晴观阵，玉帐银灯夜话文。
北望金陵作乡土，钟山佳处有飞云。

戊戌新春同游蒋山即席赋

时维正月初五日，人在钟山第一峰。
石磴轻风随去马，宝珠佳气结飞龙。
四方文物成嘉会，六代京都览旧踪。
我亦追随冠盖后，未容归隐抚孤松。

钟阜晚烟

紫翠光凝日欲晡，上方楼阁隐模糊。
归林高鸟巢纱幕，喷雾雄龙护宝珠。
点染神功皆造化，留连好处是桑榆。
涧松掩映同迟久，莫对山灵叹暮途。

以上《陶学士集》卷六

释来复（1319—1391），字见心，江西丰城人。少出家，明内典，通儒术，善为诗文。（一说尝以人才仕元至学士，因乱遂祝发为僧。）元末与虞集、欧阳原功诸人游。曾任明州天宁寺住持。明洪武初召至京，授僧录司左觉义。与释宗泐齐名。朱元璋曾赐和其题诗。著有《蒲庵集》。

题钟山新寺（三首）

千载龙冈地有灵，布金重荷主恩荣。
五云楼阁开兜率，一统河山际太平。
贝叶传经狮子现，宝花围座象王迎。
天中雨露无时降，尽洗群生劫浊清。

又

淮水东边梵刹开，常时花雨散经台。
夜龛明月千僧定，春殿香云七佛来。
般若深谈中道秘，醍醐饱饫上方斋。
皇仁庇覆如天广，欲颂无为愧不才。

又

道林大士苦谈玄，海内今居第一禅。
闲占白云千亩地，近依红日九重天。
赐田无役秋多粟，汲井长清夏有泉。
劫石可消恩莫报，袈裟愿共祝尧年。

题诗后二日，钦蒙圣制和章，感遇之余，谨再用韵赋

宝刹新成护百灵，钟山泉石有光荣。
金轮朝佛诸天喜，玉帛来王万国平。
定起不知明月上，身闲只爱白云迎。
龙飞幸际雍熙日，亲见黄河一度清。

又

莲花塔户镜容开，舍利流光月满台。
江吼鼍声东海去，地蟠龙势北山来。
云中梵呗和仙乐，天上香盂送佛斋。
盛世只今隆外护，匡宗须藉仲灵材。

又

圣主虚心论道元，宸章特赐起枯禅。
瑞浮云彩来双阙，光映奎文动九天。
蒲座开函风满石，花池洗钵雨添泉。
经驼白马今重到，绝胜摩腾入汉年。

以上《灵谷禅林志》卷十三

同朝天宫道士朝回口号（二首）

羽仙飞佩晓泠风，禅子金襕映日红。
共祝太平朝帝阙，蓬莱兜率五云中。

又

午阴初转御桥湾，斋退从容出九关。
天上好风重送喜，銮舆明日幸钟山。

车驾临蒋山，于崇禧寺赐高僧斋，议设无遮会，谩成口号二首

崇禧寺前风日清，銮舆遥迓定钟鸣。
山林有道裨王化，天地无私荷圣情。
娄约入梁终应诏，惠琳居宋岂贪名。
金山重感千年梦，愿济幽灵答治平。

又

祇园花雨晓吹香，手绾袈裟近御床。

阙下紫云随雉尾，座间红日动龙光。
金盘苏合颁殊域，玉盌醍醐出尚方。
稠叠屡承天上供，每惭无德颂陶唐。

以上《雅颂正音》卷四

张　羽（1323—1385），字来仪，更字附凤，号静居，浔阳人。早年随父宦江浙，后侨居吴兴，为安定书院山长，再徙吴中。明洪武初入京，后为太常丞。十八年流放岭南，投龙江死。好著述，工诗文书画。隶书取法韩择木，山水宗法米氏。为明初十才子之一。著有《静居集》四卷。

送越上人住蒋山

落落晨星耆旧稀，翻然一出振禅机。
石头路滑有时到，山顶云深无梦归。
帆叶饱风冲白浪，雪花和露湿缁衣。
八功德水谈空处，应有江禽入座飞。

《石仓历代诗选》卷二百九十五

释宗泐（约1327—1407），俗姓陈，字季潭，号全室。幼年为临海周氏收养，8岁入天宁寺为僧。后师从净慈寺高僧大訢，受其真传。明洪武五年，应诏赴大斋会，为朝廷祈福。命住持京师天界寺，掌管全国僧事。后出使印度取经。归授右善世僧录。著有《全室外集》、《西游集》。

[明] 释宗泐

上命赋诗三首贺清濬

圣朝重建钟山寺，此日禅翁奉诏居。
云汉载瞻仙阙近，山林大启法筵初。
世缘随顺心无著，静地熏修趣有余。
万籁不生钟鼓寂，一堂松月夜窗虚。

又

五年阙下预朝班，新奉纶音又住山。
觉苑喜逢今日盛，道林行见古风还。
岂惟净业高流辈，更有才名动世间。
五色奎文仍赐与，朝回擎出九重关。

又

入门挝鼓便升堂，龙象筵中听举扬。
最上宗乘开学子，无边寿量祝吾皇。
人心却与天心合，法运将随国运昌。
从此山林增气概，松头白鹤也低昂。

《灵谷禅林志》卷十三

朱元璋（1328—1398），原名重八，改名兴宗，濠州（今凤阳）人。25岁时参加郭子兴领导的红巾军反元。龙凤七年（1361）受封吴国公，十年称吴王。1368年，在应天（今南京）称帝，建立全国统一的政权明王朝，年号洪武。在位31年。卒葬金陵蒋山，曰孝陵。有《明太祖文集》。

山居诗十二首

廛中禅起诣山房，灵谷山高志可当。
四壁远民尘俗杳，一川近水世机忘。
崇朝榻外香烟袅，终夜堂前灯焰煌。
从此众僧公案悟，邯郸何必问黄粱。

又

布起高僧屋翠微，一灵派寂入重嵬。
松森蓊郁阴浓道，涧曲潺湲声绕扉。
有客上门尝相叩，无端举杖作成威。
此时解得黄龙法，自在岩前碧眼机。

[明]朱元璋

又

谁谓山僧运化工，山居真个得从容。
听风松底观玄鹤，玩月渊中悦白龙。
烟爇地炉香一盏，嫩肥铜鼎笋三钟。
叩禅若解岩前趣，皓首庞眉振祖风。

又

出廛大隐寓崇巅，去尽人喧听鸟便。
云来云去山寂寂，岚生岚没采鲜鲜。
洞门鬼哭求哀忏，湫底龙吟乞化全。
如是往来经几劫，因风炽火力何先。

又

僧屋云山事事便，蕨薇轻取胜农田。
黄精雨长堪僧奠，紫芋云埋供佛筵。
茶灶频煨风聚叶，馎堂勤集水流泉。
青猿夜啸峰头月，清兴忘机傲岁年。

又

蒙茸隐道女萝县，太古岩前一老禅。
玩月就溪临碧水，看云环树仰青天。
双亲鞠育归何日，五祖窥觇已有年。
欲识住山人自在，除非宿债并无愆。

又

侣影山间兴趣幽，竹鸡声断悟禅由。
山房夜月明心镜，水国宵灯照衲头。
崖柿熟甜须九月，溪芹味美必三秋。
忘尘思入重嵬迥，道备咸称释氏流。

又

孤寂山根近钓矶，神魂悽怆命难依。
都言避厄深幽隐，本为离凶出险机。
晨爨必蒸山蕨嫩，午炊须熟水芹肥。

天然不待劳筋力，方识稽源道甚微。

又

谷居幽趣景偏多，明月山房夜半过。
白日岭边岩鹿叫，黄昏水际野猿歌。
精魂惨淡无从侣，神思踟蹰奈若何。
性定拟看华藏景，欲生翻作万般魔。

又

至性从来隐碧萝，林泉深处任蹉跎。
鸟啼深树笙簧语，渔放秋江橹棹歌。
落魄有情知就里，从容无事见婆娑。
岩前苔合初由径，门外风堆槲叶多。

又

潜踪匿迹但优游，世事从来岂究头。
整日懒除阶下草，将灯倦点壁间油。
烟封谷口传樵语，云锁柴扉听鸟啾。
甲子未闻忘岁月，岩前坠叶始知秋。

又

蹑云深入万重山，回首烟村远世间。
初夜不闻三弄影，五更惟觉四时寒。
天香馥郁盈禅悟，月色精英照影闲。
比似市廛车马集，此心无事与相关。

《灵谷禅林志》卷十三

【注】此为赠蒋山寺住持释清濬诗。

春日钟山

春吟鸟树听，流泉涧下鸣。泉鸣山谷迥，迥处野人情。
吾吟吟未已，孰与春相迎？相迎桃李花，莺燕鸣丁丁。
棘辫盛蟠科，寰宇乐民生。

钟　山（二首）

游山智盘旋，俯谷仰奇巅。松声细入耳，云生水石边。
敲竹猿长啸，临崖视鹿眠。白鹤来天翅，玄裳羽翼鲜。
采芝携桂子，任意恣蹁跹。野人溪外语，黄莺啭更便。
山静鸟归疾，林深紫暮烟。樵还渔罢钓，畅饮乐吾年。

又

暑往钟山阿，岩幽清兴多。熏风自南发，森松鸣弦歌。
玄猿啸白日，丹凤巢桐柯。灵芝秀深谷，祥云盛崟峩。
树隙观天碧，天青似绿荷。迥闻樵采木，曲涧沿珠螺。
鸟乐山深邃，予欢颜亦和。野人逢问处，乐道正婆娑。

钟山赓吴沉韵

崒峩倚空碧，环山皆拱伏。遥岑如剑戟，迩洞非茅屋。
青松秀紫崖，白石生玄谷。岩畔毓灵芝，峰顶森神木。
时时雨风生，日日山林沐。和鸣尽啼莺，善举皆飞鹄。
山中道者禅，陇头童子牧。试问几经年？答云常辟谷。
白鹤日间朋，黄猿夜中仆。万岁神仙荣，千秋凡人禄。
无知甲子寿，但觉年数福。彩云出洞中，鸿蒙山之麓。

春日钟山行

我爱山松好，云埋常不老。几度春风吹更绿，胜似蓬瀛美三岛。石径闻蕊馨，流泉嫩春草。草青啼鸟涧边幽，玄鹤摩空来晨早。锦衣队列出山阿，饮客婆娑归更饱。山清水清我亦清，有秋足我斯民宝。

以上《明太祖文集》卷十九

望钟山

叠嶂盈门实，虚看满座云。凭阑松气湿，俯宸篆烟伸。
莺哢声来耳，风催馨袭人。近山佳景盛，彤殿尽良臣。

钟山云

踞蟠千古肇豪英，王气葱葱五色精。
岩虎镇山风偃草，潭龙嘘气水明星。
天开万载兴王处，地辟千秋永朕京。
咸以六朝亨替阅，前祯祯后后嘉祯。

钟山云雨

崔嵬万壑玉笼葱，皑叆云浓雨碧松。
千古钟灵佳气盛，几年淮秀瑞光萌。
倚天绝壁参银汉，拔地穿崖构梵宫。
时向望中闲极目，神机造化正鸿濛。

钟 山

翠微突兀倚晴穹，日色暄和紫气浓。
谷内野猿跳上下，莺啼悠韵乐三冬。

望钟山白云（二首）

钟山万叠白云浮，密锁松梢爽气流。
石径雨痕苔藓绿，苍崖根底蛰龙湫。

又

万壑松阴起晓风,硃崖云幕亘长穹。
应知造化诚难测,顷刻雾霓显至工。

青山白云（四首录一）
又

钟山万木暑阴森,岩壑松风奏玉琴。
溪涧碧流声韵美,望中佳兴致题吟。

又赓易毅韵

钟山洞口彩霞长,万壑云生济至阳。
猿鹤每栖浑意乐,黄旗紫盖世兴王。

又赓卢均泰韵

钟山曙色夏初长,岩壑岚生辅太阳。
几度雨余天一碧,遥岑罗列更非常。

秋日钟山赓裴植韵

倚苍罗列数奇峰,岩谷云生万态容。
或尔有时楼阁见,分明一体广寒宫。

钟山僧寺赓单仲右韵（三首）

游山必是叩僧禅,闻说神僧透宿缘。
山果玄猿摇绿树,方知入定是金仙。

又

精蓝幽谷寺嵯峨,风过松声韵碧波。
寂寞出尘天外景,骅骝杂遝意奚何?

又

山势崚嶒谷隐僧,六通具足势层层。
鹊巢冠顶忘机处,午夜明星识已能。

以上《明太祖文集》卷二十

前　人

游钟山

钟山阳谷梵王家,帝释台前优钵花。
游戏但闻师子吼,比丘身衣锦袈裟。

《佩文斋咏物诗选》卷五十七

李　祺（?—1403),凤阳定远人。明初开国功臣李善长之子。娶明太祖长女临安公主，封驸马都尉。后李善长以"谋逆罪"被夷三族，李祺夫妇免死，与子女同被流放到江浦。久之卒。祺子芳、茂，以公主恩，得不坐。

定岩禅师方丈

一径入青松，楼台峙化工。雨深山果落，云入石床空。
树老多巢鹤，潭清或见龙。上方禅寂地，暂得寄尘踪。

《灵谷禅林志》卷十二

【注】定岩，即释净戒，号幻居。吴兴人。髫龄喜儒佛皆诵，年十一即求出家至金陵。时值觉源昙公住天界寺，师充维那，胁不暖席。一日大悟，复游东南。名流加敬。明洪武二十九年授左觉义，兼住持鸡鸣寺。永乐初住持灵谷寺，升右阐教。十六年坐化，得舍利数枚。

释居顶（？—1404），俗姓陈，号无极，浙江黄岩人。幼学出世法，聪慧过人，得西邱正传，性相双融，行解兼至。初住四明翠山，迁婺之双林，所在振兴，皆有成绩。明洪武间赴京。授僧录司左讲经，升任左阐教，兼住持灵谷寺。说法供众，其道大行。著有《续传灯录》三十六卷。

赐衣谢恩命诗

内使传宣出紫宸，赐衣何幸及微臣。
金襕照耀天人喜，白氎鲜明雨露新。
光宠山林回佛日，逼除霜雪布阳春。
余生受用流传远，万岁宗门沐至仁。

《灵谷禅林志》卷十三

张　适（1330—1394），字子宜，一作子宜，长洲人。七岁习诗经，过目成诵。十三赴乡试，时称奇童。明洪武初宋濂荐修元史。授水部郎中，未几辞归。与高启、杨基等并称十才子。后为滇池鱼科、宣科二司大使。博学工诗文。著有《甘白诗集》、《江馆集》、《江行集》、《滇南集》等。

送僧之钟山

宝公兰若半钟山，金碧楼台涧谷间。
万丈龙潭天阙近，千岩云气梵宫闲。
僧归烟树晚峰碧，客步落花春藓斑。
嗟我别来今已久，送师何以解愁颜。

《四库存目丛书·甘白先生张子宜诗集》

胡　奎（约1331—？），字虚白，号斗南老人，浙江海宁人。元至政间游贡师泰门。明初以儒征，官宁王府教授。晚年尝泊舟鄱阳望湖亭，见东坡"黑云堆墨未遮山"诗，次韵和之，俄见一老人来，曰"六百年来无此作矣！君非斗南老人耶？"因以自号。著有《斗南老人集》。

望紫金山

万年佳气拥蟠龙，秀拔神京第一峰。
五色云中金翡翠，九重天上玉芙蓉。
幸陪周士歌丰镐，敢效封人祝华嵩。
明旦闻鸡趋凤阙，丹霞承日色瞳眬。

《斗南老人集》

孙　蕡（1334—1389），字仲衍，广东顺德人。负节概，不妄交游。何真据岭南，礼遇之。洪武三年举于乡，旋登进士。召为翰林典籍，与修《洪武正韵》。出为平原主簿，坐累逮系，旋得释。起为苏州经历，复坐累戍辽东。后因尝为蓝玉题画，论死。博学工诗文。著有《西庵集》。

钟山应制

苍萃巍峨插昊穹，紫金突起大江东。
三山避迹投鲸海，五岳齐肩拥帝宫。
珠树凤鸾鸣瑞日，宝圻龙虎壮威风。
万年圣寿高堪并，尝有神人祝华嵩。

驾游钟山应制

玉宸惊跸出蓬莱，近望名山翠色开。
松柏屯云车骑过，峰峦簇锦节旄来。
九成奏乐喧泉涧，百职联班蹴磴苔。
譕赏太平当赋咏，小臣侍从愧非才。

陪翰林宋承旨游钟山

天上禅关敞薜萝，每缘休沐得经过。
云笼梵宇青莲湿，地接皇居紫气多。
甘露结花凝木末，醴泉和雨落岩阿。
欲陪谢傅金屏约，未解朝簪奈尔何。

再游钟山

空青楼阁窈冥间，云是东南第一山。
武帝鸾旗烟草碧，志公龙锡雨花闲。
江光远荡鼋鼍窟，云气常笼虎豹关。
欲驾天风凌绝顶，上方琪树夕阳还。

以上《西庵集》卷八

前人

寄王彦举

绿杨阴下玉骢嘶，丝落银瓶带酒携。
梦入南园听夜雨，不知身在蒋陵西。

龙江夜泊

蒋山山头秋月明，龙江江上暮潮生。
行人又是金陵客，卧听西风鼓角声。

以上《石仓历代诗选》卷二百九十一

姚广孝（1335—1418），元末苏州人。17岁出家为僧，法名道衍，字斯道。通儒、道、释诸家之学，善诗文。以荐入燕王府，赞谋帷幄。朱棣即位，初授僧录司左善世，再授太子少师，复其姓，赐名广孝。曾主持修纂《永乐大典》、《明太祖实录》。著有《逃虚集》、《逃虚类稿》。

初夏访定岩禅师

萧寺锁烟萝，游人杂佩珂。半山红艳尽，一坞绿阴多。
探胜时应到，乘闲暮亦过。禅翁深祖道，谁解问如何。

《灵谷禅林志》卷十二

[明]姚广孝

高启（1336—1374），字季迪，号青丘子，长洲人。擅诗文。其诗使事典切，琢句浑成。元末与杨基、张羽、徐贲并称"吴中四杰"，曾参张士诚幕。朱元璋平张士诚后被延揽，赴金陵修《元史》，翌年史成，授编修，擢户部侍郎。辞官归田，后因魏观案被腰斩。著有《高青丘集》。

早出钟山，门未开立候久之

关吏收鱼钥，趋朝阻向晨。忘鸣鸡睡熟，倦立马嘶频。
柝静霜飞堞，钟来月堕津。可怜同候者，多是未闲人。

自天界寺移寓钟山里

移寓钟山里，开轩见翠微。寺僧违乍远，邻父识犹稀。
爱读明开牖，防偷固设扉。谁言新舍好，毕竟未如归。

《钟山雪霁图》

山势识龙蟠，香台拥翠峦。草堂猿啸晚，蕙帐鹤惊寒。
云拥梁僧塔，苔封宋帝坛。昔年游历处，今向画中看。

吴僧日章讲师赴召修蒋山普度佛事，既罢东归，送别二首

万人拥座听潮音，宝刹曾迁玉驾临。
佛法晓敷三藏祕，帝恩春及九原深。
钟山坐处花频雨，练浦归时树欲阴。
拟问楞伽嗟已别，楚江飞锡暮沉沉。

又

故乡未解识清容，却在金陵阙下逢。
中禁曾分斋钵饭，上方时叩讲筵钟。
一帆细雨迢迢浦，半塔斜阳霭霭峰。
相送师归忽多感，飞云亦恋旧依松。

衍师见访钟山里第

风雨孤舟寄一僧，远烦相觅到金陵。
青衫愧逐尘中马，白拂看麈座上蝇。
事去南朝犹有恨，梦归北郭已无凭。

文章何用虚叨禄，只合从师问上乘。

登金陵雨花台望大江
大江来从万山中，山势尽与江流东。
钟山如龙独西上，欲破巨浪乘长风。
江山相雄不相让，形胜争夸天下壮。
秦皇空此瘗黄金，佳气葱葱至今王。
我怀郁塞何由开，酒酣走上城南台。
坐觉苍茫万古意，远自荒烟落日之中来。
石头城下涛声怒，武骑千群谁敢渡。
黄旗入洛竟何祥，铁锁横江未为固。
前三国，后六朝，草生宫阙何萧萧。
英雄乘时务割据，几度战血流寒潮。
我生幸逢圣人起南国，祸乱初平事休息。
从今四海永为家，不用长江限南北。

均自《高青丘集》

[明]高青丘

黄　哲（？—1375），字庸之，广东番禺人。通五经，能诗。与孙蕡、王佐等合称"岭南五先生"。朱元璋为吴王时召授翰林侍制，侍太子读书。洪武初出为东阿知县，招抚流民复业，迁东平通判，兴修水利有绩。上书陈时务数十事获罪，罢官，后被杀。人称雪蓬先生。著有《雪蓬集》。

青宫哀词（懿文皇太子也）
前星光陨太微间，云阙龙归不可攀。
惨结玄云迷海岳，泪挥寒雨遍戎蛮。
清都鹤驾翱翔远，缑岭鸾笙缥缈还。
遥想皇情哀恸处，万年松柏紫金山。

《广州四先生诗·雪蓬诗选》

张孟兼（1338—1377），名丁，以字行，浦江宋溪人。明洪武初征为国子监学录，参与编修《元史》。为官刚正廉明，疾恶如仇。任山东按察司副使时，被吴印所诬弃市。盛负才名，刘基曾说"天下文章宋濂第一，次基，又次孟兼。孟兼才甚俊，而奇气烨然"。著有《白石山房稿》。

春日游钟山，以溪回松风长分韵，得长字
访古来钟阜，寻僧问草堂。千年猿鹤静，一径石林荒。
泉落春泉细，梅留腊雪香。乡心怜薄暮，矫首碧云长。

《御选明诗》卷五十

郊　韶（1341年前后在世），字九成，自号云台散史、苕溪渔者，吴兴人。约生活于元惠宗至正前后。好读书。慷慨有气节，辟试漕府掾。不事奔竞，淡然以诗酒自乐。作赋不习近世体，欲追唐人之盛，杨铁厓以为与李北州才相上下。善画山水，与倪瓒友善。著有《云台集》。

为郁道士赋钟山

每向钟山赋草堂，远林佳树色苍苍。
石桥夜迥星河澹，仙井潮生雨气凉。
坐见青松将子落，行看老鹤与人长。
钓泉拟解尘缨濯，蹑屩还趋千仞冈。

《草堂雅集》卷十

方孝孺（1357—1402），字希直、希古，号逊志，浙江宁海人。尝从宋濂学。初任汉中府学教授，蜀献王聘为世子师。建文帝召入京，任侍讲学士。次年值文渊阁。后调文学博士。靖难之役中，拒为燕王朱棣草拟即位诏书，不屈赴难，株连十族。福王时追谥文正。著有《逊志斋集》。

挽懿文太子

盛德闻中夏，黎民望彼苍。少留临宇宙，未必愧成康。
宗社千年恨，山陵后世光。神游思下土，经国意难忘。

又

文华端国本，潜泽沛寰区。云绕星辰剑，春回造化炉。
变通周典礼，宽大汉规模。厌世嗟何早，苍生泪欲枯。

[明]方孝孺

又

监国裨皇政，忧劳二十年。龙楼方爱日，鹤驭遽宾天。
已失群生望，空余后世传。长江一掬泪，流恨绕虞渊。

又

相宅图方献，还宫疾遽侵。鼎龟悬宝命，笙鹤动哀音。
谁绍三王治？徒倾四海心。关中诸父老，犹望翠华临。

又

三朝兼庶政，仁孝感婴孩。万岁千秋志，经天纬地才。
未登辰极定，忍见泰山颓。圣子承皇业，能舒四海哀。

又

懿文光典册，华美过昭明。秭数归元子，哀荣动圣情。
神灵游帝所，陵寝镇天京。谏德南郊在，千秋有颂声。

又

渊默师成宪，端严信若神。承天行日月，与世作阳春。
锐意思宽政，温颜访老臣。至今江海士，犹想属车尘。

又

斥土开瑶殿，因山近翠微。神与离鹤禁，天泪湿龙衣。
日月还丹阙，风云送六飞。太平皇业固，清庙咏光辉。

《逊志斋集》

詹同（1354年前后在世），字同文，初名书，婺源人。幼颖异。元至正中举茂才异等，除郴州学正。后仕陈友谅为翰林学士承旨。朱元璋下武昌，召为国子博士，赐名同。教功臣子弟习《易》、《春秋》。历官翰林直学士、侍读学士、吏部尚书、学士承旨。操行耿介。著有《詹同文集》。

敬赓御制游蒋山寺诗

象车来访老僧家，龙钵生云天雨花。
剪得海霞秋一片，古松岩上补袈裟。

春日驾幸钟山应制

大驾春晴临宝地，钟山老翠拥金仙。
瑶花如雨三千界，紫气成龙五百年。
风送香烟浮衮服，池涵树影拂青天。
词臣侍从何多幸，安得诗才似涌泉。

均自《全明诗》第一册

[明]杨士奇

杨士奇（1365—1444），名寓，字以行，号东里，江西泰和人。学行出众，以布衣荐翰林院任编纂官。历仕四朝，先后任《明太宗、仁宗、宣宗实录》总裁，侍讲，华盖殿大学士，少保，少傅，兵部尚书，内阁首辅。卒谥文贞。编著有《三朝圣谕录》、《奏对录》、《历代名臣奏议》等。

送吴员外赴南京礼部

春坊中允同袍旧，十五年来间阔深。
此日帝城重握手，西风祖道又分襟。
苍茫蓟树凌寒景，缥缈淮云接暮阴。
知到南京公事简，紫金山色对青吟。

《东里集》

题画竹

邹司务赴南京秋官出此索题，为赋二绝。
冠绂承恩下赤墀，凤池人赠凤凰枝。
南都昼永文书简，展玩时吟卫武诗。

又

太平堤畔是秋官，门倚澄湖绿玉湾。
更出箐筜望天上，五云长护紫金山。

《东里续集》卷六十二

史谨（1368年前后在世），字公谨，昆山人。明洪武初，因事谪居云南。后用荐为应天府推官。降补湘阴县丞。寻罢归，侨居金陵，构独醉亭。卖药自给。性高洁，耽吟咏，工绘事，以诗画终其身。与《乾坤清气集》编者偶桓契分颇深。著有《独醉亭集》三卷。

送瓒上人住草堂寺

一片烟霞锁万松，周颙故宅此山中。
乡时冠盖俱陈迹，今日楼台是梵宫。
钟阜过云生湿翠，宝花飞雨落晴空。
白头开士今来住，尽喜名山得远公。

《独醉亭集》卷中

晓望钟山

势蟠龙虎翠高低，树色苍苍接凤池。
宿雾渐消云散尽，金乌飞上万年枝。

钟阜朝云

山形高立翠芙蓉，岩际晴云万朵封。
起映朝阳成五色，化为霖雨锁千峰。
飞扬或乱松间鹤，舒卷长随洞底龙。
欲访招提无处觅，数声惟听隔林钟。

以上《独醉亭集》卷下

林　鸿（1368年前后在世），字子羽，福清县人。十五岁能论文。明洪武初以荐至京，赋《龙池春晓》、《孤雁》诗称旨，授将乐县儒学训导，官至礼部员外郎。年未四十，辞官归里。致力于诗，主张诗学盛唐。其作一洗元诗纤弱之习。为"闽中十才子"之首。著有《鸣盛集》、《鸣盛词》。

春日陪车驾幸蒋山应制四首

钟山月晓曙苍苍，凤辇乘春到上方。
驯鸟不随天仗散，昙花故落御衣香。
珠林霁雪明山殿，玉涧飞泉近苑墙。
自愧才非枚乘匹，也陪巡幸沐恩光。

二

铙鼓鸾舆出曙烟，翠华玉节上方连。
诸天日月环龙衮，九域山河拱象筵。
香拥宝城熏瑞气，泉当玉几送清弦。
宸游暂此开春泽，岂作金轮浪学禅。

三

宝域今春降至尊，玉毫此日照乾坤。
池开八水临天象，地接三台拱帝垣。
紫气尽团空外盖，风光遍动镜中旛。
九垓此际无余壤，喜见京城雨露恩。

四

笳鼓云中动帝京，六龙移处彩云轻。
三天日色临仙仗，八水波光接帝城。
宝域旛摇银烛影，香山泉送玉弦声。
侍臣此际承恩泽，愿述歌章颂治平。

《鸣盛集》卷三

寄蒋山禅师春日早朝二首

王气匆匆曙色开，钟声隐隐九天来。
钟山半压金鳌上，淮水新从玉涧回。

花拥千官瞻衮冕，雪消三殿隔蓬莱。
我皇曾赋中和曲，散作阳春遍九垓。

又

奉天宫殿五云间，旧是春官侍早班。
大礼庆成严鹭序，长杨赋奏觐龙颜。
风光渐报三眠柳，佳气长浮万岁山。
身落江湖心魏阙，梦魂犹逐晓钟还。

宿毕公房

跻阁攀岩入化城，薜萝高卧寄闲情。
孤窗上月分灯影，乱叶随风杂磬声。
麋鹿自知谐野性，簪珪何用绊虚名。
真僧出世心无事，戒得冰壶彻底清。

以上《灵谷禅林志》卷十三

释清濬（1368年前后在世），俗姓李，字天渊，黄岩人。幼颖敏，依径山古鼎铭禅师，得受印可，诸方争以得师为重。明洪武间召入京师，住蒋山寺，设普度大会，升座说法，感佛放光。补右觉义。太祖亲制诗十二首以赐之。

上命和山居诗十二首（缺一首）

钟山深处住禅房，圣遇优隆不敢当。
道镇丛林真有忝，恩承殿陛实无忘。
鼓钟白昼传铿锵，幢盖青春照炜煌。
愿率同袍勤报效，已甘蔬味胜膏粱。

二

每愧匡宗道力微，却辞城寺入层嵬。
清风曲涧频移杖，落日空山独掩扉。
祇假香灯为佛事，不将棒喝逞全威。
金圈栗棘闲抛却，未许来参了此机。

三

楼台一簇已休工，宝塔中居老镜容。
云护石城如踞虎，地连钟阜似蟠龙。
紫芝产处饥堪乐，甘露流来秀所钟。
野衲安居何以报，愿同率土仰仁风。

四

潭潭宝构倚层巅，晚岁深居乐静便。
畬稻旋春炊易熟，溪芹频茹味尤鲜。
道承诸祖颜何厚，任重宗纲力岂全。
随分生涯甘淡泊，也知率众必身先。

五

深居乐道自便便，负郭宁夸二顷田。
夕殿灯明多宝塔，春庭香散雨花筵。
心源湛寂超三世，尘虑消忘即四禅。
愿把杨枝洒甘露，尽令大地作丰年。

六

澄空湛湛月高悬，冷照山中静夜禅。
献佛有时来化乐，散花无数拥诸天。
每怀僧到赤乌日，犹忆经来白马年。
稽首法王宏愿力，归心即使涤尘愆。

七

老来一钵住岩幽，尘境无心得自由。
空里每看花满眼，镜中渐觉雪盈头。
吟余月照千峰夜，定后云生万壑秋。
身世已知浑是梦，百年光景水东流。

八

清江曲曲绕危矶，晚岁云林得所依。
山鸟频来如有意，野鸥相对似忘机。
雪晴当槛松篁密，雨后漫山笋蕨肥。
安稳只凭禅定力，清修岂复倦衰微。

九

独爱山中静趣多，祇缘地僻少人过。
山开晓野如屏幛，鸟语春林似啸歌。
结社只应怀永远，赋诗不必拟阴何。
坐来万虑俱忘却，道力真堪摘众魔。

十

白发山僧住翠萝，馀生身事任蹉跎。
倦从石上支颐坐，闲向云中拍手歌。
舍利现时光煜煜，伽梨披处影娑娑。
钟山咫尺城东地，草木偏承雨露多。

十一

自愧平生江海游，何缘直到此峰头。
既无宝案投青玉，岂有高幢建碧油。
龙出洞云观变化，鸟鸣谷树听啁啾。
禅余感戴惟称颂，愿祝吾皇亿万秋。

驾幸灵谷赐宴上命口占一律

钟山高处御筵开，野服趋迎凤辇来。
宝宸上临香积界，羽林深绕雨花台。

对扬已喜天颜近，坐次还叨玉馔陪。
此日遭逢真有忝，圣明何以答涓埃。

均自《灵谷禅林志》卷十三

释清濋（1368年前后在世），字兰江，天台人。尝说法吴中，缁素倾向，四座至无所容。后居天界寺。明高皇帝召对称旨，御赐《清濋说》。有《应制次钟山寺作》。晚憩锡邑之东禅寺。著有《望云集》及语录《毗卢正印》行世，学士宋濂为叙。

登钟山唯秀亭

浥袂秀色时苍苍，凭陵八荒隘九阳。
裂地长江走脚下，巡檐赫日当吾旁。
楚天吴天云海宽，千山万山蛟龙蟠。
采石沙头人唤渡，大茅峰顶仙骑鸾。
眼底山川不尽识，藓花石路空辇迹。
忆昔元鸟看波时，六气不动乾坤寂。

《金陵诗征》第十册

解　缙（1369—1415），字大绅，号春雨，江西吉水人。幼聪颖，号神童。明洪武二十年乡试解元，翌年成进士。成祖时入直文渊阁，进翰林学士，参机务，主修《永乐大典》，兼左春坊大学士。后贬广西参议，再遭构陷，以罪下狱死。后谥文毅。善书法，尤擅狂草。著有《文毅集》。

随驾登紫金山赐果

天晴随驾共登山，中使传宣荐玉盘。
金谷人游红步幛，石房仙炼紫华丹。
猩红浥露珊瑚软，鹤顶迎风玛瑙寒。
侍从词臣知此味，渴中无惜齿牙酸。

《文毅集》

刘　嵩（1370年前后在世），字子高，初名楚，泰和人。元末举于乡。明洪武三年以人才荐授职方郎中，迁北平按察司副使，坐事输作京师。后署礼部尚书致仕。复召为国子司业，未旬日卒。一生耽嗜吟咏，刻苦甚至，故年愈老而诗亦愈工。开明初之江右诗派。著有《槎翁诗集》。

正月元旦陪车驾蒋山寺祠佛夜归，追赋二绝

内官飞骑入松林，寺里华钟吼法音。
五百高僧齐上殿，红袈裟里间泥金。

又

香台百尺拥雕棁，一朵青莲出紫庭。
龙辇先登开善塔，鸾旗犹驻翠微亭。

《槎翁诗集》卷七

王　偁（1370—1415），字孟扬、密斋，永福县人。明洪武二十三年举人。永乐初，荐授翰林院检讨，进讲经筵，充《永乐大典》副总裁，最为解缙所推重。为人英迈爽发，学博才雄，工诗善书。其诗质朴清新，不落窠

曰，行草类苏轼。后因解缙案株连下狱死。著有《虚舟集》。

蒋山法会瑞应诗应制作

宝地捧金仙，璇宫起梵筵。真僧腾异域，开士唱三缘。
说法云成盖，谈经花雨天。祥光凝彩绚，甘露泻珠圆。
天乐凭虚下，神灯彻夜悬。胜因济妙筏，觉路指迷川。
祇树春光溢，灵山会俨然。愿兹弘至化，皇运共千年。

《闽中十子诗》卷二十五·王检讨集四

释夷简（1372年前后在世），字易道，号同庵，别署延陵沙门，义兴人。与止庵祥公同嗣法于平山林和尚。明洪武五年参加钟山法会，十一年住杭州净慈寺，翌年住南京天界寺。擅书法。师从张雨。与释守仁、释宗泐有书画交往。有《佳偈帖》传世。亦擅诗。尝为松岩和尚题所藏图卷。

洪武五年正月十五日，朝廷就寺大建法会普济幽冥，先于四年十二月十五日，上御奉天殿，集公侯百官，宣谕建会之因，禁天下屠宰，上先斋戒一月，以严法律。赋斋戒一首

玉食金盘去八珍，九重斋戒谕群臣。
版图宾贡无中外，鬼录流亡有故新。
佛事五天均至化，民生四海贺同仁。
普通有愿长蔬食，曾梦神僧水陆因。

法会赋迎驾

千骑东华玉辇来，钟山浑胜妙高台。
旌旗宝树重重入，楼阁香云一一开。
仙仗斋从三日幸，春宫诏许五王陪。
近臣共说天颜喜，收得娑婆树子回。

正月十三日三鼓，上御奉天殿集公侯百官奉上佛表，命礼部尚书赍赴钟山，启建法会焚之。赋奉表一首

御手封函出紫宸，百灵效职共纷纷。
尚书夜待三更漏，使者朝行五色云。
宣室鬼神徒有问，茂林封禅谩能文。
陈情此日趋灵鹫，万岁千秋报圣君。

十五日，上服衮冕乘辇辂赴法会，至日夕迎佛，上率公侯百官临法筵供佛，行大礼乐，用善世等曲。先是十四日微雪呈祥，寻即开霁，是夕星月在天，风露湛寂，丝竹迭奏，灯火交辉，礼仪之盛，前古莫及。赋迎佛、礼佛、送佛三首

鹫岭幢幡下界来，先令滕六净尘埃。
微风不动灯如昼，明月初升乐似雷。
宿卫万夫严虎旅，从官千骑驻龙媒。
衮衣俨在通明殿，一朵红云拥不开。

又

天子临筵礼觉皇，衣冠陪位亦侯王。
宝台高处金莲色，珠树中间玉佩光。
币帛恭陈先盥洗，茶瓯初献谨焚香。
汉庭不必论前梦，亲睹金容在上方。

又

皓月华星傍九霄，夜深端坐圣躬劳。
乐声按舞鱼山近，花雨飘空鹫岭高。
玉册读文传太祝，金柈捧奠出仪曹。
从容望燎銮舆动，目送中天白玉毫。

宣谕鬼魂赐以法食而升济之。赋谕鬼一首

万方杀戮到渔樵，三日斋宫德泽饶。
朽骨又蒙周室葬，游魂不待楚人招。
千年象教来中国，一代威仪出圣朝。
惭愧山林何所报，耕桑满野甲兵销。

龙湾普放水灯，以烛幽暗，诏赋水灯一首

持节冯夷向夕过，远分灯火出官河。
斗牛光动天垂野，风露声沈水息波。
海族楼台休罢市，鲛人机杼不停梭。
九原无复悲长夜，莫问南山白石歌。

均自《灵谷禅林志》卷十三

魏 骥（1374—1471），字仲房，号南斋，萧山人。永乐三年中举，次年以进士副榜授松江府儒学训导。后参修《永乐大典》。历官南太常寺少卿，南吏部侍郎，南吏部尚书。曾两度典试江西。居官清正，不徇私情。77岁辞官回乡，有功乡里。工诗文，负书名。著有《南斋前后集》。

次周学士（叙）韵二首

短策轻罗袭露凉，行行蜡屐破苔苍。
日烘远树侵云碧，风飐飞花满涧香。
麦陇萦纡循野径，人家参错间修篁。
由来四美真难具，宾主须期酒尽觞。

又

尘襟暂豁访禅关，散策缘溪入万山。
莺啭好风深树杪，鹤归斜日乱云间。

[明] 魏 骥

晴峰历历罗屏嶂，幽涧泠泠响珮环。
最是相看总知己，不妨谈笑且清闲。

《灵谷禅林志》卷十三

王　英（1375—1449），字时彦，号泉坡，江西金溪人。永乐二年进士。扈从北征，处事缜密，为帝所喜。任礼部侍郎时，浙江久旱，英至，大雨，民呼"侍郎雨"。正统十二年改南礼部尚书，卒谥文安。历仕四朝，端凝持重。才华出众，工诗文。书法高超，御赐金钏。著有《泉坡集》。

次周学士（叙）韵二首

出郭清风送早凉，入山曙色正苍苍。
小桥石涧通潮水，细草幽花带露香。
行尽深林到兰若，且同老衲坐松篁。
独怜松下流泉好，九曲偏宜泛羽觞。

又

重山群叠拥禅关，曾侍先皇幸此山。
銮驭已回霄汉上，桥陵犹在紫云间。
侵阶竹影疑旌旆，绕涧泉声似珮环。
访旧重来多感慨，深恩未报敢投闲。

《灵谷禅林志》卷十三

李昌祺（1376—1452），名祯，一字维卿，以字行，江西庐陵人。明永乐二年进士。预修《永乐大典》，迁广西布政使。坐事谪役。洪熙元年起复河南故官。刚严方直，素抑豪强，以廉洁宽厚称。家居二十余年，足迹不至公府。行、楷亦可观。著有《运甓漫稿》、《容膝轩草》、《剪灯余话》。

寄致政彭太常永年三首（录一）

长避时人友鹤群，秦淮明月蒋山云。
欣逢有道辞簪绂，赢得无家念子孙。
湖海诗名今已著，烟霞癖性老仍存。
忘年不是朋游少，知己惟应独有君。

孝陵秋日陪祀，简彭赞礼永年

钟山欲晓色苍苍，小辇轻舆出建章。
苑鹿不惊仙仗过，潭龙故喷御泉香。
重城隐雾留残月，高树含风送早凉。
惟有祠官最清贵，时来导驾沐恩光。

均自《运甓漫稿》卷五

释宏道（1386年前后在世），生平不详。

上命赋诗三首贺清瀎

钟山云起近蓬莱，楼阁重重锦绣堆。
兜率宫从天上降，娑椤花向月中开。

道林再世承恩泽，圜悟当关震法雷。
祖道一丝悬九鼎，提持全仗出群材。

又

大觉谈宗彻九重，蔚然扶起少林宗。
龙光照映神奎阁，象教尊崇玉几峰。
自昔草堂留胜践，即今灵谷纵高踪。
御题诗笔光云汉，更觉兹山雨露浓。

又

传得凌霄无尽灯，兰膏烈焰愈辉腾。
笺经未逊洪觉范，辅教直追嵩仲灵。
闭户遍探三藏教，入朝分录两街僧。
皇恩浩荡深如海，声价奚论十倍增。

《灵谷禅林志》卷十三

周　叙（1392—1452），字功叙，号石溪，吉水人。汉末东吴周瑜三十八世孙。少聪颖，负气节，笃行谊。永乐十六年殿试二甲第一名进士。官侍讲学士，掌南京翰林院事。曾上《制治保邦十二事》、《中兴太平十四事》等疏，为时所重。著有《诗学梯航》、《唐诗类编》、《石溪文集》。

夏同魏冢宰、王宗伯游灵谷二首

东出都门曙景凉，钟山佳气郁苍苍。
日临城堞参差迥，风送林花迤逦香。
田野千村饶菽麦，人烟万户隐松篁。
政闲偶欲观时令，不为东游洽咏觞。

又

路入禅林第一关，天藏灵刹倚钟山。
皇陵迥出红云表，宝塔高陵碧汉间。
万树松阴青蓊郁，一泓泉溜绿湾环。
佳辰幸接尚书履，谩得尘寰半日闲。

《灵谷禅林志》卷十三

祖　俊（1413年前后在世），字远志（一作其远），当涂人。少有诗名。明永乐中征修《大典》。典成，例当得官，辞归。放怀诗酒，翛然自适。著有《丹湖集》（一作《丹渊诗集》）。

灵谷道中

为言灵谷好，太古色重重。烟雨半岩翠，风涛十里松。
春途多滑马，晚寺但闻钟。自愧求名者，无由寄隐踪。

《灵谷禅林志》卷十二

商　辂（1414—1486），字弘载，号素庵，严州淳安人。明宣德十年乡试第一，正统十年会试第一、殿试第一。历任兵部、户部尚书兼文渊阁大学士，吏部尚书，太子少保、谨身殿大学士。刚正不阿，宽厚有容，卒谥文毅。著有《商文毅公集》、《蔗山笔尘》，纂有《宋元通鉴纲目》等。

春日游灵谷寺分韵得绀字霁字

晨出朝阳门,石磴何嶔嵌。水光漾清涟,山色半浓淡。
东风回烧痕,碧草吐茅菼。缟李照人明,秾桃隔江暗。
节物殊可人,践履忘壈轗。所与皆同心,樽罍动盈担。
凭高快一观,六合归俯瞰。岭猿携子行,山犬出林覸。
胜游足清欢,春意恣穷探。载登君子堂,款宴设肥腩。
凿凿商古今,怡怡争笑噉。洒阑望青天,双瞳炯如绀。
良辰留花朝,风日况妍丽。相携出东城,胜集继修禊。
长堤净无尘,一径入迢递。拜瞻皇祖陵,郁郁壮形势。
金汤拱上游,垂祀千万岁。夹道团松阴,伫立成小憩。
行行访名刹,福地躬造诣。画壁填青红,浮图出天际。
老僧支远流,心境本空慧。招邀升讲堂,喜色动眉睫。
茶分小团月,香袅沈檀细。载观功德泉,一脉湛溶瀱。
掬饮甘如饧,顿觉尘氛翳。兴阑整归鞍,斜日弄光霁。

《灵谷禅林志》卷十二

[明]商辂

吴希贤（？—1489），旧名衍,以字行,更名汝贤,别号静观,莆阳黄石人。幼敏异,人称神童。明天顺八年进士。选庶吉士,曾参修《英宗实录》。成化二十二年,擢南京翰林侍读学士。弘治二年卒于官。性豪迈,负奇气,两拜会试同考官,多得俊伟之才。

屠元勋之南京寺丞得何字韵

文学推君第一科,紫金山色待经过。
相看尽道故人少,欲别应愁芳草多。
列棘堂深新雨露,判花笔在足阳和。
不知去住怀人地,秋水芙蓉隔几何。

《石仓历代诗选》明曹学佺编

吴节（1430年前后在世）,字与俭,号竹坡,江西安福人。宣德庚戌进士。景泰元年任南国子监祭酒,曾撰《国子监续志》。成化三年以太常寺卿兼侍读学士。年八十五卒。为文援笔即就,多至数千言,滔滔不竭;于诗随题命意,不拘拘摹拟而自合矩度。著有《吴竹坡文集》、《诗集》。

灵谷寺

莲台天半起,恍惚似黉宫。水抱当初石,风来上古松。
径行同月步,辇道集苔封。僧重六时课,林深卧梵钟。

《灵谷禅林志》卷十二

释性嘉（1432年前后在世）,法号本初。南京灵谷寺僧。曾游毗陵天宁寺、太平寺、华藏褒忠寺,江阴浮远堂、光孝寺,锡山胶山寺、陆羽"第二泉"等,所至辄请名僧文士题咏,归途曾请王屿作序。工书能诗。其诗间亦有奇语。明成化间重镌"三绝碑",并作"三绝碑歌"记其事。

三绝碑歌

童行入灵谷,夤缘圣师慈庇福。食有廪兮居有屋,无以起称成惭恧。昭代圣师尊之独，六朝感仰如化育。
道德神通皆具足，百世清风净尘俗。唐时吴李颜之属，
像赞书工重金玉。有相无相匪拘束，砚沼笔峰春万斛。
非真是真诚难卜，水空空花归郢曲。石刻文光夜上烛，
森罗万象娱心目。宣德壬子经回禄，星斗慾明神鬼哭。
数载模本求所蓄，命工重镌踵芳躅。元功钟鼎人私淑，
圣师光明灯再续。丛林宜宝非碌碌，千年恩泽期均沐。

《灵谷禅林志》卷四

史 鉴（1434—1496），字明古，号西村，吴县人。书无不读，尤熟于史。隐居不仕，留心经世之务。王恕巡抚江南闻其名，延见之，访以时政，深服其才。其居水竹幽茂，亭馆相通。好著古衣冠，曳履挥尘，望之如仙。作文究悉物情，练达时势，诗亦落落无俗。著有《西村集》。

游灵谷寺

缓辔吟行紫禁中，杂花千树映禅宫。
山藏灵谷声疑应，水出皇陵势自东。
池上泛杯修故事，松间扫石坐清风。
老僧延客无他语，只数前朝有志公。

《西村集》

吴 宽（1435—1504），字原博，号匏庵、匏翁，长洲人。明成化八年会试、廷试第一名进士。弘治十六年升礼部尚书，翌年卒于任上。追赠太宗子少保，谥文定。博学多才，兼长诗文书画。馆阁钜手，平生最好苏学，书法酷肖东坡而能出新意，名冠于时。著有《匏庵集》、《家藏集》。

[明]吴宽

分题蒋山送屠寺丞

方山在其南，破山在其北。中维郁然高，失却两山色。
昔人云龙蟠，信矣甚奇特。神灵乐幽栖，后世姓初易。
其阳筑坛场，高帝始建国。是时昭瑞应，香雾俄四塞。
终然作陵园，万古奠南极。至今五色云，变化在顷刻。
迢迢太平堤，高出如膂脊。行人睇层峰，势压厚地侧。
陟官喜南行，拭目此亲觌。棘寺拄笏时，公余幸闲隙。
丞其不负予，终朝翠千尺。

《家藏集》卷十三

贺 确（1436年前后在世），字存诚，号友菊，其先陇西人，国初徙四明，再迁金陵。行古而醇，学博而要。少事举业，一不利即弃去。遂益肆力于古。擅文辞，下笔辄有古风。学士周叙荐修辽金宋三史，力辞不就。暇则纵情山水间，优游以老，年跻九十三而卒。著有《友菊诗集》。

次周学士（叙）韵二首

紫禁城开初日凉，绀园东下万山苍。
松云逐步轻无迹，花露沾衣润有香。
辇路平临通别苑，禅扉半掩隔笙簧。
主僧奉客情怀好，茗碗频供胜举觞。

又

先皇此地辟禅关，御笔曾书第一山。
龙虎风云霄汉上，金银楼阁画图间。
休因劫火怜煨烬，且就凉飚振珮环。
昭代于今重元老，不妨观览暂乘闲。

《灵谷禅林志》卷十三

庄 昶（1437—1499），字孔旸，号木斋，晚号活水翁，江浦孝义人。自幼豪迈不群，博嗜古学，文采过人。明景泰七年举人，成化二年进士，官翰林院检讨，南京行人司左司副、吏部郎中。后归隐定山。承程朱之学，学者称定山先生。文征明曾拜访、师事之。谥文节。有《定山文集》。

半山亭二首

一墩千古且闲争，拗鬼何知更此平。
蕉鹿也知真梦梦，此亭吾恐亦虚名。

又

老眼苍茫醉欲还，数椽聊复半山间。
谁家亭子青天上？只属虚空不属山。

《丛书集成续编·定山集》

史 忠（1438—？），原名徐端本，后改史忠，字廷直，号痴翁、痴仙、痴痴道人，江宁人。十七岁方能言。性高亢，不谒权贵，于冶城筑卧痴楼，与客谈笑其间，醉则吹笛作乐府新声至百曲。能诗善画。笔致潇洒，墨气苍郁，有云竹水涌之妙。年八十余卒。著有《卧痴阁汇稿》。

重过灵谷僧舍

寻诗看竹到僧家，春色无端散落花。
何似老僧能款客，旋分活水煮新茶。

《灵谷禅林志》卷十四

李 汛（生卒年不详），字镜山，明代歙县人。著有《镜山诗集》。

重登灵谷寺

境僻纤埃自不侵，方盟三载喜重寻。
灵泉幻出庞眉远，宝塔移来蜕骨深。
笑客林花如识面，避人江鹤未知心。
泛觞且醉松根曲，聊与山门续旧吟。

《石仓历代诗选》卷四百七十六

李 杰（1443—1517），字世贤，号雪樵，常熟人。明成化二年进士。改庶吉士，授编修，历官侍读学士，南京国子监祭酒，礼部尚书。正德二年以忤刘瑾致仕。卒赠太子太保，谥文安。字画犹逸，得黄、米法。

游灵谷次郑司徒韵

吾爱山中笋蕨甜，山灵况复不吾嫌。
日华浓染绯桃色，云影轻笼翠柏尖。

尊酒兴催诗兴发,管弦声与鸟声兼。
韶光满眼供春望,分付奚奴为卷帘。

《灵谷禅林志》卷十三

倪 岳(1444—1501),字舜咨,上元人。倪谦长子。好学能文。明天顺八年进士,授编修。成化中,累迁为礼部右侍郎。弘治中,官礼部尚书,历南京吏、兵二部尚书,还为吏部尚书。卒赠少保,谥文毅。敢于针砭时弊,直言劝谏,博综经世之务,知人善任。著有《青溪漫稿》。

[明]倪 岳

谒孝陵有作用子美昭陵韵
干戈从荡涤,华夏慊依归。海岳趋戎马,星辰上衮衣。
舜文千载治,汤武一时威。运抚乾坤永,明扬日月辉。
山陵今窅漠,寝殿故霏微。蝼蚁空瞻拜,神龙仰奋飞。

观灯有作(二首录一)
钟阜山高王气增,元宵景象称丰登。
万家门巷银河绕,九陌楼台火树层。
天上凤韶乘月动,人间鳌驾逐云腾。
旧游何许今如梦,二十年前记所曾。

均自《丛书集成·青溪漫稿》

刘 昌(1445年前后在世),字钦谟,吴县人。明正统甲子举南闱第一,翌年成进士(会试第二)。景泰初授南京虞衡主事,天顺间历河南提学副使,成化八年任广东参政。性与人寡合。为文典雅,诗尤温丽。官河南时搜辑遗文,编《中州名贤文表》。著有《五台集》、《南京詹事府志》。

谒孝陵
佳气葱葱山势尊,草香犹藉辇来痕。
五更月照沧江树,万岁云开飨殿门。
周后神灵依上帝,汉皇基业付诸孙。
清平一曲今遭遇,惭愧春晖未报恩。

《诗林韶濩》

程敏政(1445—1500),字克勤,明休宁篁墩(今屯溪)人。出身武官之家,自幼聪敏。明成化二年进士,授编修。参修英宗、宪宗实录。孝宗尊为先生。弘治元年被劾免职,五年后起用。又因泄题案下狱,平反后坚请免职。不久发痈而卒,追赠礼部尚书。著有《宋遗民录》、《篁墩文集》。

谒孝陵恭赋
蟠龙山上柏层层,寝庙巍然紫气腾。
神武尚占霜令肃,睿容如见日华升。
万年成法尊周典,一代兴王祖舜陵。
圣德有碑高百尺,虹光终夕照崚嶒。

《篁墩文集》

李东阳（1447—1516），字宾之，号西涯，长沙茶陵人。明天顺八年榜眼，参与修撰《英宗实录》。官至礼部尚书、文渊阁大学士，加特进左柱国。正德七年辞官。深居简出，以诗酒自娱。诗文典雅工丽，为"茶陵诗派"领军。善书，篆隶造诣尤高。著有《怀麓堂集》、《怀麓堂诗话》等。

[明]李东阳

送陈同年直夫还南京御史

北阙新恩命，南台旧法星。九违燕草碧，三见蒋山青。
卧病闻安石，还家忆管宁。平生激扬志，未合老沉冥。

《怀麓堂集》卷十

重谒孝陵有述

龙虎诸山会，车书万国同。星躔环斗极，王气绕江东。
地涌神宫出，桥分御水通。丹炉晨隐雾，石马夜嘶风。
日月无私照，乾坤仰圣功。十年瞻望地，云树郁葱葱。

与翰林旧寅长游灵谷寺

松萝为径石为门，绝顶方知上界尊。
灵谷应声来地底，清泉流润入云根。
诸天路与云程隔，异代宫余劫火存。
赖有南都诸老在，玉堂风月许重论。

以上《怀麓堂集》卷九十三

凌文（1450年前后在世），字从周，上元人。明景泰庚午举人，天顺丁丑进士。官户部主事，进郎中，升湖广参议。平湖贼吕总之乱。蕲黄大饥，以赈济，所活者万人。平生谨重，不事外饰，以文学推重当时。

草堂寺

偶来萧寺辄寻诗，山色邀人蜡屐宜。
早韭晚菘俱可摘，惊猿怨鹤莫相疑。
四围云气和衣湿，几杵钟声度岭迟。
吏隐由来同一辙，稚圭多事北山移。

《金陵诗征》第三册

张琦（1450—1530），字君玉，鄞县人。幼颖异。弱冠游学吴楚间，以束修养亲。明弘治十二年成进士，年已及艾。授南大理评事，寺正。两荐山西、云南督学不果。正德十年知兴化府，守郡六年。与林俊往来赓和。以左参政致仕归，惟以林泉云鸟为乐。廉白，家无遗财。有《白斋诗集》。

游灵谷寺宗长官留别因饮于此

出城望谷十五里，吹帽东风一面当。
春柳变禽惊首夏，午林骑马忽斜阳。
逢僧方外衣冠薄，食笋山中七箸忙。
记取宗公今日别，千峰钟磬晚苍苍。

《丛书集成·白斋诗集》卷四

储　巏（1457—1513），字静夫，号柴墟，泰州人，祖籍毗陵。幼聪敏，号神童。明成化十九年乡试解元，连捷会元、传胪。历官南京吏部主事、郎中，太仆寺卿、都察院左佥都御史，南京户部、吏部左侍郎等。清正廉明，耻与刘瑾同朝共事，称病乞休。文章著于海内。有《柴墟文集》。

过玄武湖

北山飞翠凝吾杯，舟人举棹相徘徊。城隅捩舵踏冰入，
船底轧轧闻春雷。霜风吹衣衣欲裂，湖天泱漭疑飞雪。
司空劝饮夕郎酬，始觉微酣生颊热。中流咫尺冰尽开，
沙禽水鸟忘惊猜。新洲昨夜梅花发，暗香偏逐诗人来。
湖波为带城为被，册府图书真得地。堪笑前朝建此都，
只将山水供游戏。钟山龙蟠几百里，下有龙宫藏剑履。
山中老树尽成龙，夜夜飞来饮湖水。湖波直与银河通，
背城一派垂晴虹。柏梯高寒石梁迥，十洲三岛神仙宫。
长堤隐隐湖心路，堤上行人日来去。春风杨柳夏芙蕖，
换尽年华颜色故。世间万事如云烟，湖光山绿只依然。
不及湖中鱼与鸟，涵泳恩波今百年。

《石仓历代诗选》卷四百二十九

乔　宇（1457—1524），字希大，号白岩，太原乐平人。明成化二十年进士，授礼部主事，官兵部尚书，参赞机务，因平息宁王谋反功，加太子太保、少保。世宗时任吏部尚书，因忤帝意夺官。隆庆初复官，赠少傅。卒谥庄简。善诗文，通篆籀。著有《乔庄简公集》、《游嵩集》。

游灵谷寺

宝公兰若近东林，十里松萝紫雾深。
山涧泉声移盏斝，异花香气袭衣襟。
山分建业名先著，寺记南朝迹可寻。
向晚欲归还伫立，爱从山谷听余音。

《灵谷禅林志》卷十三

吴一鹏（1460—1542），字南夫，号白楼，长洲人。明弘治癸丑进士，历礼部尚书，入内阁典诰，出为南京吏部尚书。卒谥文端。力争大礼，抗张璁、桂萼之锋，颇著风节，不以文章名。名位与守溪王鏊鼎峙吴中，诗品亦在伯仲间。鏊不以诗名，吴诗可知矣。著有《吴文端集》四十卷。

戊子夏五月十日，访卿禅月泉、古泉二上人于灵谷，是会西唐太常公以下八人，东园锦衣实为之主，固佳会也。酒间联句六首，付主僧收之。虎丘逸士吴一鹏白楼大学士、南京吏部尚书，西唐太常牛公杰，黼庵京兆柴公奇，钟石少宰费公寀，毅斋光禄刘公乾，北川翰林吴公惠，泉园魏国公子徐天锡，暨乡进士顾与因八人也

楼陵东畔古禅林，（白楼）驰道横斜万木森。

好鸟吟风声上下，（西唐）回廊翳日影阴沈。
香消清梵诸天近，（蘠庵）磬发幽堂白昼深。
从此登临知不厌，（钟石）有诗频赋酒频斟。

又

风林将暑过晴塘，（西唐）久坐聊乘一味凉。
日宴僧厨供笋蕨，（白楼）兴馀客席罄壶觞。
松涛鸟语添吟思，（毅斋）云影天光落舞裳。
此地何人曾此会，（北川）他年应忆宝公堂。

又

禅林御墨此淋漓，（毅斋）传诵曾令四海知。
万顷赐田恩最渥，（白楼）诸山璘翠势仍奇。
龙归沧海遗弓剑，（西唐）鹤化琳宫感岁时。
一度登临一惆怅，（蘠庵）诗成聊寄百年思。

又

百年灵谷此登临，（北川）仰见高皇创始心。
水绕八功龙脉远，（毅斋）松成千尺土膏深。
山灵昨已收雷雨，（白楼）林鸟时方送乐音。
野兴不随红日下，（西唐）直须今日宿禅林。（白楼）

又

紫气金光远近山，（蘠庵）鸣珂飞盖此偷闲。
地邻原庙风云会，（西唐）春入祇林草木蕃。
踪迹十年惊复到，（白楼）梦魂千里忆曾还。
酒阑不尽东游兴，（毅斋）点点归鸦夕照间。（蘠庵）

又

沿松十里坐禅房，（钟石）山鸟无声日正长。
佳兴不妨频瀹茗，（蘠庵）清谈正好旋梵香。
酒怀诗思相招引，（西唐）岩水溪风要主张。
游衍一番聊避暑，（白楼）醉来那问老僧忙。（钟石）

《灵谷禅林志》卷十三

谢承举 (1461—1524)，初名璿，字文卿，更名后改字子象，上元人。行九，美髯，人称"髯九翁"。明诸生。累十举不第，退耕国门之南，自号"野全子"。工诗擅曲；书法出苏、黄两家，笔力清硬；善画，潇洒绝俗。与陈铎、徐霖风流相尚，并称"江东三才子"。著有《野全子集》。

访月泉

风雨禅林看桂花，祇园春色散天葩。
君同顽子笑斟酒，我对老禅清啜茶。
墨汁淋漓开画帧，炉香杳霭飏袈裟。
算来万事俱归幻，若更少年应出家。

月泉茶话

半年不访东堂老，一月堂中竟四过。
世上有家真我累，人间无事奈公何。
诸尘障俗苦不少，片语破迷安在多。
正是清和堪结夏，随身已办紫蒲酡。

以上《灵谷禅林志》卷十三

题月泉图

月光印流泉，水色涵青天。月落水东去，何人来问禅？

《灵谷禅林志》卷十四

罗钦顺（1465—1547），字允升，号整庵，江西泰和人。明弘治六年进士。授编修，迁南京国子监司业。革复后累迁至吏部右侍郎，擢尚书。以与权臣同朝为耻，辞归，家居二十年。早年笃信佛学，后断然舍弃，潜心性理之学，颇有发明。卒谥文庄。著有《困知记》、《整庵存稿》等。

九日陪吴白楼、陈苇川、王阳明、汪双溪登蒋山，得依字

佳辰不可负，文会何当稀。聊携一壶酒，相与登翠微。
园陵郁佳气，古庙豁重扉。阴云坐来敛，草露亦已晞。
游目极千里，凉风正吹衣。翩翩南来雁，远避风霜威。
南土人尚馁，何由尔皆肥。长林移晚席，澄湖凝夕晖。
同为醉乡客，各咏新篇归。天运靡留处，人事多乖违。
真乐在三益，所愿长相依。

《整庵存稿》卷十五

赵善鸣（1466—1534后），字元默，号丹山，顺德碧江人（一说龙江人）。明弘治十四年举人。官南京户部员外郎，云南曲靖知府。博学工诗。与湛若水、梁储、邓翘等同为白沙（陈献章）弟子，擅真草，书法瘦劲优雅。世称"丹山先生"。著有《朱乌洞集》。

登月泉精舍

临觞一勺已涵天，孤月千峰隔涧烟。
若个禅和参得破，一泓元自始开年。

赠月泉四首

春泉花满涯，月色照人迥。灿灿点文章，色空同一境。

又

夏泉月正凉，圆澄肠可洗。无住即无生，上人能此唯。

又

秋月清且明，默照蒲团静。心息解相依，便是无为境。

又

冬泉孤月寒，或有神龙蛰。持钵洗梅花，切莫惊幽窟。

均自《灵谷禅林志》卷十四

夏尚朴（1466—1538），一名良朴，字敦夫、敬夫，号东岩，江西永丰人。早年师从吴与弼，后师娄谅，传主敬至诚之学。明正德初，赴京会试，见刘瑾乱政，不试而归。正德六年成进士，授南京礼部主事。嘉靖间历南京太仆寺少卿。诗多写山水。著有《东岩文集》、《东岩诗集》。

冬至祀陵次同年伍朝辉韵

晓漏催残鼓角声，后先联辔上严城。
仰看列圣神如在，俯视重泉阳又生。
汉寝唐陵俱寂寞，文昭武穆自分明。
会瞻先帝龙颜近，拜罢吞声泪满缨。

游灵谷寺途中偶成

数里烟萝夹道幽，万松深处翠云浮。
地如盘谷两山合，水比兰亭几曲流。
花逐酒杯同泛泛，句留僧壁故悠悠。
一樽不负清秋色，缓辔何妨谩唱酬。

均自《夏东岩先生诗集》卷六

秦　金（1467—1544），字国声，号凤山，无锡胡埭人。成化二十二年举人，弘治六年进士，历官礼部、兵部、户部尚书，嘉靖六年告老还乡，在惠山寺旁建"凤谷行窝"。与邵宝、陈石村等结碧山吟社。后复起为户部、工部尚书。官至太子太保，南京兵部尚书。谥端敏。著有《凤山诗集》。

雪后游灵谷寺（次乔宇韵）

十里肩舆任往还，雪晴东郭看青山。
灵湫接竹泉堪引，绝磴扪萝径可攀。
抚景七言聊遣兴，愿丰三白重开颜。
翛然欲振凌风羽，玉殿参差杳霭间。

咏月泉

衲衣云卧此禅林，秋月寒泉入定深。
万里扬辉如见性，一泓涵碧自澄心。
江山老去有真乐，花鸟春来付短吟。
怀素浪仙今已矣，试看灵谷有知音。

以上《灵谷禅林志》卷十三

嘉靖丙申夏五月十日群工骏奔孝陵行礼，礼毕过此，遇雨一绝

天开灵谷此禅宫，烟雨楼台一望中。
坐久诗成浑漫兴，百年尘虑洗来空。

赠灵谷古泉

灵泉通窍自何年，谁解寻源识性天。
怪底袈裟尘不染，碧峰丹壑久栖禅。

以上《灵谷禅林志》卷十四

俞　经（1468年前后在世），字勉诚，江宁人，南京留守左卫籍。明成化四年戊子举人，十一年乙未成进士。官广东惠州知府。

次韵题赠月泉上人

古月照今人，澄澈深无底。水发青莲花，金粟香兼美。
流影寂然时，清高净齿耳。我来与同看，乃悟山僧旨。
宦游三十年，纷纭在泥滓。誓将结良朋，数抱冰丝理。

《灵谷禅林志》卷十二

鲁　昂（1468年前后在世），字廷瞻，江宁人。明成化四年举人，二十三年进士。授兵科给事中。尝独揭刘文泰之奸，天下快之。转户科都给事，疏文武大臣不法事，忌者益众。为太仆少卿杨瑛所诬下狱，鞫讯无验，谪蒲圻令，投檄归。寻复职。致仕。卒葬江宁县耿涧村。

游灵谷寺

看山元习静，结社本逃禅。问佛寻初祖，归山学大颠。
慈灯光映月，慧镜影澄泉。面壁翻然悟，中空即是天。

《灵谷禅林志》卷十二

朱　昱（1469年前后在世），字懋易，武进人。处士。初明成化五年，常州知府卓天锡聘修郡志，书成未刻。越十有三年戊寅，新淦孙仁来知府事，仍属增修之，成《重修毗陵志》四十卷，凡十有七门。所修比它志为善。成化十七年，应王恕聘，修《三原县志》二十卷。

题月泉图

皓月上东林，影浸寒潭碧。道人信步过，心境应同寂。

《灵谷禅林志》卷十四

金　璿（1469年前后在世），字元善，号松居，上元人。金铭子。金琮（1449—1501）弟。精于医，不计利。好责人礼貌。尚书梁材延之诊脉，写数百言叙病源句读与之，璿答书亦以句读之，梁见其字古文工而愧谢，遂订交。旁及绘事。曾写《袁安卧雪图》，尤善画松。

题月泉图

玉盘悬远空，澄江映秋碧。夜深悄无人，幽岩正廖寂。

《灵谷禅林志》卷十四

陈　沂（1469—1538），字鲁南，号石亭，上元人。同知陈钢子。明正德丁丑进士，授编修，进侍讲，出为江西参议，历山东参政，转山西太仆寺卿。擅诗文书画，与顾璘、王韦、朱应登合称"金陵四家"。著述颇丰。著有《遂初斋集》、《拘虚馆集》、《金陵古今图考》、《金陵世纪》等。

夏日杂兴（八首录一）

独携枕簟入林丘，高卧钟山云水头。

争奈锦袍劳触热，不辞纨扇欲迎秋。
炎蒸隔断青松谷，冰雪长生白石楼。
闻首出师歌六月，庙堂谁与慰皇忧？

秋日游灵谷寺
禅阙空山里，钟声何处寻？径穿丛树杳，门积古苔深。
丹殿扬朝彩，雕廊下夕阴。钟陵有佳气，秋尽未萧森。

与彦明登浮图
古寺慈云塔，崚崚霄汉悬。风微金铎缓，日正宝轮圆。
陵阙浮佳气，阑槛洒绛泉。临高不自觉，人望已登仙。

以上《拘虚集》

【注】《灵谷禅林志》作"登灵谷浮图绝顶题壁"。彦明：即许陞。

上巳日与许彦明诸友游灵谷泉上流觞
野寺来寻胜，流觞亦偶然。山房鸣夜雨，石氎泻寒泉。
绕膝澄空境，同袍结胜缘。愧非王逸少，那望后人传。

赠月泉住持灵谷
遥开金刹白云间，泉引曹溪向北山。
灵谷昔传清漟住，袈裟今待宝公还。
风吹万壑禅初定，月照孤松夜自闲。
只恐禅林飞锡后，丹崖从此绝高攀。

访见山社主月泉
沃州飞锡过江东，三到僧堂识远公。
片石夜光明月在，万峰秋影碧潭空。
径开黄叶风尘外，门对青莲色界中。
不为见山因见性，未来灵鹫本来同。

以上《灵谷禅林志》卷十三

徐献忠（1469—1545），字伯臣，号长谷，华亭人。明嘉靖四年举人。授奉化令，有政绩。寻弃官寓居吴兴，与何良俊、董宜阳、张之象俱以文章气节名，时称"四贤"。著书甚富。及卒，门人私谥贞宪先生。著有《长谷集》、《吴兴掌故集》、《六朝声偶》、《金石文》、《乐府原》、《水品》。

金陵饯别曹绳之灵谷寺
丹诏天边下，云骖谷口旋。凤游青磴合，离思赤霄悬。
路入千岩拥，情含百涧缠。瑶光浮太液，佳气涌灵泉。
为忆髯龙卧，相看紫凤骞。林深朱黻望，契动白华篇。
霞阁羁仙驭，星轺速绮筵。岩声应歌发，欲度使人怜。

蔡 羽（1470—1541），字九逵，自署林屋山人、左虚子，江苏吴县人。少孤，从母授读。好古文辞，自负甚高。与祝允明、文征明等并称"吴门十才子"。然科场不利，六十四岁才由国子生授南京翰林孔目。三年后致仕回西山。工书，以正、行书见长。著有《林屋集》、《南馆集》等。

灵谷寺

钟阜千年自郁盘，曾将帝泽润空坛。
草径御跸金銮远，风递长陵玉树寒。
台殿不知从地转，丹青常得绕廊看。
禅房屈幽曲无匠，羞杀行人暂解鞍。

《游金陵诗诗扇》明正德六年书

[明] 蔡 羽

文征明（1470—1559），初名壁，以字行，更字征仲，号衡山，长洲人。少以才名，屡试不第。五十四岁以岁贡生赴部试，授翰林院待诏。四年辞归，自此专力于诗文书画艺术三十余年。画风细致温雅，笔墨精妙，气韵神采，独步一时。画与沈周、唐伯虎、仇英合称"明四家"。有《莆田集》。

金陵咏怀

钟山日上紫烟收，金阙参差万瓦流。
帝业千年浮王气，都城百雉隐高秋。
声华谁觅乌衣巷，形胜空吟白鹭洲。
回首壮游心未已，西风策马看吴钩。

《莆田集》卷二

[明] 文衡山

张 璧（1473—1545），字崇象，石首人。明正德六年进士。嘉靖五年任侍读学士，后迁太常寺卿，十九年任南京礼部尚书，官至任礼部尚书兼东阁大学士，加太子太保。卒年七十三，谥文简。著有《阳峰家藏集》。

游灵谷寺（二首）

珠林宝刹郁岧峣，灵谷仙源空寂廖。
万壑松烟通鸟道，半帘斜日听鸾箫。
班荆与客寻三界，杖锡逢僧话六朝。
更倚诸天发长啸，不堪城柝报寒宵。

又

钟山萧寺藏灵谷，树杪僧来夹道迎。
盂钵漫寻泉上水，琵琶虚应掌中声。
珠光古刹攀萝上，画粉回廊绕砌行。
自是丛林足幽胜，重游还趁月华明。

《灵谷禅林志》卷十三

周 广（1474—1530），字充之，昆山人。明弘治十八年进士。历知莆田、吉水二县，最有治绩。正德中授监察御史，疏攻刘宁，被贬广东怀远驿丞，几为所害，亢直震海内。世宗时擢福建按察使，又以右佥都御史巡抚江西，后迁南京刑部侍郎。二年后以暴疾卒。著有《玉岩集》。

赠古泉灵谷住持

三月清明天气融，衣冠萃止城之东。
轻车结驷飞华盖，绣陌遥驰芳锦丛。
花薰草色亦可醉，况复流水觞八功。
请观佛子与英雄，万劫都归一梦中。
莫惜风前斜日里，兔葵燕麦摆春风。

《灵谷禅林志》卷十二

[明]周 广

王廷相 （1474—1544），字子衡，号浚川，仪封人。明弘治十五年进士。历官兵科给事中，都察院副都御史、巡抚四川，兵部侍郎，南京兵部尚书。博学好议论，以经术称。于星历舆图、乐律、河图洛书及周程朱张之书，皆有所论驳。著有《慎言》、《雅述》、《内台集》、《王氏家藏集》。

流杯渠

泉涸杯难流，且自手传卮。为问八功水，那不通天池。

《灵谷禅林志》卷二

吴伟画廊

老禅巢木巅，祇是外相定。吴生笔虽神，无处画佛性。

宝公塔四首

宝塔凌云飞，塔磴壁直立。惕惕不敢上，安得升天翼。

又

灵塔势冲霄，欲登塔巅立。翛然对南山，天空送孤翼。

又

香台塔孤悬，突兀半空立。俯视隘八荒，似附图南翼。

又

有塔高万寻，直耸青霄立。宝顶耀日光，时来云间翼。

以上《灵谷禅林志》卷三

琵琶街

琵琶悬四丝，流音藉挥指。如何琵琶街，声在空无里。

游灵谷寺

青山翠壑朋游远，宫府神仙此一时。
幽胜久知灵谷寺，菩提今仰志公师。
门前树老云常宿，石底香清龙自知。
入座顿令心地净，不须仍与海鸥期。

以上《灵谷禅林志》卷四、卷十三

边贡（1476—1532），字廷宝，号华泉，山东历城（今济南）人。明弘治九年进士。除太常博士，擢兵科给事中。峻直敢言。累官至南京户部尚书。好藏书，搜访金石尤富，一夕毁于火，遂重病而卒。其诗颇享盛名，与李梦阳、何景明等称"前七子"。著有《华泉集》等。

蒋山次韵

病起寻芳郭外游，汉人祠庙蒋山头。
千盘鸟道缘云转，五色龙江抱日流。
隔浦迥看帆窅窅，步林时听鹿呦呦。
松阡积雨莎如镞，不有桃花宛是秋。

《华泉集》卷六

迎銮曲二十首和刘希尹之作（录一）

孝陵重树紫金山，王气葱葱碧汉间。
灵殿本无荒草入，扫除霜露始应还。

《华泉集》卷七

顾璘（1476—1545），字华玉，号东桥，苏州府吴县人，寓居上元。少负才名。明弘治九年进士，授广平知县，开封知府，因忤太监廖堂，逮狱，谪知全州。后累迁至南京刑部尚书，罢归。擅诗文。诗以风调胜，江左名士推为领袖。著有《息园集》、《山中集》、《国宝新编》、《近言》等。

偕赵克用游灵谷三首

禅宫寄在万松深，绀殿阴阴入紫岑。
古碣长留开士影，颓廊堪惜画师心。
嗟余卧病虚春色，爱尔清斋听梵音。
石室乘凉十年事，诗成幽兴转难禁。

又

入山飞翠满衣襟，一径松萝曲坞深。
龙寝云高横王气，鹤林风定净禅心。
开堂为有真僧出，避地应无俗累侵。
响石林泉多胜迹，与君扶杖细相寻。

又

紫厓苍巘倚云房，春尽惟闻药草香。
风磴喷泉晴欲雨，石林含露午生凉。
醉怜半落花辞树，坐叹西飞日转廊。
回首碧城灯火乱，淡烟疏柳路微茫。

灵谷寺

曾是南朝古佛坛，天皇曾此侍金棺。
松杉十里苍云黯，陵寝千秋玉露团。

以上《山中集》

[明]顾东桥

经钟山
鹿饮红泉细，猿啼翠壁重。仙云凝舜冢，王气拂秦松。
地接金椎道，山藏玉检封。鼎湖长在望？何处仰宸容。

《金陵诗征》第四册

刘 龙（1476—1554），字舜卿，山西襄垣人。明弘治十二年进士（探花）。授编修，充经筵讲官。两次任顺天府乡试主考官。嘉靖间开筵进讲，以简明流畅受到皇帝的褒奖。官至南京兵部尚书。曾上疏提出六条建议，皆切中时弊。卒谥文安。著有《紫岩集》。

和（王廷相）流杯渠韵
底事八功水，愁来泛琼卮。似恐英雄辈，吟诗成墨池。

《灵谷禅林志》卷二

和（王廷相）吴伟画廊韵
闻吴生画廊，神闲气先定。天机落毫端，宛然有至性。

《灵谷禅林志》卷三

和（王廷相）琵琶街韵
琵琶属阿丝，乃不在弹指。有谷虚且灵，天真生应里。

《灵谷禅林志》卷四

送古泉住持灵谷
志公遗迹已成尘，衣钵今传亲上人，
胜地久知飞锡卓，高台曾见雨花声。
诗篇潦倒征何用，命局崎岖讲亦神。
归向惠连频为说，年来双鬓欲如银。

游灵谷寺
青霞宿雾净朝阴，长笛洞箫悲远林。
云窦泉流一壑静，石门路入万松深。
回廊古壁存名画，坠叶落风悬梵音。
此地岩峦最幽胜，几时携酒一登临。

甲午重游
灵谷春游曾两度，三来却是履长时。
舫开惠远招元亮，带脱坡仙款印师。
风日清缘聊共适，兴衰来事有谁知。
焦桐忽鼓高山调，不信人间少子期。

以上《灵谷禅林志》卷十三

符 验（？—约1556），字大充，号松岩，黄岩人。明嘉靖十七年进士。任常州太守时，仅带二只竹箱和童仆一人，食青菜为肴，百姓呼"符青菜"。遇旱蝗，强令土豪开仓放粮，被疏谪蕲州通判。后任福安知县。卒于广西按察司佥事任。著有《革除遗事》、《留台杂记》、《松岩集》等。

游灵谷寺

郊行爱憩山间寺，十里虬松夹路阴。
策马无心惊野鹿，听钟有韵出禅林。
水回功德留云影，街应琵琶间足音。
翘首荣光犹万丈，碧天龙象散氛祲。

《灵谷禅林志》卷十三

傅汝舟（1476—1557），字远度、木虚，号磊老，闽县人。早年游学于郑继门下，通天象堪舆，兼晓黄白炼丹术，曾遍游桂湘鄂齐鲁等地，求仙访道。好为画，工行草，与高濲齐名。明正德年间，在福州西湖建宛在堂，一时诗人云集。著有《傅山人集》、《唾心集》、《夆咥弃存稿》等。

灵谷寺

古木滩中放野花，闲歌李白作生涯。
我与青山皆过客，心随明月是归家。
石榻岂容眠褴襖，松杉依旧著袈裟。
吞来一掬天池水，舌底云香雨气奢。

《灵谷禅林志》卷十三

吕　楠（1479—1542），字仲木，号泾野，高陵人。明正德三年状元，授翰林编修。累官礼部侍郎。持正敢言。学宗程朱，与湛若水、邹守益共主讲席三十余年。卒谥文简。诗文醇正，刻意于字句。著有《泾野集》三十六卷及《周易说翼》、《尚书说要》等。

访月泉

不见支公已隔年，重来灵谷似童颜。
家藏大理屏风石，暗扫烟岚却假传。

《灵谷禅林志》卷十四

胡缵宗（1480—1560年），字孝思，改世甫，号可泉、鸟鼠山人，秦安人。幼刻苦攻读，博文通经。明正德三年进士。授检讨，历都察院右副都御史，安庆、苏州知府，山东布政使司左参政、右副都御史，总理河道等。后因官署失火免职，归里后一心开阁著书。著有《鸟鼠山人集》。

立秋后一日宿部次韵

万木萧疏暑气微，孤檠耿耿吏人稀。
钟山月起鹤初动，淮水云过萤欲飞。
郊垒只今方夜柝，壶闱从此自宵衣。
梦中白发仍千里，行子频年犹未归。

《鸟鼠山人集》

严　嵩（1480—1565），字惟中，号勉庵、介溪，江西分宜人。明弘治十八年进士，授编修，旋病休归里，读书八载，诗文峻洁，声名始著。后以醮祀青词得宠信，加为太子太保，官至华盖殿大学士。专擅国政近二十年，士大夫侧目屏息。晚年被抄家去职，两年而殁。著有《钤山堂集》。

谒孝陵

翠巘皇陵闼，青松石道长。百灵罗象卫，五位备冠裳。
龙剑风尘靖，罗图日月光。山空飚吹急，萧飒动宫墙。

上陵作

十载朝陵路，重来识翠微。听泉经石涧，攀柏候金扉。
麋鹿能迎客，山云故上衣。那能不老大，旧侣觉全稀。

元旦孝陵陪祀

玉殿中峰里，烟开雪树春。盘乌栖露静，涧鹿向人驯。
弓剑陵园闼，旒衣岁日陈。万年周鼎地，奔走备王臣。

以上《钤山堂集》

前　人

谒孝陵

社稷戎衣起，梯航玉帛朝。睹河功戴禹，瞻庙祀崇尧。
石马嘶空翠，金灯照寂寥。遥看钟阜上，御气满层霄。

灵谷寺

莲宫青嶂合，松门石径重。窈然深谷内，疑与秦人逢。
涧底藏余雪，窗中列秀峰。寂寞支公宅，惟闻朝暮钟。

钟山游眺

可怜春岸飞鸥鸟，又见春山长薜萝。
峰势插江溪路少，峡门横濑水声多。
蘋洲看雨维舟坐，松峤穿云蹑屐过。
见说此溪多钓伴，月明来听扣舷歌。

至日集灵谷寺

青霞宿雾净朝阴，长笛洞箫悲远林。
云窦泉流孤壑静，石门风入万松深。
回廊古壁传名画，坠叶微霜助梵音。
此地岩峦足幽胜，岁时携酒一登临。

又

至日上方吟送酒，尽看鸾鹤在烟霞。
阳回巂谷时方泰，山绕钟陵境自嘉。
林下幽香逢蕙草，水边春信见梅花。
习池宾客今名胜，转觉风流兴未涯。

以上《石仓历代诗选》卷四百八十一

陈良谟（1482—1572），字中夫，号楝塘，安吉凤亭人。明正德十二年进士。于工、礼、刑、兵四部郎署辗转达十年，后任湖广参议、福建按察副使及贵州参议。为官清廉。年五十七，因病乞休归里。自幼勤学，晚年仍琅声不绝。著有《天目山房集》、《见闻纪训》、《佩韦纂要》等。

游灵谷寺

桥陵咫尺金银寺，石迳萦回松桧林。
六月我来寒涔涔，半空云净昼阴阴。
泉移鹫岭灵源远，山抱龙宫王气深。
筑玉埋金俱一笑，且将诗酒赋登临。

《灵谷禅林志》卷十三

张邦奇（1484—1544），字秀卿、常甫，号甬川，鄞县人。明弘治十八年进士。嘉靖初，官南监祭酒，以身为教，学规整肃。历官南京礼部右侍郎，掌翰林院事，掌詹事府事进礼部尚书，南京吏部、兵部尚书。学宗程朱，与王守仁友善。著述甚富。卒谥文定。著有《中庸传》、《五经说》。

上巳日周玉岩司寇拉游蒋山，枉诗见惠次韵

郊行长为簿书迟，胜友壶觞已翠微。
夹路桃花迷入洞，傍溪鸥鸟忆临沂。
松阴坐久还移席，草色春深欲染衣。
红日下春湖水碧，石桥齐蹋彩霞归。

《历朝诗集》丙集第十六

蒋山卿（1486—1548后），字子云，号江津，仪真人。明正德九年进士，授工部主事。正德十四年以谏阻武宗朱厚照南巡寻乐被杖，贬南京前府都办。起复后官南宁知府、广西布政司参政。工诗文，与乡人景旸、赵鹤、朱应登并称"江北四子"。亦擅书画，著有《南泠集》、《休园集》。

上谒孝陵

銮舆朝下五云中，崇树园茔汉祀隆。
陵色千年看王气，戎衣一定对神功。
盘空楼阁春含雾，绕殿旌幢昼满风。
圣代即今新孝理，丰基应自感宸衷。

《四库全书存目丛书·蒋南泠集》

陈凤梧（1488年前后在世），字文鸣，江西泰和人。明弘治九年进士。授主事，历湖广提学金事，河南按察使。中官谷大用，迎世宗于兴邸，所至横暴，凤梧独不屈。累迁右副都御使。曾建上元儒学尊经阁。巡抚应天等十府。罢归。卒赠工部尚书。著有《四书六经集解》、《修辞集》。

次　题（乔宇《游灵谷寺》）

曈昽旭日照丛林，夹道松篁深更深。
花欲散时频劝酒，山当爽处共披襟。
宝公塔迥凌云上，功德泉幽傍石寻。
佳节胜游真不偶，坐听仙乐奏清音。

《灵谷禅林志》卷十三

王　俨（1489年前后在世），字子敬，江都人。明弘治二年举人，十八年成进士。弘治间知光泽县，公平廉谨，喜造就人材。当事考，最曰学行俱优，政教兼举。擢南京工部主事。

赠月泉上人

分得曹溪一派真，泠泠澄碧接天津。
金蟆影彻三千界，玉髓清消十二尘。
洗钵夜寒心浪净，烹茶春暖慧云屯。
玩来万象归空处，化出光明自在身。

《灵谷禅林志》卷十三

杨　旦（1460—1530），字晋叔，号偲庵，福建建安人。内阁首辅杨荣曾孙。明弘治三年二甲第一名进士。官太常寺卿，以刚直闻，忤刘瑾。出知温州府，有能声。历户部侍郎，右都御史，总管两广军务。后任南京吏部尚书，踰年改北。遭给事中陈洸弹疏致仕。年七十一卒。著有《惜阴小稿》。

游灵谷寺次乔宗伯韵

偶寄尘踪此地行，试倾俗耳听泉声。
避烟野鹤穿云去，倚槛山花映酒明。
饾饤殽蔬供小酌，平章风景写余情。
迟留不觉归来晚，十里松阴接古城。

《石仓历代诗选》卷四百五十一

任　德（1490年前后在世），字仲修，江宁人。明弘治庚戌贡生，官卫经历。与金元玉、谢子象、徐子仁等树帜文林，并以词翰著名于成化、弘治间。又与谢子象合称"任谢"。金、任既亡，著作散佚。

题月泉图

碧月澄远汉，纤云净素天。此中即真境，何处问逃禅。

《灵谷禅林志》卷十四

徐　珆（1490年前后在世），字信之，号石林，江宁人。明弘治三年庚戌科进士。官户部主事，浙江布政使参议。著有《石林稿》。

访月泉禅师

毗陵飞锡到江东，千载僧家又远公。
晦迹山楼当胜地，结盟莲社起宗风。
阅经心了真乘外，礼佛人归法相中。
我欲寻师师识否，渊明诗酒颇相同。

《灵谷禅林志》卷十三

黄省曾（1490—1540），字勉之，号五岳，明吴县（今苏州）人。明嘉靖举人。累举不第。交游极广。王阳明讲学越东，往见执子弟礼，又请益于谌若水，学诗于李梦阳。于书无所不览，详闻奥学，好谈经济。著有《西洋朝贡典录》、《拟诗外传》、《骚苑》及《五岳山人集》。

钟山石

行看钟山云，坐扫钟山石。风光自旦暮，杖履得所适。

夏木重重翠，不见日光赤。好鸟忽自鸣，藤花落金乌。
钟乳寒流香，芝蕈晚可摘。造化静去来，阴阳细薄射。
六月无纤尘，挥尘得无怪。何如广坐中，束带汗流客。
青猿不避人，远挂千岩松。北湖无风涛，明镜开芙蓉。
东林梅雨歇，落日云际钟。天光既平淡，物意俱春容。
莲花酒初红，荷锸得所从。行行溪复山，不觉林谷重。
谁云鸾鹤遥，茅蒋多仙踪。

初夏书事
水槛渐高荷荇叶，房栊新暎杜鹃花。
王官列馆钟山下，绿树阴多集乳鸦。

均自《石仓历代诗选》卷五百一

金大车（1491—1536），字子有，号方山，回族，其祖居默伽（麦加），明太祖徙其高祖于江宁，赐姓金。延平府金贤子。少年即才华横溢，气质非凡。曾随顾璘学诗。嘉靖四年中举，后连续四次会试落选。终生布衣。与其弟金大舆并以诗鸣于时。著有《子有集》、《方山遗稿》。

赠冽泉富上人住持灵谷寺词
志公栖迹远人境，禅关屡向君门请。梁武赐地仅盈区，
长廊掩映连千顷。寺门疑入兜率天，长松夹道散清影。
半塔疏灯梵语清，五月寒风佛骨冷。一声钟磬彻云霄，
半夜令人发深省。石门回出钟山阳，千章松桧何苍苍。
虚堂诘曲千岩下，广殿崔嵬万壑旁。香炉烟篆散帘幙，
金身丈六旃檀香。夏日山堂如邃谷，走马来过荫乔木。
红尘满目自年年，暂向幽岩避凡俗。刻竹题名记胜游，
流觞几向清溪曲。喜逢旧好话幽期，幸有山僧献山簌。
白石磷磷天姥峰，紫芝翳翳商山麓。何当此地遂栖迟，
支公惠远相追逐。

《灵谷禅林志》卷十二

丰坊（1492—1563?），又名道生，字存礼，号南禺外史，鄞县人。嘉靖二年进士。任南京吏部考功主事。性孤僻。与天一阁范钦交深。博学通文，擅书法篆刻，长于书论。家有万卷楼，良田千亩，尽鬻以购法书名贴。晚年穷困潦倒，寄居寺庙而终。著有《藏书记》、《书诀》等。

灵谷寺
试入招提境，炎蒸顿欲忘。风行三界迥，云卧九天凉。
凤吹腾虚谷，龙泓递晚芳。林蝉更可听，冉冉到斜阳。

《灵谷禅林志》卷十二

顾清（1493年前后在世），字士廉，松江华亭人。明弘治进士，授编修。正德初刘瑾柄政，独不附，出为南兵部员外郎，与尚书毛澄请建储宫，罢巡幸，疏凡数十上。嘉靖初，以南礼部尚书致仕。卒谥文僖。诗清新

婉丽,天趣盎然;文章简练醇雅,自娴法律。著有《东江家藏集》。

送周都尉告祀孝陵

明明我圣祖,承天驭华夷。赫怒定海宇,忧勤固皇基。
典则遗子孙,万世如一时。恭惟衣冠藏,郁郁镇地维。
云车与风马,日夕恒来思。神灵居帝傍,监观靡有遗。
日闻寝园中,风雨尝纷披。松栢帝所念,行列恐有欹。
玉帛命专使,洁斋代亲祠。周侯戚畹英,寅清帝心知。
况此共欣戚,宁为跋涉辞。都亭三月初,春光照轩帷。
祖席列群彦,载咏皇华诗。峩峩紫金山,宫阙何崔嵬。
侍卫固有职,泛扫宜如仪。圣情切注想,归矣无需迟。

《东江家藏集》

谢　榛(1495—1575),字茂秦,号四溟山人、脱屣山人,山东临清人。十六岁时作乐府商调,流传颇广,后折节读书,刻意为歌诗,以声律闻于时。嘉靖间,挟诗卷游京师,与李攀龙、王世贞等结诗社,为"后七子"之首。客游诸藩王间,以布衣终。著有《四溟集》、《四溟诗话》。

望紫金山有作

隔河一带碧嶙峋,薄暮登台注望频。
古洞深松归老鹤,金山瑶草待幽人。
泉奔巨壑常风雨,月傍高坛自鬼神。
丹侣有期应不负,三花树底醉长春。

《四溟集》

王　问(1497—1576),字子裕,号仲山,无锡人。幼聪慧。就学二泉书院,立志闭门读书30年。明嘉靖十七年成进士。初授户部主事,调南京兵部任车驾司郎中,体恤士卒。后弃官归养父。在惠山听松庵等处筑有别业。擅诗书画,山水人物花鸟皆精。著有《仲山诗选》、《初斋集》。

秋日同寮友游灵谷寺访月泉上人

连镳出郭远相随,正是松门鹿下时。
山接帝陵瞻王气,云开金刹礼仙仪。
虫鸣塔院秋先入,日转岩廊午自移。
共喜官闲得幽胜,欲同玄度访支师。

《王仲山先生诗选》(抄本)

[明]皇甫司勋

皇甫汸(1497—1582),字子循,号百泉,长洲人。明嘉靖八年进士。曾任南京稽勋郎中,官至云南按察司金事。解官后,尝为御史王言捕系,复为陈御史所窘,因破其家。性亢直,无所避,不肯随时俯仰。其诗文与　王弇州名相埒。著有《皇甫司勋集》、《百泉子绪论》、《解颐新语》。

游灵谷寺

宝公昔日安禅处,双树依然初地开。
岁入丹青凋画壁,春深花雨落经台。
招提境接山桥外,功德池分坝水来。

闻说此中容吏隐，滥巾时向草堂回。

《灵谷禅林志》卷十三

徐　缙（1498年前后在世），字子容，直隶吴县人。明弘治十一年举人，十八年成进士。授编修。嘉靖五年起任讲读学士，迁少詹事，礼部右侍郎，官至吏部左侍郎兼侍讲学士。勤学好问，应事有功。卒赠礼部尚书，谥文敏。擅诗文书法。著有《经筵讲义》、《徐文敏公文集》。

赠古泉住持灵谷

上人昔隐雨花台，时惹空香天际来。上人今住灵谷寺，山水中间觅幽思。竹林开却志公居，犹是南朝花雨余。泉声袅袅出空翠，塔影层层冲碧虚。春风飞锡远山去，日对钟峰有真趣。志老风流尚可攀，谭玄说法仍题句。

《灵谷禅林志》卷十二

文　彭（1498—1573），字寿承，号三桥，明长洲人。文征明长子。曾任南京国子监博士，时称文博士。诗文、书法、篆刻承家学，书法有青出于蓝之誉，篆刻尤精，是明清流派开山之祖。著有《博士诗集》。

[明]文博士

金陵杂歌十绝（录三）

钟山屹立群山趋，虎踞龙蟠天下无。
一代舆图占历服，万年形胜属皇都。

又

遁迹钟山事隐栖，玄猿白鹤草堂低。
一朝出处违初志，千载移文忆稺圭。

又

蒋山松柏郁苍苍，昭明读书台已荒。
芟烦翥秽见删述，金辉玉映垂琳琅。

《文氏五家集》卷七·博士诗集（上）

潘　珍（1502年前后在世），字玉卿，婺源人。明弘治十五年进士。正德中，历山东佥事，分巡兖州。贼刘七等猝至，有备不敢攻。迁福建副使，累迁兵部左侍郎。时议讨安南，上疏谏之。帝责其挠成命，褫职归。寻复官，致仕。廉直有行谊，中外十余荐，皆报寝。卒赠右都御史。

和（王廷相）流杯渠韵

石渠流九曲，曾此泛香卮。试探源头水，于今入凤池。

《灵谷禅林志》卷二

和（王廷相）吴伟画廊韵

小仙画入神，下笔意先定。谁知造化工，形色皆天性。

《灵谷禅林志》卷三

和（王廷相）琵琶街韵

拍掌响琵琶，无弦焉用指。方知太古音，不在丝弦里。

《灵谷禅林志》卷四

次王浚川韵
白鹤青松映酒卮，重开灵谷胜游时。
回廊画里吴仙子，宝塔名存志法师。
山下寒泉何日见，阶前清响几人知。
二难四美今皆具，有约重来敢后期。

《灵谷禅林志》卷十三

冯世雍（1503？—1551？），字子和、三石，江夏人。博极群书，才华赡丽，工书及诗古文词。弱冠第明嘉靖二年进士。累官吏部郎中，出守杭州，调徽州，有惠政，致仕归。家居二十年，足迹不出公府。知徽州府时，曾葺斗山湛若水讲学处为精舍。著有《吕梁洪志》、《三石文集》。

灵谷寺
窈窕青莲界，秋来登眺新。开山宝公塔，下马汉江人。
驰路松云合，空廊草露深。萍踪嗟去岁，向逐绮罗尘。

赠灵谷月泉禅师
岚风吹衣江雾黄，浮尘蔽面身欲僵。山人懊恼住不得，
赤脚夜上青林冈。青林冈上灵谷寺，中有老僧知绘事。
苍松写出虬龙势，瘦石翻成霹雳字。渊明种菊萃灵芝，
西域蒲萄入汉家。更喜老梅凌绝壑，翠禽疏影落胡笳。
山中秋月照如镜，山下春泉流不尽。猛虎一声山意静。
我来两度逢暮秋，千峰万峰泉自流。松林不埽月如昼，
照人短发寒飕飕。醉来乘兴写素纸，掩霭山云千万里。
老僧一见鼓掌笑，不觉坠落毗卢帽。

均自《灵谷禅林志》卷十二

许 谷（1504—1586），字仲贻，号石城居士，上元人。好读书，博涉精诣，有文名。明嘉靖十四年进士，官至南京尚宝司卿。归田后，嗣顾璘主词坛。家居三十年，未尝通书政府；缙绅有造门求见，不报谢。诗格爽俊，能得古人之意。著有《省中稿》、《二台稿》、《许太常归田稿》等。

钟山下与蒋、徐二子饮
谁家结屋钟山麓，湖上春云莽作堆。
高冢岁深麟偃卧，小堂春到燕飞回。
冠裳偶向花间过，尊酒俄从竹下开。
试听居人忆往事，此中曾见翠华来。

《许太常归田稿》

王 韦（1505年前后在世），字钦佩，号南原，上元人。给事中王徽子。明弘治十八年进士，选庶吉士，授南京吏部主事，擢河南提学副使，以母老乞休，加南京太仆少卿。与朱应登、顾璘、陈沂皆长文章，时谓"江南四才子"。著有《南原集》、《王钦佩诗集》。子王逢元，亦能诗。

访月泉社主月泉
昙花室里共跏趺，昔日栽莲尚未枯。
社在上方空色相，山当灵牖总虚无。
悠然举目真何见，到此攒眉亦可酤。
不用移书招范宁，门前须谢利名徒。
《灵谷禅林志》卷十三

郑　作（1506年前后在世），字宜述，自号方山子，歙县人。家本商贾，读书苦吟，为人负气任侠。明正德年间往来梁宋间，李梦阳（号空同子）流寓汴中，招至门下，选定其集，序而传之。且为作《方山精舍记》。其诗作悲壮雄浑，跌宕有风骨。著有《方山子集》二卷。

访月泉禅师
欲结三生未有因，偶从上刹访高人。
风清曲槛红莲净，雨浥重冈碧树青。
自谓渊明为行辈，谁知惠远是前身。
拂衣万里江湖外，始信闲中道味真。
《灵谷禅林志》卷十三

魏　纶（1506年前后在世），生平不详。明代人。

访月泉禅师
十里松阴到寺门，上方云气俯花村。
牛车大小禅宗秘，龙脉低昂帝座尊。
风外断蓬吴主墓，雨中荒草谢公墩。
古今多少兴亡事，懒向山僧次第论。
《灵谷禅林志》卷十三

何良俊（1506—1573），字元朗，号柘湖，华亭（今属上海）人。明嘉靖中以岁贡生入国学，授南京翰林院孔目，郁郁不得志，称疾归。买宅吴门，隐居著述，年七十始归云间。少笃学，长以诗文名。自称与庄周、王维、白居易为四友。著有《柘湖集》、《何氏语林》、《四友斋丛说》。

灵谷寺呈浩公
支遁幽栖处，房栊俯帝台。虬松千尺偃，鹫岭百重开。
妙语芳莲吐，经文贝叶裁。三车应有托，不负许询来。
《灵谷禅林志》卷十二

周　伦（1507年前后在世），江宁人。明正德二年丁卯贡生。

访月泉
曾见月泉僧，未究月泉竟。月泉邀入庵，顿觉起人敬。
翳壁富珠玉，名家竞投赠。字画宗汉秦，丹书傲吴郑。
写松胜墨龙，霖雨太空迸。膏泽在万方，雷霆寂无听。
谈玄照空色，月出迥明镜。日取功德泉，涤浣尘涴病。
回首松门高，自云亦机穽。墙下碧桃花，劫外有春剩。

幽兰祕禅室，坐对人堪定。何当再入山，月泉共清净。

赠古泉

春风散游屦，灵谷循深松。蹑向藕塘上，屐音鸣洪镛。
一步一响应，宛登齐山峰。僧闻栀清梵，袈裟出迎逢。
延我禅榻坐，花竹丛如封。侧耳战檐马，俯瞩翻簎龙。
构壁探宿果，拾野共鲜茸。酌以八功水，撞以千杵钟。
杳然送尘想，万劫空心胸。谈玄醉醒妙，西山时下春。

以上《灵谷禅林志》卷十二

赠古泉灵谷住持

南国登台每雨花，谈玄偏喜接袈裟。
清心庚甲推能中，碧眼妍媸试不差。
道箓解参支老乘，礼分符领志公家。
归山谷上泉休闭，留取吾来汲煮茶。

《灵谷禅林志》卷十三

【注】另有：周伦（1499年前后在世），字伯明，晚号贞翁，昆山人。明弘治十二年进士。官至南京刑部尚书。卒谥康僖。著有《贞翁净稿》。未知孰是，待考。此处据《金陵诗征》。

唐顺之（1507—1560），字应德、义修，号荆川，武进人。明嘉靖八年会试第一，调兵部主事。后削职回乡读书。时倭寇屡犯沿海，起复后督师浙江，大破倭寇于海上。升右佥都御史，船至通州病逝。学识渊博，精通天文地理兵法，擅诗文。著有《荆川先生文集》、《荆川稗编》等。

赠月泉上人

宝地风尘绝，琳宫日月偏。雁来还绕塔，龙去尚留泉。
户里天花落，空中梵乐传。远师休禁酒，客去欲逃禅。

《灵谷禅林志》卷十二

瞿景淳（1507—1569），字师道，号昆湖，常熟人。明嘉靖甲辰科会元、榜眼，授编修。为人清廉刚直。曾奉敕往凤阳封郑王世子朱载堉，拒受重礼。历官吏部右侍郎。隆庆元年任礼部左侍郎、兼翰林院学士，总校《永乐大典》，修《嘉靖实录》。卒赠尚书，谥文懿。有《瞿文懿公集》。

[明]瞿景淳

次章邱张公韵

相携游法界，窈窕路多迷。石偃泉还发，山空鸟自啼。
松阴堪止息，云路任攀跻。归来心顿豁，愧莫续新题。

又

访古来山寺，崎岖识慧泉。洗心应自我，何事说诸天。
一悟皆成幻，相逢亦胜缘。禅关不须叩，了此即真诠。

又

法王非异教，无极本含三。水月空中相，松风静里谈。
连峰高并玉，曲涧远拖蓝。起灭诚何意，天光在碧潭。

释智鉴（生卒年及生平不详），约明嘉靖间在世。

题赠月泉上人

皎月丽秋霄，流泉发源底。碾空扬素辉，泽物致丰美。
匪独烛幽昏，足以涤尘耳。彼美方袍人，命之有良旨。
常恐翳昏瑕，清漪变污滓。战栗曰兢兢，抚膺时省己。
激浊返其明，洞豁先天理。

《灵谷禅林志》卷十二

题月泉图

冰轮扬素辉，湛湛涵空碧。凝神竚立时，万籁无声寂。

《灵谷禅林志》卷十四

黄姬水（1509—1574），初名道中，字致甫，更名后改字志淳，一字淳父，明苏州府吴县人。黄省曾子。少有文名，学书于祝允明，传其笔法，又着力于虞世南、王履吉，自成面貌。中年以避倭寇徙家南京。晚年还乡，诗名益著。著有《贫士传》、《白下集》等。

[明]黄姬水

草堂寺

夜宿沧波阔，朝行涧道清。翛然来此地，纷矣愧吾生。
江染蘪芜色，山含薜荔情。寄言草堂客，莫遣晓猿惊。

灵谷寺

入寺心弥远，顿令尘想违。长松百盘路，落叶半扃扉。
雨气连山白，泉声溜石微。夕阳幽谷里，野鹿伴人归。

翁、康二山人招饮灵谷寺

秋尽同为客，登临来鹫峰。禅宫叹灰劫，杯酒信萍逢。
深谷无禽语，闲扉有鹿踪。更怜归路好，烟树夕阳重。

灵谷寺得虞字

晓策历城隅，神皋访閟区。石门松路远，画壁薜廊芜。
谷暖泉声窈，峰高塔影孤。湿云晴作雨，积雾昼成晡。
王气山中璧，禅心衣里珠。鹿踪交客屦，芝馔出僧厨。
此地宜猿鹤，吾生类樵虞。荣名羞捷径，行止昧前涂。
结友总嘉遯，照襟皆中孚。晤兹翠微室，寥寥人境殊。

八月晦日顾奉常招饮灵谷寺

曾是高皇标鹿苑，清郎招客载华舻。
山中泉绕花宫冷，寺里松开慧路长。

地悦禅栖宜落日，人愁旅食近重阳。
石门黄叶重游处，风雨伤心看画廊。

钟 山
金陵照海色，晨夕翳仙霞。玉柱宸游日，千年想翠华。

潘户部招饮，以往灵谷寺不赴
清秋风日好，此兴在林泉。不为山行约，宁虚水部筵。

均自《白下集》

唐 珏（1510年前后在世），江南武进人。明正德五年举人。嘉靖九年任信阳守。廉洁有惠政，士民爱之。巡道恶城楼不利邸舍，议徙之。时旱甚，珏仰天而叹，巡道问故，答曰"方视飞蝗耳"，巡道不怿而罢。以治行第一，擢户部员外郎，迁知府。著有《历代志略》四卷。

灵谷寺
寻芳来古寺，联袂步松阴。寂寂群山静，迢迢一径深。
有缘闻绪语，何地著尘心。酒送邻家酿，歌传盛世音。
对床翻贝叶，移席听沙禽。人生在行乐，一醉一狂吟。

又
此地多名胜，松团十里阴。泉通青嶂曲，塔隐碧云深。
自得参禅趣，还怜爱日心。浊醪存妙理，清庙见遗音。
玩世悲蕉鹿，忘机狎海禽。况逢张仲友，空谷恣长吟。

《灵谷禅林志》卷十二

黄彦果（生卒年及生平不详），约明正德、嘉靖间在世。

次 题（乔宇《游灵谷寺》）
策马披乘翡翠林，玄关隐隐白云深。
志公旧事瞻题壁，圣祖雄图见宰襟。
寝殿崔嵬星可摘，修廊层曲路难寻。
春光三十今收去，清夏还来听作音。

《灵谷禅林志》卷十三

释溥叡（生卒年及生平不详），约明正德、嘉靖间在世。

宿毕公房
祇树联辉翠羽寒，殿飞秋影落松关。
天空图画微茫里，云近蓬莱咫尺间。
密雨护龙池面起，长风送鹤海头还。
仰惟神卫钟山好，永作吾皇万岁山。

《灵谷禅林志》卷十三

王　蓂（1511年前后在世），字东石、时正，江西金溪人。明正德六年进士。历官礼部主事、浙江提学副使、南京祠祭司郎中。为官恺切忠直。辞官后建东石书屋，杜门读书二十余年，与同邑洪范、黄直、吴悌共为"翠云讲会"。著有《东石讲学录》、《大儒心学录》，纂《金溪县志》。

游灵谷寺

云深何处是玄门？流水桃花别有村。
幸窃官闲寻胜集，漫将心实付青尊。
森森野荻生荒沼，漠漠山禽下远墩。
登望偏令成感慨，六朝遗事莫深论。

《灵谷禅林志》卷十三

朱鸣阳（1511年前后在世），字应周，莆田人。正德六年进士。拜户科、转礼科都给事中。时武宗昵狎嬖人、好巡幸，上疏阻之；又言前星未耀，请选亲王可承天序者，居京师防意外之虞。言俱剀切。世宗即位，主司大礼。出为浙江参政，降云南参议，复起转浙江右布政使，致仕归。

题月泉

独坐虚庵号月泉，寒光清照水涓涓。
一轮明揭天心处，万派东归海屋间。
兔桂影疏人已老，田桑变尽福犹绵。
也知自得西来法，我效坡公静道禅。

《灵谷禅林志》卷十三

刘　夔（1511年前后在世），字舜弼，号黄岩，山西襄垣人。尚书刘龙弟。明正德六年进士。历官河南佥事，南京都察院经历，户部郎中，山东按察使，平反冤狱，号明允，晋右佥都御史，巡抚保定，所至声绩懋著。三年以病乞归，又六年卒。著有《黄岩集》、《金陵稿》、《恒阳集》。

访宝山瑀禅师

寻幽赢得一官闲，灵谷禅林识宝山。
古貌此翁真佛子，法踪何日至乡关。
心同皎月尝清白，身与浮云共往还。
踏遍金陵多少寺，高风那许并跻攀。

《灵谷禅林志》卷十三

邱九仞（1513年前后在世），字时进，江西贵溪人。邱祺之孙。明正德八年举人，十六年进士。授石首令，召拜南京给事中，屡因灾异条陈，皆关国体、切民生，凡议盐法、粮解、机兵、立循环簿等事，于数十年后悉见施行。人以贾治安方之。官至湖广参议（一说官至参政）。

赠月泉二首

乾坤红绿应万状，惟有苍翠成孤高。
支翁遁入玉屏里，客堂终日倚寒皋。

又

西海龙髯紫云屯，也随槎使过昆仑。
春风偶识西仙面，为我挥洒生清芬。

陈应之（1513年前后在世），福建莆田人。明正德八年癸酉举人，正德十二年丁丑进士。官南京户部郎中。

赠月泉上人

纡回深处是沙门，玉树青屏第一村。
殿号无梁冷轻葛，酒逢知己倒青尊。
流觞曲水空尘迹，归鸟斜阳在半墩。
隐隐谷灵还可作，老僧清话对平论。

《灵谷禅林志》卷十三

周凤鸣（1514年前后在世），字于岐，昆山人。南京刑部尚书周伦子。明正德甲戌科进士。历刑部郎中，决疑剖滞，常冠诸司。调兵部职方，一岁中疏百余上，悉协机宜。擢大理寺丞，陈兵食、水利诸事，多报允。署寺事，忤张孚敬，夺官。性孝友，励廉隅，盛有时望。著有《东田集》。

赠古泉灵谷住持

夜深风雨宿招提，十里重临径竹迷。
小石忆来依绀殿，老僧独指隔丹梯。
虚寮静数闲云过，远树时闻一鸟啼。
世路茫茫幽思剧，但逢佳处便留题。

《灵谷禅林志》卷十三

[明]周凤鸣

郭登庸（1514年前后在世），字汝征，山西山阴人。明正德九年进士，历官陕西按察使，湖广提学副使，应天府丞，浙江巡按御史，嘉靖十六年任宣府巡抚都御史。以疾乞归。后起陕西巡抚不赴。严明刚介，人不敢干以私。工书法。篆隶行草俱臻其妙，诗亦潇洒有致。著有《自修图》。

游灵谷寺（二首）

雨声过秋林，山翠下空野。晚过王使君，疑是荷篠者。

又

石潭初月影，山寺暮钟声。犬吠归樵处，江舟渔火明。

《灵谷禅林志》卷十四

黎民表（1515—1581），字惟敬，号瑶石山人，广东从化人。明嘉靖十三年举人。曾任南京兵部员外郎，河南布政参议。万历七年致仕。居粤秀山麓清泉精舍，与弟友唱和。为文自成一家。尝纂广东、从化、罗浮诸志。以诗名，书法入妙品，画工米家山。著有《瑶石山人稿》、《北游稿》。

江 行

风隐正扬舲，帆流带夜星。殷勤不肯别，似惜蒋山青。
袁郎清咏处，月夜遇征西。寂寞怜才意，空江鸟自啼。
楚人菰米饭，越女芰荷衣。风土将相近，家园犹未归。

《瑶石山人稿》卷十五

尹　耕（1515— ?），字子莘，号朔野，山西蔚州人。聪颖好学，少负伟略。明嘉靖十一年进士。历任藁城知县、河间知府，河南按察司兵备佥事，受诬告发配辽东。后回乡建九宫山房，潜心著述。其边塞诗成就很高。著有《译语》、《南秦记略》、《塞语》、《乡约》、《两镇三关志》。

游灵谷寺

问讯招提境，寒湫泛古泉。飞空本无意，瀑布不知年。
云锡通玄脉，虹桥带素莲。暗涛惊不动，虚阒得心禅。

《灵谷禅林志》卷十二

蔡汝楠（1516—1565），字子木，号白石，浙江德清人。初喜文章，从王慎、唐顺之、顾璘等游。明嘉靖十一年进士。好为诗，有重名。中年究心经学。知衡州时，聚诸生讲经于石鼓书院。参政江西，与邹守益、罗洪先游，学益进。官至南京工部右侍郎。著有《自知堂集》、《说经剳记》。

灵谷寺

禅关何窈窕，春物正氤氲。檐絮兼花度，山钟带雨闻。
鸟喧僧出定，树暝客离群。独向清斋卧，空令梦白云。

赠月泉上人

宝志开山地，参差世代移。寺门千树里，城阙万峰西。
苔傍空廊蔓，莺窥化阁啼。禅踪不可记，只识旧曹溪。

均自《灵谷禅林志》卷十二

张舜臣（?—1567），字熙伯，山东章丘人。祖籍河北枣强，明初其祖先迁此。年轻时即负盛名。明嘉靖十四年进士。历官大理寺卿。嘉靖四十三年任南京都察院右都御史、掌院事，南京户部尚书。隆庆元年因病告老还乡卒，赠太子太保。穆宗亲撰谕祭文，称其"赋性耿亮，操履清修"。

游灵谷寺

灵谷何年寺？重来路不迷。地幽僧惯住，林茂鸟争啼。
松径千盘转，龙峰万仞齐。洞门多古咏，端为志公题。

又

一入招提境，钟声杂涧泉。烟霞开宝地，萝薜现诸天。
幽胜真难得，登临似有缘。锡公在何许？吾欲叩真诠。

又

乘兴看山数，来游讵止三。月中时听法，石上漫空谈。
云去山容碧，烟深树色蓝。鬓霜无奈老，偏爱菊花潭。

游灵谷寺二首

钟陵东阜谷偏幽，古寺春深此胜游。
云拥千峰迷上界，风摇万树俨清秋。
青崖白鸟时相见，翠壑丹霞晚欲流。
况是远公能说偈，不妨禅阁剧淹留。

又

上方古刹枕松林，洞口阴森落日深。
万壑千岩饶胜迹，神仙官府净幽襟。
云间宝塔攀萝上，竹里香泉趁月寻。
何处清风飘枕簟，梵音遥接管箫音。

以上《灵谷禅林志》卷十二、卷十三

刘世扬（1517年前后在世），字实夫，闽县人。内行修洁，自期古人。明正德十二年进士，除刑科给事中。世宗初议加兴献帝皇号，上疏谏之。又陈修官八事，语皆切时弊，为张璁等所恶，谪江西布政司照磨，历官南京祠祭郎中、广西佥事，升河南督学，未上任卒。所至皆有声。

游灵谷

青山相见便欣然，况接松云俯涧泉。
嘉树翠浮灵谷暖，渊流清映艳阳天。
斋心古殿金光净，拍掌空阶石闇传。
记取山人初到日，诸公迹我共游篇。

《灵谷禅林志》卷十三

廖梯（1517年前后在世），字云卿，莆田人。明正德十二年进士。历知镇远府。嘉靖六年由湖广参议谪知安吉州。为政不近名，爱民省费，清苦自持。常扫梧叶代薪。秩满以母老乞归。有安吉人按察闽中，行部至莆，见其家萧然，略有所馈，悉却不受。著有《梅南诗文集》。

访月泉禅师

勒马东行出郭门，碧桃红杏自成村。
遥峰南海青螺小，古刹西天白象尊。
千古移文嘲捷径，钟山陈迹笑争墩。
轻衫短履登临暮，片石三生得尽论。

《灵谷禅林志》卷十三

张衮（1521年前后在世），字补之，江阴人。明正德十六年进士。官侍读。嘉靖二十一年由太常寺卿掌国子监事。官至南京光禄寺卿。在谏垣时，颇多建白。嘉靖中，倭扰东南，时家居危城中，驰书政府，条上御倭五事，盖亦留心于经世者，辞章则又当别论焉。著有《水南集》。

赠月泉

山僧手提白卷一丈余，清晨谒我长安庐。
为云少小拂尘服，逃名削发无拘束。
白昼晴翻贝叶书，灵飚长转金银谷。
昨朝朝帝天上回，岭松槛竹相徘徊。
莲花了悟照心寂，清梵何缘向尔陪。

《灵谷禅林志》卷十二

题月泉山房

晓来陟巘万松遮,谷有仙灵气转佳。
画栋含烟巢翡翠,空阶流籁响琵琶。
日高古瓦苍鼯窜,霜压颓垣翠竹斜。
独想劫灰成浩叹,细将功德问楞伽。

和阳峰宗伯韵

冬霭霏微石径遥,上方台殿碧廖廖。
草藏泉窦流钟乳,风转萝窗起暮箫。
神妙丹青留四壁,半欹梁栋自前前。
独游喜悟真空在,只听松风伴客宵。

以上《灵谷禅林志》卷十三

【注】前前,疑应为前朝。

徐　渭(1521—1593),初字文清,改字文长,号天池山人、青藤居士,明山阴人。天资聪颖,诸生。屡举不中。曾至胡宗宪幕,参与抗倭。后因胡案发而多次自杀,系狱七年。始弃仕途,著书立说。其书画均自成一家。晚年潦倒,穷困交加。著有《青藤书屋文集》、杂剧《四声猿》等。

[明]徐文长

恭谒孝陵

汉高仿佛皇祖,而以少文终其身,故五云然。是日,陵监略陈先事。

二百年来一老生,白头落魄到西京。
疲驴狭路愁官长,破帽青衫拜孝陵。
亭长一杯终马上,桥山万岁始龙迎。
当时事业难身遇,凭杖中官说与听。

谒孝陵

瑶坛晴雪净春空,剑佩声沈苑路东。
霜露每勤忧圣主,貂珰无事肃斋宫。
通原燎火分宵白,拂树霓旌映晓红。
寂寞翠华谁望幸?惟余金粟鸟呼风。

《徐文长文集》

吴　扩(1522年前后在世),字子充,昆山人。以布衣游缙绅间,工诗。嘉靖中避倭乱居金陵。尝遍游南北各省,至老不衰。为明代山人风气的代表人物,与严嵩交往甚密,曾作《元旦怀介溪阁老》诗,时称"相府山人"。晚年成名后,在秦淮河畔造长吟阁,接纳山人与四方之士。

游灵谷兼宿水泉禅房二首

邃壑锁龙宫,苍苍万木中。漫游非傲世,嗜酒狎群公。
野鹿迷深草,春云满太空。悠然人境外,举手接冥鸿。

又

客行何处宿，迢递百花间。倦鸟独归寺，闲云常恋山。
春泉响石涧，夕气澄松关。城郭仍多寺，逍遥且未还。

《灵谷禅林志》卷十二

释果斌（1522年前后在世），号半峰。明嘉靖初住持天界寺。少从顾璘等游，谈禅和诗，皆有能事。其七言诗以意胜，往往有逸趣；五言诗则多有佳者。著有《半峰集》。

题月泉图

月明影在地，泉清光在天。何须分上下，空寂是吾禅。

《灵谷禅林志》卷十四

王 教（1523年前后在世），字庸之，河南祥符人。明嘉靖三年癸未科进士（榜眼）。授翰林院编修。尝三为会试考官，衡鉴精明，为时所称。十六年任国子监祭酒，上薛瑄应从祀文庙议。会慎简宫僚，以祭酒兼右春坊右谕德。十九年升任南京兵部右侍郎，卒。著有文集若干卷。

游灵谷

朝来出郭快新晴，神烈山前眼倍明。
宝塔松楸藏曲径，空街丝竹递繁声。
廊悬画幅凭谁笔，墙进泉香尚有名。
为觅乾坤真胜概，斜阳立马更留情。

《灵谷禅林志》卷十三

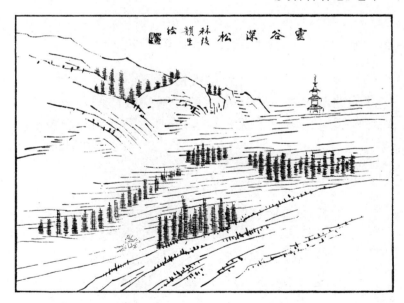

叶良珮（1523年前后在世），字敬之，台州太平人。明嘉靖二年进士。知新城县，清节雅度，专务以德化民，延访耆德，奖课生儒，讼简狱空。改知贵溪，重建玉溪书院。擢南京刑部主事。官至刑部郎中。精究典坟，以作述名世。著有《海峰室前稿》十八卷，今存一卷，及《周易义丛》。

游灵谷

长江日夜流人老，灵谷莺花唤客酬。
歇马我从蓬岛入，携壶君在画图游。

行从粉壁看诸相，寻到真源洗杖头。
日暮茶烟孤鹤起，海云千顷去悠悠。

《灵谷禅林志》卷十三

狄　冲（1523年前后在世），字仲虚，溧阳人。明嘉靖二年进士。授独山知州，抚平阿得狮子孔之变。擢南京工部郎中，卒于官。其诗思致隽爽，体裁各轨其度，音调亦遒。著有《春溪诗集》四卷。

游灵谷

灵古云深万树松，塔棱殿角隐重重。
山中龙国雄相倚，径外峰房曲自通。
露井秋干梧叶雨，泷池水冷苇花风。
谁将摇落伤春暮，正属登临眼界空。

《灵谷禅林志》卷十三

顾梦圭（1523年前后在世），字武祥，号雍里，江苏昆山人。明嘉靖二年癸未科进士。曾视学齐鲁、河南，官至江西右布政使。其诗文皆平正通达，直抒胸襟。有《诗经臆说》、《就正编》、《疣赘录》及续录、《顾廉访集》等。

灵谷寺

凤驾北山好，行行松径深。五陵秋欲暮，万木昼长阴。
画壁犹云气，枯泉但鸟音。却于丝竹里，有愧独游心。

《灵谷禅林志》卷十二

葛　涧（1525年前后在世），江都人。贡士。早年与弟葛洞曾从湛若水游学，为创"甘泉行窝"。

无量殿诗

梵宫临曲涧，石壁倚层霄。荷净寒生殿，僧闲夜听潮。
乾坤双眼老，鸿雁一天遥。宝公碑读罢，羽翰自飘飘。

《灵谷禅林志》卷三

七月望日偕诸台丈游灵谷

栋宇何年构此山，高僧苦行历时艰。
万松翁郁凝玄露，八水澄泓绕碧湾。
色相皆空禅境寂，卷舒任我白云闲。
莲台拟结同心社，参透人间第一关。

《灵谷禅林志》卷十三

灵谷寺避暑

伏暑蒸人剧，相期佛界游。振衣乘晓出，携榻及山留。
古桧层霄郁，新篁满砌抽。红泉鸣碧涧，苍鹿卧青邱。
绘壁云霞烂，雕甍日月浮。紫岑灵液萃，黄屋圣谟修。
邃谷寒常结，幽岩暑自瘳。元阴时匝地，凉意忽生秋。

轻飚澄绀宇，迢水萧芳洲。列牖霜铘曜，虚堂冰棚遒。
翻经开秘匣，诵偈舞潜虬。禅槎遥海泛，法雨半天收。
尘鞅笼中鸟，浮名水上沤。商歌聊发兴，永日漫销忧。
锦席流仙醴，花栏响玉篌。诸天齐作供，孤塔若为酬。
磊落群公抱，低徊迁士羞。策勋真浪说，种圃是良谋。
崎路回镳拥，平畴落鹜稠。斜晖犹在岭，佳气满皇州。

《灵谷禅林志》卷十四

屠应埈（1526年前后在世），字文升，号渐山，浙江平湖人。刑部尚书屠勋子。明嘉靖五年进士。改礼部主事，典江西试程义，冠绝一时。历祠祭司郎中，改编修，官至左春坊左谕德。喜奇节伟行，有凌驾古人之思。为文善比事属辞，诗法泛滥诸家，时有独造。著有《兰晖堂集》。

送陈约之谒祀孝陵

万岁桥山路，三春草木青。乾坤黄钺在，风雨翠华扃。
北极通群帝，中在观百灵。当时貔虎佐，一一扈青冥。

《兰晖堂集》

樊鹏（1526年前后在世），字少南，信阳人。明嘉靖五年进士。授安州知州，迁南京户部员外郎。历升陕西按察佥事、分巡关西道。尝游何景明、边贡之门，与孟洋、唐顺之为诗文友。有诗名。曾跋何景明《大复集》。编有《初唐诗》三卷。著有《樊氏集》十二卷、《樊子》二卷。

灵谷寺

万壑松声暝，孤冈径一通。兴亡六代地，今古梵王宫。
京国浮云外，江流落日中。孝陵闻画鼓，悲壮向秋空。

《灵谷禅林志》卷十二

王世贞（1526—1590），字元美，号凤洲、弇州山人，太仓人。蓟辽总督王忬子。明嘉靖二十六年进士。曾任应天府尹，南京大理寺卿，官至南京刑部尚书。卒赠太子少保。与李攀龙同为"后七子"领袖。独主文坛二十年。诗倡复古摹拟。著有《艺苑卮言》、《弇州四部稿》、《弇山堂别集》等。

江 口

江口安樯处，孤舟尽日停。秋云无限好，只傍蒋山青。

《弇州四部稿》卷四十五

[明]王世贞

诸公会赵中贵园

西华西去有园亭，为客高楼日不扃。
槛外四收吴苑绿，杯中一送蒋山青。
沟从太液宽分润，席傍微垣好聚星。
莫笑贵人艰粉黛，只今姚魏未全零。

《弇州续稿》卷十八

赵崇信（1528年前后在世），字维周，顺德碧江人。明嘉靖七年举人，十四年进士。历官广西左参议，调云南，贵州副使。擅诗文书法。

赠月泉

山下涓涓自有山，相传洗钵半灯残。
楞严读罢诸天静，时样西湖不可看。

《灵谷禅林志》卷十四

袁袠（1528年前后在世），字补之，直隶吴县人。明嘉靖七年举人，十七年成进士。升礼部主事。嘉靖二十五年任改吏部员外郎。与弟袁袠皆擅文学，名倾一时。惜早卒，不竟其业。

灵谷寺

古寺桥陵侧，高松数里阴。入门呦鹿卧，穿径白云深。
谷响传天籁，泉声和梵音。顿令尘虑尽，寒日下空林。

《灵谷禅林志》卷十二

高简（1529年前后在世），字公敬，四川绵州人。明嘉靖八年进士。历官礼部主事、郎中，调吏部文选司。升云南参政。与周相、吕柟同出湛若水门下。

灵谷寺

山堂聊小憩，钟阜霭云间。斜日穿松末，空门通水湾。
狂歌因鸟歇，清话共僧闲。遥讶秋鸿度，何心有去还。

《灵谷禅林志》卷十二

蔡圻（1529年前后在世），字子封，江都人。史馆儒士。明嘉靖八年十一月，世宗召还张璁，知必复桂萼官，进疏颂萼功，请召之。帝命地方官催促桂萼上路，未至，国子生钱潮又请再催，帝怒，与圻同交刑部处置。能诗文。《御选明诗》收有其诗一首。

次蔡白石（汝楠《赠月泉上人》）韵

招提梁武胜，光景未全移。泉响莲台下，花深宝殿西。
山青留客醉，寺静少莺啼。怅别僧相送，因之过虎溪。

游灵谷

登临何必问齐梁，灵谷千年属圣皇。
白石尽留宸刻润，青松犹带御衣香。
行来金界烟霞远，坐爱菩提日月长。
举首钟山瞻王气，都城凤舞与龙翔。

以上《灵谷禅林志》卷十二、卷十三

揭科（1530年前后在世），字石华，福建将乐人。明贡生，官汉中通判、南平训导、清河教谕、平房卫教授。

金陵多古刹，灵谷其一也，我高皇亲题"第一禅林"，益复称最。庚寅九月，闽将乐石华揭科、莆田少峰陈翰、漳浦梅坡许鼎楚、长沙少庐陈维藩，相携往游，步自西廊，观小仙遗墨，月泉老禅具服出，延至青林，

情款甚洽，已而纵览名胜，漫联二章，林中清境，未易具题，然孝陵在望，金殿辉煌，高出孤云落日之外，则所以压坤维、奠鳌极，又不特山水间矣，诗故著重云

朝阳十里绕禅关，（科）御墨昭题第一山。
古洞光摇诸佛现，（翰）青林云卧一僧闲。
共看篱菊惭秋鬓，（藩）欲采岩松驻寿颜。
惆怅孝陵南去近，（鼎）悲风瑟瑟马班班。（科）

又

芦苇萧萧白露浓，（鼎）芙蓉独自待秋风。
西山日月瞻依外，（翰）南国衣冠感慨中。
平地烟霞途径路，（科）诸天楼阁在虚空。
百年闽楚同良会，（藩）方丈东头起夕钟。（鼎）

《灵谷禅林志》卷十三

释可浩（1530年前后在世），号月泉，毗陵人。明嘉靖间曾任僧录司右觉义。灵谷寺住持。其斋房名"青林堂"。知绘事，尤工葡萄，大有生意，不减温日观之笔；能诗文。喜与名公文士交往。撰有《重修宝公塔记》等。嘉靖二十二年修《灵谷寺志》二卷。

酬上元程大尹疏浚八功德水

半塞泥沙亦有年，旧时功德似空捐。
引流草蔓云埋处，闻浚松根石罅边。
仙露玉杯流沆瀣，天光云镜落虚圆。
琴堂一片秋来月，千古清光照此泉。

《灵谷禅林志》卷二

钱师周（1531年前后在世），字君辅，江南华亭人。明嘉靖十年辛卯科举人。嘉靖四十四年任广西思恩府知府。隆庆元年以大理寺右评事罢为杂职。擅诗文书法，有《承爱帖》行草书存世。《干山杂志》曾记其为天马山"二陆读书台"题字"双松台"。

游灵谷三首

佛日照山飞紫烟，远寻公案此闻禅。
风生万窍金竽奏，泉落半空玉蛛悬。
野鹿衔芝岚洞冷，麝香眠竹雨苔鲜。
平生观海登山眼，又上浮屠九仞巅。

又

翠竹黄花是佛居，重来常忆入山初。
老僧惯说如来偈，圣世原无封禅书。
龙带草香归钵静，树分云影度窗虚。
向来总为尘缘缚，一扣禅关得自如。

又

骑马登山如上天,几人解脱此盘旋。
只消玉版闲谈偈,却胜曹溪远问禅。
石髓屏床今有主,吴宫罗绮孰当筵。
松萝自是招提径,宝树祇林亦浪传。

《灵谷禅林志》卷十三

奚良辅(1531年前后在世),上海人。明嘉靖十年辛卯科举人,十四年乙未科进士。历官广西佥事、广东左参议、四川按察使司副使。三十八年上海县重修崇福道院,曾为作碑记。

赠月泉

八功台上听泉声,曲水流觞酒数行。
六代兴亡成往事,莫分草木叹枯荣。

《灵谷禅林志》卷十四

孙 瑶(1532年前后在世),江宁人。明嘉靖壬辰贡生,官教谕。

游灵谷寺

重向禅林觅旧游,无端风物望中收。
松盘猿鹤栖霄汉,池引虬龙漾碧流。
金铎声传千古胜,宝轮光映万年秋。
可怜昔日谈经处,野黍离离满地愁。

《灵谷禅林志》卷十三

杨 雷(1532年前后在世),吴县人。明正德十四年己卯科举人,嘉靖十一年壬辰科进士。官湖广佥事。

灵谷寺

秋暮入灵谷,苍然松色齐。路深残蜺外,云绕数峰西。
水落余荒涧,台空杂旧畦。虎溪应不远,惠老独栖栖。

《灵谷禅林志》卷十二

程秀民(1532年前后在世),字天毓,号习斋,浙江衢州人。明嘉靖十一年进士。初任金溪知县,在西门外西升寺废址建象山书院,祭祀陆九渊。嘉靖二十四年由郎中任泉州知府,曾率兵民击败海寇,又在南安四澳设防抵御倭寇。又曾捐俸重修大开元寺法堂。刻印《性理大全书》。

复过灵谷柬月泉

古寺重来到,高僧喜再逢。云房分梦鹤,石磴把容松。
扫竹看残刻,鸣钟觅去踪。更多尘外思,萧逸画图中。

游灵谷寺

骁骑穿云入翠微,万松烟霏碧山围。
草荒古殿群游鹿,竹暗僧房半掩扉。
孤塔嶙嶒看缥缈,六朝风物说依稀。

回廊古壁空图画，不尽秋声一叶飞。

以上《灵谷禅林志》卷十二、卷十三

林廷机（1535年前后在世），字利仁，福建闽县人。林瀚次子。勤学好问，小心畏忌。嘉靖十四年进士，改庶吉士，授检讨。历任南国子监祭酒、工部侍郎，官至南京礼部尚书。卒赠太子太保，谥文僖。著有《世翰堂稿》。子燫，丁未进士，官南京吏部尚书。祖父孙三世翰林、尚书。

游灵谷寺

客里风霜晚，同心此合并。眼迷金色界，欢洽化人城。
过雁留寒影，疏钟咽暮声。归途天渐暝，斜日半山明。

《灵谷禅林志》卷十二

大司空石渚马公邀饮灵谷，同三渠太宰、洞山少宰、砺峰宗伯

上方台阁郁岧峣，长夏开筵此见招。
十里松阴横郭外，一声仙磬发山椒。
尘襟尽向闲中涤，炎气偏从静里消。
自是郑庄能好客，追随不惮马蹄遥。

《灵谷禅林志》卷十三

施峻（1535年前后在世），字平叔，归安人。明嘉靖十四年进士。授南京刑部主事，历郎中，官至青州府知府。以内讦罢官。家居楼栖如斗，典籍甚具，署曰"甲秀"，非同调不与登。歌诗欢饮，以终其身。诗工七律，隽永流丽。著有《琏川诗集》八卷。

访月泉禅师

出郭幽探春事稀，灵岩聊与试春衣。
松云漠漠鹿闲卧，花雨冥冥鸽自飞。
白日孤灯悬宝塔，空阶流水应金徽。
从知心境无喧寂，独立林端香气微。

《灵谷禅林志》卷十三

舒缨（1535年前后在世），字振伯，余姚人。嘉靖十四年进士（会元）。嘉靖十八年任通州同知时，曾修建萃景楼，取万千景象，萃于一楼之义而名之，并作《萃景楼记》。官至王府长史。著有《舒东冈集》、《嘉南集》以及游戏文《黎洲野乘》。

游灵谷寺

洗剑于时愧未能，冲尘谩欲试飞腾。
风前把酒浑忘客，象外看心已近僧。
花满镜池春远俗，云回石室昼悬灯。
坐深忽复迷归路，碧锁重林知几层？

《灵谷禅林志》卷十三

王世懋（1536—1588），字敬美，号麟州，江苏太仓人。王世贞弟。明嘉靖三十八年进士，始任南京礼部主事。历官陕西学政，官至南京太常少卿。好学善诗文，著述颇富，而才气名声亚于其兄。著有《王仪部集》、《二酉委谭摘录》、《名山游记》、《奉常集词》、《艺圃撷余》等。

[明]王世懋

上巳日集灵谷寺

宝公塔挂白云隈，西接钟陵王气回。

锡住灵峰惊鹤去，钵分慈水嗔龙来。

松风落子春阴寂，山鸟啼花暝色催。

今日便成千载胜，不须重忆永和才。

《灵谷禅林志》卷十三

余孟麟（1537—1620），字伯祥，号幼峰，江宁人。侍御余光子。髫龄失怙，由母黄孺人督内传训。登明万历二年甲戌科进士（榜眼），授编修。参修会典，历司业、洗马、南京翰林院侍读学士，南京国子监祭酒。耿介自持，不事权要。乞休后遨游山水间。书擅真草。著有《幼峰学士集》。

钟　山

原庙中峰里，屐颜入翠微。百灵朝绛节，五柞闷珠衣。

皋路云霞拱，山庭咒象围。千年佳气绕，草木日芳菲。

灵谷寺

先皇标杰构，一塔隐千峰。窈窕云中路，玲珑石上松。

宝函传白马，金鼎伏苍龙。剥尽长廊画，青山不改容。

均自朱之蕃《金陵四十景图考》

周　山（1538年前后在世），明嘉靖十七年戊戌科进士。

游灵谷寺

年老闲来步灵谷，长松数里壮皇州。

无梁金碧由天建，得道沙门跨鹿游。

帝岳四雄吞五岳，江流东下合诸流。

凭虚一顾真佳丽，王气云浮万代休。

《灵谷禅林志》卷十三

喻　时（1538年前后在世），号吴皋、海上老人，光山人。明嘉靖十七年进士。历任吴江县令、右副都御史、总理漕运、总督三边协理戎政，以南京户部侍郎卒。关心民生疾苦，治行卓越。有识人之能，敢于直言。通武略，有文采。其诗思出象外。著有《吴皋集》、《海上老人别集》。

赠云坡上人兼住灵谷

发落金刀三十年，最怜少小得真传。

为僧到此便清福，知尔生前有宿缘。

万树山松绕灵谷，八功德水发心泉。

焚修领众招提事，空羡山窗老衲眠。

《灵谷禅林志》卷十三

林树声（1540年前后在世），字一凤，南直隶华亭人。明嘉靖十九年庚子科乡魁，翌年成进士（会元），四十四年官南京国子监祭酒，养病未任；隆庆二年官吏部右侍郎，未任。后任吏部左侍郎兼翰林院学士，官至尚书。寿及百岁。

和（王廷相）流杯渠韵

石渠贮慈水，一勺试流厄。为问曹溪侣，如何是化池。

和（王廷相）吴伟画廊韵

吴生艺擅场，丹青悟禅定。有相具毫端，是显真如性。

和（王廷相）琵琶街韵

琵琶作何鸣，不属丝与指。入耳非根尘，听在无声里。

以上《灵谷禅林志》卷二、卷三、卷四

俞咨益（1540年前后在世），号南石，浙江山阴人。明嘉靖十九年举人，三十八年成进士。三十九年任广州府推官。隆庆间官御史，曾于绍兴下方禅寺旧址建阳和书院，生徒多名士。官至福建佥事。

游灵谷禅林三首

息马祇林拂曙烟，半天钟磬晓堂禅。
风穿飞窦虹幡曳，云净闲阶凤刹悬。
涧水远从功德落，池莲偏向道光鲜。
空山古道行应遍，还扪藤萝陟翠巅。

又

霏微殿阁隐三天，坐拂寒云白鹤旋。
法说有为还有法，禅参无定却无禅。
莲花荏苒围丹仗，桂子氤氲袭讲筵。
一自乘龙归幻后，至今真诀竟谁传？

又

琳宫迢递接宸居，定入蒲团叩太初。
支遁隐山非藉诀，昙摩度海岂闻书。
锡飞云壑灵光迥，鹤上天门谷影虚。
雨露帝休垂浩劫，万方崇德仰真如。

《灵谷禅林志》卷十三

[明]焦竑

焦　竑（1540—1620），字弱侯，号澹园，江宁人。初师事耿定向、罗汝芳，长崇正书院。明万历十七年进士（状元）。曾为皇长子讲官。遇事敢言，为同僚所忌，谪福宁州同知，遂罢归。著述宏富。著有《焦氏笔乘》、《焦氏类林》、《国史献征录》、《老子翼》、《庄子翼》、《澹园集》等。

灵谷寺梅花坞六首

山下几家茆屋，村中千树梅花。
藉草持壶燕坐，隔林敲石煎茶。

又
檐葡林头短墙，曾开宝地齐梁。
初春老树花发，深涧无人水香。

又
一枝初出岩阿，看尽千林未多。
天女知空结习，散花不碍维摩。

又
二十四番风信，四百八寺楼台。
何似草堂梅燕，同人先探春回。

又
落落半横参月，溶溶尽洗铅华。
盈盈湘浦解珮，脉脉萝村浣纱。

又
西湖梦断人寂，东阁妆残月斜。
襟解微闻芗泽，钿昏半卸檀霞。

灵谷寺酹吕正宾
停杯昨夜夏云生，散帙香台见远情。
风定水声来绝涧，坐深松子落空枰。
愁多今喜逢张俭，赋就谁当惜祢衡？
世路风尘俱涕泪，不妨贫贱久藏名。

和余学士金陵登览诗二十首·钟山
名山雄帝里，原庙枕神皋。龙虎标形胜，弓刀护寂寥。
云深霾剑履，时至荐樱桃。王气千年在，灵祇夜夜朝。

和余学士金陵登览诗二十首·灵谷寺
法筵开浩劫，佛塔自先朝。磴石三休至，松云十里遥。
禅心随岁寂，客望对秋高。不尽经行意，颓垣起暮箫。

均自《澹园集》

乔世宁（1543年前后在世），字敬叔，号三石，陕西耀州人。明嘉靖十七年进士。曾任湖广提学副使、河南参政、四川按察使，以丁忧归，累荐不起。强学好问，至老不倦。纂《耀州志》、撰《五台山志》；著有《乔三石集》、《丘隅集》。

游灵谷寺
游览龙山胜，真如鹿苑行。风涛万树落，塔殿五云平。
不见乘芦客，空悬出世情。玉泉功德在，一为涤尘缨。

《灵谷禅林志》卷十二

杨希淳 (1544？—1578？)，字道南，上元人。明贡士。年十四，督学胡植试《孔子惜繁缨论》，意为宿学，见其幼，更异之。督学耿定向尤相赏契。生平操持甚严，尝力却人厚馈。临终戒无丐人铭墓，曰："我固无求者，死后乃有求耶？"卒葬江宁牛首山。著有《虚游集》四卷。

灵谷寺青林堂诗

青林堂下满苍苔，仙侣翩翩结驷来。
缥渺珠宫临汉寝，郁葱佳气接蓬莱。
松涛散入流泉响，花径先逢野鹿开。
即与远公长结社，五云何处望三台。

《灵谷禅林志》卷三

于慎行 (1545—1607)，字可远，更字无垢，兖州东阿人。明隆庆二年进士。官至礼部尚书，因忤神宗旨，并山东乡试泄题事引咎辞职。复起加东阁大学士。卒谥文定。学有原委，贯穿百家，造诣深湛。词馆中与冯琦并称文学之冠。著有《谷山笔麈》、《读史漫录》、《谷城山馆集》。

恭谒孝陵有述十二韵

圣迹开玄造，神都奠旧疆。基图垂万祀，谟烈冠千王。
风雨圜陵闭，衣冠寝庙藏。霞标悬绛阙，云际拱雕梁。
胜地盘龙虎，高丘下凤皇。重关陈豹旅，濡露集鹭行。
扈跸群灵会，包茅九域将。长江紫阁道，叠嶂列宫墙。
礼乐恢函夏，明威肃大方。治成周六典，法画汉三章。
缥渺松楸路，昭回日月光。小臣歌帝则，绳武祝今皇。

《谷城山馆诗集》

陈所闻 (1546年前后在世)，字荩卿，南直隶上元人。明嘉靖二十五年举人，曾任玉山知县。后卜居金陵莫愁湖畔（即孙楚楼旧址）和桃叶渡等处。一时白下诗人，皆与之游，结白社。工诗文，曲尤有名。著有《濠上斋乐府》、《南北宫词纪》等。

[明] 陈所闻

【南南吕·懒画眉】灵谷寺前赏梅

寒梅多傍鹿园栽，梅下篮舆载酒来，繁如瑞雪压枝开，溶溶净洗铅华态，诗向罗浮梦里裁。

【南南吕·懒画眉】灵谷寺

双林麋鹿伴闲游，十里乔松翠欲流，禅关逼近寝园幽，泉声百道穿云窦，紫气常依殿角浮。

【南仙吕·入双调玉抱肚】
九日焦太史弱侯招饮谢公墩三阙（录一）

浮云飞尽，对钟陵光摇绿尊，听临风捉麈高谈胜，早骑驴半山劳顿，青苔日厚自无尘，谢屐从来恋酒人。

均自《全明散曲》

李维桢 (1547—1626)，字本宁，京山人。明隆庆二年进士。博闻强记，与同馆许国齐名。浮沉外僚多年。天启初，以布政使家居。年七十余，召修《神宗实录》。以礼部尚书告老归。性乐易阔达，文章弘肆。常与王世贞、胡应麟等唱和。著有《史通评释》、《大泌山房集》、《四游集》。

谒志公塔作（十八首）

一

示迹鹰巢古木中，天生受姓圣明同。
独龙分得钟山脉，亿万斯年护紫宫。

二

六神通力故非常，飞锡先开大道场。
身后一丘三改卜，空王莫是让人王。

三

野草生烟日暮时，六朝陵墓转凄其。
家缘解道鸠偏巧，但取枯柴一两枝。

四

钟声停苦事何如，今日东南物力虚。
傥忆金陵乡国否？遗民愿比鲙残鱼。

五

胜鬘经翻雨不来，天花如雨自高台。
黑风莫是吹船去，咫尺含光殿却回。

六

舍身冠达帝何功？造塔书经总是空。
择火拈香终日夜，道场原在此身中。

七

漠北山家产小儿，台城天子为啼饥。
寄将玉尺多鬓老，六代南朝运已移。

八

西方早已悟三身，后事何烦嘱后人。
一烛付来都不会，无生无灭火传薪。

九

衲袍冠帽俗相同，都市逢迎唤志公。
误却后来滇郡守，人车黄盖梵王宫。

十

毗婆尸佛早留心，妙义于今未可寻。
窣堵波前诸色相，多于十二面观音。

十一

庄严寺里遇王筠，对酒交言意转亲。
留得寺门碑一片，何如天上石麒麟。

十二

阅藏三年义甫成，佛前虔祝众灯明。
四生六道从超度，无奈东昏再受生。

十三
口作占书手作图,到今人诵志公符。
不烦左索绳相掷,已办扁舟钓五湖。

十四
分身易所本无方,空觅南头第二房。
菩萨自知当去日,先从户外置金刚。

十五
金钵双舆饷饭来,华林园里净居开。
三重布帽同时着,可有摩诃萨度灾。

十六
十二时歌十二科,添将梵夹费伽佗。
同朝亦有西天祖,万法皆空一句多。

十七
被髪鬖鬖跣足行,酒肴徵索世人情。
不知自有真如在,漫道狂憨佛便成。

十八
多情孝泌访南康,覆尽炉灰莫道香。
搏食小龙金翅鸟,梦中天已告齐皇。

灵谷寺
入门不识寺,五里听松风。香气飘金界,清阴带碧空。
霜皮僧腊老,天籁梵声通。咫尺桥陵树,春光共郁葱。

又
钟声微度坞,山色曲通林。楼阁窥天近,烟霞出世深。
庭虚鹿女至,塔古雁王沉。已入真如境,仍惭大隐心。

均自《四库存目丛书·大泌山房集》

[明] 汤显祖

汤显祖(1550—1617),字义仍,号海若,晚号若士、茧翁,江西临川人。幼从罗汝芳学。明万历十一年进士。官南京太常博士,迁礼部主事,遂昌知县。不附权贵,被削职。归居玉茗堂,专事写作,尤以戏曲《牡丹亭》最负盛名。与顾宪成、邹元标等交往甚密。有《玉茗堂集》。

灵谷寺宝志塔上礼望孝陵遇雨
香塔几由旬,登临物外身。务迷藏豹谷,云起跃龙津。
定水流功德,桥山合鬼神。冥冥松柏雨,曾洒属车尘。
【注】务迷,似应为雾迷。

迁祠部拜孝陵
寝署三年外,祠郎初报闻。臣心似江水,长绕孝陵云。

均自《玉茗堂全集》

【集臧晋叔希林阁，赋得雨中钟山春望】
（四首）

臧懋循（1550—1620），字晋叔，号顾渚山人，长兴人。明万历八年进士，授荆州府学教授，历任应天乡试同考官，南京国子监博士。与汤显祖、王世贞友善。后与曹学佺、陈邦瞻等名士结金陵诗社，辑有《金陵社集》。为人不拘小节。博闻强记，精韵律，工书法。著有《负苞堂集》。

钟山郁佳气，龙变与云蒸。
君看芒砀泽，何似望春陵。

柳应芳（1592年前后在世），字陈父，海门人。侨居金陵杏花村。为人和雅，美须髯。家止衡门两板，非自力不食。每出行吟，俛首沉思，触人肩而不自觉。尝曰：作一诗必离魂数番，乃得称意。其诗颇选高格，去七子未远。止一女，适程慎先，以所刊诗版为奁具。著有《柳陈父集》。

春早城东连骑来，雨中延眺北山隈。
气衔远岫朝初合，阴结重林昼未开。
融雪并沾驰道柳，和风争落寝园梅。
雕窗不闭朱帘卷，坐待晴光陌上回。

王嗣经（1592年前后在世），字曰常，明末上饶人。故姓璩。身魁梧，多笑言，吟诗不辍。面圆而紫色，人戏呼为"蟹脐"，笑而应之。博学多撰述，有《秋吟》八章，一时传之。与陈所闻有交往。曾协助俞安期汇编《启隽类函》。《列朝诗集》收其诗十首。

风光帝里入韶年，紫阙丹山霁景悬。
绕禁柳容开羽葆，傍陵岚翠结炉烟。
催花气暖先蒸雨，消雪岩空渐迸泉。
曾是高皇布时令，至今犹自发春偏。

程可中（1592年前后在世），字仲权，休宁人。布衣。向人借古书，挑灯夜读，遂博洽能诗文。曾与柳应芳、王嗣经等在臧懋循寓中，以《雨中钟山春望》为题赋诗，编入《金陵社集诗》。《列朝诗集》收其诗二十二首。著有《程仲权先生集》（诗集十卷、文集十六卷）、《汉上集选》。

天成云阜宸宸居，东望春回王气余。
浅碧露痕经烧后，嫣红随意着花初。
波纹卷縠冰还裂，山黛如鬟树自疏。
一自文皇迁鼎后，至今辇道未曾除。

均自《列朝诗集·金陵社集诗》

【注】柳应芳、王嗣经、程可中生卒年待考。明万历初，陈芹解组石城，复修青溪之社，其后二十余年，曹学佺回闽，游宴冶城，诸人与焉。程可中送曹诗未见，但应属同时人。臧懋循诗在《集臧晋叔希林阁，寓目钟山诗》题下，与后三子诗题略有不同；且诗为五绝，亦与后三子七律体裁不同，或非同一次聚会？ 姑且收录一道，结为一组。待考。

胡应麟（1551—1602），字明瑞，号少室山人，兰溪人。明万历四年举人，会试不第。因赋《昆仑行》，朱衡誉为"天下奇才"。王世贞亦激赏其诗。后主词坛。筑室思亲桥畔，名"二酉山房"，聚书四万余卷。记诵淹博，著述甚多。著有《少室山房类稿》、《少室山房笔丛》、《诗薮》等。

金陵杂诗二十首（录三首）

宝鼎成周奠，灵符大夏开。日当濠水上，云傍孝陵来。
百辟瞻黄屋，千灵扈绛台。时看青琐客，鸣玉凤池回。

又

树色东华远，钟声大内开。红云长乐观，紫雾柏梁台。
帝座罘罳拥，仙城睥睨回。蒋山青不断，百里挂崔嵬。

又

杰阁凭虚上，回瞻帝阙西。城开千巷陌，刹涌万招提。
灵谷青松合，钟山碧树齐。朝来渡江去，击楫为闻鸡。

《少室山房集》卷三十一

邬佐卿（1552年前后在世），字汝翼，丹徒人。四川按察使绅子。数岁能诗，长交四方贤豪，诗大进，充贡上春官，忽弃去，称丹徒布衣。尝客钱塘，遇道士授还丹术，定二十年约。后喜谈长生、间及兵略。及期至钱塘，旋端坐瞑逝。书学《黄庭》，诗工艳体。著有《金陵集选》。

王祠部邀游灵谷寺

驯鹿如迎客，泉声触石回。松杉千嶂暝，风雨二陵来。
秋色春官酒，山花水部梅。帝城应未闭，相对且衔杯。

《金陵集选》

王懋明（1556年前后在世），字仅初，长洲人，侨居锡山。诵读经书过目不忘。留恋鹅湖景色，隐居于此。与华察、施渐、姚咨合称晚明"锡山四友"。明嘉靖丙辰曾重刊华察《岩居稿》。著有《王仅初集》。

灵谷寺

匹马依丛薄，曾因访化城。松深葳梵响，谷杳蕴秋声。
画壁巢禽污，萝扉倚树成。老僧招引处，犹记说无生。

《御选明诗》卷六十

陈邦瞻（1557—1623），字德远，高安人。明万历二十六年进士。历任南京大理寺评事、南京吏部郎中、浙江参政、福建按察使，改河南，分理彰德诸府。开水田，建滏阳书院，集诸生讲习。士民祠之。官至户、工二部侍郎，专理军需。卒赠尚书。好学，敦风节。服官三十年，吏议不及。

出朝阳门至神乐观有述

蓝舆还独往，郊路得盘桓。溪水经城慢，宫云出野寒。
蒿莱栖御亩，松桧隐天坛。四顾钟山色，何如挂笏看。

钟陵遇雨作

几度钟陵路，还从莫雨过。江山愁去住，琴剑感蹉跎。
新水平桥远，寒烟野屋多。伤春无限意，对酒不成歌。

至日雪中上陵

几度钟陵路，看山兴不穷。更疑风雪里，真在画图中。
皓色凝神寝，寒光逼晓空。观台应纪瑞，云物万方同。

莫秋同诸公集蒋庙

登临无处不悲秋，选胜还堪逐壮游。
双铗风尘饶慷慨，一杯身世任沉浮。
空林叶落天疑雨，古庙云寒地转幽。
何限踌躇今古意，暂时长啸倚高丘。

元日上孝陵回署试笔

火城遥散霭朝暾，仙从衣冠拥国门。
万户春光融镐洛，千年紫气护陵园。
汉宫并赐黄金胜，魏殿谁开白兽尊。
试看雄风来直北，浮云那得更天阍。

春日小集灵谷寺值雨欲至梅花坞不果

帝京何处有闲行，才人招提境便清。
空谷忽传天外响，石林偏动雨中情。
如闻香雪浮春坞，坐对寒烟满化城。
任是山灵能妒客，不妨佳兴醉纵横。

均自《四库禁毁丛刊·陈氏荷花山房诗稿》

畲　翔（1558年前后在世），一作佘翔，字宗汉，号凤台，福建莆田人。明嘉靖戊午举人。官全椒县知县。与巡按御史抵牾，投劾弃官去。遂为汗漫之游，其诗以雄丽高峭为宗，声调气格颇近七子，人品颇高。王世贞为赋诗，屠隆为作传。著有《薜荔园诗集》、《金陵纪游文》。

金陵曲四首赠大司马吴公（录一）

郁郁钟山王气高，长江天堑北通漕。
吴公身系干城寄，钟鼎何论汗马劳。

《薜荔园诗集》

释法聚（1560年前后在世），号玉芝，原姓富，浙江嘉兴人。闻金陵碧峰寺梦居之名，荷笠往参。明嘉靖三十九年重刻（鄞县延福寺）《百丈清规》。另著有《天池玉芝和尚内集》。

游灵谷寺

石磴迢遥入翠微，倚空台阁映斜晖。
长廊春寂花初落，万木云深鸟自归。
灵谷慈风生梵境，寝园佳气护朱扉。
未应志老无长舌，古塔铃音彻上机。

《金陵诗征》第十册

朱之蕃（1561—1626），字元介，号兰嵎，山东茌平人。南京锦衣卫籍。明万历二十三年进士（状元）。乙巳冬曾出使朝鲜，遇属国君臣，严重有体，事竣尽却馈赆。擢右谕德掌南翰林院事，晋吏部右侍郎，丁艰归不复出。擅书画，富收藏。编著《奉使稿》、《金陵图咏》、《明百家诗选》。

钟阜晴云

蟠龙夭矫溯江流，毓瑞凝祥灿未收。
地拥雄图沿六代，天留王气镇千秋。
迎将东旭朝光丽，映带明霞暮霭浮。
定鼎卜年绵历祚，茏葱秀色绕皇州。

灵谷深松

策杖行歌入万松，松间麋鹿共幽踪。
泉流新雨添功德，响振琵琶应鼓钟。
古树恩光沾黼扆，法坛灵液献山龙。
炊烟晚发催归骑，犹忆岩峣紫翠峰。

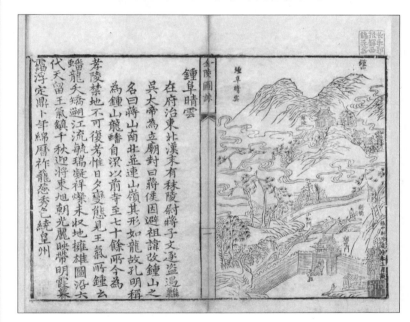

以上《金陵图咏》

钟　山

嵯峨地轴重东隅，阜拥蟠龙得奥区。
壁立海天蒸秀色，横支江汉壮规模。
双栖猿鹤惭逋客，六代簪缨谢帝都。
松桧阴森增紫翠，长培丰芑奠皇图。

灵谷寺

万松深护法王筵，暂可探春客借眠。

一榻钟声传别院，半窗暝色散诸天。
劫灰有尽灵光在，幽谷无哗选地偏。
为剪禅关中夜烛，玄言相共涤尘缘。

以上《金陵四十景图考》

前 人

灵谷寺梅花坞

种梅环合碧山隈，一夜青风万树开。
结屋堪偕和靖隐，题诗今共贯休来。
松涛忽递香飘袖，日彩遥分影八杯。
复蕊繁枝迷客径，飞飞晴雪净氛埃。

《灵谷禅林志》

黄居中 （1562—1644），字明立，又字坤吾，号海鹤，福建晋江人。迁居金陵。明万历十三年举人，官上海教谕，迁南京国子监丞，转黄平知州，辞官不赴。建"千顷斋"，藏书六万余卷。清兵入北京，悲恸而卒。著有《千顷斋藏书目录》、《文庙礼乐志》、《文征》、《千顷斋集》等。

春日梅花坞十六绝

南国饶嘉卉，梅花别有村。自矜丘壑性，不入五侯门。

二
树密难寻坞，花深不记丛。何来金粟界，幻出蕊珠宫。

三
为防蜂蝶侵，托根在岩野。径仄碍来车，苔深妨去马。

四
春意怜花事，暂教风雨停。香肌娇嫋嫋，雪里醉欲醒。

五
淡日疏疏影，微云寂寂阴。休将箫鼓闹，撩乱惜花心。

六
东皇暗有期，一夜遍南枝。莫讶北枝晚，千花总未知。

七
风摧冻蕊开，雨为新妆拭。安得月明来，浑成天一气。

八
湖水孤山月，大罗千顷云。一种香中韵，何人得似君。

九
的的冰悬树，亭亭玉照人。羞看歌舞态，艳冶损天真。

十
方外求清友，樽前列素娥。寒毡风味似，相对一婆娑。

十一
望素空中色，闻香近却无。莫嫌脂粉淡，幽意在冰壶。

十二
重来看花客，愁入鬓毛斑。花是去年树，人非昔日颜。
十三
逋仙空有鹤，游后已无诗。与汝岁寒意，孤芳只自知。
十四
醉嗅杯频酹，吟看席屡移。不知零落后，还忆未开时。
十五
若到垂垂实，应登寝庙新。商家调鼎者，元属筑岩人。
十六
巡檐观未足，摘去供军持。一岁一开落，何妨玉笛吹。

《灵谷禅林志》卷二

春日游灵谷寺
探春春不彻，出尘尘未已。何如丘壑佳，况逢风日美。
钟阜忽东来，灵石空中起。秀竹交青葱，长松互攒倚。
拍手奏琵琶，清音快人耳。浮图四望通，烟华入镜里。
山开一字天，泉涌八功水。对此涤尘欷，因之悟惮喜。
香台岂世情，化城无俗轨。转觉圭组烦，终日纷朝市。
清福徒与僧，役役如圈豕。愿毕三生缘，彼岸共栖止。

正月廿七日蔡总戎招同黎参府灵谷观梅二首
雪后看山山倍青，闲随小队出郊坰。
连村离落梅为坞，十里松涛谷有灵。
老我诗篇无尽兴，袭人巾袖有余馨。
知交眷属同时聚，肯使花神笑独醒。
又
去年此日赋梅诗，今岁重来似有期。
济胜自怜双屐健，对花应笑二毛欺。
难忘醉嗅杯频劝，不觉寻香席屡移。
几树垂垂春色里，含情犹忆未开时。

以上《灵谷禅林志》卷十二、卷十三

顾起元（1565—1628），字太初，号遯园，江宁人。明万历二十六年会元、探花。官至南国子监祭酒，吏部左侍郎。辞官还乡后，居花盝冈，潜心著述，七诏不起。精金石学，工书法。卒谥文庄。著有《顾氏小史》、《客座赘语》、《懒真草堂集》、《金陵古金石考》、《说略》、《归鸿馆杂著》等。

八功德水
阿耨池中一脉分，飞流远注湿青云。
汲来试茗长廊下，酣听松涛送日曛。

礼志公塔

真人昔御宇，冥契归西方。灵僧有遗蜕，立表山之阳。
霾沈千载间，白日回幽光。甃殿徙殊构，弥天振芬芳。
丸丸松柏风，十里摇青苍。至今百年来，璇榜犹辉煌。
我兹礼遗塔，怀古一慨伤。琼砌半蹙圮，珠刹孤摩翔。
风吹网户落，壁裛垂藤荒。钟格缠缕平，昙花带烟飏。
八水既枯竭，双轮沓低昂。空余琵琶声，拊手荒阶旁。
盛衰会有时，显晦安可常。自非王造力，浩劫终茫茫。
不见台城里，秋风吹白杨。

灵谷梅花坞

韦曲烟花此坞稀，即看琼树满山扉。
绝怜照水千株出，只恐临风一片飞。
雪态淡摇双玉佩，天香深护六铢衣。
春光骀荡人皆醉，坐惜繁英暝未归。

游灵谷

山门才入便悠然，十里深松上绿天。
佛刹启扉皆叠嶂，僧寮汲水尽飞泉。
玉阶碧草无人踏，石户苍苔有鹿眠。
漫谓山灵谢逋客，滥巾仍得共攀缘。

秋日过灵谷忆先大夫昔游志感

松杉黯淡碧萝愁，虚阁荒台非昔游。
自向高秋思北渚，谁驱短策过西州。
泽麇逐子穿幽涧，山鸟将雏绕暮楼。
目断寒云迷杖履，对君空有泪双流。

秋过灵谷寺

上界人天迥自分，空堂秋色晓氤氲。
千崖爽气疏山月，万壑风声响涧云。
石鼎翠生新菜甲，药栏青护旧苔纹。
滥巾暂遣依莲社，羡尔林中麋鹿群。

同顾孝敷、许长卿、李宠之、倪元道、朱元上、家弟用南集灵谷

金宫兀律际天翔，珠塔崔嵬射日光。
十里松阴回北岭，八池水色胜西方。
鹍弦暗奏空阶乐，猊座深含古殿霜。

可许移文谢逋客，却逢多病礼空王。

游灵谷

落落长松十里余，纵横疏影上衣裾。
山禽共下僧厨食，野鹿群依佛土居。
霜冷疏钟飘万壑，日高清磬演三车。
仙音岂必关丝竹，八水斟来病已除。

灵谷寺

花宫千嶂合，松径一林开。殿古分青荔，池荒浸绿苔。
水随龙卧去，花倩鹿衔来。寂寂山堂夜，风声万壑哀。

以上《灵谷禅林志》

钟山望孝陵

龙蟠奠坤舆，斗建表乾象。合沓垂四野，孱颜突千嶂。
屹峰宇宙间，跨腾江海上。金银乃异气，昏晓固殊状。
灵韬大业阻，符发雄图王。沉沉汉寝严，肃肃桥山葬。
丹楼高阙拱，碧瓦修茎抗。松杉郁绵互，风云莽排荡。
翠华俨神仪，象卫肃天仗。云来玉殿迥，日射金城亢。
神尊五岳朝，维奠三灵鬯。千峰尽罗列，四水共演漾。
皇舆虽北徙，神寝自南向。落日渭水游，秋风灞桥望。
苍然满长安，亿载帝图壮。

《钟山风韵》

[明]李言恭

李言恭（1574年前后在世），字惟寅，号玄素，盱眙人。岐阳武靖王李文忠裔孙。明万历二年袭封临淮侯，十年任南京守备，建有白雪山房。后总督京营戎政，加太子太保。擅诗，清远有调，庶几大历中语。著有《日本考》（与都杰合撰）、《青莲阁集》、《贝叶斋集》、《游燕集》。

秋日灵谷寺同绍斋赵公、印川潘公偶憩

入寺人天界自分，二陵佳气昼氤氲。
千峰薜荔含秋雨，十里松杉下白云。
树杪楼台僧作舍，花间麋鹿客为群。
即教名勒燕然石，能似来披贝叶文？

《灵谷禅林志》卷十三

徐元春（1574年前后在世），字正夫，松江华亭人。锦衣卫籍。明万历二年甲戌科进士。万历五年由礼部主客司主事任员外郎，历太仆寺卿，万历十七年官太常寺卿。

灵谷寺访月泉禅师

山郭寻僧出，行行黄叶边。石泉秋听急，江月坐来圆。
兴豁长昏夜，门开不住天。时闻钟磬发，独立万峰前。

《御选宋金元明四朝诗·明诗》卷六十一

钟惺（1574—1624），字伯敬，号退谷，湖广竟陵人。明万历三十八年进士。曾任工部主事，官至福建提学佥事。后辞官归家治学，与谭元春共选《唐诗归》和《古诗归》等，名扬一时，为"竟陵派"主力。晚年入寺院。著有《隐秀轩集》、《毛诗解》、《五经纂注》、《诗经图史合考》。

孝陵看雪

王气养晨寒，积厚光亦融。松楸自森肃，陵谷乃郁葱。
一白难思议，万象无始终。鞠躬向山爽，六龙在其中。

灵谷看梅

一雪达冬春，万花生巷陌。嘉祥久且多，物情反成斁。
霁后速我游，春物宜甲折。空濛烟霭中，郊原胡以白。
得非消未尽，余霰犹狼籍。何知是寒梅，遥香表韵格。
涧松暂辍声，留风吹素魄。气如可承揽，光真难采摘。
孤疏有本性，花烦终不积。感君开较迟，来晚及芳泽。
折枝愧区区，聊志私所惜。相延归索笑，忽谓瓶中窄。

摄山归过灵谷

归途即灵谷，同日往非难。客在梅前到，春当雪后看。
涧迥流水邃，野净夕阳宽。物色晴争起，深松不肯寒。

灵谷寺看梅

正月二十八日，同王永启、林茂之。

好春无一日，花事有难言。至此始成朵，从前宜闭门。
雪霜非在地，香色欲为村。不尽开新霁，精神寒亦存。

雨后灵谷看梅花（二首）

花时同所惜，各有看花情。念我三年客，于兹两度行。
孤心多在雨，众意但言晴。水雪成香国，知从何树生。

又

曰为梅花至，松阴先看山。此怀难以喻，其事自相关。
共在香光内，分行涧壑间。却思人散后，寒月守潺湲。

六月十七日泛溪就青海宗侯水榭看蒋山，令弟渤海具舟要往

城中却得蒋山全，始愧从前十数年。
不信远峰平地是，有如登阁出郊然。
隔烟柳色先秋事，待雨荷香欲暮天。
取次高情生一朴，兄家园馆弟家船。

二月三日重过灵谷看梅
王观宗招、同方孟旋诸子。
常年花事不曾难，今岁重来始得看。
风雨半春留好日，香光二月出深寒。
叨陪索笑迟何憾？共念攀寻满欲残。
幽赏先教闻见静，涧边步步踏松湍。

二月初五日重看灵谷梅花
依然松外涧边梅，十日之中两度来。
晴雨庄严孤格韵，冰霜呵护万条枚。
容予无事频频看，咨尔多情缓缓开。
犹恐幽香寻未遍，翻因迷路得沿洄。

均自《隐秀轩诗文集》

曹学佺（1574—1646），字能始，号石仓，福建侯官人。明万历二十三年进士。授户部主事，后调南大理左寺正、南户部郎中，四川按察使，陕西副布政使，广西副使。富藏书，擅诗文，为"闽中十才子"之首。清军陷福州时殉难。著有《一统名胜志》、《野史纪略》、《石仓诗文集》。

钟山恭谒孝陵爰述短章
惟金陵，有钟阜。曰龙蟠，见无首。
淮水流，为左右。秦凿之，气弥厚。
历吴陈，乌能久？我圣祖，赫当阳。
文德振，武功扬。托玄化，于斯藏。
周位正，郁苍苍。岁万亿，庆未央。

灵谷寺
圣图金刹启，净域宝香焚。塔表中霄日，衣横绝壑云。
无梁疑化出，有籁自空闻。钟□虫文蚀，松蟠虬势分。
碧流寒溅雪，丹嶂静留燻。人境何寥廓，堪随麋鹿群。

夏日再到灵谷
松合迳逶迤，闲行逐赏移。清言于此吐，长日颇相宜。
岂但炎蒸却，因之世务遗。眼前功德水，解绕石间池。

傲居杂述二十首（录二）
出门便复还，不离见钟山。时时此翠色，结人眉睫间。

又
朝出太平堤，逶迤芳草齐。杨花飘作絮，触面使人迷。

集臧晋叔希林阁寓目钟山

金陵最高处，钟山展在望。君家构阿阁，故与山相向。
但事陟松梯，有如秉藜杖。青莲无隐姿，紫气屡奇状。
陵寝郁参差，闾阎何轶荡。林翠通近幽，江流卜遥旷。
觉彼晨风劳，振翼赴峦嶂。

王德载墙界别业方吴元翰，因眺钟山，是周颙旧隐处

相别念狙夕，兹游欣及晴。径幽云尚贮，篱密蔓初萦。
入室结趺坐，开窗来鸟声。映书但翠色，点地俱红荣。
转向厨间出，仍于竹干行。村合午烟起，涧悬宵雨鸣。
石斜作壁卧，木古为梁横。叠磴步逾积，纷阡目递征。
千家藏绿树，双阙露朱甍。远寺先标塔，危峦直控城。
新诗虽寄适，旧隐可经营。勿如周处士，空负钟山英。

早起眺钟山微雪

登楼初日迟，却望钟山陲。昨夜有微雪，家家俱不知。
白云迷欲尽，翠黛杂相窥。漠漠寒光外，唯应早入诗。

人日游灵谷寺

人日晴光丽首春，春光今日唤游人。
乍见梅花吐生意，况复松下无风尘。
景阳钟鸣空谷响，功德水示迷途津。
翠霭已须留客宿，黄昏何事逐归轮。

宿灵谷山房

去年人日犹堪忆，清歌艳舞欢何极。
今年人日景萧疏，松房石榻聊栖息。
梅花一枝短墙里，夜雨深更半山侧。
故园此去无前期，客梦不成坐晓色。

灵谷寺避暑

谷里亦知暑，何如王舍城。伫看夏云静，唯羡夕钟清。
萤火被金色，苍松停水声。时挥羽扇急，未得澹无营。

见雪别钟山

玄阴已届侯，绛树亦萧条。不睹霜与雪，焉识钟山高。
峰峦禀孤秀，信为江海标。今日雨霰下，何时始复消？
众洁之所集，粉黛难杂淆。客子欲有行，对此中心忉。

御寒无重裘，兹术乌能操。

入京见钟山柬诸知己
京中有知己，到日定相寻。未若钟山色，先过十里阴。

冬夜闻唐宜之往灵谷看梅却寄一首
密室群嫌冷，空山独探梅。梅花如解赏，为尔一枝开。
病骨支危石，闲情历古苔。推敲如未就，莫便遇人来。

均自《曹学佺集》

高　出（1574—1655），字孩之，山东海阳人。明万历二十六年进士。历江南布政使司参议、山西按察使副使、辽东监军副使。后因军事失利被捕系狱十二年，死于狱。不畏权贵，廉洁奉公。民献"德泽蓬门"匾。与焦竑、钟惺等有交往。著有《高孩之集》、《卢隐集》、《郎潜集》、《镜山庵集》。

恭谒孝陵
开辟三王后，陵原一代思。玉龟春自动，朱凤晓相随。
他日空攀鼎，微臣愿侍祠。重玄甘露贶，常洒万年枝。

《郎潜集》

前　人

灵谷梅花坞五首
郊梅开万树，添得帝城春。折去凭谁赠，相思奈远人。

又
清晨将进酒，绿萼待空枝。正尔风前恼，谁从笛里吹。

又
北客惊初见，繁英踏作泥。江南春不惜，一任下成蹊。

又
清影千林瘦，含春动陵阙。何事镇常阴，开时不见月。

又
采花须及时，留花且结子。士女可怜心，一年一回死。

《灵谷禅林志》卷二

灵谷五里松
可怪万人家，白日常烟黛。空翠俯仰间，时与风雨会。
陵阙表钟山，嵯峨拥鳌背。祇林接森爽，长松五里对。
标疑承云汉，静忽生湍濑。葱郁眩眼睫，势欲无大块。
溯濑激潮音，梵涌朝夕内。得母甘露降，沾洒面如靧。
迥矗塔影齐，细拂龙鳞碎。神荼高洁中，意得朋游辈。
群生扶自直，茑萝休无赖。一浣功德水，可以涤烦秽。
江南盛芬芳，众卉何多态。丘壑倘容著，宏景真知爱。

聊试采茹法，揽衣庶云迈。

《灵谷禅林志》卷四

李流芳（1575—1629），字长蘅，号泡庵，晚号慎娱居士，原籍歙县，祖父时始迁嘉定南翔。明万历三十四年举人。两赴会试不第，遂绝意功名。工诗文，擅书画篆刻。主张画家写切身感受，不求形似，但求神韵，名重画坛。诗文多写景酬赠之作，风格清新自然。著有《檀园集》等。

送汪伯昭游白门，伯昭将自京口至栖霞寺，因忆旧游，走笔得四绝句（四首录一）

鸡笼山阁旧居停，曲槛回廊几度经。
最是城阴秋望好，覆舟遥接蒋山青。

《檀园集》卷六

刘宗周（1578—1645），字起东，别号念台，山阴人。明万历二十九年进士，累官顺天府尹、工部侍郎。清廉正直，抗疏直言，屡遭贬谪，不改其志。明亡，在家乡绝食殉节。于五经、诸子百家无不精究。弟子遍天下，以黄宗羲、陈确、祝渊、张履祥等最为著名。著有《刘蕺山集》。

恭谒孝陵有述

于烁皇维极，天开混沌初。平成追帝造，吊伐奉王诛。
传檄中原定，肆征群丑除。冠裳新礼乐，文字古诗书。
旧俗申康诰，先生载渭车。心传千圣统，法立百王枢。
脱鞿思娄氏，纷更虑买儒。卜年应在德，创业未为劬。
匕鬯文孙重，玄宫王气嘘。松楸悬日月，江汉洒钟虡。
梦绕新宫燕，威凭紫塞貙。铜驼朝入望，铁马夜常趋。
一旅神尧奋，三韩□弱墟。冲人方疚甚，祖烈荷天如。
俯仰千官祝，蒸尝万祀需。小臣衔命至，何以效微躯。

《刘蕺山集》

[明] 刘宗周

王肇元（1579年前后在世），汉阳人。万历七年举人。官台州府同知。

琵琶街

足踏琵琶声，嘈切应拍掌。何必定拨弦，然后众山响。

《灵谷禅林志》卷四

汤有光（1579年前后在世），字孟彀，一字熙台，上元人，溧水籍。明万历七年己卯科举人。授礼部司务，擢郎中，知江西瑞州府，官至云南迤西道。政不苛扰。尝梦郡有火灾，竭诚斋祷，明日阖郡见火星南飞，灾竟免。致仕后优游林下，年八十余卒。崇祀乡贤祠。

灵谷寺

紫翠迤逦路几重，青山面面削芙蓉。
云连内苑城边树，风送南朝寺里钟。
御道人过时下马，孝陵王气自成龙。
一尊到处俱堪醉，回首斜阳隔万松。

《灵谷禅林志》卷十三

颛　愚（1579—1646），俗姓赵，霸州人。初求度于惠仁，法名观衡，复参叩空印镇澄、雪浪洪恩等师。结庵于天台山华顶峰，读《楞严经》而豁然融彻。历住庐山、阿育王山、南岳等地。后住持金陵清凉寺，在紫竹林建禅堂追荐思宗。著有《心经小谈》、《集律常轨》、《礼佛发愿仪》。

灵谷寺礼宝公塔

遥望松烟五里深，入门夹道影阴森。
池清邀月拭新浴，谷净迎钟递远音。
殿迥无梁如古洞，塔高摩汉并危岑。
从来大圣灵多在，千载令人起道心。

次灵谷堂头觉公韵

第一山头月正明，江城无地不光生。
声前正令谁先荐，云外孤踪我独轻。
灵谷喜升新法座，钟山思结旧时盟。
知君不负人天请，万丈门庭一指撑。

均自《紫竹林颛愚和尚语录》卷十九

杜士全（1585年前后在世），字完三，松江人。生有异才，下笔千言立就。明万历十三年举人，二十三年进士。曾任大治、海盐知县，刑部给事中、右侍郎，太常寺卿，南京工部尚书。告归，卒，年八十三岁。著有春星堂稿》，另与焦竑、朱之蕃、余孟麟合著《金陵图咏》。

钟阜晴云

一龙蟠据饮江流，有渀云蒸郁未收。
借日光华常烂熳，随风舒卷自春秋。
鼎湖势与三山壮，灵鹫晴看五色浮。
应是骊颔嘘淑气，寻常氤氲绕皇州。

灵谷深松

上方台殿锁深松，幽径能潜野鹿踪。
石罅自流功德水，僧鸣始识景阳钟。
空阶弦调弹仙乐，古木枯鳞半老龙。
往事悠悠残照里，江皋千古见群峰。

均自《金陵图咏·和朱兰嵎少宰金陵四十景诗》

谭元春（1586—1637），字友夏，湖广竟陵人。明天启七年，举乡试第一。善诗文，与钟惺同为竟陵派创始人，合编《诗归》，并称"钟谭"。崇祯年间，于宁苏杭一带与复社名流茅元仪、宋献孺等诗酒唱和，写有《游乌龙潭记》等名篇。后赴京试，病卒于旅店。著有《谭友夏合集》。

同康虞诸子游灵谷寺

出关途径已经奇，难测幽深到转迟。
涧水荷香残雨后，寺门松影细风时。
因临古殿侵凉气，随坐僧房抱远思。

为语同游闲眺者，高皇典则尽如斯。

《灵谷禅林志》卷十三

趋灵谷道中

往日住西园，钟山有两峰。昨日登北亭，钟山只一重。
今日出东关，钟山数峦从。行止有横侧，日日山不同。
树木苍翠外，别有苍翠谷。烟息岚未生，如波净芙蓉。
耳目乱声影，石涧流青松。缓缓达灵谷，置身浪海中。

《谭元春集》上海古籍出版社

卓发之（1587—1638），字左车，号莲旬，浙江仁和人。科场蹭蹬，明崇祯癸酉乡荐，仅中副贡。遂弃家至南京，在清凉山麓筑祇园。通学问，擅诗文，汤显祖等誉之为"江左卧龙"、"秣陵珠树"。江左人物，均与之交游。著有《水一方诗草》、《漉篱集》、《今文线》、《经世略》等。

灵谷寺松下

寒碧影为地，穹苍树是天。忽令人世古，不识□华妍。
自性原同寂，散心今始还。何须重说法，方会祖师禅。

半山园

照水欹孤巘，环流妩岭篁。潺湲来碧落，委宛入宫墙。
庭树枝枝润，溪花夜夜香。林峦病消渴，惟此疗膏肓。

均自《四库禁毁书丛刊·漉篱集》

范景文（1587—1644），字梦章，号思仁，河间府吴桥人。明万历四十一年进士。天启五年任吏部文选郎中。不依魏忠贤，亦不附东林党，谢病归。崇祯时官工部尚书兼东阁大学士，入参机务。京师陷，赴井死。谥文忠。善诗文书画，曾作《五大夫松图》。有《大臣谱》、《文忠集》。

谒孝陵

孝陵佳气郁葱茏，手辟鸿蒙万国从。
帝命开天非逐鹿，地因拱圣始蟠龙。
风雷久护存灵瑞，日月同华想圣容。
拜罢小臣思作颂，大明丰芭此山钟。

《文忠集》卷九

去国辞陵忽大风雷

晓望钟陵紫气开，五年拱护愧非才。
狂愚有罪臣应死，高厚无私怒易回。
帝鉴自能明日月，孤臣敢诧动风雷。
去天洒泪重回首，何日烽烟靖九垓。

《文忠集》卷十一

傅　岩（？—1646），字野倩，号辛楣，浙江义乌人。少孤，侨居会稽。好读书，工古文诗赋。明崇祯七年进士。知歙县，为官清廉，祛奸革弊，夙夜操劳，时称"江南第一循良"。擢监察御史、南户部主事，未赴。南明亡，遇害于金华。有《歙纪》、《乘槛草》、《黄山录》、《甲戌纪事》。

望钟山

佳气东来郁蜿蜒，鼎湖弓剑自依然。
遥从绿树分金殿，遂有青丝袅玉鞭。
踞虎至今成绝险，从龙俱得赐重泉。
岁时风土还如旧，六代繁华已往年。

《歙纪》

邢昉（1590—1653），字孟贞，一字石湖，高淳人。明末诸生，复社名士。明亡后弃举子业，居石臼湖滨。家贫，取石臼湖水酿酒沽之。自号石臼，人称"邢石臼"。擅诗，最工五言。王士禛论当时布衣诗人，独推其为第一人。著有《宛游草》、《石臼集》。

至灵谷寺简张观生

秋在何方见此间，入门秋色引心闲。
偏因失路能游寺，每不逢人独看山。
涧遇泉枯犹汩汩，松当飔发尽潺潺。
为询屡宿山中客，几夜涛声共一关。

《晚晴簃诗汇》卷十五

吴用先（1592年前后在世），字体中，号余庵，祖籍桐城，休宁人。明万历壬辰进士。由临川令累官都御史。巡抚四川时，播州乱，戮力剿抚，数月荡平。谢病家居八年。起少司空。熹宗四年任蓟辽总督，建防御十策，殚力筹划。会珰祸起，致政归。著有《周易筮语》、《寒玉山房集》。

八功德水

圣水多灵异，香生泛沼莲。楼台三界上，松柏六朝前。
径曲花宫敞，山深石室悬。维摩与大士，说法尚依然。

《灵谷禅林志》卷二

郑鄤（1594—1639），字谦止，号峚阳，常州横林人。进士郑振先子。少有才名，随父讲学东林。明天启二年进士。因上疏弹劾阉党，被降职外调，又削职为民。辟祸遁江西、广东。崇祯八年起复，遭诬陷被捕，备受毒刑，后被凌迟处死。著有《峚阳草堂文集》、《峚阳草堂诗集》。

孝陵恭纪

茏葱佳气五云连，解阜冰弦万壑传。
乍捧玉龟追泣鼎，低徊石马问凌烟。
风云绝足当时事，雨露随春不记年。
漫忆青衫今白首，只依松桧祝尧天。

《峚阳全集》

吴应箕（1594—1645），字次尾，号楼山，安徽贵池人。县学生，八赴乡试未中。参加复社，起草发布《留都防乱公揭》。明亡后在家乡起兵抗清，兵败被俘遇害。专攻史学，擅诗文，工草行。曾私修《宋史》，著有《廿一史史论》,均佚。另有《楼山堂集》、《两朝剥复录》、《东林始末》。

访伯宗灵谷寺

出郭云烟杳,林穷径转通。山余不尽势,谷有自来风。
王气留松柏,深心倚声钟。觉针知复喜,许我亦从容。

《四库禁毁书丛刊·楼山堂文集》

张如兰（1596年前后在世），字德馨，世袭南京羽林卫指挥。明万历间中武举第一，官至淮徐漕运参将。三十六年往侦方山民变事无所获，作定林寺诗还。以子张可大（登、莱二府总兵官，毛文龙部下反判，殉难）贵，特赠荣禄大夫、右都督。著有《功狗集》。

恭谒孝陵

山色连云暗,松风半独寒。虚墀人语细,巍殿斗文蟠。
香篆浮仙掌,灯光影翠峦。千官瞻拜后,花露湿峨冠。

《明孝陵志》

廖孔悦（1617年前后在世），字传生，上元人。与江宁布衣诗人陈玄胤同时。明末诸生。博学强记，性喜幽旷，漉囊策蹇，日游溪山间。爱祈泽龙泉之胜，遂栖止焉。撰有《柏枝洞记》。子廖范，崇祯九年举人。

入灵谷

十年休暇处,离别叹光阴。岁月总辛苦,云林唯静深。
入门破松色,绕涧发钟音。廖廓满天地,如何世外心。

《灵谷禅林志》卷十二

郭濬（1630年前后在世），字彦深（一说字彦生），号默庵，浙江海宁人。明崇祯三年庚午科举人。清顺治九年壬辰科进士，官行人。著有《虹映堂集》二十卷、《诗筏》二卷、《北游诗》一卷。

孝 陵

陵寝天祥发,山河日耀临。龙眠寒不动,松老画常阴。
霸业空分鼎,强谋浪厌金。凤城秋色里,紫气郁森森。

《虹映堂诗集》

夏完淳（1631—1647），原名复，字存古，号小隐、灵首，明末松江府华亭人。江南名士夏允彝子。七岁能诗文。受知于复社领袖张溥。十四岁从父及陈子龙参加抗清活动。鲁王监国授中书舍人。事败被捕下狱，赋绝命诗，遗母与妻，临刑神色不变。著有《南冠草》、《续幸存录》。

送客金陵四首（录一）

紫骝游猎孝园归,犹是罴熊锁翠微。
一片钟山陵上月,天风吹上旧臣衣。

御用监被鞫拜瞻孝陵恭纪

城上钟山色,松杉落翠微。朝光群鸟散,暝色二龙飞。
壁月沉银海,金风翦玉衣。孤臣瞻拜近,泉路奉恩辉。

[明]夏允彝、夏完淳

应 天

吴楚茫茫尽，神灵日暮趋。大江春水阔，京口夜云虚。
芳草三山恨，斜阳六代馀。孝陵回首处，惨淡斗牛墟。

均自《续修四库全书·夏内史集》

高奕宣（生卒年及生平不详），字旬孟。曾师从黄宗羲。

恭谒孝陵

龙髯老去鼎湖秋，高庙衣冠几出游。
石鬣早眠禾黍地，玉鱼犹结鹭鹚洲。
凄凉雨暗松楸少，浩荡天空日月流。
珍重寝园还荐食，樱桃欲熟使人愁。

又

谁将夜雨泣冬青，火烈依然照野汀。
手落旄头回正气，躬开沈陆奠生灵。
张皇玉步怀江国，黯淡金钟去寝庭。
最是空山啼望帝，声声思蜀总难听。

又

扫穴犁庭振丑魔，凌今轹古竟如何。
大风不断横汾曲，有夏空怀斟灌戈。
别殿炉烟归冥漠，虚坛草色净婆娑。
即今太白亲藏处，腥血千年气尚多。

又

四百年来为汉思，一杯犹自出江蓠。
周庐虎旅瞻天日，万国难彝降地时。
楚户依然归义帝，蜀鹃犹自叫南枝。
苾芬王气氤氲处，长祝神明护寝恩。

《东海集》

张鸿仪（生卒年及生平不详），约1667年前后在世。

初夏晚坐月泉方丈漫纪

古寺穷幽胜，悠然湛客心。山岩苍霭积，树杪白云深。
谷响流天籁，泉声撼夕阴。为学禅关趣，天空月满林。

《灵谷禅林志》卷十二

金 谋（约明嘉靖年间在世），字茅溪，上元人。府经历。

赠月泉上人

上人住灵谷，多年生二毛。俯泉思泡影，坐月啸林皋。
石径馀苍藓，松岩起翠涛。临池名颇振，退笔塚应高。

《灵谷禅林志》卷十二

刘 迖 (生卒年及生平不详)，明代人。

灵谷寺

秋郊寻野寺，寺在白云岑。山色侵衣润，烟光入座深。
松高清鹤梦，僧老净禅心。为问空门事，焚香坐石林。

《灵谷禅林志》卷十二

游灵谷禅林

灵谷山深一径幽，天开梵刹更何求。
宝公道行千年在，吴伟仙踪四壁留。
地拥金陵龙脉壮，江连巴蜀水光浮。
禅林未必能争胜，莫厌驰驱得得游。

《灵谷禅林志》卷十三

严 荣 (约明嘉靖年间在世)，字月窗，上元人。官千户。

访见山社主月泉

悟得浮生万事痴，红尘踪迹竟何思？
谈经已到寻幽处，爱客多妨习静时。
明月尝瞻天上镜，好山都是眼前诗。
也知慎行兼儒雅，声誉还追惠远师。

《灵谷禅林志》卷十三

姚 侗 (生卒年及生平不详)，约明嘉靖年间在世。

访见山社主月泉

为谒名师到上方，危楼高处住禅床。
谈空往往明缘业，入定时时放寂光。
足禁户庭今几腊，手披经卷已三霜。
一身飘泊如萍水，到处栖迟是故乡。

《灵谷禅林志》卷十三

沈 经 (生卒年及生平不详)，约明嘉靖年间在世。

题月泉

清光皎洁带溪流，远隔红尘近白鸥。
万壑泉声风雨夜，一衾月色海天秋。
吟馀石鼎频添火，坐久湘帘不下钩。
水观成时诸品静，翛然身在广寒游。

《灵谷禅林志》卷十三

徐 识 (约明嘉靖年间在世)，字澄江，上元人。庠生。

游灵谷书月泉禅房二首
僧居寥廊客来稀，花径春深香满衣。
十里松楸堪鹿卧，半空楼阁有云飞。
画留残壁传金觉，人拍空街应玉徽。
还拟重访元豹穴，攀跻端与入岑微。

又
幽寻山寺来灵谷，直上浮屠第五层。
功德泉边存古碣，琵琶阶下长苍藤。
昙云隐约前朝殿，贝叶偏翻了悟僧。
何日得陈匡世策，重游方丈讲三乘。

《灵谷禅林志》卷十三

丁 圮（生卒年及生平不详），明代人。

游灵谷寺
仕游须放酒肠宽，百岁能为几度欢。
古寺已非染色相，荒丘都是晋衣冠。
岩亭云拥晴疑雨，石径松声昼觉寒。
直上浮图望天堑，东吴胜概此中看。

《灵谷禅林志》卷十三

赵 庠（约明嘉靖年间在世），字西坡，上元人。官济川千户。

与诸同寅游灵谷寺三首
入寺寻幽载酒行，松阴满地午风轻。
长廊昼静僧初定，钟阜云闲雨乍晴。
且向尊前留一醉，不须石上问三生。
百年高致谁能继，又与坡翁续旧盟。

又
平生龌龊性非宽，独有登山兴未阑。
速我又劳投短刺，后期应被笑忙官。
入门问寺犹三里，岸帻题诗博一欢。
雅会况当清绝地，几番垂袖拂尘冠。

又
寝园朝罢过蓬丘，微雨空濛石路幽。
兴里连车不觉远，天涯览胜却消忧。
万松晻蔼笼仙宅，八水萦回接禁流。
闻道古来宝公事，至今灵谷作皇州。

登月泉精舍
为参玉版到青林，万壑松涛杂梵音。

丈室无尘禅榻净，苍苔满地白云深。
以上《灵谷禅林志》卷十三、卷十四

翟铣（约明嘉靖年间在世），字半村，上元人。

赠月泉
泉在山间月在天，明蟾夜夜照寒泉。
流来一派涓涓净，落向千山个个圆。
光莹玉壶元混合，影涵银汉本通连。
静观理趣穷深妙，两得同归不二禅。

赠古泉
不知疏凿自何年，想出齐梁六代前。
夙有根源留上刹，更多功德在西天。
香分玉井元同派，甘比金山止二泉。
见说丛林蒙润泽，好将一钵世相传。
均自《灵谷禅林志》卷十三

方宪（约明嘉靖年间在世），字听泉，上元人。工医。

游灵谷留话古泉精舍
松下敲君白板扉，愿参瓶钵与相依。
风停万木鸟初静，日落半山僧未归。
行迳暗香随处度，讲堂空翠望中飞。
攀缘欲罢思难住，赖有乘高力不微。
《灵谷禅林志》卷十三

刘榘（生卒年及生平不详），明代人。

住山心上人
梵仙居室又峥嵘，刀尺禅师是主人。
古宿游山名故在，西龙供水味常新。
祥光遍满大千界，窣堵难藏百亿身。
长至瓣香无别祷，俾将丰稔畀斯民。
《灵谷禅林志》卷十三

陈敏昭（生卒年及生平不详），明代人。

游灵谷
云泉山色共平安，百遍闻钟到眼残。
是夕远帆真入梦，谁家酒瓮最难干。
鸥凫就日惟成睡，虎豹今年已畏寒。
消渴相如坐梅树，白头老叟转相看。
《灵谷禅林志》卷十三

朱 凤（生卒年及生平不详），明代人。
题月泉图
明月一轮满，澄江万里碧。水月皆空清，到此示真寂。
《灵谷禅林志》卷十四

张 佐（生卒年及生平不详），明代人。
题月泉图
月照心田明，水湛性天碧。本来无色相，何用说空寂。
《灵谷禅林志》卷十四

王 辙（生卒年不详），明代人。生平待考。
题月泉图
秋林月华明，寒潭水痕碧。幽人出户来，悠然动岑寂。
《灵谷禅林志》卷十四

黄 璋（生卒年及生平不详），明代人。
题月泉图
求泉不在山，求月不在天。寒泉打破月，任人来问禅。
《灵谷禅林志》卷十四

方 东（生卒年不详），字贞庵，江宁人。明世宗方皇后之弟。居剪子巷侧（今名方家巷）。官锦衣卫都督同知，封南和伯。
登月泉精舍
青林掣脱利名缰，始识人间梦一场。
自是禅房壮诗兴，睡魔登此喜先降。
《灵谷禅林志》卷十四

张云谟（生卒年及生平不详），明代人。
登月泉精舍
天有月兮地有泉，月华皎皎泉涓涓。
上人清白心如许，何必谈经与论禅。
《灵谷禅林志》卷十四

孙 甫（生卒年及生平不详），明代人。
登月泉精舍
泉中有月月随泉，色相团空上下天。
杨柳门前风拍塞，怪来花信满澄川。
《灵谷禅林志》卷十四

王亦临（1639年前后在世），字穆如，上元人。明崇祯己卯举人。为人萧疏淡远。尝结寻秋社于予山阁，拈题立成。著有《虎鼠庵稿》、《牛阑集》。

梅花坞

看花如得梦，独语对寒山。深巷野云满，西邻浊酒闲。
春风寻草迳，鹤影闭溪关。各有平生在，来窥水石间。

《灵谷禅林志》卷二

何其孝（生卒年不详），字孺慕，一字渔滨，明末上元人。松陵陆绍珩侨寓金陵，著《醉古堂剑扫》，渔滨为之序。

灵谷寺

花下一樽酒，床头几尺书。自然弃轩冕，非必狎樵渔。
僧老言多朴，童顽礼亦疏。钟山亲几案，不负闭门居。

《金陵诗征》第七册

【注】剑扫：人间小不平，可以酒消之；人间大不幸，非剑不足以消之。杀人犯法，故以笔代剑，名"剑扫"。

【清　代】

林古度（1580—1666），字茂之，号那子，福建福清人。流寓江宁。少赋《挝鼓行》，为屠隆所赏，遂有名。后与钟惺、谭元春游，诗格遂为一变。明亡，家产尽失，卜居真珠桥南之陋巷。暑无蚊帐，冬睡败絮。有人贻帐，则以易米。殁三年，周亮工葬之于钟山之麓。有《林茂之诗选》。

人日同曹廷尉、吴非熊诸子灵谷寺看梅

去年人日春始朝，闽天梅暖花已飘。今年人日春已早，
灵谷花寒梅始条。人日还逢故国人，看花易地复更春。
疏枝亦间青松畔，几树还临绿水滨。树头春雪入林消，
寺前春雨更潇潇。行来松径千林寂，犹忆藤山十里遥。

灵谷寺避暑

灵谷千年启，松林十里通。到来怜寺静，坐久觉山空。
寂寂回廊月，萧萧广陌风。应知来处路，何似火城中。

以上《灵谷禅林志》卷十二

重游灵谷寺

禅林远在禁城东，与客来游岁不同。
常对数峰深翠里，始寻孤涧夕阳中。
宏规遍绕思高帝，愿力犹存见志公。
暑气乍能消竟日，却愁归路别松风。

《灵谷禅林志》卷十三

唐宜之同诸子往灵谷寺探早梅，以柬招侣，故作此歌

闻君晓骑踏寒色，先向梅花问消息。灵谷寺门幽复深，梅花四绕松林侧。今年传到花不迟，已有新条发故枝。昨日见君报花信，欲令襆被相追随。追随花下二三子，君与梅花清可比。酒帘多出村坞边，书屋况在棉花里。愧我城中后一朝，夜来风雪落萧萧。空思梅影如山雪，更忆松声似海潮。

《金陵诗征》第十册

谈 迁（1594—1657），原名以训，后改名迁，字孺木，号观若，浙江海宁人。诸生。明弘光时为高弘图记室，颇多赞画，欲荐为中书舍人，因感时事不足与为，遂辞归。博览群书，尤重明代典故，撰编年体明史《国榷》，以寄亡国之痛。后往祭张慎言，病逝客地。著有《枣林集》等。

孝 陵

真龙五采竟深藏，暗吐人间日月光。
册府何时探禹穴？精灵随处耀星芒。
云开不辨苍梧远，山翠遥传桥岭长。
南极开天无敢论，侍臣弓剑总茫茫。

《谈枣林诗》

灵谷寺

骑驴瘦影踏深松，偶听山南古寺钟。
功德高皇真莫及，禅林第一护飞龙。

梅花坞

东望仙人白玉京，直令凡骨洗蓬瀛。
寒香十里春风早，不带尘埃半点情。

经太平堤望钟山

弄春时鸟啭新声，纵步沿洇堤上行。
灞浐交流秦上国，涧瀍分派汉东京。
石鲸夜吸昆明水，金虎秋连贯索城。
翘首五云多丽色，郁葱佳气果难名。

吴襄毅公（良）墓

五陵禁籞辄樵苏，濯濯荒原穴野狐。
丰沛起家多故旧，韩彭当日亦狂愚。
丰碑苔蚀迷龙篆，丹券尘埋笑狗屠。

弓剑高皇邻咫尺，晨昏犹得诉啼乌。

以上《谈迁诗文集》

萧云从（1596—1669），原名龙，字尺木，号默思、无闷道人、晚号钟山老人，芜湖人。幼而好学，寒暑不废。明崇祯十一年与弟云倩加入复社，次年为副贡生。入清不仕。善画山水，兼工人物，与孙逸齐名。为姑熟画派创始人。著有《梅花堂遗稿》，《萧、汤（燕生）二老遗诗合编》。

钟山梅下诗

萧子性喜梅花，而梅花无如钟山之麓之盛。少时从游其处，遇王孙筑草阁数椽，引余登之，仰望钟山，丹楹金瓦，鳞戢翚飞，曜云而丽日。俯瞰其下，则梅花万树，恣放纵横，一望十余里，如坐香航浮玉海也。辛卯夏初，复往访之，鞠为茂草矣。王孙亦不知所之。荒凉之中，因感成诗，他无所及。

海天万里大明东，花气中朝令节同。
才见汉宫颁玉历，忽闻桓笛怨春风。
结庐山下无高士，挥泪霜边失侣鸿。
几度寻梅灵谷寺，云间今古草连空。

二

苍天白发总难期，野径梅花两不知。
海内有春藏北斗，雪中无路觅南枝。
玉龙战退盈城湿，瑶爵轻寒引杖迟。
尘土飘摇香未散，乾坤今见几人诗。

三

空谷伤心只自酸，三更风发总无端。
春归但籍花为历，僧老都忘岁已寒。
粉蝶一飞陵阙冷，铜驼半委雪霜残。
精神自足诸天外，好对西溪白玉盘。

四

老去芳游兴未删，愁多白日泪犹潸。
人瞻北阙春千里，香过西邻水一湾。
望帝不来翻玉树，洛神何处赠瑶环。
东风渐已回天地，鹈鹕空残冷雾间。

五

何处诗人宅灞桥，寒陵古树晚萧萧。
名花岭上供千佛，野雪香中阅六朝。
消息已通祠腊后，飘零不为买山饶。
俨然天竺先生矣，犹揽残枝看碧霄。

六

海树森森在古壕，空夜不见夜悲号。
枝残蒋庙三更夜，花乱秦淮一叶桃。

香雾有神晶殿冷，天寒相伴玉峰高。
可怜汉武坛犹在，何处风飘白凤膏？

七

灵岙千仞腐儒情，茅屋常年住帝京。
落日石鲸栖御道，孤山仙鹤散瑶琴。
瘦寒有句桥边影，巢许无心花并名。
敝履经行天路近，阳和更见一枝横。

◎考亭云：梅为花中之巢许。

八

三楹在昔筑湖阴，旧植梅花何处寻？
一折不堪伤岁暮，衰年空欲卧霜林。
南朝古木交龙气，西浦高人放鹤心。
藤杖经行山路遍，迢迢此恨白云深。

《萧、汤二老遗诗合编》

[清]阎古古

阎尔梅（1603—1662），字用卿，号古古、白耷山人、蹈东和尚，江苏沛县人。明崇祯三年举人。参加复社，曾入史可法幕。明亡，手刃爱妾，平毁先人坟墓，散尽万贯家财，用以结交豪杰之士，立志复明。十多年间，游历楚、秦、晋、蜀等九省。晚年返乡。著有《阎古古全集》。

谒钟山孝陵

石像摧残缀野藤，鹿狐蛇蟒迹崚嶒。
樵夫见我徘徊久，放担前来痛不胜。

又

朔望谁司寝殿灯？中官一个老为僧。
窥余行礼丹墀下，讶道多年自未曾。

又

咄咄江山一旦崩，朝天宫穴亦难凭。
孤臣二十余年泪，忍到今秋洒孝陵。

又

金井罘罳碎作绳，茅荒隧砌结寒冰。
斜阳欲下归来晚，塔火遥看十二层。

观陪葬诸臣墓有感

翊运功高铁券分，山河带砺胙元勋。
王侯十六皆陪葬，颍国何缘不赐坟？

◎自徐武宁以下，凡一十六墓，皆陪葬钟山。颍国公，傅友德也。功最大，以暴卒终。

均自《白耷山人集》

朱应昌（1604—1666），字嗣宗，晚号社栎，江南上元人。明天启中随父由吴门迁金陵。少承家学。读书以实践为本，深虑有远谋。明崇祯初补应天弟子员。入清后，绝意仕进，隐居仪凤门卢龙山，家贫以课徒自给，喜与僧隐山樵游。著有《洗影楼集》、《霜叶轩草》。

顾炎武恭绘《孝陵图》见示，拜瞻有作

蚩尤旗摇地轴裂，鼎湖龙逝攀髯绝。
此图不是墨写成，淋漓一幅啼鹃血。
黄旗紫盖运岂穷，一马浮江事已空。
万户千门斜照里，伤心谁绘建康宫？

蒋陵积雪

玉龙天半落，盘处认周遭。灵谷寒光耿，台城积气高。
梅香疑孕月，松冻不生涛。未敢芒鞵踏，遥瞻奠绿醪。

钟山春望

老剩看山眼，春风导我行。岩松扶笠小，岚翠泼衣轻。
草没南朝寺，江围白下城。旧时王谢燕，飞去伴躬耕。

灵谷寺

独龙冈远陟嵯峨，十里松声旧日过。
紫角鹿眠芳草熟，白头僧泣落花多。
沧桑泡影禅能破，刀尺齐梁谶久讹。
寄语村童挑野菜，青青莫上孝陵坡。

孝陵行

钟山王气销寒烟，江左运尽三百年。鼎湖遗迹一龙卧，
下土泣血攀无缘。宝城迤逦周环卫，明楼想像复道连。
御桥如带尚未塞，桥下春水流涓涓。戟门台廊接墀陛，
左右文武思班联。棂星中启寻正殿，巍然峙立华表悬。
穹碑百尺入云际，天章辉焕永乐镌。石人拱侍銮仪肃，
天马狻猊骨力全。诏封桥山为神烈，嘉靖之世纶音宣。
卧碑厉禁烈皇谕，扣读文字俱成篇。东陵懿文祔葬地，
殿基草色空芊绵。其余廨舍徒耳食，欲索禁扁烦迁延。
巡铺回环殊旧制，内监裁省余两员。前惟施许今张阮，
一一导引指屋榜。或言此陵实疑冢，高后独自据牛眠。
朝天宫中万岁殿，真穴点自周颠仙。此实谬妄俗所信，
齐东野语何足传。曹瞒奸智后世笑，开国圣祖岂其然。
朱湖洞移宝公塔，实录大书笔如椽。又言樵竖盗伐木，
殿仆压贼就缚缠。圣灵栖宿雷霆吓，慎勿亵慢招神愆。
白头野老痛麦秀，欲说南渡涕泗涟。村酒烧土云气湿，
寒食人家飞纸钱。下山不知其所往，夕阳花落啼杜鹃。

◎张阮：张以诚、阮祥。

均自《洗影楼集》

张 怡（1608—1695），一名遗，字自怡，初名鹿征，号瑶星，上元人。登莱总兵官张可大子。明末以荫授锦衣卫千户。曾为崇祯帝守灵戴孝，李自成义而释之。明亡，寄居摄山白云庵，称白云先生。孔尚任曾访之。著有《三礼合纂》等多种，尝市二瓮，愿下棺并藏而不欲流传人间。

半山园

疏篱曲径隐林泉，丘壑从知出自然。
想见当年王介甫，骑驴裹饼到门前。

《金陵诗征》

[清]吴梅村

吴伟业（1609—1671），字骏公，号梅村，江苏太仓人。明崇祯进士，官左庶子。弘光时任少詹事，与马士英、阮大铖不合。清世祖闻其名，力迫入都。后为国子监祭酒，以母丧乞归。师事张溥，为复社成员。工诗词书画。其诗歌被称为"梅村体"。著有《绥寇纪略》、《梅村家藏稿》等。

钟 山

王气消沉石子冈，放鹰调马蒋陵旁。
金棺移塔思原庙，玉匣藏衣记奉常。
杨柳重栽驰道改，樱桃莫荐寝园荒。
圣公没后无坏土，姑孰江声空夕阳。

◎金棺为志公，在鸡鸣寺。◎太常有高庙衣冠。◎时当四月。

《梅村集》卷十二

秣陵口号

车马垂杨十字街，河桥灯火旧秦淮。
放衙非复通侯殿，废圃谁知博士斋？
易饼市傍王殿瓦，换鱼江上孝陵柴。
无端射取原头鹿，收得长生苑内牌。

《吴梅村先生编年诗集》

满江红·白门感旧

松栝凌寒，挂钟阜、玉龙千尺。记那日、永嘉南渡，蒋陵萧瑟。群帝翱翔骑白凤，江山缟素觚棱碧。躧麻鞋、血泪洒冰天，新亭客。　　云雾锁，台城戟；风雨送，昭丘柏。把梁园宋寝，烧残赤壁。破衲重游山寺冷，天边万点寒鸦黑。羡渔翁、沽酒一蓑归，扁舟笛。

《梅村诗余》

方 沂（生卒年不详），字宏祐，自号江上野渔，江宁人。约生活于明末清初。尝荷樵往来板桥、新亭间，徜徉自得。结茅江上，持竿得鱼，辄以易酒，醉则高吟，不知寒暑。与僧克明、巨颠等唱和，皆隐于方外。著有《天随堂集》、《且渔集》。

过孝陵

河朔龙蛇斗，江南将相猜。金城悲易姓，玉殿忽生埃。
苔没铜驼暗，泥深石马摧。秋风钟岳树，惆怅不胜哀。

《金陵诗征》第八册

杨国士（生卒年不详），字淑家，上元人。约生活于明末清初。诸生。性狷介，读书好古。读《易》至六十四卦，错综互体，逐卦拟议，著为一书，附于《萧氏易说》后，名曰《萧杨合易》，为学者所推重。喜饮酒，以隐终。著有《昨日庵稿》。

松 声

到耳风涛万斛寒，绕亭曳杖思无端。
当年驴背钟山寺，十里苍苍带雪看。

《金陵诗征》第八册

王式古（生卒年不详），字望文，一字雪村，自号青溪道士，江宁人。约生活于明末清初。善老庄、轩岐之学，尝卖药大江南北，自称韩康子。性耽诗酒，尤善丹青，喜结交，重然诺。时人服其高尚。著有《卖药吟》。

登 楼

无端春恨望中违，楼对钟山绕翠微。
暖气蒸花人欲倦，轻风摇柳燕初飞。
一杯酒尽日西去，千里帆来水北归。
惆怅旧时歌舞地，云霞犹自学宫衣。

重九后二日北山寻菊

已过重阳菊未开，为探消息上高台。
十分秋色七分老，剩有三分待酒来。

均自《金陵诗征》第八册

大依（生卒年不详），字南庵，一字睡翁，俗姓莫，莆田人。约生活于明末清初。少为诸生，弃去为僧，住栖霞寺。卒葬江浦西华之麓。能诗。著有《吹堂集》。

钟 山

头日江南不忍归，琵琶街上梦依依。
寺存前代僧应少，山到斜阳树已非。
江水几年沉铁锁，孝陵此日拜缁衣。
茫茫白日高天下，独见荒原数鸟飞。

《金陵诗征》第十册

纪映钟（1609—1681），字伯紫，又作伯子，一字檗子，号戆叟，自号钟山遗老，明末江南上元人。处士纪青子。负诗名，十年读史，下笔崭然，独与人异。晚年客于龚鼎孳处十年。龚死后南归，移家仪真，卒于斯。著有《戆叟诗钞》、《真冷堂集》、《补石仓集》、《檗堂诗钞》等。

玄武湖

汉高入咸阳，萧何抱版图。岂惟功绩大，识与众人殊。
元季际阳九，大地如焚枯。神龙蹶淮甸，奋烈四海苏。
民为上帝宝，细册罗眉须。深防武库火，置此玄武湖。
中央坟大阜，夏屋百千区。甄别精勤吏，鳞尾换辘轳。
圣祖亲用享，神物瘗东隅。黄门冠峨峨，秉笏代天敷。
尘牍山岳积，永绝鼪与鼯。及昏严爝火，悄然明月孤。
湖为钟山镜，山如湖上姝。菁葱涵晶晶，长奠天北舆。
每登鸡鸣峰，下览湖中蒲。湖鲫巨如鲤，腹隐一尺腴。
禁方更监守，生物遂昌濡。五侯纵骄贵，不敢充庖厨。
可怜今竭泽，殃及湖上凫。

《金陵诗征》第八册

[清]黄梨洲

黄宗羲（1610—1695），字太冲，号南雷、梨洲老人，浙江余姚人。弱冠以"忠臣孤子"名。归乡后，发愤读书，又从刘宗周学。多才博识，著述宏富，与顾炎武、王夫之并称"清初三大儒"，有"中国思想启蒙第一人"之称。著有《明儒学案》、《宋元学案》、《明夷待访录》、《南雷文定》。

怀金陵旧游

钟山多古迹，强半入园陵。天仗曾陪入，芒鞋几断绳。
铜牌逢老鹿，落日访居僧。但说山中景，应无及废兴。

◎陪入：同魏国徐六岳入祭。

《梨洲遗书》

钱德震（生卒年及生平不详），海盐人。清康熙二十三年尚在世。

送白学士祭告孝陵及南岳

睿德隆虞秩，崇僚肃楚征。驿亭珠仗丽，江路锦帆明。
弓剑凭天堑，松椒对石城。攀髯千古事，归胙百官情。
望岳涵云树，浮湘引泽蘅。朱陵神宅迥，苍水玉书清。
享用菁茅近，祠看圭币荣。山川雄胜赏，典礼迈精诚。
向月怀仙署，经秋计使程。倘过溢浦上，太傅旧知名。

《遗民诗》

方以智（1611—1671），字密之，号曼公，桐城人。崇祯十三年进士。曾与陈贞慧、吴应箕、侯方域主盟复社，时称四公子。明亡参加抗清活动，事败遁入空门，法名弘智。晚年曾居南京天界寺、高座寺，潜心著作。著有《通雅》、《物理小识》、《方子流寓草》、《稽古堂文集》百余种。

丁丑仲夏钟山偶集，同范仲闇、傅玉生、陈士业、刘伯宗、罗玄目、龚当时、谢孺玉、刘阮仙、刘客生、任仙孟、杜于皇暨同邑诸子，分得元字

千里乘风集白门，张灯今昔作平原。

击牛享客歌招隐，牧豕封侯慕建元。
六代月明人不见，十年衣敝字犹存。
座中奏鼓吹笙歇，好听狂生醉后论。

周颙草堂
自著移文亦不妨，隐居喜近帝城傍。
园林尽是公侯宅，皆署堂中曰草堂。

均自《四库禁毁书丛刊·方子流寓草》

杜濬（1611—1687），字于皇，号茶村，明末湖北黄冈人。幼读经史。副贡。屡举不中，遂一意攻诗。明亡，与弟杜岕避乱金陵鸡鸣山，仅茅屋数间。求诗者接踵，不与贵介通。曾修书阻友人仕清。晚年穷困潦倒，死后无以为葬。陈鹏年为购钟山梅花坞小丘瘗之。著有《变雅堂集》。

钟　山
钟山今古姿，时代不遑计。凤闻嬴皇前，王气久根蒂。
如何十年间，秀正多吐弃。六朝如断苴，骊珠飘莫系。
南宋踏浪儿，竭来时已替。谁肯问隋唐？秋草转孤细。
白鸟飞愁烟，紫色闰蛛蝥。端疑此山心，永閟终古契。
谁知恪相待，森炳日月丽。真龙起淮甸，劲尾掉天地。
雷雨洗尘鳞，钟鼓醒酣寐。乃知潜确德，兹山实隐寄。
所以宅王城，如龙贮钵器。游人未入城，翠色先引跂。
每当落照间，犹吐半天霁。瞻爱生恭敬，杖履所不逮。
岂徒貌似龙，屑取叶公觊。

《续修四库全书·变雅堂诗集》

方文（1612—1669），字尔止，一名一耒，字明农，号嵞山，桐城人。方大铉子。七岁丧父，与从侄方以智同学十四年。诗名早著，与陈子龙、邢昉、顾与治、纪映钟、吴伟业、余怀等交游唱和。入清不仕，以游食、卖卜、行医为生。其诗自成一家，人称"嵞山体"。著有《嵞山集》。

赋得钟山梅下僧（壬辰）
孝陵栝柏千年树，虎倒龙颠无一存。
只有寒梅藏绝谷，尚余破衲守孤根。
月明华影闻钟梵，雨渍苔衣见泪痕。
不许闲人嗅香叶，春来芳草忆王孙。

[清]方嵞山

孝陵棉
金陵市上有卖木棉者，大书"孝陵卫棉"四字于门，予见而悲之，因成一绝。

眼中久不见此字，但见此山空叹嗟。
旧日王侯多第宅，只今谁似卖棉家？

蒋 山

郁郁葱葱数百年，千寻梧柏上参天。
不知何事凋零尽？惟有春风泣杜鹃。

燕雀湖

我祖填湖作禁城，九重宫辟俪咸京。
黄扉碧瓦今何在？依旧白波青草生。

孝陵卫

当年军卫百千家，此日离披似落花。
犹有两般人未改，孝陵棉与孝陵纱。

◎南中卖木棉、卖机纱者多孝陵卫人。

戊申正月初四日恭谒孝陵感怀六百字

洪武改元初，是为戊申岁。正月初四日，始即皇帝位。
定鼎于江东，率土归平治。文德武功全，汉唐宋莫企。
瞻彼钟山阿，佳哉郁葱气。其上为孝陵，其下孝陵卫。
松柏千万株，尽作虬龙势。高墉缭绕之，守以中常侍。
春秋祭有期，非时孰敢诣。吁嗟崇祯末，群盗起泾渭。
杀戮逼中原，民生日憔悴。妖氛向京阙，宗社遂颠坠。
野人算天运，甲子凡五易。历数仅三百，尚短二十四。
每逢履端日，仰天必长喟。矧兹戊申年，安能免悲涕。
开正第四朝，策蹇出通济。直指朝阳门，陵寝须臾至。
延颈望钟山，万松失苍翠。虽有翁仲石，冠剑已破碎。
犹喜享殿存，黄瓦幸未毁。中间楠木柱，斧凿痕如织。
宝城虽坚固，龙楼已凌替。守陵仍有官，乃荷新朝赐。
独惜白头监，仅供洒扫事。樵苏那得禁，闲人任游戏。
方春风日和，屐舄杂车骑。儿辈皆懵懵，父老或歔欷。
追忆卅年前，陪京当盛世。臣兄方孔炤，适官尚宝司。
八月秋祭辰，兼摄太常寺。许携子弟入，臣文臣以智。
相随至斋宫，终夜不遑寐。散步御河桥，明月吐松际。
忽见群鹿来，触人了不忌。项下悬金牌，上镂永乐字。
以手探取看，饼饵随所饲。鸡鸣钟鼓动，千官立阶次。
拜舞各分行，咫尺凛天威。野臣行殿中，屏息观礼器。
祭品悉从俭，深叹祖宗意。所恨贫贱身，青云不自致。
尚云膂力刚，铅刀终一试。岂知转盼间，朔方举烽燧。
江南成土崩，勿复有防备。皇都且不保，皇陵复谁庇？
松柏斩为薪，麋鹿射作餱。遂令燕雀湖，荒残似边地。
在佐百君子，鲜不恋富贵。一二草莽臣，稍知顾名义。

戢影岩穴中，饿死亦不悔。每逢履端日，仰天必长喟。
矧兹戊申年，安能免悲涕。所以谒孝陵，问人少同志。
嘉兴朱茂昉，宰辅之后裔。世受国恩深，不敢忘所自。
今春偶游此，与我约连辔。出城同一慨，未拜先酸鼻。
拜罢不能起，汛澜泪沾袂。因作此诗篇，姓名得附记。

过钟山下
钟山千万树，底事一朝无？斩伐霜根尽，凄凉玉殿孤。
何人荐蘋藻，牧马任兵徒。犹有遗黎在，吞声泣向隅。

期刘藜先游蒋山
十载钟山下，山陵恨未登。白头宫监在，碧瓦护持能。
闻尔旧相识，吾徒得所凭。秋晴期一往，策蹇意飞腾。

均自《方鉴山诗集》

顾炎武（1613—1682），原名绛，自署蒋山佣，学者称亭林先生，苏州昆山人。明末参加复社及抗清活动，后致力于学术研究，是清代古韵学的开山祖。强调做学问必须先立人格，提倡"天下兴亡，匹夫有责"。曾六谒孝陵，居蒋山一年。著有《日知录》、《肇域志》、《音学五书》等。

[清] 顾亭林

恭谒孝陵（重光单阏）
闰位穷元季，真符启圣人。九州殊夏裔，万古肇君臣。
武德三王后，文思二帝邻。卜年乘王气，定鼎属休辰。
江水萦丹阙，钟山拥紫宸。衣冠天象远，法驾月游新。
正寝朝群后，空城走百神。九嵕超嵽嵲，原庙逼嶙峋。
宝祚方中缺，炎精且下沦。郊坰来猎火，苑御动车尘。
系马神宫树，樵苏御道薪。岿然唯殿宇，一望独荆榛。
流落先朝士，间关绝域身。干戈逾六载，雨露接三春。
患难形容改，艰危胆气真。天颜杳霭接，地势郁纡亲。
尚想初陵制，仍询徙邑民。因山皆土石，用器不金银。
紫气浮天宇，苍龙捧日轮。愿言从邓禹，修谒待西巡。

◎土石：时有倡开煤之说。

再谒孝陵
再陟神坰下，还经禁岭隈。精灵终浩荡，王气自崔嵬。
突兀明楼峙，呀庨御殿开。彤云浮苑起，碧巘到宫回。
鼎叶周家卜，符占汉代灾。苍松长化石，黑土乍成灰。
城阙春生草，江山夜起雷。兴王龙虎地，命世鄂申才。
瞻拜魂犹惕，低徊思转哀。上陵余旧曲，何日许追陪？

孝陵图 有序

  重光单阏二月己巳，来谒孝陵。值大雨，稽首门外而去。又二载，昭阳大荒落二月辛丑，再谒。十月戊子又谒，乃得超入殿门。徘徊瞻视，鞠躬而登。殿上中官奉帝、后神牌二。其后盖小屋数楹，皆黄瓦，非昔制矣。升甬道，恭视明楼、宝城。出门，周览故斋宫祠署遗址，牧骑充斥，不便携笔砚。同行者，故陵卫百户束带玉，稍为指示，退而作图。念山陵一代典故，以革除之事，《实录》、《会典》并无纪述。当先朝时，又为禁地，非陵官不得入焉。其官于陵者，非中贵则武弁，又不能通语国制，以故其传鲜矣。今既不尽知，知亦不能尽图，而其录于图者，且不尽有。恐天下之人，同此心而不获至者多也。故写而传之。臣顾炎武稽首顿首谨书。

钟山白草枯，冬月蒸宿雾。十里无立楢，冈阜但回互。
宝城独青青，日色上霜露。殿门达明楼，周遭尚完固。
其外有穹碑，巍然当御路。文自成祖为，千年系明祚。
侍卫八石人，祗肃候灵辂。下列石兽六，森然象卤簿。
自马至狮子，两两相比附。中间特崒嵂，有二擎天柱。
排立榛莽中，凡此皆尚具。又有神烈山，世宗所封树。
卧碑自崇祯，禁约烦圣谕。石大故不毁，文字犹可句。
至于土木工，俱已亡其素。东陵在殿左，先时懿文祔。
云有殿二层，去门可百步。正殿门有五，天子升自阼。
门内庑三十，左右以次布。门外设两厨，右殿上所驻。
祠署并宫监，羊房暨酒库。以至各廨宇，并及诸宅务。
东西二红门，四十五巡铺。一一费搜寻，涉目仍迷瞀。
山后更萧条，兵牧所屯聚。洞然见铭石，崩出常王墓。
何代无厄灾，神圣莫能度。幸兹寝园存，皇天永呵护。
奄人宿其中，无乃致亵污。陵卫多官军，残毁法不捕。
伐木复撤亭，上触天地怒。雷震樵夫死，梁压陵贼仆。
乃信高庙灵，却立生畏怖。若夫本卫官，衣食久遗蠹。
及今尽流冗，存两千百户。下国有虮臣，一年再奔赴。
低徊持寸管，能作西京赋。尚虑耳目褊，流传有错误。
相逢虞子大，独记陵木数。未得对东巡，空山论掌故。

侨居神烈山下（阏逢敦牂）

典得山南半亩居，偶因行药到郊墟。
依稀玉座浮云里，落莫金茎淡日初。
塔葬属支城外土，营屯塞马殿中庐。
犹余伯玉当年事，每过陵宫一下车。

元旦陵下作（旃蒙协洽）

十载逢元旦，朝陵有一臣。山川通御气，即物到王春。
阙下樵苏尽，江东战伐新。相看园殿切，鹄立几紫神。
是日称三始，何时见国初。风云终日有，兵火十年余。
甲子轩庭历，春秋孔壁书。幸来京兆里，得近帝皇居。

闰五月十日恭诣孝陵（柔兆涒滩）

忌日仍逢闰，星躔近一周。空山传御幄，莽路想行辀。
寝殿神衣出，祠官玉斝收。蒸尝凭绝坞，鼛磬托荒陬。
薄海哀思结，遗臣涕泪稠。礼应求草野，心可对玄幽。
寥落存王事，依稀奉月游。尚余歌颂在，长此侑春秋。

重谒孝陵（上章困敦）

旧识中官及老僧，相看多怪往来曾。
问君何事三千里，春谒长陵秋孝陵。

王处士自松江来，拜陵毕，遂往芜湖

宵来骑白马，蹑电向钟山。忽遇穷途伴，相将一哭还。
君来犹五月，不逐秦淮节。携手宿荒郊，行吟对宫阙。
此去到芜湖，山光似旧无。若经巡幸地，为我少踟蹰。

均自《亭林诗集》

魏　耕（1614—1662），原名璧，字楚白，归安人。诸生。有诗名。明亡后，改名耕，字白衣，别号雪窦居士。清顺治二年，投潞王，策划军机。冯汝缙献城，遂集诸生数百人率兵夺回湖州城，是为苕上之役。兵败后弃家走避。以结诗社相号召，继续秘密抗清。后因人告密被捕而遇害。

孝　陵

万国朝宗地，千年一孝陵。龙蟠清汉迥，虎踞大江澄。
蓬岛仙难返，苍梧驾莫凭。樱桃春荐熟，洒泪望云礽。

《续甬上耆旧诗》

吴嘉纪（1618—1684），字宾贤，号野人，泰州（今属江苏）人。原为安丰场烧盐灶户。明亡，闭门简出，生活贫困，自题住处曰"陋轩"。喜为诗，家无隔宿粮而吟啸自若。友人周亮工、汪舟之等为刊《陋轩诗集》。

过钟山下

兹山大江南，形势何雄特！万树隐蟠虬，四序葱葱碧。
常怀山上云，今作山下客。缲缲路人语，晖晖崖日夕。
胜地纵抟爪，半天棱瘦脊。但见下牛羊，不逢旧松柏。
乾坤遭毁烁，祸害及木石。暮角受降城，寒潮瓜步驿。
渡江吾迟迟，回首泪沾臆。

《陋轩诗集》

龚　贤（1618—1689），又名岂贤，字半千，号野遗、柴丈人，昆山人。幼随家人迁南京。早年参加复社活动，清兵陷金陵，漂泊二十年始返，结庐清凉山下，名半亩园。善画山水，为明末清初"金陵八家"之首。兼工诗文书法。与孔尚任为忘年交。著有《草香堂集》、《中晚唐诗纪》。

将之广陵留别南宁诸子

壮游虽我志，此去实悲幸。八口早辞世，一身犹傍人。
定知隋苑晓，还忆蒋山青。揖别诸兄弟，追随有故贫。

《龚贤研究集》

陆　宝（1620年前后在世），字敬身、青霞，号中条，鄞县人。于鄞城月湖畔筑辟尘居，内有南轩书屋，藏书甚富，多异本。著述颇丰，学者称中条先生。后为抗清入关，捐家产输军饷，藏书散尽，披发遁山林。著有《悟香集》、《再来草》、《潞草》、《舲草》、《台宕客草》、《名山游籍》。

孝　陵

石马何时汗，金凫不复扃。吹箛惊百里，伐木惨群灵。
水岂朝宗阙，云为扈跸停。龙蟠终待起，一箭殒狼星。

神　龟

形奇亦不乐巢莲，玉甲金文出石坚。
洛水灵光长自秘，朱函偶供孝陵前。

均自《悟香集》

[清]张煌言

张煌言（1620—1664），字玄著，号苍水，鄞县人。明崇祯间举人。官至南明兵部尚书。南京失守后，与钱肃乐等起兵抗清。后奉鲁王，联络十三家农民军，与郑成功配合，率部连下安徽廿余城，坚持抗清近廿年。至清康熙三年，见大势已去，隐居不出，被俘后遇害。著有《张苍水集》。

和定西侯张侯服留题金山原韵六首（录一）

钟阜铜驼泣从臣，孝陵弓剑自藏真。
犹闻雄雉能兴汉，岂似干鱼仅祭闽。
天入金焦锁钥旧，地过丰镐鼓钟新。
何人独受端征诏，赐履虒来首渭津。

《张苍水集》第二编

史唯圆（？—1686后），原名策，又名若愚，字云臣，号蝶庵，江苏宜兴人。陈维崧内侄。终生隐逸。擅词，与陈维崧酬唱甚多，为阳羡词派主要成员之一。著有《蝶庵词》。

望海潮·题徐渭文《钟山梅花图》

龙蟠旧地，江山如画，金陵景色偏佳。寝殿侵云，宫楼映日，春风十里梅花。路绕凤城斜。当年恣吟赏，乐事无涯。春入江南，娇香艳粉醉吴娃。　　飘零此际堪嗟。有数行归雁，几树啼鸦。石马无踪，铜驼有恨，隔江试听琵琶。冷蕊发残葩。凭君逞妙手，写尽烟霞。风景依然，不须惆怅忆繁华。

《全清词》(顺康卷)

顾景星(1621—1687),字赤方,号黄公,湖北蕲州人。明末贡生,弘光时考授推官。入清后屡征不仕。康熙间荐举博学鸿词,称病不就。记诵淹博,诗文有名于时。在京师和方孝标、邵长蘅、周亮工、施闰章等人交游。著有《白茅堂集》、《读史集论》、《顾氏列传》、《南渡来耕集》。

孝陵虾蟆石老树灾
神烈山前万松柏,寝庙熊罴守层碧。
攀龙尚有鼎湖弓,带剑谁磨茂林石?
槎枒妖火燃古丘,白首中官双泪流。
风霆剥蚀知多少,只此曾经三百秋。

志 感(顺治三年作)
钟山旧日英灵地,伐木拖薪剧可怜。
铁凤铜驼春草外,金笳画角乱云边。
列朝寝庙无神主,前代王孙失墓田。
台谏孰陈三恪义,天书乞降守陵员。

均自《白茅堂集》

吴 云(约1623—1700后),号舫翁、天门叟,江西安福人。清康熙三十九年,年将八十,游灵谷访求逸事,住持寂曙(晓苍)以修志事相托,因与门人本旧志而增近事,别为十六卷,两阅月而成寺志。博闻强记,吐辞成文,行事落落。自异姓名,不炫于时。著有《天门诗文稿》。

晓苍和尚振起灵谷,阐扬宗风,予来游山中,留题方丈二首
灵谷图经御览裁,此山曾换蒋山来。
志公宝塔留高座,太祖銮舆幸几回。
苔藓久封飞锡地,红云常护讲经台。
于今法席欣重振,翠柏盈庭赵老栽。

又
第一禅林太祖题,当时辇路草萋萋。
香生石鼎衣冠集,乐奏云门拜舞齐。
花悟佛拈能自笑,鸟知禅定不轻啼。
宝公自昔多灵异,亲见毫光放塔西。

《灵谷禅林志》卷十四

树王诗(六首录四)
空林森列向长空,此独巍然受敕封。
丞相从来称汉柏,大夫不过号秦松。
谁能玉辇扶双凤,几向金门驾六龙。
自沐九重恩赐后,一枝黄叶每当中。

又

名山定有不凡材，岂肯沉沦在草埃。
月下常来玉露润，日边曾共宝云栽。
宸游翠盖三春赏，丹诏黄封五色裁。
苑柳宫槐虽近幸，偏无君命下逢莱。

又

一望山南半壁青，千年玉果种成林。
碧桃红杏天生就，琼树瑶枝海结成。
凡实枝枝俱有核，此林粒粒总无心。
中宵风雨来何急，疑会群龙夜讲经。

又

群树枝柯拥树观，俨如王位侍群官。
凌霄北斗堪相近，满谷西风总不寒。
但见春深林影润，何曾秋老叶声干。
至今物换星移久，紫气深深树顶看。

《灵谷禅林志》卷四

严绳孙（1623—1702），字荪友、冬荪，号秋水，自称勾吴严四，无锡（一作昆山）人。清康熙己未以布衣举鸿博，授检讨。工分隶、楷书，山水深得董其昌恬静闲逸之趣。兼善界画楼阁，人物、花鸟，尤精画凤。尝为王西樵写真。与纳兰性德友善，收集其诗甚多。著有《秋水集》。

楝亭

闻道司空旧芦亭，至今嘉树想仪型。
分明一片棠荫在，遥对钟山万古青。

《朱偰与南京·江宁织造署及楝亭的关系》

蒋超（1624—1673），字虎臣，号绥庵、华阳山人，江苏金坛人。幼聪颖，性沉静，好学不倦。清顺治四年进士（探花）。授编修。官至顺天提督学政。43岁告病乞归，行至秦邮，转赴峨眉伏虎寺出家为僧。法名智通。擅诗文书法。著有《绥庵诗稿》、《绥庵集》、《蒋说》、《峨嵋山志》。

金陵口号

处处春风泣墓钱，钟陵云去树无烟。
儿童斗草惊牛失，闯入宫墙又一年。

《渔洋山人感旧集》

[清]陈其年

陈维崧（1625—1682），字其年，号迦陵，宜兴（今属江苏）人。陈贞慧子。少时作文敏捷，词采瑰玮。清康熙十八年召试博学鸿词，由诸生授检讨。参修《明史》。工骈文诗词。与朱彝尊切磋词学。为清初阳羡词派主要作家。风格豪迈奔放，近于苏、辛。著有《湖海楼诗文词全集》。

醉太平·江口醉后作

钟山后湖，长干夜乌。齐台宋苑模糊，剩连天绿芜。　　估船运租，江楼醉呼。西风流落丹徒，想刘家寄奴。

渡江云·江南忆同云臣和蘧庵先生韵

江豚翻碧浪，凭高望极，折戟半沉沙。鸡笼山下路，记得凤城，数十万人家。貂婵掩映，钟山翠、叠鼓鸣笳。更参差、青溪红板，从古说繁华。　　堪嗟！齐台梁苑，残月晓风，剩颓墙败瓦。只苍凉、半林枫槲，四壁龙蛇。几番夜雨寒潮泊，空城下、浪打蒹葭。青衫湿，隔船同诉天涯。

以上《陈维崧词集》

沁园春·题徐渭文《钟山梅花图》，同云臣、南耕、京少赋

十万琼枝，矫若银虬，翩如玉鲸。正困不胜烟，香浮南内；娇偏怯雨，影落西清。夹岸亭台，接天歌板，十四楼中乐太平。谁争赏？有珠珰贵戚，玉佩公卿。　　如今潮打孤城，只商女船头月自明。叹一夜啼乌，落花有恨；五陵石马，流水无声。寻去疑无，看来似梦，一幅生绡泪写成。携此卷，伴水天闲话，江海余生。

望江南·岁暮杂忆

江南忆，白下最堪怜。东冶璧人新诀绝，南朝玉树旧因缘。秋雨蒋山前。

以上《十五家词》卷三十二·乌丝词

潘柽章（1626—1663），字圣木，号力田，吴江平望人。十五岁补县学生员，年二十即综贯百家，天文地理无不通晓。明亡后，隐居故里，潜心读书，尤精于史学。顾炎武视其为畏友。尝至南京谒孝陵。康熙二年因庄廷鑨"明史案"牵连，被凌迟。著有《国史考异》、《松陵文献》。

登金山望孝陵有感和韵

拟同草檄问波臣，望气龙蟠自有真。
猎骑已闻驱梦泽，楼船可但割全闽。
晓瞻松柏神灵在，夜拥鱼龙壁垒新。
桃叶渡头休用揖，便当北指出天津。

《潘力田遗集》

朱　墉（1628—1705），一名城，字若张，号鹿冈，金陵人。有文武才。督学李来泰极赏之。乡试合格，为忌者所中伤，不复应科举。朱绪曾伯高祖。著有《毛诗通论》、《春秋通论》、《孙吴六韬注疏》、《雪浪集》。

佛国寺

在太平门外板仓，古华藏庵。明景泰时赐额，僧妙庆建。礼部尚书胡濙撰碑。

看山出郭趁春晴，晓色湖光蔼雉城。
草上苔堦阴已厚，鸟惊松磬梦犹清。
闲中日月催今古，定里瞿昙挂络缨。
说到无生参老衲，飞花积与石床平。

李鳌《金陵名胜诗钞》

冷士嵋（1628—1710），字又湄，丹徒人。诸生。兄冷曦明末殉难，遂绝意仕进。以图书诗史自娱，终身不入城市。家本素封，多藏书经，乱后遂贫，授徒以自给。又筑江泠阁，著书其中。尝穷览名胜，赀尽而归。晚年居焦山僧舍。四方求诗文者，络绎不绝。著有《江泠阁诗文集》。

灵谷寺

古寺深山深，六鸾曾此驻。苔芜没断桥，猿鹿生幽路。
庭以高皇花，门连孝陵树。闲僧多白头，犹是前朝度。

钟　山

钟山蟠帝州，乔木参云际。王气浮郁葱，神丘结灵异。
天开南国险，地拔东吴势。何意独龙冈，烟横孝陵卫。

灵谷寺残梅

当年一万树，而今皆已不。零落数株梅，犹是前朝物。

行次钟陵

孝陵山下独经过，白日樵人上陇歌。
莫道即今犹有树，向来乔木已无多。

重经钟陵山下

萧萧荒草蔓寒空，今又重来过此东。
憔悴二陵松柏尽，熊罴谁守翠微宫？

经钟山下

临春结绮古城荒，玉树金钗几辈亡？
山色不随人事去，望来还绕故宫墙。

灵谷寺残梅

传为高皇所植，几千数百株，乱后仅存数本。

钟陵废刹莽蒿莱，伐尽高皇手栽梅。
留得寺前三两树，寒花犹向雪中开。

其二
独龙冈下萧条尽,落日杈枒几树梅。
老干不将人事去,年年还傍孝陵开。

灵谷寺逢老中涓话旧
客路秋风晚戍晴,空山寺古少人行。
白头有老先朝监,指点神宗说太平。

均自《四库全书存目丛书·江泠阁诗集》

朱彝尊(1629—1709),字锡鬯,号竹垞,浙江秀水人。清康熙十八年以布衣应试博学鸿词科,授翰林院检讨。入直南书房,预修《明史》,出典江南省试。罢归后,潜心著述。学识渊博,通经史诗词古文。诗与王士禛齐名,词开浙西词派。著有《经义考》、《日下旧闻》、《曝书亭集》。

风蝶令·石城怀古
青盖三杯酒,黄旗一片帆。空余神谶断碑镌,借问横江铁锁是谁监? 花雨高台冷,胭脂辱井缄。夕阳留与蒋山衔,犹恋风香阁畔旧松杉。

[清]朱竹垞

《曝书亭集》卷二十四

屈大均(1630—1696),字介子,一字骚余,号翁山,广东番禺人。屈原后裔。明诸生。参与反清,出为浮屠,后复儒冠。奔走边塞,往来吴越。以诗鸣于世。诗有屈原、李白遗风,与陈恭尹、梁佩兰合称"岭南三大家"。金陵莫愁湖南岸,有其故宅。著有《道援堂集》、《翁山文外》。

望钟山
一脉茅山至,苍苍烟雾浓。神宫开六代,王气出中峰。
万古君臣始,九天楼殿重。卧碑当辇路,春草未曾封。

灵谷探梅(三首)
往日园陵畔,千株闲白云。芳馨灵谷寺,灌溉羽林军。
乱点钟山翠,争衔麋鹿群。高皇多手泽,如雪日氤氲。

又
见说钟山麓,当年万树斜。谁将辽海雪,来折汉陵花。
冷月含边笛,阴风散暮鸦。数枝当辇路,不忍吐瑶华。

又
几树傍朝阳,犹承日月光。白头宫监在,攀折荐高皇。
上苑樱桃尽,华林苜蓿长。春风空有意,先到独龙冈。

奉题方尔止《戊申年正月初四日恭谒孝陵感怀》诗后
亦有春秋在,书王未敢传。可怜正月泪,重洒戊申年。
白发陪宫使,青山拂玉庭。威灵空想像,拜手御衣前。

灵谷寺

往日出门去，萧森十里松。梅花因太祖，香水自神龙。
烟雨宫城暗，莓苔辇路封。兴亡无限恨，消得一声钟。

钟 山

高高双巘削屏风，紫翠晴飞万井中。
一自轩皇成宝鼎，遂开天阙作玄宫。
千秋龙虎归真主，六代烟花送狡童。
岁岁貂珰驰传至，樱桃春荐思无穷。

又

苍苍辇路但斜晖，月出衣冠事已非。
六代松楸辞玉殿，中峰阴雨见龙旂。
蛮奴小队呼鹰过，汉女春魂化燕归。
多少哀笳吹不散，五云犹绕御床飞。

钟山和杜子

钟山绵亘接三山，势作金城紫翠环。
牛首尚余双阙在，龙髯只得一人攀。
二陵时食樱桃外，六代春魂燕子间。
佳气郁葱浮万户，未应弓剑至今闲。

望钟山（三首）

依然虎踞复龙盘，一片钟山日夕看。
天作双峰为凤阙，真人长在五云端。

又

日日江皋望紫烟，天风吹泪孝陵边。
六朝松柏知多少？苍翠人思乙酉前。

又

云际屏风岭最尊，松杉一路夹天门。
当时更有梅花树，十里天香接御园。

念奴娇 · 秣陵吊古

萧条如此，更何须，苦忆江南佳丽。花柳何曾迷六代，只为春光能醉。玉笛风朝，金笳霜夕，吹得天憔悴。秦淮波浅，忍含如许清泪。　　任尔燕子无情，飞归旧国，又怎忘兴替。虎踞龙蟠那得久，莫又苍苍王气。灵谷梅花，蒋山松树，未识何年岁。石人犹在，问君多少能记？

均自《屈大均全集》

彭孙遹（1631—1700），字骏孙，号羡门、金粟山人，浙江海盐人。彭孙贻从弟。清顺治十六年进士。康熙间举鸿博第一。历吏部侍郎兼翰林掌院学士，《明史》总裁。工诗词。以五七言律为长，小令多香艳之作，有"吹气如兰彭十郎"之称。与王士祯齐名，著有《南往集》、《延露词》。

大风渡江

亦畏风波恶，征帆不可留。晴翻江岸雪，暝入蒋山秋。世事惊如浪，人生转若浮。广陵烟外路，回首即并州。

《松桂堂全集》卷十

前　人

巫山一段云·南谯道上

暮火投山郭，朝寒过驿桥。江云一色秣陵潮，抹断蒋山腰。　　秋色低鸿雁，清霜急皂雕。汀芦沙苇冷萧萧，风雨入南谯。

《十五家词》卷二十四·延露词（上）

梁佩兰（1632—1708），字芝五，号药亭、紫翁，广东南海人。清顺治十四年解元。后屡试不第，遂潜心向学，其诗歌与屈大均、陈恭尹并称"岭南三家"。康熙二十七年成进士，授翰林院庶吉士。翌年告归，结兰湖诗社。亦擅书画，存世作品较多。著有《药亭诗集》、《六莹堂集》等。

江行杂咏（录一）

六朝遗迹草荒凉，野寺疏钟过景阳。
闻道孝陵宫监在，不应晴日上牛羊。

《六莹堂二集》

[清]梁佩兰

胡其毅（1634年前后在世），字致果，一名澂，字静夫，上元人。十竹斋胡正言（1584—1674）之子。居鸡笼山侧。精研性理，以九峰白沙自期。谦谨自持，至老不变。擅诗。其作敛气而神行，澄思而态曼。曹寅与之有交往、唱和，曾宿曹氏西轩。著有《静拙斋诗稿》、《微吟集》。

孙羽辰先生枉顾北山话旧

钟阜花残十五春，白头父执话沾巾。
家存大被人俱老，门有高轩业更贫。
鲑菜重寻湖上酌，鹿裘难得杖随身。
宛陵名世遗经在，小子行歌愧负薪。

◎大被：昔同诸父联榻讲艺。

《国朝金陵诗征》卷一

王士祯（1634—1711），字子真，一字贻上，号阮亭，晚号渔洋山人，清山东新城人。身后避世宗讳，改禛为正，高宗命改禛。顺治十五年进士，官至刑部尚书。因与废太子唱和被借故革职。倡神韵说，领袖诗坛近五十年。有《带经堂集》、《带经堂诗话》、《池北偶谈》、《香祖笔记》。

题灵谷废寺

为爱蒋山山色好，笋舆终日不逢人。

[清]王士祯

杖藜入寺花扶屐，岩谷迎秋雨垫巾。
王舍城中荒草遍，乐游原上野麋春。
志公衣履今还在，苑外悲风卧石麟。

寻半山堂遗址
舒王归卧后，卜筑蒋山边。骑驴衣扫塔，来往定林前。
空山无旧业，欹涧但怀烟。太息元丰事，江城闻杜鹃。

均自《精华录》卷六

前 人

弹琴石
在钟山，宋武帝命萧思话弹琴处。

宋代萧常侍，弹琴於此山。清徽汎松石，逸响白云间。
我欲寻遗迹，风流不可攀。惟余远江水，朝夕送潺湲。

李鳌《金陵名胜诗钞》

邵长衡（1637—1704），一名蘅，字子湘，号青门，武进人。诸生。尝客宋荦幕。清康熙间曾应博学鸿词之召，报罢，入太学，再应京兆试，卒不遇，益纵情山水。擅诗文。在南昌北兰寺与八大山人相晤后，为之撰传。著有《青门簏稿》、《青门旅稿》、《青门剩稿》、《邵子湘全集》。

望钟山
陪京雉堞迥苍然，重忆高皇逐鹿年。
汗马北腾穿碣石，长虹南倚划吴天。
鼎湖龙去离宫锁，复道花繁紫禁偏。
怅望寝园今寂寞，牧人秋卧孝陵烟。

《邵子湘前后集》

陈廷敬（1639—1712），字子端，号说岩，晚号午亭，泽州人。清顺治十五年进士，官至文渊阁大学士兼吏部尚书。曾任《康熙字典》总裁官。擅诗文。与汪琬、王士禛等以诗文相切磋。著有《午亭文编》、《尊文阁集》、《河上集》、《杜律诗》、《老姥掌游记》、《三礼指要》、《说岩诗集》。

卜居不定题家书后二首（录一）
梦回夜气勘分明，已睡还醒万虑生。
古堞夜乌啼自语，空梁山鬼啸无情。
蒋山第宅终须弃，颖水田园且未成。
赢得寒宵浑不寐，风帘钟漏度三更。

《午亭文编》卷十三

题邹喆画（邹，金陵人）
画里江城夕照间，乌衣人去野花闲。
六朝松石今无恙，便欲移家向蒋山。

《午亭文编》卷十七

圣驾展礼明太祖孝陵恭纪

皇情思往代，旷典逮前王。封树生春色，山川贲宠光。
云霞扶御辇，日月拥垂裳。展礼如禋祀，敷词每肃将。
臣工纷感动，士卒亦彷徨。一念同天大，千龄应运昌。
历观前史遍，孰与圣恩长。纪载无双笔，讴歌自万方。
恭陪逢喜起，伏谒在班行。拟进封人祝，还赓天保章。

蒋　山

蒋山行处是，碧玉削芙蓉。一别清溪曲，云岚隔几重。
风林前浦笛，烟寺远江钟。似有神灵语，他年访旧踪。

灵谷寺

灵谷钟山事岂同，孝陵不复有遗弓。
天留布帽传千佛，人讶金棺识大雄。
已堕鼎鬶终寂莫，常乘牙象在虚空。
神光涌现华严界，塔影江声问志公。

归自金陵次金山寺怀孝感先生二首（录一）

澹粉轻烟往迹遥，蒋山残霭暮江潮。
万山气象巉巉里，也为风流爱六朝。

以上《午亭文编》卷十九

鲍薲生（1640—1692），字子韶，号鐏斋，安徽歙县人。幼聪颖，于诸书章句，闻而诵，诵而辄解，尝遇魏叔子于扬州，谈论累日，出语人曰："真吾师也。"遂入其门下。游幕闽粤，名誉甚盛。著有《江上集》、《红螺词》、《红楼合选》、《焦桐引》。

踏莎行·经钟山过灵谷寺看梅

　　草没颓垣，烟迷旧阙，杜鹃声里人愁绝。白头宫监倚斜阳，相逢指点闲游客。　　剩水残山，荒烟断碣，无聊且向招提歇。如何往事暗伤心，低徊欲对梅花说。

《全清词·顺康卷》第十四册

周在浚（1640—1707），字雪客，一字龙客，河南祥符人。流寓金陵。周亮工子。贡监生，考充国子监教习。官经历。承家学，著述精博，富藏金石。著有《梨庄集》、《遗谷集》、《烟云过眼录》，及《南唐书注》、《金陵古迹诗注》、《天发神谶碑释文》等。

御街行·蒋山

　　当年郁郁葱葱树。此日知何处？龙盘虎踞势空存，云物半应非故。罘罳斜挂，朱甍欹坠，只此留人顾。

江山依旧斜阳暮。六代繁华住。狮儿空自剩荒原，那更英雄徒步。白头老监，摩挲泪眼，休把伤心诉！

《全清词·顺康卷》第十四册

沈皞日（1640—？），字融谷，号柘西、茶星，浙江平湖人。清康熙二十三年以贡生知广西来宾县，朱彝尊与洪升、徐善等有词曲送行。历湖南辰州府同知。工诗词，与朱彝尊、李良年、李符、龚翔麟、沈岸登号"浙西六家"。著有《楚游集》、《燕游集》、《柘西精舍词》、《漫游小钞》。

望江南

江南好，且莫挂归帆。白发内官沽腊酿，冷花老树点春衫。灵谷去盘桓。

《全清词·顺康卷》第十四册

孙致弥（1642—1709），字恺似，号松坪，江苏嘉定人。家贫力学，才情横溢。清康熙元年被荐，召试称旨。十七年以太学生赐二品服，充朝鲜副使，命采诗东国。二十七年成进士。曾任《佩文韵府》总裁。累官至侍读学士。工诗善书法。著有《别花余事》、《梅沜词》、《衲琴词》等。

摸鱼儿

"买陂塘，旋栽杨柳"，晁无咎《摸鱼儿》起句也。元人圭塘《欸乃集》皆用此语发端，后人或更调名为《迈陂塘》，直是"买"字讹耳。满洲佟调元参江宁将军事，筑精舍于钟山之阳、燕雀湖畔，读书其中，取唐人"深柳读书堂"之语颜之，亦与无咎语有合，乃用圭塘韵填此调，以墨其素壁云。

买陂塘，旋栽杨柳，经心那有尘务。依红泛渌还多暇，消受三余窗雨。临钓渚。架鹿角、匡床散帙当花屿。松梢鹤语。道秋树根头，夜藜影里，无此读书趣。
平生志，水鉴由来相许。毋忘伯仲伊吕。不求甚解英雄事，肯学崔徐章句。对陆醑。更料理、茶经药对修琴谱。情深望古。待燕雀湖边，挥鉏把卷，吾亦学为圃。

《全清词·顺康卷》第十四册

方　授（1644年前后在世），字子留，江南桐城人。明诸生。甲申后祝发，扁舟东下，望见钟山孝陵，痛哭失声，所至赋诗凄怆，闻者泣下。焚弃笔砚，逃之四明山中，结茅采橡，间为吟咏，流传人间。时谓真隐。著有《三奔浙江草》、《浙游四集》、《奉川草》。

赠萧尺木居士

眼枯未忍望钟陵，早见钟山梅下僧。
四海有情空入画，千秋何事欲传灯？
敢当倒屣怜贫病，聊与科头数废兴。
我梦不离灵谷树，欲随君住白云层。

《清诗纪事》（明遗民卷）

【注】萧尺木，即萧云从。见前。

王槩（1645—约1710），字东郭，一字安节，浙江秀水人。久居江宁。与弟王蓍皆笃行嗜古，旁及诗画，有名于时。山水学龚贤，善作大幅及松石等。人物花卉，动笔辄有味。为周亮工两作《礼塔图》、《浴佛图》。尝绘《芥子园画谱·山水谱》。刻印追秦汉。著有《山飞泉立堂文稿》。

秋风寄怀晓公和尚

院若难修志竟成，诸山并倚作禅英。
餐霞客亦思闻法，挟弹人皆识护生。
如水中怀殊活泼，爱山幽性特揩撑。
论交世外称三世，又续临溪旧笑声。

《灵谷禅林志》卷十四

神烈山陵壬复斋桓部出祭，祭毕，见神灯万点

享殿阴幽瞰碧宵，又看加礼到前朝。
雨余倍觉星辰朗，气肃都忘灌献遥。
毳服羽流司舞龠，白头宫监守庭燎。
名山实有精诚格，历历神灯罩绛绡。

《灵谷寺纪游稿》

【注】此诗转引自《明孝陵志》，该书另一作者诗出《灵谷寺游稿》，似应为同一本书，书名待核。

曹亮武（1646—？），原名璜，字渭公，号南耕，宜兴人。幼从舅父陈贞慧学，又受业于侯方域。与陈维崧为中表兄弟，少同学，长以诗文相切磋。初不为词，后登匡庐葺废阁读书两年，填词纪游，遂致力于词。为阳羡派重要词人。有《南耕词》、《荆溪词》、《岁寒词》、《南耕草堂诗稿》。

望梅·题徐渭文《钟山梅花图》

真龙曾降。记千门的烁，九重闳敞。种钟山、万树梅花，想旧日东风，一夜都放。宝马钿车，争先出、乌衣深巷。更宸游十里，缀雪含珠，香绕仙杖。
如今有谁玩赏？料当初花坞，应遍榛莽。忽对君、几尺丹青，恍玉阙犹存，琼枝无恙。梦入秦淮，问孰把兴亡低唱？只江天皓月，尚傍数峰辗上。

《全清词·顺康卷》第十二册

孔尚任（1648—1718），字聘之，又字季重，号东塘、岸堂，山东曲阜人。孔子后裔。在清康熙南巡返经曲阜时，被荐在御前讲经，受到赏识，由监生授国子监博士。迁户部员外郎，因故罢官。工诗文戏曲，以《桃花扇》名世。著有《石门山集》、《湖海集》、《岸堂稿》、《长留集》等。

拜明孝陵

夕阳红树间青苔，点染钟山土一堆。
厚道群瞻今主拜，酸心稍有旧臣来。
石麟碍路埋榛草，玉殿存炉化纸灰。
赖有白头中使在，秋晴不放墓门开。

又

宋寝齐陵尽野莎，英雄有恨欲如何？

[清]孔东塘

宝城石坏狐巢大，龙座金消蝠粪多。
瞻像犹惊神猛气，禁樵浑仗帝恩波。
萧条异代微臣泪，无故秋风洒玉河。

《长留集》

鹧鸪天

院静厨寒睡起迟，秣陵人老看花时。城连晓雨枯陵树，江带春潮坏殿基。　　伤往事，写新词，客愁乡梦乱如丝。不知烟水西树舍，燕子今年宿傍谁？

《桃花扇》第一出

【注】枯陵树：即指明孝陵。

张云章（1648—1726），字汉瞻，号倬庵，又号朴村，江苏嘉定（今属上海）人。清国子监生。康熙初举孝廉方正，议叙知县。曾主潞河书院。擅诗文。著有《朴村诗集》、《朴村文集》、《冷吟集》。

孝　陵

黄云亦雾翠微间，陵寝峨峨冠北山。
无复羲和襄日驭，尚余衮冕识龙颜。
布衣三尺雄图在，甲帐千秋禁御间。
犹有黄封旧宫酒，一杯还似上方颁。

《朴村诗集》

王蓍（1649—1737），原名尸，字宓草，号湖村，浙江秀水人。家南京莫愁湖畔。与兄概皆布衣。诗学香山。工画。山水得黄公望笔意，并善花卉、翎毛，善隶书、篆刻。陈鹏年知江宁府，与张武闻频过访，咨以政事。安南贡使丁默斋闻其名，造门索诗而去。著有《瞰浙楼集》等。

梅花坞

无复当年树，犹兴故老嗟。松虚灵谷路，棉占孝陵花。
春坞余香雪，晴岚凝暮霞。相看旧时燕，那及白头鸦。

《灵谷禅林志》卷二

蔡士桢（生卒年及生平不详），清代人。

游灵谷寺呈晓公上人

萧梁古寺倚钟山，谷口孤云自往还。
倦客久怀方外想，高僧常向定中闲。
谈经花雨流青嶂，洗钵松涛落翠湾。
欲叩猊床参半偈，西风落叶满禅关。

《灵谷禅林志》卷十四

毕星炯（生卒年及生平不详），清代人。

庚寅冬日游灵谷

香焚宝地晓氤氲，奕奕浮图锁白云。

岭上旃檀千地起，楼中钟鼓四天闻。
满空香雨金舆度，绕迳松风翠霭分。
却忆远公谈法处，月中桂子落纷纷。

《灵谷禅林志》卷十四

严虞惇（1650—1713），字宝成，号思庵，江苏常熟人。严熊子。生有异禀，幼即能读九经三史，人称神童。清康熙三十六年进士（榜眼），授编修，曾因科场案牵连革职闲居。历任湖广乡试正考官，太仆寺少卿。卒于任。淹贯经史，著述甚丰。著有《严太仆先生集》、《读诗质疑》。

钟山怀古

冈峦合沓水回湍，王气钟山自郁蟠。
六代风流歌玉树，千年陵谷泣铜盘。
中原耆旧余开府，江左英雄只谢安。
荒树寝园风雨暗，白头宫监泪阑干。

《严太仆集》

查慎行（1650—1727），字悔余，号初白，原名嗣琏，字夏重，浙江海宁人。清康熙四十二年进士，官编修，入直南书房。康熙称其"烟波钓徒查翰林"。诗得宋人之长而不染其弊，对当时诗坛影响很大。后因其弟文字狱牵连被捕，次年得释。著有《敬业堂诗集》、传奇《阴阳判》等。

[清]查慎行

金陵杂咏二十首（录一）

沙漠真人本至尊，青蛇罢祀出梧垣。
孝陵松栢犹樵牧，元庙何妨有泪痕。

《敬业堂诗集》卷一

随驾谒明太祖孝陵恭纪十二韵

明祖山林在，天家祀典昭。千官随虎旅，万乘驻鸾镳。
风雨东来近，江关北睇遥。石城蟠脉厚，灵谷蓄泉饶。
狐兔何曾窟，松楸竟不凋。运虽经鼎革，诏特禁刍荛。
下马坊犹竖，裬恩殿忍烧。遗民安率土，圣主念前朝。
本以仁除暴，还同舜绍尧。统传心有契，社废庙无祧。
陵户烦增置，神宫俨旧寮。霸图卑六代，园寝任萧条。

《敬业堂诗集》卷十五

先　著（1651—？），字渭求，号迁甫、染庵、蠋斋，别号盉旦子，四川泸州人。清顺治二年流寓金陵。与顾友星、程丹问、周斯盛及石涛等交游，酬唱无虚日。学问博洽，善书画，花卉人物极有法度，书得晋人遗意，尤工诗词。著有《之溪老生集》、《劝影堂词》，编有《词洁》。

梅花坞

一堆山色几株松，功德池边别志公。
下岭家家如雪白，林中惟有酒人红。

《灵谷禅林志》卷二

灵谷寺

连冈横亘接孙陵，一望荒凉散野骊。
晴日忽埋峰顶黑，新霜犹放树头青。
福僧另辟金棺地，劫火烧残御墨经。
欲问梁陈兴废事，志公尺拂久飘零。

由天坛神乐观至灵谷，同屺公访普门师

有恨秋山率意行，一回一动故宫情。
云中弓剑神仍肃，天上笙璈梦不清。
塔户尚封遗地轴，松根尽劚忆涛声。
予生直合依禅老，拨草瞻风孰眼明。

以上《灵谷禅林志》卷十四

前 人

游钟山龙泉庵，同田志山、徐祖苍、朱福兹，僧不愚（去庚戌十八载）

高山久已童，真气犹然紫。黎庶许来过，悚立不敢视。
凿脉当秦年，愚妄徒为尔。足知神宫安，灵异谅非诡。
志公遗旧藏，定林铲遗址。龙泉创庵居，盖自乙酉始。
左上一道微，穷览靡所止。长江系腋旁，众山承足底。
天阙不回头，尧世容洗耳。报恩独雄丽，碧殿耸云际。
浮图插青霄，风欲荡之起。兹游属九月，肃爽天宇美。
轻霜未改叶，弱草有先死。槎枒乱木间，石如欲落齿。
斗下可测窥，直造难平履。搜奇扪悬厓，园茶新发蕊。
深刻径尺书，损剥辨形似。体态疑平原，严重不跛倚。
隐见洗兵马，以意测文旨。胡为岩谷间，铭功乃在此。
犹余乾道字，名姓莫能纪。想见宋辙南，游迹无虚晷。
我素疲两足，济胜劣余子。一朝鼓兴往，先夺健者垒。
为诗速众和，后约有可恃。枫树摄山晴，未往已心喜。

晋江黄长甫招游钟山，得定林寺故址，辨石上乾道年题名，归由旧内志感

飞来一雁天方阔，变尽千山气倍清。
古殿直穿深隧黑，空山荒照夕阳明。
龙山凿浅知何代？石壁题残旧有名。
愁向晚风经旧内，御沟流作断肠声。

以上《国朝金陵诗征》卷四十二

疏影 · 游灵谷寺，用姜白石韵

哀泉响玉。引石路迂回，山寺投宿。殿壁云昏，腥

草牛羊，虫喧废院葵竹。惊心但指南朝迹，总一抹、天风吹北。已历年、劚尽松脂山门有五里松，野老不逢黄独。　　留得景阳断纽，土花蚀甚久，苔点封绿。赖得年年，雪片飞香，千树梅花村屋。金轮塔户初开日，梦听演、梵音仙曲。待赋将、悲恨重重，要满庾郎长幅。

《全清词·顺康卷》第十二册

卓尔堪（1653—1705后），字子任、子立，号菊窗、鹿墟，一号宝香山人，清江都人。幼习武艺，未及弱冠之年，即随李之芳军征耿精忠，官右军先锋，屡立战功。后因母病乞还，母亡守丧，再未出仕。擅诗，与梅文鼎、孔尚任等互有唱和。辑有《明遗民诗》十六卷。著有《近青堂诗》。

谒神烈山陵

贞珉卓立镂奎章，至德真堪迈宋唐。
重译使经勤作礼，中涓人易重司香。
像瞻龙准神先肃，图挈鹰扬笔最详。
缕举神铛缘目击，至今山谷凛光铓。

◎使经：日本、暹罗贡使，至必膜拜。
◎图挈：携顾宁人《孝陵图》对展，宁人自号鹰扬弟子。
◎光铓：丙子夏御祭，吐满林有神铛万余照麓。

《灵谷寺游稿》

玄　烨（1654—1722），姓爱新觉罗，生于北京。满族。顺治皇帝第三子。1661年登基，年号康熙，在位61年，史称清圣祖。曾撤三藩，定台湾，平噶尔丹，抗沙俄。兴文重教，编纂典籍，开放海禁，废止圈地，修建畅春园、承德避暑山庄等。曾六下江南，谒明孝陵。有《御制文集》。

过明太祖陵有感

拔起英雄草昧间，煌煌大业岂能删？
玉鱼金碗虽无故，烟雾迷离独怆颜。

《圣祖仁皇帝御制文第二集》卷五十

纳兰性德（1655—1685），原名成德，字容若，号楞伽山人，满洲正黄旗人。清康熙进士。官一等侍卫。善骑射，好读书。擅诗文，词以小令见长。著有《通志堂集》。词集又名《侧帽集》、《饮水词》、《纳兰词》。

梦江南

江南好，城阙尚嵯峨。故物陵前惟石马，遗踪陌上有铜驼。玉树夜深歌。

《纳兰词》

【注】陵前：即指明孝陵前。

[清]纳兰容若

刘　岩（1656—1716），原名枝桂，字月丹，一字大山，又字无垢，江浦人。清康熙二十五年丙寅拔贡，三十二年癸酉举人，四十二年癸未进士，官编修。擅诗文。著有《拙修斋诗稿》、《大山诗》、《石樵诗集》、《燕台唱和诗》、《匪莪堂文集目录》。

吴大帝陵

钟山石嵯峨，荆榛黯蒙翳。寂寞冢中人，东吴大皇帝。
孙家霸江东，发迹殆天意。父子与兄弟，少年方起事。
破虏禄不终，讨逆又早世。独有孝廉郎，遐龄绵统系。
生子如仲谋，英雄岂容易。辂辖黄金车，登坛举燎祭。
分界函谷关，歃血立约誓。叹息诸葛公，精神动天地。
丑虏徒么么，承丕盗神器。勠力同一心，声罪翦狂穉。
吾尝读载书，凛凛腾英气。惜乎袭临沮，夺荆失大计。
倾意助曹瞒，甘心绝刘备。当日夏口军，烈火烧赤崥。
始合忽复离，遂自戕指臂。请降结婚姻，称藩供贽币。
虽有句践奇，终惭鲁连义。幸得司州盟，乃定三分势。
黄龙既沦沈，赤乌亦飘逝。惟馀紫髯像，俎豆清凉寺。
萧瑟吹秋风，钟声出烟际。

《国朝金陵诗征》卷十

汤右曾（1656—1722），字西崖，仁和（今杭州）人。清康熙二十七年进士。官至吏部右侍郎、兼翰林院掌院学士。性刚直，在谏垣所呈条议甚多。为官公正清廉，勤于职守。有诗才，人称诗公，与朱彝尊齐名。其《文冠果》诗曾得康熙赐和。画工山水，高超洒落。著有《怀清堂集》。

雪后望钟山

建春门外郁岧峣，紫气曾传接绛霄。
飘洒钟山夜来雪，盘盘云际玉龙腰。

《怀清堂集》卷七

于准（？—1725），字子绳，山西省永宁人。于成龙孙。荫授山东临清知州。有清操。历江南驿盐道，再迁浙江按察使，居丧归起四川布政使。清康熙四十三年，授贵州巡抚。调江苏巡抚。岁饥，请发帑赈济上元等十五县及太仓、镇海二卫。后以失察罢归。雍正三年，复职衔。寻卒。

游灵谷寺

名蓝地脉接桥陵，山绕川萦淑气凝。
骑从且教松外驻，林峦试向塔前登。
烟霞深锁千年寺，云水争归万里僧。
况是翠华曾莅止，至今龙名象奔腾。

《灵谷禅林志》卷十四

张自超（1657—1717），字彝汉，江苏高淳人。清康熙四十二年进士。博通经史，以躬行实践为主。曾主讲浙江万松书院。著有《春秋宗朱辨义》、《秦淮诗钞》、《沧溪集》。

钟　山

王气今消歇，孝陵景色荒。野草迷烟树，御道直牛羊。
雪岭千重出，江城百步长。不须思蒋尉，往事苦商量。

东 田
在钟山，谢朓故居

郊居清兴足，高卧在东田。回立钟山麓，苍茫元武烟。
禽声犹宛转，草色自芊绵。别有怀人意，樵歌落照边。

均自李鳌《金陵名胜诗钞》

高不骞（1657—1743），一名骞，字查客、槎客，号小湖，莼乡钓师，江苏华亭人。高层云子。讲求古学，不务举子业，年近五十尚为布衣。清康熙四十四年南巡，召试献赋，赐翰林院待诏，充国史馆收掌官。乞归养母，遂不复出。著有《商榷集》、《傅天集》、《罗裙草》。

虞美人·故宫

玉阶金殿西宫路，此日经行处。一群蕃马拥貂蝉，疑上平沙细草画屏前。　私心欲问开元旧，剩有衰娥否？夕阳低抹蒋山红，满眼秋光无树起秋风。

《全清词》第十七册

曹 寅（1658—1712），字子清，号楝亭，又号荔轩，原籍奉天辽阳，汉军正白旗人。曹玺子。17岁任侍卫，清康熙三十一年起督理江宁织造，后兼巡视两淮盐政，官至通政使。善骑射，工诗词，富藏书，校刊古籍甚精。曾主持编纂《全唐诗》。著有《楝亭诗钞》、《楝亭词钞》等。

游灵谷寺

香台漠漠世间尘，玉殿空山有比邻。
五里苍寒多云雾，千年王气尚嶙峋。
马塍醑客穿陵隧，鸭脚干霄逼相轮。
我亦倦游同苦行，钟声频磬出坡人。

《灵谷禅林志》卷十四

龚翔麟（1658—1733），字天石，号蘅圃、稼村，清仁和人。副贡生。官御史，号称敢言。初居武林田家湾，自号田居。后得横河沈氏之居，因有宋宣和花纲石玉玲珑，因以名其楼。富藏书。喜刻书，名《玉玲珑阁丛书》。工诗词，为浙西六家之一。著有《田居诗稿》、《红藕庄词》。

征 招·谢青灵谷看梅，予以事阻不及同游

春风春雨春郊绿，恰宜探春时候。况听说城东，正寒梅香瘦。明朝须载酒。又谁道、岭鞯未就。短杖穿林，单衫藉草，妒君消受。　后日纵堪期，已可惜、今番好花良友。多少白门山，笑频年辜负。先生归莫骤。且待我、禁烟前后。趁涨水，一棹同归，问半山桃柳。

离亭燕·送蓝谢青

雨后蕉旗乍展。春水半篙未满。偏是蒋山陵外树，憎杀子规啼遍。上巳不曾过，却早冶游情倦。　花下别筵才散。襟上离痕又染。一片布帆风里蠹，谁说剪江

非险？把酒算归期，柳浪莺声正软。

霜叶飞·俞邰、雪客索九日词，同耕客倚声应之

一帘霜晓开门讶，茱萸多半红了。重阳已忘是今朝，忽乌封传到。问蓉幕、新添赋草。笼房催按蘋洲调。算楮园携酒，扶双屐、梨庄冷风，早见吹帽。　　最念绰板尊前、偷声鬲指，那知醉里残照。蒋山近不碍支筇，定此时登眺。怅宫阁、扃扉林杪。依人只有黄花小。便唤起吟情，除却东篱，别无诗料。

均自《全清词》第十七册

朱元英（1660—1713），字师晦、师亭，号荔衣，上元人。朱圩长子。清康熙四十八年进士。官翰林院编修。著有《春雨堂诗》、《夏云存稿》、《虹城子集》。

半山园

半山云气半山松，安石功名付落风。
精力一生留字说，黑莲滋味许谁同？

《金陵朱氏家集》

刘芳荫（1662年前后在世），字震蕃，又字瞻岵，江宁人。刘岳子。性纯笃孝悌，能体父训。十五岁补诸生，受业于黄瑛、朱尚云、杨东生，治经学，专诗。筑怡园以会宾客，与金乾初、卢治逊、李君虞等觞咏最盛。兄弟朋友有急，周之如恐不及。著有《孝友堂遗草》、《身云阁集》。

明孝陵道上

山转朝阳辇路东，堆寒金粟乌呼风。
牧牛俯砺台碑角，石马横眠蔓草丛。
白发监臣谈庆历，青鞵野客念岐丰。
郁葱佳气依然在，紫翠秋来映碧空。

《国朝金陵诗征》卷四

释大健（1662年前后在世），字浦庵，六合人。宏济寺僧。能诗，与杜茶村、宋琬等当时名流交往唱和。著有《花笑轩集》、《北山诗集》。

人日登钟山

钟山常在望，人日到谁会？蹑屐过灵谷，披云拜孝陵。
荒途迷乱草，深涧咽寒冰。香火余宫监，悲凉向野僧。

《花笑轩集》

陈鹏年（1663—1723），字北溟、沧州，湘潭人。清康熙三十年进士。历官浙江西安知县、江南山阳知县、江宁知府、苏州知府、河道总督，卒于任。谥恪勤。清廉勤政。在江宁时尝就南市楼建乡约讲堂宣讲圣谕，被劾大不敬，几死。著有《道荣堂文集》、《水东集》、《陈沧州集》。

[清]陈鹏年

谒明陵和讱庵韵

山河独剩冢累累，华表西风石马悲。
安奉殿中遗像在，白头宫监泪双垂。

又

残城旧国影累累，城上哀笳故老悲。
不信承平三百载，乱山犹见五云垂。

又和姜学在壁间韵

牧马寒鸦落照昏，守陵人尽更无村。
紫金山畔从龙客，朝烛犹疑拜墓门。

又

画戟铜瓶白昼昏，牛羊樵牧出荒村。
秣陵烟树年年在，玉殿苔深独掩门。

再谒明陵

山河故国事全销，黄屋青丘锁寂寥。
象设尚余三殿制，天威仍拥百灵朝。
衣冠世远迷猿鹤，歌咏年深感牧樵。
异代一麾惭守郡，拜瞻疑见五云遥。

又

建业千峰绕旧都，残碑荒草路萦纡。
空闻父老悲金碗，犹记高曾痛鼎湖。
龙虎层城消王气，钟鱼野寺伴浮图。
伤心大帝陵前树，南北山头噪暮乌。

又

今王崇礼事非常，榱桷重新俎豆香。
闻道乘舆亲拜谒，遂令守土饬蒸尝。
黄封十幅褒弥重，青史千年道益光。
不独普天皆感泣，端知玉历格穹苍。

又

白头宫使守陵人，展拜龙颜日角新。
万国车书齐向化，百年礼乐尽还淳。
子孙半贾珰貂祸，庙社旋飞猘豕尘。
瞬息兴亡金鉴在，不胜吊古泪沾巾。

均自《道荣堂诗文集》

金　埴（1663—1740），字苑孙、小郊，号浅人、鳌门，山阴人。金煜子。随父久居山东。诸生，屡举不第，以教馆、游幕为业，晚年益贫困。擅诗文，曾谒王士禛，颇受赏识。与洪升、孔尚任为友。精文字声韵之学，仇兆鳌曾请其校订《杜诗详注》。著有《鳌门诗带》、《不下带编》。

孝　陵

饮马城东水不浑，斜阳散落草边痕。
紫金山下耕樵路，碑冷皇陵昼闭门。

《鳌门诗带》

周廷谔（生卒年不详），字美斯，号笠川，清吴江人。周欑弟。热心乡邦文献，辑有《吴江诗萃》三十卷、补辑《吴江文萃》二十四卷。著有《浮玉山人集》、《笠泽诗钞·莼香词》、《林屋纪游》、《笠川自撰年谱》。

谒孝陵（戊子）

丹崖翠巘眇千层，扳磴扪萝谒孝陵。
江练风摇波澹沲，山容秋半骨崚嶒。
鼎湖龙逝云沈黑，隧道魂归月出澄。
尚遇白头宫监在，细谈往事涕沾膺。

又

一麾倔起荡区寰，共识真龙咫尺颜。
四塞龙尘归帝版，千秋白骨葬钟山。
宝城杳杳虚无里，玉几依依想像间。
石马嘶风翁仲立，犹疑子夜点朝班。

又

超唐轶汉真英主，祸起萧墙要细论。
北壮燕云思帝子，南侵瘴疠痛文孙。
金瓯已固经重奠，绀殿将倾荷再存。
嘉叹九重躬酹酒，一抔细草亦沾恩。

◎今上两幸孝陵，行九叩礼，且令重葺，书"治隆唐宋"四字勒石。

又

罗贤一代崇科目，陋习仍沿衰宋家。
七首文成蚕食叶，三条烛尽眩生花。
迎风翻退六飞鹥，斗巧惊涂一片鸦。
独上蒋山还泪落，碧天何路泛银查。

◎宋家：自王安石以经义取士，累朝相沿不变。

《笠泽诗钞》

徐士仪（生卒年及生平不详），清代人。

拜孝陵

步出朝阳更向东，翠微深处郁苍葱。
先皇事业铜驼在，故国邱陵麦饭空。
云掩秋山鸠唤雨，草迷香殿马嘶风。
最怜松柏萧条甚，樵子行歌御道中。

《淞南诗钞》

余宾硕（1666年前后在世），字鸿客，莆田人。余怀子。世其家学，读书嗜古。余怀久寓金陵，晚年移居吴门，鸿客独居金陵，于城南杏花村筑园"竹圃"。与屈大均、陈恭尹交往颇密。曾以匝月遍游金陵名胜，归作《金陵览古诗》六十首，各加注记；周亮工、陈维崧、尤侗为作序。

灵谷寺

过郊坛折而北，历梅花坞，遂游灵谷寺。梁天监中，于钟山玩珠峰就宝公塔建寺，曰"开善"；宋名"太平兴国"；明初移置此，更赐额"灵谷"。入"第一禅林"门，旧时有松径五里，交柯云蔚，霍天晦景，麋鹿数百为群，今无矣。逾青林堂，至宝公塔，其左为法台。台前有琵琶街，履之作声，人鼓掌相应，则声若弹丝。台后石泉回曲。昔寺僧法善以居无泉，祷求西域阿耨池七日，掘地得之。泉向在钟山峭壁悟真院后，自迁志塔，水从之而涌，旧泉遂涸，所谓"八功德水"也。出寺谒孝陵，遂上钟山。

南朝古寺依岩隈，百尺乔松五里栽。
石转径回开洞壑，山连云断见楼台。
空闻白鹿清泉过，但听哀筇向夕来。
一曲寒泉流不尽，御衣枝上月徘徊。

钟　山

钟山一名金陵山，道书所谓"朱湖大生洞天"也。《金陵地记》云：秦始皇埋金玉杂宝于钟山，以厌天子气。其后，宝物之精上见，时有紫气，俗呼为紫金山。汉末，秣陵尉蒋子文逐盗死于此，吴大帝为立庙，因避祖讳，改名蒋山。《名山记》云：东南名山，衡、庐、茅、蒋。或曰齐周汝南隐于此，孔德璋作《北山移文》讥之，又谓之北山。明初又名神烈山。两峰并起，蜿蜒如龙。晋宋时，诏刺史太守罢官各栽木千本。数百年间，层松饰岩，列柏绮望。鼎革后，翦伐都尽。今一望白烟凉草，离离蒇蒇耳。梁以前，佛庐七十余所。孝陵成，悉废。近有僧于宋熙寺基就东涧凿石开山，因崖结构作精舍，名"龙泉庵"，始蓄树，稍稍长数尺矣。

钟山南面独嶙峋，山外诸峰列侍臣。
七代松楸悲故国，百年俎豆感行人。
高原日日来风雨，阴洞朝朝拜鬼神。

何事登临倍惆怅？早莺啼破帝城春。

半山园

　　出龙泉庵，路崎岖，于行小难，访上、下定林寺址。昔宋王荆公于二林之间，即谢太傅园池为园，名半山园，云出东门而上钟山，至此方半也。《语林》云：荆公不耐静坐，非卧即行。晚卜居钟山谢公墩，蓄一驴，食罢，必日一至钟山。纵步山间，倦则即定林寺而睡，日暝乃归，率以为常。后病，请以宅为寺，赐额"报宁禅寺"。

　　半山园路久荒凉，丞相功名亦杳茫。
　　白马几曾祠蒋尉，紫云常自覆吴王。
　　颓垣乱草人烟少，绝壑穷岩鸟道长。
　　谁谓种松千百树？秋来卧看月苍苍。

昭明读书台

　　逾上定林寺稍北，路益峻，崖壁相望，径狭荒芜，猿臂相引，然后得度。小憩傍崖，寻一人泉。泉在故法云寺侧，出一小窍中，微涓石溜，丰周瓢饮。再上至太子岩，即梁昭明太子读书台也。于是直踞山巅，俯临大江，如紫带焉，观舟如凫雁矣。下望层山，盛若蚁垤。城中烟火万家，连甍接栋，数十里中，楼台树木，历历如在掌上。云雾之中，见孝陵宫殿，若见若隐。回想全盛之时，离离蔚蔚，乃在霞气之表者，真欲老死而不能去也。

　　太子名高处士星，空山遗事尽堪铭。
　　常将银管书三传，别有巾箱贮五经。
　　满地牛羊愁雨雪，谁家父老劚芝苓。
　　伤心一片台边草，每到冬来独自青。

以上《金陵览古》

前　人

同朱岳青登钟山绝顶作

　　钟山巉嵘俯层霄，生气凛凛盘龙跳。
　　蜿蜒崷崟六十里，拱抱城邑走江郊。
　　手携朱湾登绝顶，迢迢鸟道猿相引。
　　群山破碎指顾中，直上似与天门近。
　　大江滔滔东逝波，长舸大艑浮鹜鹅。
　　洪涛瀎潏鼓回澜，苍黄日射金盘陀。
　　飂飂颓飔吹不已，狐兔惊号鹰鹘起。
　　茱萸坞下草色青，杨梅岘前烟光紫。
　　衡庐茅蒋志山经，此山巍然空触情。

可怜四百八十寺，更无一木栖神明。
白日踞其巅，黑云压其下。
饥鼯断壑鸣哀湍，坏道泻冬青花发。
杜鹃啼废础，丰碑荒径亚。
年年清露湿瑶甍，夜夜西风吹石马。
六代君臣已黄土，倚杖徘徊夕阳路。
登临不见昔时人，吟啸犹传昔人句。
君不见
江山如故事销沈，兴废由来不可凭。
前王功德后王表，至今牧马不敢上荒陵。

《国朝金陵诗征》卷八

程瑞枋（1666—1719），字姬田，号槐江，又号宗衍、碧川，徽州休宁人。清初迁居泰州。候补知县程端德三子。清康熙三十年贡生。官内阁中书。著有《七闽游草》、《槐江诗钞》。

游灵谷寺

旷野人烟入望稀，梵宫不改旧京畿。
泉从初地喷珠出，剪似并州傍锡飞。
栋宇倾颓秋讲散，松筠杂乱午钟微。
我来六代繁华后，一望钟山景尽非。

《灵谷禅林志》卷十四

叶方嘉（1668年前后在世），字平仲，一字鸥庄，江宁人。庠生。有《学圃吟》、《瓠瓜集》、《读史卮言》、《鸥庄诗集》。

钟山绝顶

城居望双峰，阴岚变晴霭。及兹策杖游，气象果雄大。
先登诩捷足，屡歇亦匪懈。放眼最高顶，始觉平昔隘。
此山若齐楚，诸岭尽陈蔡。扩我丘壑怀，胸次无蒂芥。
中峰若龙脊，起伏领诸派。奇哉数仞石，壁立状可怪。
都会偏一隅，平江绕如带。远水忽明灭，又在江影外。
故老言往昔，蔚蔚万松桧。运图既灰寒，兴废殊可慨。
吁嗟汉帝魂，犹当恋丰沛。古今同一尽，孰职其成败。
何年将军坟，蔓草亦荒秽。落日闻归樵，临风激天籁。

戊申四月，奉旨祭明孝陵，都人士皆得纵观此盛典也，敬赋一章

火德移三统，桥山峙一隅。风云空想像，日月自驰驱。
异代明禋歇，兴朝礼数殊。禁臣来上苑，宝册出天都。
拜起烦冠剑，纷陈用史巫。大庖盈笾豆，雅乐饬笙竽。
忆昔规模远，安知运会徂。守衢熊虎立，当殿鬼神趋。

勋置萧曹从，亲将鲁卫俱。朝光浮玉雁，夜气识金凫。
请隧犹闻昔，藏钩忽去吴。烧痕残鸟道，草色隐龟趺。
月出非原庙，春游半鼎湖。牧儿常顾盼，野老独踟蹰。
复见千官集，欣闻万姓呼。白头宫监在，肸蠁托灵符。

均自《国朝金陵诗征》卷七

屈　复（1668—1739后），字见心，号金粟，晚号悔翁，陕西蒲城人。年未弱冠童子试第一名。不久出游晋豫苏浙闽粤各地，并四至京师。清乾隆元年荐举鸿博，不肯应试。晚年滞京中蒲城会馆撰书。熟知史实，有经世才。著有《弱水集》、《楚辞新注》、《唐诗成法》、《李义山诗笺注》。

金陵古迹·草　堂

门对钟山树，周颙旧草堂。由来朝市路，近接水云乡。
猿鹤多相怨，鱼龙贵两忘。移文移不尽，一个卫承庄。

金陵古迹·半山亭

中原全盛日，堪著半山亭。松竹干霄节，诗书毒世经。
云来依旧墨，苗长是新青。身退犹亡宋，题诗此勒铭。

《续修四库全书·弱水集》

胡玉昆（1669年前后在世），初名三，字元润，号褐公，江宁人。胡宗仁侄，胡宗智子（一说胡宗仁子）。工诗擅画。山水有家法，用笔虚无缥缈，咫尺千里；兼长花卉、兰竹。画称逸品。与周亮工、方以智、李日华交禊，康熙九年作《碧梧依山图》。著有《栗园集》、《金陵古迹图册》。

游灵谷寺

　　游人税驾始容登，五里森森千万层。
　　林外草香初见鹿，礀边云至几疑僧。
　　谁来共话齐梁事，极望当年风雨陵。
　　无数松涛争作响，护持真藉梵王镫。

《晚晴簃诗汇》卷九九

凌天杓（1670年前后在世），上元人。工诗善画。家业飘零，抗志粤东五年，无子。与同邑张裕交三十余年。卒后裕有四律哭之。临终前一日为叶逎骏作《秋江晚钓图》一幅。

游灵谷

　　乘兴招寻亦偶然，春光远引杖头钱。
　　横拖短策欹驴背，多买村醪趁仆肩。
　　十庙乌啼红树里，一峰青到禁城边。
　　朝阳门外游人少，风景依稀在眼前。

又

　　松声不与旧时同，五里浓阴一半空。
　　废殿尽教春草绿，残碑欲断夕阳红。
　　葵充僧饭蔬畦瘦，泉引山厨竹笕通。

薄暮空林归路暗，迢迢清磬鏁烟丛。

《灵谷禅林志》卷十四

游孝陵

宝城一带接陂陀，今古伤心此放歌。
满地羊牛欺石马，五更风雨泣铜驼。
山花不借晴峦好，王气其如野烧何。
为问比来灵谷胜，松声可似旧时多？

《国朝金陵诗征》卷六

沈德潜（1673—1769），字确士，号归愚，江苏长洲人。早年家贫，以授馆为生。奔波之余，勤奋读书。以诗文名世。屡试不中，六十七岁始中进士，官至内阁学士兼礼部侍郎。常出入禁苑，与乾隆帝唱和论诗。后辞官归里。编有《古诗源》、《唐诗别裁集》等。著有《沈归愚诗文全集》。

[清]沈归愚

恭和御制谒明太祖陵元韵

鸾辂巡行应八方，钟山展谒奠椒浆。
钦承家法高千古，敬礼前朝重一王。
僭乱削平兴礼乐，政刑苛察杂申商。
龙蟠虎踞空形胜，厚德由来是巨防。

◎敬礼：圣祖谒明陵，书"治隆唐宋"匾额。

《沈归愚全集》

过钟山

跋马钟山路，经过旧御沟。空闻抱龙虎，唯见牧羊牛。
衰草眠翁仲，西风赛蒋侯。不堪频眺览，从古帝王州。

《续修四库全书·归愚诗钞》卷十二

谒孝陵二十韵

大业开江甸，真符启帝王。九州纷割据，一剑扫欃枪。
将帅风云合，乾坤日月光。酬庸颁誓诰，定礼遍要荒。
汤沐隆濠府，梯航会建康。治功仁欲浃，遗诏语难忘。
丹寝江流绕，金灯钟阜藏。鬼神朝法驾，龙虎护云房。
一自炎精失，俄看宝祚亡。閟宫来牧竖，隧道走牛羊。
华表倾双阙，穹碑卧两廊。圣朝尊盛烈，御笔焕天章。
典守仍宫监，仪文仿奉常。草茅登殿陛，稽拜肃冠裳。
灵气开珠匣，龙形俨玉林。虬鬚唐帝子，隆准汉高皇。
异代原陵旧，春风莽草长。初无麦秀感，似有离黍伤。
王气销南国，空岩并北邙。徘徊松柏路，斜日下红墙。

《续修四库全书·归愚诗钞》卷十九

李绂（1675—1750），字巨来，号穆堂，江西临川人。清康熙三十八年进士。历官内阁学士,广西巡抚、直隶总督,遭诬劾下狱。乾隆初任江南乡试主考官,礼部侍郎。学宗陆王,称"陆王派之最后一人"。著有《穆堂类稿》、《陆子学谱》、《朱子晚年全论》、《阳明学录》、《八旗志书》。

望钟山次荆公韵

江声如龙吟,呜呜戞清瑟。钟山势蜿蜒,疑是飞龙出。

祭告明孝陵,礼成恭纪

胜朝三恪备,禋祀九重尊。香帛来金阙,光华溢寝园。
配天功德远,祔庙孝思存。奕世从周礼,相因记鲁论。
省牲文郑重,荐牡气絪缊。显相诚雍肃,斋郎各骏奔。
视燎依壁陛,废彻过松门。缅想前王烈,犹闻旧史言。
有明惟日御,至正值童昏。四海多灾异,群雄互并吞。
真人起江左,神武定中原。五德乘除运,千秋享祀敦。
国家恩礼重,松柏满陵垣。

《续修四库全书·穆堂别稿》

盛本梒(1676年前后在世),字让山,浙江嘉兴人。禾弟。约生于清康熙初。年未三十而殁。著有《滴露堂小品》。

鹧鸪天·读《北山移文》

谷口寒松枝乍低。山灵应为掩岩扉。漫嫌绿绶欺芳草,也把鸣蛙换鼓吹。　　商树畔,小亭西。当年曾榜北山移。猿惊鹤怨知何事?不为周颙孔珪。

《全清词·顺康卷》第十九册

徐䕫(1676—1726),字龙友,别号西塘,长洲人。负才高俊,读书一二遍,终身不忘。清康熙间廪生。曾入惠士奇幕。与沈德潜结诗社。诗初学韩愈,后宗李商隐,得风骚之旨,格律一变。年五十,殁于广南。榇归,其广南诗散佚。有《李义山诗集笺注》、《西堂集》、《凌云轩诗钞》。

秦淮杂诗

半山堂屋草萋迷,介甫声华认旧蹊。
欲纪元丰天子圣,天津桥上杜鹃啼。

《清诗别裁集》

姜公铨(1677年前后在世),会稽人。清康熙十六年丁巳科举人。著有《彭山诗稿》。

蒋　山

白马当年尉,神兵动八公。兹山留姓氏,异代启幽宫。
寝殿生秋草,园陵落塞鸿。玉龟不可见,踯躅冶城东。

《彭山诗稿》

童昌龄(1678年前后在世),字鹿游,别署香溪,浙江义乌人。家江苏如皋。肄业成均。擅画,尝作古木竹石,风味淡远。精六书,刻印尤工。与黄经、许容同师邵潜，共同开创东皋印派。著有《印史》，于清康熙十七年携至京都，梁清标、王渔洋、朱竹垞等竞相题咏赞誉。

偕友人游灵谷

五里松传一径阴，前朝遗植杳难寻。
山名灵谷峰俱秀，锡卓高僧腊已深。
隐隐云幢开法席，泠泠烟磬静禅心。
八功水味初禅后，一沁诗脾得快吟。

《灵谷禅林志》卷十四

朱卉（1678—1757），初名灏，字菱江，改字草衣，安徽芜湖人。少孤贫，赘江宁芮氏。后依吉祥寺僧以居。喜为诗，所游辄访名宿与之讲求。因有"夕阳僧打破楼钟"句，人以"朱破楼"称之。与吴敬梓交善。无子，自营生圹清凉山下。殁后，袁枚为题碣。著有《草衣山人集》。

由灵谷寺经孝陵

青山无复翠华踪，古寺荒凉露几重。
秋草人鉏空苑地，夕阳僧打破楼钟。
苍苔漠漠丰碑蚀，黄叶萧萧享殿封。
宫殿白头今卖酒，年来犹护几株松。

《灵谷禅林志》卷十四

前　人

蒋帝庙

古庙青山下，阴风曳画衣。斜阳神返后，云气满朱扉。

孝　陵

孝陵山下路全荒，踏雪行来冻欲僵。
犹有前朝宫监在，萧萧鹤发晒斜阳。

以上《国朝金陵诗征》卷四十三

朱元律（1682—1755），字夔声，号竹坡，晚号巘谷老人，江南上元人。朱圻第六子。诸生。清康熙四十四年南巡，召试一等，以母老辞官。著有《巘谷集》（《金陵朱氏家集》本）。

明孝陵

王业艰辛久，园陵钟阜高。野麋群骇愕，荒草郁慭蒿。
瞻像龙颜赫，扪碑战绩劳。晚归山下路，蓬颗半英豪。

《巘谷集》

王栻（1683年前后在世），字学南，号卓人，苏州府吴县人。岁贡生。尝与顾承烈等人同游灵谷寺。清康熙二十二年至二十三年，任《江南通志》分修。雍正六年尹继善到苏州任江苏巡抚时，常延至家中，待为上宾，唱和甚相得。去世时，尹有诗悼念缅怀。

游灵谷寺

偶客金陵选胜游，偈来灵谷爱清幽。

云归远岫依松住，泉出青林咽竹流。
银杏无心初荐实，天香有意独宜秋。
山中景物随时变，木叶萧疏见石头。

《灵谷禅林志》卷十四

葛祖亮（约1683—？），字弢仁、超人，号闻桥，江宁人。清雍正四年拔贡，乾隆元年进士。官至户部员外郎。性僻好骂，见不合于己者，必逞色发蹩而后快。终以此忤上官，不得意而去。与蝶园李师中交莫逆。老而贪文，无子。乾隆二十二年尚在世。著有《花妥楼诗》二十卷。

最高峰

最高峰势险，江口耸云开。浩气悬空出，飞烟入暮来。
村墟飘落叶，僧寺掩荒苔。多少风帆客，冲波日往回。

李鳌《金陵名胜诗钞》

黄炳先（生卒年不详），清代人。生平待考。

游灵谷寺

钟山山势独峥嵘，虎踞龙蟠接石城。
竹影参差阴讲席，松涛澎湃和经声。
定中僧坐蒲团稳，静里人听莲漏清。
归傍珠湖看暮色，余霞一片水边明。

《灵谷禅林志》卷十四

伹肇毅（生卒年及生平不详），清代人。

游灵谷寺

卜居恰喜近钟山，为访高僧数往还。
池凿万工云掩暎，松传五里迳湾环。
优昙花发过苍鹿，祇树林间舞白鹇。
一自道林飞锡后，至今岩石总无顽。

《灵谷禅林志》卷十四

伹肇政（生卒年及生平不详），清代人。

游灵谷寺

出城数里见招提，隐隐禅关在竹西。
但有兴时花欲醉，更无人处鸟争啼。
听经已许探龙藏，送客应忘过虎溪。
顶礼塔前窥宝相，毫光千丈与云齐。

《灵谷禅林志》卷十四

马国镇（生卒年不详），清代人。生平待考。

游灵谷寺

远公如意指禅机，宝地千秋锁翠微。
迤逦山光青极目，萦回松径冷侵衣。
经谈静夜鱼龙隐，锡响空林虎豹归。
世上俗尘都不到，只令元度欲皈依。

《灵谷禅林志》卷十四

黄梦麟（1685年前后在世），字观芝，号匏斋，江南溧阳人。知府黄如瑾子。幼聪颖，诗文有盛名。清康熙二十四年进士（探花）。授翰林院编修。曾纂修《三朝国史》、《一统志》。累迁詹事府左春坊左中允，日讲起居注官。孝友恬退，假归遂不复出。著有《匏斋集》。

灵谷赠晓苍和尚

珠湖洞口问苍髯，无复虬枝拂帽檐。
杖入青林穿荦确，堂开绿玉爱精严。
石池小甃通泉脉，云岫微凝露塔尖。
为听无生归路晚，半规红日坠西崦。

《灵谷禅林志》卷十四

萧瑢（1685—1765后），字佩珩，一字于山，上元人。为人精明和厚，口无雌黄。与同时杨天誉、汪东川俱以诗自适。卒年八十余。（有《庚午自吟》诗："老子今年六十六"，据此推算生卒年如此，待考。）

过钟山朝元洞晤僧指南

老衲逃禅处，幽探惬素心。路依层嶂折，洞隐一山深。
古木喧春鸟，清泉响石林。何时脱尘网，来伴远公吟。

《国朝金陵诗征》卷二十一

钱陈群（1686—1774），字主敬，号香树，嘉兴人。钱纶光子。父早卒，母陈氏翼诸孤以长。清康熙六十年进士。尝以母《夜纺授经图》奏上，上为题词。三迁内阁学士。官至刑部左侍郎，加尚书衔、太子太傅。卒谥文端，祀贤良祠。擅诗工书，体兼行草。著有《香树斋文集》。

恭和御制谒明太祖陵元韵

考卜当年宅此方，江城士女献壶浆。
山川郁郁蟠龙地，剑玺悠悠胜国王。
八诰未遑营陕洛，五宗终遣判殷商。
椒馨展义思前鉴，乾惕应深未雨防。

《香树斋诗文集》

[清]钱陈群

汤叙（1687年前后在世），字纳时，一字默庵，东海（浙江海盐）人。清康熙二十六年举人，官江西吉水知县。曾馆金陵三年。工诗词。著有《白下集》、《浮岩词》。

春日谒明太祖孝陵并瞻拜遗像，感赋二首

玉匣珠襦器已陈，规模犹见寝园新。
撑扶日月光千古，驱使风云护百神。

苔径寻碑惊虎迹，松根偃蹇隐龙鳞。
竖儒何幸瞻天表，隆准原来自有真。

又

肃肃原陵拱旧都，精灵隔代未锦磨。
夕阳古木悲花鸟，荒草层冈立象驼。
名正不留青史恨，功高犹恃赤心多。
如何遗泽沾宫监，索取香钱博醉歌。

春日谒孝陵殿，归途由杏花坞望后湖一带山庄之胜，纪事二章

春色已过半，客窗竟不知。兹晨忽兴发，出门颇自怡。
意行无定所，飘扬随柳丝。和风不袭体，浩浩吹我衣。
细草远更浓，欣欣亦自私。路过朝阳门，指点旧宫基。
今为营房址，隙地间有之。王畿虽湮没，陵寝犹巍巍。
钟山望中翠，近睹鲜花滋。石马卧荒冈，欲啮无枯萁。
翁仲列道周，执笏如纠仪。红墙围户墉，殿瓦映琉璃。
侧身进重门，登览周无遗。苍狗须臾变，黑云掩赤曦。
阴风起山巅，四望雨脚垂。鼪鼯嗥疏林，弓剑有余悲。
鹄立不能久，遗像安得窥。

又

霁晦只一时，天意不可测。浓云如渟黛，俄顷四山碧。
念我出游稀，不吝此风日。瞻拜辞閟宫，硞确穿藓碛。
清泉堪照影，掬水尽一吸。忽闻啼乌喧，旋觉崖阴密。
花光远蒙蒙，淡红衬深白。梅萼已辞枝，杏园看历历。
小桃神未旺，窃笑东风急。林香岳气春，地旷吟怀适。
隔岸有游人，携樽就地席。我欲赏红英，青帘何处觅。
放眼后湖宽，波光荡胸臆。褰裳疑可涉，春涛不盈尺。
舴艋堤边待，凫雏水中立。因思西子湖，胜概非一一。
亭台倒影悬，桃李沿堤植。后湖无此景，春妍谁绘出？
长条烟际垂，可望不可即。

均自《白下集》

徐麟吉（1687年前后在世），字日驭，号北山，山阳人。清康熙间诸生。尝入两江总督董讷幕。诗似李义山。题张焘飞《采莲图》七古，一时传诵。李元庚《山阳河下园亭记》曰：山子湖一名君子湖，见徐北山《泛山子湖》诗。冒氏辑《山志》时，深惜未见。著有《北山诗存》等。

同人游灵谷，晓公和尚留山止宿，漫赋二首

扪萝寻彻迹，搔首望名山。绝壑疑无路，欹厓别有湾。
钟传空谷外，寺在万松间。欲话萧梁事，真僧早放关。

又

饭毕伊蒲馔，行来选佛场。晤时千掌合，定后一炉香。

问钵传尊者，敲金记武皇。灵山迟倦客，不止爱同乡。

《灵谷禅林志》卷十二

释寂曙（1691年前后在世），亦作际曙，字晓苍，山阳县人。清康熙三十年任灵谷寺住持，乃该寺自汉月以来三峰宗派最后一代嗣宗。经营葺理，百废俱兴。又请豫章吴云重修《灵谷寺志》。康熙南巡，奏对称旨，御书联匾。身后该寺宗风败落，雍正间万清来主寺，遂为曹洞宗。

喜盛东田先生入山奉和见赠元韵二首

新诗欲轹谢玄晖，直上青林喻法微。
谷口近曾邀凤辇，松枝昔亦挂龙衣。
宝公往事真堪异，玉局前身未必非。
敢谓风流追二老，过溪一笑兴遄飞。

又

懒将囊钵百城悬，忆住钟山亦有年。
夜坐衲头分皓月，晓行杖底曳寒烟。
愧无佳句能参偈，喜有高贤共品泉。
好待重来留玉带，须知不二是真禅。

《灵谷禅林志》卷十四

黄子云（1691—1754），字士龙，号野鸿，江苏昆山人。居吴县。布衣，曾随徐征斋使琉球。少有俊才，诗名甚著，与吴嘉纪、徐兰、张锡祚合称为"四大布衣诗人"。曾参修《古今图书集成》。著有《四书质疑》、《诗经评勘》、《野鸿诗稿》、《长吟阁诗集》。

明孝陵

原庙丹青龙凤质，河山带砺帝王州。
圣朝兴继恩犹大，文子文孙一等侯。

明祖陵

元纲久失坠，六合纷混淆。匹夫奋草昧，大命集终朝。
东指澄沧溟，西顾服有苗。武威迈炎汉，文思臻古尧。
宇宙气复振，荆吴氛全消。丕显昌明运，温煦玄元苞。
应世而登庸，卓立万代标。凤纪厄麟获，龙攀泣乌号。
钟山雄碑矶，閟宫郁岩峣。壁粉古篆蚀，树羽飞檐交。
遐狄怅野色，悍兽嘶风飚。霏微紫云气，窅映金支旓。
草中一再拜，肃肃灵威高。则知王者地，陟降神明昭。
今皇重置守，不赦严采樵。榱桷焕陵邑，岁时右牲牢。
岂若五陵原，衰杨空萧萧。德泽在天壤，抔土毋敢摇。
风雷护城阙，碑碣干云霄。群山相拱揖，牛首独不朝。
卜世未三十，岂曰形势挠。后王弃厥德，社稷如鸿毛。
苍茫松杉路，独立大江遥。

均自《长吟阁诗集》

马逸姿（1692年前后在世），字隽伯，陕西武功人。马琲子，荫生。历任雷州知州、刑部员外郎、兵部郎中、苏松粮道道台、江苏按察使、安徽布政使等职。为官三十年，勤政爱民，人皆思念。关注故乡，曾用薪俸偿还全县十三里田赋欠额。搜求旧本，辑刻明状元康海《对山全集》。

四月八日游灵谷赠晓苍和尚
山深四月有余春，喜值如来诞降辰。
香篆袅时闻贝叶，斋钟动处饷溪芹。
青林锡振云间鹤，白足僧谈天上麟。
我亦灵山曾听法，漫随人说宰官身。

赠灵谷晓公
荷锸亲鉏荆棘丛，法幢高竖乱云中。
能教初地开生面，应识前身是志公。

又
卓锡空山四十春，栽松种竹一劳人。
乍闻天语褒声色，高楔群瞻御墨新。
◎上幸钟山，喜谓侍臣曰：灵谷寺有色有声。御书"灵谷禅林"四字额赐之。

灵谷八景
钟阜晴云
忽然天半见青林，薄有云衣幂碧岑。
乍卷还舒看变幻，谁知出岫本无心。
◎青林：寺后有高阜，名青林冈。

浮图秋月
昏钟初断涌银蟾，影入高松见塔尖。
谁赋秋声当静夜，明河耿耿欲钩帘。

古殿钟声
景阳旧物出何年，长向毗卢殿外悬。
清夜一声鱼子动，穿林度岭韵悠然。

苍池松影
鉴尽人间妍与媸，至今犹说万工池。
风来忽讶苍虬舞，恰是髯翁写影时。

银杏栖霞
古干曾经玉带围，树头黄叶俨垂衣。
晓霞更欲拖龙藻，才入林间便不飞。

清泉咽竹
泉源遥出马鞍东，脉络潜从地底通。
竹笕递来归石氎，千年长咽碧筒中。

空街应掌
殿地谁埋凤尾槽，应弦如奏郁轮袍。

客来拍手长廊下，疑傍浔阳江上舩。

曲水流觞

湍流何处觅清泠，石上空存曲水形。
修禊若还逢内史，肯将茧纸写兰亭。

◎其水亦出马鞍山，昔时引以流觞，今已枯涸，但存其名。

均自《灵谷禅林志》卷十四

吴贯勉（1692年前后在世），字尊五，号秋屏，安徽歙县人。流寓金陵。清诸生。曾参曹寅幕。曹寅于扬州设局刻书，聘其任雠校事。曹寅逝，有诗悼之。著有《绿意词》、《江花晚唱》（又名《秋屏词》）。

祝英台近·七月望北山看月

蹑层岩，循断壑，光洁玉华满。石磴松阴，倒影半山半。凭虚一抹荒烟，披蓁塞路，只零落、都无人管。　　倚楼看，飞声钟鼓喧阗，香迷出尘殿。野火遥青，山鬼抱幽怨。未知何处鸡窗。谈经人杳，重见昔时书馆（宋永嘉雷次宗开馆于此）。

《全清词》第十七卷

厉鹗（1692—1752），字太鸿，号樊榭，钱塘人。出身贫寒，性格孤傲。早有诗名，李绂典试浙江，录至京师。后中举。汤右曾欣赏其诗文，欲荐于官，即离都。为学搜奇嗜博，曾在扬州小玲珑山馆潜心研究宋人著作多年，考据详博。著有《樊榭山房集》、《宋诗纪事》、《南宋院画录》。

自栖霞至金陵道中，有梁始兴王憺、安成王秀、吴平忠侯景墓，石麒麟、墓碑犹存，蒋王庙在钟山之麓，太平门外，城下即后湖也，得四绝句（录二）

巢乌送客又飞还，霜树参差古路间。
偷得定林诗里景，蹇驴满意看钟山。

又

蹩憩吟鞍拜蒋王，云旗髣髴护重冈。
不教庙额仍称帝，岂为流闻望子香。

《樊榭山房续集》卷四

[清]厉樊榭

郑燮（1693—1765），字克柔，号板桥，江苏兴化人。清康熙秀才、雍正举人、乾隆进士。历官范县、潍县令。曾开仓贷粮救荒，为官清廉，民感其德，建生祠祀之。其诗书画，世称三绝，为"扬州八怪"之首。尤擅画兰竹；独创"六分半书"，亦擅治印。著有《郑板桥全集》。

念奴娇·孝陵

东南王气，扫偏安旧习，江山整肃。老桧苍松盘寝殿，夜夜蛟龙来宿。翁仲衣冠，狮麟头角，静锁苔痕绿。斜阳断碣，几人系马而读。　　闻说物换星移，神山风雨，夜半幽灵哭。不记当年开国日，元主泥人泪

[清]郑板桥

簇。蛋壳乾坤，丸泥世界，疾卷如风烛。老僧山畔，烹泉只取一掬。

满江红 · 金陵怀古

淮水东头，问夜月何时是了？空照彻飘零宫殿，凄凉华表。才子总缘杯酒误，英雄只向棋盘闹。问几家输局几家赢？都秋草。　　流不断，长江淼；拔不倒，钟山峭。剩古碑荒冢，淡鸦残照。碧叶伤心亡国柳，红墙堕泪南朝庙。问孝陵松柏几多存？年年少。

均自《郑板桥全集》

蔡玺（1696年前后在世），字铉升，一字甘泉，上元人。蔡莲西先生子。清康熙丙子举人，庚辰进士。除中书，改瓯宁知县。地产米，奸商与贩出洋，价目翔贵，民多乏食，勒石严禁。决狱明敏。面慈祥，人称"蔡佛子"。致仕归。著有《香草堂集》四卷。

灵谷寺

香积泉流会，山空谷响灵。梅仍今日白，松忆旧时青。寺接蟠龙地，僧成野鹤形。依然钟阜在，紫翠作云屏。

《灵谷禅林志》卷十二

前　人

半山寺怀古

半山破碎荆榛中，依稀路与钟山通。
我来感旧值萧瑟，凭谁一扫愁云空。
已耐悲笳鸣夕照，还禁老马吟西风。
古寺樵人尚不识，行行深悔问村童。
参差断瓦委绿草，渲染流水饶丹枫。
南宋北宋久湮灭，野僧犹说王荆公。
致君尧舜当年志，青苗筹国徒言利。
只缘误读管商书，蓬蒿滴尽苍生泪。
罢相归来何太闲，文章未了千秋事。
聊借烟霞慰寂寥，幅巾驴背就苍翠。
努力空争竹帛光，浮名不换松醪醉。
相公当日半山亭，至今舍宅为僧寺。

《国朝金陵诗征》卷九

夏之蓉（1697—1784），字芙裳、醴谷，号半舫，高邮人。清雍正十一年进士。乾隆元年召试博学宏词列二等，授翰林院检讨。乾隆九年任福建乡试正考官，次年授广东学政，后改湖南学政。工书法，用笔在赵、董之间。著有《读史提要录》《诸经考辨》《半舫斋诗文集》《骎征集》。

钟 山
南干尽处龙奔腾，诸峰势绕前代陵。
风云变灭动树石，十二时无定颜色。
屏风一岭尤高骞，扪参历井当晴天。
衡庐秀绝苦未到，不知与此谁后先。
玉涧春深水光动，栝栢千年翼鸾凤。
读书台下起清声，髣髴龙吟出幽空。

李鳌《金陵名胜诗钞》

刘大櫆（1698—1779），字才甫、耕南，号海峰，安徽桐城人。工文辞。方苞见其文甚为叹服。两中副榜。清乾隆时举鸿博、举经学皆被黜。时以文名著京师，诸提督学政争致幕下。晚年任黟县教谕，复主讲问政书院，归老枞阳。为桐城文派领军人物。著有《海峰文集》、《海峰诗集》。

金 陵
龙盘虎踞势崚嶒，三百年来几废兴。
今日断云飞不去，落花如梦下钟陵。

《续修四库全书·海峰诗集》

许　田（1699年前后在世），字莘野、昌农，号改村，钱塘人。清康熙四十二年进士。授四川高县县令。抚驭有方，修治桥梁道路，建立义学，士民颂之。行取入京，以五部主事用，未授而卒。著有《屏山诗钞》、《燕邸集》、《西征集》、《水痕词》、《春梦词》、《亦快阁出疆诗集》。

寄赠灵谷方丈
闻说名蓝近白门，宝公遗迹至今存。
珠湖洞口松非旧，银杏林中树独尊。
六代风烟余蔓草，八功泉响漱云根。
何时得听莲花漏，岩畔青萝手自扪。

《灵谷禅林志》卷十四

释明辂（生卒年及生平不详），清代人。

寄赠灵谷方丈
君住钟山四十秋，灵林我已雪浑头。
祖孙相继宗风振，瓢衲争趋法派流。
悟后花香生鼻观，定中月色过层楼。
近闻宝塔多灵异，百丈毫光天际浮。

《灵谷禅林志》卷十四

李向隆（生卒年及生平不详），清代人。

灵谷寺
孝陵东去见精蓝，松盖亭亭罩佛龛。
街响檀槽听不倦，泉通竹笕饮尤甘。
人丛樵径归深坞，鸟逐残霞度夕岚。

色相欲空尘虑涤，钵龙留影在寒潭。

《灵谷禅林志》卷十四

汪大乾（生卒年及生平不详），清代人。

灵谷寺

闲寻初地得徘徊，虎踞冈峦亦壮哉。
飞锡曾惊玄鹤去，听经时引白龙来。
松门寂历栖禅室，云气溟濛护讲台。
黄叶试看银杏杪，此中元有不凡材。

《灵谷禅林志》卷十四

沈宗敬（1669—1735），字恪庭，又字南季，号狮峰、卧虚山人，华亭人。沈荃子。清康熙二十七年进士。官至太仆寺卿，提督四译馆。精音律，工书画。著有《双杏草堂诗集》。

灵谷赠晓苍和尚

万松深处有高僧，运水搬柴是尔能。
耳畔流泉常瀿瀿，眼前世路自层层。
袈裟穿起千针衲，拄杖拈来七尺藤。
忙里登临逢惠远，寻山且喜得良朋。

《灵谷禅林志》卷十四

王永年（1700年前后在世，生平不详），清代人。

过灵谷赠晓苍和尚

昔予病剧，梦入一大刹中，升座说法，方饭香积，忽然惊寤，病亦寻愈，近以迎銮诣寺，宛然梦中所见，而晓公和尚即说法时首座也，岂予前身亦浮图耶，诗以纪之。

梦中说法现诸天，此日经过境宛然。
偶晤高僧如凤契，重来灵谷总前缘。
喜飧香积伊蒲馔，愧镜尘容功德泉。
二老风流如可续，参寥佳话至今传。

《灵谷禅林志》卷十四

范莱（1700年前后在世，生平不详），清代人。

灵谷寺送春同吴舫翁、朱字绿、王安节作

花残乱草碍人行，流水韶华感此生。
入寺方知闲不易，对僧自觉老无成。
应声山谷如幽侣，触目云泉称隐情。
一路青青何所在？空山新得领啼莺。

《灵谷禅林志》卷十四

谢 煦（约1700年前后在世），字伯致，一名树，字伯子，学者称萝庄先生，上元人。庠生。著有《春草堂文集》、《焚余草》、《井观小史》、《龙都风土记》、《易诠》、《左例》等书。

游灵谷寺

木落空山景物微，尚余霜叶斗芳菲。
溪桥古径僧来远，岩石荒廊云早归。
半偈名香消俗虑，数声清磬对斜晖。
仰瞻圣藻焜煌处，龙象依然绕座围。

《国朝金陵诗征》卷七

【注】《灵谷禅林志》卷十四亦收录此诗，作者名谢树，诗题名《奉访晓公和尚一律》。

吴敬梓（1701—1754），字敏轩，号文木，安徽全椒人。出身书香世家。诸生。丧父典田，挥尽家产。清康熙间荐博学鸿词不赴。雍正十一年移家南京，居桃叶渡。广交游，常与友人文酒吟啸，被推为盟主。卒葬城西清凉山。著有《文木山房集》、《金陵景物图诗》和小说《儒林外史》。

钟 山

钟山在城东北十五里。两峰挺秀，北一峰最高，其上有一人泉。孙吴时改为蒋山，因蒋侯神也。山为都城屏障，阴阳向背，情态无穷。朝暾暮霭，朱殷掩映。其图尺幅中具有层岩列岫之势。北接雉亭山，明陵在焉。康熙中南巡，悬"治隆唐宋"匾额于殿宇，至今岁时遣官致祭。山上旧传有吴大帝陵，今不可考。

紫气冒碧峰，草木郁葱蒨。千磴抱晴岚，松风满台殿。
孙陵莽榛芜，孝陵唯永奠。荣光上烛天，宸章万目眴。
言寻茱萸坞，云深不可见。策杖下层峦，夕阳山几片。

《金陵景物图诗》

[清]吴敬梓

题王溯山《左茅右蒋图》

平生我爱王摩诘，辋川图画妙入神。箧藏此图三十载，
晴窗拂拭无纤尘。有时酌酒与裴迪，花枝草色眼中新。
浮云富贵非所好，爱山成癖乐其真。披图沉吟仍怏怏，
辋川野色平于掌。那似江南烟水区，丹青紫翠多骀荡。
嶔崟埼礒仍硱磳，崔嵬历陵人观仰。白门佳丽古所称，
谁其峙者茅与蒋。几年卜筑板桥住，秦淮水色钟山树。
木兰舟内急觞飞，杨柳楼边歌板度。著书仰屋差自娱，
无端拟献金门赋。授简曾传幕府招，蜡言栀貌还枝梧。
秋风幞被返白门，窗外寒潮退旧痕。咄嗟独凭阑干立，
长者叩户笑言温。手持绝妙倪迂画，画出逍遥庄叟园。
短松少鹤相随久，修竹啼莺古意存。两山翠色烟云绕，
中有草堂深窈窕。书卷应堪比邺侯，樵苏时复思庄蹻。
几棱欣看远近田，一条寒玉溪光晓。春秋佳日快登临，
高怀那许尘容扰。雅志高怀见此贤，何须服食求神仙。
兰台家世千秋重，艺苑文章四海传。只此蓬瀛共瑶岛，

休言绿野与平泉。便拟将身入图画，不羡王维居辋川。

《文木山房诗集》

金德瑛 （1701—1762），字汝白，号桧门，浙江仁和人。清乾隆元年状元，授修撰。历南书房行走、江南乡试考官、江西学政、太常寺卿、山东学政、内阁学士、礼部侍郎、江西乡试考官、顺天学政，二十六年擢左都御史。当年末，命稽核通州仓储，中寒病卒。端平简直，无有偏党。

往使金陵，未赋怀古之什，敬和御制《谒明太祖陵》元韵，效半山贡父例，叠成四章

一

荟蔚松楸隧一方，礼殿创业奠椒浆。
自提虎旅中都起，遂睹龙飞四海王。
改制机深周内外，承家尾大兆参商。
有灵不遣郎传语，痛惜神熹自溃防。

二

尺土无阶汉比方，虮生甲胄汗成浆。
燕云入手方全夏，龙虎称都尚缓王。
自运韬钤真圣武，末流朋党费评商。
凤阳霜露惊烽燧，谁领雄师一控防？

三

南作留都鼎北方，寝园难自奉醪浆。
万几蠹腐先神庙，半壁骄淫更福王。
圣入冷陉方靖寇，周申前鉴曰谘商。
兴亡俯仰无多感，明德维馨万世防。

四

秣陵取道自朱方，躬举明禋致醴浆。
牛首山横分两阙，龟趺碑在认前王。
冬青有树曾悲宋，白马来宾尚祀商。
真是圣朝仁厚极，昌平川谷尽堤防。

《续修四库全书·诗存》

释法守 （1701—1767），俗姓凌，又名绪守，字道揆，浙江乌程人。年十九出家于宝云寺。灵隐寺谛晖为其受具。曾到淮安参拜万清。清雍正十二年，万清在灵谷寺开法，绪守前侍，遂止之。后继任住持。三十余年，不入城市。乾隆皇帝南巡至寺时，求题"净土指南"，刊石为记。

乾隆丁丑春，翠华幸寺，进呈三贤碑搨本，奉旨重刊恭记

来日苦无多，去日良可惜。浮生六十年，忽忽此一日。
饥餐倦即眠，何者为佛力。悟彻去来今，即是波罗密。
两度觐天颜，几世能修得。一领破袈裟，香气御炉袭。
峩峩三贤碑，劫灰几经历。一朝焕光彩，恩许重摹勒。

胜迹岂常湮，禅房留宝墨。净土指南字，煌煌圣人笔。
风舞而龙飞，银钩兼铁画。长此大光明，不寂亦不灭。

《灵谷禅林志》卷四

彭启丰（1701—1784），字翰文，号芝庭、香山老人，长洲人。彭定求孙。清雍正五年会元、状元，授翰林院修撰，南书房行走。官至兵部尚书。卒谥文勤。自律谨严，不言人过。督学浙江回，尝言利病四事。致仕后，任紫阳书院山长，培植后进。著有《芝庭诗稿》、《芝庭先生集》。

[清]彭芝庭

谒明孝陵

钟山云树郁苍苍，驰道如弦缭苑墙。
往日风云真际会，至今陵寝有辉光。
同书倍觉江山壮，絷马徒怜社屋荒。
草昧英雄谁得似？汉家高庙在咸阳。

又

守冢黄门已白头，黍油麦秀岁悠悠。
空传石马嘶风夜，谁见铜驼泣雨秋。
表奏通天频怅惘，魂归望帝漫夷犹。
斜阳欲落寒烟碧，十里山陵万古愁。

《芝庭先生集》

盛宏邃（1703年前后在世），即盛弘邃，字紫翰，杭州临安人。清康熙四十二年进士。五十三年官阜宁知县时曾修儒学明伦堂。五十五年官兴化知县。曾来白下，访晓苍禅师于灵谷寺，居其友人马益静远斋中，共同校定豫章吴云所修《灵谷寺志》，各撰序文。著有《东田闲居草》。

礼宝公塔

鹰巢异迹始元嘉，挂杖齐梁纪岁华。
语类颠狂皆谶纬，人疑仙佛互欢哗。
鲙残忽讶鱼游水，麈拂能令天雨花。
窣堵千年藏舍利，桥山深处锁烟霞。

又

剺面曾分十二形，个中疑幻亦疑真。
黄头谁识西来佛，沧海空归东渡人。
梁祚改移缘易石，宋廷崇奉为贞珉。
豪光忽放三千界，始信金刚不坏身。

《灵谷禅林志》卷三

晓苍和尚招游灵谷题赠二首

遥见浮图树杪悬，嵯峨宫殿始何年。
麦畦剡剡翻新浪，松径阴阴湿翠烟。
笋味正修千佛供，茶香初瀹八功泉。
灵山合有前缘在，定化双凫叩老禅。

又

钟山佳气霭晴晖,帝辇南来驻翠微。
宸藻墨波分丈室,御炉香篆浃条衣。
宝公遗帔看犹在,灵谷深松听已非。
恰羡支公重振锡,林间白鹤亦高飞。

《灵谷禅林志》卷十四

释宏选(生卒年及生平不详),清代人。

灵谷寺

旃檀祇树古禅丛,灵谷新移禁苑东。
白屋几丁人迹少,朱林一带石楠丰。
予因出谷看黄鸟,客为余闲访雪峰。
泉水流香烹茗坐,半山园下忆荆公。

《灵谷禅林志》卷十四

[清]全谢山

全祖望(1705—1755),字绍衣,号谢山,浙江鄞县人。乾隆元年进士,选庶吉士,散馆以知县用,不就返里,专事著述。后主讲蕺山、端溪书院。曾三笺《困学纪闻》,补辑《宋元学案》,校正《水经注》。为诗多评论人物。著有《汉书地理志稽疑》、《鲒埼亭集》、《外编》、《诗集》等。

定林寺

萧疏定林寺,传是舒王址。暮年一壑中,空书福建子。尧舜君民志未伸,耿耿可鉴诸鬼神,拟之王卢岂其伦。泥古信匪人,遂以酿祸根,是则殊可嗔。坡陀羸马哦诗处,白雀红雀都飞去。空余百尺松,我疑犹是元丰树。

从朝天宫谒孝陵

世传高皇龙蜕在是宫,不在陵也。

钟阜衣冠是与非,朝天弓剑更传疑。
难寻玉匣珠襦地,但见神功圣德碑。
开国谅无惭汉祖,嗣孙底事学曹丕?
当年可笑山陵使,乱命何人为弼违。

题明太祖纪后

是日以阻风,因游孝陵,归而赋此。

恩威转盼太无常,幸保功名仅六王。
朝士空曹登党案,书生环袂殉文章。
薇垣杀气连天动,竺国慈云扫地亡。
开国规模宁有此,頮宫亚圣亦仓皇。

◎太祖刑僇之惨,高洋不是过也。继以成祖,国脉耗甚矣。幸而济以仁、宣之宽大,故得永世耳。乃知寿国之功在嗣王也。

【注】頮,同沬。无简化字。

又

曲台浪说重经师，手著宸奎录孝慈。
并后已先陵冢嫡，夺宗何怪启骈枝。
前星频震终沦落，岩塞轻封半险危。
始信睢麟精意失，不徒官礼致乖漓。

◎此论为前人所未发，然有至理存焉。

又

漫说诚意撤胡床，草昧君臣未可忘。
此事终应输汉祖，濠梁何处吊韩王？

◎吊韩王：太祖以事韩为讳，见于刘辰《国初事迹》。后人谬言文成撤床，皆不考。然杀之无乃已甚，其实留之亦不害也。

又

谁是条侯可授遗？满朝勋辅尽陵夷。
天台学士真儒者，不救皇孙一炬危。

又

江东只合供偏安，河北绵延控厄难。
闻遣车徒卜函谷，悔教弓剑瘗长干。
具官空拟神京旧，亡国重增青盖叹。
盛世于今隆继绝，肯容樵牧妄摧残。

均自《鲒埼亭集》

朱鹤年（1705—1760），字皋闻，号露鹤，上元人。朱元英次子。清廪贡生。候选教谕。著有《朱鹃桥边野草》。

灵谷寺

千年黄叶梁朝寺，废堞荒丘乱草芜。
孤塔犹能标象外，行人影里白云铺。

《朱氏家集》

释觉明（生卒年及生平不详），清代人。

咏灵谷八景

钟阜晴云

白昼岚烟淡霭容，杳然若望画图中。
金陵第一何推尔，威势能令俯万峰。

浮图秋月

迥然窣堵占蟠龙，千古真藏宝志公。
不独青灯交皓月，白毫曾亦涌虚空。

古殿钟声

金碧辉煌古殿雄，凌虚拟与广寒同。
蒲牢午夜殷勤甚，吼出松关觉梦中。

苍池松影
锁断双溪水汇融，澄清最羡影苍松。
更馀良夜空云霁，月透波心起卧龙。
银杏栖霞
久侣烟霞滋露浓，曾经玉带沐皇封。
一枝顶上冠黄彩，翠树依依尚拱躬。
清泉咽竹
未识从何具八功，咨渊源与耨池通。
但将竹影归香积，未肯分流浊浪中。
空街应掌
不假丝弦韵颇工，悄然太古寄其中。
但随抚掌声声应，能使游情淡处浓。
曲水流觞
泛觞带水乐王公，近日云浮草自丛。
何意圣皇南幸辇，六銮驻跸续前踪。

《灵谷禅林志》卷十四

许其恕（1706年前后在世），字忠行，淮安人。生员。清康熙四十五年曾与友人来游灵谷。雍正四年曾呈请漕院张大有开放楚州淮城东南龙光闸，与城外筑坝通水入淮城。

灵谷寺建自梁徙自明，沧桑代易，故址丘墟，吾淮晓公和尚居此三十八载，芜者植，废者修，几复当年之盛。丙戌十月同友人至其处，晓公止宿，漫成一律

钟山寺古白云深，翠竹寒松拂涧阴。
山暎夕阳含黛色，谷藏灵气有清音。
志公遗舄犹争识，武帝荒台尚许寻。
更喜禅关留信宿，晚来钟磬净尘心。

又
锡飞讵避久荒芜，手植松筠几万株。
树影依然开画障，山形若为拱浮图。
不辞阒寂来萧寺，翻喜殷勤话故都。
指点当年兴废处，六朝云物任虚无。

《灵谷禅林志》卷十四

【注】一律：似应为二律。

马　益（1708年前后在世），字惠我。自关中来居白下，颜其额曰"静远斋"。清康熙四十七年，其友盛宏邃来游灵谷寺，受住持晓苍之托，二人共同校定吴云所修《灵谷寺志》，各撰一序，并代募同人捐资刊印。

四月八日偕内弟赵圣木游灵谷兼谒孝陵

淡云初日蔚蓝天，联骑骎骎破晓烟。
仙梵遥传方浴佛，花宫深寄好栖禅。
客来午饷还烧笋，定后清谈更煮泉。
西去孝陵知不远，归途犹拟暂停鞭。

《灵谷禅林志》卷十四

王　惠（1708年前后在世），字迪存，号惕岑，又号和夫，安徽怀宁人。清康熙四十七年武举人，五十二年武进士。授镶白旗牛录官学教习，任满拣选浙江处州卫守备。旋荐修海塘，卒于任。有《柘涧山房词稿》。

忆王孙·金陵秋夜五忆（录一）

孝陵风雨正黄昏。黄土坏中古帝魂。鬼火燐燐江上村。忆王孙。一梦兴亡枕上痕。

《全清词·顺康卷》第十九册

【注】坏：读pēi，土丘。代指坟。

赵　柽（1708年前后在世），字圣木。马益内弟。尝与马益同游灵谷寺，谒明孝陵。并次其韵赋诗一首。

次韵游灵谷兼谒孝陵

佛诞斯辰霁晓天，瑜珈声动袅炉烟。
松间暂憩流觞地，竹里仍安补衲禅。
虎踞层云栖杰塔，龙归深洞涌飞泉。
晴霞抹处桥山出，白鼻休教纵玉鞭。

《灵谷禅林志》卷十四

涂学诗（1709年前后在世），江宁人。清康熙四十四年乙酉科举人。康熙四十八年己丑科进士。

游灵谷寺

空岩依旧隐招提，曲曲青松鸟乱啼。
竹筦水流秋色净，草堂人去夕阳低。
欲寻遗迹尘中换，懒把新诗壁上题。
八难三涂未知免，况兼何肉与周妻。

《灵谷禅林志》卷十四

殷成柱（约清乾隆年间在世），字石琴，丹徒人。工诗，其作清而健。与李御、黄滏、万涵、郭家驹等人交往，追欢酾饮，殆无虚日。自认诗不及李御。性最介，有时与人持论不合，争执若仇，旋复释然。尝集黄氏月波诗屋，李御戏狎过甚，殷厉声斥之，御颓首不敢言。著有《鹤村诗钞》。

最高峰

苍苍鸟道破山来，风雾迷离扫不开。
满地云涛秋到海，极天烟岫晚登台。
平沙迢递千帆去，老木高寒一雁回。

俯视乔松青万点，直疑空际长莓苔。

李鳌《金陵名胜诗钞》

陆昆曾（1711年前后在世），字圃玉，号临云，华亭人。清康熙雍正间，游幕广德、武进、扬州及京师等地，曾馆于王鸿绪赐金园，助修《明史》。工诗文。与徐是俶、姚廷谦、陈崿等为诗友，所作诗合编为《于野集》。著有《李义山诗解》、《叹逝编》、《临云楼稿》。

辛卯孟夏游灵谷寺三首兼赠晓公

钟山何蜿蜒，根脉来句曲。其阳清淑气，结而为灵谷。
我游值孟夏，翠色滋草木。寻幽未入寺，跃马周林麓。
泉涧分东西，陵阜并征逐。览者殊莽卤，但夸径路熟。
有如入匡庐，未识真面目。

又

画廊觅遗址，荒芜作驰道。穿碑纪高皇，埋没在春草。
而况天监中，世远事莫考。苍公为余言，陈迹弃若扫。
惟闻景阳钟，时时破烦恼。先生怀古意，于兹有大造。
虚空供寝兴，幽境恣搀讨。愿参文字禅，相见苦不早。

又

坐我弹琴石，饮我阿耨泉。得来未移时，尽洗尘土缘。
何物名与利，逐逐穷岁年。风波涉湘汉，轮蹄走幽燕。
令人悔畴曩，不如公等贤。日暮促予去，归路心惘然。
谅哉桑树下，三宿生拳拳。

《灵谷禅林志》卷十二

弘历（1711—1799），姓爱新觉罗，满族人，皇帝。清世宗胤禛第四子，建元乾隆，在位六十年。庙号高宗。政治上有所作为，与康熙朝合称"康乾盛世"。曾六下江南，驻跸江宁。为炫扬文治，下令开编《四库全书》。喜作诗，凡四万余首。著有《乐善堂全集》、《御制诗集》。

[清]乾隆皇帝

谒明太祖陵（1751年）

金陵莅止为巡方，展谒龙蟠奠桂浆。
保护遗规崇胜国，绍承家法礼前王。
开基洵是过唐宋，继叶无能鉴夏商。
形胜不须矜壮丽，惟天佑德慎周防。

灵谷寺六韵（1751年）

萧梁灵谷寺，昔据独龙中。明卜元宫址，新移碧嶂东。
于今四百岁，不改八禅风。垒甓攒云殿，雕琼敞月宫。
蟠阶松益翠，倒井茢消红。佛地何兴废，凭教万虑空。

以上《御制诗二集》卷二十六

灵谷寺（1757年）

钟阜东南寻道林，蔚然深秀松森森。
溪光山色宛其识，钟声幡影空人心。
八功德水清且泚，梵天震旦何彼此。
更闻左侧琵琶街，鼓掌响应弹丝起。
非神奇亦非邪淫，世尊早明示其旨。
乾闼鼓琴，山河大地作琴声；
迦叶作舞，亦复如是而已矣。

《御制诗二集》卷七十一

谒明太祖陵（1762年）

嬗谢都关天运乘，攘除非自本朝兴。
代为剪逆当方革，岂是因危致允升。
常禁里民阑采木，还教卫户谨巡陵。
省方近抚前王迹，殷鉴惟怀惕倍增。

灵谷寺（1762年）

蒋山开善寺，移置得兹名。一切有为法，本来无定评。
闲花明禁苑，真树护祇城。偶读前题句，不牵今昔情。

以上《御制诗三集》卷二十三

谒明太祖陵（1765年）

崛起何嫌本做僧，汉高同杰又多能。
每当巡省临华里，必致勤虔谒孝陵。
一代规模颇称树，百年礼乐未遑兴。
独怜复古非通变，翻使燕兵衅可乘。

游灵谷寺（1765年）

孝陵卜幽宫，灵谷迁古寺。迁复阅岁古，瓦兽荆榛坠。
后人惜湮灭，稍稍事檀施。岂能复旧观，百什存一二。
道林与开善，谁更辨名字。一切有为法，金刚六如蔽。
小憩便言旋，行云无系意。

钟　山（1765年）

建业名山东北隅，压城用武古常趋。
洞天信第三十一，争胜何当资霸图？

以上《御制诗三集》卷四十九

题董诰《江宁名胜图》十帧·灵谷寺(1775年)

鼓琴乾闼梵经宣，平石何妨响四弦。
庭古千年听法树，迁因钟阜岂其然。

《御制诗四集》卷二十九

题明陵口号(1780年)

佳城三里近都城，举眼可瞻檐与楹。
彼子孙如无心可，有心叹彼若为情。

金陵城东(1780年)

东向灵谷寺，曾无十里遥。云容敛远宇，露气重清朝。
麦穗青铺垄，菜花黄羃椒。颓城为土埂，不辨是何朝。

题灵谷寺(1780年)

龙蟠因独据，象教以重迁。莫辨兴国绩，却殊开善缘。
昔新今复旧，空是色非禅。小憩凭舆去，钟声林外传。

钟　山(1780年)

名言葛亮颂龙蟠，卜兆原期永世安。
二世遂成争据地，堪舆何藉可心寒。

以上《御制诗四集》卷七十三

题明陵用庚子韵(1784年)

金川不守景隆城，叩马壮哉御史楹。
先谒陵乎先即位？杨荣却异姓连情。

◎金川：建文四年六月，燕王棣渡江犯京师，进兵屯金川门。谷王橞及李景隆守门，登城见棣麾盖，开门迎降。
◎御史：景隆迎降后，御史连楹叩马欲刺棣被杀，都城陷。
◎杨荣：棣入京，编修杨荣迎谒马首曰："殿下先谒陵乎？先即位乎？"帝遽趋谒陵毕，群臣具法驾迎谒，即帝位。向批《通鉴辑览》以杨荣身为侍从，国破君亡，迎谒不暇，臣节已隳。且明请谒陵，阴为劝进，尤是巧于献谀，大异连楹之节烈矣。

《御制诗五集》卷七

灵谷寺(1784年)

建陵故迁寺，儒释典俱违。儒固乖忠恕，释仍有是非。
旧名殊杳杳，新景自依依。暂向匡床坐，那看花雨霏。

《御制诗五集》卷七

钟　山(1784年)

使吴诸葛识形胜，首曰龙蟠于此间。

大帝避名改号蒋，至今人祇说钟山。

《御制诗五集》卷八

杨绳武（1713年前后在世），字文叔，江南吴县人。忠文公杨廷枢孙、杨无咎子。清康熙五十二年进士，官翰林院编修。年七十六卒。秉志节，通经术，不以诗人鸣。著有《古柏轩文集》。

游钟山拜孝陵

钟山山势如龙蟠，孝陵松柏何丸丸。
真人崛起濠泗间，削平僭逆开治安。
作都定鼎比郏鄏，王气千秋此郁盘。
鼎湖铸剑乘龙去，钟山便是桥山路。
空女祠官岁供奉，玉衣铁马神呵护。
瓜瓞绵绵三百年，郁葱佳气长如故。
沧桑变幻昆明劫，茂陵玉碗昭陵帖。
几见牧儿原上火，曾侍处士冬青叶。
欣逢圣代厚前朝，典礼优崇禁蹂躏。
犹忆先皇驻跸年，九重亲自拜几筵。
扫除寝殿添陵户，封植松楸广墓田。
御笔亲题迈唐宋，丝纶昭揭日星悬。
苍茫云气连天表，十三陵寝都依旧。
南北相望几千里，九原并荷如天覆。
青史留传盛德事，来今振古难重觏。
秘殿深严启御容，天日仪表真英雄。
面罗七十二黑子，隆准略与汉祖同。
恨不相遇驱中原，未知鹿死谁手中？
钟山疑冢人传说，朝天宫下藏真穴。
其事禁秘世莫知，其语荒唐应屏绝。
明哲作则示万世，肯与阿瞒同诡谲。
春风三月日渐长，谒陵愿久今始偿。
归路踟蹰数回首，行吟踯躅搜枯肠。
入城望见故宫地，处处牧马嘶斜阳。

《古柏轩集》

顾国泰（1713年前后在世），字秋亭，江南上元人。清康熙五十二年武进士，官光禄寺卿。与吴敬梓、朱卉、龚元忠、涂逢豫等文人雅士有交往唱酬。著有《乐易堂诗集》二十八卷、《暮年诗》十卷、《粤游诗》。

游灵谷

径曲溪流咽，冈连树色浓。断堤通竹坞，幽寺嵌云峰。
日午疏钟静，山空宿雾封。夕阳清梵起，留恋倚长松。

《灵谷禅林志》卷十二

吴绍熹（生卒年及生平不详），清代人。

夏日灵谷寺寻叶自中读书处

结厦何嫌僻，凭僧导引深。云峰含雨气，石路入松荫。
蔬果居山味，文章出世心。炎氛真不到，斜日发微吟。

《灵谷禅林志》卷十二

黄 达（1714—1773后），字上之，号海槎，松江娄县人。清乾隆十七年壬申科进士，官淮安教授。年五十九尚在世。著有《一楼集》。

孝 陵

龙蟠形胜自当时，辇路苍苍野蔓垂。
山殿云烟埋剑玺，洞门风雨暗旌旗。
鼎湖漫问前朝事，坏土空余过客思。
不断松楸鸦影乱，嵯峨认取御题碑。

《一楼集》

[清]袁随园

袁 枚（1716—1798），字子才，号简斋，钱塘人。清乾隆四年进士，选庶吉士，入翰林。后任溧水、江浦、江宁等地知县，有政声。三十三岁辞官养母，在江宁购得隋氏废园，改建为"随园"。写诗著文于此垂五十年，为诗坛所宗。著有《小仓山房集》、《随园诗话》、《随园食单》等。

灵谷寺

停骖独龙冈，爱寻古灵谷。密松荫五里，出门破群绿。
绀殿俨皇居，楱枦无尺木。万甍叠穹窿，青苔凉昏旭。
古画暗空廊，饥蚊鸣佛腹。访古足虽健，得僧径初熟。
指我志公塔，浮图矗高屋。示我昙隐泉，八水势洄曲。
卷帘谒惠远，更进松花粥。莺语聚垂杨，经声散疏竹。
兴阑各入城，山花人一握。

孝陵十八韵

元鼎沦沙漠，真人唱大风。从南控西北，终古一英雄。
貌类唐高祖，家邻汉沛公。玄黄清战血，礼乐启宸聪。
重典秋霜下，深心养士中。虎龙占王气，郏鄏定江东。
苍野劳耕象，轩湖泣坠弓。黄肠钟阜阔，丹穴水银空。
松照金题碧，灯依玉座红。月游偕哲后，庙袝及青宫。
开国衣冠歇，中原历数穷。山河余瓦砾，士女亦沙虫。
苦竹摇天帚，妖云闪帝弓。兰亭将出匣，牧火欲烧童。
昭代宽仁极，前朝典礼隆。守园颁内监，留像护重瞳。
禾黍虽萧瑟，香烟竟始终。冬青宋陵树，遗恨不相同。

徐中山王墓

钟山之阴乱峰起，势如万剑青天倚。对山华表如山高，
大书中山王葬此。龙碑摩空字百行，铭勋斜战明高皇。

草熏日炙难卒读，摩挲青石神飞扬。维王二十云从龙，南徇吴会西崆峒。悬旗莫与子仪敌，张口不谈冯异功。一朝威定虎狼都，拔剑廷臣殿上趋。博陆丹青居第一，汾阳甲第赐千区。从来鸟兔哀弓狗，谁把兵权释杯酒？尉迟老计托青商，亚父危机挝玉斗。半夜吴王旧邸开，将军大醉谁遣来？醒叩阶前呼万死，从此臣心照天子。北平军老朔风残，上将妖星刁斗寒。可怜恩赐黄银带，尚有人传白马肝。唐皇绛帛招难起，晋武须眉泪不干。祈连高冢桥山侧，昭陵弓剑同呜咽。一代风云竟始终，千秋花鸟催寒食。野火光烧铁券文，杜鹃红染金创血。游客凄凉泪盈把，松鼠佻佻腾古瓦。欲拾残枪问战功，敲火牧童骑石马。

谒蒋庙

为神为将此山中，黻带依然汉上公。
冷庙滴残三月雨，灵旗吹满六朝风。
阶前泥马毛如动，门外松涛响在空。
昔日南郊今不祭，盛衰君亦与人同。

洪武大石碑歌（离汤山十五里）

青龙山前石一方，弓尺量之十丈长，两头未截空中央。旁有赑屃形更大，直斩奇峰为一座，欲负不负身尚卧。相传高皇开创气概雄，欲移此碑陵寝中。大书功德告祖宗，压倒唐汉惊羲农。碑如长剑青天倚，十万骆驼拉不起。诏书切责下欧刀，工匠虞衡井中死。芟刈群雄答八荒，一拳顽石敢如此。周颠仙人大笑来，天威到此几穷哉。但赦青山留太朴，胜扶赤子上春台。丁丁从此停开凿，夜深无复山灵哭。牧竖宵眠五十牛，村氓昼晒三千谷。材大由来世莫收，此碑千载空悠悠。昭陵石马无能战，汉代铜仙泪不流。吁嗟乎！君不见，项王拔、始皇鞭，山石何尝不可迁？威风一过如轻烟。惟有茅茨土阶三五尺，至今神功圣德高于天。

均自《袁枚全集》

陶元藻（1716—1801），字龙溪，号篁村、凫亭，会稽人。清贡生，九试棘闱不第。游屐遍东南。诗文均负盛誉。游京师，题诗旅壁，袁枚见而称赏。至广陵，为卢雅雨所重延入幕。不久归籍，在西湖建泊鸥庄，专事著述。著有《全浙诗话》、《凫亭诗话》、《泊鸥庄文集》、《越画见闻》。

白门杂兴五首（录一）

秣陵渺渺雨丝垂，萧瑟江头画角吹。
数里蒋山青到郭，春来犹拭小乔眉。

顾承烈（1718年前后在世），榜姓沈，复姓顾，字砚耕，江南松江华亭人。清康熙五十六年北榜举人；翌年成进士，授翰林院庶吉士。

试后同王卓人、王孚五游灵谷寺

金陵逐队踏黄花，出棘寻幽到佛家。
云隐寺门环叠嶂，池涵松影度流霞。
饭炊香积餐菰米，泉沸铜铛瀹茗芽。
试上浮图还极目，不禁秋色满天涯。

《灵谷禅林志》卷十四

释德玉（1718年前后在世），晓苍和尚弟子。继主南京灵谷寺院事。擅诗文。清康熙五十七年重修无量殿后，撰《扫葺无量殿记》文刻石。

咏灵谷八景

钟阜晴云

崔嵬不与众山群，形势犹龙自吐云。
六代御烟时叆叇，千年王气日氤氲。
晴空乍展疑为雨，夜月常铺忽作雯。
靡限苍松成劫焰，至今鹤唳杳无闻。

浮图秋月

峰麓孤标窣堵波，志公千载近如何？
毫光白昼冲银汉，灯火清霄映绿萝。
突兀难教鸿雁度，玲珑却许斗牛窝。
最宜秋月时登眺，恍觉身从天上过。

古殿钟声

胜境宏开选佛场，岿然古殿拟灵光。
擎天百尺无容柱，跨海千寻岂藉梁。
仙子漫劳夸洞府，圣君曾已幸云堂。
疏帘动处声旋绕，静夜悠悠听转长。

沧池松影

池凿先朝敕万工，汇归众派注其中。
难图重叠松头影，且玩涟漪水面风。
洗钵能令鱼性伏，濯缨欲使客尘空。
蛟龙变化由兹去，长渥恩波报莫穷。

银杏栖霞

秦松汉柏总称臣，银杏封王罕古今。
知自冠黄疑有性，缘何结实又无心。
婆娑只为烟霞癖，盘旋多因雨露深。
群树四围俱侧向，终朝聆法卫禅林。

清泉咽竹

名驰八德已争传，味厌中泠第一泉。
竹引供厨声似咽，瓢分瀹茗啜尤鲜。
临冬愈煖蒸云气，届夏偏寒辟暑天。
不染黄埃能避世，乐饥相对亦陶然。

空街应掌

怪底琵琶地底鸣，惟凭鼓掌导空声。
山随钟号音能聚，谷以灵呼响益生。
雅俗咸堪行乐事，禅儒兼可畅幽情。
几回闻乐思韶濩，犹续高皇奏九成。

曲水流觞

仿佛兰亭曲水幽，昔时豪士竞遨游。
诗惊野鸟参差和，酒满香卮次第流。
近惜荒台余落照，更嗟渠涸付残秋。
古今隆替皆如此，安用凄其对景愁。

《灵谷禅林志》卷十四

程晋芳（1718—1784），初名廷璜，字鱼门，号蕺园，安徽歙县人。乾隆间进士，曾参与纂修《四库全书》。家素封，喜聚书，达五万卷。又好施与，晚乃家贫。曾从刘大櫆学古文，随从叔廷祚学经文，又与朱筠、戴震游，究心训诂。与吴敬梓交厚。著有《勉行堂诗集》、《礼记集释》。

同曹抑堂、家瀣亭、過亭两侄游灵谷寺

钟山蕴灵异，绀宇披层峦。幽讨惬胜侣，尽日孤赏延。
拂竹挹清露，攀萝陵春烟。登顿憯危石，崟峇穷高颠。
松风过萧萧，不觉赤日悬。架空兀伽蓝，层霞抱修椽。
衲衣挂寒云，天音振繁弦。青枫带冬姿，孤梅破新妍。
永慰岩壑想，独惜车马旋。愿因功德水，一洗尘中缘。

◎天音：琵琶街掷之以瓦，铿然自鸣如弦声。

[清]程鱼门

景阳钟歌

灵谷寺里有古钟，赤苔斑驳翠藓浓。
传是景阳宫中之法物，多年零落尘埃封。
其制稍狭高二尺，旋虫绕兽盘蛟龙。
中衔白玉径寸许，雷纹雨篆纷重重。
小鸣大鸣叩辄应，金飚飒飒摇寒松。
周官凫氏掌钟鏄，裁度律吕维和雝。
两栾九乳有定制，悬之明堂列辟廱。
元音一振统万理，左五右五连笙镛。
偏安江左气象迫，古乐尽变崇纤秾。
了无典则布轨物，但比郑卫秾昌丰。

流音怪底应商律，运祚短促无春容。
此钟递嬗多年代，旁嵩在悬终不坏。
五更声动闾阖开，金坷玉剑来朝会。
夜蜡方传虎踞关，晓妆又赴鸡鸣埭。
苍苍城阙起寒烟，一转繁华归法界。
六时振响答流泉，古月婆娑话成败。
君不见潜壤铜钟似殷雷，鲸鱼十二今何在？

均自《勉行堂诗集·白门春雨集》

朱 筼（1718—1797），字二亭，号市人、了心道人，江都人。生而颖悟，家贫，弃举子业。中年博通经史，被目为奇才。欲荐四库馆职，以"吾深山之麋鹿，岂可裹以章服"力辞不就。与罗聘、汪中同时交善。家无余财，却好周人之急。江藩为撰《朱处士墓表》。著有《二亭诗钞》。

灵谷寺

灵谷前朝寺，长松五里阴。高僧瞻妙相，净水洗尘心。
山色变朝暮，钟声无古今。跻攀历云树，衰老强登临。

《灵谷禅林志》卷十二

梅 恒（生卒年不详），字石桥，清代上元人。官授沔池知县。

游灵谷寺

乘兴来灵谷，松花满地黄。苍烟连石径，修竹绕僧房。
树密禽声悦，山幽客思长。吟余无限好，春色正微茫。

《钟山风韵》

孙 珍（生卒年及生平不详），字琴轩，一字巧仙，清上元人。

钟 山

钟山高耸双峰矗，势压东南百二峰。
四面岚光迷紫雾，千年王气冷青松。
读书池馆云烟幕，招隐人家薜荔封。
我欲置身居绝顶，楚天放眼荡心胸。

《国朝金陵诗征》卷三十四

柳际春（生卒年不详），字意园，一字碧村，又字香慈，清上元诸生。著有《春雨楼诗草》。

灵谷寺

六朝山色古禅心，幽邃松关曲径深。
芝草洞边眠野鹿，药苗风里唤春禽。
流泉出地倒能灌，空谷当阶踏有音。
到此尘缘消欲尽，白云回合磬声沈。

《国朝金陵诗征》卷三十四

钱维城（1720—1772），字宗磐，号幼庵、茶山，武进人。清乾隆十年状元。官刑部侍郎。三十七年丁父忧归以毁卒。谥文敏。工文翰，画山水幽深沈厚。远学元四家，近学清初四王。钱陈群谓其通籍后画益工，盖得益于董邦达。《石渠宝笈》录其作品160多幅。有《钱文敏公全集》。

恭和御制恭谒孝陵元韵

珠寝蓟门东，开天百代功。昔歌丰有芑，今见岭逾葱。
继述孚元造，声灵震大蒙。丰庸兼创守，降监意真同。

《续修四库全书·钱文敏公全集》

于 灏（1694年前后在世），字勖庵，一字皋亭，上元人。清康熙三十三年尚在世。

游灵谷寺

钟山横亘石城东，梵宇曾开天监中。
洞口更无松五里，塔旁犹有竹千丛。
龛同弥勒参三昧，水听瞿昙说八功。
地底檀槽随步响，空余苔藓映阶红。

◎殿西古有琵琶街，覆以回廊，今存废址。

《灵谷禅林志》卷十四

【注】另有："于灏（1722年前后在世），字云谷，别署秋官大夫，山西永宁州（今离石）人。约生活于清康熙、乾隆时期。贡生，曾任职刑部。工诗文、书法。尤精行草，洒脱不羁，有名于时。"待考。

韩 焕（1722年前后在世）。曾与友人童昌龄、许龙章、马国鉴同游灵谷寺，各赋诗一首。

偕友人童鹿游、许丹书、马镜亭游灵谷

钟山古寺名灵谷，有约来登选佛场。
五里松阴青不改，八功泉味冷犹香。
烟云幂历藏禅室，花竹参差映讲堂。
坐看指挥参半偈，顿教尘俗虑皆忘。

《灵谷禅林志》卷十四

马国鉴（1723年前后在世），字镜亭，陕西绥德人。清雍正元年癸卯科举人。（此马国鉴与韩焕等人之同游者是否同一人，待考。）曾与友人韩焕、童昌龄、许龙章同游灵谷寺，各赋诗一首。

偕友人游灵谷

正值残春欲尽时，高僧有约肯踰期。
笋舆度岭行偏捷，芒屩登山步较迟。
石上过泉惟竹笕，窗前写影但松枝。
流觞胜事知谁续，日暮应攒酒客眉。

《灵谷禅林志》卷十四

王 琯（1723年前后在世），字诚五，一字健行，号和斋，江南上元人。附监生。先世洪武中由河南迁金陵，始祖兴赐爵明威将军，世袭指挥

使，迄于明亡。曾祖唐臣好施，于成龙书宝善堂以旌之。祖永宁、父相昇皆隐。清雍正年间与其弟王瑷合著有和余宾硕《金陵览古》。

王　瑷（1728年前后在世），字慕莲，号颠客，江南上元人。王瑄弟。诸生。善医，亦能诗。清雍正年间与其兄合著有和余宾硕《金陵览古》。

金陵览古诗追和余石农先生原韵（录四题）

灵谷寺

行穿山径入云隈，为想苍松五里栽。
落叶拥阶迎客屐，轻风吹雨上香台。
无边野景遥遥接，不竭幽泉曲曲来。
漫向高楼驰远目，摩挲三绝一低徊。　和斋

浮图矗矗傍山隈，夹道松非旧日栽。
断续钟声传法界，氤氲香气散莲台。
云飞高阁闲栖宿，燕拂空岩自去来。
功德水流觞咏绝，琵琶街上独徘徊。　颠客

钟　山

岩岩作镇势嶙峋，俯视群山俨侍臣。
策事那堪稽晋代，埋金偏喜说秦人。
晴云出谷浑无际，落日凝烟别有神。
好是满前生意在，如茵草色不胜春。　和斋

高蟠北郭势嶙峋，岂肯卑为岱岳臣。
自古擅灵钟王气，曾闻毓秀隐幽人。
阴晴倏异浑难定，云雨无端似有神。
却愧牧樵双足健，年年争探岭头春。　颠客

半山园

园存人去久荒凉，一片烟云叹渺茫。
新法实教阴祸宋，异时何用苦尤王。
疏钟晓度空林远，游屐行经曲磴长。
回首东门遥伫望，山城相夹两苍苍。　和斋

千秋晋宋两荒凉，相圃公墩迹渺茫。
江左偏安欣遇谢，中州全盛苦逢王。
半山园废烟霞老，一拂祠留俎豆长。
追忆天津桥上语，须知兴替属穹苍。　颠客

昭明读书台

萧梁曾此驻文星，台筑空山待刻铭。
细草多情思辇过，闲云深锁少人经。
书编缃帙规秦汉，药采灵苗剧茯苓。
极目严城烟缕缕，轻风散作晚来青。　和斋

岩畔曾潜太子星，遗书犹在石留铭。
台荒无复琳琅贮，馆废从教麋鹿经。
赖昔编摩成矩矱，至今服饵富芝苓。
可怜魂魄归来夜，应叹空山蔓草青。　颠客

均自《金陵览古》

朱　颍（1723年前后在世），初名元度，字景略，上元人。清雍正初入都，更名颍，馆大学士朱轼家。精行书楷书。尝任会典馆誊录，官黔阳县，补武冈知州。著有《武冈集》。

弹琴石

到此犹闻泛泛音，翛然松石契遐心。
风流空慕萧常侍，旷代相思一曲琴。
空山无梦碧云冷，流水有声斜照沉。
谁扫绿苔重拂拭，珍珠峰下听蝉吟。

《金陵朱氏家集》

许　燉（1723年前后在世），字醇夫、纯也，号慕迁，浙江海盐人。清雍正元年进士，授编修。辞官回乡读书，讲论道学。尤笃于典籍，搜拾遗文，所藏宋元未刻诸集多至百余种。汇辑《文海》、《诗海》。编有《学稼轩书目》。卒后，书即毁。著有《慕迁斋诗文集》、《学稼轩诗文集》。

谒明孝陵

钟山王气久销沈，寝殿当年冷翠岑。
地下玉鱼青草湿，路旁石马碧云侵。
龙蟠势去鹃啼歇，虎踞关寒鹤唳深。
一自圣朝存故国，松楸千载护阴森。

《学稼轩集》

陈　符（1723年前后在世），字握台，江宁人。清雍正癸卯举人。

钟　山

陟岭入青霄，苍茫下界遥。天开千里目，云锁半山腰。
孤寺藏深树，长江送六朝。樵歌清逼耳，风过草萧萧。

《国朝金陵诗征》卷十五

卢　镐（1723—1785），字配京，号月船，浙江鄞县人。清乾隆十八年举人。官平阳教喻。曾拜全祖望为师，后致力搜书，所藏以诗文集、地方志为多。工诗，善小楷，极秀劲。善山水，醉后灯下作，秃笔焦墨，如乱发，如攒蚁，云峰丛薄，稍存位置，兴尽而已。著有《月船居士诗稿》。

钟　山

钟山不与大江东，紫翠崔嵬占太空。
谁说江山成半壁，中原雄秀更谁同？

孝　陵

茂苑牛羊墓上登，冬青休哭灭鱼灯。
巍峨宫阙葱茏树，谁道兴王异代陵。

灵谷寺

予游时，及银杏初熟，僧人曰此树曾经高皇以玉带围之，果皆作痕，与他树所生不同。

落叶萧萧踏寺门，苍苔崖径古云屯。
老僧劝客尝银杏，中有先朝玉带痕。

均自《丛书集成续编·月船居士诗稿》

戴翼子（1724—1776），字燕贻，号苞泉，晚号上公山人，上元人。戴翰子。早负盛名，与从弟戴祖启称"金陵二戴"。尝任庐江学博。清乾隆三十一年成进士。官工部主事，山东道御史。性介，于世泊如，交无俗子。诗文甚富，脱稿人争携去，手抄稿又失去。后人辑为《白荅集》。

绝　句（录一）

一鸟不鸣山更幽，万花争发水平流。
无人独往半山寺，山下重寻旧酒楼。

《金陵丛书·白荅集》

[清]蒋心余

蒋士铨（1725—1785），字心余、苕生，号藏园，铅山（今属江西）人。清乾隆二十二年进士，官国史馆纂修。辞官后曾主蕺山、崇文、安定书院讲席。其诗与袁枚、赵翼并称"乾隆三大家"。亦擅词曲散文。著有《忠雅堂诗集》、《忠雅堂文集》、《藏园九种曲》、《蒋清容先生遗稿》等。

梦偕熊涤斋先生登孝陵，分韵得王字，予诗先成而寤

真人突兀起濠梁，帝业终随六代荒。
铁锁难分江界限，铜驼何与国兴亡。
变迁家事由成祖，紊乱陪京到福王。
只有孝陵松柏在，半山斜日下牛羊。

寿萱堂小集，分赋金陵古迹，得周颙草堂二首

隐士松门久不关，禅师龙象亦难攀。
烟霞自在兴亡外，猿鹤宁知出处间。
学佛堂空僧入定，移文人愧鸟飞还。
听鼋卧病床罋走，应解伤怀禹井山。

◎调孔稚圭。

又

谲谏谈经宦味超，齐居戒杀道情饶。
素餐本自宜葵蓼，肥遁如何近市朝。
异代堪回逌客驾，不才应谢鹤书招。
定林支笏归何晚，谁为山灵续解嘲。

以上《续修四库全书·忠雅堂诗集》

沁园春

归与归与，钟山之英，草堂之灵。看阜属蒋侯，小姑相倚，墩仍谢傅，介甫何争？一片江山，六朝金粉，著我其间亦有情。无名氏，是南门孺子，东郭先生。

有时醉笔纵横，定题遍江南湿翠屏。喜鸡犬图书，扁舟安稳，孺人稚子，寿母康宁。画里携家，花时载酒，吴越风光次第经。缁尘里，问驴车辛苦，名宦谁成？

《续修四库全书·忠雅堂诗集·铜弦词》

贾　铣（1726年前后在世），山东东昌府人。雍正四年丙午科武举人。

游灵谷寺

我爱秣陵城北居，登楼每眺钟山麓。
嶙峋古刹灵谷幽，不惜频来倚修竹。
泉声响自悬崖中，穿林清泻如冰玉。
花径云封僧出迟，却见苍松形似鹄。

《灵谷禅林志》卷十二

陈奉兹（1726—1799），字时若，号东浦，江西德化人。清乾隆二十五年进士。知闽中县，擢知茂州。金川之役，劳绩甚著，官按察使，迁江苏，任江宁布政使九年，治务简静。后任安徽布政使。擅诗文。其文得古人用意之深，诗学子美。世之学杜者，蔑有及焉。著有《敦拙堂集》。

孝　陵

古殿长松尚郁然，十三陵自隔恒燕。
筑城终作陪京地，移寺应知宿世缘。
帝业无阶同汉祖，神灵一哭罢江天。
勒碑申禁行人读，已在崇祯十四年。

游灵谷寺

常看驿路傍烟岑，入谷方知寺境深。
五里松姿随缓步，一声钟韵领闲心。
卷泉起作当池瀑，斫地轰为出世音。
尤喜逢僧是乡语，禅谈觉赘况哦吟。

均自《敦拙堂诗集》第十二卷

许龙章（1727年前后在世），字丹书，江宁人。县学生员。清雍正五年被荐，任西宁县知县。曾与友人韩焕、童昌龄、马国鉴同游灵谷寺，各赋诗一首。

偕友人游灵谷

长忆精蓝近石头，送春兼作蒋山游。
乍离城市心俱远，才过桥陵景便幽。
云里塔尖穿树出，石边泉眼迸池流。
景阳钟在摩挲久，喜听僧谈历代由。

《灵谷禅林志》卷十四

阮葵生（1727—1789），字宝诚，号吾山，山阳（今淮安）人。贡生。授内阁中书，充《方略》、《通鉴辑览》纂修官，清乾隆四十年以京察一等，改监察御史，擢刑部右侍郎，治狱以明察平允见称于时。通经史，工诗文，与弟芝生并称"淮安二阮"。著有《七录斋诗文集》、《茶余客话》。

萧思话弹琴石

我爱萧常侍，浮杯枕碧泉。琴声流逸响，古韵尚悠然。
北岭无余迹，空山有暮烟。惟余松石意，想像六朝前。

半山堂故址

定林野寺枕山隈，入耳泉声绕涧回。
我亦平生似行脚，可能每饭跨驴来？

均自《续修四库全书·七录斋诗钞》

赵翼（1727—1814），字云崧、耘崧，号瓯北，阳湖人。清乾隆二十六年进士（探花）授编修。官至贵西兵备道。旋辞官侍母。后曾入李侍尧幕征台湾。事平归，主讲安定书院。往来常苏，倾倒名流。长于史学，考据精赅。论诗主"独创"，反摹拟。著有《廿二史札记》、《瓯北集》等。

题明太祖陵

钟山陵寝郁嵯峨，四海当年一奋戈。
宋祖应惭燕地少，汉高犹觉泗亭多。
金凫气冷消凉雨，石马年深卧绿莎。
何代不留兴废慨，英风要自耿难磨。

又

戡乱兼能致治平，规模宏远照寰瀛。
身从乞食艰俱试，目不知书学自成。
养士末流犹气节，亲儒初运已文明。
始知三百年天下，尽是开天一手擎。

又

定鼎金陵控制遥，宅中方轨集轮镳。
千秋形胜从三国，一样江山陋六朝。

燕啄皇孙传岂误，狗烹诸将乱终消。
运移恰称怀宗烈，多事孱王此续貂。

◎"燕啄皇孙"：谓靖难师。

又

圣代深仁到九幽，玉鱼金碗护林邱。
有人周陛班三恪，无羔唐陵土一抔。
犹见丹青藏寝庙，岂闻樵牧及松楸。
居民共说春秋节，每见祠官祀典修。

◎藏寝庙：明祖御容尚在庙中。

《瓯北集》卷一

蒋　和（？—1802），字声依，一作笙伊，江南宜兴人。清诸生。著有《金鹅山房诗钞》。

谒明太祖陵

禁城东去是龙蟠，神烈山高天际看。
当日玄宫扃万乘，一时青琐恸千官。
金支翳日江波静，石马嘶风夜月寒。
废寝前朝严禁御，每于巡幸驻鸣銮。

《金鹅山房诗钞》

钱大昕（1728—1804），字晓征，一字辛楣，号竹汀，江苏嘉定人。清乾隆十九年进士，官至少詹事。后主讲钟山、娄东、紫阳等书院。曾补撰《元史》艺文志、氏族表，撰《元诗纪事》。其《廿二史考异》考史之功，清代号为第一。著有《潜研堂文集》、《潜研堂金石跋尾》、《恒言录》等。

[清]钱大昕

过明孝陵

盘郁钟山麓，神邱閟寂寥。真容龙准在，王气秣陵消。
濠右膺符命，江东正斗杓。初承龙凤号，终应富家谣。
法践三章约，星除九野妖。隆中起诸葛，塞上走嫖姚。
剑佩丹墀肃，山河铜柱标。提戈开一统，画界哂南朝。
颖宋心徒赤，胡蓝首已枭。遂销丞相印，特远寺人貂。
密网刑虽峻，维城宠太骄。棋收留失著，本拨出横条。
枉逐高飞燕，真成毁室鸮。青词空设醮，碧血恐难招。
守卫规犹壮，朝陵路竟遥。春秋三百改，枝叶十传凋。
圣代存宽大，遗墟禁牧樵。隧无金碗出，火未玉衣烧。
椒酒天王醑，香函使者轺。缭垣宫监住，宰木尚萧萧。

◎富家谣：元末谣云"富家莫起楼，贫家莫起屋。但看羊儿年，便是吴家国"。

◎使者轺：康熙中，圣祖南巡至江宁，躬亲奠酒。国有大庆典，辄遣官往告祭。

《潜研堂诗集》卷一

游灵谷寺

五里松阴合，三叉石径微。客情和水澹，诗思趁花飞。
是处闻天籁，何心拾地肥。宝公应许我，趺坐暂忘机。

自京口至江宁道中口占

钟山一脉曲蟠龙，侧岭横坡过几重。
怪底苍髯曾入梦，不曾眼见一科松。

◎地名有五科松。

以上《潜研堂诗集》卷三

沈　初（1729—1799），字景初，号萃岩、云椒，平湖人。少有异禀，读书目数行下。清乾隆二十七年进士（榜眼）。历侍讲，直南书房，河南、福建、顺天、江西学政，军机大臣，兵部、吏部、户部尚书，卒于实录馆副总裁任，谥文恪。学识渊博，工诗文，善书法。著有《兰韵堂诗文集》。

灵谷寺

涧影泻长松，钟声度远峰。四围晴翠合，一径午烟浓。
花发禅房静，云生佛塔重。宝公飞锡在，夜吼定闻龙。

《金陵名胜诗钞》

[清]毕秋帆

毕　沅（1730—1797），字纕蘅，号秋帆，自号灵岩山人，休宁人。清乾隆二十五年状元，授编修。官至河南巡抚、湖广总督。博学多才，潜心经史，旁及文学、金石、地理。喜搜善本。主持整修西安碑林、华岳庙。著有《灵岩山人诗、文集》、《关中胜迹图志》、《晋书地理志校注》。

登钟山放歌

黄金嬴政此处埋，双峰并峙高崔巍。
蜿蜒如龙互起伏，未飞腾去需风雷。
江城春来一夜雨，侵晓绿满三山街。
我来赤足踏龙背，俯视诸嶂罗陪台。
天风浩浩声不息，万里吹我襟怀开。
茫茫往事不可问，但见江水明灭云中来。
当年蒋尉逐贼处，时露遗镞封莓苔。
偏安割据俱已矣，酹酒往劝长星杯。
遥忆南朝全盛日，金莲玉树供欢哈。
君臣夜宴期尽醉，高烧蜡泪红成堆。
铜壶漏满梦未醒，海日光早升罘罳。
千门万户落花里，管弦到处飘楼台。
长江一旦铁锁落，石头又见降旛排。
至今惟有旧时月，城下相送寒潮回。
周颙栖息地，故址生蒿莱。
吏隐两寂寞，千载遗嘲诙。
君看谢公何磊落，出处总系苍生怀。
围棋赌墅若无事，谈笑已报除昏霾。

儿辈成功安九鼎，登临丝竹常追陪。
闲值枯禅论优劣，北山未抵东山才。

《灵岩山人诗集·白门访古集》

孝陵咏古四首

崛起曾无尺土凭，开天濠泗说龙兴。
紫云大泽藏真主，白马空门度圣僧。
一剑亲提膺宝命，两笺劝进奠金陵。
周家柱凿荆涂岭，王气当年泄未曾。

◎圣僧：帝在白马寺为僧。
◎周家：柴世宗以荆涂二山有王气，命凿之。后三百年明太祖生。

二

角鹿群雄互荡摩，兴王草泽奋天戈。
少甘贫贱秦人赘，威压风云猛士歌。
吴楚扫除正统定，江淮形势异人多。
奇祥自古由天授，旧史蕉园迹半磨。

三

揭竿徒步张空拳，武烈神谟易代传。
定鼎功资褒鄂辈，开基治轶宋唐前。
北都继叶添三案，南渡残枝拥一年。
野老不知兴废事，水天闲话钓鱼船。

四

三百丕基启镐酆，沧桑弹指又成空。
石麟草没王侯墓，铁马风嘶禾黍宫。
芒砀云山非旧宅，枌榆父老话新丰。
长淮近带龙潜地，春雨荒城鬼火红。

《灵岩山人诗集》卷二十一

袁　树（1730—1810后），字豆村，号香亭，浙江钱塘人。居江宁。袁枚从弟。清乾隆二十八年进士，官至肇庆知府。年八十余卒。工诗，诗有子才之风。精鉴别。擅画山水，用笔用墨饶有自然之趣，简净浑脱，有士气而无习气。著有《红豆村人诗稿》、《红豆村人续稿》。

灵谷寺

白塔迎风直，危桥勒马过。树深松鼠健，寺古老僧多。
高殿虚无藉，春池静不波。远公挥玉麈，导我礼维摩。

◎无藉：寺中大殿名无梁。
◎不波：殿后有水流觞池，今水涸而址存。

《红豆村人诗稿》

陆　建（1730？—？），字湄君，号豫庭，清代钱塘人。袁枚外甥。著有《粲花轩诗稿》（一名《湄君诗集》）。

灵谷寺

古寺遥相访，山花后雨逢。林深先见塔，云隐忽闻钟。

落日挂残壁，流泉飞断峰。清风僧院过，四处响青松。

《湄君诗集》

[清]姚惜抱

姚 鼐（1732—1815），字姬传、梦毂，号惜抱，桐城人。清乾隆二十八年进士。任礼部主事，四库全书纂修官，刑部郎中。四十岁辞归，主江宁、扬州等地书院凡四十年。擅诗文，与方苞、刘大櫆合称"桐城三祖"。文重"考据、词章、义理"。著有《惜抱轩文集》、《古文辞类纂》。

最高峰登眺

已上嶕峣又佛台，正逢秋霁夕阳开。
地穷江海与天际，山自岷嶓夹水来。
南国中原同下颣，华林衰草几千回。
何当住此云霄上，长与星房日驭陪。

◎最高峰在钟山之顶。

九月八日偕叶治山、陈硕士，从弟仪筐，侄彦印谒明孝陵，游览灵谷寺，晤其方丈僧祇园

万事靡弗改，谁能测所终。蒋山自齐梁，幢盖浮屠宫。
安知明祖宅，毁塔迁志公。何怪三百年，寝阙生蒿蓬。
我来谒松下，黄槁间霜丛。故事识已少，今帝德良隆。
守吏卫樵苏，金碧余穹窿。环峰嶂东南，西眺旷青空。
郭外隐大江，杳来逝无穷。杖策越断桥，攀跻入岩东。
密树欲无径，凉飔激榛中。颓垣外已尽，立殿中犹雄。
想见徙建初，颇极匠制工。老僧为设餐，共语斜阳红。
寰彼万古怀，企此三幡通。人归壑谷闭，深翠澹濛濛。
林杪余塔顶，盘鹘下秋风。

寄灵谷寺僧

自昔居灵谷，终年听石湍。落花跌坐软，深树衲衣寒。
孤月胸前指，千山定后看。无缘居士室，暂接问轻安。

过明孝陵

蒋侯山与故宫连，想见兴王作邑年。
银海竟从僧易地，石床空令女朝天。
山青尚似觚棱辟，涧涸曾无功德泉。
正是江村寒食节，落花飞絮羡门前。

均自《续修四库全书·惜抱轩诗集》

屈景贤（1733年前后在世），字思齐，清代江宁人。以诗名。袁枚宰江宁时闻其名，投刺欲见，以疾辞不出。著有《滋兰草堂诗钞》。

登钟山放歌，同王二墨军、芮四仙洲

灵区接人境，日月见云树。今晨动幽兴，共觅钟山路。

钟山秀削何佳哉，拔地蟠云碧障开。轩皇宝鼎不可见，六朝王气成蒿莱。缥缈双嶻何时辟，派衍诸山为祖脉。雨蒸众壑入鸿蒙，风霁层峦留翠色。层峦众壑望重重，半含晴日半云封。拖筇选胜过荒寺，扫手长吟憩古松。松林日午啼山鸟，石径幽花闲瑶草。攀厓缘壁陟崔嵬，万古氛埃去怀抱。区区尘寰安足谋，拟驾白龙凌丹邱。仰饮沆瀣之露，俯濯沧溟之流。遥见赤城如拳、蓬莱如沤，心神已自与天游。长江东徙湖波歇，何况齐梁故宫阙。金莲玉树问谁知？惟有歌楼旧时月。兹山曾对歌楼前，送紫飞青到绮筵。须臾事往山常在，屹立于今年复年。我既无心期入世，胸中原有烟霞志。二子嵌崎磊落人，云霄久戢抟风翅。从来造化不能全，愿弃富贵希神仙。君但从吾餐黄精兮饵芝术，身生毛羽乘紫烟，再游五岳同周旋。

《国朝金陵诗征》卷十七

姚 莹（1734年前后在世），字文洁，一字玉亭，清代江宁人。性孝友，执亲丧哀毁骨立，遗产尽让于兄。隐于医。结草堂于青溪侧，架上书富，胸贮五车，笔倾三峡。白门骚坛，赖执牛耳。芮宾王有《环溪草堂歌》咏之。著有《环溪草堂集》。

钟山倒影歌

古宿庵前潭水清，古宿庵外钟山横。钟山绵亘入潭水，天晴倒影何分明。几峰潭上拱而立，潭底几峰状如揖。钟山宛在水中央，却怪终年浸不湿。有时山色现青紫，水面纷纷散霞绮。浮沈变幻鱼龙惊，蛰窟潜涡不敢起。钟山之高插青天，谁知有时沦深渊。应是蟠龙爱游戏，波间夭矫逞蜿蜒。倏然云卷长风急，波光荡碎山光碧。倒影转眼无踪迹，独坐寒潭空叹息。

《国朝金陵诗征》卷十七

陈 蔚（1741—1832后），字豹章，号金霞，一号梅缘，安徽青阳人。廪贡生。清乾隆四十五年前后曾参福建学政朱筠幕。袁枚弟子。擅诗文。道光元年保举孝廉方正，考取二等。寿至九十余。著有《梅缘诗钞》、《九华纪胜》、《齐山岩洞志》等。

谒孝陵

治定宫车宴，钟山隧道长。朝天有女户，会葬少诸王。鼎就龙初出，城高燕又翔。当时承顾命，冢宰是齐黄。

《梅缘诗钞》

王友亮（1742—1797），字景南，号东田，又号葑亭，安徽婺源人。后入上元籍。居金陵白鹭洲。清乾隆四十六年进士，授礼部主事，曾掌京畿道监察御史，官至通政司副使。工诗文。文章淹雅，持论纯正。以诗名海内三十年，风格与袁枚相近。著有《双佩斋诗文集》、《金陵杂咏》。

钟山十六咏

横琴石
萧公侍宸游，横琴发幽赏。寂寞几千秋，但闻松涧响。

说法台
石址积荆棘，曾传宝志来。斜阳人蜡屐，只上雨花台。

半山亭
遗迹问舒王，孤亭半山里。曲磴悄无人，松风吹醉耳。

周氏草堂
春韭与秋菘，恋此谢尘禄。终愧北山文，堂空白云宿。

随鹿谷
阮公随伊尼，灵药得三桠。痴儿莫更寻，有似菖蒲花。

屏风岭
山灵娱幽人，著色屏六幅。畅好夕阳时，纵横写松竹。

一人泉
仄径树阴阴，幽窦泉炯炯。山僧每独来，敲火试春茗。

鸟爪峰
兹峰殊形状，鸟爪寄层巅。谁为摩苍崖，妙语刊坡仙。

应潮井
古井暗通潮，盈缩无差候。山僧课六时，不用莲花漏。

茱萸坞
遍坞产茱萸，曾闻陆公采。名重引人多，根株余几在。

招隐馆
涧寂鸟空啼，台荒草争碧。松梢片月来，应识谈经客。

霹雳沟
曲水流觞处，今归想像中。可怜深草里，时复见兰丛。

九日台
台址已成芜，何人肯乘兴。野菊尚知时，飞香逐樵径。

玉　涧
细水断而续，犹存古涧名。我来新雨后，恰喜碎琼声。

栽松岘
晋宋此栽松，苍龙千队掣。而今无一株，笑尔虚声窃。

太子岩
青宫流览处，芝盖驻岩隈。底用披书帙，惟应把酒杯。

吴大帝陵

金汤半壁启雄关，毕竟孙郎与众殊。
继业父兄仍手创，资材文武悉心输。
坚持虎斗三分鼎，早奠龙蟠六代都。

留得一抔山色里，南朝陵寝没秋燕。

八功德水

昙师昔住持，戒律具勤息。供奉感龙天，流泉涌阶侧。
献来自山灵，徙处从佛域。中凭蜿蜒守，外谢琉璃饰。
嗣闻胡僧语，知名八功德。智珠深可探，宝镜净于拭。
沉疴尚立除，热恼将安匿。淙淙莲漏圆，漠漠松阴直。
流泉入军持，分影上禅祴。明初寺远移，此水谁移得。
奇哉若尾随，神理妙难测。至今香积厨，大众免登陟。
百笕注寒声，一瓢浮秀色。我亦唤茶铛，顿为洗尘臆。

燕雀湖

后湖塞，前湖积水明如拭。后湖开，前湖积土高成堆。
役徒十万填溪壑，当日多缘碍城郭。自从深窟走蛟龙，
仅得虚名留燕雀。君不见，济中绝、河屡移，江淮消
长无常时。四渎尚如此，区区一勺安能支。

蒋侯庙

参差万瓦浮烟碧，金字犹悬蒋侯额。侯昔逐贼钟山边，
马革裹尸人尽怜。白头坎坷终一尉，岂料称王复称帝。
自知骨青死作神，血食此土福此民。金陵王气排空阔，
骑亭羽扇侯重活。嵬然殿宇敞朝晖，苾祀曾闻拜衮衣。
民之事侯罔敢懈，风马云旗俨常在。即今山径罕人过，
庙扉不阖栖鼯多。六朝瞥眼浮云渡，神与之同殆天数。
女巫酾酒男椎牛，前此亦说朱虚侯。

灵谷寺

松深不见寺，五里到方知。泡影空三绝，涛声自六时。
北山新霁翠，西域旧寒漪。古塔僧频礼，犹传宝志师。

明孝陵

寒云无恙锁松楸，共道兴朝礼数优。
仍遣中珰趋享殿，不教牧竖践明楼。
风吹蔓草鱼灯夜，月满空林鹤表秋。
五色奎章垂烂熳，怪来佳气此山浮。

灵谷深松

窈窕入灵谷，苍茫度深松。斜阳倒影不到地，著眼一片
秋烟浓。屹如簪笏列朝仗，翩如戈纛张军容。惊涛忽大

作，卷却寺楼天半钟。人云六朝贻至此，华胄遥遥真妄耳。须知造物功，不把凡材比。香薰北阜云，甘灌西池水。中无樗栎参，外有藤萝累。宜其上下三百年，纵横十余里。寒威热恼莫能侵，匠石樵斤焉敢拟。我欲著柴扉，红尘咫尺违。高吟惭沈约，寡语傲张讥。晨昏何所养？子可给餐花入酿。来往孰为缘？鹿常驯侧鹤在巅。乐与支离诸叟相周旋。坐藉金钗细，行瞻翠盖圆。闲惟依树立，倦即枕根眠。华阳隐君妙诀休浪传，饱听松风千日自得仙。

飞来剪歌

飞来剪，凡有二：铁塔仓，灵谷寺。不知其飞是何年，其来自何地？轻重百钧差，纵横五尺暨。厥首势微洼，名剪实不类。吾观古制作，刀剑鼎彝数十事。短长大小间，与今无少异。何为留此铁？块然等虚器。世无巨灵手，僵卧欲安试。侧闻六朝时，炉鞴若棋置。将毋冶城之赘余，或者冶沟之遗弃。年遥史册了无征，妇竖相惊立名字。即呼镇土神，又呼窃米祟。笑为考其原，此理极平易。举杯酬剪剪无言，一番春雨添苔翠。

均自《金陵杂咏》

张汉昭（生卒年及生平不详），清代人。

灵谷深松

  钟山蜿蟺似蟠龙，灵谷青青十里松。
  到晓半衔红日上，经秋一任白云封。
  风摇翠影环孤塔，泉和涛声出远峰。
  时与胎禽仙鹿宿，岁寒不改后彫容。

《灵谷禅林志》卷四

韩廷秀（1744—1792后），字绍真，一字介堂，江苏江浦人。清乾隆五十五年进士。曾拜袁枚为师。袁枚赞其"温恭博学，胸襟不凡"。擅诗文书法。黄山玉屏峰上有其题刻，尝撰《黄山纪游》文。后官广西马平知县，七日而亡。去世后，袁枚曾为其撰《哀辞》。著有《双牕堂集》。

灵谷寺观辟邪钟歌

  昔读凫氏文，但载旋虫名。
  攫綯援簨刻笋簴，未闻甬上蹲狰狞。
  郑以今制诂古事，谓如辟邪悬汉京。
  尔雅释兽书最古，此物不载殊非经。
  汉通西域到乌弋，桃拔符拔如山精。
  辟邪角双天禄只，孟康注始详其形。

姬周何缘铸图象，考古到此空瞢瞪。
白虎辟卯主除道，曾闻李氏留镜铭。
洪相误以辟邪释，形事缪辖遭弹抨。
黄初元年古井器，铭字斑驳犹难凭。
竭来古寺见法物，篆间枚景排列星。
至元之年重铸此，意欲尚象追韶頀。
鼓钟于论儒者事，灵音谁许桑门赓。
惜哉禹鼎不可见，正名百物当重评。

《灵谷禅林志》卷四

郭宗正（生卒年及生平不详），清代人。

游灵谷寺作

闲身趁杪秋，驾言访灵谷。祇林倚蒋山，恰在东南麓。
我闻长者言，在昔万松绿。长髯撼风雨，盛夏肤为粟。
至今余几何，老枝撑突兀。石殿尤苍凉，窣堵更森肃。
幽磬时一鸣，德水净如沐。还寻大士碑，体制尚淳朴。
李赞及颜书，生气眉宇扑。独惜画状元，遗迹就磨没。
升沈千古事，无须怛文佛。清话逢高僧，自觉浮生足。

◎画状元：谓吴小仙。

《灵谷禅林志》卷十二

俞月山（生卒年不详），不著其名，以字行，清代上元人。生平不详。《国朝金陵诗征》云：有《俞氏家集》钞本，起少卿彦，继俞鏓，俞纯滋，而月山终焉。

半山寺怀古

好古贵明道，经事在济时。相公创法亦南出，闲居仍在江之湄。恨煞郡斋无一事，出郭看山漫赋诗。小筑却半钟山路，遥望东山别有思。昔日谢傅能镇物，指布从容是我师。洛阳杜鹃声不息，草堂之灵文不移。舍宅为寺究何赎？护法善神犹悬持。千年遗迹不可寻，只有拗相留品题。拂众违俗悔不悔？何不未行先慎之。

《国朝金陵诗征》卷十六

林 淳（生卒年不详），字深甫，清代上元人。诸生。居幕府山下。早岁工八韵赋，试必冠军。有"景阳井赋"、"八功德泉赋"，学使胡文达公叹为警绝。晚岁无子。手写其文赋诗词以付梓。诸体之中，律赋尤最。其音节段落，纯乎唐人。著有《安我斋稿》。

端如老和尚尝遍游名山，晚乃起茆棚钟山之凹成盛院，今又去彼来居于驼房小庵，时年九十三矣。余与同人访之，与坐久，偶及韩文，乃极论原道原性真实之学，殆几于有道

者，作此赠之

曾营钟阜占茆庵，晚谢诸天小闭关。
不但世缘都淡尽，老来兼淡说名山。

又

为说儒家实地禅，更无一字及空元。
不知谁绍昌黎绪，汝却宗风绍大颠。

《国朝金陵诗征》卷二十九

陆　衢（生卒年及生平不详），清代人。

游灵谷寺

秋高山气深，曦阳翳复吐。山岭叠起伏，疲陟苦仄步。
郁郁望苍松，迤逦花宫路。入径翠侵衣，金舆曾此度。
老僧发垂垂，指寺话典故。禅龛花雨中，冷僻人天护。
万虑此俱寂，登高发遐慕。回望大明宫，苍烟生草树。

《灵谷禅林志》卷十二

陈　毅（1749年前后在世），字直方，号古渔，江宁人。居古长干里。少孤贫，奉母至孝。清监生。性兀傲不谐于俗。为随园高弟。工文词，尤深于诗，与同县何士容并称。著有《古渔诗概》、《金陵闻见录》、《摄山志》。

己巳春读书钟山，梦中得句：一佛对灯僧打磬，万山收雾月当楼。至今未得续成。丙子客淮南，六年矣。一夕梦与老僧登楼，楼甃石为地，凭栏而观，江波浩荡，返照未收，夕月顿起，得句：斜照入江天接水，万山收雾月当楼。及寤，漏下者三，因续成后句

茫茫无定笑轻鸥，何处登临慰旅愁？
斜照入江天接水，万山收雾月当楼。
十年吴楚分残梦，千里琴书剩敝裘。
欲问老僧身世事，夜深长啸碧空秋。

又

破云残月照冰花，寒夜无眠自煮茶。
归里倦职蚕作茧，出游难似蚁移家。
交无冷暖心原淡，迹判云泥路各赊。
苏李敝裘原未换，恐遭冠盖笑烟霞。

《国朝金陵诗征》卷十九

鳌　图（1750—1811），字伯麟，号沧来，汉军旗人。于宗瑛长子。清乾隆庚寅二十一岁时中顺天府举人，历官江苏金山、常熟等五县知县，太仓知州、徐州知府、苏州知府、江苏按察使等职。著有《习静轩集》。

灵谷寺（寺在秣陵）

山无甘泉难容寺，寺无高僧不成名。志公留此功德水，

千载流出慈悲声。忆昔佛图在关内，吾师立教居台城。
国分南北道自一，降狮伏虎救苍生。又闻移寺建陵寝，
水亦从寺流其清。青田虽工青鸟术，地脉不能与之争。
我来问禅遇微雨，松柏如阵春纵横。人在竹中不相见，
梢头惟闻新鸟鸣。竹树渐疏双林出，撞钟伐鼓齐相迎。
功德水煮功德米，笋芋熟后清香生。老僧对我默无语，
失指失月杳难明。蹑迹欲去追五祖，陆象水龙法力精。
嗟嗟我本司刑罚，听讼未能得其情。天子恩犹专城畀，
何事来与野鸥盟。感怀不觉奋臂起，膏车秣马淮南行。
尾闾未畅民未复，疏瀹更须教芸耕。

《习静轩集》第四册

灵谷寺方丈送泉水

小儿细女膝前讧，参苓糁饵攒炉中。终夜听漏到五鼓，
呻吟床褥一衰翁。堪讶冬虫变夏草，身事未了身已老。
七祖示以冷热泉，探本穷源苦不早。静中何胜笑东坡，
知凉知暖将奈何。不如归去守岩阿，先人敝庐安乐窝。
梦醒就饮功德水，霍然振起行如驶。受恩未报留此身，
其势马逸不能止。

《习静轩集》第五册

金陵山游

江南到处画中山，未许劳人一日闲。
岂意钟峰容暂憩，白云深处扣松关。

《习静轩集》第六册

杨芳灿（1754—1816），字蓉裳，号才叔，江苏金匮人。杨潮观侄。工诗文，少即华赡。清乾隆四十二年拔贡。补甘肃伏羌知县，以功擢灵州知州，改户部员外郎，与修会典。丁母忧归。尝主讲衢杭、关中、锦江三书院。著有《芙蓉山馆诗钞》、《吟翠轩诗》、《真率斋初稿》。

清平乐 · 秣陵秋旅

半林黄叶，几点寒鸦黑。一展酒旗风猎猎，人醉六朝月。　　故宫玉树谁攀？土花血影斑斑。欸乃声中归去，秋云锁遍钟山。

《芙蓉山馆词钞》

[清]杨芳灿

张敦仁（1754—1834），号古愚，阳城人。侨居江宁。清乾隆四十年进士，历官江西、安徽、江苏等地知县、知府。廉明公正，有治迹。富藏书。曾刊印《韩非子》等书。精数学。著《辑古算经细草》、《开方补记》。著有《盐铁论考证》、《尔雅图考》、《资治通鉴补正略》、《雪堂墨品》。

丁亥三月朔日，甘梦六_福招同方茶山_体、瞿秩山_{曾辑}、黄友兰_屿、钮非石_{树玉}，灵谷

寺设斋，荐粢、葆采二子随侍

有约郭外行，雨点洒晨起。怅然游兴阻，乃忽净尘滓。
及兹浩荡春，果我凤宵唯。快焉理冠裾，遂造钟阜址。
松篁夹路阴，绀碧矗空峙。山环匼匝周，泉流断续沘。
禅堂坐小憩，同好亦萃止。志怀各欣欣，清谈殊亹亹。
笕竹接流长，味此功德水。斋厨供午饱，酒盏却常旨。
盼言志公符，蹇步塔难礼。寺僧意殷拳，碑拓三绝纸。
剪尺扇拂垂，孑然杖头倚。谶协齐梁陈，后事先机启。
代谢定前缘，怚增孝陵唏。兴亡转瞬过，丘壑终古美。
安得铁柱杖，健我登临址。

◎铁柱杖：寺藏志公铁杖，近已失去。

《灵谷禅林志》卷十二

方于谷（1757—1834），字石伍，号拳庄，桐城人。方报机长子。清嘉庆间岁贡生。布衣，一生清贫自守，结庐龙山之幽，自称"有修竹、有梅花，好办百年供养；不山村、不台阁，自成一种文章"。中年丧妻后有诗联挽之。曾辑《桐城方氏诗辑》附《拳庄诗钞》。著有《稻花斋诗钞》。

游灵谷寺遇雨

晓出建业城，笋舆度岩壑。残冈带平楚，精舍背城郭。
到门娑罗香，清阴散广错。古瓦侵藨芜，平田覆花药。
宝公有聚沙，法革传衣钵。禅心悟花鸟，佛力驯狁玃。
剑水踪已遥，古刹幽如昨。裹裹此灵境，归路寻廖郭。
倏尔天四垂，云气压兰若。凉雨过空山，松声度高阁。
深谷啼鼯鼪，秋风厉雕鹗。落木满溪桥，飞泉响铃铎。
藉此孤筇健，不觉单绡薄。四顾旷无人，皎皎云中鹤。

《灵谷禅林志》卷十二

黄堂（1759—1800），字轩如，上海川沙人。黄炎培五世祖。廪贡生。两赴江南乡试不中。能诗。其诗风格清新，辞气和雅。著有《秋帆集》。

游钟山灵谷寺

白云霭崇冈，黄叶纷堕地。谽谺溯前溪，钟声出林际。
双扉拓岭岈，一径转幽邃。高阁净无尘，悠然得小憩。
松篁自扶疏，花药互亏蔽。仙籁飘笙竽，山光涌螺髻。
清吟豁烦襟，元览超俗累。我欲坐跏趺，掩关悦禅味。

谒孝陵

当年提剑削群英，大度何殊赤帝精。
养士末流犹气节，尊儒初政已文明。
烝尝尚有祠官守，陵阙空闻石马鸣。
独上閟宫还下拜，蒋山落日旅魂惊。

均自《秋帆集》

曹　庚（1760年前后在世），字西有，号凫川，上元人。清乾隆二十五年举人。笃学嗜古。工吟咏。著有《且想斋诗钞》二卷。

灵谷深松

何年表列大夫封，每叩禅关望古松。
六代烟霞巢野鹤，一天风雪舞苍龙。
树藏江寺迷山径，声泻寒涛杂梵钟。
地近孝陵深护惜，浓阴翠色几重重。

《灵谷禅林志》卷四

永　琰（1760—1820），姓爱新觉罗，改名颙琰，满族。清高宗第十五子。乾隆五十四年封嘉亲王。1796年登基，改元嘉庆，在位二十五年，史称清仁宗睿皇帝。亲政后，诛和珅，平白莲教、天理教，开言路，惩贪赃，罢贡献，维主权，禁鸦片，重农抑商。著有《味余书室全集》。

明　陵

崛起原同汉，英雄一代豪。剪除威总摄，杀戮兴偏高。
瓴建吞江汉，云飞惜羽毛。分藩思复古，劫运反相遭。

《味余书室全集》

[清]嘉庆皇帝

黄以旂（生卒年不详），字蛟门，清江宁增生。居百川桥侧，父家产数千金，悉让于弟五人。事继母愉愉如也，事异母弟及从子雍雍如也。为童子师以自给，不妄取一钱。擅诗，尝与张晋阶相唱和。著有《忆书轩稿》。

金陵杂咏·半山园

千畦荞麦绿迢迢，直堑横塘路正遥。
走马北山原上去，无人可与议青苗。

《国朝金陵诗征》卷二十七

单　达（生卒年不详），字雪樵，一字瑶阶，清江宁诸生。单孔庭孙、单首子。居铜井村。幼从陈惕庵、汪劭生游。有才辩，以相墓术遨游公卿间。著有《云窝诗草》。

游钟山皇化寺次旧韵

壁上旧有无名氏诗云："巡溪西去折而南，不过深松不见庵。一半屋依山作壁，两三僧与佛同龛。种来野果多年大，尝遍清泉此地甘。愧我未能除俗债，栖心何日向名岚。"

楼台无数说江南，一笠山留劫后庵。
黄叶声干盘鸟道，碧萝门冷辟僧龛。
雨听空外天花落，霜咬秋根野菜甘。
那为鹤书神便动，放开北岳让晴岚。

《国朝金陵诗征》卷二十八

王赓言（1762—1824），字赞虞、篑山，山东诸城人。清乾隆乙卯进士。榜名赓琰。历吏部考功司主事、文选司员外郎，光信知府，江西按察使，常镇通海兵备道守，江苏布政使。为官慎审刑狱，平反怨案。时称"冰心铁石"。工诗文。著有《四书释文》、《篑山堂诗钞》、《车中吟》。

灵谷寺怀古

灵谷仙岩曲径通，青龙山卧白云中。
胸前镜影千潭月，耳畔涛声半壑风。
涧水通厨泉味活，落枫满地寺楼空。
唐陵汉寝凄凉甚，宝塔崚嶒忆志公。

《灵谷禅林志》卷十四

阮钟瑗（1762—1831），字次玉，号定甫，淮安人。少颖异，读书能究大义。二十一岁为诸生，开馆授徒。清嘉庆中，淮安饥荒，钦差李毓昌查赈，为府县贪官毒死。阮记录案情，作《淮安太守行》，后倡建李公祠。道光间，上书请惩贪枉。热心修葺徐节孝祠、三台阁。著有《修凝斋集》。

明高帝陵下作

昔有东吴叟，桥山荐苾刍。我来值异代，落日见樵苏。
闳殿埋榛莽，危檐走鼬鼯。夜来新月白，冠剑出游无。

◎荐苾刍：谓顾亭林。

《修凝斋集》

马士图（1766—1845后），字宗瓒，号鞠村，别署无想山人、莫愁懒渔，江宁人。清诸生。居近莫愁湖东，室名"松管斋"。擅诗词书画，精鉴别，性好游。1810年莫愁湖华严庵集丹青社，曾为作《丹青引》。约卒于道光末。著有《莫愁湖志》、《豆花庄诗钞》、《写梅三百咏》等。

宝公塔应悉朗之招

志公塔下拜斜阳，廿载逢师鬓染霜。
花径三三开蒋阜，经坛七七忏梁皇。
泉通鹫岭流甘露，松化旃檀吐妙香。
道德高深超慧远，可能莲社酒容尝？

《灵谷禅林志》卷三

灵谷松

望里青霞拥不开，万松谁向六朝栽。
爱依世外娑婆界，懒作人间梁栋材。
江海波涛翻石壁，虬龙鳞甲动香台。
秋风侧耳陶宏景，不为闻钟唤我来。

《灵谷禅林志》卷四

春日同朱学圃、胡问渠、吴寿峰、孙莲亭甥偕游灵谷寺

春催把臂入深松，廿载重听灵谷钟。
雪积翠钗栖白鹤，涛翻金地斗苍龙。
巍峨寝殿瞻前代，冷隽移文忆此峰。
顶礼志公身不坏，浮图七级法云封。

又

林下欣逢庾鲍流，双双玉树皎人眸。
昔同绛帐穷黄卷，今被青山笑白头。
茶助清谈香夺酒，泉邀幽听韵疑秋。
朝阳门外催残照，十丈红尘归路愁。

《灵谷禅林志》卷十四

朱　珔（1769—1850），字玉存，号兰坡，泾县人。三岁而孤，祖命为季父后。清嘉庆七年进士。历官侍读，右春坊右赞善，告养归。植品敦俗，奖诱后进。历主钟山、正谊、紫阳书院。学有本原。与姚鼐、李兆洛并负宿望。著有《说文假借义证》、《经文广异》、《小万卷斋诗文集》等。

明中山王墓

在太平门外。姓徐名达，凤阳人，年二十二从明高帝起兵滁阳，授镇抚。时诸将崛起，无适主，王首先翼戴，众心乃服。丙申从定建康，下京口、毗陵、宁国、宜兴诸郡，丁未克苏州，缚张士诚以归。洪武元年加中书右丞相、信国公兼太子太傅，克乐安，溯河入洛，崤函郡县，望风降附，遂入元都。二年征临洮，李思齐不战而降；西征平凉，获张良臣斩之，陕西悉平，拓境极于西北，始还。进魏国公。十七年镇燕，召还，明年二月卒，年五十四，赠中山王，谥武宁，赐葬。高帝亲为神道碑。

成名不愧大将军，石阙巍峨表此坟。
战伐中原先止杀，驰驱晚岁尚宣勤。
主如得水邀频奖，公本凌烟著首勋。
终与显烹功狗别，疾颁鹅炙播传闻。

李鳌《金陵名胜诗钞》

陈文述（1771—1843），原名文杰，字退庵，号云伯，别署颐道居士，钱塘人。清嘉庆五年举人，官江都、全椒等县知县。工诗文，善绘事。诗学西昆体。喜收女弟。曾促成于金陵青溪复建张丽华祠。有《碧城仙馆诗钞》、《颐道堂集》、《西泠怀古集》、《秣陵集》、《画林新咏》等。

钟山汉秣陵尉蒋子文祠

灵旗落叶共飘萧，龙尾荒祠久寂寥。
志阙赤乌前代事，魂归白马午时潮。
玉颜娓婳怜三妹，香火繁华阅六朝。
一角钟山埋骨地，传芭不用楚词招。

吴大帝陵

旗鼓成三国，江山领六朝。霸才天堑险，王气秣陵消。
宰木神鸦聚，荒陵石马骄。墓门花草尽，呜咽下寒潮。

[清]陈文述

步夫人冢

孙陵冈下路逡巡，霸气荒凉古水滨。
三国旌旗吴大帝，六宫玺绶步夫人。
香消玉冷无铜雀，水剩山残有石麟。
何事后来恩太薄？西陵家难最悲辛。

◎西陵：谓步阐事。

栽松岘

定知鳞鬣傲苍龙，化后空余落叶封。
如此青山好烟景，雨中何不更栽松。

招隐馆

四学虽同立，儒家解读书。谭经留旧地，招隐有精庐。
史局承天领，禅宗慧远居。何如太平馆，芝桂属元璩。

萧思话弹琴石

盘石既磊磊，清泉亦潺潺。山中一尊酒，相赏松石间。
长史少年时，折节颇攻苦。试弹焦尾琴，何如细腰鼓。
弘景吹笙阁，子猷邀笛步。一样六朝人，风流杳然去。

茱萸坞

陆公遗址已荒芜，深坞回环古路纡。
风雨满城作重九，却来此地饵茱萸。

九日台

雀羽龙文入梦来，新宫旧苑一时开。
请看白下商飚馆，何异彭城戏马台。

燕雀湖（六首）

后池亭馆草阑珊，遗冢安宁不可攀。
莫为沧桑起惆怅，茂陵金碗出人间。

又

南山石椁事全非，阴火鱼镫隧道微。
何处横风翔燕雀，金凫银雁满天飞。

又

一角台城隔暮云，前湖流水碧沄沄。
修陵今亦同疑冢，何处南朝帝子坟？

◎修陵，武帝陵名。

又

金陵王气规模改，绝堑横堙飞雉过。
莫怨湖波换严陆，六朝碑石尽消磨。

又

山邱华屋晚啼鸦，小粉场西问旧家。
梦里六朝人似玉，绣衣香满白梅花。

◎钱塘汪氏掘地，得梁天监八年砖。先一日，梦美少年自云梁武帝第四子南康王萧绩也，乞保遗冢，乃掩之。小粉场，汪氏所居。

又

风云秦台往事空，更无遗事说湘东。
妙严公主坟犹在，曾踏残香吊殡宫。

◎妙严公主，武帝女，墓在吴门阊邱坊巷。今为钱氏息园，有妙严台遗址。

随鹿谷是阮孝绪母病求参处

章采皇甫谧，志行管幼安。皎皎阮士宗，七录能削繁。
手著高隐传，三品贞盘桓。凿垣与穿篱，遁世学段干。
鹿床一精舍，仿佛瀛海宽。植品既以高，笃行尤不刊。
啮指感母病，采药青山端。三桠产何地，钟阜如龙蟠。
白鹿导引之，灵根愈沉痾。纯孝与高节，伊古人所难。
六代幂尘纲，逸翮骞鸿鸾。挥手骖麞麚，怀古生长叹。

灵谷寺吊梁高僧志公

万松深谷暮云停，符谶当年信可征。
史传有人书隐士，名山何幸葬高僧。
衲袍布帽留遗像，虎踞龙蟠让孝陵。
三百赐庄今在否，六朝如梦澹秋灯。

八功德水（二首）

昙隐当年卓锡时，八功德在一清池。
果然佛法难思议，峰解飞来水解移。

又

中年我亦耽禅悦，借取军持半勺尝。
不羡华池八功德，只求尘海亦清凉。

说法台

生公遗迹在姑苏，海涌峰前夜月孤。
此地志公曾说法，不知顽石点头无？

沈约郊园

太息南朝沈隐侯，郊居曾此息林陬。
四声辨韵新留谱，八咏登高旧起楼。
大好江山石城路，无边云树秣陵秋。
不堪更问齐梁事，淮水东南日夜流。

钟山访徐铉遗宅

茸茸衰草没残基，遗宅苍凉暮霭疑。
花月谁寻江令宅？云山好傍蒋侯祠。
兴亡著录江南重，兄弟声华海内知。
愁绝兰成小园赋，汴京流水不胜悲。

半山报宁寺是王安石故宅

青莲绀宇劫灰平，殷浩当时枉盛名。
空有文章追作者，可怜经济误苍生。
酿成北狩徽钦祸，旁及中朝洛蜀争。
何处香林遗址在？梦华惆怅话东京。

半山亭（二首）

定林双寺暮云停，坡老新诗驻马听。
一自青苗流毒后，更无人话半山亭。

又

苦将官礼行新法，误尽苍生误子孙。
自己一亭留不得，青山何处更争墩？

钟山用东坡《同王胜之游蒋山》韵

独上钟山顶，金陵气郁然。人才三国志，城阙六朝年。
树老齐梁寺，帆通楚蜀船。画师顾金粟，词客李青莲。
桂峪香应近，松林路欲偏。覆舟俯平陆，幕府接层颠。
翠合千重岭，云飞百道泉。猿声凄凤梦，鹃影没遥天。
废陇余秋草，荒陵起暮烟。凭谁图笠屐？云月共婵娟。

明太祖孝陵

　　在钟山阳独龙阜，旧灵谷寺基，与马皇后合葬，懿文太子祔于左。嘉靖十年，更名钟山为神烈山。国朝定鼎，设立守陵监二员，陵户四十名，拨给司香田地。乾隆十六年，裁守陵司香太监，留陵户。按：灵谷寺，梁天监十三年为志公建塔于钟山玩珠峰前，名开善精舍，后为开善寺，宋改名太平兴国寺，后名蒋山寺。明初，改寺于旧基之东五里，而旧基遂为孝陵。南朝七十寺，半在禁垣。今则尽属荒烟蔓草矣。

　　泗陵沉没凤陵荒，此地明楼傍夕阳。
　　金粟铭功无石马，醴泉陪葬有名王。
　　六师威略清沙漠，一统规模接汉唐。
　　自是真人出天授，空同云气说轩皇。

又

　　亭亭紫气瀚朝霞，来访留都赋梦华。
　　秦代已传天子气，吴都原是帝王家。
　　六朝花月无孤冢，万树松楸有暮鸦。
　　太息长陵一抔土，野人相约种秋瓜。

又

　　冠古雄图此宅京，千秋余恨亦难平。
　　一篇黄鸟朝天户，百战金川靖难兵。
　　破帽秋衫空有泪，玉鱼金碗岂无情。
　　巍巍御制穹碑在，圣德神功有盛名。

◎朝天户：宫女殉死者，其父兄加锦衣千户，名朝天女户。

又

　　月轮东上夜啼乌，江水西来即鼎湖。
　　蒋帝青山秋雨暗，志公灵谷暮云孤。
　　荐新曾遣中珰奉，带剑应无小吏趋。
　　闻道时巡亲致飧，兴朝优典古来无。

孝陵长生鹿银牌歌

　　钟山旧少林树，是以东晋有刺史栽松之令。孝陵之建，有松十万株，长生鹿千。今则林木仅有存者，鹿亦杳不可见，陵户间有收得银牌者耳。

　　孝陵云黯万株松，叶叶冰霜树树龙。
　　更遣奚官豢仙鹿，芝田瑶草护春茸。
　　劫火灰飞陵上土，松既为薪鹿作脯。
　　银牌不逐玉鱼沈，流落人间泣风雨。
　　翠华玉辇侍昭仪，正是银牌初铸时。
　　一自金棺遗宝志，鼎湖云气郁参差。
　　秣陵王气消沉易，沧桑花月伤心事。
　　鹿走中原楚汉争，银牌犹勒长生字。
　　原庙衣冠幸未残，玉龟飞尽掖松寒。
　　唐陵汉寝知何限，银雁金凫一例看。

◎玉龟：孝陵之建，掘地得玉龟十，其九飞去，仅存其一。

懿文太子陵

　　太子名标，太祖长子，母高皇后，元至正十五年生于太平陈迪家。太祖为吴王，立为世子，从宋濂受经。洪武元年，立为皇太子。先是，以应天、开封为南、北京，临濠为中都。御史胡子祺上书，以天下形势莫如关中。帝善之。二十四年，敕太子巡抚陕西。比还，献陕西地图，遂病。病中上言经略建都事。明年四月丙子薨，八月庚申祔葬孝陵东，谥曰懿文太子。建文元年，追尊为孝康皇帝，庙号兴宗。燕王即位，复称懿文皇太子。帝性猜忌，果于杀戮，太子屡以为言。帝尝欲杀宋濂，太子请免不得，投水几毙。以高后茹斋讽谏，始宥濂。又因燕王谮，欲诛蓝玉，请免不得，固请。帝怒曰："待汝为君，自宥之！"太子惊悸发疾，踣于御前，遂不起。盖天性仁暴异也。

　　当年名德重青宫，颇与昭明器宇同。
　　华望久应敷四海，迁都惜未定关中。
　　犯颜力救儒臣祸，失意空嗟大将功。
　　鹤驾定随龙驭杳，夕阳云树孝陵东。

朝天女感孝陵殉葬宫人事

　　初太祖崩，宫人多从死者。建文、永乐时，相继优恤。若张凤、李衡、赵福、张璧、汪宾诸家，皆自锦衣卫所试百户散骑带刀舍人，进千百户，带俸世袭，人谓之"朝天女户"。历成、仁、宣三朝，亦皆用殉。景帝以成王薨，犹用其制。盖当时王府皆然。至英宗遗诏始罢之。夫宫人殉葬，暴秦之制。明祖以开基之主，且平日以始皇为戒，乃身后贻此秕政，岂非轻戮余威流及宫禁耶！英宗复辟，惟此事及释建庶人为善政之大者。

　　墓门未可比长门，灯暗鱼膏白日昏。
　　铜辇几曾甘晓梦，玉钩何处吊芳魂。
　　青山阴隧悲埋艳，白露园林泣奉恩。
　　太息嬴秦留旧事，泉台终古此衔冤。

钟山吊静诚先生陈遇墓

　　陈遇，字中行，先世曹人，徙居建康。天姿纯粹，笃学博览。元末为温州教授，已而弃官归隐，学者称静诚先生。太祖渡江，以秦从龙荐，贻书聘之。以伊、吕、诸葛为喻。至与语，大悦，留参密议，日见亲信。自为吴王，及即皇帝位，历授官至礼部尚书，皆不受。帝尝问保国安民之计，遇对以"不嗜杀人、薄敛、任贤、复先王礼乐为首务"，计画多秘不传。宠礼之隆，勋戚大臣无与比者。数幸其第，语必称先生，或呼为君子。十七年卒，赐葬钟山。

　　（秦）从龙，字元之，镇江人。太祖命徐达下镇江，访得之。命从子文正、甥李文忠奉金币聘之，自迎之于龙江。朝夕与处，事无大小，悉于之谋。至正二十五年卒，在太祖未即吴王位时，亦未官也。

太祖求贤日，吾宗有静诚。名儒重经济，王佐薄功名。
何点辞梁代，严陵谢汉京。青田最高洁，出处逊先生。

钟山里访高青邱故居

不仕张吴不仕元，十年高节隐邱樊。
论诗早岁曾开社，修史归来只闭门。
龙卧竟同中散忌，燕泥谁省道衡冤？
西庵海叟俱摧抑，开国规模最少恩。

◎孙蕡，字西庵，以为蓝玉题画，连及坐死。
◎袁凯，字海叟，太祖欲诛之，佯狂以免。

钟山《告天文石刻》

骨肉摧残事可怜，千秋遗恨说金川。
纵令刻石堪埋地，未必盟心可告天。
景铁丛祠余宰木，齐黄孤冢卧荒烟。
曾闻正学书丹陛，一字能令万古传。

杜茶村墓

国初诸老辈，人说杜茶村。遗稿成灰烬，孤坟少子孙。
江山词客重，姓氏布衣尊。太息城东路，寒鸦绕墓门。

均自《秣陵集》

张　井（1776—1835），字仪九，号芥航，肤施人。清嘉庆六年进士。道光四年擢陈许道，官至河东总督、江南河道总督。任两河凡十年。初治南河，锐意任事；泊兴大工，糜帑三百余万而无成效，仍为补苴之计，用灌塘法，较胜借黄之险。勤于修守。著有《二竹斋诗钞》。

钟山谒明孝陵

明祖当年翦列雄，何殊汉帝王关中。
褒崇王宋文能备，鹹削黥彭见略同。
龙虎一山钟紫气，松椒千载閟灵宫。
伤心南渡贪歌舞，偏据还输安乐公。

《二竹斋诗钞》

汤贻汾（1778—1853），字雨生、若仪，号粥翁，武进人。以荫袭云骑尉，官三江守备等，后以抚标中军参将，擢温州镇副总兵，以病不赴。退居南京，筑琴隐园。太平军破城时，赴水死。谥忠愍。通百家之学，精诸艺，工诗书画。著有《琴隐园诗词集》、《画梅楼倚声》、《画筌析览》等。

怀僧诗·宋能（住钟山）

跏趺百岁尚朱颜，亲受佳人碧玉环。
自小逢师闻净果，至今抛我在尘寰。
白猿扫叶随栖洞，紫鹿驮经送下山。
却望闲云何处住，纷纷落叶梦魂间。

[清]汤雨生

凌云阁望钟山，怀白云寺僧普度兼柬龙山香城长老

山色当窗日夕佳，岩扉松径画屏排。
期君卖药过尘市，为我携云到小斋。
方外交便麋鹿性，老来人畏鹭鹓侪。
隔林更爱凭虚叟，除了烟霞不挂怀。

◎日夕：钟山早暮紫翠不同。
◎凭虚：龙山阁名。

《续修四库全书·琴隐园诗集》卷二十三

怀钟山白云寺僧普渡

云多不见山，云少见山寺。何日白云僧，携云花下至。

《续修四库全书·琴隐园诗集》卷二十四

灵谷

松尽竹林开，当头一塔来。心清八功德，语落万琼瑰。
往迹探犹在，高僧去不回。贪尝鸭脚子，归路夕阳催。

◎谷多古银杏。

灵谷谒志公塔，兼示同游蔡友石太仆，周石生方伯，邓子久、方伯雄、吴仲铭三太史，汪元则茂才，甘畸人明府，邢子尹参军，欧阳沛生孝廉

金刚不坏是君身，千载何由见此人？
神虎挂冠同大隐，独龙迁塔各前因。
云山自恨骚坛冷，寇盗应怜佛国贫。
失喜松篁尽无恙，尚容吾辈趁芳辰。

◎大隐：《南史》列志公与陶贞白于"隐逸"。
◎骚坛：有姚姬传、张古余、瞿秩山三丈留题。
◎佛国：英夷围城两月，遍扰山村，独未至此。

灵谷逢陈登之司马偕白门同官来游

青林堂上茗千杯，恨不清泉变绿醅。
山贼难偷林壑去，诗奴竞迓绂簪来。
松间鹤尚齐梁语，地下僧兼管乐才。
撞断辟邪游未了，笋舆同载白云回。

◎绿醅：游者皆饭于寺，沽酒不得。
◎辟邪：钟名。

以上《续修四库全书·琴隐园诗集》卷二十七

半山寺

谢公墩畔好林亭，一路幽禽画里听。
松柏不知何代种，沧桑试问几回经？
当门云袖侵衣翠，绕屋烟苗没胫青。
可惜临川才绝世，名山不老少微星。

又

语水调琴到寺闻，俗肠频此涤尘氛。
最宜清早最宜雨，半入深林半入云。
结社我惭陶靖节，耽吟谁及谢将军。
醉来不尽黄垆感，怕倚危亭送夕曛。

◎将军：王益之参领同游。
◎危亭：任阶平太史、陈芝楣中丞、齐梅麓太守、程蕉云水部会饮于此，俱仙去矣。

《续修四库全书·琴隐园诗集》卷三十

王益之奎光固山招饮半山寺，寺为益之别业

谢公墩畔路，兰若亦翛然。落叶和云扫，流泉带雨煎。
多君能爱客，每醉必题笺。作宦谁如乐？林栖有俸钱。

《续修四库全书·琴隐园诗集》卷三十六

刘绍曾（？—1853），字书田，上元人。清道光十七年举人。博学工诗，喜画梅。晚岁家居，与汤贻汾、侯云松、王金洛诸人相唱和，极觞咏湖山之乐。咸丰初金陵城陷，焚其生平著作，冠带投瓮水死。

八功德水歌

涛声万壑松阴直，中有流泉涌阶侧。
深山夜半走神龙，飞入空门作功德。
忆昔梁僧卓锡年，蒲团夜火烧松泉。
正愁挹注烦人力，一瓢湛碧来西天。
镜光荧荧照春昼，潺湲响答莲花漏。
穴墙穿竹引清流，百笕寒声逗檐溜。
我来恰值朝雨晴，老僧为我烹茶铛。
不辞七碗涤尘虑，坐对钟山云气生。

《灵谷禅林志》卷二

奎 光（？—1853），一作奎泽，字益之，江宁驻防，镶红旗人。宗室。清道光九年己丑科进士。官协领。尝于半山园筑韬光别墅。咸丰癸丑阖门殉难。

半山别墅

又是西风落叶天，好寻幽趣向林泉。
重修别墅开诗社，为买青山损俸钱。
槛外飞泉疑聚雨，墙头古柏化秋烟。
放生舍宅遗踪在，记取荆公结善缘。

◎古柏：北院有古柏二株，相传荆公手植。

半山泉
活水还须活火煎，松柴带叶裛晴烟。
客来洗盏频斟饮，只取新诗不取钱。

均自《国朝金陵诗征》卷三十八

顾櫰三（？—1853），字秋碧，上元人。少孤贫，承母十指课之读。弗给，丐食于邻，益苦读。稍长，补清诸生。为文极敏。气豪迈，某家有狐祟，作诗骂之方止。与车持谦等友善，结苔岑社以谈诗。治经，通训诂，尤长史学。著有《补后汉书艺文志》、《然松阁诗钞》、《赋钞》、《然松阁存稿》。

蒋庙在钟山之阴，旧祀子文三妹，即青溪小姑也，近讹作织女，侑食子文，机匠崇奉甚盛，诗以譬之

银河夜半惊风浪，黄姑妒绝增惆怅。忍使鸠居占鹊巢，
蓝桥水断长相望。昔闻河鼓聘天孙，灵匹何年嫁蒋神。
岂为雨工鞭不起，泾河谪作牧羊人。蒋侯庙貌何威武，
棱棱青骨须眉古。从此袍应着绛纱，不教手但弯神弩。
一曲巫歌唱送迎，神仙何必竟无情。清河县主输金盝，
南越夫人下玉京。祇愁醉尉风情老，龙梭织罢心如捣。
镜里嫦娥忆故夫，溪边小妹愁邱嫂。莫问当年出荡时，
云车风马臂弓驰。谁令十万横磨剑，缚上千端寡女丝。
蒋侯闻此笑哆口，世间怪事无不有。杜十姨嫁伍髭须，
扑搠雌雄谁辨否？何况鼻亭象、冉庙牛，
西门曾禁河伯娶，乃曳豹尾成赘疣。我今作歌破庸妄，
饮犊填河尽虚诳。垂帘何处问君平，匏瓜无匹空腾谤。
神言土偶原无知，沿讹踵谬人自为。君不见
织女戴孝已足诧，钟馗嫁妹尤可嗤。千秋信史传疑半，
姑妄言之姑听之。

《国朝金陵诗征》卷三十七

锡龄额（？—1853），姓常氏，字靖之，一字近痴，江宁驻防，满洲正蓝旗人。由骁骑校升江宁防御印务章京兼左司参领。性至孝，侍疾尝旬不解带。清咸丰癸丑金陵城陷，贼迭攻内城，骂贼不屈死，家人殉难。

半山园
半山园与水云邻，自喜争墩得句新。
流水潺潺又今日，孤墩终古属何人？

一人泉
澄鲜一勺水，常滴涧之中。谁信源源去，浩然江海通。

均自《国朝金陵诗征》卷三十九

袁　迟（1779—？），字真来，清代钱塘人。袁枚子。官南河县丞。善写生。

半山寺
未到看山处，先闻流水声。主人开别墅，我辈作闲行。
双柏古愈翠，新蝉始乱鸣。荆公遗迹在，凭眺不胜情。

《国朝金陵诗征》卷四十五

陶　澍（1779—1839），字子霖，号云汀，湖南安化人。清嘉庆七年进士，历庶吉士、编修，安徽布政使，官至两江总督。任内救灾兴利、整顿财政、治理漕运，倡办海运，革新盐政，整治治安，兴办教育，培养人才。病逝于金陵，谥文毅。有《印心石屋诗钞》、《陶文毅公全集》。

行经钟阜望半山亭
半山亭子山之半，半倚屏颜半入城。
地僻任从人诞傲，路岐难辨石纵横。
崇岩自郁风云气，别涧犹喧日夜声。
留得谢公双屐在，一墩容尔不须争。

《陶澍集》

[清]陶　澍

杨庆琛（1783—1867），榜名际春，字廷元，号雪樵、雪椒，福建侯官人。嗜书好学，藏书甚富。与梁章钜、林则徐同为郑光策高弟。清嘉庆二十五年进士，官山东布政使、光禄寺卿。性严介有节气。六十岁辞归。曾与李彦章泛莫愁湖赋诗。有《绛雪山房诗钞》、《续钞》、《击钵吟偶存》。

甲午八月十二日过灵谷寺，访圆照上人不遇
留住孤云影，禅扉昼不扃。门环千树碧，山是六朝青。
初地缘重结，浮生屦几经。笠瓢何处去？秋色满闲庭。
◎初地：余以襄事文闱过此。

《灵谷禅林志》卷十二

悟开诗僧以《灵谷楼居》诗见示，走笔奉赠
通幽曲径绿回环，人自喧嚣僧自闲。
佛界也如仙界好，楼居廿载看青山。

又
榉香松火纵高歌，诗味深兼禅味多。
料得夜阑钟响急，一篇新句礼维摩。

《灵谷禅林志》卷十四

释达宗（1785年前后在世），清乾隆末曾用十多年时间修复鹫峰寺。

同人游灵谷时值上堂
实相原非相，真香不自香。一尘超法界，大地即禅堂。
悟境唯心现，迷头任影忙。无绳自缚者，枯坐理何长。

再游灵谷
一径入修竹，行行到蒋山。山林深翠处，人物往来间。
久别尝相忆，重来不忍还。登高频极目，惆怅白云端。

均自《灵谷禅林志》卷十二

范仕义（约1785—1855?），字质贡，号廉泉，云南保山人。清嘉庆十九年进士，历官如皋、宝山、江宁知县（道光二十四年至二十六年），调通州直隶州知州。道光十七年曾主修《如皋县续志》。能诗。与汤雨生等有交往唱和。著有《廉泉诗钞》。

同赵直夫、陈栎余诸友游灵谷寺
紫金山矗立，古寺辟齐梁。一径云中出，万松风际凉。
浮屠凌碧汉。天乐响空廊。昙隐留真迹，同寻到上方。

◎天乐：寺中路履之有声，如琵琶然。
◎昙隐：梁时昙隐栖此，龙献名泉，号八功德水。

《廉泉诗钞》

王嘉言（1789年前后在世），字缄庵，一字箴堂，江宁人。清乾隆己酉举人。金坛教谕。年八十一卒。其著《忆说》，乃《白下余谈》之亚，朱绪曾尝择抄数十条。其诗多有关金陵旧闻者。著有《忆说》、《缄庵诗钞》。

香林寺相传即王荆公舍宅报宁寺遗址，感而有作
为访荒墩策杖寻，半山遗迹古城阴。
避贤空有归田志，投老曾无悔祸心。
雪竹吟哦专一壑，青苗忏度借双林。
清凉祠庙监门在，抗疏英风直到今。

谢公墩在钟山之麓，幼时游此，池水沦涟，绿杨环绕，中有高阜，人竞指为谢公墩。今又数十年，并名与地而失之矣
东晋风流属谢公，千年于此尚遗风。
半山诗句分明在，指点荒烟蔓草中。

又
市廛行尽见青山，游客寻春自往还。
一片孤村数行柳，六朝风景有无间。

均自《国朝金陵诗征》卷二十七

瞿曾辑（1789年前后在世），字秩山，武进人。清乾隆五十四年进士。嘉庆十三年官四川盐茶道。工山水。曾参订《阴符经玄解正义》。

丁亥三月朔，甘梦六封君招同人游灵谷寺，次张古馀观察韵
佳气郁葱葱，宝刹半山起。松杉一万树，绿净无尘滓。
老僧说志公，愿闻我唯唯。云昔志公塔，本在孝陵址。
梵呗久寂寥，荒垅空山峙。有泉缭绕之，八德细流沚。

奉敕塔远移，到此乃忽止。百夫不能前，灵异谈亹亹。
斯丘公所乐，暗徙功德水。伏地向东来，仰出清且旨。
江山占第一，金阶肃瞻礼。百乳铿鲸钟，三绝揭茧纸。
公知千载后，帝力藉可倚。易地开道场，尔宇遂大启。
漫道夺佳城，愚氓枉欷歔。琳宫隐翠微，林蹊尤秀美。
我来陟其巅，取次高举趾。

《灵谷禅林志》卷十二

沈学渊（1789—1833），字涵若、梦塘，号兰卿，江苏宝山人。弱冠以第一补诸生。清嘉庆十五年举人。曾应房师潘镕之邀，与顾翰、金凤藻同修《萧县志》，后由其总成。终身未仕。又曾主修《福建通志》。后入林则徐幕，极得赞赏。未几卒，林为其撰写墓铭。著有《桂留山房诗集》。

食明孝陵瓜诗

渴游惯索山僧茶，热游再啖山僧瓜。山僧种瓜不解事，
但将瓜好人前夸。客来食瓜觉瓜异，便同山僧征瓜事。
山僧削瓜如战瓜，门前指点栽瓜地。不是青门故侯客，
不是黄台太子宅。钟山之阳孝陵原，土厚宜瓜瓜不瘠。
瓜市初开请客尝，瓜庐设逻无人摘。当年瓜戍卧残兵，
此日瓜田分税额。山僧语客客转猜，前朝园寝今封培。
有瓜但向隙地种，有僧尚派司香来。长陵抔土不可盗，
安能搜剔穷污莱。年年司香僧腊老，岁岁种瓜瓜蒂少。
上环剖出祭忠魂，千家瓜蔓何时了。孝陵松柏血犹新，
燕国椒聊根不扫。至今禾黍故宫秋，石马西风卧白草。
谁比开平贤子孙，闭门种菜残年饱。君不见，
断壶食瓜绘豳风，农圃艰难王业同。一朝兴废瓜棚话，
野蔓青青夕照中。

《历代陵寝备考》

彭蕴章（1792—1862），字琮达、咏莪，长洲人。尚书彭启丰曾孙。清道光十五年进士。累官文渊阁大学士，上书房总师傅，兵部尚书兼左都御史。卒谥文敬。久直枢廷，廉谨小心，每与会议，必持详慎。工诗文，邃义理之学。著有《归朴龛丛稿》、《老学庵读书记》、《松风阁诗钞》。

明孝陵

松柏园林锁寂寥，游人下马说前朝。
江山未失蟠龙势，骨肉先悲逐燕谣。
古殿香灯光黯黯，荒原禾黍影萧萧。
宸章今日丰碑焕，屋社千秋祀典昭。

《松风阁诗钞》

王路清（生卒年及生平不详），清代人。

孝 陵

六朝名胜地，黄叶落纷纷。素室明于镜，闲僧懒似云。
山光来积翠，花影乱残曛。一榻跏趺坐，江涛每夜闻。

《耳湖诗钞》

甘 煦（1792—1863），字耆壬、祺仁，江宁人。甘福子，甘熙兄。少师胡镐，通《易》、《春秋》，治诗古文辞。清道光元年举副榜。官宝应、太平教谕。酷嗜金石，得宋砖三十六，归葺宅西老屋。洪杨乱起，避地淮安。著有《桐月楼诗稿》、《月波楼诗草》、《贞冬诗前后录》等。

寻八功德水源

萧萧黄叶坡，窈窈青林麓。逶迤趁竹笕，径达泉源渌。
一线流石窦，五里淙寒玉。净可鉴毛发，清可蠲垢浊。
浓荫跂长松，清风倚修竹。悟真何处寻，坏础卧苔绿。
缅怀功德深，我欲结茆屋。

《灵谷禅林志》卷二

灵谷僧寮夜坐偶成

悄然结跏坐，心迹喜双清。明月澹相照，幽禽时一鸣。
瓶花散芬馥，龛火缀清莹。色相本无著，葛藤何自生。

与静一首座夜话

万籁此俱寂，天清无一尘。空山坐永夕，流水悄然春。
灯动影摇碧，花开香近人。禅心与夜气，相守本来真。

由钟山之阴至灵谷，话悉上人

逶迤四五里，始复见平原。塔影出丛树，钟声浮远村。
僧闲随坐卧，客熟罢寒暄。我愧根尘缚，相从智者论。

【注】暄：原本作暄，据其意改。

灵谷寺晚步

苍然独散步，暝色寺门深。斜照暖高岭，归禽响隔林。
抚松得古趣，观水息机心。还复款僧室，香云清欲沈。

以上《灵谷禅林志》卷十二

灵谷寺夜坐纳凉

明月下回廊，松影霭深翠。洒然清风来，披襟带秋意。

又

耿耿星河稀，沈沈钟磬寂。灯火闭僧寮，暗蛩响断壁。

又

兰韵清微飔，荷香湛轻露。相对悄无言，吃茶得真趣。

又

竹柏萧以森，苍鼯兢来往。惊闻人语声，窜向轩楹上。

又

檐铎戛空清，塔灯互明灭。山禽时一鸣，西林挂斜月。

又

灵谷有夙缘，小住月几匝。来去云水踪，前身或老衲。

《灵谷禅林志》卷十四

前　人

怀蒋山道者

秋冷碧苔岑，崚嶒不可寻。美人在天末，晞髪向空林。虞夏结遐想，松风流古音。永怀采芝侣，为致楚兰吟。

《国朝金陵诗征》卷三十五

张汝南（？—1863），字子和，自号洞天老樵，江苏上元人。武康知县张之铭子。清诸生。能诗文，工书画。著有《乡音正讹》、《金陵省难纪略》、《浙游日记》、《江南好辞》、《夜江集》、《诗臆说》、《燹余草》。

江南好辞（录五首）

江南好，山下拜明陵。道卧石麟萦蔓草，门残铜兽冪寒藤，离黍满荒眭。

◎明陵在钟山阳，今名孝陵卫。

江南好，灵谷久流名。眼界各分舍利色，乳钟好辨景阳声，功德水弥清。

◎灵谷寺在钟山阳，有志公所贻舍利子，随观变色。又有钟四十八乳。乳各一音，或谓即景阳钟。八功德水，自钟山引入寺池，倒溃而出。更有飞来剪、盘龙石等异观。

江南好，行处入松深。花落黏衣香不断，翠横满径昼常阴，涛卷想龙吟。

◎灵谷深松，四十景之一。

江南好，寺爱白云高。屋后峰连天咫尺，槛前松动海波涛，俯视极秋毫。

◎白云寺，在钟山绝顶。

江南好，钟阜洞泉佳。云袅似绵吹不断，水澄如镜净于揩，披酌畅游怀。

◎白云寺前有白云洞，时时出云。峰顶有一人泉，足供一人之饮，水极甘洌。

《南京文献》

金　鉴（生卒年不详，约生活于清乾嘉中），字雨亭，江宁诸生。

萧思话弹琴石

携朋出城郭，纵步钟山阴。传闻有盘石，萧生兹弹琴。
遥遥千余载，故址难追寻。当时君臣间，眷顾何其深！
略分传欢宴，结契开宸襟。雅追牙旷赏，俗谢俳优心。
游山亦偶然，丈人夙所钦。旷世以相感，慷慨思知音。
即境重回首，清晖挂遥岑。君听古涧底，流水犹愔愔。

《国朝金陵诗征》卷三十六

闵文昭（生卒年不详，约生活于清乾嘉中），字潜庵，上元诸生。

半山寺

花宫旁侧认遗墩，传说当年谢傅存。
应有棋枰依石设，莫将草木认兵屯。
名卿共复东山迹，胜地常开北海樽。
我是高阳狂醉客，衔杯酌饮到黄昏。

《国朝金陵诗征》卷三十七

卜汝为（生卒年不详），字宣甫，清代江宁人。诸生。家世穷经积学，不遇而行谊粹然儒者。

游灵谷寺二绝

寺古山俱古，松高塔并高。一声清磬彻，破我俗尘劳。

又

幽兴十分浓，人来第几峰。梅花寻旧坞，香冷一枝筇。

《灵谷禅林志》卷十四

[清] 祁寯藻

祁寯藻（1793—1866），字颖叔、淳甫，号观斋，山西寿阳人。清嘉庆十九年进士。官至军机大臣，左都御史，兵、户、工、礼诸部尚书，体仁阁大学士。曾赴福建筹办海防，查禁鸦片。历任道光、咸丰、同治三代帝师。忠清亮直，勤政爱民，举贤荐能。擅书法。著有《馤斨亭集》。

望明孝陵

钟山王气昔龙蟠，陵卫葱葱尚守官。
日莫浮云天际远，满城秋色似长安。

《馤斨亭集》

徐　淳（1795年前后在世），字葆初，号双桥，吴江人。早负时名，领袖南洲，晚研尚子，尤深诗学，于五律最工。家松陵，冶园亭，莳花木，读书课子，歌咏自娱。乾隆乙卯秋游金陵归，汇其登临怀古之作为一卷《金陵杂咏》（嘉庆元年刊印）。

中山宁武王墓

路出钟山下，停骖感慨多。玉麟埋宿草，石马挂烟萝。
故第坊犹在，丰碑字欲磨。纪勋谁与并？千载只萧何。

灵谷寺自来泉

竹里飞泉涌，凌虚势壮哉。不知从地引，反驳自天来。
喷沼凝寒雪，轰涛走怒雷。沧桑参妙谛，功德掩蒿莱。

◎寺有志公功德泉，没数年矣。

均自《金陵杂咏》

许正绶（1795—1861），字斋生、少白，上虞人。清道光二年举人，九年进士，官湖州府教授。尝在原安定书院祠中，仿杭州诂经精舍创建爱山书院，以经解古学课士。后议设各处义塾，招收贫苦子弟入学，修葺文庙明伦堂。赏加国子监监丞衔。工诗文，善书法。著有《重桂堂集》。

孝　陵

投身皇觉世茫茫，一代真龙岂久藏。
三次舍身同泰寺，法王无力庇萧梁。

又

创业江东局一新，六朝半壁笑梁陈。
钟山究有龙蟠否？何事皇孙竟庶人。

又

匹夫三尺乱离中，濠泗遥遥继沛丰。
抔土未干雉燕起，两朝妻子亦英雄。

又

文章老宿尽心惊，下士殷殷出至诚。
三百年来名节报，为天下屈四先生。

又

风云感会首东南，告厥成功一事惭。
生不能臣王保保，元勋多少让奇男。

《重桂堂集》

胡本渊（1796年前后在世），字静夫，号愚溪，上元人。清嘉庆元年进士。官国子监学正。工文献学。曾为邓廷桢师。兼工书画。辑有《子史精华辑要诗赋题解》、《子史辑要题解合编》、《唐诗近体》、《诗义辑解》。著有《愚溪诗钞》。

灵谷寺

翠色远浮空，落荫满山谷。入耳清涛生，泠泠奏丝竹。
禅堂寂无人，但见苔痕绿。修竹接流水，涓涓自洄曲。
寻之得石泉，尘少纤芥触。宿雾散遥岑，寒林上初旭。
高阁一登眺，双清在心目。欲携冰雪文，深松结茅屋。

《灵谷禅林志》卷十二

前　人

最高峰

极目群山小，环岩不了青。人行杉木末，江入翠微屏。

山半落云雨，峰尖撼斗星。无穷望空阔，须上最高峰。

李鳌《金陵名胜诗钞》

朱绪曾（1796—1866），字述之，号燮亭，又号北山，江苏上元人。朱涛子。道光二年举人，官秀水、孝丰知县，台州知府。嗜读书，研经博物，于《尔雅》用力尤深。藏书十多万卷，咸丰间毁。著有《开有益斋读书志》、《北山集》、《金陵诗汇》、《笔谱》、《金陵旧闻》、《论语义证》。

流杯渠

玩珠塔徙宝城东，远引华林曲水通。
天子咏觞询束皙，侍臣词赋压王融。
鸬鹚杓转萍开绿，鹦鹉杯浮苕晕红。
盛代衢尊斟玉液，深山亦有饮和风。

《灵谷禅林志》卷二

宝公塔怀古

皇觉伽蓝识洞微，金陵爱立帝王畿。
真龙早卜眠鹰穴，病虎偏能佐燕飞。
一自都移南国簾，遂教僧老北山薇。
可怜明镜归空幻，铃语凭谁问夕晖。

《灵谷禅林志》卷三

和（王廷相）琵琶街韵

推琵亦却琶，非指以喻指。会心何必丝，清音在山里。

《灵谷禅林志》卷四

灵谷寺怀古

当日钟山法会来，层峦绀宇画图开。
缁衣绾绶僧吴印，白袷吟诗泐秀才。
甘露珍珠沾草木，彩云金碧覆楼台。
孟兼仕鲁皆忠戆，惆怅猿声夜壑哀。

《灵谷禅林志》卷十四

甘熙（1798—1852），字实庵，号二如居士，江宁人。清道光十九年进士。以知县迁广西，官至记名知府。博学强记，尤精堪舆术，曾为帝、妃等选陵。家有津逮楼，藏书十多万卷。工诗文、金石；熟悉南京掌故、民俗。有《白下琐言》、《桐荫随笔》、《栖霞寺志》、《重修灵谷寺志》。

八功德水歌

钟山灵气郁苍莽，翠削芙蓉一千丈。石罅泉流脉络通，风松声里传清响。拄锡昔来昙隐公，讲经竖指感神龙。西天阿耨忽移徙，池涌金莲称八功。清冷香柔甘且净，止噎蠲疴澄若镜。白云深处一僧归，流水无言心不竞。

潜穿竹笕曲径纡，石甃常供香积厨。地炉茗鼎烹活火，
居士当分调水符。所惜仲交订泉品，遗却斯泉未详审。
祈泽衡阳空浪传，冠绝金陵滋味甚。吁嗟乎！
齐梁旧梦今已销，歌舞从谁问六朝。石骨嶙峋迸玉髓，
烟霞终古依山寮。今我临流叹观止，一泓澄彻无尘滓。
人间烦恼何时除，愿将此心盟白水。

《灵谷禅林志》卷二

登灵谷寺钟楼，观元泰定钟四十韵

弥望皆苍翠，深山报晓钟。路盘黄叶乱，楼破白云封。
入定僧停呗，探幽客倚筇。危垣萝薜附，曲磴藓苔鬆。
缭绕风棂透，参差露栱重。上桄腰势折，缘壁足音跫。
笋簴千钧重，蒲牢万斛容。虹蜺文结古，饕餮象蹲凶。
名与重唇异，形真大腹从。制摹姬子似，色晕赤青彤。
辨释留遗款，摩挲考旧踪。大元中叶造，泰定四年逢。
正统承诸夏，良辰纪仲冬。金陵称踞虎，玉邸忆潜龙。
国有祯符集，民无敝赋供。寺修钟阜麓，塔奉道林宗。
制器工倕巧，搏泥将作共。声期开士省，铭自右丞恭。
幅整临摹具，坏圆刻划庸。铜倾千古足，炭爇一炉熔。
投液珠光灿，干霄剑气冲。成功偏不毁，灵异此尤钟。
法护诸天力，欢腾大地惊。群蒙齐震荡，百衲敢疏慵。
绀宇从今辟，禅家彻夜撞。宗风长共振，慈雨被何浓。
弹指流光速，关心景运雍。胜朝初奠鼎，薄海尽销锋。
奉敕移鸾掖，承恩入雉墉。龙旆偕旆旆，鼍鼓并鼕鼕。
正冀齐槐棘，何缘没草茸。明堂瞻玉帛，清庙奏笙镛。
讵杳声闻迹，难撄隐逸胸。朝中辞直禁，世外愿归农。
翩矣来灵谷，巍然倚碧峰。尘怀祛热恼，午梦破惺松。
佛阁催朝梵，斋厨促晚舂。殿铃谐杂沓，堂磬和铮䥽。
响答环山竹，清搀夹道松。八功池不远，终古水淙淙。

三绝碑歌

小仙一去不复返，画壁何处循回廊。有碑屹立古殿北，
岿然三绝追李唐。志公神异天监代，老僧一一语我详。
劈破面门现全相，画师搁笔神飞扬。僧繇自昔有真本，
摹从道子技亦良。翩然刀尺与扇拂，风尘行脚何徜徉。
颜平原书李白赞，行间奕奕生光芒。怪底世人相沿误，
桃僵李代称萧梁。可惜世间不常有，劫火三度遭红羊。
想是公名动帝释，六丁攫取归天阊。十二时歌松雪字，
至今遗刻珍琳琅。吁嗟乎！ 万物有成必有毁，

世事几变成沧桑。绀宇琳宫七十所，袈裟杖履徒渺茫。
㳺檀旧像不可得，笵铜何论荆公王。昔年好古事重沏，
额间宸翰增辉煌。我怀旧迹发长喟，毡椎摹拓心徬徨。
胜国诸碑已磨灭，赑屃倒卧秋草黄。抚此嶙岣一片石，
屏风岭下歌斜阳。

◎赑屃：寺内明初诸碑俱毁。

飞来剪歌

奇峰自西来，屹屹灵隐麓。移山殊荒唐，矧此顽铁属。
字曰天吴金，漫漶犹可读。或言赤乌年，千载留故躅。
史志茫无征，齐东野语续。钟山蟠独龙，腾蛟患屡触。
世无周孝侯，重渊任驰逐。稽诸山海经，有神朝阳谷。
五行论生剋，义取制角木。斯言较近理，事亦究非确。
回思戊寅秋，雷雨中夜倐。危崖豁天开，涛头一线蹙。
野桥皆崩摧，势若翻地轴。腥风逼窗棂，山僧心陡肃。
胡为镇魔神，群灵不慴伏。言游大长干，载访古正觉。
块然地横陈，得此成鼎足。自昔创造初，凌霄塔影卓。
雄梁高引絙，飞架圆转辘。一抗一坠间，举重利用速。
厥名曰千斤，可补吉金录。功成弃若遗，僵眠蔽朴樕。
迄今四百年，废兴易世局。历劫不销磨，过客频寓目。
少见遂多怪，惊愚更骇俗。我今究其原，毋令前疑蓄。
用舍与升沉，奚关世荣辱。不见倒钟厂，年年卧草绿。

以上《灵谷禅林志》卷四

访灵谷古迹，家大人命赋，和张古余先生韵

昔随杖履游，岁自壬申起。于今十六载，每到涤尘滓。
胜迹恣掺寻，旧闻敢阿唯。灵谷开道场，地近明庆址。
石洞门前开，屏风岭后峙。西跨霹雳沟，水流清且沘。
东辟梅花坞，探春客萃止。老僧阅年久，犹能道亹亹。
太息兵燹余，往事随逝水。榜悬青林堂，何处读遗旨。
萧梁移法函，鸡鸣塔空礼。三绝被三劫，新碑匪故纸。
月夜传挂衣，老松向谁倚。言观辟邪钟，相将殿扉启。
铸从元至元，景阳枉歔唏。名公结胜游，珠玑字字美。
小子翳何知，敢云步芳趾。

《灵谷禅林志》卷十二

游灵谷晤悉朗上人

天开钟阜晓苍苍，松柏阴中绀宇凉。
一塔云烟吹缥缈，半空钟磬落微茫。

人携酒榼寒苔迳，僧守茶铛古佛堂。
却爱远公偏习静，息心相对象都忘。

《灵谷禅林志》卷十四

【注】上人：原作土人，据其意改。

俞 瀜（生卒年及生平不详），清代人。

初夏游灵谷寺

欹侧向山背，先春寻薜萝。崖崩缘石上，桥折借松过。
艰险得奇快，幽修称啸歌。归鞍何太迫，前路雨丝多。

《灵谷禅林志》卷十二

余霈元（1799年前后在世），字鹭门，江西德化人。清嘉庆四年己未科进士。十三年由刑部主事入直，历官刑部郎中、江宁知府、江安粮道、淮扬道。道光四年六月旱，曾与两江总督孙玉庭至钟山宝公塔祈祷得雨，有纪异碑在八功德池侧。

随节相孙公诣灵谷宝公塔祷雨恭记

轸念斯民苦，千秋圣迹彰。诗篇稽赵宋，灵异纪萧梁。
公有回天力，人无调水方。但期施法雨，四野转丰穰。

《灵谷禅林志》

陆 言（1799年前后在世），浙江钱塘人。清嘉庆四年进士。道光十一年在江宁布政使任上，境内大水，圩田全破，交秋水未退，因至钟山宝公塔前设坛虔祷三日，忽连朝秋雨，未一旬而水退。有诗纪其事。

斋戒恭谒宝公塔前祈祷退水有感

江河泛滥陆行船，览遍城郊意惘然。
百姓何辜厪圣虑，一官无补抱臣愆。
民多饥溺皆由己，岁际凶荒莫诿天。
捍患御灾凭佛力，愿教衽席普安全。

《灵谷禅林志》卷六

阮 镛（1799—1861后），字铁香，号蝶仙，上元人。南徐宰阮晴江子。幼失怙恃。诸生。早得狂名。连赴秋闱不第，遂一意工诗。既壮，家中落，贫且病。检身克己，所学益进。癸丑乱，携全家赴水，不死得脱。后妻儿相继徂谢。伊郁不平之气，发之于诗。著有《醇雅堂诗略》。

新正八日游钟山

山中无礼法，门外即风涛。万井悲欢杂，终天魂魄劳。
痴僧疑我贵，飞鸟羡人高。独坐峰关石，凌空试彩毫。

登钟山绝顶

采药人何在？飞仙路可通。石流穿峡水，云向下山风。
绝壑苍烟暝，寒江匹练空。往来深树里，惆怅古行宫。

宿灵谷寺无量殿

门外秋虫彻夜啼，深堂蝙蝠舞参差。
厨封大藏经文古，石印仙人掌迹奇。
隔帐蝨如锥脱颖，敲诗人与佛低眉。
餐霞便觅长生术，不待黄粱梦醒时。

屈子祠（祠建妙相庵）

瓦釜声犹在，灵均尔奈何。青天无处问，潦水只今多。
一代骚人泪，千秋渔父歌。那堪上官冢，秽近北山阿。

◎潦水：祠建后频年患潦。上官：靳尚墓在钟山麓。

皇化寺

高阁涵秋气，长江浸远空。崖奔千丈雨，钟曳四山风。
我访孝陵树，僧谈宝志公。浮屠缘又结，泥爪映飞鸿。

常开平王像

烽烟出入控三巴，决胜曾将十万夸。
奇气不输王保保，军威直比岳爷爷。
功臣首领全非易，名将丰姿老更华。
寂寞孝陵东去路，荒祠莫雨冷苔花。

游灵谷寺

绝境吾能到，忘怀乐此生。踏云双屐便，拨翠一衫轻。
江远帆如住，钟残谷有声。此番幽意惬，兴废不关情。

均自《醇雅堂诗略》

陈　醇（清道光初在世），字秋山，生平不详。擅诗，多警句。年约与阮镛相若，且与其有"十年同话"之谊。及卒，时阮镛四十岁刚过，镛妻亦四十岁刚过。阮镛有《哭陈秋山》、《再哭陈秋山》诸诗。此诗附见于阮镛集内。另有《太虚亭》、《劳劳亭》诸作，颇为阮镛所赏。

灵谷寺

古寺无行客，萧萧一径秋。松浮山气静，钟断谷声幽。
短塔栖云脚，清泉响石头。愿分功德水，一涤古今愁。

《醇雅堂诗略》附见

[清]何子贞

何绍基（1799—1873），字子贞，号东洲居士，晚号蝯叟，一作猨叟，湖南道州人。户部尚书何凌汉子。清道光十六年进士。官编修。工经术辞章，尤精说文考订之学，旁及金石碑版文字。书法自成一家，草书最有名。著有《惜道味斋经说》、《东洲诗文集》、《金陵杂述绝句》。

金陵杂述（录二）
（1864年）

屹立钟山阅废兴，鸡鸣古埭尚崚嶒。

全荒十大功臣庙，未敢摧夷到孝陵。

又

潜刳龙脖许谁知？制胜从来贵出奇。
一体军民呼九帅，元侯兄写纪功碑。

◎沅圃行九，人皆称为九帅，驻军南门外雨花台，乃由东北龙脖子挖地道入，破城，涤相为纪大略刻石。

《金陵杂述绝句三十二首》

黄　模（1800年前后在世），字相圃，号书厓，浙江钱塘人。清嘉庆五年岁贡。父母亡故后不再应举。得诗法于丁敬、沈廷芳、吴颖芳，少与舒绍言等人称"城西六子"。诗律最细，与吴锡麟有"一时李杜"之目。著有《寿花堂诗集》、《寿花堂律赋》、《夏小正异义》、《国语补韦》等。

孝陵览古同马雨耕春田、陈秋崖斯来、敏园具来

兴能卷八荒，亡莫保一垄。谁与社屋余，不有摸金恐。
大哉仁圣朝，恤先沛殊宠。所以明高皇，钟阜今祠奉。
客舍过清明，山游群怂恿。出郭两牛鸣，石人路旁拱。
辟邪卧摧残，华阙断臃肿。遥瞻琉璃瓦，尚觉云霞拥。
遂渡御沟桥，重门达禁甬。玉陛卑高陈，螭楯周遭捧。
四宇覆雕檐，九间扶绣栱。是曰孝陵殿，栗主瞻双竦。
春秋此升香，扫除备阃冗。明楼已倒倾，宝城且内涌。
隧道不可请，岳立千丈冢。同人造其颠，云见江涛汹。
坐受万峰朝，如集大小珙。而我惮陂陀，半涂聊息踵。
然当左右望，百里旷无壅。城市处西偏，遗民久易种。
缅惟卜兆初，别取金汤巩。青乌其可凭，翠柏日以笔。
回首宋六陵，冬青咽寒蛩。

《寿花堂诗集》

吴　会（1804年前后在世），字晓岚，江苏泰州人。清嘉庆九年举人。终年六十三岁。著有《竹所诗钞》、《竹所词稿》、《雪斋诗稿》。

明孝陵

犹有前朝树，秋来叶半黄。丰碑蚀苔藓，残瓦卧鸳鸯。
地即周瀍涧，规仍汉曲房。青溪鸣咽水，流入故宫墙。

《竹所诗钞》

吴　湘（1805—？），字九帆，江宁人。诸生。清道光二十四年执教于扬州梅花书院。咸丰中避乱广东。性耽吟咏，诗多乡关之思。著有《帆影集》三卷。

灵谷寺

野鸟啼阴壑，疲驴策夕曛。稻香钟阜路，松暝孝陵云。
古刹旃檀净，空山梵呗闻。我来贪瀹茗，不吊志公坟。

《灵谷禅林志》卷十二

前　人

灵谷寺松

苍松深护梵王居，镇日涛声响太虚。
怪底城濠鲢子好，天风吹粉饲游鱼。

又

阅眼云烟吊蛰龙，历年谁似后凋松？
孝陵别有轮囷树，落叶声干享殿封。

《国朝金陵诗征》卷三十九

陶涣悦（1807年前后在世），字观文，号怡云，江苏江宁人。陶绍景孙、王友亮（荠亭）婿。清嘉庆十二年举于乡，官至户部郎中。倜傥不群，诗主性灵，得随园衣钵。与洪亮吉友善。著有《自怡轩初稿》。

钟山望云

不见云生觉露滋，寒风习习向衣吹。
看云还欲登峰顶，身已穿云却未知。

《国朝金陵诗征》卷三十一

陈元富（1808年前后在世），字子言、梓岩，一字润之，江宁人。陈毅（古渔）子。清嘉庆戊辰岁贡生。家贫力学，手抄之书，不下百卷。尝言"东汉人误认气节，西晋人错解风流"，时以为名言。

淡园招游钟山紫霞洞，归途遇雪，成长歌柬淡园

行川不厌风与波，行山讵厌坡与陀。坡陀益表山跌宕，
往往胜处藏岩阿。钟山崒崔压东郭，悬厓绝涧亦屡过。
颇闻有洞閟幽隐，胜日发兴思搜罗。清晨打门过张子，
远絜屐齿邀切劘。空山足茧犯荆棘，平林远翳饶枝柯。
穿林心眼忽一旷，已见云壁穹崟峨。支岩架壑起危构，
中住衲子朱颜酡。髟髟顶髮鬖不鬖，岂冀异日盘如螺。
和南导客阅岩户，穿屋欲仆惊瞠睋。老僧学佛了无怖，
长年穴处安寝讹。烹茶款客坐虚牖，杂出饤饾兼饼饠。
愚氓事佛不惮苦，瓣香远至怜村婆。盘旋险磴不得上，
前牵后挽愁跌蹉。山风吹云日色暮，何来磬响腾烟萝。
归沿曲涧屡回顾，急雪乍至迷云窝。惜哉未一履巅顶，
下观云海当如何？

《国朝金陵诗征》卷三十一

周介福（1808年前后在世），字礼五，号竹田、竹恬，清代江宁人（一说上元人）。工医，善画兰竹花卉。著有《篁居集》、《芥圃诗钞》。

金陵怀古（八首录一）

孝陵风雨夜萧萧，燕子当年恨未消。
劲草孤松凌白日，淡烟轻粉化寒潮。

一溪明月流千古，半壁新愁殿六朝。
残局那堪收拾罢，咏怀词曲闹春宵。

《国朝金陵诗征》卷三十九

张文虎（1808—1885），字孟彪、啸山，号天目山樵、华谷里民，南汇人。诸生。曾在金山钱家坐馆三十年。清同治间入曾国藩幕。曾应金陵书局聘校《史记》。晚讲学南菁书院。精音韵、天文、历算、史地、经学等。著有《湖楼校书记》、《古今乐律考》、《舒艺室随笔》、《索笑词》等。

[清]张文虎

与缦老、壬叔、鲁生、汤衣谷（裕）同出朝阳门游钟山，舆中戏作

天公妒游人，雨雪屡相锢。连朝稍放晴，相约如脱兔。
钟山远招客，爽气豁尘雾。东出朝阳门，肩舆骋飞步。
舆夫向我言，笑我作计误。皇城久为墟，宫殿今广路。
郊埛寂人烟，登陟何所慕。秦淮多佳人，渐已复其故。
丰颊长蛾眉，妆饰雅且素。弦管调新声，一醉忘日暮。
闻言谢舆夫，性与时好忤。惟有山水怀，访古差自娱。
城中多少年，知音曲能顾。黄金买歌笑，缠头不知数。
曷不肩彼行，残炙亦得哺。与人作肩舆，苦乐惟所赴。
山水有何好，粉黛有何恶？古人不可作，惟有丘与墓。
所怜头白翁，老尚不知务。

明孝陵

匹夫为帝王，刘季此其偶。横遭狐鼠辱，出五百年后。
故宫既已芜，寝庙复何有？惟馀飨殿在，壁立对陵阜。
我朝于胜国，恩礼一何厚。王师渡江来，片瓦不忍蹂。
南巡邀盛典，祭拜亲奠酒。谁令粤盗乘，蹴蹋噫可诟。
当时平寇窃，所至如拉朽。徐常诸将帅，智勇岂功狗。
祁连陪葬处，约略存培塿。神灵彼何依，十载徒束手。
岂真幺么辈，特出值阳九。抑或亡国余，呵护亦不守。
即今旷惠施，我皇及圣后。经营遵古制，修葺毋或苟。
遥望气龙蟠，依然烛牛斗。

与缦老、子密、小浦、壬叔游灵谷寺新建龙王庙，观八功德水，访志公塔

赫赫新祠废寺旁，庞眉何处识龙王？
不因救旱休轻出，好护甘泉惠十方。

又

岸谷迁移事莫凭，荒凉塔院付孱僧。
一般瓦砾今余几，却向孙陵望孝陵。

◎新祠：灵谷寺旁旧有龙王庙，毁于粤寇。去年大旱，湘乡相侯祷取八功德水屡应，因重建龙祠。

均自《舒艺室诗存》

张　翼（1810年前后在世），字毅斋，上元人。张熙和子。居百川桥。清嘉庆十五年庚午岁贡生。擅诗。其《闻莺》云"香闺无梦亦关心"，为袁随园所赏。著有《笔余集》。

游灵谷阻雨

爱游古寺趁朝晴，那料春阴顷刻生。
风急雨同云乱涌，山空泉与树争鸣。
幽寮犹忆黄头住，旷野谁怀赤足耕。
幸有生公能说法，妙香一缕逼心清。

《国朝金陵诗征》卷三十三

杨长年（1811—1893），字朴庵，清江宁人。少从胡镐游，深通经义。年六十始举同治庚午科乡试。李鸿章称为群英领袖。后主上海敬业书院，移凤池书院。选武进教谕不赴。性笃诚，好任恤。晚年究心释典，改号西华。擅诗文。著有《周易省心录》、《春秋律身录》、《妙香室诗文集》。

赠钟山僧见明

泉急怒且咽，路曲下转上。结茅五年余，乘兴偶一往。
空山多白云，欲寻转惝恍。木落四山寂，但闻清磬响。

《金陵丛书·妙香室诗集》

甘　烠（1814—1848），字景堂、俊卿，清江宁人。甘遐年长子。师从胡镐，补县学生。附贡生，候选训导。诰赠五品奉直大夫，太常寺博士衔加三级。体羸善病。好周恤穷乏，每阴遣所亲遗之，而受者莫名所自。居士，尝手辑《不费钱功德录》以自省。著有《更生类稿》。妻许氏，子垲。

游灵谷

钟阜晴云面面环，琳宫绀宇翠微间。
长松夹路人初到，但听泉声不见山。

又

煮茗谭禅俗虑清，屏风岭畔夕阳明。
山僧留客殷勤甚，今夜何妨不入城。

《灵谷禅林志》卷十四

方浚颐（1815—1889），字子箴，号梦园，定远人。清道光二十四年进士。历官两广、两淮盐运使，四川按察使。同治年间，曾在扬州修建平山堂、大明寺、观音山、天宁寺等古迹。致仕后定居扬州，主讲安定书院多年。著有《二知轩文存》、《二知轩诗钞》、《朝天录》、《梦园书画录》。

祖络过明孝陵，归饮半山寺

竟与钟离故国同，神坰寥落宝城空。
惊心豕突狼奔后，极目荒烟蔓草中。
器屏金银躬示俭，天题唐宋治尤隆。
顾图今日归何处，山作龙蟠气不雄。

◎天题：纯皇帝御碑在陵前。
◎顾图：亭林有《孝陵图》。

又

当年舍宅为争墩，寺外还须筑短垣。
葭琯阳生交振嚳，豆房游倦促开樽。
歌残棋罢浑无赖，谢去王来且莫论。
更约春融过燕雀，青溪九曲要寻源。

◎燕雀：湖名。

《二知轩诗续钞》

林　端（1816年前后在世），字章甫，上元人。清嘉庆丙子解元。选知县、议叙中书，皆不就。著有《偶然居士遗稿》、《龙溪草》。

半山寺题壁

幕官馆职两迁延，此地岩栖竟十年。
曾欲争墩归我屋，不图舍宅结僧缘。
留云寺有深藏树，叠石溪无径出泉。
但住半山山亦笑，知公隐见妙机权。

又

遭逢涑水亦奇缘，恬退高风信汝贤。
宰相山中仍策蹇，行人河北早闻鹃。
官多谳狱科无罪，民少流亡遇有年。
当日若从盘谷老，东都或不至南迁。

明孝陵

宽容昭代有殊恩，禾黍离离故国存。
寺里灯明三面塔，山中烟聚百家村。
红羊劫尽丰碑出，白马宾来寝庙尊。
见说前朝麋鹿在，不教芳草怨王孙。

均自《国朝金陵诗征》卷三十四

释悟开（1816年前后在世），灵谷寺执事僧。清嘉庆二十一年，甘福发起重修宝公塔，贵州陈周书捐资以助，其与住持悉朗、执事莲溪同理其役。道光十一年，曾呈请上元知县出具禁令并勒石，严禁盗伐寺院山林。

次张古馀观察游灵谷寺原韵

古寺少车马，尘喧何处起。客来破苔纹，丈室净尘滓。
居士兴匪浅，游山践凤唯。千载窣堵波，志公留故址。
凭眺独龙冈，峰峦竞环峙。灵液孕其腹，湛然清有沘。
竹笕逗寒声，涓涓流不止。迄今功德名，令闻颇亹亹。
沾溉遍大千，思源同饮水。山僧供客尝，烹茶味弥旨。
自惭落钝根，应对每失礼。缄寄琼瑶篇，山门镇片纸。
佳话岂偶然，因缘相伏倚。莲社事已往，今复蒋山启。
胜彼石上因，博我座中唏。莫嫌蔬笋淡，禅味亦堪美。

日暮客难留，春云逐归趾。

《灵谷禅林志》卷十二

莲溪同参住灵谷执事有年，老而弗倦，赋此奉赠

廿年同住此山林，笑破虚空识古今。
越岭搬柴输我力，临池运水鉴君心。
共探云石开松径，对补袈裟分月阴。
众事身先师拔萃，普贤行愿令人钦。

《灵谷禅林志》卷十四

灵谷楼居十绝之四

钟山霭霭白云浮，半绕浮图半入楼。
静里忽惊铃铎响，许多禅味到心头。

又

文章意气总虚浮，莫羡元龙百尺楼。
五里深松尘不扰，几人到此肯回头。

又

炉烟缥缈带香浮，镇日氤氲伴卧楼。
几度关窗关不住，随风吹散蒋山头。

又

打破虚空念不浮，时宜不合独登楼。
要知真合时宜处，说与钟山亦点头。

《灵谷禅林志》卷十四

汪士铎（1802—1889），初名鏊，字振庵，号梅村、悔翁，清江宁人。初贫习贾，卒举道光庚子乡试。为学尚博，精研三礼。富藏书。咸丰三年太平军破城，逃至绩溪。曾参胡林翼幕。撰《乙丙日记》。晚授国子助教。著有《水经注图释》、《南北史补志》、《续纂江宁府志》、《悔翁诗钞》等。

钟山龙神庙

老龙夭矫不受靮，奋鬣西饮潮沟水。馋涎溅地化青溪，
喷薄明珠数十里。掉头昂作狮子蹲，气压瘦蛟眠不起。
脊胁散蠢青芙蓉，上贯斗牛照苍紫。迩来渴睡空回盘，
松柏零零云烟寒。帝赐北湖洗鳞甲，唤作霖雨苏江干。
雷公砰彭电母走，甘澍既霑徧九有。华堂高敞老龙归，
之而淋漓醉椒酒。

《悔翁诗钞》第二册

[清]汪悔翁

孝 陵

昔挺滁和剑，能除草昧屯。徐常供驱策，刘宋侍纶言。
起辇湮皇迹，开平削大藩。史夸追达腊，礼失奉诸园。

猜忍诛元佐，将牢误后昆。阻兵吴濞壮，谋国偃王昏。
铁锁虚天堑，金川启禁门。谒陵嗟孽子，主鬯痛文孙。
香冷江东寝，銮回冀北辕。蕞茅窥秘阁，攘柘尽司阍。
辰极辽阳建，讴歌柸数尊。南风清海峤，西驾靖昆仑。
贞愍长平节，哀招烈帝魂。公侯圭永锡，杞宋典方存。
钟阜缭垣护，军都缀祀繁。奎章颁凤阙，贡酎荐牺樽。
藓碧丰碑矗，山青石兽蹲。居庸峰未睹，宝志事堪论。
麀鹿重岩伏，琉璃五色翻。觚棱辉日彩，殿瓦拂云根。
赭坕年年洁，旌檀旦旦温。守祧藏隋服，备恪及曾元。
远鉴前规小，爰知圣世恩。鬼神森近御，樵牧肃遥村。
魁杓旋高綍，祠官复骏奔。鼎湖瞻拜处，义感岭头猿。

《悔翁诗钞》第三册

一枝春·灵谷梅花

苦意当年，灵谷外、天妆詹束绿鬟素颊。禅堂昼寂，一片雪香重叠。银骢玉勒，招携处、移樽响屐。安排定，酒榼诗筒，写向聚头筠箑。　　念自严城血喋。便秾芳十里，干伤胁摺。尘黄草白，愁损闲蜂瘦蝶。冻云满地，微微露、南朝雉堞。还恐怕、铲尽根株，将军夜猎。

《悔翁词钞》

【注】宋人周密"一枝春"下阕首句，比张炎多出二字；汪词上阕第三句，又比周密多出一字。似应为：天妆束绿鬟素颊。

缪征甲（1807—1846），字少薇，号布庐，江阴人。缪荃孙族兄。清诸生。擅诗。著有《存希阁诗集》。其妻武进刘荫（字寿萱），亦能诗。著有《梦蟾楼遗稿》。

孝　陵

真人仿佛大风歌，王气谁如沛上何？
缉甲鸡曾听马后，开基龙本讳猪婆。
托孤都尉金牌密，垂老功臣铁券磨。
翁仲一朝闻夜哭，明宗麦饭已无多。

《旧德集》

陈　塾（1808年前后在世），字熟之，号凹堂，安徽青阳人。陈蔚子。清嘉庆廪贡生，师事洪亮吉。著有《榆塞吹芦集》、《凹堂诗钞》。

孝　陵

龙去湖空鼎尚存，萧萧松柏暮云屯。
干戈开国规模壮，弓剑成陵气象尊。
虎踞一关森拱卫，鸡鸣十庙走精魂。
熙朝议礼君臣重，百尺丰碑屹寝门。

《凹堂诗钞》

江　璧（1814—1886），字南春，江苏甘泉（今邗江）人。江懋钧子。清同治四年进士，历官武宁、万载、进贤知县。著有《江南春稿》、《江南春杂体文》、《黄叶山樵诗草》。

明太祖陵

一笑偏安六代粗，南朝开创有全图。
何人方外为天子？从古真王几匹夫。
风雨牛羊荒冢路，江山龙虎帝城都。
君恩更比西京薄，功狗当年一例诛。

《黄叶山樵诗草》

薛时雨（1818—1885），字慰农，一字澍生，晚号桑根老农，安徽全椒人。清咸丰三年进士。官至杭州知府兼督粮道，代行布政、按察两司事。致仕后主讲杭州崇文书院、江宁尊经书院和惜阴书院。居乌龙潭畔"薛庐"。晚年曾募捐重修醉翁亭。著有《藤香馆集》、《藤香馆小品》等。

钟山行

金陵望气成龙虎，一片降幡恨终古。
闰位偏安气偶分，千年蟠结钟明祖。
明祖开基异六朝，指挥决策平区宇。
定鼎如何未卜年，赢得孝陵一抔土。
燕子飞飞往又还，钟山王气入燕山。
南都兴废相终结，莫怪宏光国势孱。

《藤香馆诗钞·续钞》

蔡　琳（1819—1868），字子韩、紫函，江宁人。博学嗜古。为惜阴书院翘楚，与金和、寿昌、孙文川合称"白门四隽"。清咸丰举人，赴京试闻江宁陷，星夜驰返，救母得脱。旅食江淮数载。九年成进士。官刑部，升员外郎，提调律例馆。清贫守正，以疾乞归卒。著有《荻华堂诗存》等。

灵谷寺

古刹藏幽缘，微茫路不分。松门鼯窜雨，花磵雉啼云。
殿迥染皆氎，僧多饭有薰。凭高一舒啸，春老帝王坟。

《荻花堂诗存》

陈　坚（1820年前后在世），字恺庭，安徽青阳人。陈蔚从子。清嘉庆二十五年恩贡生。官庐江教谕。著有《铁门诗草》。

孝　陵

一愤濠梁大志伸，干戈创业始还淳。
鼎移郏鄏千邦旧，弓瘞桥山六日新。
漫道分藩皆叔父，可能顾命是元臣。
朝天女户承恩重，愁绝西宫殉葬人。

◎顾命：谓齐泰、黄子澄。

《铁门诗草》

【注】《明孝陵志》作陈域诗，待考。

周宝偀（1821年前后在世），字月溪，别号二石居士、红杏村樵，江苏江宁人。周鸿覃弟。诸生。体胖而勤登涉，于金陵胜处，无不登临。耽吟咏，工画竹，亦善泼墨山水。清嘉庆十五年，参加张白眉、朱岳云、金仙銮发起的"莫愁湖丹青雅集"，并挥毫写竹。著有《金陵览胜诗考》。

[清]周月溪

钟　山

钟山高不极，人在半空行。路向林端出，云从足下生。
泉声来碧汉，树色接长城。不到兹山险，怎知众岭平。

又

欲上悬岩顶，扶人仗石松。乱峰青霭合，野寺白云封。
樵唱声三叠，江翻浪百重。尘嚣飞不到，风送一声钟。

鸟爪峰

在钟山圆通寺后，一名凤皇尖。

峰峦如爪势纷披，疑向遥空鼓翼时。
也似云霞生幻态，兽形鸟迹各争奇。

屏风岭

在钟山，白石青林，幽邃如画。

涧水潺潺涧草馨，看山人立小茅亭。
夕阳替写天然画，竹影松阴满石屏。

萧思话弹琴石

宋萧思话尝从太祖登钟山北岭，有磐石，命于石上弹琴，因赐以银钟酒，曰相赏有松石间意。

闲爱云心似我心，松风飒飒响长林。
客来犹忆萧长侍，石在人亡谁鼓琴？

分中石

石方平，约围四、五丈，在说法台东，居钟山之中，一名横琴石。

平石如砥绿苔侵，倚坐真堪惬素心。
何俟横琴来一拨，松风偏作七弦音。

随鹿谷

在钟山。阮孝绪因母病求生人葭，躬历幽险，一日随鹿前行至一所，就求得之。

灵芝根本产蓬莱，空谷能生亦幸哉。
天为阮令全孝意，遣将仙鹿预啣来。

栽松岘
晋令刺史罢还，都栽松百株，郡守五十株；宋时诸州刺史罢职还者，栽松三十株，下至郡守各有差。亦在钟山。

晋宋当年人罢官，分栽松树白云湾。
而今一树全无矣，此例何妨再一颁。

茱萸坞
宋道士陆静修饵茱萸于此。

羽客曾来陆士修，一番佳话至今留。
春风不长闲花草，偏发茱萸傍浅流。

应潮井
钟山巅有定心石，山之半有井，其泉与江潮共盈缩，故名。赤乌二年，有人汲井得旧船板，铭曰：王子骏舟。

古迳盘云入岭东，来寻古井半山中。
潮消潮长无差候，因识江山一脉通。

一人泉
在北高峰绝顶，仅容一勺，挹之不竭。

峰顶曾来敲火煎，爱他石隙色涓涓。
愿将一勺清凉水，化作人间普济泉。

曲水
晋海西公于钟山立流杯曲水，延百僚。又乐游苑，宋元嘉中以其地为曲水。

当年曲水钟山麓，列坐流觞上巳辰。
一自齐梁人去后，空余花鸟六朝春。

霹雳涧
刘宋时，三月三日祓除于此，晋海西公别墅。

市声飞不到，古涧窈而深。日色赤当午，崖根昼有阴。
古苔涎篆迹，急瀑吼雷音。倚石煎茶坐，凭他涤素心。

燕雀湖
万顷烟波地，千年燕雀湖。忽教变宫阙，人但唤明都。

九曲池
昭明太子凿，在钟山。

凿池款佳宾，巡流清且爽。浮盃曲折过，也似湘帆转。

八功德水
源自山腰出，流从竹接通。移将西域水，注此亦神功。

玉涧
今蒋庙侧，缘山涧是也。

曲折流泉直复横，幽花香草涧边生。
每当山雨初来后，历历如闻碎玉声。

青林堂
即灵谷寺中方丈也。上有明太祖《山居》诗。

世事变沧桑，青林尚有堂。山云朝作雨，松露夜飘香。
旧墨留禅壁，残经满石床。支公邀结社，妙谛话偏长。

九日台
在商飚馆冈上，齐武帝九月九日宴群臣于此。

九日台高望眼新，当年武帝宴群臣。
客来不饮空归去，空惹黄花也笑人。

此君亭
王荆公尝题华藏寺此君亭诗。即今佛国寺。

一年写竹数千幅，日无此君谁我同。
何事更从亭上立，淋漓腕底生秋风。

佛国寺
在太平门外钟山之西，古华藏庵。寺建于宋，有古柏二株，唐时故物。国朝僧广聚重修。

钟峰东峙好峰峦，寺枕危冈野迳盘。
门外溪流云曳白，林间霜重叶留丹。
静谈禅语频挥麈，贪看秋花更倚栏。
却喜老僧能爱客，一瓯香雪煮龙团。

白云寺
钟山后峰顶。

云起山无寺，云消寺在山。人从云里听，钟韵落层峦。

圆通寺
钟山孝陵后。

山深云到卧虚堂，一杖来寻松迳长。
指点门前几行树，年年春雨采茶忙。

皇化寺
　　在钟山之阴，即昭明读书台旧址。
来扣白云关，苍松翠竹环。僧锄春雨地，人踏夕阳山。
水石全高隐，人烟远市寰。看看峰顶近，有兴任跻攀。

香林寺
　　在太平门内一里，明大内后。旧地名白塘。宋元丰七年，王安石舍宅，名半山报宁寺；元名铁佛寺。寺有吴道子画大士观音像，及前明御案、沉香宝座、铜炉、莲花座，皆极工丽。
昔是荆公宅，今为选佛场。花香散莲座，松翠拂云堂。
僧喜终年净，人何举世忙。清言皆见道，空外下斜阳。

草堂寺
　　周彦伦隐居之所，后出为海盐令，舍宅为寺。孔稚圭作《北山移文》，以讽之。即今明中山王墓处。
　　看空富贵等浮尘，小住钟峰世外身。
　　舍宅终当全隐节，如何还作出山人？

灵谷寺
五里松林入，涛声亦壮哉。路盘青嶂转，人踏白云来。
萧寺余钟鼓，孙陵半草莱。好凭图画记，幽意足徘徊。

志公塔
苍松山脊绿，斜日塔身红。忆到萧梁事，人犹说志公。

蒋帝庙
　　庙貌巍巍镇郭门，须知忠义振乾坤。
　　不然一尉官卑甚，何以封称到帝尊？

双飞来剪
　　一在铁塔寺山，一在灵谷寺，或曰剪蛟剪。
　　双义作势剪蛟回，代远遗留绣翠苔。
　　只可飞来不飞去，年年常镇碧山隈。

观音石背
　　在孝陵卫观音寺内，一名水晶屏，一名飞来石，方一丈六尺余。
　　壁立光明削不成，莲台倚处恰相迎。
　　美人时向观音拜，石作菱花照得清。

孝陵卫瓜
　　瓜皮极薄，一熟即摘，少迟闻雷则裂矣。
摘来卫圃碧团团，剖处流霞满玉盘。
味比琼浆更清美，食余犹觉齿牙寒。

自来水
　　灵谷寺内。
不劳人力取，接竹碧山隈。争向池中注，涓涓常自来。

转轮殿
　　昔梁武帝延傅大士于钟山宝林寺，建大层龛，一柱八面，实以诸经，运行不碍，谓之"转藏"。斯制想其遗欤。
也似转回转，推迁面面圆。世人知此意，脱却乃生天。

五里松林
　　灵谷寺山门内。
半空唯听卷涛声，一片松云望里横。
相视鬓眉全染碧，客来疑向绿天行。

吴大帝陵
　　在钟山南孙陵冈。
功定三分鼎，雄开六代都。至今陵尚著，高不没荒芜。

明孝陵
逐鹿中原战血辛，不阶尺土净风尘。
群雄谁识行师律，四海心归不杀仁。
政肃宫闱明德比，地连淮泗汉高邻。
加恩胜国今何厚？岁岁天家祭扫频。

徐中山王（达）墓
墓道入苍苍，中山异姓王。忠勋高信越，福泽继汾阳。
第宅千区富，丰碑十丈长。纪功谁属笔？天藻洒高皇。

两吴侯墓
　　一名贞，一名良，皆明初功臣。墓在太平门外钟山阴。
生不封公死不王，钟阴华表挂残阳。
韩彭功大都烹醢，绛灌由来是后亡。

常开平王(遇春)墓
在钟山阴,两吴侯墓后。

太平门外盘山踞,古冢沿山如割据。
石麟翁仲半山腰,云是开平王葬处。

李岐阳王(文忠)墓(二首)
在钟山阴,蒋庙左。

见舅如娘邂逅逢,那知韬略早藏胸。
功勋合与瓯黔匹,莫认皇家恩泽封。

又
后代兴衰运所钟,孙曹袭爵总庸庸。
但看定国封增寿,那怪家声坠景隆。

均自《金陵览胜诗考》

秦 臻(1821—1898),原名昌焘,字己生、字菫风,晚号茧翁老人,金匮(无锡)人。彭泽知县秦缃武子,秦国楠嗣子,御史秦赓彤弟。清咸丰八年举人。候选知县。著有《冷红馆剩稿》、《修修利斋偶存》。

明孝陵
烟树苍茫照晚曦,宫廷尚见旧威仪。
琼杯独向汉高举,荒冢偏同魏武疑。
事起金川迁凤阙,歌残玉树失鸾旗。
试看六代如飞电,江左原无六载基。

◎荒冢:相传为马后陵。

《冷红馆剩稿》

汤 濂(1822—1882后),字蠡仙,江宁汤山人。布衣。工诗文。为避洪杨之乱浮湘十年,九迁其居,诗作流传洞庭、衡阳间。返乡后曾国藩为其诗集作序。曾居秦淮剪子巷,为生活往返金陵、长沙间。著有《汤氏文丛》(含金陵百咏,石品,小隐园诗钞、词钞、文集、尺牍、杂组)。

蒋帝庙
在钟山之阴,祀汉末蒋子文,子文为秣陵尉,逐盗死于钟山。

将相与王侯,不值一俯仰。我重逐盗人,能令山易蒋。

半山园
在钟山王荆公之旧居也。

论治岂无人,自用识不广。惆怅半山云,跨驴独来往。

弹琴石
在钟山。宋武帝命萧思话弹琴处。

琴声和且平,君臣有默契。当时广陵散,那及萧常侍。

东田
在钟山,谢朓故居。

谢朓得陶趣,清兴寄东田。胡为山林气,能惊李青莲。

九曲池
　　昭明太子凿，在钟山。

九曲复九曲，黄河与青溪。不及自在池，到海无归期。

明中山王墓
　　在太平门外。

亲为神道碑，高帝极宠遇。往来渔樵人，谁识将军墓。

佛国寺
　　在太平门外板仓，古华藏庵。

佛不可思议，莫问寺小大。国在寺之中，亦在寺之外。

八功德水
　　钟山东，梁胡僧昙隐寓此。昔传有西僧至，云西域八池已失其一。旧志：一清、二冷、三香、四柔、五甘、六净、七不噎、八蠲疴。

西域有八池，南国得其一。不知谁最良，请问功德佛。

一人泉
　　钟山高峰绝顶，仅容一勺。

江海有其源，江海无此清。莫嫌只一勺，不竭亦不盈。

孝　陵
　　在钟山之阳。

长蛇盘空山，怪鸮啼落日。狐狸穴孝陵，野老犹能说。

草　堂
　　钟山北，周颙隐此。后颙出仕，孔稚圭作《北山移文》嘲之。

草堂最深处，薜荔亦蒙耻。出处苟近道，不在仕不仕。

以上《金陵百咏》

钟阜晴云
　　山在朝阳门外，琳宫碧宇，共七十余所。

湖光鉴山容，湖水洗山足。自息气交通，晴云含润泽。

灵谷春风
　　寺在孝陵卫，洪武时始建，上有梵王宫殿。

玩珠入云沉，梵响出灵谷。功德水无声，春风动麋鹿。

商飙别馆
　　在蒋山西南，齐武帝建，重九日登高以宴群臣。

重九宴重臣，云中飞金卮。但觉酒杯好，不觉商飙吹。

以上《金陵四十八景》

信步至文德桥见钟山残雪

七日未出户，山容又我疏。斜阳明绝顶，霁色下荒墟。
望远尽归鸟，临流数队鱼。闲情随野趣，漠漠入空虚。

登四方城

草浅荒坟在，登临四望空。江山斜照里，人事冷烟中。

以上《汤氏文丛·蠡仙诗集》第十册

张裕钊（1823—1894），字方侯、廉卿，号圃孙，湖北武昌人。清道光二十六年举人。受知于曾国藩。先后主武昌勺庭书院、江宁凤池书院、保定莲池书院等凡数十年。其古文直入唐宋，书法亦被推为当朝一人。曾手编《高淳县志》、《钟祥县志》。著有《濂亭文集》、《濂亭遗诗》等。

[清] 张廉卿

游北山

寻山不觉远，细路踏莓苔。流水一曲转，桃花无数开。
澹烟何点宅，深树志公台。遥想幽岩际，高真倪可陪。

春日上谢公墩

紫金山上雨初晴，燕雀湖边水乍生。
江自遥天空外落，春回大地眼中明。
东山丝竹空神想，南纪纲维要手撑。
自叹寒灰生意尽，不劳辛苦问苍生。

台　城

齐梁宫阙空烟雾，玉树衣冠委棘荆。
太息二千年似梦，钟山依旧绕台城。

均见《张裕钊诗文集》

倪　鸿（1829—？），字延年，号云臞、耘劬，广西桂林人。工诗文，善书画。以簿尉官番禺，巡司昌山、江村，后襄办台湾军务。尝作《珠海夜游图》，一时名俊如陈兰甫（澧）、李药侬等题咏甚夥。亦工古隶。著有《桐阴清话》、《云臞诗钞》、《野水闲鸥馆诗钞》、《退遂斋诗钞》等。

谒明太祖孝陵

风云常护帝王灵，五百年来隧道扃。
那放牛羊游禁地，曾传龙虎像山形。
玉衣泉壤成灰土，金简天家炳日是。
若较六陵还好在，不劳一树种冬青。

《退遂斋诗续集》

【注】"日是"疑为"日星"之误。

庄　棫（1830—1878），字中白，号东庄、蒿庵，清江苏丹徒人。先世业鹾，曾捐资得部中书。后家中落，校书淮南、江宁各官书局。治《易》、《春秋》，兼通纬侯。工词。其词学渊源所自，其词与谭献齐名，为常州派之后劲。著有《周易通义》、《蒿庵遗稿》、《东庄读诗记》等。

浪淘沙·秦淮水上看钟山

槛夜是钟山，翠拥烟峦，山腰茅屋两三间。我却低头水上望，几个渔船？　　金粉记当年，裙屐依然，一春心事有谁怜？燕子误将王谢认，来往翩跹。

《蒿庵词甲乙稿》

凌　煜（1830—？），字伯炎，号耀生，江宁人。清诸生。粤乱起随父凌志硅游幕他乡。后归里。光绪中入安徽巡抚沈秉成幕。以军功议叙知县。与孙文川等友善。工五言近体，喜以议论为诗，以金石、佛语入诗。用典确，择语精，选词炼，为金陵近今诗人一大宗。著有《柏岩乙稿》。

钟　山

不定青苍紫翠，笑谢驻颜大丹。
安得面山楼阁，卷帘终日相看。

《丛书集成·柏岩乙稿》卷九

叶声扬（1832年前后在世），字赓廷，江宁人。幼颖慧，读书至夜分不辍。清道光十二年举人，十八年成进士。选庶吉士，充武英殿纂修。性耿介自持，不妄与人交。朋侪有过，必面警之，人终服其直谅。是年八月假旋，卒于雄县旅次，年未四十。时论惜之。著有《汲古轩文稿》。

偕甘祺仁、石安两表兄游灵谷寺

一径入寒翠，深深五里松。台荒青草径，塔倚白云峰。
石鼎新泉煮，山厨野簌供。笋舆归路晚，僧打夕阳钟。

《灵谷禅林志》卷十二

【注】野簌，似应作野蔌。

谭　献（1832—1901），初名廷献，字仲修，号复堂，仁和人。少好骈俪文，弱冠后潜心经学。清同治六年举人，屡赴部试不第。任秀水教谕，后知歙县、全椒、合肥、宿松等。告归后锐志著书。晚年应张之洞邀，主湖北经心书院。为一时物望所归。选编《箧中词》，刊有《半厂丛书》。

舟行九章（自江宁至全椒）

客从建康来，袖拂钟山云。
筝琶弄馀响，歌声犹可闻。
废箸对梁肉，吾思晋饥民。

《近代诗钞》第壹册

[清]谭廷献

陈作霖（1837—1920），字雨生，号伯雨，晚号可园，江宁人。清光绪元年举人。曾任上元、江宁两县学堂正教习，江南图书馆司书官，《江苏通志》总校兼编纂。擅诗文，于南京地方文献撰述尤多。著有《金陵通纪》、《金陵通传》、《金陵琐志》、《寿藻堂诗集》、《可园诗话》、《瞽说》等。

九日经驻防城寻明故宫，小憩半山寺，遂出朝阳门观孝陵，欲往灵谷寺未果，绕自西华门入，登鸡鸣山绝顶而归，得诗五首（录二）

[清]陈伯雨

久闻王半山，卜筑昇州地。岁晚慕瞿昙，舍宅以为寺。
人笑佞佛愚，我谓保身智。十年政柄专，一朝初服遂。
元祐诸君子，竞言新法弊。诚恐推祸始，诛戮无可避。
有托逃于禅，庶全君臣谊。此情亦堪悯，谁能窥其际。
人去迹空留，供我小息憩。默坐诵公文，千载托深契。
莫再说争墩，少年狡狯事。

又

出郭日未午，豁然心目开。前湖填未尽，萦漾绕城隈。
钟山何高高，苍翠郁千堆。其阳为孝陵，翁仲犹崔嵬。
佳哉此园寝，本为志公台。相地偶得中，函骨不容埋。
迁之数里外，梵刹表如来。松林琵琶街，劫过亦成灰。
我欲往相寻，仄径多蒿莱。问路无樵至，东望心悠哉。

《可园诗存》卷十一

春初游灵谷寺

风气融和云日美，游兴勃发不可已。青鞵布袜出晴郊，
修途半绕钟山趾。灵谷僧寮一径开，平视冈峦伏更起。
苍松历劫化龙飞，地脉有灵烧不死。补莳竹树未成林，
风声已足荡心耳。石磴弯环路欲穷，步入山门大欢喜。
古殿森森苔色寒，无栋无梁空依傍。镇蛟顽铁作鬲形，
呼作飞来词近俚。志公塔前三绝碑，画手写生吴道子。
太白作赞鲁公书，我欲拓之苦无纸。其东深澈老龙湫，
时有游鱼戏清弥。大旱不枯潦不溢，即是西方功德水。
周遭一览心恻然，当时旧迹惟余此。老僧怜我腰脚疲，
馔设伊蒲杂糗饵。宗风一脉衍齐梁，箭锗谈锋通佛理。
结茆胜境非偶然，欲去流连行且止。一杵钟声送客归，
终古山光郁苍紫。

与刘恭甫、良甫，朱子期、雪门，何善伯游灵谷寺，归寻霹雳沟二首

志公安刹地，出郭费招寻。山近含烟软，林回隐寺深。
残碑乱藤络，破殿古苔阴。空外天风送，泠泠钟磬音。

又

归路寻幽径，丛丛稚竹齐。悬流赴涧急，乱石叠桥低。
足笑一夔跃，途同七圣迷。佛心生恐怖，日影渐平西。

◎一夔：恭甫一足溅水。

以上《可园诗存》卷十三

可园八咏（望蒋墩）

向晚立平台，日入万象暝。清光一片来，月上钟山顶。

《可园诗存》

春日出朝阳门，登钟山，憩三茅宫，下寻紫霞洞，饭上清道院，过明孝陵，归道访半山寺，陟谢公墩得四首

一

凌晨出东郭，遥山凝曙烟。策蹇循修途，草湿露涓涓。
半里至山麓，舍骑步亦便。磴道行渐高，如螺盘复旋。
中途足力乏，蹒跚不能前。仰望茅君居，孤高耸半天。
红墙古招提，钟声若相延。猛生精进心，乃到东峰巅。
大江出树杪，晴日晶逾鲜。长松作涛响，风过泠泠然。
视听为一爽，若谢尘世缘。险尽始得乐，于兹悟禅诠。

二

上山身入云，下山足践土。林深不见人，日色已亭午。
山腰露楼阁，借问谁构宇？踰涧登峻坡，开山谒初祖。
道士迎门揖，仙袂风为举。导观紫霞洞，曲曲穿房户。
峭壁天削成，中空覆巨釜。悬崖挂水帘，晴天飞狂雨。
喷薄眩耳目，清冷沁肺腑。顾兹岑寂境，山意自太古。
春风点缀之，桃花增妩媚。落英随水流，潺湲归何所。
莫引俗人来，胡麻饭刚煮。

三

饱食神复王，沿山恣幽寻。孝陵近在咫，绕沟行转深。
下马牌尚在，石柱苔乱侵。山锡神烈号，谁为书碑阴。
我朝德泽厚，呵护垂纶音。谓治隆唐宋，翠华亦亲临。
巍峨寝殿基，松柏曾森森。自经兵火烧，寥落遂至今。
我来探隧道，弥深吊古心。闻说懿文附，孤魂久销沈。
时逢采药人，来刨太子参。

四

夕日渐西驶，游兴犹未阑。倚堞峙荒墩，沙石相为攒。
一水绕之流，泻玉声潺潺。危亭矗其上，碑记知新刊。
不识幼度宅，俗说沿谢安。荆公误考古，亦复争无端。
逞其执拗性，岂独解周官。康乐坊已圮，春草空迷漫。
差幸半山园，遗址不曾残。化为梵王寺，香火烧旃檀。
晚呗催人归，出门各踞鞍。回头顾蒋阜，终古长龙蟠。

《可园诗存》卷二十一

游钟山诸寺二首

路转钟山麓，招提次第寻。奔泉霹雳响，古洞紫霞深。
禅理参昙志，游踪感向禽。廿年未到处，松桧已成林。

又

春意微生煖，衣裘重欲抛。草根苏野烧，石骨露山坳。
息力蒲团坐，充肠香积肴。幸无尘俗状，北岭漫腾嘲。

《可园诗存》卷二十三

罗震亨（1846—1880），字雨田，上元人。罗筠子。少孤，刻苦自立。从汪士铎学。作文守方、姚家法。为人掌书记。殁年三十有奇。著有《续经正录》、《古文觚》、《明辨录》、《有不为斋诗文集》。

孝 陵

淮泗真人布衣起，长剑一挥四方靡。
晦盲宇宙复清明，我道功惟汉祖拟。
定鼎方为万世谋，一传叔侄忽仇雠。
末年燕子春灯恨，不尽龙蟠虎踞愁。
东郭峨峨一坏土，废寝残垣纷牧竖。
道旁犹立前朝碑，大书陵木禁樵取。
我朝盛德及前王，御笔宸章极表扬。
虽经十载烽烟厄，孑立丰碑尚峉皇。

登钟山

少爱兹山高，巃嵷甲四境。云出与天接，变态生俄顷。
恨未陟峰巅，一览千里景。驾言出东门，放步肆游骋。
自负脚力健，直欲造绝岭。岂知数十武，流汗已及颈。
径陿阶石更危，心若严师警。倚石定喘息，行行复自省。
夙抱游山志，此行特发颖。前途十倍难，胡为心惄惄。
神力勃然生，攫身捷于影。矢念终不退，何愁路多梗。
山风吹我衣，尘虑倐忽屏。绝巘有茅茨，聊习山中静。

钟山远眺

俯瞰秣陵郭，晴烟几缕摇。江声流蜀楚，山影荡金焦。
天际自茫混，诸峰相揖朝。置身无上地，昂首只青霄。

均自《罗氏一家集》

[清]袁昶

袁 昶（1846—1900），字重黎，号爽秋，浙江桐庐人。清光绪二年进士。曾任芜湖道，政绩称最。奉调入京，授三品京堂衔，次年任太常卿，办理外交。因谏阻利用义和团攻打外国驻华使馆之议，与许景澄同被处斩。后平反，谥忠节。能诗擅书。著有《渐西村人集》、《于湖小集》。

钟 山

丹台都被暮云遮，枯木丛篁但噪鸦。

缘底草堂今寂漠，无猨无鹤只虫沙。

《金陵杂事诗》

罗晋亨（1847—1874），字捷三，上元人。罗震亨仲弟。因避难游成心巢先生门，得为学之要，学乃益进。与蒋师轼、程士琦交善。同治七年补学官弟子。清同治十三年卒，时二十八岁。《罗氏一家集》收其诗一卷。

新秋游钟山

孤峰高耸雨初晴，醉策疲驴画里行。
百丈泉飞衣上拥，几层云出足边生。
荒坛日落松涛壮，古道人归鸟语清。
我欲结茅临绝顶，尘襟洗尽古今情。

《罗氏一家集》

[清]八指头陀

释敬安（1851—1912），俗姓黄，释名敬安，字寄禅，湘潭人。十八岁始出家，曾燃二指供佛。后得《唐诗三百篇》，过目成诵，遂能诗。光绪十年还湘，历主罗汉、上封、沩山等寺。后任宁波天童寺住持。民元时筹组中国佛教总会，任会长。旋病逝于京。著有《八指头陀诗集》、《白梅诗》。

钟山经志公塔院（1889年）

兰若居高处，孤游爱晚登。长松夹乱石，峭壁走枯藤。
独礼空山塔，惟余古殿灯。如何云窟里，不见六朝僧？

忆金陵旧游，三叠前韵（1902年）

托钵曾沿白下门，西风黄叶旧时村。
钟山月出夜禅寂，淮水潮生午渡喧。
万古烟云悲过客，六朝花雨冷香魂。
定林寺里经行处，妙意微茫空自存。

均自《八指头陀诗文集》

吴继曾（1853年前后在世），字启期，晚号痴仙，上元人。性旷达，博览群籍。清诸生。妻亡不再娶。好独游山水，尝遍蹑蒋山幽险处，手拓南宋人摩崖题名而归。与其师朱绪曾考证所藏金陵掌故书记。诗亦超逸绝伦。馆于同县许鸣九家。咸丰三年鸣九死难，助资葬之。

流杯渠

九曲青溪缩地量，乔松千尺引杯长。
何年巧匠刳山骨，几辈名流泛羽觞。
倒影稜稜涵殿塔，浮沤点点幻齐梁。
若将拗月湾池拟，争有栴檀德水香。

《灵谷禅林志》卷二

前　人

游钟山观赵希坚、李谓道题名

钟阜郁龙蟠，石骨森髊骫。凿遍摹崖名，久久莓苔委。

侧闻龙泉庵，镌题未全毁。爱傍宝城行，东偏十注矢。
穿岩敞天开，整峻坚壁垒。高下胪擘窠，矩方径尺咫。
剥蚀文不全，洗秋忠奉使。旁幅卷横披，定林三宿止。
怅望遮团蕉，半露功德水。长幨更高悬，同游联赵李。
结伴踏春山，淳祐值酉巳。遥溯六百年，末造丁宋理。
赤羽襄樊催，黑祲淮甸起。散怀泉石间，栖心或缘此。
抑惩太学狂，放浪不求仕。名字慨湮沦，无复登青史。
藉彼石先生，寿我友君子。要知气磅礴，易洇还易圮。
姓氏仅暂留，辛勤费礲砥。吾亦好游人，烟云过眼耳。
每惜雕镂功，妨我探寻趾。一笑影逾长，回看暮山紫。

◎忠奉使：仅存可辨者。

灵谷寺东涧双石龙

怒泉犇吼溪东啮，忽露交螭惊抱结。
轮囷径可寻丈强，棱棱鳞甲工雕锲。
我疑钟阜称盘龙，宝公藏魄玩珠峰。
窣堵祷祠雨辄霂，神虬黑蜧跻雩宗。
又疑云攫应天矫，如何弭角双紫缭。
尺蠖都无尺木凭，或者安禅毒性俱驯扰。
僧云左侧青龙青，此形家言相宅经。
西有白魌麏涧底，锯牙钩爪尤珑璁。
寺右何须寻伏虎，厌胜般般测明祖。
铁铸蹲狮蒻镇蛟，老僧附会非无取。
君不见观象台龙吸水归，安乐寺龙破壁飞。
何况霹雳沟中奉风雨，会看星精石体苍龙辉。

以上《国朝金陵诗征》卷三十九

施赞唐 （1856—1918），字琴南，号槁蟬，别署四红词人，宝山人。乡绅。清光绪三十三年曾参与筹备全县土地清理丈量事宜。擅诗词。参加淞社，与周梦坡、汪煦等相唱和。著有《聊复轩诗存》、《蜕尘轩诗存》、《蜕尘轩诗馀》、《四红词》、《施槁蟬先生集》（附《吴兴家粹辑存》）。

雨后登钟山望孝陵

风雨南陵道，兴亡事可哀。龙髯天际远，燕尾日边来。
王气何曾尽，神京已作陪。白门秋柳暗，不似故宫槐。

《聊复轩诗集》

刘源深 （1859—1910），字少卿，江宁人。清诸生。工诗文。曾就读钟山、尊经书院，为薛桑根、孙葇田所赏。张之洞主湖北，更行新法，招主机要文牍，每策上，必击节叹服。缨疾归，卒于里，年五十二。著有《读史臆剳》、《鄂渚纪闻》、《游浙日记》、《醉侯诗钞》、《潜翁醉游草》。

登钟山绝顶偕丁佩秋志兰作

高会凌绝顶，卓然豁倦眸。罡风吹酒醒，秋色盈神州。
天语疑可接，江河如带流。群峰矗南北，俯视皆培塿。
始知人眼界，未可一例求。嗟我郁尘壒，卑琐同鸡猴。
临风一蒿目，时事方殷忧。位置欲何等，苍茫生古愁。

《醉侯诗钞》下卷

俞明震（1860—1918），字恪士，号觚庵，浙江山阴人。清光绪十六年进士，官至甘肃提学使。甲午战争时，协助唐景崧守台湾。戊戌变法时，参与湖南陈宝箴推行新政。变法失败后任江苏候补道、南京江南水师学堂督办。入民国，为肃政史，谢病归，居沪杭。工诗。著有《觚庵诗存》。

[清]俞明震

登钟山作

鸿濛凿元胎，地脉郁王会。盘冈若蛇处，蹠足出鸟背。
落日荡遥悲，烈风夺天隘。荒荒孝陵树，阴嶕失拱卫。
燐飞隧殿黝，哀湍奋沈濑。引睇排重闉，雄风讵彫瘵。
藐兹喋血场，蚁聚争王气。聚散成古今，乐往哀长系。
栖霞余春姿，新亭空雪涕。登高我何托？色然倚天地。
到海水无多，即此悟边际。浮埃蔽城飞，渴壁俯睥睨。

庚戌正月十四日游半山寺，次伯严韵

昨岁古城隅，喧阗逐马迹。兹游复何有？败苇如折戟。
山僧阅世变，悁悁肃行客。兴来泉悦耳，事往尘涴壁。
偶然会心处，岂必夙所历？笑语得春先，余寒觉昼寂。
远望牛首山，小於坐旁石。六代兴亡图，一一罗几席。
薄晴有新意，春气相与白。不有江山助，风光亦虚掷。
感念半山老，大名毁所积。是非逐世改，来者又谁惜？
明日约探梅，回视今复昔。

游半山亭

偶然占一壑，事过如秋烟。如何此亭名，千载惟公专？
后人惜古意，添筑屋数椽。上结云作顶，下借石为阑。
渡叶宁知数，藏山无碍宽。一朝构兵火，瓦落如奔泉。
凄凄雾中眼，误作台城看。此邦多丧乱，好春无百年。
幽草胜花时，此恨公能传。我身如独树，不死常兀然。
不见绿阴底，破网蛛丝牵。洁身远蚯蚓，那复计孤悬？

◎胜花：公诗"绿阴幽草胜花时"。

均自《觚庵诗存》

宋恕（1862—1910），又名衡、存礼，字平子、燕生，号六斋，清末浙江平阳人。移居瑞安。曾游学日本。后随岳父孙锵鸣任教上海龙门书院、金陵钟山书院、北洋水师学堂。为杭州求是书院汉文总教习。参加救国会，

任《经世报》主笔。著有《六斋卑议》、《永嘉先辈学案》等。

孝 陵（1887年）

蔓草呼风夏亦寒，篮舆晓发度高原。
空余钟阜龙蟠意，莫问长陵凤舞痕。
汉祖有灵崇卓摄，天心已去逊琨难。
圣朝自是仁如海，明日祠官例荐豚。

◎明日：祀期适在明日，几席已没。

灵谷寺

梵宇壮难复，龙祠僧借居。我来日未午，颇忆六朝初。
泡影几兴废，色空乍有无。一瓯功德水，齐愿涤尘拘。

◎功德水：八功德水在寺侧。

志公塔

大师不可见，遗塔在空山。仄径披荒草，深林噪乱蝉。
逢碑认三绝，飞剪问何年？再拜鸣清磬，如闻妙义宣。

◎飞剪：卧路一大剪，云昔飞来。

半山寺

天津桥上杜鹃啼，地气南来静者知。
新法不须论往迹，雄文自可作吾师。
行迷樵客遽相导，手植霜皮曾几围。
回首功名古难必，千春呜咽尚青溪。

◎原本注：寺乃王荆公园，后舍为寺。乱后谢子受观察重建，留题颇多，在朝阳门内。
◎改本注：寺本王荆公宅，手植双柏，同治前尚存。
◎第七句：荆公诗句。
◎第八句：初稿作"门前未改是青溪"。

均自《宋恕集》

[清]丘逢甲

丘逢甲（1864—1912），字仙根、吉甫，号蛰仙，后名仓海，台湾彰化人。幼聪颖，十六岁赴童子试，获全台第一。清光绪十五年进士，授工部主事，弃职回台南主讲崇文书院。《马关条约》签订时曾组织民军抵制。民国成立时到南京任临时参议院议员，未几卒。著有《岭云海日楼诗钞》。

谒明孝陵（四首）

郁郁钟山紫气腾，中华民族此重兴。
江山一统都新定，大纛鸣笳谒孝陵。

又

如君早解共和义，五百年来国尚存。
万世从今真一系，炎黄华胄主中原。

又

将军北伐逐胡雏，并告徐常地下知。

破帽残衫遗老在，喜教重见汉威仪。

又

汉兵到处房如崩，万马黄河晓蹴冰。
直扫幽燕捣辽沈，昌平再告十三陵。

《岭云海日楼诗钞》

薛绍徽（1866—1911），女，字秀玉，号男姒，清福建闽县（今福州）人。1900年在其夫陈寿彭的帮助下，将凡尔纳《八十日环游记》译成中文出版，此为第一部外国科幻小说的中译本。擅诗文，著有《黛韵楼诗集、文集、词集》，《外国烈女传》，编有《国朝闺秀词踪》十卷等。

谒孝陵

高皇龙御忽升遐，同室称戈乱似麻。
空有红光成大业，只余抔土掩黄沙。
倾颓石马无人径，寂寞垂杨守冢家。
可惜难回江左局，道邻遗骨艳梅花。

灵谷寺

筍舆谒孝陵，迂道入灵谷。山径转萦延，禅房杂花竹。
野僧馈伊蒲，呼儿饱脱粟。欲寻志公塔，乃在玩珠麓。
陈迹散浮烟，劫火留枯木。日暮逐归鸦，入关已燃烛。

均见《薛绍徽集》

李经达（1868—1902），字郊云，号拙农，合肥人。李鸿章二弟李蕴章第五子。河南候补道李经钰弟。元配死于巢湖风暴后，继娶太湖赵环庆第四女。清光绪诸生。纳粟为刑部督捕司郎中、江西候补道。文采过人。著有《滋树室遗集》六卷。

谒明孝陵

钟山北界玄武湖，荒原十里生青芜。山灵云气犹恍惚，
越年五百真须臾。至元之末群盗炽，匹夫横起千征诛。
天生神圣翼世运，宏建大宝先留都。汉官威仪古所重，
治隆旷代宁相殊。宫中万岁南山锢，金箱玉枕穿郊邾。
当时山陵崇伟制，寝园享殿黄金铺。长陵豪杰三百户，
宫墙宿卫防觊觎。岁时伏腊大官祭，诏书霜露重欷歔。
鼎迁易代礼未废，讵有曲径通樵苏。呜呼中叶黄巾乱，
围城烽火青松枯。至今遗制沦消歇，悲风落日涵长榆。
石马无声缺左耳，残碑字灭苍藤纡。谒来瞻拜一惆怅，
沧桑何处询麻姑？守陵败屋秋风破，萧然妇子黄茅居。
故宫榛莽隔城望，女墙枯树哑啼乌。年年秋草江山绿，
金陵佳气无时无。

《滋树室遗集》

吴保初（1869—1913），又名葆初，字彦复，一字君遂，号善臣、瘿公，安徽庐江人。广东水师提督吴长庆仲子。与谭嗣同、陈三立、丁惠康合称"晚清四公子"。以荫补刑部郎中。曾上疏陈时事，被上司压下。愤而引疾南归。流寓上海。诗书皆有名。著有《北山楼集》、《未焚草》。

伯严考功约游半山寺

争墩人已去，晴日恣幽寻。瀄瀄泉声细，悠悠塔影沈。
掉头遗浊世，把臂入深林。与子沈吟久，愁思恐不任。

1910年3月1日《国风报》第六号

林述庆（1881—1913），字颂亭，一作松亭，福建闽县人。早年入福建武备学堂读书。后任十八协三十六标一营管带。同盟会会员。辛亥革命后被推为镇江军政府都督率军占领钟山天堡城。北伐时任临淮总司令。后被袁世凯部下毒死。喜吟咏。著有《林颂亭遗诗》、《江左用兵记》。

破天堡城马上口占

大好乾坤付战尘，六朝风月伴吟身。
依依无恙钟山树，应认江南旧主人。

《林颂亭遗诗》

[清] 林颂亭

庞树柏（1884—1916），字檗子，号苣庵、绮庵，别号龙禅，江苏常熟人。十四岁读完十三经。十五岁父母双亡。后在家乡主《常昭日报》。同盟会会员，南社发起人之一。曾与黄人等组织"三千剑气文社"。在圣约翰大学任中国文学讲习时，参与策划上海光复。后归隐。著有《龙禅室诗》。

谒浙军攻克金陵阵亡将士之墓，作歌吊之

大旗猎猎角声起，天保城头阵云紫。
十万联军孰最强，越士独多为国死。
冒锋犯弩功非轻，士不惜死民乃生。
房渠披猖黑夜走，金陵既下东南平。
事平先帅舆骨返，扬烈昭忠务其本。
丰碑大书姓氏香，新莹高比湖山稳。
吾闻于越有武风，卧薪尝胆气逾雄。
惟我三吴耻文弱，即今剑术皆将穷。
伤时怀旧泪频洒，万事人间变桑海。
死者居然好下场，青燐碧血千年在。
君不见，
莫愁湖畔草离离，鹈鹕叫月狐兔窥。
朔骑纵横若风雨，一坏几亦遭颠危。
又不见，
雨花台下剩战迹，白骨如山久狼藉。
一样捐躯号国殇，但不逢时更谁惜。
吁嗟乎！
六朝山色尚苍苍，十里明湖春水长。
两地英魂招不得，空余过客吊斜阳。

望江南·水乡枯坐，回首秣陵，
旧游如梦，赋此以寄子均（录一）

江南好，秋雨上皇陵。石马嘶风翁仲立，夕阳无语暮山青，何处吊神灵？

1915年5月《南社丛刻》十四集

周　实（1885—1911），字实丹、剑灵，号无尽，山阳（今淮安）人。光绪间秀才。入南京两江师范学校学习。宣统元年参加南社。武昌起义时，从南京回家与阮式共谋响应于淮安，集会数千人，宣布光复，被山阳县令所诱杀。著有《无尽庵遗集》及剧作《水月鸳》、北曲《清明梦》。

[清]周实丹

重九偕吹万，天梅，平庵，哲夫，凤、石诸子过明故宫、谒孝陵有作

中原豪杰可怜虫，一局枯棋到此终。
马鬣虚存樵牧禁，蛩声如吊帝王宫。
松楸抱恨依残日，禾黍伤心赋变风。
谁识停车无限意，高怀苦忆蒋山佣。

又

裙屐翩翩大雅群，相将凭吊意纷纭。
沉香客去谁哀郢，蹈海人还竟帝秦。
憔悴黄花悲故国，凄凉香草老词人。
百年多难寻常事，我亦登台泪满巾。

又

莫文春灯燕子笺，玉鱼金碗恐无存。
葵心犹自倾黄帝，柳色无端惨白门。
落叶哀蝉亡国恨，寒花瘦蝶美人魂。
诸君勉画平戎策，涤我新亭旧泪痕。

又

翁仲无言拱夕阳，残碑没字寝门荒。
齐梁金粉重罹劫，王谢功名莫救亡。
一代君臣湮草莽，千年夷夏失堤防。
覆巢自昔无完卵，谁惜颓垣废瓦场。

【注】：蒋山佣，顾炎武的自署别号。见前。

明孝陵

故国于今成瓦砾，中原当日望旌旗。
荆天棘地铜驼泣，麦秀禾油石马嘶。
千本松楸山鬼穴，几行苔藓墓门碑。
苍生倾尽龙髯泪，无复湖楼一局棋。

《周实阮式纪念集》

前　人

题天梅所藏孝陵瓦

天崩地坼日月毁，金门玉宇灰飞矣。
片瓦区区独在此，三百年埋荆棘中。
一朝获遇高剑公，幸哉此瓦全始终。
吁嗟乎！　　　　瓦则全兮国奈何？
侧身四顾妖云多，剑公剑在无蹉跎！

重九后五日偕人菊、蛰和谒孝陵，即常开平王墓感赋

步出城北门，荒芜惨斜日。榛莽碍人行，寒泉独清澈。
亭亭后凋松，形容何凄切。瞥见路旁邱，华表半残缺。
短碑风雨中，文字将磨灭。披荆强读之，益使肝肠裂。
大书常开平，姓名颇轰烈。汤沐邑何存？剩此一坏穴。
夜夜青燐飞，恐是英雄血。恻恻寒蛩声，如助我呜咽。
徘徊岐路间，愁绪猝难绝。黄子促我去，去是明宫阙。
郁郁太祖陵，一例付湮没。当其驱胡元，南北任征伐。
赤手整乾坤，四海一豪杰。岂意转瞬间，不复庇骸骨。
牛羊昼纵横，麏麌夜侵越。草生翁仲躯，有恨不能说。
独我吊古心，回转千万折。前顾亿万年，事事皆覆辙。
得失纷鸡虫，末路同一窟。赫赫帝与王，身世且飘忽。
矧我一微尘，何事长咄咄。东篱酒熟时，焉得不娱悦。

吊明开国诸勋臣墓

富贵勋名水上沤，高瞻远瞩涕难收。
史埋姓字山埋骨，千古贤愚貉一邱。

偕同人游半山寺

莺声花气总消魂，六代风流化梦痕。
大好河山休敛手，与君努力共争墩。

又

桃花争似菜花妍，剩有园林吊昔贤。
似我还愁猿鹤笑，在山还志出山泉。

又

残山剩水孝陵前，杜宇魂归一惘然。
为问嬉春儿女子，更谁能忆甲申年。

◎遥望孝陵，游人如织，时三月十八日也。

以上《无尽庵遗集》

蒋国平（1894—1911），字平叔，江宁人。蒋国榜弟。少颖悟，与其兄共师兴化李详，习诗古文辞。其诗作心会古人，生当清末乱世，不暇守律，乃以偏宕之音，舒其殷忧。著有《平叔诗存》。

游半山寺

古寺深藏经更幽，萧萧残芰满塘秋。
钟声敲出危时感，柳色都从劫后留。
云散鸟归人影乱，山眠泉冷水声幽。
争墩往事堪凭吊，芦荻苍然傍古丘。

金陵怀古（六首录一）

钟阜如屏淮水流，建康终古帝王州。
输他北地称雄厚，青史遗留万种愁。

望明陵

胜朝遗迹那堪闻，自古兴衰孰解纷。
为望孝陵烟树黯，远天低护接寒云。

清　明

斜风细雨泾芒鞵，为爱春光友共偕。
原草离离何处望，孝陵深被乱云埋。

均自《平叔诗存》

李　竑（生卒年及生平不详），一作李纮，字蓉溪，清代江宁人。

九曲池

昭明太子凿，在钟山。

午风动高柳，微波漾深绿。逦迤台城东，溯洄周九曲。
山水送清音，泠泠漱鸣玉。银橹一声柔，渊然净尘俗。
人生贵适意，何为自结束。愿言赴清流，俯仰随吾欲。

李鳌《金陵名胜诗钞》

【民　国】

冯　煦（1843—1927），字梦华，号蒿盦，金坛人。曾在金陵书局校书。清光绪十二年进士（探花），授翰林院编修，历官安徽凤阳知府、四川按察使、安徽巡抚。鼎革后自号蒿隐公。善诗词骈文书法。著有《蒿盦类稿》、续编、《蒿盦随笔》、《蒙香室词、赋》，编有《宋六十一家词选》。

明　陵

松杉翳翳护灵垣，胜国孤陵云气浑。
一代河山换飞燕，六时风雨和啼猿。
幽宫夜飐寒磷色，复道秋深野烧痕。

[民]冯　煦

玉碗金凫尽零落，不知谁是旧王孙。

《惜阴书院课艺》

吴俊卿（1844—1927），字昌硕，一字仓石，号缶庐，浙江安吉人。清诸生。曾从俞曲园学辞章，与任伯年交。精诗书画印。参吴大澂幕，保举县令，一月即辞去。尝与蒲作英等发起创设上海书画同善会。后在杭州创办西泠印社，任社长。晚年寓上海。著有《缶庐集》、《缶庐印存》。

石头城望江

石头城高虚无尘，钟山摄山东西邻。
蹇来观水一凭吊，满眼楼船愁煞人。

《近代诗钞》第二册

[民]吴昌硕

陈重庆（1845—1928），字聱卿、巽卿、默斋，号甡叟，仪征人。安徽巡抚陈彝子。幼颖异，能属对，知音声。清光绪元年举人，官武昌盐法道。后丁外艰家居，从此不仕。入民国后寓居扬州。工诗联、擅书画，人称三绝。兼精篆刻。翁同龢亦推重其后必为善书巨擘。著有《辛酉消夏诗录》。

望孝陵往谒不果（二首）

王气余钟阜，行人指孝陵。定都雄虎距，革命兆龙兴。
翁仲石无语，桥山泪满膺。功臣十庙尽，废塔说神僧。

又

草泽英雄起，真人讵偶然。应图符赤帝，戡乱得青田。
齐豹终书盗，高骈枉学仙。有灵应识我，望祭拜祁连。

《默斋诗稿》民国十一年刻本

林纾（1852—1924），字琴南，号畏庐，闽县人。曾读同县李宗言家藏书，不下三四万卷，博学强记，能诗文，擅画。光绪八年举人。在京任五城中学国文教员。古文为吴汝纶所推重，名益著，因任北京大学讲席。后专以译书售稿与卖文卖画为生。著有《畏庐文集》、《畏庐诗集》。

下关寓楼望钟山隐然，欲访苏堪故居未果，即题其集

望里钟山势郁苍，却从月下想濠堂。
欲寻前迹无三里，别构高楼已十霜。
溪水还留曾照影，樱花久作避人香。
善夫惯吐酸心语，那复酸心似海藏。

《石遗室诗话》卷二十一

[民]林琴南

裴景福（1854—1926），字伯谦，号睫闇，安徽霍邱人。清光绪十二年进士。历陆丰、番禺、潮阳、南海县令。因收藏字画古董，遭人嫉恨，被革职系狱，后远戍新疆。适台宪与之同榜，委其代理电报局长。民初，任安徽省政务长。著有《壮陶阁书画录》、《河海昆仑录》、《睫闇诗钞》。

谒明孝陵

十年帝业扫群雄，濠上真人泗水同。
终古江山余王气，至今龙虎闷幽宫。

玉衣夜舞昭陵匣，石马秋嘶汉苑风。
北燕飞来遗恨在，文孙何处堕鸯弓？

孝陵尉
虎踞龙盘六代传，春灯燕子没寒烟。
昭陵玉匣今无恙，王气销沉五百年。

以上《睫闇诗钞》

重过孝陵
寒潮寂寞来京口，秋柳萧疏过白门。
愁绝江南戎马后，青山仍绕孝陵园。

又
龙虎江山奠帝阍，春灯影落缭垣门。
问谁亲见兴亡事？翁仲无言有泪痕。

以上《睫闇诗钞续集》

余诚格（1856—1926），字寿平、去非，号至斋、愧庵，安徽望江人。光绪十五年中进士。曾主持江西乡试，后以记名御史主持会试。戊戌政变时，因是康有为座师遭贬。后任陕西巡抚、湖南巡抚。秉性刚直，在御史任内，三月共上七十余奏章，参劾时弊，名震京畿。鼎革后寓居上海。

金缕曲·徐积余属题《定林访碑图》
　　钟阜高寒境。有前朝、渡江才子，此间觞咏。隐约层楼烟外寺，一晌疏钟初定。阅今古、兴亡如镜。虎落龙沙天际险，怕玉关、不隔清秋信。听哀怨，度鸿阵。　　残山剩水休教恨，但年年浮云叆叇，几时吹尽，空惹词人双蜡屐。踏破藓封莎晕，幸留得、断碑名姓。感旧摩挲千百遍。趁清游、遮莫虚清景。添画本，墨花冷。

《全清词钞》（下）

陈　衍（1856—1937），字叔伊，号石遗，福建侯官人。清光绪八年举人。曾入台湾巡抚刘铭传幕。又应张之洞邀，任武昌官报局总编纂。后为学部主事，京师大学堂教习。清亡，讲授各大学。卒于乡。辑有《辽诗、金诗、元诗纪事》、《近代诗钞》，著有《石遗室诗文集》、《石遗室诗话》。

过半山寺
策马孝陵卫，回憩半山寺。到门霜叶红，惬我萧散意。
多事万言书，慷慨立赤帜。谒来归定林，悯悯行与睡。
坐看青苔上，劝数林花坠。渡头赴暝色，钟阜割冷翠。
第一五七言，散体已其次。屋角谢公墩，我名与公字。
今昔此苍生，愿拜何人赐。

[民]陈石遗

雪后游灵谷寺

脱尽霜林石气青，梅花灵谷叹凋零。
北山冉冉云依旧，明日还登木末亭。

自利涉桥步至青溪望钟阜

六朝烟水气，取次渐销磨。独有青溪曲，微波尚熨罗。
沿缘忘路远，凝伫傍桥多。欲割钟山色，何年问薜萝。

均自《续修四库全书·石遗室诗存》

康有为（1858—1927），又名祖诒，字广厦，号长素，广东南海人。曾设万木草堂聚徒讲学。尝发起公车上书，要求君主立宪，未上达。清光绪二十一进士，官工部主事。参与戊戌变法，失败后逃往国外。后组织保皇会，反对革命。著有《大同书》、《新学伪经考》、《康南海先生诗集》。

游明故宫及明孝陵、秦淮旧板桥

夕阳老柳板桥楼，颓尽明宫落瓦秋。
虎踞龙盘犹有梦，摩挲翁仲立螭头。

《康南海先生诗集》

[民]康南海

【注】《清代进士榜》光绪二十一年未见康有为之名，是后来被取消，还是有其他什么原因，待考。

潘飞声（1858—1934），字兰史，号剑士，别署罗浮道士，番禺人。祖籍福建。早年在德国柏林大学任教。又任香港《华字日报》、《实报》主笔。后定居上海，加入南社。擅诗词书画，为近代岭南六大家之一。晚年家境衰落，以卖文鬻字为生。著有《天外归槎录》、《柏林竹枝词》。

金陵杂诗（五首录一）

灵旗落叶共飘丹，小妹青溪玉弹鬟。
嗜酒神人兼好色，蒋侯自古有钟山。

《南社丛刻》

陈三立（1859—1937），字伯严，号散原，江西义宁人。湖南巡抚陈宝箴子。清光绪十二年进士。授吏部主事。因襄助新政革职。二十六年移居南京青溪。曾任三江师范学堂总教习。以诗名于时，为近代同光体诗派代表人物。后迁居北平。北平沦陷，忧愤而卒。著有《散原精舍诗》。

灵谷寺（1901年）

晴山吐氤氲，幽径引村坞。初花烂漫香，去郭快一睹。
稍转荒冈烟，几洗苍林雨。低昂映岩岑，表里豁栋户。
由来巡辇过，尚肃遗构古。一念劫虫沙，四据气龙虎。
摧落垣衣痕，穿漏日色午。斜通禅榻深，坐久风来语。
阴吹万竹寒，零叶秋能舞。流传功德泉，祈祷烦公府。
石燥泥亦干，龙去无处所。神物不自救，但解泽下土。
志公陈死人，灵感偶然聚。冥冥影山川，了了余叹怃。
独寻衰草归，残阳倚钟鼓。

次申渴葬太平门外钟山下，走视有作（1908 年）

鸾吪鹤化已三年，花尽来寻撮土阡。
蜀道招魂迷处所，蒋山带雨照涟涟。
孤雏将护惭无效，大乱萌芽恐更延。
生世祇随翻覆手，起公今定恋重泉。

望钟山（1914 年）

薄晴余雨捧烟鬟，光影为留户牖间。
毕竟荆公非俗物，解吟肠胃绕钟山。

雨霁游孝陵（1914 年）

雨余山气交，屯云作培塿。驱车越荒城，独寻兵戈后。
陂陀满新冢，疏邪拱秃柳。驰道卧修蛇，缘脊踏其首。
划然岩岫开，蟠踞犹雄厚。遗构甓苍珉，飚泄土囊口。
缥渺悬神灵，冥传雷霆吼。侧闻乞余威，仗卫荐牲酒。
济济沐猴冠，佳气蚀群丑。五德不代母，历数摧坏久。
兴亡阅石马，舜跖亦何有。暮色合郊原，顾影循墙走。
莫问康熙碑，毁剥溷蝌蚪。

始春初台望钟山余雪（1919 年）

馀雪冠岩峦，高高水上看。笳音切云起，人语落溪残。
钓稳鱼痕长，晴完雁背宽。引春文石径，梅气自生寒。

游孝陵（1919 年）

穿郭趋斜径，晴云片片逢。春痕新草木，岩气隐虬龙。
残甓同遗玺，孤亭到晚钟。古愁收载去，仕女莫相从。

庚申二月金左临招集钟山造林场，余与冯蒿叟同车往会，酒次，主人出示新句，和以纪兴（1920 年）

云片飞扶万嶂东，晴痕驰道破鸿蒙。
横斜麦陇吹烟碧，高下花枝脱雨红。
支遁买山同夙愿，橐駞种树有新功。
楼栏对酒莺传句，哦立寒阳两秃翁。

三月十日谭芝云翰林招同徕之、宗武诸君灵谷寺看牡丹

灵窟负花辰，梦痕渐层叠。荏苒春复还，僧约乃如谍。
提携歊望俦，轻车骋蹀躞。驰道拥奇峰，晴郊明新叶。

[民] 陈散原

山门穿幽深，列松对张鬣。前导乌鹊呼，反顾狐兔蹑。
丈室聚蜂声，丛朵初镂鍱。盛髯态婀娜，光影诸天接。
照席红盘盂，蔬筍馨七梜。主人为花寿，浇酒促步屟。
吟魂与杂并，栩栩庄周蝶。吾曹偶逃世，洗心博晕颊。
谈舌翻色空，箭锋脱彀捷。大千安所殉，俄顷留媚靥。
茗罢寻遗墟，荦确杖妥帖。终古岩壑尊，吐气自扶挟。
草风吹灵坟，万化赴冥摄。归径苍霭垂，微阳写城堞。

均自《散原精舍诗文集》

前 人

正月十四日集半山亭，同游为吴彦复、陈鹤柴、夏午诒、魏季词、王伯沆、刘龙慧、俞恪士

枯苇古城路，狼藉车马迹。载驱飞笑言，风枝接戈戟。
溪水闲寺门，沙弥似识客。长廊钟磬静，狂吟尚涴壁。
雪泥穿磴亭，步步夙所历。岁时良宴会，一瞬隔喧寂。
梦洗宛转泉，影剚巉岩石。微晴疏木高，揽胜移几席。
江岫吐云岚，初与春气白。坠霄万鸦点，疑里桃核掷。
坐话千岁翁，世变自相积。吾侪抱痴念，俯仰欲谁惜。
兀倚松风喧，负手了今昔。

1910年3月1日《国风报》第六号

吴鸣麒（1861—1931后），字麟伯，号蘧庵、蘧然，晚号小圃，江宁人。吴双佺。清光绪十五年恩科举人。补授江西安义县知事。历宰南丰、永新、兴安、彭泽等县。知南丰时，尝复建曾（巩）岩亭。晚年寓居沪上。工诗、骈体文。著有《蘧然觉斋诗录》。

孝 陵

不许藏狐兔，山灵护一抔。夜深朝寝殿，剑佩武宁来。

游明陵书所见

大书太祖高皇帝，一代朱明有庙堂。
泗上英雄差伯仲，桥山灵气独青苍。
铜驼杳杳遗宫路，石马森森御仗行。
左右层城凝望久，烟云满目是红墙。

钟山访诗人林茂之墓不得

八十衰翁林茂之，钟山葬处有谁知？
欲寻孤鹤将诗寄，寒夜芦花风起时。

均自《蘧然觉斋诗录》

陈国常（1864—1934 后），字惺吾，四川荣昌（今属重庆）人。原读舆地之书，川督奏派赴日本学习法政。归国后在川东师范学校、华西大学教授政法。提倡实业救国。1934 年后举家迁南京，后不知所终。著有《研悦斋甲戌诗存》。

谒中山陵

遗训谆谆述苦衷，关心革命未成功。
特书墓表垂终古，天下为公即大同。

《近百年七绝精华录》

程颂万（1865—1932），字子大、鹿川，号十发，湖南宁乡人。少有文才，善应对，喜研词章。屡试未第，转而热心新学，为张之洞、张百熙所倚重，曾任湖广抚署文案，湖北自强学堂提调，兼管湖北洋务局学堂所。晚年寓居上海。著有《程典》、《楚望阁诗集》、《十发庵类稿》等。

孝　陵

夕阳陵户两三家，江表年年望翠华。
玉座苔荒人曝麦，金坛树冷鸟衔花。
台城此日无归燕，故国当时有斗蛇。
龙虎销沈三百载，只今惟见暮啼鸦。

《楚望阁诗集》

刘文燿（1865—1935 后），字佑丹、幼丹，上元人。刘凤起次子。能诗文，富收藏，擅鉴赏。著有《丰润阁诗钞》、《润龛书画跋》、《上元刘氏家谱》。

晓　望（1887 年）

家住青溪侧，门临青溪水。晓起看钟山，云痕淡于纸。

《丰润阁诗钞》

姚永概（1866—1923），字叔节，号幸孙，浙江余姚人，祖上迁桐城。进士姚莹孙、知县姚浚昌三子。清光绪十四年解元。四次会试落榜，遂绝意仕进，游幕讲学。师从吴汝纶九年。与陈衍、陈三立、沈曾植等相唱和。后任安徽师范学堂监督、清史馆协修等职。著有《慎宜轩文集》。

钟山紫霞洞观瀑偕宗受于家禄、梁公约荄、方孝深时涵（壬寅）

窄径挂石齿，连磴升云峰。入门一衲古，到耳千杵春。
穷幽墙佛背，大叫舆奇逢。乃知昨夜雨，孕此双白龙。
垂髯下绝壁，喷沫湿长松。虽无千丈势，已豁平生胸。
何时二三子，杖策永相从。

[民]姚永概

谒明孝陵

元氏殚兵威，靡坚当不脆。况此残宋余，扫之安用彗。
遍设行省司，抚有几百岁。斯人淮泗起，乘彼运方敝。
遂率徐常徒，保我黄炎裔。英风凌九区，遗泽延十世。
所以先皇兴，每过亲致酹。煌煌丰碑上，犹留两圣制。
我来属孟夏，草木青蔚翳。不见金碧宫，但存砖石隧。

东南冈若环，直西阙无卫。旁难置万家，殊乏深雄势。
何必夺志公，毋乃损明叡。缅古起壮心，睇今隐悲涕。
人材数廊庙，不及启祯际。睢盱列群强，众狼嗋一猊。
测后未知终，方前无比例。国权去渐空，民命危若缀。
谁能奋羽翰，吾欲从兹逝。

游灵谷寺饮八功德水

运会有污隆，怀古悲横作。不如招提游，且就清闲乐。
松光泛众岭，竹影专一壑。钟杵袅余音，岚光释新缚。
席荐涧蔬香，铛煮石泉活。吾闻兹山上，有泉名一勺。
名高动贵人，军持争求索。又闻雨花台，日供诸衙酌。
每当秋赋时，门有走卒格。岂若兹谷灵，神龙于焉宅。
量腹择所受，不论石与龠。日斜风径凉，揽袂下僧阁。
岩桂秋芬时，重来亦不恶。

马车路上望钟山云气

雨余夹道柳条长，压堞峰峦一倍苍。
直悟世间无静物，白云何事也奔忙？

均自《慎宜轩诗集》

[民]胡石予

胡石予（1868—1938），名蕴，字介生，别署瘦鹤，昆山人。早年任教苏州草桥中学。从教数十年，学识渊博，能诗擅文。1912年加入南社。柳亚子以"八叉七步"誉之。又工丹青，尤擅画梅，名满江左。作画必有诗，诗画双绝。著有《半兰旧庐文集》、《梅花百绝》、《蓬阆诗存》等。

记　游（选一）

因省立各校联合运动会赴江宁

满口尘沙万颈延，广场三日立风前。
绝无暇晷探名胜，别有闲情搜简编。
钟阜晚晴看更近，孝陵重谒待来年。
还怜幕府山头约，坐失良游一惘然。

《南社诗人咏金陵》

夏寿田（1870—1935），字耕父，号午诒、直心居士，湖南桂阳人。夏时之子。清光绪二十四年进士（榜眼），官编修、学部图书馆总纂。因为父辩诬革职。民初任湖北省民政长、总统府内史。袁世凯称帝，制诰多出其手。后投曹锟，任机要秘书。晚年定居上海。著有《直心翁词钞》等。

次韵奉酬伯严考功兼呈同游诸君

幕府未千年，经画如削迹。华林为麦地，耕野得战戟。
宫门槐兢位，偃蹇堕驴客。牛车载故砖，去为新市壁。
耳闻刺史松，翠黛目未历。蒋山半入城，一寺阅喧寂。
微笑谢公墩，不如到家石。置此古人事，返驾欢促席。
梅胜红罗丹，月似牛渚白。风物本不贫，一醉虚牝掷。
向者所坐石，绿钱又暗积。何必棘牵衣，抚此已可惜。

明日江潮平，万事尽夙昔。

1910年3月1日《国风报》第六号

【注】此诗乃与陈三立、陈诗、吴保初、魏稼、俞明震、陈汉章等游半山寺后，和陈三立之作。

王 瀣（1871—1944），字伯沆，号冬饮、无想居士，溧水人，世居南京。曾在江南图书馆任职。1915年任国立南京高等师范学堂国文教授，暨东南大学及中央大学教授。经史诸子、诗词百家，无所不精，对宋明理学造诣尤深，被誉为一代通儒。亦精书法。著有《冬饮庐诗稿》、《词稿》。

玲珑四犯·庚戌上元前一日，伯严先生招游半山亭，诸君子有诗，余和壁间王梦湘旧题

澹日草薰，疏风云活，山亭眉际如举。挟书打虱意，一笑成今古。山翁醉眠甚处？料当时、鹤栖无主。侧帽孤寻，乱松斜照，惟有石泉语。　　茶烟里蜉蝣聚，检苔廊墨晕，吟思偏苦。髻丝清磬老，梦影南朝去。残僧漫话争墩事，早愁入、春城萧鼓。谁说与，催归又昏鸦绕树。

1910年3月11日《国风报》第七号

罗惇曧（1872—1924），字掞东，号瘿公，广东顺德人。与梁启超同为康有为弟子。清末优贡生，官邮传部郎中。北洋政府时曾任国务院秘书。寄居京师，纵情丝竹，多为歌伶编排杂剧。与梅兰芳、王瑶卿等友善。擅诗作，被称为"岭南四家"之一。著有《太平天国战记》、《瘿庵诗集》。

[民]罗瘿公

半山寺即荆公舍宅

乱栽花竹公归处，舍宅千秋剩此堂。
髡柳尚儌含烟翠，万荷齐迸远风香。
争墩转益林泉趣，补屋宁知草树荒。
更策疲驴冲潦去，钟山一角坐招凉。

◎补屋：陶斋尚书补亭，今就荒。

《近代诗钞》第三册

朱锡梁（1873—1932），字梁任，号纬军，别号君仇，江苏吴县人。早年在日本加入同盟会。1903年，组织苏州狮子山招国魂活动。参加南社虎丘第一次雅集。反袁失败，赴广东从事革命活动。后任苏州《正大日报》社长，东南大学、苏州美专教授。著有《草书探源》、《词律补体》。

明孝陵（三首）

一带绕红墙，钟山第几冈？雌雄排石兽，翁仲立斜阳。

又

迁去志公塔，改为明孝陵。亦知皇帝贵，曩日少年僧。

又

华表穹碑壮，金棺玉匣荣。可怜马皇后，同穴隔层城。

1912年12月《南社丛刻》七集

仇　埰（1873—1945），字亮卿，号述盦，清末南京人。光绪间留学日本弘文书院，习教育。宣统元年拔贡。曾任江苏省第四师范学校校长。五十岁后著力填词、专治词学，参加如社、午社，与石凌汉、孙睿源、王孝煃结蓼辛社，合称"四友"。辑《金陵词钞续编》。著有《鞠諴词》。

雪梅香·忆孝陵雪后观梅

晚香国，苔枝缀玉布寒屏。绕横溪疏影，依稀梦入瑶京。呼酒行歌羽仙曲，饮冰深挹蒋山青。有松柏，对照窗笼，千古东陵。　　风情。想前度，白下游骢，放队郊坰。几日蛮烟，顿教绮陌尘生。陇上乡心正愁绝，笛边吟侣各飘零。从天问，可许孤芳，重冠春城？

《鞠諴词》

[民]仇述盦

金天羽（1873—1947），一名天翮，字松岑，号鹤望，吴江人。早年鼓吹革命，在上海参与创办中国教育会。后在苏州与章太炎等创立中国国学会，二人轮流讲学。擅诗文、小说。著有《孤根集》、《女界钟》、《天放楼诗集》、《天放楼文言》、《皖志列传稿》、《孽海花》（前六回）等。

金陵杂诗（九首录四）

逢人干笑作鸤鹓，三过金陵怕咏诗。
今日蹇驴寻旧句，朝阳门外雨如丝。

二
紫金山脚缭红墙，异兽排当跸路长。
不见昭陵石马汗，灵旗何日降天阊。

三
禁示繙镌五国文，樵苏枉说本朝恩。
碑亭两座当龙案，浪作旗民槀葬坟。

四
燕雀湖荒草自青，大明宫殿想遗型。
槿花开到宫门内，泪眼先看血石亭。

灵谷寺礼宝志公塔

仙释有妙理，直妄在两遣。古德会南朝，繙经想遗典。
自从靖节后，儒风日沦贬。远公宅庐山，缅想风度简。
贞姿华阳陶，高咏云璈践。三贤味道真，神明日内捷。
是时初祖来，楞伽宗风阐。一言连箭机，嵩高翠微掩。
志公独佯狂，语妙参隐显。颠倒杂谣谶，修途导龟勉。
尼父持櫜括，曰古之狂狷。委形返真宅，山空无人管。
市朝纷迁移，千年光景短。遗踪閟山翠，夕照霜枫染。
我来访灵谷，芒鞋踏苍藓。超然神理会，论古心忌褊。
拈诗和松风，倘中千佛选。

[民]金松岑

灵谷寺
入山行行访灵谷，道闻瀑布声清新。
蹇驴背上霜红叶，醉煞青山更醉人。

寄路金坡金陵代柬（二首录一）
江上西风动酒旗，钟山红叶卸秋衣。
遥知蜀客江南住，定有新诗满翠微。

亮吉招同太平门外看桃花
轻车碾麹午阴凉，钟阜舒青带郭长。
行向太平门外望，桃花临水锦屏张。

又
崇桃积李斗芳华，水郭山村酒旆斜。
我本江湖载酒客，便应乘醉侣鱼虾。

憩灵谷寺观无梁殿及志公塔，同亮吉、赓南
京洛风烟换，齐梁栋宇坚。鸟鸣山翠里，花落磬声前。
冠盖陵园地，幡幢色界天。先机问灵塔，投足冀安便。

均自《天放楼诗文集》

陈去病（1874—1933），字巢南、佩忍，号垂虹亭长，吴江人。早年曾赴日本。加入同盟会。曾任《警钟日报》主笔，参与创建南社。辛亥后赴广州"护法"，任非常国会秘书长。曾往南京勘察孙中山墓地。后任东南大学教授、江苏革命博物馆馆长。著有《浩歌堂诗钞》、《巢南文选》。

[民]陈巢南

半山晤苍（香）林寺僧大道，与晓公谈禅甚久
不争家园只争墩，晋宋风流可尚存。
输与苍林老开士，萧萧暮雨掩山门。

辛亥六月金陵杂诗（十二首选二）
初至金陵有感
帝京风物信繁华，故国邱墟亦可嗟。
欲向钟山去凭吊，午朝门外屡回车。

题孝陵龙纹瓦当
牧马成群松柏摧，钟山王气黯然哀。
空余一片蟠螭影，犹向宫门印劫灰。

又
万户千门渺建章，行人谁识故宫墙。
休嫌抔土无文字，珍重应同汉瓦当。

均自1910年1月《南社丛刻》一集

杨　圻（1875—1941），字云史、野王，常熟人。年十八娶李鸿章孙女为妻。以诸生录为詹事府主簿，户部郎中。后举南元，官邮传部郎中，驻新加坡领事。入民国，先在南洋开橡胶园，后回国任吴佩孚秘书长。抗战起，避走香港。曾阻吴出任日寇傀儡。著有《江山万里楼诗词钞》。

[民]杨云史

鸡鸣埭望孝陵墓

废殿秋山里，穿云一径斜。夕阳燃暮岭，江色浸寒鸦。
烟水能千古，兴亡只几家？鸟啼香积散，新月上袈裟。

寺楼望孝陵

独上南朝寺，高城瞰后园。秋山何处尽，禅理欲无言。
形势余图画，渔樵有子孙。过江英气在，举酒看中原。

均自《江山万里楼诗词钞》

张通之（1875—1948），名葆亨，字通之，六合人。居南京仓巷。清宣统己酉拔贡。执教金陵大学、江宁省立一中、钟英中学等校达三十三年。擅诗书画。与李瑞清、王东培等时相唱和。参与编辑《南京文献》。著有《娱目轩诗集》、《秦淮感逝》、《庠序怀旧录》、《金陵四十八景题咏》。

灵谷深松

此谷曩时有美松，八功德水满池中。
今人灌得牡丹好，每到花期一色红。

太平堤畔

记曾堤畔泛扁舟，倒影钟山湖面浮。
乱定重来赏美景，计时已隔八春秋。

钟阜晴云

山气蒸云天欲雨，晴时即散那为奇。
埋金应笑秦人陋，家国兴亡岂在斯。

以上《南京文献·金陵四十八景题咏》

前　人

谒孝陵

南平吴赣北平幽，盖世英雄到此休。
翁仲不言驼不语，小虫石下又鸣秋。

又

河山全局费通筹，北道何期子错投。
重器迁燕园寝冷，空陪正学一孤丘。

叶仪之约往灵谷寺赏牡丹

洛阳名花栽佛土，清幽不与凡葩同。
根浇功德池中水，人立青苍松外风。

带露误为朝日映，凝烟等是晚霞烘。
莫嫌砌内无他品，一色能空色色空。

游半山寺感怀王半山
维新事业刚成半，似上钟山才半山。
未得治人徒变法，因缘周礼黟为奸。

以上《娱目轩诗集》

陈衡恪（1876—1923），字师曾，号槐堂，江西义宁人。陈三立长子。幼习书画。早年赴日留学，与鲁迅、李叔同等交往较密。回国后曾拜吴昌硕为师，又与齐白石为莫逆交。历任北洋政府编审员，北京大学画法研究会导师。有《槐堂诗钞》、《陈师曾先生遗墨》、《中国绘画史》等。

明太祖陵
蹇驴踯躅出荒林，客梦迷离紫殿深。
一笠山川斜照里，万家哀乐古城阴。
龙盘虎踞今何世？凤咤鸾嗟未死心。
欲问人间兴废理，草根翁仲已如瘖。

《陈衡恪诗文集》

[民]陈师曾

金嗣芬（1877— ?），字楚青，别署謇灵修馆主人，江苏江宁人。金世和（柳簃）之弟。幼受业于吴鸣麒。曾在沪上报馆任职，后奉端方之命赴日本调查学务半年。清光绪三十二年优贡。官江西上饶知县。1922年尚在世。著有《东湖消夏续录》、《謇灵修馆诗集》、《板桥杂记补》。

浣溪纱·谒孝陵
石马秋风没草莱，孝陵辇路长莓苔。珠襦玉匣总成灰。　　一着戎衣龙战野，千年华表鹤归来。不堪往事更低徊。

《謇灵修馆诗集》

高　旭（1877—1925），字天梅，号剑公，别号钝剑，江苏金山人。早年留学日本，归国后在上海创办健行公学及钦明女学，鼓吹革命，提倡女权。任同盟会江苏支部部长。参与创立南社。后任议员。后因陷入曹锟贿选事，受舆论谴责，愧悔以终。以乐府和七律见长。有《天梅遗集》。

将抵金陵作
霞光照眼夕阳残，横绝孤城苍翠间。
八代兴亡都阅尽，太无聊赖是钟山。

偕亚君小憩孝陵茶肆，慨然成章
唤取清泉洗俗襟，小梧桐下费沉吟。
青山故国千年恨，黄菊他乡九日心。
只为宫荒余涕泪，敢因足疾罢登临。
买将残瓦须珍重，此际秋怀别样深！

[民]高天梅

题孝陵瓦

吁嗟此物六百年，国亡片瓦空流传。钝剑抚之涕泪涟！

谒孝陵

　　白日惨淡钟山高，秣陵王气何萧条。
　　啼鹃不诉亡国怨，秋风肠断哀南朝。
　　海晏河清岂难再，恨杀高皇今不在。
　　运筹倾倒刘青田，独我迟生六百载。
　　我思高皇真英雄，殊方混一华夏风。
　　拔救灾黎登衽席，恢复旧物追前踪。
　　黄炎奇耻崇朝雪，排斥胡元功卓绝。
　　中天日月挟龙飞，统一寰区宏规立。
　　惜哉政治何专制，宰戮勋臣任私意。
　　朕即国家奚畏为？颠倒乾纲太无忌。
　　子舆实为民史宗，草芥寇仇论最公。
　　高皇见之怒切齿，立驱文庙终不容。
　　一代伟人神武姿，后有继者慎勿师。
　　牧羊政体久绝迹，大权独揽非其时。
　　时移势迁今殊昔，石头虎踞秋瑟瑟。
　　百年谁氏奉烝尝？话到当年泪沾臆。
　　荒烟蔓草愁心魂，结伴来吊前王坟。
　　铜驼埋没苍苔剥，石马凄凉夕照昏。
　　长江飞渡来何早？六朝尽是伤心稿。
　　江山犹是景全非，残砖剩瓦年年少！

购明孝陵砖一方，斫为"日月重光砚"，纪之以诗

　　黄龙入地黑龙出，猗古重华一朝失。
　　妖云蔽天蚀虾蟆，斯时罔两纷腾挐。
　　玉石俱焚色凄怆，更谁留作千秋样。
　　太息衣冠尽变迁，不变迁者惟此砖。
　　斫之成砚日再拜，长夜漫漫何时旦。
　　对砚如对我高皇，玉蜍泪滴心独伤。
　　沐日浴月磐石定，天下大明砚作证。

金缕曲 · 和哲夫《重九谒孝陵》韵

　　转眼乾坤旧。忆当年，兵戈戎马，秋风回首。十万胡儿来牧草，旧向中原驱走。莽归迹，都成鸟兽。剩者前王抔土在，付遗民，凭吊伤怀否？长江险，险何

有？　　石头城外论功咎。枉传说，龙蟠虎踞，地存人朽。纵有英雄能创业，□□□□□□。奈后来，豚犬谁守？想见我侪啼哭处，剧悲歌，肝胆应如斗。心头血，杯中酒。

均自《高旭集》

张　农（1877—1927），原名肇甲，字都金，号鼎斋，吴江人。清末秀才。好吟咏，与四位堂兄弟并有诗名。早年在南京造币厂供职，多有吟咏金陵之作，后回乡办村塾。曾为柳亚子所称道。南社社员。因闻其女张应春在雨花台被杀害惨讯，悲恸吐血而逝。著有《葫芦吟草》。

明孝陵

驱车远谒孝陵颠，山色宜人柳袅烟。
日月翻新光汉族，无知松柏亦争妍。

《葫芦吟草》

孙举璜（？—1929），字姬瑞，号虫天，自署虫天室主。湖南长沙人。侍读孙鼎臣孙。渊源家学，尤工于诗。著有《虫天诗录》一卷。

孝　陵

桥山弓剑土花凝，石马无灵阅废兴。
燕子不来王气尽，月明魂断十三陵。

金陵感旧

江山无恙劫余灰，猿鹤虫沙共一杯。
遥指紫金峰顶塔，几人残血溅蒿莱。

又

百雉崇墉绕故宫，承平兵卫驻元戎。
从龙贵族今安在？惟有残碑血尚红。

◎旗城尽毁，惟血石巍然独存其地，盖明故宫址也。

金建陵 供稿

蒋同超（？—1929），字士超，号万里，江苏无锡人。1911年曾参加攻占南京的战斗。在与镇军攻占天堡城的同时，得到消息称以浙军朱瑞为首的部队也进抵孝陵卫，即将与清军展开激烈的争夺战，即作《闻民军抵孝陵卫作》。著有《振素庵诗集》。

闻民军抵孝陵卫作

石马西风唤不鹰，故明宫阙渺觚棱。
石头终见降幡出，十万貔貅上孝陵。

《南社丛刻》三集

张　素（1877—1945），字挥孙，又字穆如，号婴公，江苏丹阳人。早年在沪编辑《南方日报》。南社社员。辛亥后应邀赴东北主《远东报》笔政，纂《复州志略》。南社姜若出任绍兴县长，聘其佐理，得为《兰亭访碑图》广征题咏。又参编交通银行史。抗战中返故乡。著有《草间集》。

江干夜眺（五首录一）
遥遥紫金山，悠悠黄天荡。人物付杯酒，樯帆满湖港。

中山卜葬金陵，纪事一首
莽莽秣陵关，龙盘虎踞间。地犹雄故国，人遂失中山。
天日旌旗壮，风云涕泪潸。料应华表外，夕照有余殷。

均自《南社张素诗文集》

连　横（1878—1936），字武公，号雅堂，祖籍漳州，生于台湾台南。少时读书宜秋山馆，台湾陷落后到上海圣约翰大学求学，后返台迎娶。与诗友结浪吟诗社，聘任报纸主笔。曾任职清史馆。倦游归台，再入《台南新报》。后移居台北，专心著述。著有《台湾通史》、《剑花室诗集》。

[民]连　横

谒明孝陵
汉高唐太皆无赖，皇觉寺僧亦异人。
天下英雄争割据，中原父老痛沈沦。
亡秦一剑风云会，破虏千秋日月新。
郁郁钟山王气尽，国权今已属斯民。

《剑花室诗集·大陆诗草》

叶玉森（1878—1939），字镔虹，一字荭渔，号中泠，清末江苏镇江人。曾游日本靖国神社，观甲午、庚子两役所掠文物，洒泪而去，郁郁数日。民初任苏州高等法院检察庭长。对甲骨文多有考释，精通诗文书画。著有《春冰词》、《殷契钩沉》、《殷墟书契前后编集释》、《铁云藏龟考释》。

孙大总统谒明孝陵礼成感赋
萧萧百骑出郊坰，夹道欢雷拜旗星。
近卫血花千古碧，环陵烟草一时青。
大风歌罢天龙笑，明月飞来石马醒。
荡房功成三奠酒，狮儿毕竟是宁馨。

1914年5月《南社丛刻》八集

百字令·过明孝陵
　　龙飞濠泗，是天生第二。汉高皇帝，马上纵横三尺剑。扫尽山河腥气。十四楼头，轻烟澹粉，歌舞愁孙子。兴亡泡幻，六朝多半如是。　　即今石马僵风，荆驼浴雨，满目殷墟泪。十万松楸浑不见，衰草年年红死。银鹿啼来，玉龟飞尽，惨绝朝天。侍当时明月，可怜犹照哀史。

1914年8月《南社丛刻》十一集

高　燮（1878—1958），字时若，号吹万，江苏金山人。幼怀大志，别署志攘、黄天。1910年重阳，与高旭、姚光等赴南京，与蔡守等同吊孝陵，共抒啸咏。时与武进钱名山、昆山胡石予并称"江南三大儒"。藏书十万余册，大半毁于抗战时。劫余存书后捐复旦大学。著有《高燮集》。

车中望金陵山势，觉有异感，诗以纪之
落日红云烛半天，巍城凝望倚苍然。
兴亡阅尽颓无语，万古钟山最可怜。

谒明孝陵
驱车出朝阳，山色凝空濛。舍车聊步行，满路吟秋虫。
荒坰木叶下，雁叫寒云依。踟蹰一凝望，远见颓红墙。
翁仲近十余，石马犹纠雄。依然数里外，拱护榛莽丛。
凄恻达明楼，徘徊再拜恭。郁纡枕岩冈，马鬣万古封。
我思陵中人，赤手歼胡戎。衣冠还上国，为治三代隆。
大胆黜孟祀，罪不掩其功。除暴正开基，天助应加丰。
何为三百载，享祚从此终。当其全盛日，虎啸千罴熊。
至今寝园旁，无树生悲风。剩瓦拾零星，片片双盘龙。
落日辞钟山，愁思来无穷。草深欲没踝，禾黍何芃芃。
铜驼为垂泪，王气空复空。黑山白水间，浩劫行将逢。
兴废有乘除，坏土终相同。请君付达观，万事江流东。

[民]高吹万

购孝陵砖制砚，因铭其背
日未高，月初吐。
斗室寂寥，沈吟正苦，
磨洗认前朝，濡染一怀古。

灵谷寺
万木全无解愠风，山腰赤日镇当空。
我来灵谷私虔祷，肯为苍生起蛰龙。

南京第一造林场在明孝陵前，庚申十一月十四日偕鹓雏游之
言寻钟阜石城边，槭朴菁莪意自贤。
树木十年待栋梁，依山长日起风烟。
荒原石马愁王气，夕照寒鸦点暮天。
剩有襟期寄寥廓，抚今吊古两茫然。

均见《高燮集》

胡汉民（1879—1936），字展堂，号不匿室主，广东番禺人。光绪举人。曾两赴日本留学。主编《民报》。加入同盟会，黄花冈起义时任统筹部负责人。历任广东都督、临时大总统府秘书长、交通总长、陆军大元帅大本营总参议、立法院长、国民党中常会主席。著有《三民主义的连环性》等。

和协之明孝陵观樱
郁郁崇陵帝与师，寻芳人到独哦诗。

海棠开后樱花笑，社雨归来燕子痴。
禾黍故宫思往事，蒴菲下国采何时。
廿年前共瀛洲住，蜡屐开尊岁有期。

黄右昌出示谒中山陵近作并赠其大父《雪竹楼诗稿》，即题其后

一投簪绂即能闲，大地繁华意欲删。
放笔或疑袁赵易，植根原自杜韩艰。
饱看翰墨酬嬉处，都在纲常节义间。
今日公孙诗可续，故知肠胃绕钟山。

次和协之《环陵路观桃花书感》二首

桃花开满环陵路，有客依依对夕晖。
如此风光宜共醉，几人书卷解忘归？
未知红萼谁为主，独恨青山梦与违。
白下欹眠三月暮，杂花容得乱莺飞。

◎书卷：李泰伯句"只因书卷解忘归"。

又

前度重来托兴微，东风犹解媚春晖。
任看草色年年绿，为报花开缓缓归。
客梦将云如有约，诗情得酒莫相违。
不嫌节物欺人病，仍遣开帘放燕飞。

◎节物：范石湖句"节物何曾欺老病"。

读王荆文集六十首（录三）

荒陂渺渺日骑驴，问字钟山兴未孤。
南渡不知儒术贵，但传蕲国在西湖。

◎荆公《钟山骑驴图》，李伯时所画。俞秀老挟《字说》随后，东坡和诗所谓"骑驴渺渺入荒陂，想见先生未病时"也。

又

冥冥深树遮红蕊，漱漱游鲦出绿蘋。
又是看人过江日，钟山咫尺未埋云。

又

客子留连怪屡遭，据梧枝策亦同劳。
五湖芳草知何似？为道蒋山松已高。

均自《不匮室诗钞》

[民]胡展堂

蔡哲夫（1879—1941），原名珣，一作守，字哲夫，号成城、寒琼，广东顺德人。早年加入南社，襄助黄节、邓实办《国粹学报》，编辑《风雨楼丛书》。1910年游金陵。工诗词书画及文物鉴赏。嗜茶，有馈赠佳著者，多以书画篆刻为报。著有《寒琼碑目》、《说文古籀补》、《画玺录》。

望钟山

游踪残照阻，瞻仰蒋陵颠。孙吴七十寺，湮没白云边。
可怜龙虎地，祇许兔狐眠。一声奈何帝，辱井落花鲜。
吾家谪仙子，意态何翩跹。空山足蔬食，紫蓼绿葵便。
六朝陈迹渺，不改独云烟。槿篱竹屋好，卜隐知何年。

◎孙吴时钟山有七十余寺。
◎陈后主将亡，钟山有鸟唤曰："奈何帝！"见《翁山诗外》。
◎南北朝有蔡谪仙隐于钟山。
◎王半山钟山诗："槿篱竹屋江村路。"

明孝陵瓦砚歌

不宝未央与铜雀，钟山求瓦披荆榛。
雕镂盘龙或花叶，形如半月或如轮。
天崩地圻浩劫后，何须完者才足珍。
琢之为砚无穷意，黄釉洗去莹如新。
牧斋廋词铭其背，日诵千遍不离唇。

◎取钱牧斋印语"鸿朗笺龄"四字为铭。

金缕曲·九日同南社诸子谒孝陵
（1910年）

破碎山河旧。看双峰，天然凤阙，尚余牛首。错楚纵横迷御道，共拨荆榛趋走。摩挲遍，石人石兽。六兽八人双石柱，与亭林，记载无差否？明楼改，非前有。　穹碑没字知谁咎？独青青，宝城无恙，岿然不朽。未荐樱桃梅已死，叹寝园荒废久。何烦尔，内监颁守？展拜神坰无限泪，空山同，哭声摇星斗。奠几盏，茱萸酒。

◎屈翁山《望钟山诗》："天作双峰为凤阙。"又《钟山和杜子诗》："牛首尚余双阙在。"
◎石兽：孝陵前石人八，石柱二，石兽六种，为数二十有四。亭林所载六兽，乃指六种言。
◎吴梅村《钟山诗》："樱桃莫荐寝园荒。"屈翁山《望钟山诗》："当时更有梅花树，十里天香接御园。"
◎顾亭林《孝陵图诗》："奄人宿其中，无乃致亵污？"袁随园《孝陵诗》："守园颁内监。"

均自《南社史长编》

于右任 （1879—1964），原名伯循，别署骚人、髯翁，陕西三原人。清光绪癸卯举人。在日本加入同盟会。创办《神州日报》。民元任交通部长。陕西靖国军总司令。1922年创办上海大学。历任国民政府审计院、监察院院长。后赴台。工诗书，擅草书。著有《右任诗存》、《标准草书千字文》。

哭孝陵（1904年）

虎口余生亦自矜，天留铁汉卜将兴。
短衣散发三千里，亡命南来哭孝陵。

[民]于右任

题经颐渊、廖何香凝、陈树人合作《岁寒三友图》(1928年)

紫金山上中山墓,扫墓来时岁已寒。
万物昭苏雷启蛰,画图留作后人看。

又

松奇梅古竹潇洒,经酒陈诗廖哭声。
润色江山一枝笔,无聊来写此时情。

赠林子超先生 (1930年)

子超先生属书黄花冈相遇赠诗,误记首句,因足成此绝。时同在南京总理陵园也。

黄花冈上万花黄,粤海曾偕吊国殇。
今日同君作陵户,紫金山畔看朝阳。

浪淘沙·三月十七日携想想、北大、梅君孝陵前看梅花,至旧温室前小坐,感赋 (1947年)

斧赦孝陵柴,乱后梅开,天风远远送香来。绿萼而今存几树,有我亲栽。　艺圃变蒿莱,行者增哀。国香终不受尘埃。嘉卉成畦还播种,新立名牌。

◎想想:作者小女儿;北大:即屈北大,作者外孙;梅君:北大的妻子。

均自《于右任诗词集》(刘永平编)

温 见 (生卒年及生平不详),字著叔,清末广东梅县人。

登紫金山用寒云《暮秋车过常州韵》

眺晚登城上,湾湾小路通。凉烟铺地白,霜叶衬霞红。
人语梅溪渡,山摇古刹钟。此情谁领得,横笛牧牛童。

1915年3月《南社丛刻》十三集

鲁 迅 (1881—1936),原名周树人,字豫才,浙江绍兴人。早年入南京水师学堂读书,改路矿学堂,后赴日本仙台医专留学,在东京翻译外国文学。1918年在《新青年》发表《狂人日记》,后创作小说、杂文、诗歌甚多。曾任教育部金事、大学教授。其作品后汇集为《鲁迅全集》。

无 题 (1932年1月)

血沃中原肥劲草,寒凝大地发春华。
英雄多故谋夫病,泪洒崇陵噪暮鸦。

◎周振甫注:崇陵,高大的坟陵,指南京中山陵。

[民]鲁迅

南京民谣 (1931年12月25日)

大家去谒灵,强盗装正经。静默十分钟,各自想拳经。

均自《鲁迅诗全编》

余天遂（1882—1930），原名寿颐，字祝荫，号荫阁，江苏昆山人。幼承父教，后师从胡石予。曾毁家创办弘志女学，由柳亚子介绍加入南社。北伐时参姚雨平军幕，孙中山任南京临时大总统时，聘为秘书。后任《太平洋报》编辑。精医术，妙解音律，善绘画、金石等。病逝沪上。

金陵初发
钟山高拥石头城，虎踞龙蟠旧帝京。
地势不须说天堑，共和战胜在民情。

《金陵诗词选》

胡翔冬（1883—1940），名俊，号翔冬，南京人。祖籍安徽和县，世居南京中华门。毕业于日本早稻田大学，归国后在两江师范、金陵大学讲授中国文学及古典诗词。自幼饱读诗书，博闻强记，于诗词有独特见解。抗战时流寓蜀中，备尝颠沛流离之苦，病故于成都。著有《自怡斋诗》。

奉和散原先生《始春初堂望钟山余雪》次均
远天分石峦，余雪隔城看。鬼塔压欲倒，老梅摧不残。
草晴蚊睫动，冰坏鸭头宽。何处喧筇鼓，令人毛孔寒。

《自怡斋诗》

吕碧城（1883—1943），女，安徽旌德人，山西学政吕凤岐三女。十二岁以诗词书画名。与姐惠如、美荪合称"淮南三吕"。初任《大公报》主笔，与秋瑾结文字交。主编《中国女报》，筹办北洋女子公学。后攻读美国哥伦比亚大学。晚年皈依三宝。著有《欧美漫游录》、《吕碧城集》等。

游钟山和省庵
春阑杂树未凋红，胜境留人似桂丛。
云意远含疏密雨，岚光高受去来风。
移文早勒北山北，避地何劳东海东。
棋局长安浑不走，只应都付烂柯中。

《吕碧城集》

[民]吕碧城

陈树人（1883—1948），原名政，以字行，广东番禺人。年十七学画于居古泉（廉）。留学日本，追随孙文。归国后任报刊主笔，宣传革命。与高剑父、奇峰开岭南画派先河，但其画风有个人面目。从政二十余年，吟咏绘事，未尝中断。著有《陈树人画集》、《专爱集》、《战尘集》等。

连月寇机轰炸国都，殆无宁晷，休沐日乘风雨薄游陵园
肃杀江山入晦昏，游乘风雨更消魂。
何时共遂澄清愿，尽逐虾夷出国门。

双十节与翼凌游陵园即景口占
且逢佳节勉娱神，便策孤筇拨冷云。
恰喜四山丛桂好，能于风雨发浓芬。

[民]陈树人

元旦遥拜总理陵
（二十八年己卯）

胡氛万里锁松楸，还失先灵颜□酬。
罪孽吾徒知极重，桥山弓剑尚存不？

元旦遥拜总理陵
（三十年辛巳）

近遥各拜两般情，今日何人慰九京？
料得神灵多隐痛，只来斯地格忠诚。

元旦遥拜总理敬赋
（三十二年癸未）

虽然在疚五年余，遥拜今朝气尚舒。
一事九京堪告慰，不平条约已消除。

元旦遥拜总理陵
（三十三年甲申）

在天灵爽万方通，遥拜将毋近拜同。
□得明年当此日，陵园还□告成功。

遥拜总理陵
（三十四年乙酉）

未靖胡氛又一年，桥山弓剑尚依然。
定知还矢终成愿，似此稽延是罪愆。

以上《战尘集》商务印书馆 1946 年 7 月版

灵谷寺探桂同若文

迹寻山寺未全陈，何处人天证夙因。
只有桂花香不断，荣枯如梦话前尘。

◎原注：十年前与某夫妇来赏老桂。

1946 年 11 月 18 日《中央日报·泱泱副刊》

[民]吴瞿安

吴　梅（1884—1939），字瞿安，号霜厓，苏州人。南社成员。一生专工词曲，穷研南北曲。曾作《血花飞传奇》，颂戊戌六君子。秋瑾遇害，作《轩秋亭》。先后在东吴大学、北京大学、中央大学任教。著有《顾曲麈谈》、《中国戏曲概论》、《南北九宫简谱》、《霜厓诗录》、《霜厓词录》。

白门怀古（三十二首录一）

有墩半山寺，不厌再一过。谢公不可作，如此苍生何？

声声令·丙子清明,偕南雍诸子谒孝陵
（1936年）

东风步辇,寒食斜街,内家嘶骑捧香回。灵衣素几,认前史劫余灰,要细寻松下鹿牌。　阴雨寒崖,知王气,歇长淮。建文遗事等齐谐。通天草表,又吾侪,一登台,问此时白燕可来?

均自《吴梅全集》

周　伟（1885—1940）,字人菊、伟仁,淮安人。早年加入南社。与张雪抱、周实丹合称"淮上三杰"。其与实丹最为友善。实丹喜饮葡萄酒。酒酣,诗兴大发,随意涂抹。其见则录存,明日示实丹。辛亥秋,实丹被山阳县令杀害。其为草《周烈士就义始末》,并刊印实丹《无尽庵遗集》。

谒孝陵

胡尘漠漠景苍凉,遮避长空日月光。
惆怅满腔亡国恨,旌旗何日奏鹰扬！
扫荡胡元唱凯旋,奇勋盖世册书传。
中原此日成亡国,江表雄风尚宛然。

《南社丛刊》

邹　鲁（1885—1954）,原名澄生,号海滨,广东大埔人。早年赴日本,加入同盟会。回广州考入政法学堂,与朱执信、陈炯明等参加秘密活动。参与组织广州起义。参加护法运动。曾参加西山会议。后任中山大学校长、监察委员。后赴台。著有《中国国民党党史》。

谒　陵

胜利谒陵来,葱葱郁郁哉。□墙如在目,松柏早成材。
沧海虽波靖,红羊几劫灰。还须痛思痛,国本好培栽。

1946年7月10日《中央日报》

[民]邹　鲁

黄　侃（1886—1935）,字季刚,自号量守居士,湖北蕲春人。在日本加入同盟会,武昌起义时返乡组织义军。曾任教北京大学、金陵大学、中央大学。民国二十四年重阳与友人登鸡鸣寺中酒,翌日去世。有《三体通论》、《声类目》、《尔雅正名评》、《日知录校释》、《云悲海思庐诗钞》。

谒孝陵作（戊辰二月廿八日）

晴光照书帷,北阜在檐际。顿起寻山情,良辰不烦筮。
和风拂衣裾,细草承车辖。徐行出阊阖,辇路无驰驾。
青葱识陵邑,颓塸想前制。追怀匡夏功,光灵如未逝。
惟伤沦化萌,莫睹休明世。神州复昏垫,嘉绩谁纂缀。
侵堧彼何人,尧跖岂同例。仰瞻翠微高,苍松郁相樲。
敷衽一陈词,皇鉴宜无蔽。

灵谷寺（戊辰闰月廿四日）

踏遍金陵寺寺苔,更寻灵谷小徘徊。

深松半作龙飞去，斜日唯闻鸟语哀。
废殿历年层甓在，异葶先候数丛开。
苾刍头白伤袄乱，曾见梵林劫火来。

拟傅青主《金陵怀古》
北阜频闻鬼受封，南塘且喜盗皆容。
石虽无耻叨三品，阙既难成借两峰。
堪笑湖名同燕雀，可能山势比卢龙。
黄旗紫气功安在，明镜冰花谶自凶。

[民]黄季刚

庚午清明日，偕门人潘重规、仲子念田行钟山下，至蒋庙，还泛后湖得诗四首
兔窟龙盘竟不分，丹崖碧岭总如焚。
六朝王气余春草，一片宫墙对暮云。
石表巍峨何代冢？玉衣灵爽旧时君。
桃花无数红如血，漠漠川原日自曛。

又
拟上高台眺远方，游氛惨雾极茫茫。
青松陇树浓胜雨，白石岩扉淡似霜。
泽畔蒲充军士箭，江干竹逊羽林枪。
只余野哭声凄绝，对此佳辰益断肠。

又
白杨风度纸钱灰，旧节人家上冢回。
坏道莫寻吴帝墓，平芜尚绕志公台。
黄旗应运还同尽，青骨成尘自可哀。
且喜村醪未高价，不辞冬酿为君开。

又
谁权游船向水湄，波纹风动绿参差。
居人未妨忘寒食，湖水犹能似昔时。
北郭饥乌争腐肉，空杯睇燕忆罘罳。
辰良景美难兼得，载恨归来怨日迟。

四月二日谒杜于皇先生墓，还诣灵谷寺，适牡丹盛开，流连至暮而返
数年不到钟山下，原氏阡成山已赭。
载酒谁能酹蒋陵，看花犹记寻兰若。
末劫将临佛亦哀，毗蓝风起法幢摧。
已夺灵场为下里，尚余异卉在香台。
花僧护惜泪垂臆，忍见殊姿委榛棘。

留得一丛深色花，扶持犹借空王力。
今年节候苦常寒，无数芳菲冒雨看。
偶为苏晴成散策，忽逢绝艳一凭栏。
宝髻垂璎堪仿佛，金裙玉佩浑无谓。
早共优昙托化城，应以浮云观富贵。
罗荐熏香夜亦清，缇帷护日晓偏明。
孤芳空谷非无赏，万里重阴倍有情。
高花气晚伤先落，叶底犹藏几红萼。
真教春色倍还人，嫩蕊纷纷能间作。
蓬鬓栖迟白下门，有花无客共芳尊。
明朝准拟拗花去，江上还招杜宇魂。

盐渎赵生隐居太平门外，赠以二诗
老鹤城头语是非，啼乌瞻屋也无归。
钟山一角犹堪隐，独向危楼送夕晖。

又
歌散重城月堕烟，瓦盆一醉且恬然。
灯前蟋蟀翻无语，万壑松风正聒天。

均自《近代诗钞》第三册

叶楚伧（1887—1946），原名宗源，以字行，吴县人。早年参加同盟会。民国初在上海创办《太平洋报》、《生活日报》。曾加入西山会议派。后任江苏省主席、中宣部长、立法院副院长。创办《文艺月刊》，编印《文艺丛书》、《读书杂志》。著有《世徽堂诗稿》、《楚伧文存》及小说。

满江红·金陵
百里芜城，汉旌旗临风而举。论地势凭依天堑，不如荆楚。西去干戈投皖鄂，北方藩蔽啯浦。笑龙蟠虎踞拾人余，此孤注。　　残照掩，钟山树。金碧劫，故宫路。吊翩翩帝子，词章误汝。六代繁华消粉黛，五陵王气今褴褛。剩两三瓦舍煮荒烟，开平府。

◎开平府，明初开平王常遇春的府邸。

1912年12月《南社丛刻》第七集

[民]叶楚伧

陈隆恪（1888—1956），字彦和，江西义宁人。陈三立次子。年十七即侍父母居南京散原精舍。清光绪三十年以官费留学日本。1943年主持修订《义门陈氏宗谱》。生平多坎坷。擅诗，能传其父衣钵，尝为其父代笔应酬。遗诗辑为《同照阁诗集》。

上巳日偕六弟出太平门郊游，时道旁桃花极盛
钟山蟠郁后湖滨，风日扶持夹道春。
未放桃花空识面，消磨英气默传神。

[民]陈隆恪

登天保城同六弟

盗寇英雄两寂寥，勒名隆碣掷青霄。
风云不换龙蟠势，勋伐终符麦秀谣。
眼底陵封淹草色，岩前王气长松苗。
悄然执袂嬉天险，欲起山灵证六朝。

三月五日偕家人重至太平门外造林场观碧桃花，循道谒中山王墓

上巳踏青探幽祕，相将越日走车骑。
麦畦秀发缀湖光，断续红霞鞭外坠。
世遗骨肉无君臣，逢花便作秦人避。
行行尽滞画图中，惟有东风知向背。
绛唇玉貌逆道周，钟阜之阿扶宿醉。
不伤迟暮艳阳辰，寸寸春心蜂蝶碎。
坐狎亭皋此乐无，偶缘消渴吞岚翠。
循途笑语指丰碑，三尺孤坟亘天地。
华屋邱山忽一时，佐命诛茅付儿戏。
四郊多垒几兴亡，载遍斜阳石马睡。
掉头轰輷等闲归，息喘匡床难弃置。

黄峻崖约饮灵谷寺

缤缤飐西风，奋扫颓云白。蔽亏日影下，槎枒杂行客。
巉岩耸鞍鞯，紫气吐百尺。钟鱼泛寺门，殿宇剥金碧。
依稀霖雨功，馨豆窥灵迹。支倦逢僧迎，累觞寡形役。
世道迫交丧，仓皇安一席。嗟尔带经锄，坐待岁功积。
邂逅一扬眉，清景切胸臆。结此香饭缘，偃废驱两屐。
回瞻志公龛，残照粲然夕。

◎岁功积：君方经营义农会事。

同张承之、张翼后、符九铭游明孝陵

孝陵六百年于此，一径西风四合尘。
宿草圜邱人屡蹑，斜阳叠雉世重新。
藏山尽失金银气，刻石犹瞻砥柱臣。
车骑从容寻寂寞，断沟吞咽碧潾潾。

侍两大人出太平门观桃花

桃花千树媚，遥侍一山尊。色相无新主，春风有乱痕。
笳边蜂蝶阵，身外虎狼村。策杖期来日，依依笑语存。

偕家人侍两大人太平门外携酒看桃花
郭外吹晴麦陇青，看花杖履隔年经。
残红却道羞人面，新艳围尊醉草亭。
上溯风流双阙在，遍亲言笑半山馨。
睥睨落日悬孤照，四合云烟护羽翎。

均自《同照阁诗集》

姚　光（1891—1945），字凤石，号石子，又号复庐，江苏金山人。辛亥革命前参加国学保存会。1912年与舅父高吹万同创国学商兑会。后继柳亚子任南社主任。曾在金山创办学校、图书馆、育婴堂等。抗战中蛰居上海，编著《金山艺文志》。喜藏书，多海内珍本。著有《姚光集》。

重九谒明孝陵
去秋曾泛西湖棹，此日金陵吊古遥。
最是闲愁消不得，两年重九哭南朝。

《姚光全集》

曹经沅（1893—1946），字宝融，号纕蘅，绵竹人。曾主天津《国闻周报》采风录。后主皖、黔两省民政，供职行政院。抗战中随吴忠信特使入藏，襄赞主持十四世达赖喇嘛坐床大典，经印度访泰戈尔，度昆仑。抗战后还南京，次年去世。葬南京栖霞山麓。工诗。著有《借槐庐诗集》。

南京杂诗（四首录一）
虎踞龙蟠迹已陈，朱门是处没荆榛。
散原老向杭州住，谁与钟山作主人？
◎访陈考功不遇。

初抵白下作
青溪不似旧时清，钟阜依依解送迎。
一雨平添官道水，池塘处处闹蛙声。

读半山诗有感，即寄不匮
后山吾友半山师，泊园先吾曾言之。石笥荆文有笃嗜，
寝馈朝夕恒忘饥。此老志业在千古，撼树晚亦伤群儿。
蒋山驴背恣游衍，填胸中有千郁伊。由来康济吾辈责，
为邦假手宁能辞。趁朝苦语感头白，内热不惜从人嗤。
东南蒿目沦巨浸，嗷嗷谁与苏枯觜。未可令君闻此语，
诗成欲寄吾还疑。

清明后三日，禺生、葆初招同鹤亭拜杜茶村墓，予不及往
诗人埋骨梅花村，虬枝可惜无一存。太平门外数来往，
萧辰翻欠浇深尊。拾遗正字天所酷，未若此老运独屯。

奇事咄咄诧举火，谁知肝膈皆春温。表阡争说沧州守，访碑更有水绘孙。异代绸缪恃气类，知公喜极声仍吞。楚才今日盛江表，瓣香倘许庸蜀分。钟山雪竹固无恙，揽涕何处荆公坟。

甲戌除日探梅灵谷寺，遂至孝陵

万家都在春声里，却为荒寻更出城。
谁分隔年仍此地，真成三友共平生。
压檐梅萼冲寒发，染袂山光向晓明。
循例祭诗吾事了，定林老衲识余情。

均自《借槐庐诗集》

林学衡（1897—1941），字浚南，号愚公，别号庚白，福建闽侯人。早年加入同盟会。富诗才，十六岁加入南社。曾主《民国报》笔政，后由北平迁居上海，转事文学。抗战爆发赴重庆，又转香港，再居九龙。港九沦陷后，在外出返家途中，被日军枪杀。著有《庚白诗存》、《孑楼随笔》。

诗白偕游后湖，湖水已枯，遂谒中山陵感赋
（1930年2月22日）

有山无水负嘉招，却对斜阳梦六朝。
翠竹数竿禽百啭，可怜鹏鹦只逍遥。

又

峨峨陵寝杂悲欢，近泪山光掩袂看。
斜日南风吹面劲，不知是暖是春寒？

《丽白楼遗集》

[民]卢冀野

卢　前（1905—1951），原名正坤，字冀野，自号饮虹，南京人。执教金陵大学、中央大学，曾任国立音乐专科学校校长、南京通志馆馆长。主编《南京文献》、《中央日报·泱泱副刊》。吴梅弟子。工诗词曲。著有《南北曲溯源》、《中国散曲概论》、《词曲研究》、《红冰词集》等多种。

北都归后重过玄武湖作（四首录一）

湖中钟阜如盆供，水底观山更奇绝。
卸装已过上巳天，咏霓难入众仙列。

小桃红·侍霜厓师太平门外访桃花

莫道青衫薄，莫负春花约。江南三月，绿杨城郭。况青山灼灼遍桃花，且尽花前酌。　空里莺声落，枝上红绒托。斗草光阴，禁烟时节，金粉楼阁。羡十里斗红妆，唱彻迎春乐。

鹧鸪天·江小鹣招游灵谷寺，遂至孝陵

陵谷千年几暮鸦，人王佛子两无家。旧时绿鬓惊华

发，今日红梅傍菜花。　　初月上，晚烟斜，眼中老树尚槎枒。丈夫敢忘功名事，肯向东陵学种瓜。

均自《冀野选集》

刘慎诒（1914年前后在世），字逊甫、恂父，号龙慧，安徽贵池人。擅诗。时居上海。与陈三立等人有唱和。著有《龙慧堂诗》。

上元前一日陈伯严丈招游半山寺，归饮其寓园作

笳鼓沸欢辰，相从寂寞滨。暂游墩属我，冥对树如人。城郭蜉蝣影，邱林鹿豕亲。山公习池醉，曾逐后车尘。

又

归路万灯张，池明月在堂。座倾龙虎气，杯接鸟鱼乡。世迹冥冥换，风期窈窈香。扶轮今大雅，挥洒及春芳。

1910年3月1日《国风报》第六号

郁元英（1928年前后在世），以字行，上海人。能世祖、父之业，经营药店"郁良心店"。以慈善家名。好吟咏。著有《茧迁集》。民国十七年曾与其祖素痴老人郁屏翰、其父郁葆青合刊《郁氏三世吟稿》。后携其幼子郁慕明（现为台湾新党主席）赴台湾参加国货博览会，遂留居台湾。

钟阜云

当年王气今消尽，剩有顽云舒卷忙。
大帝陵荒龙变幻，高人馆圮鹤凄凉。
蒋祠环拥千峰白，萧寺遥浮一角黄。
谁说无心还出岫，好凭六代问兴亡。

《郁氏三世吟稿·茧迁集》

陈永联（1946年前后在世），生平不详。

水龙吟·明孝陵

莽苍磅礴沉雄，寝宫展望云天远。春来大地，感怀千万，昔时登览。旷代人豪，光恢汉业，一时无两。纪扁舟采石，指戈一跃，胡儿靡，风雷变。　　堕绪空悲既往，困中官寇流民怨。亭林哭谒，青苔凝碧，啼痕犹满。回首南都，鼠嚣狼藉，市曹腥遍。痛清明草蔓，墓门冷落，但荒烟荐！

1946年6月27日《中央日报·泱泱副刊》

水龙吟·灵谷寺

漫言灵谷沧桑，更怜野雉林鸦乱。谭公庙貌，志公祠观，秽填腥染。怕忆当年，花明柳暗，点莺梭燕。记停车憩览，敞表典罢，身轻甚，春初暖。　　树古云深径险，过芳畦屐香苔软。丰碑峻碣，乡贤神道，徘徊瞻仰。儒雅风流，楚材冠冕。念而今野草，蔓延陵墓，

怨斜阳满。

1946 年 6 月 28 日《中央日报·泱泱副刊》

【注】"楚材冠冕"一句后似缺四字。

敏 中（1946年前后在世），生平不详。

过半山寺怀王半山

闻道此间宰辅居，昔庐今寺感何如？
手栽双桧空留荫，法创青苗原裕帑。
底事相公称执拗，却缘佐使事侵渔。
读公遗著临川集，想见经纶才有余。

1946 年 7 月 30 日《中央日报》

戴公望（1946年前后在世），生平不详。

谒孝陵

晨出朝阳门，山色远横黛。满路响秋虫，触耳声凄碎。
落叶下荒坰，雁泪长天晦。放眸一凝望，遥见红墙坏。
翁仲没苍苔，石马沈荒秽。丰碑载道中，拱护可怜态。
频叹□崇陵，仰止恭再拜。马鬣枕高冈，一杯崇封大。
因忆陵中人，英雄思敌忾。□手歼胡元，郅治隆三代。
黎民登衽席，寰宇尽推戴。圣德与神功，不愧炎黄配。
维其戮勋臣，私意太逞快，正祀黜子舆，诬蔑罪难贷。
更嗟专制政，祚仅三百载。追想全盛时，声威震海外。
至今寝园旁，雄风问安在？剩瓦与残砖，怅触伤五内。
薄日暗蒋山，归途增感喟。蔓草销故宫，铜驼没丛荟。
禾黍何芃芃，王气尽难再。百年谁烝尝？凭吊空祭醊。
坏土终相同，乘除成兴废。请魂付达观，夜台勿长慨！

1946 年 7 月 17 日《中央日报·泱泱副刊》

前 人

孝 陵

生前豪气今何归？冷落崇封卧夕晖。
马鬣空传先帝墓，龙颜莫说旧天威。
歌成禾黍肠频断，吟对铜驼泪欲挥。
剩有蒋山无恙在，雄风吹送碧燐飞。

又

翁仲无言泣路隈，残碑没字委蒿莱。
功名王谢久陈迹，金粉齐梁终劫灰。
一代英雄归寂寞，千秋过客独低徊。
盈虚兴废皆天数，凭吊聊倾浊酒杯。

1946年8月14日《中央日报·泱泱副刊》

曾迪公（1946年前后在世），生平不详。

侍罗丈厚甫及周念劬、史一两兄游灵谷寺

万顷平芜抱郭斜，高梧夹道护行车。
名山乱后依然绿，红藕秋来正作花。
迹胜欣□长者辀，当隅竞卖故侯瓜。
三吴九泖征游侣，原侍金焦泛海槎。

志公塔

言寻开士塔，松所石嶕峣。遗蜕传三徙，灵踪说六朝。
风来苔藓绿，日午蝉声骄。疑是师归处，群山泛海潮。

革命纪念塔

表忠须重典，高塔妥幽灵。雾过余松霭，风高响雁翎。
长江亘地白，列嶂党天青。闲话兴亡事，欣随南极星。

八功德水

净业感诸天，神龙献此泉。涓涓流石乳，漾漾泫花钿。
圣泽无今古，松声杂管弦。欲消无限苦，试取一瓶煎。

灵谷寺

太平兴国此权舆，六代珠宫半废墟。
说有高僧此卓锡，至今石乳泛灵蕖。
百年兴替寻明碣，变古风情想宋初。
争座人多如市肆，空传清静在山居。

◎太平：初建为太平兴国寺。
◎珠宫：宋王荆公并七十刹于此，钟山僧宇至比废矣。

谒总理陵

圣质天聪万世雄，百年归息此山中。
澄清封建开民国，刊定横流配禹功。
金瓯那可重分踞，世界何时更大同？
敬向幽宫三敬祝，请消兵甲趁秋风。

1946年8月30日《中央日报·泱泱副刊》

何近仁（1946年前后在世），生平不详。

大江东去

钟山王气，怅匆匆换了，古今人物！晋苑吴宫何处

是？惟有东南半壁。破虏收京，受降横海，此恨如今雪。成仁取义，累累何限奇杰。　　长忆鼎革当年，天南万骑，共壶浆争发。争发。多少枭雄终寂寞，恩怨冠仇都灭。射日弢弓，临风酹酒，往事千多发。金瓯无恙，葱茏陵树笼月。

1946年9月20日《中央日报》

【当 代】

何亚希（1877—1966），女，名昭，字亚希，名亚君，江苏金山人。早年入上海务本女塾读书，倾向新潮。后在无锡等地任教职。1904年与高旭相识，两年后举办新式婚礼。1909年与高旭一起加入南社。1910年秋，夫妻同作金陵之游，作《谒孝陵》诸诗。后任上海文史研究馆馆员。

谒孝陵
胡尘漠漠景苍凉，遮避长空日月光。
惆怅满腔亡国恨，旌旗何日奏鹰扬！

又
扫荡胡元唱凯旋，奇勋盖世册书传。
中原此日成亡国，江表雄风尚宛然。

《高旭集》

关赓麟（1880—1962），字颖人，广东南海人。清光绪进士。曾赴日留学。归国后历官兵部、邮部主事，铁路总局提调，京汉铁路局长，后任交通大学校长。工诗。曾主持秫园诗社。与夫人张织云合著《饴乡集》。编有《莫愁湖修禊诗》。著有《瀛谭》、《借山楼集》、《秫园诗集》丛书等。

[今]关颖人

明孝陵
佳气皇城近石头，朝天女户几家留。
拾柴斜日人归去，闲杀荒陵砺角牛。

又
侧微世业似蜗牛，神烈山前祭殿留。
燕子飞来王气歇，可怜玺绂付偏头。

半山亭
钟山谢病痛攀髯，祭遇君臣水著盐。
借问骑驴定林客，可曾雪没耳双尖。

又
倚郭孤亭似塔尖，争墩遗迹草垂髯。
安持妇较凝之妇，一样诗才压道盐。

又

刺时忘味食无盐，绍述诸臣畏笔尖。
不读文章恐回意，半山终竟识苏髯。

志公塔院

龙池吊古集词曹，三绝摩挲碣石高。
输却孝陵王气在，岁时谁与荐溪毛。

又

雨花说法动天曹，三绝书成秃兔毛。
不救老公身饿死，可怜施食一台高。

◎志公施食台在鸡鸣寺。

又

荒冈劫后落松毛，灵谷犹存塔院高。
试立无梁殿前望，山青分外向吾曹。

◎殿在塔院前。

又

功成皇觉蓄颠毛，葬地千年让尔曹。
一样僧家属朱姓，孝陵名比蒋山高。

◎志公俗姓朱。

又

铁翦飞来寺塔高，八功德水浣溪毛。
秣陵一尉方称帝，毕竟禅师逊贼曹。

又

佛光砖塔放毫毛，如雨天花道行高。
本为萧公生说法，可怜宗社鬼谋曹。

又

高僧传里最名高，江左云霄见羽毛。
荒塔斜阳花雨渺，禅宗何处问临曹？

◎禅宗有临济宗、曹洞宗。

又

铜牌陵鹿长茸毛，移葬犹存石塔高。
若把少师方宝志，误留病虎佐儿曹。

钟山怀古

金泉玉涧响东西，扈从钟岩忆雪泥。
板鄂可怜梁正士，临终风雨痛鸣鸡。

◎梁武帝《游钟山大爱敬寺》诗"攀缘傍玉涧，褰陟度金泉"。
◎简文帝被弑前自书板鄂曰："有梁正士萧世缵立身行道，终始若一，风雨如晦，鸡鸣不已。"

又

钟阜如龙起涊泥，昆明池水饮山西。

秦皇杂宝埋何用？已报昭灵遇玉鸡。

◎沈约《游钟山诗》"南瞻储胥观，西望昆明池"。
◎《金陵地记》：秦始皇以金陵有天子气，埋金玉杂宝于钟山。
◎昭灵后遇玉鸡衔赤珠，吞之生汉高祖。

又

洊亭废址蒋山西，荒埭新吟听暗鸡。
指点舒王游赏地，闲身小蹇蹋春泥。

◎洊亭在蒋山，久废。王荆公诗"西崦水泠泠，沿冈有洊亭"。
◎荆公诗"荒埭暗鸡催月晓"。

又

花草春柔忆竹西，当年枚相感鸿泥。
公墩我屋同名字，幸未新年梦白鸡。

◎王荆公《钟山即事》诗"竹西花草弄春柔"。
◎荆公诗"我适新年值白鸡"。

又

散策东冈日未西，半山曾此踏春泥。
定林偶与僧同梦，呼出华胥有竹鸡。

◎王介甫《书定林院窗》诗"竹鸡呼我出华胥。"

又

王气函关不复西，秦封何自守丸泥。
祖龙枉凿钟山脉，早有龙颜堙野鸡。

又

驻马军师至自西，如龙山势岂蟠泥。
拒曹斫案终虚语，又见长鸣索贡鸡。

◎魏文帝令孙权贡长鸣鸡。

又

太初宫址委沙泥，建业龙蟠不复西。
未见大乔夫婿贵，可怜腹痛阿瞒鸡。

◎太初宫为孙策初定江东军府。

又

羲之书胜庾家鸡，恨未钟山勒检泥。
南望冶山真培塿，笑他遐想石城西。

王荆公墓

舍宅荆公远市街，半山遗冢费安排。
善神护法犹香火，废寺难寻故碣埋。

◎相传墓即在半山寺。

又

半山坟址迹全乖，紫气钟岩不可埋。
宰树何人寻宋墓，只今化作孝陵柴。

又
何地曾藏拗相骸，钟山紫气郁层崖。
孝陵疑已争墩去，谁辨长生鹿项牌？

六朝松
钟山林木昔如云，斤斧千年剩几分？
一树尚荣遗岘尽，诸州刺史想移文。

◎栽松岘在钟山，为六朝时令诸州刺史栽松于此。

均自《盋声乙集》

叶恭绰（1880—1968），字玉甫，号遐庵，广东番禺人。早年留学日本，加入同盟会。曾任北洋政府交通总长，国民政府财政部长，北京大学国学馆馆长。1949年后任中央文史馆副馆长、北京中国画院首任院长。善诗词、书画，富收藏。有《遐庵词》、《遐庵诗稿》，编有《全清词钞》。

过中山陵仰止亭
仰止亭边感故知，野梅空剩傲霜姿。
钟山佳气应逾昔，漫讶枝高出手迟。

《遐庵诗稿》

[今]叶遐庵

柳亚子（1887—1958），原名慰高，号安如；改人权，号亚庐；再改弃疾，号亚子，江苏吴江人。清末秀才。早年入上海爱国学社。后加入同盟会。1909年冬，参与创办南社。曾任临时大总统府秘书。1949年后任中央人民政府委员，中央文史馆副馆长。著有《乘桴集》、《怀人集》等。

题天梅孝陵瓦当砚有感（1910年）
玉鱼金碗太凄凉，抔土长陵事可伤。
记取他年书露布，功成长揖谢高皇。

谒中山陵寝
四月二十六日重返秣陵谒中山先生陵寝，感赋二绝。
沧海龙归雾气昏，尚留灵爽奠中原。
扪心欲诉年时事，孽子孤臣泪暗吞。

又
承平歌颂吾何与，地老天荒证此情。
不奏通天台下表，岂关才谢沈初明？

重谒中山陵寝，恭纪一律
白虎金精剑气开，招邀俊侣又重来。
旷观马列三千界，掩迹华拿第一才。
六代江山供屏障，三民义理岂沉霾。
菁莪肃穆神灵在，敢效兰成赋大哀。

均自《柳亚子选集》

[今]柳亚子

[今]汪辟疆

汪辟疆（1887—1966），名国垣，号方湖、展庵，江西彭泽人。早年毕业于京师大学堂。历任江西心远大学、中央大学、南京大学教授，监察委员、国史馆编修。通经学、文学、目录学。有《方湖诗钞》、《光宣诗坛点将录》、《近代诗人述评》、《目录学研究》、《方湖类稿》、《汪辟疆文集》。

江行望钟山

鸣榔意已惊，离群思先积。舵楼望钟山，晓妆想初抹。
我日醉其旁，烟霞坐怡悦。如何偶乖违，旷若三秋阔。
平生痴爱心，于人于物役。不到平稳地，只此一关隔。
孤衾窅寐思，似有山灵说。山花红欲燃，轻寒为君勒。
山鸟苦相关，敛声待君发。慰情出肺腑，顾我何由得。
云鬟岂在远？欲往乏双翮。绾愁万条青，摇梦一江白。
旦晚定归来，躞屧探云窟。

《当代百家诗词钞》

偕新令、颂洛灵谷寺茗坐，写似一诗乞颂洛兄定之（1947年）

游情常为此山浓，来访禅栖万壑松。
何处更寻功德水，到今谁问蒋山佣？
废池乔木犹思痛，越世孤踪倘可逢。
且置眼前倾日铸，不辞佳日一揩笻。

答证刚和灵谷寺诗再叠前韵

宵深冬饮说山浓，未到心移十里松。
午梵隔云知有寺，朝耕带雨不须佣。
追思全盛今难再，即论荒寒世岂逢。
欲唤宝公参谛义，为寻龙阜一呼笻。

◎冬饮：伯沆号冬饮。◎午梵：用荆公句。
◎为寻：伯沆言洪杨战后，寺门石径长里许，夹道皆古松，最为茂密，今垂垂尽矣。

灵谷寺对牡丹作

九年为客负花期，得及归时例有诗。
欲写盛妆无好语，即论倾国亦相思。
当风翠袖知难举，炫昼夭桃尽失姿。
便拟置身忉利界，樊川无奈鬓如丝。

以上《江苏文史研究》2010年第1期

前　人

灵谷寺归途中作，次病树韵
（1948年）

定岩已劫定林空，怊怅精蓝一磬风。

原庙只余山突兀，高僧不见塔穿窿。
回车顿减青鞯兴，过客虚寻暮霭中。
想得闭门陈正字，即多新句亦情东。

◎反后山意。

《江苏文史研究》2009年第4期

【注】宋陈师道（后山）句："梦每见君心已了，不因新句觉情东。"

宋式骥（1887—1975），字姞逢，清末湖南长沙人。早年赴日本、德国留学。同盟会会员。辛亥革命时任梅子山炮队指挥。民国元年任南京留守府军事局局长，后任上海兵工厂厂长，陆军大学编译处主任等职。曾纂修《长沙蛟潭宋氏族谱》。擅诗词。其诗文编入《宋式骥诗词选》。

孝陵卫（1934年）

斜阳返照蒋侯山，宝志迁埋灵谷间。
永乐称兵谒陵寝，建文悬相遍津关。
白门又报旋收灿，蜀国旋闻义释颜。
勒石燕然窦车骑，高文典雅有逵班。

《宋式骥诗词选》

胡小石（1888—1962），原名光炜，字倩尹，号夏庐，晚号沙公，浙江嘉兴人。曾任中央大学、金陵大学教授，南京大学文学院院长、教授。于古文字、声韵、训诂、经史、诸子、佛典、道藏、金石书画之学，以至诗词曲赋、小说戏剧，无所不通，兼擅书法。著有《愿夏庐诗词钞》等。

吴氏鉴园（二首录一）

人境嵯峨赏寂堂，相公遗额点溪光。
风帘一榻钟山雨，助我秋心入莽苍。

[今]胡小石

二月十五日同确杲、白匋太平门明孝陵看花，还饮市楼（三首录二）

几日薰风上冻鳞，江南二月已残春。
飘樱如雪君休叹，勉作花前倒载人。

又

城角凄於塞上笳，狂飙劈面起惊沙。
青袍短策随身在，满眼江山对落花。

均自《近代诗钞》第三册

汪东（1889—1963），字旭初，号寄庵，江苏吴县人。早年东渡日本，结识孙中山，参加同盟会，任《民报》主编，鼓吹革命。民国初任总统府咨议，后任中央大学文学院院长、教授，礼乐馆馆长。精研经史百家，在音韵、训诂、文字学诸方面，都有创获。工词学。著有《梦秋词》。

鞓红·灵谷寺看牡丹

未及谷雨而开已过半。花色仅红、紫、粉白三种。洛花以黄者为贵，北京崇效寺有之，闻兵燹后已不存矣。

[今]汪旭初

买栽无地，寻幽古院。可胜却、珠帘蕊馆。洛花绝异，露黄娇婉，恐别与、徐熙画卷。　　得似唐宫，沉香亭畔。许带笑、倾城比看。玉容惜醉，翠云偷展，也莫道、东君不管。

看花回·植之约游陵园，因过灵谷寺赏花，归赋《鞓红》一阕，意有未尽，复成此解

钿毂正芳茵藉地，驰驱相属。苑郊四围秀木。衬几点残红，如慵膏沐。停车坐对，笼罩乾坤张翠幄。频笑语、迤逦行迟，讶看萧寺傍灵谷。　　庭外牡丹开数簇。薙蔓草、蕙兰香馥。转眼黄昏近也，又共指归程，清欢难续。生年仅百，长恨流光何太速。快追寻胜游，良夜更秉千枝烛。

均自《梦秋词》

姚锡钧（1892—1954），字雄伯，号鵷雏，别署红豆词人，清末江苏松江人。早年助叶楚伧编辑《太平洋报》。后任《民国日报》编辑。南社、文学研究社社员。擅小说，工诗词。抗战后，撰修《松江县志》。后任松江县副县长。著有《龙套人语》、《榆眉室文存》、《怡养簃诗》、《苍雪词》。

孝陵卫探梅

连林初日破春寒，蜡屐来看及末残。
宝靥朝天添酒晕，国香和雪上诗鞍。
坐惭俗士应回驾，终信幽姿不属官。
挥手北山云更远，尘埃九陌任漫漫。

又

缘冈度岭恣幽寻，舍宅争墩迹久沉。
桃李未装三月景，松篁自合半山阴。
废兴楼观频经眼，咫尺风香淡会心。
长被横斜疏影照，一陂浅碧忽然深。

《姚鵷雏文集·还都集》

毛泽东（1893—1976），字润之，湘潭韶山人。早年在湖南省立第一师范求学，组织新民学会。1920年11月在湖南创建共产主义组织。是中国共产党、中国人民解放军、中华人民共和国的缔造者和领导者之一。擅诗词文章，工书法。著有《毛泽东选集》、《毛主席诗词》等。

人民解放军占领南京

（1949年4月）

钟山风雨起苍黄，百万雄师过大江。
虎踞龙盘今胜昔，天翻地覆慨而慷。
宜将剩勇追穷寇，不可沽名学霸王。
天若有情天亦老，人间正道是沧桑。

《毛主席诗词》

叶圣陶（1894—1988），原名叶绍钧，字秉臣，江苏苏州人。1949年后曾任新闻出版总署副署长、人民教育出版社社长、教育部副部长。中央文史研究馆馆长。第五届全国人大常委会委员、第五届全国政协常委、民进中央主席。著有《叶圣陶文集》、《国文百八课》、《稻草人》等。

赠颉刚兼呈臻郊（四首录一）
（1911年11月）

白下武林忆旧游，汉家今已复神州。
当开黯色孝陵树，应减冤声岳墓楸。
大地风云又一转，鄂江功绩未全收。
可怜同此好身手，媚外浑忘功狗羞。

《叶圣陶集》

张恨水（1895—1967），原名心远，笔名恨水，安徽潜山人。生于江西广信。曾任上海《立报》主笔，《南京人报》社长等。擅小说，是鸳鸯蝴蝶派代表作家。被尊"章回小说大家"和"通俗文学大师"第一人。以多产出名。著有《春明外史》、《金粉世家》、《啼笑因缘》、《八十一梦》等。

和君武《重入白门望钟山口占》元韵

乍入都门一泪零，荒原枯骨已难醒。
旧邻觅访无人在，断砌苔痕数尺青。

[今]张恨水

附：

许君武（1905—1988），原名昌威，字君武，号筼庐，湘乡人。与易君左、沈缦若并称"湖南三才子"。尝任《中央日报》、《扫荡报》、《南京人报》和《华夏日报》主笔、真理新闻社社长。笔名止戈、马不陀、双青阁主。后赴台湾。著有《论中国之命运》、《中国新闻学大纲》、《双青阁诗词集》。

重入白门望钟山口占

八年与国共飘零，尘梦歌筵笑乍醒。
惟有蒋山能媚客，倾晴犹作别时青。

1946年8月22日《中央日报》

溥　儒（1896—1963），字心畬，号西山逸士，清道光皇帝曾孙。自幼习书画，临摹各代名家墨迹几尽。后赴德留学八年，获生物学、天文学两博士。归隐北京戒檀寺，精研丹青。与张大千齐名，称"南张北溥"。后移居台湾，与张大千、黄君璧合称"渡海三家"。擅诗词。著有《寒玉堂诗集》。

戊子三月宿灵谷寺楼闻雨

寒殿接青霄，禅宫夜寂寥。星幢经异代，云构起前朝。
水暗松门合，花深石坞高。木兰开且落，春雨更潇潇。

《寒玉堂诗集》

[今]溥心畬

凌宴池（？—1965），字霄凤，海门人。凌见之子，凌海霞兄。民国时从事金融业，曾任上海、汉口等地大陆银行行长。居上海泰安路卫乐园16号。擅诗，与吴宓为诗友。喜爱书法，与张充和结为同好。富收藏，斋名夕薰楼。著有《清墨说略》、《宴池诗录甲集》、《宴池游五台山诗》。

独游明孝陵

日黯风凄喧鼓角,鸡栖牛卧乱蒿莱。
群峰肃立将何俟,一径徐行又独来。
龙阙幽泉眠不返,燕寻旧垒逝仍回。
藏弓烹狗谋空密,家事仍教后世哀。

《宴池诗录》

冯　振(1897—1983),原名汝铎,字振心,广西北流人。1917年起在梧州中学、北流中学、无锡国专、江苏教育学院、正风文学院、上海暨南大学、大夏大学和交通大学任教。后任广西师范学院中文系主任、教授。曾任《辞源》修订小组顾问。著有《自然室诗稿与诗词杂话》。

灵谷寺(1934年)

枫林漠漠养春烟,旧梦重温已十年。
斩破云根营墓道,向人呜咽剩鸣泉。

◎新营谭墓、北伐将士墓。

南京紫霞洞(1937年)

紫霞洞外紫藤花,璎珞垂垂缀紫霞。
十四年前曾过此,紫金山去路交叉。

《自然室诗稿与诗词杂话》

王个簃(1897—1988),原名贤,字启之,号个簃,南通人。吴昌硕弟子。历任新华艺专、中华艺术大学、上海美专教授,曾两次在上海举办画展。后任上海中国画院副院长、西泠印社副社长、上海美协副主席、中国美协理事。擅诗书画印。著有《王个簃霜荼阁诗》、《个簃画集》等。

游灵谷寺

一路丛林藏远景,高峰耸立见崚嶒。
人工创造留千古,虎踞龙蟠占上层。

瞻仰中山陵

中山遗象巍巍立,到此虔诚静霁时。
我有寸心符万众,千秋大业永深思。

又

大众同心上此陵,葱葱郁郁万年青。
当年史料还能记,艰险忘身实足馨。

《王个簃霜荼阁诗》

[今]王个簃

林散之(1898—1989),名霖,以字行,号三痴、左耳、江上老人,和县乌江人。生于江浦。早年曾随黄宾虹习画。后任江浦县副县长,江苏省国画院专职画师。江苏省书法家协会名誉主席。1972年中日书法交流选拔时有作品入选。诗书画三绝,被誉为"当代草圣"。著有《江上诗存》。

春日偕荪若游灵谷寺(二首)

灵谷千年寺,空王失上元。尘生打坐室,春入斗私门。

退院斋厨冷，拈花佛貌存。几回苔径里，寂寞认遗痕。

◎斗私门："文革"时，殿门改为斗私门。

又
南朝寻宝志，断碣卧风尘。大梦惊圆觉，长生忏宿因。花留川谷影，云压庙堂春。去住前缘在，鸣禽似旧人。

【注】苏若：作者长女。

夜坐望钟山
山林夙昔心，文字平生罪。门外即钟山，坐对不能寐。明月出中峰，四山皆如醉。凉光照大地，耿耿何明媚。大气宣阴壑，微风振虚籁。伴我有千松，苍苍落寒翠。

均见《江上诗存》

[今]林散之

陆维钊（1899—1980），字微昭，平湖人。南京高等师范文史地部毕业。曾在圣约翰大学、浙江大学、浙江师范学院、杭州大学任教。精书画、治印。晚岁创"陆氏螺扁"。尝协助叶恭绰编《全清词钞》。有《中国书法》、《书法述要》、《陆维钊书法选》、《陆维钊书画集》、《陆维钊诗词选》。

与同学登天堡城，绕后湖至太平门而还
无边形胜逐烟尘，淘尽英雄换世新。
百代去来扬子水，一郊歌哭石城春。
出门弥觉伤歧路，论史终难蔑古人。
负手登临青冢满，夕阳无语下平茵。

金陵杂诗（十二首录一）
十亩春田麦秀匀。朝阳门内瓦成尘。
问他石马斜阳裏，可有清明祭扫人？

金陵怀古
【折桂令】问长生苑鹿何方？钟阜嵯峨，野色苍茫。却被元霜，摩挲断石，几阅兴亡。话甲子山僧已忘，感前朝玉殿全荒。往事神伤。抔土英雄，落照齐梁。

均自《陆维钊诗词选》

[今]陆维钊

胡士莹（1901—1979），字宛春，平湖人。早年入南京高等师范学校就读。抗战初避居皖赣。后至沪研讨小说、戏曲和通俗文学，并任教于复旦大学、杭州大学等部门。精通中国古代文学、文学史，治学严谨，见解独到。兼工诗词书法棋道。著有《话本小说概论》、《宛春杂著》、《弹词宝卷书目》。

霜叶飞·谒明陵用梦窗韵继声越
（1922年）

暮天游绪车尘外，荒陵鸦绕昏树。四山花冷杜鹃春，谁吊清明雨。叹一霎、风流逝羽，神碑坚卧莓苔古。念杏绿桃绯，草际拾遗宫废瓦，薄烟横素。　　还

记故国衣冠，韩陵片石，过客千载愁赋。禁门铜辇想承平，指点行人语。挽落日、垂扬万缕，年年潮打空城去。待酒醒、休回望，殿角鸱棱，怪鸥啼处。

《霜红簃词》

徐震堮（1901—1986），字声越，浙江嘉善人。早年从王瀣、吴梅习诗词曲之学。通六国文字及世界语。创作的世界语诗歌，流传于国内外。后任华东师范大学中文系教授，国务院古籍整理小组成员。治学严谨，著述宏富。著有《敦煌变文集校记补正》、《世说新语校笺》、《徐震堮诗文选》。

霜叶飞 · 谒明陵用梦窗均

帝京遗绪空山里，萧萧风起陵树。庙门杯酒酹沧桑，天半神灵雨。但寂寞、金支翠羽，荒祠谁拜衣冠古？望淡日鸱棱，剩拂拭残碑苏字，托情豪素。　　还念画壁前朝，朱轮贵里，故国兴亡谁赋？女萝山鬼冷秋坟，付与残僧语。算独客、牢愁万缕，疲驴归趁斜阳去。背暮山、重回望，殿阁微茫，乱云深处。

《声越词》

[今]唐圭璋

唐圭璋（1901—1990），字季特，江苏南京人。满族。曾任中央大学、金陵大学教授，后任南京师范学院中文系教授、博士生导师。中国韵文学会会长，中华诗词学会名誉会长。编著有《全宋词》、《全金元词》、《词话丛编》、《宋词三百首笺注》、《元人小令格律》、《梦桐词》等。

钟山放翁题名

九曲老樵信卓荦，生死不渝反侵略。
祖孙仰慕王荆公，两度过宁访旧踪。
曾闻定林读书处，翠色葱茏映庭户。
襟怀潇洒玉壶冰，携杖独游冒大雨。
三绝杳然随云烟，空余崖石珍丛边。
由来兴废一弹指，妙笔精光留两间。

《孙望选集》附收

陈九思（1901—1998），原名樾，以字行，浙江义乌人。曾在浙江大学、吴淞商船专科学校、上海圣约翰中学、上海师范大学任教，后在古籍整理研究室任研究员。曾点校《樊榭山房集》等多种。擅诗词、书画篆刻，曾举办个人书画篆刻展。诗作上万首。著有《转丸集》、《续集》、《三集》。

金陵闲居杂咏（1975年）

名心怅尽月澄江，略剩诗魔未肯降。
抱膝孤吟谁是伴？紫金山色碧横窗。

《当代百家诗词钞》

顾毓琇（1902—2002），字一樵，江苏无锡人。曾创建清华大学电机系、无线电研究所、航空研究所。历任国民政府教育部次长，中央大学校长，国立音乐学院院长。后定居美国，任马萨诸塞理工学院、宾夕法尼亚大学教授。著有《顾毓琇文集》、《齐眉集》、《耄耋集》、《顾毓琇词曲集》。

木兰花慢·紫金山色

紫金山色好，任红叶落阑珊。忆雾渡巴江，云游三竺，雪下天山。跨驼峰，须弥直上，望河清西出玉门关。漂泊嘉陵作客，八年泪湿征衫。　　相看，白发与童颜，荼苦又梅酸。托两地清风，一天明月，珍重霜寒。严天，天寒地冻，劝高眠翠被莫轻翻。且听行云流水，清音响遏尘凡。

◎此词抗战胜利时作，见《蕉舍吟草》初版。

《顾毓琇词曲集》

[今]顾一樵

陈家庆（1903—1969），女，字秀元，号碧湘，别署丽湘，湖南宁乡人。徐澄宇室。早年参加同盟会，加入南社。工诗词。曾先后在安徽大学、重庆大学、南京政治大学教授词学，后执教武汉大学。上海文史研究馆馆员。著有《汉魏六朝诗研究》、《碧湘阁集》、《黄山揽胜集》。

明　陵（四首）

驱车十里且相过，袅袅秋风日暮多。
为问当年濠上客，袈裟一领竟如何？

又

九月霜飞宫草黄，骅骝开道见红墙。
传家应作千秋计，江左从来国不长。

又

雄镇江南死霸才，百年园寝未全灰。
西陵地下应相妒，留得钟山土一抔。

又

天家一骑指昌平，云物萧条淡帝京，
苦念亭林老居士，麻衣寒食哭冬青。

乙丑孝陵春望

一代江山此霸才，当年豪气走风雷。
谁知寒食东风里，没个箪醪望奠来。

又

浩荡风光任薄游，笑他冠冕在南州。
莺花也有兴亡恨，画出江南一段愁。

又

燕麦风轻春雨肥，石城潮打浪花飞。
十三陵树今何似？回首燕云已式微。

又

野火频烧涧底松，何年沧海走骄龙。
伤心霸业迷芳草，辇路宫车不再逢。

又

青山一发指神京，望帝春深动客情。
正自看看胡运尽，东南今又坏长城。

又

天留一角蒋山青，讨虏分明旧典型。
此后孙陵冈畔路，又须重勒燕然铭。

均自《碧湘阁集》

高二适（1903—1977），原名锡璜，号舒凫、瘖庵，江苏东台人。曾任国民政府侨务委员会科员、立法院秘书。长期从教。后任江苏省文史馆馆员。治经史，工书法，尤擅章草。曾撰《兰亭序真伪驳议》一文，与郭沫若论战，影响甚大。著有《刘梦得集校录》、《新定急就章及考证》等。

[今]高二适

大雪望钟山感赋

钟山冻合玉玲珑，一瞥银光万顷同。
待狎盐梅回暖候，早驱鹅鹳策奇功。
劫余禹域终城守，寒逼尧年视火攻。
莫倚题诗夸喜气，遗黎满眼正疲穷。

倚楼望钟阜

冶城灭没见钟山，斗觉疏棂接翠峦。
隔岘断云蒸复出，墨龙佳气死犹蟠。
病来坐失登临美，劫了方知木石刓。
莫遣移文镌驿路，草堂他日列仙班。

游钟阜尽处独峰，不识何名，吾谥之以"龙尾"云

江左巍巍戴此山，千年斫断几孱颜。
朝朝自见峰峦长，代代难同隐遁攀。
绝顶已无仙药饵，颓冈空伏鬼茅菅。
我来只带一枝笔，赤手将母仗剑镮。

登钟山一夕匆匆去

斜阳立黑紫金山，山忽低摧地尽殚。
自昔何知有王气，而今此际尚龙蟠。
高皇园籞空衰草，大帝冈陵只废坛。
何必高丘叹无女，怜他白骨也间关。

半山园

荆文食观半山园，来客参差不到门。
白下长干何所见，南溟愁失北溟鲲。

题小亭

亭在钟山南麓,亭故无题榜。上年有人觞余于此,有请僧迳名为"高亭"者,余笑谢之。今秋登览,始成此诗。

巴蜀归来有此亭,年年长是费登临。
江山行处余陈迹,花鸟移时只损心。
蔀屋那能穷奥窔,高文还曰就雄深。
如何故国三千里,张祜空成处士吟。

◎就雄深:谓长沙章公。
◎处士吟:用小杜寄张祜诗意。

均自《高二适诗词集》(暂名)

潘伯鹰(1904—1966),名式,字伯鹰,号凫公,怀宁人。幼从吴北江习经史古文辞,十六岁应县试名列榜首。嗣入交通大学。游日本。于《大公报》发表小说,声名鹊起。曾任教北平中法大学、上海暨南大学。抗战后曾随章士钊等斡旋和议。后居香港。书法甚有名。著有《玄隐庐诗》。

[今]潘伯鹰

金君九如与余同事,凌晨独游紫霞洞,为语景色,愧叹不已,赠以一诗

东方久耐幽,一线破溟溰。出门对启明,天地豁虚迥。
群生酣昨梦,物外余独醒。行行乃益远,冥入无人境。
洞门在何许?流水澹相引。濛濛封懒云,寂寂绝微罄。
高旻默自开,空翠湿逾冷。归来理万纷,犹及初日影。
嗟余秉薄劣,人海纵孤艇。惭非破浪姿,击楫流哀闵。
涛泷壮无涯,日月掷虚牝。操瑟立齐门,鼓琴先去轸。
永怀尘外踪,长困颈间纼。羡君得遨游,洒落无畦畛。

别南京(三首录一)

却看钟阜郁苍苍,泪与江流咽夕阳。
惟有此山真最忍,至今沉默阅兴亡。

均自《玄隐庐诗》

刘工天(1904—2005),河北灵桥人。幼从塾师读书。曾任孙中山灵柩南运途中徐州至南京浦口路段的专列车长。擅诗。为中华诗词学会会员,江南诗词学会名誉会长。著有《征东响声》、《片羽集》、《太平天国史事辨》、《刘工天诗文集》、《西流集》等。

春日游金陵东郊

驱车东陌路,日丽访蟠龙。灵谷千层翠,孝陵一点红。
石鸣桃涧水,燕逐柳花风。独酌松林久,人和春欲融。

《刘工天诗文集》

吴白匋(1906—1992),原名征铸,号陶甫,晚号无隐室主人,江苏仪征人。曾任金陵大学、南京大学教授。中华诗词学会顾问,中国韵文学会理事,江苏戏剧家协会名誉主席,江苏省文化局副局长。著有《白石道人词小笺》、《凤褐庵诗词集》、《热云韵语》、《吴白匋戏曲论文集》。

祝英台近·壬申三月，看花钟山，归循北湖作

破愁红，吹粉泪，桃李满衫雾。屐齿含香，游计怨迟暮。断肠清角高城，斜阳废垒，只写入乱花狂絮。
悄凝伫，思量如此残春，山眉竟无语。卧柳荒堤，绿暗梦中路。一行无主鹎鵊，偎人还劝道，休问明朝烟雨。

一九七九年三月钟山诗会，寄怀台湾人士

千年航道始东吴，城郭人民景不殊。
宝岛原非孤峙岛，澎湖应忆莫愁湖。
竹篱隔舍频呼盏，樟树同根许异株。
草长莺飞时节到，归帆无恙复无虞。

游梅花山有感

岩嵽陵阙万松楸，多少银牌麋鹿游。
今夜月明香雪下，深杯只合酹青丘。

◎银牌：明季孝陵禁地，麋鹿无数，皆挂银牌，猎之者死。
◎青丘：高启咏梅诗多首，有"雪满山中高士卧，月明林下美人来"句，传诵一时。后明太祖以微罪斩之。

均自《吴白匋诗词集》

[今]吴白匋

朱偰（1907—1968），字伯商，浙江海盐人。朱希祖长子。德国柏林大学哲学博士。回国后曾任中央大学经济系主任、教授。后任江苏省文化局副局长。长于文史，能诗。曾因公开反对拆除南京明城墙而受到迫害。著有《金陵古迹图考》、《金陵古迹名胜影集》、《南京的名胜古迹》等。

[今]朱 偰

钟山行（1934年）

大江西来日夜流，山势尽与江东浮。
钟山夭矫独西上，峥嵘桀傲胜蛟虬。
朝吞朔气自东海，夜把星辰泻斗牛。
卷舒云影青苍远，叱咤风雷千里展。
喧豗瀑布奔幽壑，纵横崖石偃绝巘。
变化莫测疑鬼神，龙争虎斗撼乾坤。
高皇开基白江左，只手擎天荡寇氛。
六百年来浩灵气，江山依旧恨沉沦。
君不见
孝陵弓剑今还在，石马嘶风日又曛。
今日中原正多难，瞻回无奈涕沾巾。

孝 陵（1934年）

荒陵寂寂草迷闉，护墓长楸尽作薪。
石马嘶风翁仲泣，斜阳古道倍伤神。

以上《天风海涛楼诗钞》

钟山吊明开国王侯诸墓

开国盛勋旷代无，功臣赐葬树宏模。
王侯墓道连丘壑，将相丰碑夹路衢。
一代风云曾际会，千年龙虎尚盘纡。
只今石兽荒凉尽，烟雨飘潇半牧刍。

《朱偰与南京·明代之遗迹》

钱仲联（1908—2003），原名萼孙，号梦苕，湖州人。早年毕业于无锡国学专修馆，尝任教于大夏大学、中央大学、南京师范学院、苏州大学，教授、博士生导师。长于诗文词赋创作，对明清诗文尤有精湛的研究，著述等身。著有《鲍参军集注》、《韩昌黎诗系年集释》、《梦苕庵诗文集》。

[今]钱萼孙

蒋山行

蒋山莽莽青一堆，倚天崇阙何崔嵬。灵舆南下一千里，
车声夹道轰春雷。陵门昼开訑荡荡，九天雨洗空纤埃。
百官先后穆奔走，十骑五骑登登来。翠旗无风肃气象，
幽灵恍惚千徘徊。龙髯咫尺攀不得，笳吹迥发清且哀。
惨淡玄宫闭白日，衣冠万国同崩摧。一棺兆金致异域，
千辟万灌山陵开。残膏剩脂餍狂稺，可怜何者非民财。
吾闻新政尚平等，岂有一夫尊九垓。山阴也有中山墓，
至今碑石埋蒿莱。

偕佩秋、伯冶、任戡游半山寺谢公墩，四叠山韵

莫问东山与半山，偶因觅句叩禅关。
背城石势犹能捌，历劫苔丛不受删。
老树当门殊落落，寒泉写鬓故斑斑。
苍生倘用吾侪出，缩手何必到袖间？

均自《梦苕庵诗文集》

吴君琇（1911—1997），女，字美石，号遗珠，安徽桐城人。吴汝伦孙女，吴北江之女。幼承庭训，髫龄通经史，尤工诗词。抗战时曾任四川大学附中国文教员，后任职南京农学院农业遗产研究室，江苏省文史馆馆员，江南诗词学会副会长，江苏省诗词协会顾问。著有《琴瑟集》。

沁园春·灵谷寺赏桂花兼寄台湾故旧

桂魄凝香，瑶天灿碧，人宇双青。正四合云山，苍烟暮霭，一天鸥鹭，铩羽新晴。峻阁遥临，群贤蒞止，挹袖芬芳荡俗情。无限意，寄诗笺画卷，索取温馨。方今海晏河清。兴四化，高歌颂太平。望祖国名山，花团锦簇，体坛艺苑，虎跃龙腾。洪水无情，回天有术，原

野无边稻穗新。长记取,留晚晴斜照,莫漫虚生。

疏影·用白石原韵

十代风云,伴钟山蜿蜒,鸳飞鹭宿。客里流光,白雪红梅,两岸婆娑新竹。乌桕染红狮象路,华表指崇陵南北。六百年、翁仲有情,应识废兴幽独。　　记得红粉凋残,玉阶寂寞,谁更怜萼绿。今夕繁华,明灯初上,客满红楼金屋。诗人忘却鬓华新,画笔引鸾笺凤曲。待花时、人醉诗成,香满绿云红幅。

蝶恋花·江南社诸老雅集暗香阁,并登孝陵赏腊梅

煦日晴云消薄雾。迤逦闲行,踏遍山前路。拂柳穿藤无着处,幽香导我花间去。　　陵墓森森千万树。添了寒梅,隐约春风度。薄酒清茶留客步,暗香疏影蓬莱墅。

均自《琴瑟集》

[今]潘 受

潘 受（1911—1999）,原名国渠,福建南安人。19岁南渡新加坡,曾执教华侨中学、中华学校,任道南学校校长。抗战中任南洋华侨筹赈祖国难民总会主任秘书。后参与筹办南洋大学,主持校务。精研书法,兼擅诗文。曾获新加坡卓越功绩勋章。著有《海外庐诗》、《潘受诗选》。

紫金山梅花

孙陵路接孝陵斜,间代英豪起汉家。
千古春风香不断,紫金山下万梅花。

《当代诗词举要》

毕 焘（1911—2010）,字右弘,江苏吴江人。1936年毕业于圣约翰大学英文系。云南师范大学外语系教授、研究生导师,主讲美国文学及翻译,兼授中文系中国文学史唐宋部分课程。工诗词、楷书。著译有《柳唱集》、《辛弃疾》（京剧剧本）、《英美名诗评介》（文言）、《洪庐诗剩》。

秋登钟山

登高目极青山外,转眼愁滋白露中。
六代离宫凋玉树,几星渔火冷江枫。
晚芙落尽伤残盖,弦月生初泣断鸿。
谁踏胭脂井边路,林间乱放烛花红。

《柳唱集》

孙 望（1912—1990）,原名自强,字止畺,号蜗叟,江苏沙洲人。毕业于金陵大学。抗战时在资源委员会工作。曾和常任侠合编《中国现代新诗选》。后任南京师范学院教授、中文系主任。中华诗词学会顾问。著有

《全唐诗补逸》、《元次山年谱》、《蜗叟杂稿》、《孙望选集》等。

大姊自勤病愈将归故乡，先一日同游北山
（1934年）

披榛过僻蹊，云倚晓岩低。瘦谷枯松子，空山响马蹄。
孤云归两目，疏影动层梯。只惜来朝别，迟回日渐西。

偕健弟游北山紫霞洞
（1935年）

行行迷所之，路入谷中幽。叶落蛇藏窟，松生鹤立丘。
云端僧涤钵，天际雁鸣秋。却顾从来径，伛偻两老叟。

奉和圭璋前辈《钟山放翁题名》之作，兼贻启华、济平两同志（1976年）

张浚罢死和局成，幕客星散阴霾生。
顾瞻京口嗟者谁，通判隆兴情难胜。
沸腾群议君塞听，且酣歌舞醉醽醁。
甘将半壁贻北虏，暂恋临安小朝廷。
放翁主兵图复国，此意当时几人识。
悒郁长途西复西，耿耿丹心孤且直。
闻昔荆公疲政事，息影钟阜非屈志。
薰风异代相慕怜，冒雨独访定林寺。
乾坤运转世态迁，于今全胜舜尧年。
唐公论学穷粤蕴，考古适逢淫雨天。
扪崖披棘剔苍藓，细拓松麝香染颠。
骏骨锋棱笔力遒，百代珍迹赖重显。
余亦嗜游梦少壮，病牵床席徒怅望。
华章索酬惭辞鄙，覆瓿犹恐污琼酱。

均自《孙望选集》

[今] 孙 望

张思温（1913—1996），字玉如，号千忍老人，甘肃临夏人。幼承庭训，熟读经史诗文。曾任禁烟所所长、建设厅秘书主任、水泥公司经理等职。开除公职期间，曾校刊《河州志》。后任甘肃省文史研究馆副馆长、名誉馆长。著有《积石录》、《漫谈西夏》、《河州书录》、《张思温诗选》。

辛亥革命七十周年追忆孙中山先生

少日公园记列班，当年两度拜遗颜。
铜棺曾吊碧云寺，陵冢昔瞻紫金山。
革命完成遗嘱愿，和平奋斗历程艰。
国家未许长分裂，统一回归望台湾。

《张思温诗选》

王斯琴 1914年生，浙江萧山人。中央新闻研究院毕业。抗战期间曾任《扫荡报》特派战地记者，抗战胜利后任《中国时报》总编，中央监察院秘书。后在杭州师范学院任教。杭州钱塘诗社名誉社长。擅诗词。著有《幺弦集》、《近体诗剩草》、《王斯琴诗钞》。

庚辰春冒雨谒中山陵

层峦犹见郁苍苍，钟阜龙蟠映带长。
一举正期搴赵帜，万方未靖失昆冈。
陵迁谷变山河异，地转天回日月光。
白首重来堪破涕，任他寒雨湿衣裳。

《近体诗剩草》

周退密 1914年生，原名昌枢，字石窗，浙江宁波人。早年毕业于上海震旦大学。曾任教上海法商学院、大同大学、上海外国语学院等，参与编写《法汉辞典》。上海文史研究馆馆员。擅诗词书法，精碑帖，富收藏。著有《墨池新咏》、《芳草集》、《春酒词》、《退密楼诗词》等多种。

中山陵

大道之行天下公，巍巍陵阙仰斯翁。
今朝了却心头愿，健步登山受好风。

灵谷寺

志公有塔依灵谷，俗子随缘礼世尊。
野菊缘坡香不断，秋阳着袂淡无痕。

灵谷赏菊

灵谷寺边野菊花，凌霜浥露没人夸。
怜他朱紫污颜色，只有黄花属我家。

均自《退密楼五七言绝句》

许永璋 (1915—2005)，安徽桐城人。髫龄习诗，诗思敏捷，及长，从陈衍等学，诗艺益精。抗战时作《杜诗集评》、《杜诗新话》，毁于兵燹。后从事教育，曾任南京大学中文系兼职教授。江苏省文史馆馆员。著有《抗建新咏》、《从军乐》、《杜诗名篇新析》、《许永璋唐诗论文选》等。

携小儿女游灵谷寺

携雏曳杖觅春光，信步何心入道场。
寺倚灵声山有谷，塔凌古砌殿无梁。
云霄九级扶摇上，脚踏千峰指点忙。
奚暇登临兴感慨，眼前景物要商量。

登紫金山骆驼峰

高卧驼峰紫气撑，扶筇拾级踏松声。
九层塔影沉灵谷，万里江流带古城。
迤逦青山三面合，葱茏绿野两边平。
前朝空剩双陵在，寂寞黄鹂隔叶鸣。

花朝上梅花山
花朝乘兴赏春梅，万萼凝枝未忍开。
谁识怕愁贪睡意，依依香径独徘徊。

观宝公卧碑
三绝诗书画，千年汇一碑。斯人皆已朽，留此竟何为？
久历沧桑变，静观岁月移。劝君休叹息，见惯便无奇。

春谒明孝陵
惯看虎卧伴龙眠，冷落明陵六百年。
盖世谟猷存破阙，几番风雨杂荒烟。
无心碧草侵阶上，多事红梅点墓前。
百啭黄鹂谁解得？八朝春色共凄然。

均自《许永璋唐诗论文选·一炉诗钞》

马骁程 1920年生，字北空，甘肃民勤人。毕业于国立中央大学中文系。在校期间，曾参与编辑《中国文学月刊》，主编《国立中央大学概况》与《陇铎》杂志。毕业后留校任教。后任西北师范大学中文系教授。著有《中国诗人小传》、《蚕丛鸿爪》、《艺文丛话》、《马骁程诗文选》。

登紫金山（1990年）
夕阳西下大江东，伫立钟山万念空。
曾作江南年少客，重来已是白头翁。

《当代诗词举要》

[今]马骁程

霍松林 1921年生，甘肃天水人。幼承家学，有"神童"之誉。早年毕业于中央大学。1951年赴陕执教。陕西师范大学文学研究所所长、教授、博导。曾任国务院学位委员会评审委员、中华诗词学会副会长、陕西诗词学会会长。著有《唐音阁诗词集》、《文艺学概论》、《文艺散论》等。

题灵谷寺塔前与友人合影
兹塔突兀何雄哉！高标疑从天上来。
九层直出苍烟外，足底惊风起迅雷。
瞥眼乍觉乾坤小，远浦遥岑带飞鸟。
胭脂井畔暮云深，洪武陵前翁仲老。
钟山如虎踞石城，大江犹嘶万马声。
苁茏佳气吞落日，角鼓喧阗何处营？
万里极目一回首，天际白衣变苍狗。
乌啼鹊噪催归人，铭鼎垂勋知谁某？
人海相逢知音寡，同游况是同心者！
摄取山光留寸楮，落叶萧萧满四野。

◎铭鼎垂勋：塔前巨鼎镌此四字。

[今]霍松林

陪邓宝珊、汪辟疆、王新令诸先生游灵谷寺，示骖程

挠之不浊激仍清，大度汪汪似海溟。
失喜今朝随杖履，得闻高论化顽冥。
风云万里从龙虎，草木三春染战腥。
如此江山需我辈，可能终岁抱残经？

奉次辟疆师灵谷寺茗坐韵，并呈证刚、颂洛、新令诸先生

曾亲谈麈及春浓，醉倚禅关百丈松。
王粲未能传枕秘，班超先已为官佣。
案头积牍常遮眼，天际层云欲荡胸。
绕郭青山应有主，何当携酒侍吟筇。

均自《唐音阁诗词集》

陈祥耀 1922年生，号喆盦，福建泉州人。早年在梅仁书院读书时，有缘结识弘一法师，治学、书法深受其影响。后任福建师范大学中文系教授。中华诗词学会理事，福建诗词学会副会长。擅诗文，工书法。著有《五大诗人评述》、《中国古典诗歌丛话》、《喆盦诗集》、《喆盦文存》。

秣陵杂诗（1977年）

孙陵雄伟孝陵荒，瞻拜钟山岭路长。
一样驰驱光汉业，民权专制有分疆。

《喆盦诗集》

袁第锐（1923—2010），别署恬园主人，四川永川人。曾任甘肃省政府编译室主任、临泽县县长。后任甘肃省政协常委，甘肃省文史研究馆馆员，中华诗词学会副会长、顾问，甘肃诗词学会会长，《甘肃诗词》原主编。著有《恬园诗词曲存稿》、《诗词创作艺术丛谈》、《江南绝句》。

江南绝句（录二）

未曾登极已尊荣，陵筑恢宏续大明。
地下蒙尘真幸事，非然怎得免刀兵。

◎南京明孝陵侧发现明太子朱标定陵，规模宏侈。定陵何以能长埋地下？余以为或系孝文出逃时所为，然亦幸事也，否则靖难之役，乃弟恐终不能轻易放过。

圣哲人雄史绝前，护陵古木尚森然。
自从损却擎天柱，血雨腥风二十年。

◎中山先生一代人哲，逝世之后，蒋介石遂大兴内战，垂二十年。

《江南绝句》

丁芒 1925年生。原名陈炎，江苏南通人。1946年参加新四军。后调海政、总政，曾任《星火燎原》编辑。后到江苏人民出版社工作。擅诗歌、散文、书法。致力于探索"自由曲"。中华诗词学会顾问，中国散文诗学会副主席。著有《苦丁斋诗词》、《丁芒诗词曲选》、《丁芒文集》。

【越调·黄蔷薇带庆元贞】咏钟山
（1999年）

喜钟山胜景，举目尽清荫。赏罢晨流露影，更爱暮敲雨韵。（过）先人壮志苦经营，竟将浓绿酿成金。一望青龙跃金陵，叮咛，一片情，愿春风吹绿遍寰瀛。

电子稿

[今]丁 芒

陈汉山 1925年生，本名陈瑜，字汉山，浙江余姚人。早年毕业于上海诚明文学院。曾任蒋经国先生秘书。香港岭梅诗社社长，台湾诗书画协会常务理事兼秘书长。后移居加拿大温哥华。亦擅写武侠小说，笔名东方玉，代表作《纵鹤擒龙》。工诗文，擅行草。著有《汉山诗集》等。

谒中山陵

紫金山色罨烟雨，陵寝重来独怆神。
遗嘱谆谆须努力，至今后继更何人？

灵谷寺

独龙冈下蒋山寺，劫后无梁殿独存。
昔日天香无觅处，夕阳荒草吊忠魂。

均自《汉山诗集》

秦效侃 1925年生，四川岳池人。生于书香之家，幼承庭训。又受业于李味腴、陈家骥、张名振、商承祚诸先生。西南师范大学中文系教授、硕士生导师。擅诗词、书法。诗学三唐，圆融清朗；书法尤以行、篆见称。六十年临池不辍，点画无虚，气度高华。著有《未花集》。

南京明孝陵

中山陵畔古明陵，垂野清阴万木森。
莫道石人惊换世，九州来客到于今。

南 京

戊辰过宁，登紫金山怀古感今，念吾蜀彰城公，赋此。

万里长江送我来，金陵王霸旧尘埃。
江山指顾今非昔，民族合离诚与猜。
去日闭关续悲恨，一朝开放恃风雷。
生机无限神州事，黎庶广安仰大才。

◎王安石《桂枝香·金陵怀古》云："叹门外楼头，悲恨相续。"指六朝事。此用之非言六代也。

均自《未花集》

朱 帆 1928年生，原名己坤，号楚客，湖南湘乡人。广东教育学院中文系副教授。广州文史研究馆馆员。中国楹联学会理事，广东楹联学会副会长，广州诗社副社长。擅诗词书法。著有《两乡楼诗词》等。

谒南京中山陵

白下秋风送雁翎，中山陵上雪松青。
弥天紫气依稀在，匝地黄花分外馨。
帝制何当随逝水，民权应许付生灵。
曾闻昔日红场畔，万国衣冠拜列宁。

《两乡楼诗词存稿》

吴亚卿 1945年生。号未立斋，浙江德清人。毕业于杭州大学中文系。中华诗词学会发起人之一，中国楹联书法艺委会委员，浙江省语言学会楹联专业委员会第一副会长，《钱塘艺讯》主编。著有《未立斋吟稿》、文选、联语、词选、说诗，《诗词学简明教程》，《吴亚卿书法选》等。

游灵谷（1973年）

崇陵谒罢访仙乡，曲径幽寻别有光。
灵谷钟清焕灵地，无量殿阔巧无梁。
松风阁里盆花茂，光化亭边瑞草香。
雨洗青山分外翠，斜阳一抹紫云翔。

《未立斋吟稿》

季惟斋 1975年生，浙江金华大淤村人。早年于北京大学旁听。多所宗承，以悟为则，博通儒释道。现为明道书院山长、中国美术学院客座讲师。擅诗古文辞。早岁诗宗韩黄，近接散原、寐叟，古奥泰适。后以唐贤为师，不拘一法。著有《征圣录》、《东鲁集》、《嵩洛集》、《西岳集》等。

甲申孟秋台风后薄游金陵，谒明孝陵，次海日楼"寒雨闷甚"诗长韵

禹贡方导漈，残阙犹可补。既云羲皇人，何纽以门户。
韬精惟倦留，海气一身聚。狂飙漂丘山，吾庐肆堞污。
绝枝无完卵，野哭围覆斞。天帝胡不仁，罔然难喝岠。
未忧蓬壁材，独苦心疾钜。蜂衙聊蜷形，经巢方长抒。
九畴本阴隲，万家亡潏沪。齐难不可虞，周德曾溥普。
鬼瞰邹衍子，五德克如许。江湖生谲恶，龙性莫能御。
庆云有几时，翻眼万窍怒。相斫书不绝，钟虡传如缕。
兴也乐张扬，废也蠹病痒。因思走旧都，蹈履逼灏楚。
出门大江横，虬啸驱冢鼠。商风成行侣，沉潏祛炎暑。
驭者辨雾岚，烟腾如汤煮。具区屯絪缊，钟阜犹未腐。
迷城车杂沓，何意充肠肚。赁驾穿地穴，兀腾潮滓茹。
山径伏危墙，侧匿窥如蛊。又自凌云去，未容息介羽。
阴霾逝林梢，行迹多朽土。中空忽眇漭，耸岳翠压褚。
逅境感幽涩，枯笑望神甫。勃郁扬腐余，岑阒无翔举。
四合妖氛起，垢浊最知苦。当年旺气致，奈何如遭瘟。
刍狗献九原，珠玉为饭糈。常思祭食味，咸下如酱蒟。
陵前有此慨，木卉常媚妩。游客多迟迟，庭柯湿渳渳。

圜丘潜伏中，四灵为孳乳。墓道草披离，帝阙成荒圃。
罕睹天霁色，汋穆吹淫雨。龟趺惟诚物，崖岸堪高诩。
废屺警吟魂，颇觉末强弩。玄烨此树旌，彝伦聊攸叙。
庶木无本心，美人矧可拒。威仪没棘丛，鼫兽亡尊俎。
万物回薄间，盈竭谁为主。宝公蜕神骨，英魄犹列部。
冥传雷霆出，幽踪迷太古。圮坨狐突奔，弥座残不伫。
侧柏萃畸人，高台摇潮渚。宝城空垣余，佳兵喜烧炷。
悄立冷红逼，寒灰下龙祖。颣心转冲漠，傥意诚难谱。
望帝游沤水，觚棱盘蚁绪。视彼幽阒宫，森森蔽君父。
不值偃蹇生，骏枝难折取。龙穴最寂然，蚓虫肆同数。
举目朴樕苁，迷遯无津楮。帝魂斥跫然，有灵惟此树。
蟠蹲勃郁闲，守身全规矩。裂眦拉骸者，对此竟如瞽。
清啸木叶哀，渊默皆岨峿。返道望楼台，红尘常击拊。
翁仲容遨游，象兽犹队伍。恒如不动心，凝定常挥麈。
洁净我自足，璨谲任尔去。骏骨清且肥，其妙何能诂。
反观朝筮者，木鸡立三五。霹雳转沟前，圣碑沦棘府。
悲坐西风下，荒丛摇如虎。甚思淮甸烈，太阿骋吞吐。
埽荡卷残了，廓清仗鼍鼓。貂珰北黩迹，诸夏复皇柱。
杀戮犹未止，啜羹走狗脯。忠魂血污浊，逐客沦草橹。
雄猜负蠹种，太息向鸿宇。身后祸变邅，煎釜焚圭俎。
孝孺以身殉，痛摧千族女。士气伤肝肾，飞蛾扑火炬。
蘖根自食果，屋覆终失所。功过不堪言，语乱徒谜谖。
野哭甲申岁，黑气冲此处。所幸朽骨存，生杀诚相午。
亭林曾拜哭，荒忽余铁砠。野老樵牧儿，孰思其禁籞。
卓荦丘沧海，谒陵亦相语。华胄又中兴，尔灵诚为侣。
郁郁丘山高，恂恂瞻者仵。凄黯倦评说，蒿莱堆神武。
敛情失哀乐，退身栖野渚。微吟岭云翳，有物若夔舞。

◎案中华书局《沈曾植集校注》本，此诗言"莫随气化运，孰自啄鸣生"。生当为主字之误。据《石遗室诗话》卷一所引诗改。

《大沜集》网络版

新体诗

[民]林庚白

林学衡 (1897—1941)。见前。

孙陵吊中山先生
三百多层台阶,
表现出国父的尊严。
墓门一角的斜阳,
永护的山尖。
总理啊！只要您的精神不死,
政府自然会清廉。

灵谷寺
空无所有的灵谷寺,
我只爱幽靓的树林。
四围的苍绿把宝殿包住,
不知道有多少的诗意禅心？

1929 年 8 月 15 日,南京
《丽白楼遗集》

楹 联

康 熙 <small>题灵谷禅林匾额并撰联</small>
天香飘广殿；山气宿空廊。

康 熙 <small>赐僧万清联</small>
万松月共衣珠朗；五夜风随禅锡鸣。

魁 玉 <small>题半山寺</small>
泉声常在耳；山色不离门。

曾国藩 <small>题灵谷寺龙王殿</small>
万里神通，渡海遥分功德水；
六朝都会，环山长护吉祥云。

薛时雨 <small>题半山寺</small>
钟阜割秀，清溪分源，咫尺接层楼，叹禁苑全虚，尚留此寺；
谢傅棋枰，荆公第宅，去来皆幻迹，问孤墩终古，究属何人？

汤 濂 <small>题灵谷寺</small>
千百年无此荒凉，松径迷，梅坞杳，街冷琵琶，吊古客来，更莫问云中麋鹿；
南北宗本多兴废，志公还，玩珠好，水怀功德，即今春复，又别开灰里伽蓝。

谢元福 <small>题半山寺</small>
墩本吾家，胜迹从来称太傅；
宅由他造，半山莫更让荆公。

侯 度 <small>题灵谷寺</small>
予意云何云何法？我闻如是如是观。

佚 名 <small>题灵谷寺</small>
以古今大快为述作；与天地清气相娱游。

郑孝胥　题半山寺
往事重论，怀古谁含出世想；
昔贤不见，听泉我爱在山声。

于右任　韩恢墓牌坊楹联
杀身以成仁，志在党国；荣封建华表，永慰英灵。

于右任　题明孝陵
与钟山终古；为民族争光。

佚　名　谭延闿墓牌坊楹联
凤翔鹰扬，一代羽仪尊上国；
龙蟠虎踞，千秋陵墓傍中山。

佚　名　谭延闿墓临瀑阁楹联
取长江水莫重泉，交集百端，虔钦翕受群流量；
去中山陵不数里，相依终古，仍系弥纶六合心。

蒋介石　题钟山正气亭
浩气远连忠烈塔；紫霞笼罩宝珠峰。

佚　名　题梅花山
千朵压山红，纵横枝下疑无地；
万山耀眼白，馥郁丛中别有天。

佚　名　题梅花山
朝花海里，暗香浮动留人醉；
晚日山中，疏影横斜送客归。

佚　名　题梅花山
景中景非关招鹤放鹤；山外山尽是白梅红梅。

佚　名　题紫金山天文台
紫霞乌云，风雷声谁先入耳？
金星银汉，日月事我最关心。

佚　名　题紫金山天文台
浩宇茫茫，细察繁星亿万点；
风云迭迭，毋忘历史几千年。

佚　名　题紫金山天文台
踞虎盘龙，白下风云收眼底；
观天坐地，银河星月纳胸间。

佚　名　题灵谷寺
炉火红深，懒残煨芋；密阴绿满，怀素书蕉。

林散之　题灵谷寺
觉苑喜逢今日盛；道林行见古风还。

李宗海　题南京半山寺
半日清闲，两代名臣曾小住；
山花烂漫，四时佳景任遨游。

汪继光　题中山陵
赫赫功勋，创建共和基业；
巍巍陵墓，增辉锦绣河山。

又
废两千载帝制，首义功归先行者；
积四十年经验，遗言启迪后继人。

汪继光　题梅花山寿星宫
寿齐乔松，壮心未已；星辉南极，好日方长。

田翠竹　题明孝陵
当年统万里河山，金殿鸾舆，今日只余朱雀；
此地剩数行杨柳，寒鸦落照，无情远接台城。

又
起僧丐作帝王，极富贵贫贱之异；
弃江山归陵寝，息藏弓烹狗之机。

陈　衡　题南京梅花山
疏影冪岗峦，已供我一幅好画；
暗香粘馆阁，须还他百韵清诗。

陈　衡　题南京灵谷寺
一径入深松，唤起涛声雄胆略；
数峰环古塔，迎来花气沁襟期。

张平沼　题梅花山博爱阁
博大精深，中外古今齐翘首；
爱民救国，圣贤尧舜证天心。

沙元伟　题中山陵
毕生革命，推翻封建二千载，高山仰止，丰功永昭河山里；
尽瘁鞠躬，建立共和五百兆，大地吊凭，正气长留天地间。

沙元伟　题南京灵谷寺
满山风雨苍茫，四面松涛围绿海；
六代烟霞弥漫，千寻宝塔矗青天。

佚　名　题梅花山冷香亭
两树梅花一潭水；四时烟雨半山云。

佚　名　题梅花山放鹤亭
春随香草千年艳；人与梅花一样清。

佚　名　题梅花谷惟秀亭
借日光华常烂漫；随风舒卷自春秋。

作者简介

康　熙（1654—1722），见前。
魁　玉（1805—1884），见后。
曾国藩（1811—1872），见后。
薛时雨（1818—1885），见前。
汤　濂（1822—1882后），见前。
谢元福（1839—1906），见后。
侯　度（生卒年及生平不详）。
郑孝胥（1860—1938），字苏堪，一字太夷，号海藏，福建闽侯人，生于苏州。清光绪八年举人。后赴日本任外交官。归国后官至湖南布政使。清亡居沪上，常与遗老唱和。后叛国，出任伪满洲国国务总理。旧朋多与之绝交。其诗趋古，标榜"同光体"。工书法。著有《海藏楼诗集》。
于右任（1879—1964），见前。
蒋介石（1887—1975），学名志清，改名中正，以字行，浙江奉化人。早年就读保定陆军军官学校，留学日本，加入同盟会。后任黄埔军校校长，兼国民革命军第一军军长。南京政府成立，任军事委员会委员长、中央政治会议主席，国民党总裁，中华民国总统。后去台湾。

林散之（1898—1989），见前。

李宗海（1904—1990），字百川，江苏兴化人。工书法，擅诗词楹联。江南诗词学会副会长。镇江多景楼诗社社长。著有《北游诗草》、《甲寅唱酬集》等。

汪继光（1908—1987），名绪先，别号汪周、蝶庵、癯叟，江苏滨海人。大学毕业返乡从事教育。参与陈毅发起的湖海艺文社。一生作诗逾万首。江苏省文史馆馆员，江南诗词学会副秘书长。著有《怀砚楼诗钞》。

田翠竹（1913—1994），号寿翁，湖南湘潭人。抗战时任编辑、记者。曾与柳亚子、叶恭绰等唱和。后在湘潭中学任教。历任湖潭市政协常委、湖南省人民政府参事。中华诗词学会、湖南诗词协会顾问，白石诗社社长。擅诗联书法。著有《翠竹诗稿》、《晚晴楼主名胜古迹楹联集锦》。

陈　衡（1924—　？），原名陈居乾，一名陈蘅，江苏泗洪人。长期从事中小学历史、语文教学和研究。南京第五十五中学高级教师。擅诗词楹联。曾任江南诗词学会理事、《江南诗词》编辑，江苏省楹联研究会理事。著有《旅痕集》、《鸣子诗文集》、《寻常百姓家楹联》。

张平沼　1939年生，台湾高雄人，祖籍福建金浦。毕业于中兴大学法律系。曾任律师、地方法院检察官、立法委员。金鼎企业集团总裁，海峡两岸商务协调会会长，台湾商业总会理事长。曾于1993年捐资10万美元，在钟山梅花山上修建"博爱阁"一座。长期致力于推动海峡两岸交流。

沙元伟　1945年生，南通人。南京财经大学教授。擅诗，早年诗作曾受到柳亚子、郭沫若的赞赏。江苏省中青年诗社首任社长。著有《诗论与诗作》。

文　集

北山移文

[齐]孔稚珪

　　钟山之英，草堂之灵，驰烟驿路，勒移山庭。夫以耿介拔俗之标，萧洒出尘之想，度白雪以方洁，干青云而直上，吾方知之矣。若其亭亭物表，皎皎霞外，芥千金而不眄，屣万乘其如脱，闻凤吹于洛浦，值薪歌于延濑，固亦有焉。岂期终始参差，苍黄翻覆，泪翟子之悲，恸朱公之哭。乍回迹以心染，或先贞而后黩，何其谬哉！呜呼！尚生不存，仲氏既往，山阿寂寥，千载谁赏？

　　世有周子，隽俗之士，既文既博，亦玄亦史。然而学遁东鲁，习隐南郭，偶吹草堂，滥巾北岳。诱我松桂，欺我云壑。虽假容于江皋，乃缨情于好爵。

　　其始至也，将欲排巢父，拉许由，傲百氏，蔑王侯。风情张日，霜气横秋。或叹幽人长往，或怨王孙不游。谈空空于释部，覈玄玄于道流，务光何足比，涓子不能俦。

　　及其鸣驺入谷，鹤书赴陇，形驰魄散，志变神动。尔乃眉轩席次，袂耸筵上，焚芰制而裂荷衣，抗尘容而走俗状。风云悽其带愤，石泉咽而下怆，望林峦而有失，顾草木而如丧。

　　至其钮金章，绾墨绶，跨属城之雄，冠百里之首；张英风于海甸，驰妙誉于浙右；道帙长摈，法筵久埋，敲扑諠嚣犯其虑，牒诉倥偬装其怀；琴歌既断，酒赋无续，常绸缪于结课，每纷纶于折狱；笼张赵于往图，架卓鲁于前箓，希踪三辅豪，驰声九州牧。

　　使我高霞孤映，明月独举，青松落阴，白云谁侣？涧户摧绝无与归，石径荒凉徒延伫。至于还飙入幕，写雾出楹，蕙帐空兮夜鹤怨，山人去兮晓猿惊。昔闻投簪逸海岸，今见解兰缚尘缨。于是南岳献嘲，北陇腾笑，列壑争讥，攒峰竦诮。慨游子之我欺，悲无人以赴吊。故其林惭无尽，涧愧不歇，秋桂遣风，春萝罢月。骋西山之逸议，驰东皋之素谒。

　　今又促装下邑，浪栧上京，虽情殷于魏阙，或假步于山扃。岂可使芳杜厚颜，薜荔蒙耻，碧岭再辱，丹崖重滓？尘游躅于蕙路，汙渌池以洗耳。宜扃岫幌、掩云关、敛轻雾、藏鸣湍，截来辕于谷口，杜妄辔于郊端。于是丛条瞋胆，叠颖怒魄。或飞柯以折轮，乍低枝而扫迹。请回俗士驾，为君谢逋客。

《古文观止》

孔稚珪（447—501），一作孔珪，字德璋，会稽山阴人。自幼好学，为王僧虔所重。刘宋时，曾任尚书殿中郎。齐永明年间，任御史中丞。齐建武初年，上书建议北征。永元元年，迁太子詹事。卒赠金紫光禄大夫。擅散文，有盛名，曾与江淹同在萧道成幕中对掌辞笔。著有《孔詹事集》。

志法师墓铭

［梁］陆　倕

　　法师自说姓朱，名保志，其生缘桑梓，莫能知之。齐故特进吴人张绪、兴皇寺僧释法义，并见法师于宋泰始初，出入钟山，往来都邑，年可五六十岁，未知其异也。齐宋之交，稍显灵迹。被发跣足，负杖挟镜，或证索酒肴，或数日不食；预言未兆，悬识他心；一时之中，分身数处。天监十三年，化于华林园之佛堂。先是，忽移寺之金刚出置户外，语僧众云："菩萨当去耳。"后旬日，无疾而殒。沉舟之痛，有切皇心，殡葬资须，事丰供厚。望方坟而陨涕，瞻白帐而拊心。爰诏有司，式刊景行。辞曰：

欲化毗城，金粟降灵。猗欤大士，权迹帝京。
绪胄莫详，邑居罕见。辟彼涌出，犹如空现。
哀兹景像，愍此风电。将道舟梁，假我方便。
形烦心寂，外荒内辨。观往测来，睹微知显。
动足墟立，登言风偃。业穷难诏，因谢弗援。
慧云昼歇，慈灯夜昏。

《灵谷禅林志》卷一

陆　倕（470—526），见前。

开善寺碑铭

［梁］王　筠

　　妙门关键，辟之者既难；法海波澜，游之者未易。是以轩称俊圣，尧曰钦明，韶頀有美善之风，文武致时雍之业。地平天成，惟事即世，移风易俗，匪止今身。至如访道峒山，乘风独远；凝神汾水，窅然自丧。或宗仰黄老之谈，景慕神仙之术，斯盖不度群生，事局诸己，笃而为论，道有未宏。熏风璚露，散馥流甘，璧月珠星，联花飏叶。修幡绕於云根，和铃响于天外，玉池动而扬文，宝树摇而成乐。铭曰：

亭亭切汉，耿介凌烟。层甍霞耸，飞栋星悬。

《灵谷禅林志》卷一

王筠（481—549），字元礼、德柔，琅琊临沂人。少负才名。任太子府属官时，常与刘孝绰、陆倕、到洽、殷芸等游宴酬唱。萧统卒，出为临海太守。还京，任太府卿、度支尚书、太子詹事。侯景乱，坠井而亡。性好学，老而弥笃，尝手抄经史子书百余卷。著有《洗马集》、《中书集》。

答广信侯书

[梁]萧 纲

王白。仰承比往开善（寺），听讲《涅盘》，纵赏山中，游心人外。青松白露，处处可悦。奇峰怪石，极目忘归。加以法水晨流，天花夜落，往而忘反。有会昔言，王牵物从务无由独往，仰此高踪，寸心如结。谨白。

《广弘明集》卷二十一

萧纲（503—551），即梁简文帝，字世缵，小字六通，南兰陵人。梁武帝第三子，昭明太子母弟。中大通三年，昭明太子薨，立为太子。太清三年，高祖崩，即皇帝位，建号大宝。庙号太宗。在位二年，为侯景所杀。幼好文学，其诗被称为"宫体诗"。后人辑其作品为《梁简文集》。

钟山飞流寺碑

[梁]萧 绎

清梵夜闻，风传百常之观；宝铃朝响，声扬千秋之宫。同符上陇，望长安之城阙；有类偃师，瞻洛阳之台殿。瞰连甍而如绮，杂卉木而成帷。铭曰：

云聚峰高，风清钟彻。

月如秋扇，花疑春雪。

极目千里，平原迢递。

《艺文类聚》卷七十六

与刘智藏书

前 人

菩萨萧法车，置邮大士刘智藏。侍者自林宗遄反，玄度言归，以结元礼之心，弥益真长之叹。故以临风望美，对月怀贤，有劳寤寐，无忘兴寝。方今玄冥在节，岁聿云遒，日似青缇，云浮红蕊，清台炭重，北宫井溢。想禅说为娱，稍符九次；成诵之功，转探三密。山间芳杜，自有松竹之娱；岩穴鸣琴，非无薜萝之致。修德之暇，差足乐也。昔韩梅两福，求羊二仲，郑林腾名于冯翊，周党传芳于太原。或有百镒可捐，千金非贵，松子为餐，蒲根是服，未有高蹈真如，归宗法海。梵王四鹤，集林簌而相鸣；帝释千马，经丘园而跼步。有一于此，犹或称奇，兼而总之，何其盛也。故知南临之水，已类吕梁之川；北眺之山，弥同武安之岭。岂复还思溆浦，尚想彊台，睇彼汉池，载怀荒谷，以此相求，心可知矣。仆久厌尘邦，本怀人外，加以服膺常住，讽味了因，弥用思齐，每增求友，常欲登却月之岭，荫偃盖之松，挹琁玉之源，解莲华之剑。藩维有限，脱屣无由。每坐向诩之床，恒思管宁之榻。梦匡山而太息，想桓亭而延伫。白云间之，苍江不极，未因抵掌我劳如何？想无金玉数在邮示。弱水难航，犹致书于青鸟；流川弗远，伫芳音于赤玉。鹤望还信，以代萱苏，得志忘言，此宁多述。法车叩头，叩头！

《广弘明集》卷二十八

萧　绎（508—554），字世诚，自号金楼子，南兰陵人。梁武帝第七子，梁简文帝之弟。初封湘东郡王，历任侍中、丹阳尹、荆州刺史，552年登基，在位三年，城陷遇害。追称梁元帝。性猜忌。能文善画。尝作《职贡图》（已佚）。著有《金楼子》、《孝德传》、《忠臣传》、《周易讲疏》等。

【注】《灵谷禅林志》此文题为《与开善寺智藏法师书》。

江宁吴少府宅饯宴序

[唐]王　勃

蒋山南望，长江北流，五胥用而三吴盛，孙权困而九州裂。遗墟旧壤，数万里之皇城；虎踞龙盘，三百年之帝国。阙连石塞，地实金陵。霸气尽而江山空，皇风清而市朝改。昔时地险，尝为建业之雄都；今日太平，即是江宁之小邑。吴生俊宰，辅佐烹鲜，我辈良游，方驰去鹢。梁伯鸾之远逝，自有长谣；闵仲叔之遐征，仍逢厚礼。临别浦、枕离亭，阵云四面，洪涛千里。帘帷后辟，竹树映而秋烟生；栋宇前临，波潮惊而祥风动。嗣宗高啸，绿轸方调；文举清谈，芳樽自满。想衣冠于旧国，便值三秋；忆风景于新亭，俄伤万古。情穷兴洽，乐极悲来，怆零雨于中轩，动流波于下席。嗟乎！九江为别帝里，隔于云端；五岭方踰交州，在于天际。方严去舳，且对穷途，玉露下而苍山空，他乡悲而故人别。请开文囿，共泻词源。人赋一言，俱题四韵。

《王子安集》卷六

[唐]王　勃

王　勃（650—676），字子安，绛州龙门人。王通之孙。六岁能文，未冠应幽素科及第，授朝散郎，为沛王府修撰。得罪高宗被逐，漫游蜀中，客剑南，后补虢州参军。私杀官奴获死罪，遇赦除名。后溺水受惊而卒。诗文与杨炯、卢照邻、骆宾王并称"初唐四杰"。著有《王子安集》。

上元县开善寺修志公和尚堂石柱记
[唐]李顾行

盖六度为万行之本，施檀其一焉。然以不住相而为者，其用大；不希福而舍者，其道弘。故我廉察使、御史大夫赞皇公，是以有法财之施焉，亦犹真谛无像，因像以教立，至人无功，由功而用显。志公和尚者，实观音大士之分形者欤然！迹见于近代。《梁书》具载其事。夫妙觉本寂，法身圆（一作图）对，应群品而必呈，观众生而常度，故利见则洪钟待扣，感毕乃慈航息运。初志公之未迁灭也，梁武帝命工人审像而刻之，相好无遗，俨然若对。建窣堵波于金陵之开善寺，圣功冥化，历代瞻敬，人钦其神者二百余祀。公乃具彩舟、设幡盖而迎，至则置于厅事西偏，方丈之净室。每旦散名花、爇灵香，时复膳百味、鼓八音以展诚敬，以申供养。公曰：观其寂然不动，契定慧于真宗；杜口无言，若息心于了义。夫色相如影，则遗像与全身不殊；文字性空，则言语与寂默奚异。吾知之矣！吾得之矣！亦既观相，爰归本寺，幢幡赞呗，如始至焉。公乃减清俸，解上服，命修珠帐，饰花座，因陀之冈（疑）如悬，上帝之宝咸在，其余则置膏腴之田，以供香火之用。所以崇像设，显灵踪，弘有为之教，俾蒙昏之类，永有所依归。僧徒等欲昭示于后，以图不朽，请刻石以纪事，小子承命而述焉。

长庆四年三月十一日记。

《文苑英华》卷八百二十

李顾行（810生前后在世），唐宪宗元和五年庚寅科状元及第。该科进士三十二人。礼部侍郎崔枢主考。试题为《洪钟待撞赋》和《恩赐魏文贞公诸孙旧第以导直臣诗》。取状元后入仕。官至监察御史。此文收入《全唐文》。

八功德水记
[宋]梅挚

钟山之阳有泉，曰八功德。梁天监中，有胡僧昙隐飞锡寓止修行，有一庞眉叟相谓曰："予山龙也，知师渴饮，功德池措之无难矣！"人与口灭，一沼沸成，深仅盈寻，广可倍丈。浪井不凿，醴泉无源，水旱若初，澄挠一色。厥后西僧继至，云："本域八池，一已督矣！此味大较相类，岂非竭彼盈此乎！"一清、二冷、三香、四柔、五甘、六净、七不噎、八不蠲疴，又其效也。夫姜诗孝闻，获渊开而鲤跃。二师诚至，因剑刺以流飞，义有激而相求，物何远而不应。向匪兼济，则为怪力。是泉也，方外净因，寰中美利，矧其灵者，安可忽诸，世故流离，滋液长在。惜其风雨不庇，荆芜四侵，寂寥山阿，孰为起废！史馆学士、兰陵萧公贯，以己俸作亭甃，板石八，自南康购至，楹柱四，下东府所成，凿崖以审曲，匮土以端术，奢不至侈，岿然独存。仍练僧结庐于前以掌之，庶几便民汲、息客游，非有徼于妄福也。

《灵谷禅林志》卷二

梅挚（994—1059），字公仪，成都新繁人。宋仁宗天圣五年进士，历官大理评事，知蓝田、上元县，苏州通判，开封府判官，侍御史，天章阁待制，知杭州时帝赐诗宠行，龙图阁学士，右谏议大夫，江宁府、河中府知府等。性淳静，言事有体，不为矫厉之行，政绩如其为人。

江宁府祭蒋山庄武帝神文
[宋]张方平

维皇佑元年六月一日，端明殿学士、朝散大夫、右谏议大夫、知江宁军府兼管内劝农使、提举宣歙等州军兵甲公事、轻车都尉、赐紫金鱼袋张某，谨以清酌时果之奠，敢告于蒋山庄武帝之神：

霪雨作沴，浃旬未止，民弗宁于厥居，惧无以输上经赋供神常事，以至于饥且穷也。某非才，为之长吏，虑政不敏，以致咎罚。谋于僚佐，所以徼福。皆曰：祈雨而雨，祷霁而霁。庇佑兹土，惟帝聪明。属限诏条，不得躬谒以请也，谨差将仕郎、试秘书省校书郎、行上元县张康侯以告帝，尚降鉴矜此下民。尚飨。

《乐全集》卷三十五

张方平（1007—1091），字安道，号乐全，睢阳人。宋景祐元年中茂才异等科，任昆山知县。又中贤良方正科，迁睦州通判。历知谏院、制诰、开封府，翰林学士、御史中丞，知滁州、江宁府、杭州、益州。神宗朝，官拜参知政事，反对任用王安石，反对新法。卒谥文定。著有《乐全集》。

蒋山钟铭
[宋]王安石

于皇正觉，训用音闻。
肆作大钟，以警沉昏。

《临川文集》卷三十八

蒋山觉海元公真赞
前 人

贤哉人也！行厉而容寂，知言而能默；誉荣弗喜，辱毁弗戚；弗矜弗克，人自称德；有缁有白，自南自北；弗句弗逆，弗抗弗抑；弗观汝华，惟食已实；孰其嗣之，我有遗则。

《临川文集》卷三十八

[宋]王荆公

乞将田割入蒋山常住札子
前　人

臣父子遭值圣恩，所谓千载一时。臣荣禄既不及于养亲，雱又不幸，嗣息未立，奄先朝露。臣相次用所得禄赐，及蒙恩赐雱银，置到江宁府上元县荒熟田元契，共纳苗三百四十二石七斗七升八合，簾一万七千七百七十二领，小麦三十三石五斗二升，柴三百二十束，钞二十四贯一百六十二文，省见托蒋山太平兴国寺收岁课，为臣父母及雱营办功德。欲望圣慈特许，施充本寺常住，令永远追荐。昧冒天威，无任祈恩，屏营之至取进止。

《临川文集》卷四十三

诏以所居园屋为僧寺及赐寺额谢表
前　人

臣某言。基迹丛祠，冀鸿延于万寿；锡名扁榜，窃荣遇于一时。臣生乏寸长，世叨殊奖，贱息奄先于犬马，颓龄俯迫于桑榆。独念亲逢，莫有涓埃之补报；永惟宏愿，岂忘香火之因缘。伏蒙皇帝陛下俯徇祈诚，特加美称，所惧封人之祝，终以尧辞；乃尘长者之园，邈如佛许。仰凭护念，誓毕熏修。臣无任。

《临川文集》卷六十

依所乞私田充蒋山太平兴国寺常住谢表
前　人

臣某言。缘恩昧冒，方虞恩上之诛；加意畀矜，遂窃终天之幸。伏念臣少尝陧阢，晚悞褒崇，荣禄虽多，不逮养亲之日；余年向尽，更为哭子之人。追营香火之缘，仰赖金缯之赐。尚复祈恩而不已，乃将徼福于无穷。伏蒙陛下，眷遇一于初终，爱恤兼夫存没，特挠常法，俯成私求。虽老矣无能，莫称漏泉之施；若死而未泯，岂忘结草之酬。臣无任。

《临川文集》卷六十

王安石（1021—1086），见前。

书《王荆公游钟山图》后
[宋]陆　佃

荆公退居金陵，多骑驴游钟山，每令一人提经、一仆抱《字说》前导、一人负木虎子随之。元祐四年六月六日，伯时见访，坐小室，乘兴为予图之。其立松下者，进士杨骥、僧法秀也。后此一夕，梦侍荆公如平生，予书"法云在天，宝月便水"二句，"便"初作"流"字，荆公笑曰"不若'便'字之为愈也"。既觉，怅然自失，念昔横经座隅，语至言极，迨今阅二纪，无以异于昨夕之梦，人之生世何如也，伯时能为我图之乎？

吴郡陆某农师题。

《陶山集》卷十一

[宋]陆　佃

陆　佃（1042—1102），字农师，号陶山，越州山阴人。陆游祖父。家贫苦学，映月读书。尝过金陵受经于王安石。宋熙宁三年进士，授蔡州推官、国子监直讲。历知邓州、江宁府、泰州、海州。徽宗即位，召为礼部侍郎，命修《哲宗实录》。后拜尚书右丞，转左丞。著有《陶山集》。

谒蒋帝祠※
[宋]张　耒

予自金陵月堂谒蒋帝祠，初出北门，始辨色，行平野中。时暮春，人家桃李未谢，西望城壁，壕水或绝或流，多鹬鹊白鹭。逶迤近山，风物夭秀，如行锦绣图画中。旧读荆公诗，多称蒋山景物，信不诬也。白公少客杭州，自言欲得守杭，卒如其言。予亦云。

《柯山集》卷四十四

张　耒（1054—1114），字文潜，号柯山，亳州谯县人。迁居楚州（今江苏淮安）人。十三岁好为文，十七岁作《函关赋》，传诵人口。宋熙宁六年进士，曾任太常少卿等官，坐元祐党籍落职。与黄庭坚、晁补之、秦观被称为"苏门四学士"。晚年贫病交加，孤寂而卒。有《张右史文集》。

【注】加※号者，标题均为编者所拟。下同。

钟山志公塔※
[宋]张舜民

壬子六同年食于府园，同年张琬与焉。历遍李氏后苑，登高斋，望蒋山、覆舟、幕府诸山，尽见金陵形胜。大率今之衙城，乃故内也，府园即禁苑。

蒋山遇王安上，同观上方。

钟山志公塔，在钟山之顶，四面皆不相连属，自为一山，形如覆钟。蒋山包怀在外，迫近方见。旧有志公刀、尺、寻，李氏归国，太宗取致宫中。既而出，付启圣院。塔之所奉者，非本物也。

《画墁集》卷七

张舜民（约1034—约1100），见前。

妙宗字序
[宋]释惠洪

顷游钟山定林，读王文公壁间所书《信心铭》，作横风斜云势，知为宗门之光，叹爱久之。山中故老谓余言，文公绝嗜此文，与衲子语，必诵之，曰："归根得旨，随照失宗。诸法要妙，八言足矣。有而弗知则失宗，知而弗信其迷旨。"

余偶客石霜，与客夜语及之，余曰："文公闻弦赏音，妙合雅曲如此，乃知法以不生故，一如以虚明故自照，唯以自照故如，如知白矣。如珠之光，还自照珠，非妙心宗，不能尔也。"坐有嘉禾上人，忻然笑曰："如照我名也，而适舍其义，岂偶然也哉。"余曰："尝有字乎？"曰："未也。"请妙宗字其名，妙宗佳妙年，东吴丛林号饱参者，一杖翛然，如无心云，殊可人也。录其序以遗之。

《石门文字禅》卷二十四

钟山赋诗
前 人

余居钟山最久，超然山水间，梦亦成趣。尝乘佳月登上方，深入定林，夜卧松下石上，四更自宝公塔路还合妙斋，月昃虚幌，净几兀然，童仆憨寝甫鼾。凭前槛，无所见，时有流萤穿户牖，风露浩然，松声满院，作诗曰"雨过东南月亮清，意行深入碧萝层。露眠不管牛羊践，我是钟山无事僧。"又曰"未饶拄杖挑山衲，差胜袈裟裹草鞋。吹面谷风冲过虎，归来风雨撼空斋。"

《冷斋夜话》卷六

释惠洪（1071—1128），即释觉范。见前。

蒋山谢晴文
[宋]葛胜仲

近因积雨，恭祷炎曦。惟可恃于大慈，果遄臻于休应。黄云刈亩，麦不耗于已登；翠浪翻田，苗更欣于盛长。报酬何有，归飨益虔。

《丹阳集》卷十一

葛胜仲（1072—1144），字鲁卿，常州江阴人。宋绍圣四年进士。元符三年中宏词科。累迁国子司业，国子祭酒，建炎四年知湖州，翌年致仕。晚年寓居丹阳。卒谥文康。宣和间曾抵制征索花鸟玩物的弊政，气节甚伟，著名于时。与叶梦得友密，词风亦相近。著有《丹阳集》。

祈雨宝公塔文
[宋]叶梦得

某入境问民疾苦，皆曰："自春雨泽，仅足播种而未洽，乃五月不雨至于今，禾之将秀者，盖病矣。"比连日虽霈油云之润，而境内犹不遍及，闵闵之忧，在于旦暮。历旬不继，则民必有受其害者。用是惕然不敢安，惟至人无心，与法皆一，远迩何择，孰非慈哀，愿矜怵迫之情，特施广大之惠，使民得益，苏于凋残。安辑之余，则某亦庶几免咎于强勉。莅事之始，诚意殚尽，此言必闻。

《建康集》卷四

祈晴宝公塔文
前　人

维我邦人，仰依法荫。迫穷赴愬，凡有急而必归；艰厄更尝，盖无求而不应。今兹淫潦，殆已弥旬，苟朝暮之未回，必高卑之皆病。愿宏普济，俯鉴群情。万亿有藏，亟被秋阳之暴；十千并耦，终观岁事之成。庶俾丰穰，益苏凋瘵。

《建康集》卷四

叶梦得（1077—1148），见前。

【注】叶公此类文尚多，仅选二则以备一览。

双林大士碑
[宋]程俱

梁中大通六年正月，婺州乌伤县民自号双林树下，当来解脱，善慧大士，天中天使，其徒奉书诣阙，书词甚高，谓"帝国主救世菩萨"，其言上中下三善，以虚怀不着为上，护养众生为终，且言大士誓弘正教，普度群物，闻皇帝志善，欲来论议。武帝异之，诏曰："善慧欲度脱众士，解一切缠缚，大士行无方，所若欲来，随大士意耳。"

乃以十二月至钟山，明年三月八日至阙下。武帝素闻其神异，预勅诸门皆锁，大士及门不得入，以大槌

[宋]程　俱

一叩，诸门尽开，径入善言殿。初，大士将入都，持大木槌，二人莫测其意，至是，人谓"叩门槌"云。见谒者三赞不拜，直上三榻，对语益玄谐。帝为设食，食竟，直出钟山坐定林松树下。诏县官资给，自是名僧、胜士云集坐（座）下。大同元年，帝讲《三慧般若经》重云殿，公卿侍从前集，乘舆至，悉起迎大士，坐如故，御史中丞问状，答曰："法地若坐，一切法不安。"又与座人辩诘如响，讲罢，帝赐水火珠二，大径寸，以取水火于日月云。翼日，帝独延大士寿光殿语，夜漏，上乃出。五年再入都，与帝论息而不灭义，又说帝曰："一切色像，莫不归空，无量妙法，不出真如，天下非道不安，非理不乐。"帝默不怿。太清二年三月，白众将持不食，上斋烧身为大明灯，供养三宝，普度一切，弟子哀惧，劝请愿以身代者十九人，烧指截耳刺心者二十八人，持上斋三日者十五人，卖身奉供者又二十余人。梁末，饥乱，大士日与其徒，拾橡栗揉菜作糜，以活闾里，盗不忍犯。光大二年冬，嵩头陀死于龙丘岩，是日，大士心知之，集众谓曰："嵩公已还兜率天，与我同度众生去已。尽矣，我不得久住于此。"作《还源诗》十二章，乃于大建元年四月己卯示寂，年七十三。越三日，体复柔暖香洁。又七日，县令陈钟耆来，礼敬传香，次及大士，犹反手取香。众益惊叹，遂葬潜印渚松山之隅，累甓为床，置尸其上，大士命也。

　　大士姓傅，名翕，字玄风，世农，少以渔为业，娶妻刘氏，后号妙光，生二子：普建、普成。大士年二十四方沂渔，稽停塘下，有胡僧至，语大士曰："昔与汝于毗婆尸佛前，发大誓，度众生，今兜率宫居宇故在，何当还耶？"大士不领其言，僧令大士鉴水中，则圆光宝盖，环覆其身，大士即悟宿因，语胡僧曰："吾方以度众生为急，何暇思兜率之乐乎！"弃渔具，从僧至松山下双梼树间，曰："此修行地也。"后即其所建双林寺云。胡僧，嵩头陀也。赞曰（略）。

《北山集》卷十八

程　俱（1078—1144），见前。

圆悟禅师传（节选）
[宋]孙　觌

　　临济七世孙圆悟禅师，讳克勤，彭州崇宁县骆氏儒家子……徙住长沙道林，赐号佛果。实太保、领枢密院邓公子常所奏乞也。政和中，诏住（建）康蒋山，东南学者赴之如归市。名闻京师，诏住天宁万寿禅寺。建炎初，宰相李公伯纪当国，奏师住金山龙游寺。车驾幸维扬，召诣行在，入对殿庐，赐号圆悟禅师……

师自得法白云，名声藉甚。时有佛鉴师惠勤，亦知名。众遂目师以为"川勤"别之，其后由岳麓徙蒋山，行成力具，道大名播，天神诃护，与古佛齐眉矣……

《鸿庆居士集》卷四十二

孙　觌（1081—1169），字仲益，号鸿庆居士，常州晋陵人。五岁即为苏轼所器。宋徽宗大观三年进士。政和间中词科。官至直学士院。金兵破汴京，草降表。绍兴元年，知临安府。后退居太湖。为人依违无操，诋李纲，阿谀万俟卨，谤岳飞。善属文，尤长四六。著有《鸿庆居士集》。

和州褒山佛眼禅师塔铭（节选）
[宋]李弥逊

江淮之南，有大禅师号曰"佛眼"，道行闻于朝，勅居和州之褒禅山。踰年以疾辞，归隐蒋山之东堂。远近奔凑，执弟子礼以求法者不知几何人。名山大刹，驰使延请者，方来而未已也。宣和二年冬至之前一日，饭食讫，整衣趺坐，合掌加额，怡然而逝。

……

《筠溪集》卷二十四

李弥逊（1085—1153），字似之，号筠西翁、筠溪居士、普现居士，吴县人。宋大观三年进士。调单州司户，高宗朝试中书舍人，再试户部侍郎，以反对议和忤秦桧，出知漳州。绍兴十年乞归田。隐福建连江西山。擅诗词，风格豪放。与李纲等友善，相唱酬。著有《筠溪集》、《甘露集》。

蒋山大佛殿记
[宋]刘　岑

宝公道场始于梁武，其女号曰永定公主，割舍私财，创为精舍。当时词臣陆倕、王筠作为文章，以纪其事。我本朝大中祥符，赐榜"太平兴国禅寺"，加封宝公"道林真觉"。庆历改元，翰林学士叶清臣来守是邦，以禅易律。元丰，主僧曰法泉者，经营辛苦，成大丛林。焚于建炎，复于绍兴云。大佛殿前又有大毗卢阁，两翼为行道、阁属之殿，其余堂庑，极其雄丽，皆绍兴以来所建。淳熙十六年九月晦，一夕而烬。今累年营缮，骎骎复盛矣！宝公旧像，父老相传以沉香为之，国初取归京师。陈轩《金陵集》载狄咸《游蒋山诗》云"旃檀归象魏，窣堵卧烟霞"，盖谓此也。本朝太平兴国七年，舒民柯萼遇老僧，往万岁山指古松下，掘之得石

[宋]刘季高

篆，乃宝公记圣祚绵远之文，于是遣使致谢，谥曰"宝公妙觉"。治平初，更谥"道林真觉大师"。按《建康实录》："开善寺有志公履，唐神龙初，郑克俊取之以归长安。"今洗钵池尚在，塔西二里，法云寺基方池是也。寺西有曰道光泉，以僧道光穿劚得名；曰宋熙泉，以近宋熙寺。基之侧有八功德水，在寺东悟真庵之后。一人泉在寺北高峰绝顶。寺东山巅有定心石，下临峭壁；寺西百余步有白莲庵，庵前有白莲池，乃策禅师退居之所；寺后向东，有娄禅师之塔。

《景定建康志》卷一

刘岑（1087—1167），字季高，号杼山居士，吴兴人。迁居溧阳。宋宣和六年进士，曾出使辽国。后通判兴国军，除湖州通判，累官户部侍郎、刑部侍郎，出知太平州、池州、镇江及信州。后任随军转运使。奉祠告老，以徽猷阁待制致仕。学问渊博，宽宏爱士。工草书，文章雄赡。

净慈道昌禅师塔铭（节选）
［宋］曹　勋

师名道昌，俗姓吴氏，湖州归安县宝溪横洋人……左丞叶公寓卞山，与师契厚，每鱼鼓相从，伊蒲共馔，说甚深法，约为方外忘形之交……（绍兴间）叶公帅建康时，蒋山新经戎烬，屋仅数椽，像设莫存，基址如故。公奏请师住此山。不数年，楼阁化城，若自天而下。宝公规制，尽复旧观，山中一草一木，若鸟若兽，皆被赐焉。师稍倦应接，力避法席，回居卞山。

《松隐集》卷三十五

曹勋（1098—1174），字公显、世绩，号松隐，颍昌阳翟人。以荫补承信郎，赐甲科。宋靖康元年，与徽宗一起被金兵押解北上，受徽宗半臂绢书，自燕山逃归。绍兴十一年，充报谢副使出使金国。十四年、二十九年又两次使金。孝宗朝拜太尉。著有《松隐文集》、《北狩见闻录》。

诗词改字（节选）
［宋］洪　迈

王荆公绝句云："京口瓜洲一水间，钟山只隔数重山。春风又绿江南岸，明月何时照我还？"吴中士人家藏其草，初云"又到江南岸"，圈去"到"字，注曰不好，改为"过"，复圈去，而改为"入"，旋改为"满"，凡如是十许字，始定为"绿"。

《容斋续笔》卷第八

注书难（节选）
前　人

注书至难，虽孔安国、马融、郑康成、王弼之解《经》，杜元凯之解《左传》，颜师古之注《汉书》，亦不能无失。王荆公《诗新经》"八月剥枣"解云："剥者，剥其皮而进之，所以养老也。"毛公本注云："剥，击也。"陆德明音普卜反。公皆不用。后从蒋山郊步至民家，问其翁安在？曰："去扑枣。"始悟前非。即具奏乞除去十三字，故今本无之。

《容斋续笔》卷第十五

洪　迈（1123—1202），字景卢，号容斋，鄱阳人。洪皓第三子。宋绍兴十五年进士，历任国史馆编修，吏部员外郎，曾出使金国。后知吉州、赣州、建宁、婺州。官至端明殿学士。卒谥文敏。博览群书，学识渊博。著有《野处类稿》、《容斋随笔》、《夷坚志》，编有《万首唐人绝句》。

游钟山记※
[宋]陆　游

八日晨，至钟山道林真觉大师塔焚香。塔在太平兴国寺上，宝公所葬也。塔中金铜宝公像，有铭在其膺，盖王文公守金陵时所作。僧言古像取入东都启圣院，祖宗时每有祈祷，启圣及此塔皆设道场。考之信然。塔西南有小轩，曰"木末"。其下皆大松，鬐甲夭矫如蛟龙，往往数百年物。木末，盖后人取王文公诗"木末北山云冉冉"之句名之。《建康志》谓公自命此名，非也。塔后又有定林庵。旧闻先君言，李伯时画文公像于庵之昭文斋壁，着帽束带，神彩如生。文公没，斋常扃闭，遇重客至，寺僧开户，客忽见像皆惊耸，觉生气逼人，写照之妙如此。今庵经火，尺椽无复存者。予乙酉秋，尝雨中独来游，留字壁间，后人移刻崖石，读之感叹，盖已五六年矣。归途过半山，少留。半山者，王文公旧宅，所谓报宁禅院也。自城中上钟山，此为中途，故曰半山。残毁尤甚。寺西有土山，今谓之培塿，亦后人取文公诗，所谓"沟西顾丁壮，担土为培塿"名之也。寺后又有谢安墩，文公诗云"在冶城西北"，即此是也。

《渭南文集》卷四十四·入蜀记

[宋]陆放翁

陆　游（1125—1210），字务观，号放翁，越州山阴人。宋高宗时应礼部试，为秦桧所黜，孝宗时赐进士。中年入蜀，投身军旅，官至宝章阁待制。晚年退居家乡。擅诗词。诗存九千多首，其词纤丽处似秦观，雄慨处似苏轼。著有《剑南诗稿》、《渭南文集》、《南唐书》、《老学庵笔记》。

皇太后服药蒋山疏文（己卯）

[宋]周必大

寿祉无疆，方隆坤载，节宣或爽，未格时和。眷钟阜之精蓝，实能仁之胜地。仰体九重之意，俯殚万国之诚。设净供于人天，集殊因乎梵释。冀凭慧力，速臻药石之功；益永徽音，更茂松椿之寿。

《文忠集》卷八十三

[宋]周必大

泛舟游山录二（节选）

起乾道丁亥七月，尽是年九月。

前 人

乙亥，诸军大阅，辞张侯之会，与翁子功过蒋山，礼宝公、酌八功德水、访定林。定（林）在蒋山、钟山之间，有务观（即陆游）乙酉七月四日题字，为续其后云："丁亥九月十一日，务观之友周子充，陪翁子功来游。"子功盖往时扶病招务观者，怯雨留塔下，今复为东道主，但恨欠此佳客耳。蒋山长老正恩法嗣果恩，禅风孤硬，号"恩铁脚"，有功于葺寺。而向所谓杨善友者，今披剃，名法才，其妻已死，独衷数十万缗，再造三门云。

饭罢由山路访草堂，即《北山移文》者，盖蒋山之尾也。旧有宝成寺、娄约法师讲经台、大井，及他遗迹尚多，近为杨存中毁去，别筑其大父宗闵坟，寺额曰"隆报"，又立庙于寺侧，亦赐勑额。殿宇极侈，营造犹未已，古迹为之一空。太息而归。

循覆舟山过行宫养种园，望屋瓦鳞鳞，子功欲同游阁上，游止遂复入东门。子功有会不果赴，同周姨夫赴张晞颜太尉晚集，年七十三尚蓄十姬。有秋香者，府中号"雪婆婆"，善酒戏，四鼓后归。

丙子晴，漕司主管文字赵承议不怯，同年也，干办公事范宣义，同密之子、主管帐司赵文林师炳，保宁长老行舒，天禧长老智勤，及蒋山恩老并相候，两司已供张赏心亭饯别，俄报勑使王官来阅军，实遂散，携家登览而归。人事扰扰，解舟，已申时便帆行夹（同峡）中，宿板桥。

《文忠集》卷一百六十八

记金陵登览（节选）
前 人

东门即白门也，五里至报宁寺。本王介甫旧宅，元丰中舍为寺，赐今额。兵火后，败屋数间，土人但呼半山寺。言自城去蒋山十里，此适半涂也。迥野之中，鸡犬不闻，介甫居时已如此。介甫入城必舟，循沟而西，若东过蒋山，则跨驴云。顷之，至蒋山精舍，盖王氏功德院。近年募缘重造，殿基华焕，有修武郎某人脱尺籍，与其媪燃指苦行，前后化钱帛助土木费，以万计。

宝公塔在钟山顶，此山孤立于蒋山之内，坐木末、先照、新月三轩，形势皆可见。闻宝公刀、尺、帚，太宗时取入内矣。今无古物，惟秦熺施锦衣、七宝念珠而已。饭罢，肩舆访八功德池水，皆山行中，路有支径过定林。子柔步往，予负杖以俟。回望方山，甚平阔，亦见大江。既而子柔归，去定林无足观，遂至池上，移时乃下山。复与子柔驰马穿松林，约四五里，到介甫坟庵。一僧守之，平甫、和甫、元泽诸坟相望也。日斜，归憩半山，主僧出介甫画像，屋壁之后陷小碑，刻介甫谢公墩绝句，及他诗数篇。

自蒋山望幕府、覆舟诸山，气色甚佳。

……

漕司比厅乃王介甫宅，既舍作半山寺，遂居城中。

《文忠集》卷一百八十三

周必大（1126—1204），见前。

八功德水庵题壁诗※
[宋]周 辉

辉忆年及冠，从父执陈彦育序游钟山，陈题三、四诗于八功德水庵之壁："寒骑瘦马度山腰，目断青溪第一桥。尽是帝王陵墓处，野风荒草暝萧萧。""十年尘土暗衣巾，乱走江湖一病身。西第将军成底事，北朝开府是何人？"止记其二。陈，句容人，素与先人厚善。先人尝次其韵："雄压吴头控楚腰，千峰环拱冶城桥。黄旗紫盖旋归汉，古刹凄凉尚号萧。""北岳经行匪滥巾，相陪来现隐沦身。春萝秋桂还吾辈，白浪红尘付若人。"皆书于壁。二十年后再过之，皆不存矣。

郄后化蟒之地鹿苑院，土人名为萧帝寺。寺之殿宇，犹是梁时建立者。

《清波杂志》卷三

周　辉（1127—1198后），字昭礼，海陵（今泰州）人。周邦子。南宋绍兴年间曾应试博学鸿词科。终生未仕，以才艺游食公卿间。后到金国，晚年隐居钱塘清波门之南。富藏书，约万卷。工文，喜作笔记、杂录。著有《清波杂志》、《清波别志》、《北辕录》。

隐静修造记
［宋］张孝祥

平时江东法席之盛，建康曰钟山，当涂曰隐静，宛陵曰敬亭。敬亭黄蘖之所居，而钟山、隐静，则又志公、杯渡托化之地，山川形势略相甲乙。建炎之兵，敬亭独存，钟山、隐静则瓦砾之场也。自余往来建康，住钟山者既更十余辈，未尝不欲建立，而卒不能有所就，数年来仅能复有佛殿矣。问其事力，悉出于道人杨善才者，寺之僧无与也。惟隐静介居繁昌、南陵之间，地瘠民穷，而无大檀施，山又深阻，寻幽好奇之士不至。妙义禅师道恭，绍兴甲子自大梅来，披荆棘、荤粪秽，由尺椽片瓦之积，至于为屋数百千楹，土木之工、金碧之丽，通都大邑未有也。盖妙义住此山，于今二十有二年，以岁月之久，愿力之坚，规模之宏远，心计之精明，始于至难，积而至于易；营于所无，积而至于有。以能圆满此大事，因缘历年虽多，一弹指之顷也；为屋虽多，一把茅之易也。夫以钟山距建康十里而近，富商大贾之所走集，金帛之施无虚日，旧观之还，其艰若此；隐静望钟山不敢十一，而所以庄严成就乃百过之。余尝求其故矣，妙义之道业，足以致此，而其大端亦以久故也。此佛事也，非久不济！而今之为郡县者，视所居官如传舍，朝而不谋其夕，欲民之化也，政之成也，难哉！

年月日，张某记

《于湖集》卷十三

请恩老住蒋山疏
前　人

陕府铁牛，脚力负万钧之重；石霜角虎，眼光摇百步之威。欲转无上法轮，须还本分尊宿。恩公长老，一生打硬，四海知名。杨歧栗棘蓬，当仁不让；国师无缝塔，此义却谙。截断众流，壁立千仞。乃眷钟山之胜地，实繫圜悟之昔游。俗驾初回，潮音未振。考之公论，金欲师来。拗折竹篦，且与逢场作戏；横担柱杖，直须亲面相呈。稽首妙华王，请祝圣人寿。

《于湖集》卷二十五

张孝祥（1132—1169），见前。

坐禅不亏人※
[宋]赵与时

王荆公一日访蒋山元禅师，坐间谈论，品藻古今。元曰："相公口气逼人，恐著述搜索劳役，心气不正，何不坐禅，体此大事。"又一日，（公）谓元曰："坐禅实不亏人，余数年欲作《胡笳十八拍》不成，夜坐间已就。"元大笑。事见《宗门武库》。

《宾退录》

赵与时（1175—1231），字行之，一说字德行，嘉兴人。太祖七世孙。资质敏悟，秀出璇源。弱冠已荐取应举，宁宗登大宝，补官右选。沉沦下僚三十余年。宝庆二年进士，官丽水丞。著有《宾退录》十卷，考证经史，辨析典故，颇多精核，可为《梦溪笔谈》、《容斋随笔》之续。

蒋山寺八功德水亭记
[宋]赵师绪

八功德水，钟山之胜也。亭久弗葺，编修钟公建台之明年元正之三日，率僚属为国祈年於宝公，味灵源之甘洌，慨栋宇之湫陋，图敞而新之。鸠工度材，斫岩拓基，增卑为高。不扰于民，不侈厥费，轮奂翼然，所以获神渊而绵美泽也。自有此山，即有此水。梁天监中始得名。我宋天圣中，史馆萧公始亭其上。迨今百七十有七年，复宏旧观，阐幽发奇，后前有待，则嗣而葺之，以沾溉后人，滋福于无疆。是山龙沸出之祥，钟公重建之美意也。公名将之，字仲山，长沙人。自枢属三持节为此来，今著籍上元。是役也，俾其属、浚都赵师绪董之。因识其岁月。

嘉定改元上巳日记并书。

《灵谷禅林志》卷二

赵师绪（1208年前后在世），宋宗室。绍定间知漳浦。修学宫，培士气。邑西有古陂，岁久淤塞，辟而治之，沿陂为堤，立斗门以资蓄泄，溉民田甚多。民立祠祀之。

【注】：此标题据《金陵金石考》所载。

钟山赋
[宋]周文璞

陟古阜兮逶迟，望古乡兮徘徊。日忽忽兮欲下，捈予心兮诉哀。昔王气之初发，有神人之称孤，逮温雒之弗竞，亦中兴于此都。乃因融结以作镇，倚崔嵬而在东。指牛首以立阙，背龙盘而作宫。后季嗣兴，规模屹隆，张皇帝图，咨谋国工，阴阳既调，清宁亦同。司马岌巢而引前，太极穹窿而当中。华林桂鼓，璇室歌钟。蠹丹楹兮暨暨，森翠氛兮融融。殿簿苑记，密如鱼鳞。中纳元气，仰规大辰。将欲宾氆裘于九夷，负黼扆于万春，摄提纪历，卷舒效珍，回皇风于太初，散灵雨于无垠。及乎分代易姓，灭没变迁，厚祸隐藏毒，实生其间，紫髯鼎来，黄须载奔，索蜜口苦，辞鸩涕潸。近奋身而倒戈，亦反袂而张卷。则见天衣画章，意貌孔武，太白连蜷，出渡江渚，丽色登梯，明云镜空。怆旧艳新，遣归闷宫。列事着帻，夸战负剑，阁像未尘，街首将变。饮血击贼，举烽烛夷，戎鼓愔愔，櫼车累累。受诏下令，烧香讽诗。妖祥昏淫，废兴乖离，传之到今，文字峻峭，音节凄悲，虽袵席之上，岩石之下，可听可咏而不可思矣。有如斯山，则偃蹇干霄，隐天蔽日，虽涉世兮毋害，盖与时而出入。哀园楸兮江枫，旋灰飞兮雨泣，杀祲缠郭，晨暗夜明，处子伤内，老夫填坑，匹马群死，滛羊衡行，岂曰作镇，而能忘情。凡今齐民，肯复记忆，但能联络相命，趣具酒食。上萧斋而膜拜，抚漫碑而口嘖，吉祝于蒋侯之庙，遐眺于周顗之宅。野芳敷蕍，山啸嗅嘀，渺归兴兮亡，尽畀兴衰。于戏剧嗟！夫系绪悠远，条流烦贸，若锡龈于肥水兮，亦尝并力以扶拂，彼大勋之未集兮，自贤庸之弗究，缘义类以瞰词兮，庶兹山之可吊。

《方泉诗集》卷一

周文璞（1216年前后在世），见前。

游钟山记

[元]胡炳文

江以南形胜，无如昇（即昇州，下同），钟山又昇最胜处。予至昇，首过上元谒明道先生祠，礼毕即度关游山。夹路松阴，亘八九里，清风时来，寒涛吼空，斯须寂然如故。路左入半山，先是谢太傅园池，荆公宅之，捐为寺，至今祠公与传法沙门等。出行三四里，又入一寺，弘丽视半山百倍，龛镂壁绘，光彩夺目，诡状万千。两庑级石而升四五十丈，始至宝公塔边，有轩，名木末。履舄之下，天籁徐鸣，浮岚映翠，可俯而挹。下有羲之墨池，投以小石，远闻声出丛苇间。其径荒芜，游客罕至，独拜塔者累累不绝。长老云："宝公巢生，里人朱氏取而子之，后成佛。凡祷水旱、疾疫如响。"语多不经。由塔后循山而左，过安石读书所，山石崛垒，忽敞平原，修篁老桧，万绿相扶，风鸣交加，犹作当时晤咿声。又行数里，休于观音亭，其旁八功德泉，有声锵然，汩汩至亭下，则囷然以涵。或谓病者饮此立瘳，众相饮，予以无疾不饮。遂回塔后，攀松升磴六七里至山椒，钜石人立。予登石以坐，凤台、鹭洲，渺不知在何许？但觉缭白萦青，隐见烟雾间，城中数万家楼阁如画，其闲旷无人处，六朝故宫也。北视扬子江头，一舟如叶，行移时不翅，浪楫风帆，想数十里遥矣！蟠龙踞虎，亘以长江，其险也如此。黄旗紫盖，有时而终，令人凄然。久之下山，至七佛庵，白云凄润，嚣壒不来。一僧嘘石罏，灰点须眉如雪；一僧蓬跣崖边，拾松子以归。语客质木，绝不与前寺僧类。闻其下有猛公庵、子文庙，山水稍奇丽，率为事神若佛者家焉。欲访猿鹤山堂，莫得其处，遂朗吟小山招隐，循故道、御天风而下，两袂如飞。亟入关，复至明道精舍，少憩而归。

因喈喈曰：昇自紫髯公以来，几兴衰矣，眼前花草，无复当时光景。伯子春风，千年犹将见之，至若熙宁相业，非不焯焯然炫人耳目，迄不如主上元簿者（铁注：指明道先生）复祠于学，何哉？

《四库全书·云峰集》卷二

胡炳文（1250—1333），字仲虎，号云峰，婺源考川人。胡师夔孙，胡斗元子。自幼好学，专研朱子理学；又承家传，精研易学。尝任江宁教谕、信州路学录和"道一书院"山长，年六十回家乡明经书院执教。被尊为"一代名儒"。著有《周易本义通释》、《诗集解》、《四书通》、《纯正蒙求》。

重镌十二时歌碑跋

[元]赵孟頫

宝公圣师小相，辞既刻石，又于碑阴小篆师《十二时歌》，妙绝当世！缘兵燹久毁。今北□诸师重命工摹镌，但失所篆歌，委余著笔，手拙心愧，岂敢媲美于前贤耶！

奉直大夫集贤学士、三教弟子、吴兴赵孟頫谨识。

僧录司右觉义正禧、广安，住持文伟同立。

《灵谷禅林志》卷四

[元]赵孟頫

赵孟頫（1254—1322），字子昂，号松雪道人，吴兴（今湖州）人。宋太祖十一世孙，秦王赵德芳之后，赵孟坚从弟。幼聪颖，读书过目成诵。诗文清远；工书，各体皆绝；绘画尤精。元至元博士。官至翰林学士，荣禄大夫，封魏国公。著有《尚书注》、《琴原》、《乐原》、《松雪斋集》。

泰定钟铭
[元]赵世延

元泰定四年丁卯仲冬初吉，蒋山住持守忠铸；光禄大夫、中书右丞赵世延为之铭曰：

真土胚中，火水运工。鼓之巽风，冶金在熔。
假合成功，象其穹窿。大明未东，孰启群蒙。
鲸音沨沨，警愦开聋。人天其通，五福攸同。
斯乃钟山之钟，振宗风于无穷。

《灵谷禅林志》卷四

赵世延（1260—1336），字子敬，雍古族人，居云中北边。元帅、梁国公赵国宝之子。天资聪明。弱冠入御史台肄习官政。尝居金陵。历官江南行台御史中丞。官至翰林学士承旨、光禄大夫、同知枢密院事，集贤大学士、奎章阁大学士、中书平章政事。历事九朝，颇有善政。卒谥文忠。

封蒋山宝公和尚制
[元]虞 集

[元]虞 集

朕丕纂鸿图，中兴景运，致百灵之扶翊，出庶征之祯祥。乃睠真如，尤深简注。宝公和尚现化身而济世，持应器以垂机。显密齐彰，神变著闻于当日；慈威互用，荫休行及于千年。藐在大江之南，常住道林之上。朕昔居潜邸，恒仰宝坊。万石悬钟，表明珠而不灼；四阿承霤，辑多宝以新成。

暨余践阼之初，首致加封之敬。若稽祀典，宜锡赞书。噫！尚鉴至诚，岂直朕躬之祷；益弘愿力，俾坚兆姓之安。

《道园学古录》卷二十二

太平兴国禅寺碑
前 人

昔金陵有神僧曰宝志，宋元嘉中居道林寺。历齐至梁，数著灵异，天监十三年示寂。武帝感其遗言，瘗诸钟山独龙之阜。帝女永安公主，表以浮屠。因建寺，曰"开善"。至宋太平兴国中。太宗得志公秘谶石中，符其国运，有神降其宫，亲与之语，盖志公云。太宗异之，号宝公曰"道林真觉菩萨"，更名寺曰"太平兴国"，赐田以食其人。熙宁中，王丞相安石守金陵，合诸小刹以附益之，寺始大。建炎毁于兵。绍兴中更作。淳熙中又毁，随更作之。每更作，辄加宏广。日葺月累，至于我国朝，而规制之盛，极矣。

至治辛酉，匡庐僧守忠，应请来主之。禅学之士，来者日满其室。今上皇帝以泰定乙丑之岁正月来，至于是邦，而寺适葺，天意若曰其撤旧而作新之乎？皇上感焉，出金币以为民先。于是，行御史台与郡县之吏，皆祗若上意。始忠之治寺也，时有蒲芦之泽，前见夺于豪家，寺、隶讼之，累年弗决。忠至，让而弗辨，夺者愧而归之。人固以是，信道之矣。皇上一风动之，远迩云集。富者效其财，贫者输其力，工则致其巧，农则献其食。一岁，垣庑成；再岁，堂室具。其可以名书者，曰方丈、曰北山阁、曰经楼、曰香积、曰水陆堂、曰白莲堂、曰伽蓝堂、曰大僧堂、曰道林堂、曰新仓院，曰耆宿之舍，而大佛殿、钟楼、三门未成，盖有待也。岁在戊辰，铸大钟，为金数万斤。方在冶，上施宝珠投液中。钟成，其款有曰"皇帝万岁"，珠宛然在其上，若故识之。而光彩明发，不以灼毁，万目共睹，欢叹如一。

时上方别建佛祠于寺北，赐名曰"大崇禧万寿寺"者也。是年秋，皇帝归膺大宝，是为天历元年。出诏书，布德泽于天下。即命廷臣制宝公号曰"道林真觉惠感慈应普济圣师"，封名香，以礼祠之。出黄金、白金重币以赐忠，俾成寺之役。蠲寺田之赋，赐守忠为"佛海普印昙芳禅师"，住持大崇禧万寿寺，兼领兹寺。未几，加授太中大夫，以大禅师领两寺如故。

至顺元年秋，御史中丞赵世安传勅，召忠入朝。九月九日，上御奎章阁，三藏国师、吏部尚书王某，以守忠入见，奏对称旨，命太禧宗禋院，日给廪饩，赐金襕伽黎衣，与青鼠之裘。其弟子以教、绍基等凡九人，赐各有差。十二月一日，赐宴圣恩寺。乃诏学士臣集至榻前，制文以记之，俾忠归刻诸石。国师以其事示臣集如此，臣谨具载而言曰：

上于金陵新作之寺二，曰"龙翔集庆"，因潜龙之旧邸也；曰"崇禧万寿"，广亲构之新祠也。独"太平兴国"，虽曰宋、齐、梁、陈、唐、宋之遗，然尽毁而复兴，实在今上龙飞之日，景运之玄契，盖有征焉。

兹三寺者，鼎立乎一郡之间，以同赞乎圣天子亿万斯年之寿，岂不盛哉？然臣尝窃闻陛下之意，每不欲专福于躬，而欲溥济均惠于天下，故敢述万一，而铭之曰：

维帝受命，厥有祯符。天人合机，不占以孚。

于赫圣皇，圣武之系。赞于克艰，禅作司契。

皇有万方，山川幅员。鳌厥下土，徒御告勤。
顾瞻道林，在江之汜。翠盖孔旆，来狩来止。
道林有宫，百灵攸宗。中有神师，民所敬恭。
土良泉甘，风雨时若。发祥效祯，以待圣作。
圣作孔时，动而天随。龙跃以飞，神师启之。
神师不言，而示以兆。有命方新，去故以燎。
作而新之，自我圣皇。乃袚乃除，乃基乃堂。
日月重明，天光旁烛。皇心载欣，万佛降福。
凡我臣民，息养以生。饱歌暖嬉，稚壮耋宁。
橐兵以革，牛马在野。至于永久，乐其休暇。
蠕动蛰殖，亦遂以成。幽塞苦宽，各芘而亨。
圣皇之心，斯佛之力。铭以著之，以示无极。

◎太平兴国禅寺碑：《四部丛刊》本《道园学古录》作《集庆路重建太平兴国禅寺碑》。

《全元文》第27册

虞　集（1272—1348），见前。

杨云岩居士作蒋山僧堂偈序
［元］释大䜣

　　寺古制皆有僧堂，然惟会食而已，至于寝处，则有别室，如今教律院，犹然也。独禅林，自唐开元中，百丈海禅师作清规，设长连床于堂，少长尽入居之。床端为木函盈赤，以贮三衣一钵，外无余畜也。坐卧起居有时，凡晨昏午夜以及旦，长老、首座加巡警焉，惰者罚，不率教而摈之。至于禅寂，吃苦枯枝，湛然止水，众千百肃如也。由贞元距今六百年，他规尽废，僧散处寺内外；甚者，一己占屋数十间，积产业以万计，舆马仆从，儗巨室、冒刑法、污宗教，有不可胜言者矣。而堂之规，独犹得如古。使天下之凡若僧者，尽撤其私室，禁其私畜，而会之于一堂，申以吾祖之规教之，庸有如前所陈之敝乎？而僧者终其身不越堂中，继之以不昏不乱，虚而照寂，而应超生死、越三界，虽古圣贤不出乎是也。

　　金陵蒋山，肇建于梁宝公，初名开善。宋熙宁间改创禅院，居众千百，号江左第一。泰定二年春，寺弗戒于火，鞠为灰烬，长老昙芳禅师，能以诚感人，人故乐为之用，无贵贱贫富，咸愿出才力、效指使，期年而寺成者过半。而长者杨震之曰："若僧堂者，禅林之元气也。我则为之。"暨讫工，费钞十万贯有奇，高明爽埒，视旧有加焉。震之复与诸公登其堂，歌颂以落之。

予观夫佛寺之兴，率谋诸施者。然皆以像设金碧之盛，可夸耀于人之耳目，而徼夫福田利益而为之也。而震之不夸耀、不徼福，其志必曰居此堂者，为能明佛之性、传佛之道然也。若是，则求报于外者，其责轻，责难于外者，其任重。而吾徒之居此也，得不戒且惧乎！

《蒲室集》卷七

题《王荆公寻僧图》
前　人

荆公操守学问，以经济自任。及为相，不酌夫时世之异，取周官国服为息之意，行青苗市易之法。如唐相房管用春秋车战而败也。公犹以望重，时君相如哲宗、温公，莫敢终非之。始，蒋山元老期公于早岁，为能甘澹泊如头陀，弃名利如脱发。故晚年闲居，若悟其失，以应夫外者，既恣于用，而是非荣辱复何足较？不若齐得丧一死生，以策勋于内，可穷天地、振万世之为得也。乃曰寻禅老游，有深旨矣。后人不能悼其才，悲其志，广而用，迂复过为诋毁，吾故取唐史论管事，以见其义云。

《蒲室集》卷十四

释大䜣（1284—1344），见前。

应制钟山说
[明]张以宁

洪武二年正月三日，伏蒙圣恩，赐见前殿，特承睿旨，命为钟山之说。臣以宁惶悚不知愚陋，伏稽地志。

兹山金陵之镇，旧以钟名，后避孙氏之讳，改为蒋山。前临大江，天设巨堑，北俯中原，万里一目；下为沃野，原隰衍平，磅礴太空，浑涵元气，黄云紫光，轮囷葱郁。盖蜿蜒扶舆，起坤抵乾，历数万里者，至是而融结。昔诸葛孔明，振古之豪杰也，以谓龙蟠虎踞，帝王之宅，岂不以洛阳天室，左伊洛，右瀍涧。兹地之胜，东直沧海，中涯吴会，有如洛阳。而是山左右拱揖，俨然处尊，弹压东南，陵跨西北，其势有固然者矣。三代而后，楚王埋金，秦帝凿地，徒知厌胜之术，岂测造化之机。既而吴大帝开其基于前，六朝主继其踵于后。其间虽有宋武之英雄,终莫臻于统一。良犹未得风气之浑全,是以仅为闰位,不足以当甚盛极隆之昌运也。南唐李氏,曾不能北向发一矢。独宋氏末年,金华陈亮以儒者之杰,劝移跸于此地,勿都钱塘,规为恢复之计,实有先见之明。惜乎暗君庸相,不能听从志士。至今惜之!讵知几千年郁积而未泄者,始大阐于今日。皇上以英武聪明,首出庶物之资,适应其期,首据形便植为本根,芟夷群雄,奄有四海,前代帝王之所未有也。虽由天授,匪自人力,而山川神明,雄伟瑰奇,有待而发,百灵会合,拥扈扶持,信有非偶然者矣。陛下仰承天意,建为南京,与汴并峙,至盛典也。然以臣之肤谫,以为临濠重地,钟宙天险,乃陛下启圣之帝乡,所宜易号中京,立之宫阙,如汉南阳,俟天下悉平,民力完富,乃营关洛,别为西京,连亘相望,岁时行幸。盖创业于此,以乘方来之望气,并建都邑,以开永久之宏规,以承中华之正统,以衍亿载之丕基。伏惟陛下神谋睿算,必有处矣,岂臣管窥能睹万一。兹蒙清问,敢罄愚忱。

若夫铺张山川之奇秀,驰骋文辞之绮丽,窃计非英主所望于微臣,而钟山之英灵,亦当哂然而一哂也夫。

《翠屏集》卷四

张以宁(1301—1370),字志道,自号翠屏山人,古田(今属福建)人。中奉大夫张一清子。有俊才,博学强记,擅名于时,人呼"小张学士"。元泰定中,以《春秋》举进士。官至翰林侍读学士。明初,复授侍讲学士。奉使安南还,卒于道。工诗。著有《翠屏集》、《春王正月考》等。

游钟山记
[明] 宋　濂

钟山,一名金陵山。汉末秣陵尉蒋子文逐贼,死山下,吴大帝封曰蒋侯。大帝祖讳钟,又更名蒋山。实作扬都之镇。诸葛亮所谓"钟山龙蟠",即其地也。

岁辛丑二月癸卯,予始与刘伯温、夏允中二君游。日在辰,出东门过半山报宁寺。寺,舒王故宅,谢公墩隐起其后,西对培塿小丘。培塿,盖舒王病湿,凿渠通城河处。南则陆静修茱萸园、齐文惠太子博望苑,白烟凉草,离离蕤蕤,使人踯躅不忍去。沿道多苍松,或如翠盖斜偃,或蟠身矫首,如玉虬扶人,或捷如山猿,伸臂掬涧泉饮。相传其地少林木,晋、宋诏刺史、郡守罢官者栽之,遗种至今。抵圜悟关。关,宋勤法师筑,

[明] 宋　濂

太平兴国寺在焉。梁以前，山有佛庐七十，今皆废，唯寺为盛。近毁于兵，外三门仅存。自门左北折入广慈丈室，谒钦上人。上人出，三人自为宾主。适松花正开，黄粉毵毵，触人捉笔联松花诗。诗未就，予独出行函道间，会章君三益至，遂执手上翠微亭，登玩珠峰。峰，独龙阜也。梁开善道场，宝志大士葬其下，永定公主造浮图五成（层）覆之。后人作殿四阿，铸铜貌，大士实浮图，浮图或现五色宝光。旧藏大士履，神龙初，郑克俊取入长安。殿东"木末轩"，舒王所名，俯瞰山足如井底。出度"第一山"亭，亭颜米芾书。亭左有名僧娄慧约塔，塔上石，其制若圆楹，中斫为方，下刻二鬼擎之。方上书曰"梁古草堂法师之墓"，有蜗匾法，定为梁人书。复折而西，入碑亭，碑凡数辈，中有张僧繇画大士像，李白赞，颜真卿书，世号"三绝"。又东折度小涧，涧前下定林院基，舒王尝读书于此。院废，更创雪竹亭，与李公麟写舒王像，洗砚池，亦皆废。又北折至八功德水。天监中，胡僧昙隐来栖，山龙为致此泉。今甓作方池，池上有圆通阁，阁后即屏风岭，碧石青林，幽邃如画。前乃明庆寺故址，陈姚察受菩萨戒之所。又东行至道卿岩。道卿，叶清臣字也，尝来游，故名。有僧宴坐岩下，问之，张目视弗应。时雉方孚（孵）粥（育），闻人声，嘎嘎起岩草中。从此至静坛，多臧矜先生遗迹。复西折过桃花坞，询道光泉，舒王所植松已偃，唯泉绀碧沉沉如故。日将夕，章君上马去，予还广慈。二君熟寐方觉，呼灯起坐，共谈古豪杰事，厕以险语，听者为改视。

明日甲辰，予同二君游崇禧院。院，文皇潜邸时建。从西庑下，入永春园，园虽小，众卉略具，揉柏为麋鹿形，柏毛方怒长，翠濯濯可玩。二君行倦，解衣覆鹿上，挂冠鼠梓间，据石坐。主僧全师具壶觞，予不能酒，谢二君出游。夏君愕曰："山有虎，近有僧采荈，虎逐入舍，僧斗焉，虎爪其颧，颧有瘢可验。子勿畏往矣？"予意夏君绐我，挟两驵奴，登惟秀亭。亭宜望远，"惟秀"、"永春"，皆文皇题榜，涂以金。又折而东，路益险，予更芒屩，倚驵奴肩蹴踔行，息促甚，张吻作锯木声，倦极思休，不问险湿，踥踥据顿地，视燥平处不数尺，两足不随。久之，又起行。有二台阔数十丈，上可坐百人，即宋北郊坛，祀四十四神处。问蒋陵及步夫人冢，无知者，或云在孙陵冈。至此屡欲返，度其出已远，又力行，登慢坡，草丛布如毡，不生杂树，可憩，思欲借裀褥卧不去。坡，古定林院基，望山椒无五十步，不趋千里远，竭力跃数十步辄止，气定又复跃，如是者六七，径至焉。大江如玉带横围，三山矶、白鹭洲皆可辨；天阙、芙蓉诸峰，出没云际；鸡笼山下接落星涧，涧水潺潺流玄武湖，已堙久；三神山，皆随风雨幻去。西望久之，击石为浩歌，歌已，继以感慨；又久之，傍崖寻一人泉，泉出小窾中，可饮一人，继以千百弗竭。循泉西过黑龙潭，潭大如盘，有龙当可屠。侧有龙鬼庙，颇陋。由潭上行，丛竹翳路，左右手开竹，身中行，随过随合。忽腥风逆鼻，群鸟哇哇乱啼，忆夏君有虎语，心动，急趋过，似有逐后者。又棘针钩衣，足数硋，咽唇焦甚，幸至七佛庵。庵，萧统讲经之地。有泉白乳色，即踞泉鄹咽，衫袂落水中不暇救。三咽，神明渐复。庵后有"太子岩"，又号"昭明书台"。方将入岩游，庵中僧出肃，面有新瘢，询之，即向采荑者。心益动，遂舍岩问别径以归。所谓白莲池、定心石、宋熙泉、应潮井、弹琴石、落人池、朱湖洞天，皆不复搜揽。还抵永春园，见肴核满地，一鬖童立花下。问二客何在，童云："迟公不来，出壶中酒饮，且赋诗大噱，酒尽径去矣。"予遂回广慈，二君出迎，夏君曰："子颜色有异，得无有虎恐乎？"予笑而不答，刘君曰："是矣，子幸不葬虎腹，当呼斗酒，涤去子惊可也。"遂同饮，饮半酣，刘君澄坐至二更，或撼之作儴笑，钩之出异响畏胁之，皆不动。予与夏君方困，睫交不可擘，乃就寝。

又明日乙巳，上人出犹未归，欲游草堂寺，雨丝丝下，意不往，乃还。

按《地理志》："江南名山，唯衡、庐、茅、蒋。"蒋山固无耸拔万丈之势，其与三山并称者，盖为望秩之所宗也。晋谢尚，宋雷次宗、刘勔，齐周颙、朱应、吴苞、孔嗣之，梁阮孝绪、刘孝标，唐韦渠牟并隐于此。今求其遗迹，鸟没云散，多不知其处，唯见荛儿牧竖，跳啸于凄风残照间，徒足增人悲思。况乎人事往来，一日万变，达人大观，又何足深较！予幸与二君得放怀山水窟，一刻之乐，千金不人易也。山灵或有知，当使予游尽江南诸名山，虽老死烟霞中，有所不恨,他尚何望哉！他尚何望哉！

章君约重游未遂，因历记其事，一寄二君，一遗上人云。

《文宪集》卷三

蒋山寺广荐佛会碑文
前　人

　　皇帝御宝，历之四年，海宇无虞，洽於太康，文武恬嬉，雨风时顺。于是恭默思道，端居穆清，罔有参贰，与天为徒，重念元季，兵与天合雄争，有生之类，不得正命而终，动亿万计。灵氛纠蟠，充塞上下，吊奠靡至，茕然无依，天阴雨湿之夜，其声或啾啾有闻。宸衷尽伤，若疾在躬。且谓洗涤阴郁，升陟阳明，惟大雄氏之教为然。乃冬十有二月（一作十月二日），诏徵江南有道浮图来复等十人诣于京师，命钦天监臣著以穀旦，就蒋山太平兴国禅寺丕建广荐法会。上宿斋室，却荤肉弗御者一月，复敕中书移文于城隍之神，具宣上意，俾神达诸幽冥，期以毕集。

　　五年春正月辛酉昧爽，上服皮弁服，临奉天前殿，群臣服朝衣，左右侍，尚宝卿启御撰《章疏》，识以皇帝之宝，上再拜。燎香于炉，复再拜。躬视疏已，授礼部尚书陶凯。凯捧从黄道出午门，置龙舆中，备法仗，鼓吹导至蒋山。主僧行容，率僧伽千人，持香花出迎，万金奉疏入大雄殿，用梵法从事，白而梵之。退阅三藏诸文，自辛酉、癸亥止。

　　当癸亥时，加申诸浮图，行祠事已。上服皮弁服，搢玉圭上殿，面大雄氏，北向立群臣，各衣法服以从，和声朗举，悦佛之乐首奏《善世曲》。上再拜迎，群臣亦再拜，乐再奏《昭信曲》。上跪进熏芗奠币，复再拜，乐三奏《延慈曲》。相以悦佛之舞。舞二十人，其手各有所执，或香或灯，或珠玉明水，或青莲花、冰桃，暨名荈、衣食之物，势皆低昂，应以节。上行初献礼，跪进清净馔。史册祝复再拜，亚终二献同，其所异者，不用册，光禄卿进馔，乐四奏曰《法喜曲》。五奏《禅悦曲》，舞同三献已。上还大殿，次群臣退，诸浮图旋绕大雄氏宝座，演梵咒三周，以寓攀驻之意。初劚山左地，成坎六十，漫以垩。至是，令军卒五百负汤实之，汤蒸气成云，诸浮图速幽爽入浴，梵象衣，使其更，以彩幢、法乐引至"三解脱门"。门内五十步筑方坛，高四尺。上升坛，南向坐，使者北向跪，受诏而出，集幽爽而戒饬之。诏已，引入殿，致参佛之礼，听法于径山禅师宗

泐，受毗尼戒于天竺法师慧日。复引出供斛，所斛凡四十有九，命阇黎师咒食之。时夜以半，礼将毕，上复上殿，群臣从如初，乐六奏《遍应曲》。执事者彻豆，上再拜同，乐奏《善成曲》。上至望燎位，燎已，上还大殿，次解严，群臣趋出。

濂闻前事二日，凄风成寒，飞雪洒空，山川惨淡，不辨草木。銮舆一至，云开日明，祥光冲融，布满寰宇。天颜怿如，历陛而升，严恭对越，不违咫尺，俯伏拜跪，穆然无声，俨如象驭，陟降在庭。诸威神众，拱卫围绕，下逮冥灵，来歆来享，熏高凄怆，耸人毛发，此皆精诚动乎天地，感乎鬼神，初不可以声音笑貌为也。

肆惟皇上自临御以来，即诏礼官，稽古定制。京师有泰厉之祭，王国有国厉之祭，若郡厉、邑厉、乡厉，类皆有祭，其兴哀于无祀之鬼，可谓备矣。然圣虑渊深，犹恐未尽幽明之故，特征内典，附以先王之礼，确然行之而弗疑。岂非人之至者乎！

昔者，周文王作灵台，掘地得死人之骨，王曰更葬之。天下谓文王为贤，泽及朽骨，而况于人。夫瘗骨且尔，矧欲挽其灵，明于非言辞之可赞也，猗欤盛哉！祠部郎中、西夏李颜主事，浦阳张孟兼、南樵蔡秉彝、东武臧哲，职专祷祀，亲睹胜因，谓不可无记载以藏名山，以扬圣德于罔极，同请濂为之文。濂以老病，固辞弗获，既为具列行事如右，复系之以诗曰：

皇鉴九有，宪天惟仁。明幽虽殊，锡福则均。
死视如生，屈将死伸。一归至和，同符大钧。
元纲解纽，乱是用作。黑祲荡靡，白日为薄。
孰灵匪人，流血沲若。积尸横纵，委沟溢壑。
霜月凄苦，凉飔酸嘶。茫然四顾，精爽何依。
寒郊无人，似闻夜啼。铸铁为心，宁免涕洟。
惟我圣皇，夙受佛记。手执金轮，继天出治。
轸念幽潜，宵不遑寐。爰起灵场，豁彼蒙翳。
皇舆再临，稽首大雄。遥瞻猊座，如觌睟容。
香凝雾黑，灯类星红。梵呗震雷，鲸音号钟。
鬼宿渡河，夜漏将半。飙轮羽幢，其集如霰。
神池洁清，鲜衣华灿。涤尘垢身，还清净观。
乃陟秘殿，乃觐慈皇。闻法去盖，受戒思防。
昔也昏酣，棘途宵行。今也昭朗，白昼康庄。
法筵设食，厥名为斛。化至河沙，出因一粟。

无量香味，用实其腹。神变无方，动皆充足。
鸿恩既广，氛螯全消。乾坤清夷，日月光昭。
器车瑞协，玉烛时调。大庭击壤，康衢列谣。
惟佛道弘，誓拔群滞。惟皇体佛，仁德斯被。
无潜弗灼，有生咸遂。太史载文，永垂来裔。
洪武五年夏四月戊寅，宋景濂记。

《灵谷禅林志》卷十

跋《蒋山法会记》后
前　人

予既从祠部群贤之请，为撰《法会记》一通，自谓颇尽纤微。近者，蒲庵禅师寄至《钟山稿》一编，其载祥异事尤悉。盖壬子岁正月十三日黎明，礼官奉御撰《疏文》至钟山，俄法驾临幸，云中雨五色子如豆，或谓娑罗子，或谓天花坠地之所变。十四日大风昼晦，雨雪交作，至午忽然开霁。上悦，勅近臣于秦淮河燃水灯万枝。十五日将晏，藏事如记言。及事毕，夜已过半，上还宫，随有佛光五道，从东北起，贯月烛天，良久乃没。已上三事，皆予文所未及，蒲庵以高僧被召，与闻其故，目击者宜详，而予耳闻者宜略，理当然也。屡欲濡毫补入之，会文之体制已定，不复重有变更。保宁敏机师，请同袍以隶古书成兹卷，来征余题。故为疏其后，使览者互见而备文云。

《文宪集》卷十四

宋　濂（1310—1381），见前。

游灵谷寺记
[明]刘三吾

灵谷有寺，昉自圣朝，实钟山阴灵之所钟，志公道场之所在，久矣企慕一游矣。去年冬十一月，皇上命天界僧官左觉义、天台清濬上人改住是山。御赐之诗，例曾钦和，所写景致，恒愧謷言。濬既住山，屡要予与春坊学士董安常订期一相过，晴雨不恒，愿莫之遂。今夏四月，濬之请益力，则请旨与董如约。梅雨初霁，笋舆缓行，道出朝阳门半舍许，坡陀万松间，隐见金碧垩白，知为上方。方抵三门之前，横为丈者三十，从三之一，中甬道步梁，一登三门，萦青缭白，殆天造地设然，皆自圣心经纶中出也。循两廊行，壁堵绘画佛氏公案，居多名笔，快人心目。前殿后堂，大都一览，次

[明]刘三吾

延致其笏室,松风万籁,飒然为秋。参赵州禅,异其香味,本泉八德。茶已馔已,引登志(公)塔,摩挲其圹石,盖梁陆倕撰,范约云所书者;其志公像,则吴道子笔,李太白赞。然后过禅堂,绕床数匝,禅僧或坐或起或阅经卷,清规肃然。载过其膳堂,人一蒲团,布幕承尘其上,悬钵盂其下。凡两堂,悉象志公其间,欲僧行观象,知所戒定也。时日且昳矣,辞归,潜苦留,谓山下有泉未观,引过其所,循墙而东,可五六十步许,据胡床松下,方池砖甃,以受泉流,一泓渟涵,寂无声响,乃八德。伏而见诸此者,使亭焉,将不让智仙之于滁泉也。于是导而溜诸槽,次第建之,以至于庖,一不劳人力之运焉。观泉后,蒙具汤沐,澡雪堀垺风乎。傍近僧舍,一领清致,辄出不复候茶。斯灵谷为境,大概然也。人定钟后,盘桓法堂阶次,有僧数人者散步阶下,潜为若人由坐禅而出者也,如是概不多见,亦犹儒者真诚用力,几何其人哉!所难者,心之乱,气之昏,必静焉斯能治其乱,必明焉斯能治其昏,不则块坐致疾耳。诘旦四鼓,闻钟悉起,潜已领众讽经过堂,过予二人谢曰:"始意留宿,两学士须日出乃起,今缘声钟之蚤,翻蚤于趋朝之蚤,岂相留初意哉!"遂乘月蚤回,假寐舆上。第所游为《灵谷记》,复体杜少陵岳麓、道林二寺行,声之歌咏,寄谢潜公,并呈董学士兼林公辅、顾文昭,庶不虚此一游云。游之岁月,洪武二十一年四月之十又八日也。

《坦斋集》

刘三吾(1312—1403后),见前。

圣忌荐疏
[明]释居顶

天佑下民,笃生圣哲,为其父母;道配穹昊,统御华夏,作之君师。建万世不拔之鸿基,新百王未更之庶政。攘群凶于沙漠之外,广扇仁风;拯黔首于涂炭之中,宏开寿域。夙承灵山付嘱,不忘释教护持。庄严塔宇,特赐两迁,美哉轮奂;开林辟禅,号称第一,宏矣规模。圣忌斯临,天颜莫觐。爰启金山胜会,披阅宝藏灵文。用竭愚衷,少伸报效。伏愿凝神妙化,享至乐于中天;体道冲元,垂洪休于下土。高升宝华王座,亲睹玉毫相光。本支益昌,幽显均庆。

《灵谷禅林志》卷十一

释居顶（？—1404），见前。

勅赐灵谷寺碑
[明]徐一夔

今上皇帝应天启运，建大一统之业，定都于钟山之阳，辨方正位，适与梁神僧志公之塔寺密迩。洪武九年春，浙东僧仲羲被召来为住持，前瞻宫阙仅一里许，私自忖曰：王气攸聚，紫云黄雾，昕夕拥护，非惟吾徒食息靡宁，亦恐圣师神灵有所未妥，且佛法以方便为先，如得近地改建，诚至幸也。因请于上，从之。羲乃择地于朱湖洞南则、钟山之左胁也。材木未具，会上方迁太庙于阙左，弗敢以旧庙遗材他用，遂以施之，又遣亲军五万余人徙塔，附于寺。功将就绪，有为宫宅地形之学者言，其地湫隘，非京刹所宜。羲复以闻，有旨舍其旧而新是，图拓大其规制，令可容千僧，命太师韩国公李某，择地于独龙冈之东麓，西距朱湖洞五里，而近其地，中宽外敞，回峦复阜，左右相向，而方山岿然在其南，天造地设，俨然祇园之境。羲以图进，上若，曰：以此奉志公为宜。遂命中军都督府佥事李新、卫指挥佥事滕聚、卫指挥佥事袁禄、神坛署令崔安董其役。建立之日，以十四年九月之吉。中作大殿，大殿之前，东为大悲殿，西为经藏殿；食堂在东，库院附焉；禅堂在西，方丈近焉；而大殿之后，则为演法之堂。志公之塔，则树于法堂之阴。其崇五级，复作殿，附塔，以备礼诵。左右为屋，以栖僧之奉香灯者，翼以两庑，其壁则绘佛出世、住世、涅槃，及三大士、十六应真、华梵神师示现之迹；屏以重门，缭以周垣，而养老病、与待云水之暂到者，亦各有其所。至于井灶湢庾之类，凡禅林所宜有者，无一不备。而其为制，以佛之当独尊也，故于正殿则奉去、现、未来三世之像，其它侍卫、天神不与焉。以禅与食之不可溷于一也，故食堂附于库院；以师之不可远其徒也，故方丈近于禅堂。以联坐观心，或溷于笑语而弗专，故异其龛；以单寮息力，或流于宴安而弗检，故同其室。而缔构之法，则以梁架桁，不施叠栱；以栟承榱，不出重檐。凡交橡接溜，盘结攒辏，如蜂房蚁穴之状者，悉不用。规模气象，轩豁雄丽，望之翚飞，即之山立。都人士庶，莫不瞻仰赞叹，以为希有。此皆皇上万几之暇，睿思所及，而羲与董工臣僚奔走，受成算以授群工，加程督之耳。

凡木石瓴甓，丹垩髹漆之需，皆上所赐。其工之钜，不可数计。且不劳一民，而以戾于法者充工，既毕，悉宥之。夫役之于慈悲之地，而导之以有生之涂，此又皇上惩恶劝善之神机也。明年六月十有三日告成，上既因其地之胜，赐额曰"灵谷禅寺"，又赐田若干亩，岁入米四千石，以饭其众。又明年正月十日，上在斋宫，进僧禄司臣顾问，谕及灵谷碑文未建，尔等宜举能文者为之。于是右讲经守仁，以杭州府学教授、臣徐一夔名闻，寻勅羲具始末、书币来取文。羲既被旨，使其徒道联将命至，臣一夔学识肤浅，忝职外郡教事，上命所临，不胜恐惧，谨具载其事，拜手稽首言曰：

窃尝闻之，大雄氏之教，以深慈宏愿摄受群生，悉归正觉，非细务也，故非国王大人莫能恢弘之。自入中国以来，有天下国家者，咸以其道为能，密赞化机，阴翊王度，而崇尚焉。然昧者事之，不以其道，至其后也，不能无弊。皇上龙兴，承中华之正统，为天地神人主，临制万方，奋大有为之略，举百王之坠典，而一新之，贻圣子神孙万世之法。至于佛氏之教，亦以近世僧居不存古制，圣虑及焉。比因僧仲羲之请，改建志公之塔寺，遂本佛意而作新之，规画措置，度越古今，使凡学佛者起居食息，各得其所，而致力于其道。至于慈风所被，法雨所沾，有生之类，咸愿去恶而为善，庶有以上答圣天子崇奖之意。且其徒生于二千载之下，而获睹象教之盛，如二千载之前，不其幸哉！谨系之以铭，铭曰：

　　皇帝受命，曰惟其时。天人克协，式应昌期。
　　仗钺秉旄，豪杰景附。历数在躬，作我民主。
　　皇顾四方，曰此幅员。德怀威服，在予一人。
　　神祇扈导，底于建业。遂开帝基，受天之策。
　　维此建业，地庞以洪。虎踞于西，龙蟠于东。
　　天作神皋，帝王之宅。眷言定鼎，卜如洛食。
　　大都奠止，万国来臣。春朝秋觐，冠佩诜诜。
　　奕奕形宫，巍巍绛阙。五色成文，照暎天日。
　　地不爱宝，祯符相仍。昔有神师，亦此发灵。
　　神师为谁？道林真觉。岧彼塔寺，在于乔岳。
　　塔寺岧矣，宫阙在前。其徒弗宁，奏疏请迁。
　　协于皇心，诏从其便。爰勅臣僚，具为改建。
　　既筑既构，美奂美轮。有赫其居，震耀天人。
　　伊大觉尊，具足万德。巍然中居，玉豪金色。

千袍济济，以食以禅。弗混于一，惟适之安。
彼窣堵波，如地涌出。道林所栖，天龙环翊。
惟兹巨刹，殊胜庄严。如兜率宫，下现人间。
是曰京寺，四方之式。弗加表见，曷示于逖。
作而新之，有革有因。出自睿画，以振法乘。
法乘之行，如佛在世。凡百有生，慈恩悉被。
惟皇与佛，天中之天。潜符默契，亿万斯年。
洪武十六年月日立。

《始丰稿》卷十一

徐一夔（1319—1399后），字惟精，字大章，号始丰，天台人。元末避乱嘉兴，与宋濂、王祎、刘基等相与切磋诗文。明初征修礼书。王祎荐修《元史》，辞不往。后任杭州教授，又召修大明日历。书成，特授翰林官。以足疾辞归。博学善属文，擅名于时。著有《始丰集》、《艺圃搜奇》。

灵谷寺记
[明]朱元璋

朕起寒微，奉天继元，统一华夏，鼎定金陵，宫室于钟山之阳，密迩宝志之刹。其营修者升高俯下，日月殿阁，有所未宜，特勒移寺，凡两迁方已。当欲迁寺之时，命太师李善长诣山择地。及其归告，乃云山川形势，非寻常之地。其势川旷水萦，且左包以重山，右掩以峻岭，皆靠穹岑，排森松以摩霄汉。虎啸幽谷，应孤灯而侣影；莺啭岩前，启修人之清兴。饮洁流于山根，洗钵于湍外，鱼跃于前渊，鸟栖于乔木，鹿鸣呦呦，为食野之萍。云之若是。既听斯言，朕欢欣不已，此真释迦道场之所也。即日召工曹、会百工，趋所在而建址。百工闻用伎以妥宝志，曜灵法佛，人皆如流水之趋下。呜呼！地势之胜，岂独禽兽、水族之乐。伎艺之人，惟利是务，云何闻建道场，不惮劳若，一心皈向。自洪武十四年九月十一日时某甲子工兴，至洪武十五年九月十五日时工曹奏。朕为释迦道场役百工，各施其伎。今百工告成，朕善其伎，特命礼曹赐给之。工曹复奏：伎艺若是，有犯役者五千余人，为之奈何？朕忽然有觉。噫！佛善无上，道场既完，安敢再罪。当体释迦大慈大悯，虽然真犯，特以眚灾一赦，既临，轻者本劳而逸，死者本死而生。欢声动地，感佛慈悲，吁！佛之愿力，辉增日月，法轮建枢，灯继香连，于戏！盛矣哉！愿力之深乎然！是时，国务浩繁，不暇礼视，身虽未至，梦游几番，此观之欤、梦之欤？呜呼！未尝不欲体佛之心而谓众生悞，奈何？愈治而愈乱，不治而愈坏，斯言乃格前王之所以。今欲宽不可，猛不可，奈何？

然一日洁己而往礼视，去将近刹余里，俄谷深处，岚霞之抄，出一浮屠，又一里，既将近三门，立骑四顾，见山环水迂，禽兽之所以，果然左群山右峻岭，北倚天之叠嶂，复穹岑以排空，诸峦布势，若堆螺髻于天边。朝鹤摩天而翅去，暮猿挽树而跳归，乔松偃蹇于崖畔，洞云射五色以霞天，此果白毫之像耶！灵谷之见耶！朕欲有谓，而恐惑人，故默是耳。今天人师有殿，诸经有阁，禅室有龛，云水有寮，斋有大厦，香积之所周全，庄严备具，以足朕心矣！故敕记之。

洪武十五年九月。

《明太祖文集》卷十四

游新庵记
前　人

钟山之阳有谷，谷有灵泉，曰八功德水。不稽何代僧因水以建庵，不过数间而已，其向且未的然，而游人信士无问春秋四季，时时来往，酌水焚香，涤愆忏罪，已有年矣。朕自至此二十年余，每观此地，景虽佳丽，庵将颓焉。朕尝叹息：蒋山住持寺者，自建庵以至于斯时，前亡后化者，叠不知几人，曾有定向而革庵者乎？故空景美而庵颓。一日，暇游于此，有僧求布施于朕，以崇建之。朕谓僧曰："愚哉！尔知梁武帝崇信慧超、云光等，舍身同泰寺；陈武帝敬真谛等，舍身大庄严寺。又如信道家之说者，秦皇遣方士而求神仙；汉武帝因李少君等而冀长生；魏道武因寇谦之行天宫静轮之法；唐玄宗与叶法善同游月宫；宋徽宗任林灵素度道士数万，此数帝之心未必不善。然善则善矣，何愚之至甚！其僧、道能则能矣，何招祸之如是？"答曰"未知"，曰："前数僧、道，当是时日，习世法颇异常人，故作聪明于王侯，僧特云'天堂地狱'，道务云'壶中日月，洞里乾坤'、'八寒八热'，致使数帝畏地狱，惧八寒八热，愿登天堂，入壶中洞里，所以昧之。国务日衰，海内不安，神稷移而君亡。谤及法门，是后三武因此而灭僧，不旋踵而覆，岂佛老之过欤！盖当时僧、道不才，有累于一时，社稷移而异姓兴，非天不佑乃君，愚昧非仁，连谤于佛老。其三武罔知佛之机，辄毁效者，因二教之机微而理秘，时难辩通，致令千古观于诸帝之记录，达斯文者，无有不切齿奋恨，以其所以。非独当时为人唾骂，虽万古亦污名，罪囚天地间，尔尚弗识，何愚之笃。近者有元京师，有异僧名指空，独不类凡愚之徒。元君顺帝有时问道于斯人，斯人答云'如来之教，虽云色空之比假，务化愚顽，阴理王度，又非帝者证果之场，若不解而至此，縻费黔黎，政务日杜，市衢嗷嗷，则天高听卑，祸将不远，豪杰生焉。苟能识我之言，悟我诚导，则君之修，甚有大焉。所以修者，宵衣旰食，修明政刑，四海咸安，彝伦攸叙，无有紊者。调和四时，使昆虫草木各遂其生，此之谓修，岂不弥纶天地，生生世世，三千大千界中，安得不永为人皇者欤！'指空曰'以此观之，贫僧以百劫未达于斯，若帝不依此而效前，其堕弥深，虽千劫不出贫僧之右。'又丞相搠思监至，赍盛素羞以供，亦问于指空，意在增福。指空曰'凶顽至此而王纲利，愚民来供则国风淳；王臣游此民无益，公相之来是谓不可。修行多道，途异而理同，公相知否！'曰'不知'，曰'在知人，在安民；忠于君，孝于亲；无私于己，公于天下；调和鼎鼐，燮理阴阳，助君以仁。诚能足备，则生生世世，立人间、天上、王臣矣！吾将数劫不达斯地，苟不依此，刻剥于民，欺君罔下，用施于民，虽万劫奚齐吾肩。'朕观指空之云如是，尔僧欲以庵为朕增福，可乎？彼虽有营造之机，朕安有己财于此。"僧曰："富有天下，肯若是耶！""不然。国之富乃民之财，君天下者主之，度出量入以安民，非朕之己物，乃农民膏血耳。若以此而施尔，必不蒙福而招怨。僧云佛法付之国王、大臣曰当哉，所以付之者，国令无有敢谤，德化流行，非王臣则不可。"僧乃省而叩头。时朕不施，后更一住持法印者，朕务繁不暇来此，将岁过七年。冬十一月二十有五日，因暇入山，遂达斯地，昔日之径崎岖高下，今者崎而平、岖而直，坦途如是，岂不异乎！何止此径而已。其庵架空幕谷，凌岩而出，松背流泉，以成瀑布，飞吼长空，致猿啼夜月于峰巅，白鹤巢桐而每顾，深隐翠微，纵有飘风而不至，游人遂乐，禽兽情欢，焕然一新。观斯创造，庸愚者弗能。噫！有非常之人，建非常之功，法印如是，安得不神识者哉！傍曰：僧于此不贪而不盗，无私于己，有功于众，丛林仰之。于戏！庵为僧所新，僧为庵所名，人能知一躯为囊神之室，以神修躯，若不知修躯，以躯使神，岂不愚人者欤!

《明太祖文集》卷十四

祭保志法师文
前 人

昔者师能出世,异人性,备六道,景张佛教,使凶顽从化,善者愈良。及其终也,择地于钟山之阳,阴其宅而居之。经今八百六十七年,今朕建宫在迩,其为师焚修者,俯而视之。因敕中书下工部,造浮图于山之左。今将完成,徙师于是。于戏!漏尽母生,人我劫终,勿堕尘埃。惟师神通。尚飨!

《明太祖文集》卷十八

朱元璋(1328—1398),见前。

广荐佛会记跋
[明]张孟兼

昔日唐太宗征辽,怜将士阵亡,建闵(悯)忠阁,造观音大士像,以资冥福千载,以为美谈。夫太宗之意,仁则仁矣,以孟兼观之,不过哀一时从征之人。方今皇上好生之德,际天蟠地,凡四海遭乱离而没者,皆欲使其超度。盛会颇效,奔走于其间,欲作一文记之,久且未成。适太史宋公景濂自江西还,因偕同列,力请为之,其铺叙有法,凡读之者,宛若亲睹,诚所谓"笔端如画"者也。灵隐见心禅师,当今有道浮图,僧中之麟凤也。谨录一篇遗之,共藏名山,以谨其传云。

《灵谷禅林志》卷十一

张孟兼(1338—1377),见前。

致大宝法王书
[明]朱 棣

大明皇帝致书如来大宝法王西天大善自在佛。四月十五日,朕偕灌顶通悟宏济大国师曰:瓦领禅伯往灵谷,观向日所见塔影,朕至诚默祷曰"愿祝如来大宝法王西天大善自在佛吉祥如意,若果鉴朕诚心,则示塔影一",已而塔影随见;朕又默祝"愿天下太平,五谷丰登,家给人足,民不夭阏,物无疵疠。若果遂朕心,更示塔影一",已而复见塔影二。一时之间,三塔毕见。其色始若黄金在矿,含辉未露,俄若跃冶之金,精光煜煜;少焉如泥金布练,豪芒纷敷,若注若流,

[明]朱 棣

绮窗彩棂，黝垩丹碧，粲然呈露；至莫有五色圆光，光中见二佛像及如来大宝法王西天大善自在佛像；已而复见宝公像，拱立于前。内官、僧官具以来闻，朕未之信。至十六日，复与灌顶通悟宏济大国师往塔影之所，朕又默祝曰"明日，朕初度之辰，吉庆福祥，则塔影更见"，已而又见塔影二，一照于壁，一映于地，与前塔影联而为七。其色或黄或青，流丹炫紫，绀源间施，锦绣错综，若琉璃映彻水晶洞，明若琥珀，光若珊瑚，色若玛瑙、砗磲，文采晃耀，若渊沈而珠朗，若山辉而玉润；若丹砂聚鼎，若空青出穴；若凤羽之陆离，若龙章之焱灼，若霓族孔盖之飘摇，金支翠旌之掩映，若景星庆云之炳焕，紫芝瑶草之斓斑，若阳燧之迎太阳，方诸之透明水；若日出而霞彩丽也，雨霁而虹光吐也，岩空而电影掣也。闪烁荡漾，摇动光溢。虽擅丹青之巧，莫能图其万一；虽极言语形容，莫能状其万一。至于铃索振摇，宝轮层叠，甃瓦之鳞鳞，阑槛之纵横，玲珑疏透，一一可数。人之行走舞蹈，咸见于光中，其所服之色，各随而见；若鸟雀冲过，树动花飞，悉皆可见。而天花雨虚，悠扬交舞。十七日，花遍下，其大者如杯，小者如手，东西两庑，又见塔影十，光辉照烛，皆如前之胜妙。十八日，朕复往观塔影，光彩大胜于前，有云彩五色，轮囷焕衍，郁郁缊缊，非雾非烟，低翔裴裹，葱茏塔影之上，乍舒乍敛，往而复续，变化万状，不可殚述。塔心复见塔影一，已而青篁绿竹之影，纷然毕呈，塔殿上所制七生丸，异香芬馥，充达远近。至莫，留灌顶通悟宏济大国师在寺观之。十九日早，灌顶通悟宏济大国师来报，塔影第一层见如来大宝法王西天大善自在佛像三，见罗汉像六，环立左右；第二层见红色观音像一，左右见菩萨像四，侍立拱手，捧香花供养，有圆光五色覆于塔上，宝盖垂荫，璎珞葳蕤。凡物只有一影，今一塔而见多影，要非常理所能推测，此皆如来大宝法王西天大善自在佛，道超无等，德高无比，具足万行，阐扬道实，释迦牟尼佛再见于世，以化导群品，是以摄受功至，显兹灵应，不可思议。朕心欢喜，难以名言，灌顶通悟宏济大国师回，必能言塔影之详，然所言亦必不能尽其妙也。就今画工图来一观，盖万分得其一二尔，兹特遣书相报，吉祥如意，如来其亮之。

　　永乐五年四月二十六日。

《灵谷禅林志》卷十一

【注】《金陵梵刹志》此文标题名为《御制灵谷寺塔影记》。

大明孝陵神功圣德碑

前 人

仰惟皇考，备大圣之德，当亨嘉之运，受上天之成命，正中夏文明之统，开子孙万亿世隆平之基。予小子棣恭承鸿业，夙夜靡宁，图效显扬，思惟罔极。乃永乐元年六月戊午，合臣庶之辞，奉册宝，上尊谥。复命儒臣，纂修实录，编类宝训，以纪成烈。载惟皇考，稽古创制，树石皇祖考英陵，刻辞垂训，予尝伏读，为之感激。矧自诗书所载，彝鼎所铭，皆古先圣王，称颂祖考之德，用垂无穷。是亦继志述事之大者，不可以缓。谨颂述功德，勒之贞石，表揭于孝陵，以示子孙臣庶，永永无极。序曰：

皇考太祖，圣神文武、钦明启运、俊德成功、统天大孝高皇帝，姓朱氏，句容大族也。皇曾祖熙祖裕皇帝居泗州，皇祖仁祖淳皇帝居濠州。皇考生焉，聪明天纵，德业日崇，至孝纯诚，动与天应。龙髯长郁，然项上奇骨隐起至顶，威仪天表，望之如神。及天下乱，豪杰相率来归。乃焚香祝天，为民请命。发迹定远，遂至滁州，进保和州，率众渡江，由采石驻师太平，入居建康，亲取宁国，下婺州，保境息民，以待天命。伪汉来寇，亲击败之。复亲征之，取江州，江西诸郡悉归附。已而伪汉主围龙兴，自将往救，大败之鄱阳，伪汉主死。进攻武昌，其子以城降，封归德侯，湖湘底平。继取姑苏，执伪吴主浙西。用靖命大将军下山东，清中原。分兵取闽广，一军由□□，一军由庆元入闽，一军入苍梧，放乎南海。疆宇日广，威德日盛。臣民劝进，凡三让乃许。岁戊申春正月乙亥，告祀天地，即皇帝位于南郊。定有天下之号曰大明，纪元洪武。建社稷宗庙，追尊四代考妣为帝后。册中宫，建皇太子，追封同姓。是岁八闽肃清，广海奠服，山东就降，河南顺附；大将军师次通州，元君夜遁，其下举城降。诸将逐收山西。自龙门济河，长安父老迎降，关陇悉定。元亡将屡为边患，败之定西，逐出塞外。复命将攻应昌，获元君之孙，群臣请献俘于庙，不许；封崇礼侯，已而礼遣之归。漠北元宗室及吐蕃皆降。命将征蜀，伪夏主降，封归义侯，蜀平。元将以辽东降，因而任之。吐蕃别部

明孝陵四方城"神功圣德碑"旧影

寇边，命将逐之，至昆仑山而还。西南夷作乱，命将征之，廓云南地数千里，悉为郡县。元主乘间寇边，命将征之，度大岭之北，元主走死，余众皆降。其命将出师也，必丁宁告戒，以不杀为务。率授成筭，举无遗策，而恒归功于下。由是群雄殄灭，武功告成，天下归一。至于崇君道、修人纪、革胡元弊习，以复先王之旧者，其谟烈为尤盛。渡江首辟礼贤馆，聘致贤士，与讨论治道，虽祁寒盛暑不废；书古经训于殿廊，出入省观为监戒。采古明堂遗意，合祀天地，岁一享之；宗庙时享，至诚至敬。复建奉先殿于禁中，朝夕荐献。每四鼓而兴，昧爽临朝，日晏忘餐，晡复听政。日常居外，盗贼小警，终夕不寐；边防武备，尤注意。臣庶有所陈奏，无间疏贱，皆得接见，虚心请问，从善若决江河。谕告臣民，动引古道。自为诏敕，不待构思，洞达幽隐。性节俭，服御朴素，遇靡丽奇巧之物，辄弃毁之。食不用乐，间设麦饭野蔬。四方异味，不许入贡。非宴群臣，不设盛馔。无行宫别殿、苑囿池台，不事游猎。有司不得奏祥瑞。恒儆天戒，以修庶政。遇灾伤，辄宽刑罚。尤重农事，语及稼穑艰难，或至出涕；亲耕籍田，命守令劝课农桑，教民树艺；修陂池、堤防，以备旱涝；屡赐民田租，弛坑冶之利，罢淘金网珠诸产，珍怪洞穴，塞而禁之。分天下为十三道，考古封建之制，册诸子为王，以固藩屏。罢中书省，内升六部，分理庶务。析五军都督府，以掌兵政。置都察院，以司纠察。外置布政司统郡邑，都司统军卫，而以按察司监临之。外戚不预政，宦寺服扫除而已。自居建康，即有事于学宫；天下既定，乃建国学，亲祀孔子，数视学讲经。郡邑咸建庙学，春秋释奠，下及里社皆立学，分遣国子生教。北方郡县，赐以经籍。诏天下文体，务崇古雅，毋泥声律对偶。海外蕃国，皆遣子入学，太学生常数千人。召名儒，修五礼。作九韶之乐，咏歌祖德，勒之金石。审天象，作地志，演绎经传；定法律，亲为祖训，以示子孙。翊戴功臣，咸锡封爵铁券，殁祀于庙。有军功者，皆世其禄。古帝王忠臣义士，在祀典者，陵庙皆为修治禁防。正山川百神封号，废天下淫祠。元臣以死殉国者，咸命列祀典。诏天下置旌善甲明亭，行乡饮酒礼。凡先王所以教民成俗者，举行无遗。维时户口滋殖，年谷屡登，盗贼屏息，边境晏然。东极海隅，西越流沙，南逾丹徼，北尽朔漠，重译来朝者，无虚岁。声教所及，罔不率服。

　　初，皇祖妣淳皇后，梦神馈药如丸，烨烨有光，吞之，既觉异香袭体，遂娠皇考。及诞之夕，有光烛天。长游定远，道中遇疾，有紫衣两人，饮食之与共卧起，疾愈，莫知所之。尝夜陷麻湖中，遇群童称迎乘舆，叱之不见。渡军采石。上有云气如龙文，贯牛渚矶。亲征婺州，五色云如盖，覆其军。皇考皆不恃为祥，而临事之际，恒存儆戒。皇考年二十五起率师，三十有四为吴国公，三十九即吴王位，四十有一即皇帝位，在位三十一年。岁戊寅闰五月乙酉，崩于西宫，寿七十一。

皇妣孝慈昭宪至仁文德承天顺圣高皇后马氏，宋太保默之后，追封徐王马公之子，坤厚含弘，同勤开创，化家为国，功德并隆，涂山有嫈，古今一揆。壬戌八月丙戌崩，寿五十一，合葬孝陵。陵预作于钟山之阳，因山为坟，遗命不藏金玉，器用陶瓦。万方哀悼，若丧考妣。

皇子，男二十有四，女十四。男：懿文皇太子标，秦愍王樉，晋恭王㭎，予小子棣自燕藩入继大统，周王橚，楚王桢，庶人槫，潭王梓，鲁荒王檀，蜀王椿，湘献王柏，代王桂，肃王楧，辽王植，庆王㮵，宁王权，岷王楩，谷王橞，韩宪王松，沈王模，安王楹，唐王桱，郢王栋，伊王㰘。女：临安公主，宁国长公主，崇宁公主，安庆公主，汝宁公主，怀庆长公主，大名长公主，福清公主，寿春公主，南康长公主，永嘉长公主，含山长公主，汝阳长公主，宝庆公主。孙：建文君允炆，皇太子高炽，秦隐王尚炳，嗣晋王济熺，汉王高煦，赵王高燧，周世子有燉，楚世子孟烷，嗣鲁王肇煇，蜀悼庄世子悦燫，代世子逊煓，宁世子磐烒，岷世子徽焲，谷世子赋灼，嗣韩王冲𤊹，余悉封郡王。曾孙：男瞻基，嗣秦王志堩，晋世子美圭，余以次册封。

于戏！皇考皇帝，除暴救民，实有难于汤武者。自商周之后，享国长久称汉、唐、宋。然不阶一旅而得天下者，惟汉高帝，我皇考迹与之同，而功业过之。盖元氏入主中夏，将及百年，衣冠之俗，变为左衽，彝伦敦坏，恬不为怪，上天厌之，遂至大乱。皇考起，徒步而靖之，修复□□，甄陶六合，重昏沈痼，一旦昭苏，大功大德，在天地，在生民，固不待予小子之赞扬，然使后世有所凭藉仪式，以上继□□。石刻之意，有不可已者。谨拜手稽首而陈颂曰：

天命皇考，肇基大明。□□□□，万世理平。
天命皇考，诞降发祥。有光烛天，渊潜濠梁。
皇考神圣，与天同运。龙飞云从，百神协顺。
人之奔赴，如寒就温。麾之益附，避之益亲。
乃整师徒，东渡大江。仰观俯察，绥靖寇攘。
天锡辅翼，多士祁祁。合而施之，大小具宜。
畴咨□□，相臣将臣。非庸拓地，惟仁保民。
义旗所指，襁负来属。浙左江西，俾藩俾牧。
伪汉来侵，往覆其穴。宥而弗诛，俾自惩刷。

顽不革心，媮噬江西。皇考秉钺，以讫天诛。
天休诱掖，庆厥攸祖。爰定荆楚，爰服三吴。
孰闽而守，孰海之滨。孰居岭表，以沫自濡。
以吊以伐，于武弗究。旱望云霓，迓降恐后。
茫茫中原，关河陇蜀。德威所临，奔走俯伏。
不污寸兵，农田贾肆。响怀义师，如饥之食。
天历在躬，天眷日隆。四方劝进，弗谋佥同。
皇登大宝，圣作物睹。元主炳□，退□其所。
天兵徐驱，不震不劢。不翦不屠，朔漠为墟。
乾坤定位，日月重辉。岂伊智力，天命人归。
巍巍成功，本乎峻德。神武睿文，通明信塞。
贱货贵德，不为游败。既绝旨酒，亦拜善言。
雍雍肃肃，顾諟天明。不以微隐，如临大廷。
一民寒□，谓己致之。乾乾夕惕，至于耄期。
允俭允勤，允孝允诚。礼乐文章，焕如日星。
庙祀有严，神天歆格。学教修明，化洽蛮貊。
生齿日繁，年谷屡丰。民不知力，吏不言功。
视其法度，周官仪礼。相厥民风，关雎麟趾。
舆图之广，亘古所无。功侔开辟，式应贞符。
洪河载清，海不扬波。穷发编户，鼓舞讴歌。
诸福毕至，不盈而惧。惟曰罔德，弗恃祥瑞。
极天所覆，极地所载。太和絪缊，赍若万汇。
功成上宾，陟降帝所。式我子孙，惟福是祜。
思齐皇妣，贞顺柔嘉。坤厚承天，徽音孔遐。
含章内美，以相以翼。民戴考妣，覆焘无极。
瓜瓞绵绵，螽斯诜诜。保我子孙，为王为君。
天作钟山，永奠玄宫。世万世亿，福禄攸同。
永乐十一年九月十八日，孝子嗣皇帝棣谨述。

《南京历代碑刻集成》

朱　棣（1360—1424），凤阳人，生于应天。明太祖朱元璋第四子。洪武三年封燕王，常事征伐。建文削藩，遂举靖难之役。1402年攻入南京，夺位登基，翌年改元永乐。在位二十二年。卒谥文皇帝，庙号太宗。后明世宗改其号为成祖。是明朝第三个皇帝，后世称此时期为"永乐盛世"。

神龟赋（有序）

[明] 梁　潜

永乐二年十月，皇上思惟太祖高皇帝成功盛德，将纪功孝陵，以告万世。既得碑，求趺未获。获神龟，乃并得趺焉。臣潜百拜稽首而献赋曰：

若有神物兮，轮轮囷囷，晶晶荧荧，弗坯而冶，弗孕而形，不侈乎六目，不矜乎三足。背圆方腹，肖乎阴阳。昂首曳尾，若趋复止，曾追琢兮是施，微瑕疵兮可指，是殆所谓龟之神，而赋质之特伟者耶？想其冲气陶镕，太和薰蒸，虚危昼煜，澒沆夜凝，走众怪、驰百灵，列地位、罗天经，耀赤日、射紫清，玄鼋茹沫，素蟾夺明，翙朱鸟兮褫魄，隐玄武兮降精；沁寒液兮沉莹，络微藓兮回萦。光離離兮黯以著，色黝黝兮苍以顂，含灵和兮畅内蕴，炳至文兮昭奇英。顾荆山之璞不可匹，而磻溪之璜未足称也。然而冈峦隐约，榛莽蔽翳，伏而弗彰，孰藏之秘；万夫荷锸，孰启其志？弗求而获，奚祥奚瑞！盖几无感而不通，物有奇而非异。于穆圣皇，厥孝纯备；聿念皇考，作配天地。德超乎百王，功垂乎万世，文谟武烈，奚可弗纪？惟陵有碑，琢龟是负；必珉与珷，必完以固。千崖矗矗，靡中其度；崇冈漫漫，靡究其所。乃勤帝衷，乃劳圣虑，心忡忡兮潜拟，目瞪瞪兮遐顾。结幽思兮渺冈峦，疲逸想兮驰烟雾。由是钟山之阳、龙潭之侧，碧树回春，紫芝耀日，神气歘忽，祥飚荡潏。谅皇心之感乎，信帝命之昭格。盖将发真石之幽踪，而先此神龟之是出也。是以众工助喜，讴歌洋洋；虞衡驰报，插羽飞章。辞烟霞、升明堂，炫金铺、晞晨光。观者如山，怍愕徊徨，稽首拜舞，欢庆殊常。景星烂其垂耀，威凤杂其来翔。荐寝庙，歌乐章，鼓万舞，声喤喤。文教敷兮洽万邦，尽四海兮毕来王，于千万岁兮寿而昌。

《四库全书·泊庵集卷一》

梁　潜（1366—1418），字用之，号泊庵，江西泰和人。明洪武丙子举人，历知四会、阳江、阳春诸县，有治绩。永乐初召修《太祖实录》，擢修撰，代《永乐大典》总裁。官至侍读兼右春坊右赞善。成祖赴北京，与杨士奇留辅太子。后以太子"擅宥罪人"事牵连，下狱死。著有《泊庵集》。

瑞应甘露赋
[明]金幼孜

惟太祖之仁圣，实受命于上天。奋一旅于淮右，扫群雄于八埏；拯生民之垫溺，荡宇宙之腥膻。爰统临于宝祚，乃主宰乎神人。首建皇极，正彝伦，修礼乐，宣人文，握乾符，阐坤珍。鼓化机于品汇，萃和气于两间；纷四夷之来王，致诸福之便蕃。此所以创业垂统，积德累仁，开太平于万万世，而启鸿基于万洪惟我皇，神圣文武。祗承大统，抚驭寰宇。仁信侔于汤文，恭俭同平尧禹；溥湛恩于万物，沛膏泽于下土。由是洽柔祇，格圆灵，三光全，寒暑平，庆云粲，景星明。醴泉澧涌，黄河泓渟。驺虞生而麒麟出，嘉禾荐而秀麦呈。肆天庥之滋至，羌异瑞其骈臻。然犹未足以昭至德，表至仁。此甘露之所以复降，而嘉祯之所以洊应也。惟彼甘露，实降孝陵。孝陵峨峨，钟山之下。太祖陟降，神灵所舍。禋荐时享，来祈来迓。圣灵慰悦，显佑协相。感我皇之诚孝，恒洋洋而在上。繄降福而垂庆，屡昭锡乎嘉贶。时惟子月，气和如春。天乳明润，膏露缤纷。溥松缀柏，淋漓郁芬。弥山布谷，勃郁磷玢。浥浥沵沵，晶晶荧荧。连朝累日，屡降屡盈。于是皇储乃祗肃斋沐，取以荐神宫，告宗祊。复驰表致贺，献于天庭。皇上恭天之赐，乃御大朝，集百辟，进群公卿，而告之曰："惟太祖在天之灵，监临四方。畀朕以神器之重，实赖尔臣邻，一德一心，勤劳赞襄。敉宁区夏，燮调阴阳。风雨时叙，五谷丰穰。兵寝刑措，民物阜康。惟兹天降甘露，所以表应太平，嘉惠万邦。朕不敢秘天之贶，用颁赐于尔臣邻，以昭上天之隆眷，以承太祖之耿光。其益竭乃虑，厉乃志，勤乃政，敬乃事。无藻辞以矜夸，无满盈而怠肆。庶几休戚是同，共保终始。措天下于久安，致国家于长治。福禄流于无穷，声名著于后世，顾不韪欤。"于是，群臣咸拜手稽首曰："惟皇上恭敬天地，致孝祖考，辑和民人，惠养耆耈，德洞沦冥，恩被遐壤。故天不爱道，甘露呈瑞。此感彼应，理所必致。而乃益存谦抑，推而不处。视彼植金茎以承液，夸嘉瑞以纪年者，不可同日而语矣。是宜敕太史以纪载，美盛德之形容。播诸金石，被之管弦，以示圣子神孙于无穷。"

为之颂曰：

瞻彼孝陵，松柏苍苍兮。上天降康，甘露瀼瀼兮。
致和所萃，致孝之格兮。惟皇谦撝，弗盈弗溢兮。
宪章太祖，以承于天兮。永膺景命，亿万斯年兮。

《金文靖集》

神龟颂（并序）

前人

洪惟太祖皇帝，功德之隆，如天地之大，亘万世而莫及。皇上缵承丕绪，思述神功，纪于穹碑。爰命工取石于龙潭山之阳，久之，惟碑趺未得。乃掘地三丈许，忽得石龟，隆然若蹲，形体之似，宛若生成，九畴参错，有自然之文。匠石惊愕，以为神异，遂奉以献于太廷。有诏俾臣民观之，莫不欢欣骇跃。咸曰："皇上仁孝感孚，故上天昭示景贶，虽神禹洛书之呈，未足拟伦。"臣幸依日月之光，重沐雨露之泽，睹兹盛美，喜不自胜。谨拜手稽首而献颂曰：

  于惟圣祖，作民父母。浚哲温恭，圣神文武。
  伊昔元季，群丑争雄。天戈所麾，罔不率从。
  救焚拯溺，用宽代虐。治定功成，制礼作乐。
  声教四达，弘布纪纲。振彼枯弱，锄其暴强。
  搜罗贤俊，树立藩屏。蛮夷戎狄，稽首奉命。
  既集武功，益绥文德。拱手垂裳，不假声色。
  休养生息，垂四十年。俊德成功，巍然焕然。
  维皇嗣之，圣作物睹。功高汤文，德配舜禹。
  旧章成宪，皇则率之。万方黎民，皇则绥之。
  继志述事，跻于至治。嘉祥骈臻，诸福毕至。
  惟皇至孝，思念神功。欲托穹碑，昭示无穷。
  爰求贞石，不日而得。既求厥趺，龙潭之侧。
  眷兹龙潭，孕秀钟灵。坤后效职，至和储精。
  乃擘丹崖，乃破苍璧。佳气氤氲，祥光赫奕。
  忽得石龟，隆焉若尊。匪金以缜，如玉而温。
  素理玄介，光辉的皪。人文聿宣，奇偶参错。
  藉以文锦，献于大廷。臣庶聚观，欢声沸腾。
  在昔夏禹，洛书献瑞。圣圣相承，先后一揆。
  太祖之灵，陟降在天。圣孝感通，有开必先。
  神龟所征，圣寿万亿。小臣作诗，永永无极。

《金文靖集》

金幼孜（1367—1431），名善，以字行，号退庵，江西新淦人。明建文二年进士。永乐间值文渊阁，升侍讲。曾为朱棣护丧七日归京。洪熙年间拜户部右侍郎，加太子少保衔兼武英殿大学士，官至礼部尚书。宣德元年总裁永乐、洪熙两朝实录。卒谥文靖。著有《北征诗》、《北征录》等。

游阳山记
[明] 胡 广

  永乐三年秋八月，皇帝因建碑孝陵，斲石于都城东北之阳山，得良材焉。其长十四丈有奇，阔不及长者三之一，厚丈二尺；色黝泽如漆，无疵颣。廷臣往观之，且相其制度之宜。时诸臣往观毕，越九月戊午，特命翰林臣往观。于是学士解公大绅、侍讲金公幼孜，暨广偕往。

  己未早朝罢，由朝阳门出，过十里铺。铺外人家夹道连续而居，间有市肆，直抵沧波门。门外隔平畴，山蝉联起伏，即城中所见诸山也。山下烟林村落，远近映带，耕夫饷妇，横纵陇亩。有刈禾黍者、有登禾黍于场者、有挽车以载者、有汲以灌畦者、有薙草莱者，予三人观其作劳，徘徊久之。见田塍畔系一舟，田间水与大江相通，故有舟，然平畴旷野，见此一舟，亦自奇绝。水之上有古石桥，颓其半，石堕塞桥下，人取便从下行。桥上草甚深。桥西北有土沟，问之，沟傍人云：国初取土筑拒马墙，就以疏墙内流水。由拒马墙折北而行，至麒麟门。门额前中书舍人詹孟举所书。麒麟门折东而行五六里，渐多坡陀，幼孜与予乘肩舆，上下山冈辄相与步行，以息仆夫之力；解公骑行，常先一二里许，不见予二人来，辄下马候。又东过一长阪，阪下路岐而二：一依坂足少折而北，一下田间少折而南。予将循坂足而北，田间人呼曰：南行，南行。遂遵田畔折入小村市东山麓，度拗入谷，行长棱十余里，始至阳山。山下草茇数百余间，以舍趋事者。樊其周围作门二，通山之上下。入门百步有井一，方小石池二，水甚清。出门上百步许，有井一，云其下旧有泉，因甓之以为井，井之外有深坑，平山上土石填之。举石者邪许之声相应，仰见碑石，穹然城立。予足力稍疲倦，心急欲观之，虽疲亦趋而登。至其下，三人相视，惊愕不已，叹息所未尝见，谓天生此石，以有所待也。山高数里，其体皆石，其旁巉岩不便登陟，从碑石之左攀跻而上，一人引手，一人下推，又跻一级，渐至山顶，石如矾头者，窅窊者，窍而通者，高者下者，险不可履，作蚁缘而度。渐过碑石之右，稍平可行，余将俯观，心掉股栗，目眩不能下视，独解公登石。立久之余，坐息定，更踰山顶数十步，望见长江数百里，隐隐而来，舟帆上下如豆；江北诸山，澹然于烟霏雾霭间，杳不能辨。山近东北二峰，峭拔如削，即都城东门望见二峰青翠高耸者。山之南有旧冢，相传曰"叶丞相墓"。按《金陵志》"叶祖洽墓在宣义乡"，即此是也。祖洽，熙宁三年廷对第一，官至徽猷阁直学士、太中大夫，政和七年，终于真州，奉勅葬此。盖叶丞相者，相传之误也。南望钟山，一峰上于天际，秀立如玉笋；都城万雉，红光紫气，蔚蔚葱葱，结为龙文，散为霞彩，诚万世帝王之都也。

日过午，下山回至小村市，望见树林阴翳中，一径沿涧上，两旁皆松柏，有古寺甚牢落，梁本业寺也。

创于天监九年，五代时碑刻尚存。有古桂二株，其木枯朽，其旁枝复拱把，又将枯矣。疑与寺同植者。从旁入一小轩，轩外多竹，其南有古井，水满而清，汲以烹茶，味甘冽。乃命酒，酌轩中。酌罢，复寻寺前小径，转登寺后山。山多石，石罅多棘刺，行则钩衣。以手搴衣去地尺，徐行至一巨石上，坐息眺望，少顷，从山脊下。至寺已昏暗，取酒灯下更酌。别入一小室，坐久始就寝，山空夜凉，寂无人语，但闻虫鸣唧唧，窗外落叶摵摵作声，余久不能寐。《地志》云，谢灵运墓在寺近，欲待明访之，叩僧，不知其处。

庚申旦离寺，由故道入麒麟门，缘钟山麓而行，午至灵谷寺。观当时善画者图"雪景"、"海水"于壁。寺僧出东坡诗翰，有元诸名公品题，并宋璲篆书《金刚经》，观之，至暮而还。

广自惟以匪才，际遇明时，荷圣天子宠眷，置于侍从，优游禁闼，无所裨益，夙夜悚惧，况敢为暇逸之事乎？属圣天子致孝皇考，树石园林，昭功德于万世，量其制作，不敢以忽，故三事大夫及百执事咸得赐观，广幸从二君子之后，徜徉于山水之间，凡目之所见、耳之所闻，与夫一草一木之微，无不可乐，是皆圣天子之赐也。乌可不知其所自，遂执笔记之。

《明文衡》卷三十三

胡　广（1369—1418），字光大，江西吉安人。明建文二年状元。靖难之役后，与解缙同降成祖。官至翰林学士，兼左春坊大学士，内阁首辅。行事谨慎，心思细密。两次随成祖北征，深得信任。阻封禅，谏停追查建文旧臣，平息冤狱。卒赠礼部尚书，谥文穆。有《胡文穆公文集》。

计偕录（节选）

[明] 郑　真

（洪武六年二月）二十三日入吏部，与徐尚禋、叶有常、罗振初、郭可学游蒋山，登宝公塔，问一身大概，得八十籤云："宿雾浮云蔽日明，回风扫荡迥然清。共欣险难今消散，事灭安生福可膺。"寺僧以为吉卦。塔系匡正宗所造，周回深邃，清气逼人。大士金铜为之，被千佛绣衣，登其塔者，生敬想。次入崇禧寺，见西番所谓帝师者。下山，驻二碑亭，有李阳冰石篆、宋孝宗御书、张魏公撰宝公行业；虞、黄二公碑文二通；其外一碑亭，有赵世延、虞伯生所著皆在，载碧珠在栾铣事，然求之钟上则无有，岂岁月既深为铜花所蚀耶？

《荥阳外史集》卷九十七

【注】碧珠在栾铣：事见虞集《太平兴国禅寺碑》。

郑　真（1372年前后在世），字千之，鄞县人。明洪武四年乡试第一，授临淮教谕，秩满入京，赐宴。升广信府教授，引年归。研穷六籍，尤长于《春秋》。与兄驹、弟凤，并以文学名。其尤以古文著，为宋濂所推重。在乡里恂恂然，不以才艺矜人。曾编《四明文献》。著有《荥阳外史集》。

明代迁建志公舍利塔碑记
[明]刘仲质

志公卒梁天监十三年，传闻塔葬独龙冈下，由于建寺于此。历年既深，屡毁屡作，然以住持迭更，而驰张不一。我朝大明洪武九年，住山僧仲羲为见寺居高竣，下临宫阙，乃请迁基于朱湖洞左，塔亦随之。继而集工完缉。闻相地者谓其湫隘弗称。于十四年辛酉冬，钦蒙敕旨，从新鼎建寺于独龙冈之东麓，遂命中军都督府佥事李新，指挥滕聚、袁禄，神坛署令崔安同监造之，其木石砖瓦工匠之费，并给于官。寺成，复移置塔于法堂之后，凡殿阁门庑等屋雄丽高广，倍加于昔。先是十二年己未，发塔之时，穴有石碑刻，乃宋祥符年号，始知志公之塔数曾迁换，已亡其真矣。而志公前葬之事，亦莫可准的。始自天监十三年，迄今洪武壬戌，公入寂已八百七十年矣。塔成之日，略记其建寺始末，并刻于石云。

洪武十五年，岁在壬戌闰二月二十二日，资善大夫、礼部尚书臣刘仲质奉敕谨撰。

据灵谷寺碑刻

刘仲质（1382年前后在世），字文质，江西分宜人。明洪武初，以宜春训导荐入京，任翰林典籍。十五年，拜礼部尚书，定释奠礼，颁行天下学校。曾陪帝祭孔庙。立学规十二条。改华盖殿大学士。后因事贬御史。年老返乡。性厚重笃实，博通经史，文章典雅。著有《校正春秋本末》。

宝石神龟颂
[明]唐文凤

钦惟太祖高皇帝，龙飞淮甸，提三尺，芟群雄，天命攸集，人心所归，四方臣顺，八蛮宾服，启万世之洪基，承百王之正统。武威远震，雷迅电飞；文教诞敷，风行草偃，神祇协应，民庶欢忻。而四十余年，乾坤清宁，河海顺晏，雨旸时若，物类咸丰，臻政治之雍熙，变风俗之淳厚。是以圣德神功，配天飨帝，巍巍荡荡，高深难名，历代君天下者，未有若我朝之隆盛也。猗欤休哉，惟我皇上，继志述事，膺命承符，神器有归，皇图克绍，御宝历之初，念创业之不易，思缵绪之攸难,爰命词臣纂修《实录》,敬上尊号,所以极采辑之劳,竭襃崇之美,犹未足以致圣孝也。惟孝陵之御碑未立,特发玉音,勅翰林撰文,谕工部选工相择碑材于紫金山之阴,龙潭之地,斧锥劾力,琢凿山骨,取材既具,复取碑趺,而得巨石,大与材称,巘屃以高,万夫奏功。于石罅见一宝石,其色苍绀,形类神龟,圆径尺余,首昂而前顾,尾妥而左蟠,足缩而肘露,背隆而甲伏。虽倕般之巧不能致也,况兹浑然天成,不假雕锼,岂非天地储精,山川献奇,而致祯祥,以彰圣孝也。孝陵卫监工指挥臣某,敬捧以进皇上。若曰:朕惟皇考之德所感召,天地神祇所默相,故兹瑞呈现,以对扬皇考之休命,以慰朕继嗣丕烈之心也。宣文武群臣百官于奉天门拜观,莫不欣跃,谨上表称贺:臣闻马图出河,龟书呈洛,银瓮涌地,器车在山,此皆圣王之瑞也。唐太宗朝获灵龟,化为白石,遂以为受命之符。自开辟以来,未尝遇兹盛典。然天地之气,钟英孕灵,阳凝阴聚,坚则为石,禀少阳之精,成少刚之质,而融结其形,成此神龟者。盖有以知皇上孝思之无斁,圣德之无穷,而又以征诸圣寿于万斯年也。

臣文凤叨侍清班,自惭愚昧,谨拜手稽首而献颂曰:

于赫圣皇,孝德格天。山川献灵,神祇致虔。
天不爱道,地不爱宝。式昭皇心,尊崇皇考。
勒碑琢石,有龟其趺。取此山骨,蛟龙所都。
坤珍效灵,乾符显瑞。亿万斯年,精英攸萃。
爰有宝石,形类于龟。当护庆云,当生神蓍。
托质石中,岂能食息。其形圆长,其色绀碧。
尾蟠而妥,首仰而昂。背隆甲伏,肘露足藏。
二气所凝,匪资人力。浑然天成,无斤斧迹。
五总之聚,十朋之多。矧兹祥物,孰与同科。
皇明大朝,惟圣继圣。以承帝统,以膺天命。
峨峨孝陵,祥光贯虹。圣德炜煌,御碑穹窿。
微臣作颂,以赞休美。用比洛书,永锡繁祉。

《梧冈集》

唐文凤(1400年前后在世),字子仪,号梦鹤,安徽歙县人。少颖异,长益自奋。与祖父唐元、父唐桂芳俱以文学擅名,时号"小三苏"。明永乐中,荐授兴国县知县,政绩颇著。后改赵王府纪善。其诗文丰缛深厚,刊落纤浮。卒年八十六岁。著有《朝阳类稿》、《政余类稿》、《梧冈集》。

成化重泐(三绝)碑跋
[明]刘珝

本初嘉上人,一日持宝公圣师石刻小像见示,乃唐吴道子画,李太白作赞,颜鲁公真卿书,诚为三绝。先是石刻毁于宣德间,将泯所传。上人披缁南都灵谷寺,闻老僧言此,实切慨叹。且模本最妙,上人访求数年,得之如拱璧,拟命工重摹镌,以图永传。因索识其颠末。企维圣师示迹六朝,化行齐、梁、陈,其神通灵异未易枚举,故王公卿士多致礼敬,其行实具载忠献张和公状。呜呼!圣师道妙,不可以名相,取避名相,无以襮圣师道妙。而三大老有是作也。今上人重续名相之灯,昭圣师光明于无穷为可尚,其贤于诸比丘远矣。上人通内外学,诗翰早鸣,为缙绅推重,尝领书记于受业,继领春官檄,主五山大育王梵刹,兼承旨广善戒坛宗师焉。

成化丙申岁二月上浣,赐进士第、通议大夫、吏部左侍郎,青齐刘珝叔温识。

《灵谷禅林志》卷四

刘　珝(1426—1490),字叔温,号古直。青州寿光人。明正统十三年进士,授编修。历官太子侍讲、吏部尚书、文渊阁大学士、太子太保、谨身殿大学士。卒谥文和。弘治帝赐祭联:"忠裨于国,允称一代名臣;孝表于乡,堪称三朝元老。"时称刘阁老。著有《古直文集》、《青宫讲义》。

(景泰)《钟山志》序
[明]仪铭

太祖高皇帝定鼎于金陵。钟山之阳,与宝公塔密迩,迁于湖之东,改额为灵谷寺。金碧辉映,冠于海内,御书"第一禅林",揭于洞门,名其山曰"紫金"。列朝临幸,翠华銮从,千乘万骑,填溢山谷,草木增辉。至于桑门之流,衣被恩光可知。咫尺都门,衣冠之士,佳时暇日,乘游觞咏,忘失烦浊之虑,以不得者为慊。幽邃之胜,南京为最。其僧亦往往有出杰之才嗣继故也。兹以僧洁庵公编集纪胜、宝公事实、历代住持世系暨题咏,名之曰《钟山志》,募助缘得庄福广梓刊,求予序之。嗟乎!是集虽以灵谷禅寺之事,而钟山形胜之奇,历代沿革之概,见者足考。余故弁其端云。

时景泰二年冬十月下浣。

《灵谷禅林志》卷十一

仪　铭(1451年前后在世),生平不详。

游灵谷记
[明]都 穆

丁卯二月，予与客为灵谷寺之游。寺在紫金山南，中有梁神僧宝志塔。国初，以塔逼宫，敕迁于此，锡以金额，御书"第一禅林"四字，刻之洞门。过此，长松夹道，苍翠如沐，行松间三里及寺。其前有万工池，相传凿池时，尝役万夫，故名。入门历琵琶街，人鼓掌，相应有声，若弹丝然。时山中桃李盛开，而幽花异卉，纷错其间，极为可玩。午饭方丈，僧侑以香茗，兼出棋娱客，尘襟洒然。已而阅八功德水。八功德者，《山记》谓："一清、而冷、三香、四柔、五甘、六净、七不噎、八除疴。"昔寺僧法喜以居无泉，祷求西域阿耨池七日，掘地得之。梁已前尝取以给御。案一云梁有胡僧，寓锡山中，乏水，山龙为溢水以成是池。释氏之说如此，弗能详也。池故在峭壁寺东，自迁志公塔，水从之而涌，旧池遂涸，人以为异。今山僧凿石，委曲引之，有松孤立其上，若庇荫然。客流杯水中，落花间浮，随杯而行，至客前，则竞取以饮，虽不饮者，亦徘徊忘去。乐哉斯游！不可无述。同游为金华章廷式、蒙阴李应灵、宜阳金有制、东川黎廷表、麻城梅仲修、云间黄天章、永平李德哲、上饶郑立之，其一人则穆也。

《名山胜概记》

[明]都 穆

都 穆（1458—1525），字玄敬，郡人称南濠先生，吴县人。明弘治十一年进士，官至礼部主客司郎中，加太仆寺少卿致仕。好学不倦，尝奉使至秦中，搜访金石，拓印缮定，作《金薤琳琅录》。富藏书，每得异本，以夸示同好为乐。著有《周易考异》、《史补类抄》、《寓意编》、《铁网珊瑚》。

游灵谷记
[明]吕 楠

三月之暮，五山潘子约诸僚同游灵谷，予以足疾不能乘马，赁舆先往。盖灵谷周几十余里，东界木公山，而松亘四五里，纵横络绎，杂列间植，微瓴瓢甓，路则不得其门而入矣。往年同南桥李子，日午始往，不久即返，未尽其奇，于心恒不忘。故五山约，不俟联镳而独先也。至"第一禅林"门，下舆徒步里余，就荫伫立，四面睇望，虬枝蛟枚，如麻如蔼，然体干瘦细，间有三二合抱者，则又有群木压挽，匝挤不能直挺。予间有三二合抱者，则又有群木压挽，匝挤不能直挺。予叹玩焉。其下瑶草仙丹，碧紫烂熳，或并藤萝缠樛紫盖，问诸吏皂，但曰"野花"，则又叹曰："彼抱美含芳于幽独，而不名者，其殆此乎。"比至方丈门，见洪武十八年至二十九年，高祖七敕，备言栽种松竹、果子之由，禁止刍牧。再进至青林堂，见檐前悬榜，高祖亲制《山居诗》十二篇，赐觉义清濬者，益悉灵谷幽胜，乃知此寺所造甚远，非偶然也。未几，五山及双山秦子、在轩胡子、雍里顾子、郭山况子皆至，乃遂出，游大佛殿，又后登禅堂，崇峻弘敞，爽人心目。而宝公石像，正当其下，为吴道子所画，果非尘世形态，旁镌自著《十二时歌》。又北，观宝公塑像，在浮屠塔下，旁有长榜，壁立不可上，乃已。遂出，东观八功德水之九曲。曲上一松奇古，或云高祖挂衣处。遂至无梁殿，殿皆瓴甋，作三券洞，不以木为梁。只此一殿，费可万金。其规制又多自齐梁时来，国朝虽或补葺，然必不加也。上西廊，观吴道子所画《折芦渡江》，及鸟巢、佛印、三教画壁乃还，登青林堂。五山乃又行酌，酌未半，有满亲住持者来参，持学士顾公诗以观，盖顾公九和依僧语作二偈尔。观毕，满茶许之。时日已大西，遂行，而浩乃送至琵琶街，自鼓掌请听琵琶声，口兼呼，诸从者亦鼓掌，浩亦大笑，然实未有闻也。因问此殿前何以有此声？浩曰："空谷作声尔。"曰："此殿以上，凡四五层。其上者，何以无此声？"浩不对，在轩、双山皆曰："山谷之声，太近亦无，太远亦无。虚实之间，远近之中，乃又夹以长廊，俯以崇台，此感彼应，气使然尔。"遂西至竹涧，有闭关僧，凿板窦以通饮食，窦上悬"栖云处"三字。予曰："此室中亦有云耶？"五山屡以偈语诘浩，浩不能对，以他语应，遂出。时满亲以邀茶至，见壁上悬二尊官诗，浩与满亲犹指矜云，云曰："僧但不到家，到家便见其家中所有无尔。"遂还。予先至朝阳门，候诸君而后别。

五山名颖，字叔愚，宁海人；双山名仪，字相之，临桂人；南桥名清，字介卿，龙阳人；在轩名廷禄，字原学，云南人；雍里名梦圭，字武祥，昆山人；郭山名维垣，字翰臣，高安人。予则名楠，字仲木，号泾野，高陵人。

《名山胜概记》

吕楠（1479—1542），字仲木，号泾野，高陵人。明正德三年状元，授翰林编修。累官礼部侍郎，持正敢言。学宗程朱，与湛若水、邹守益共主讲席三十余年。卒谥文简。诗文醇正，刻意于字句。著有《泾野集》三十六卷及《周易说翼》、《尚书说要》等。

送浮屠性嘉序
[明]王　屿

金陵之山其最秀拔者曰钟山，浮屠氏之庐之据有兹山之胜者曰灵谷寺。寺住僧焕师用章，三衢人，其为人持律严，其言有文，其心泊焉无所累，又其徒之杰然者也。予往在南京，尝与游焉。为别且三年矣，每思之不置。今年夏，其徒曰性嘉（本初）者，来游毘陵，寓天宁寺，首谒予，道其师所以不忘于予者。寺有楼曰"尘外楼"，在茂林修竹间。本初居之，虽盛暑中，有萧飒意。间出小并寺，问剑井，祯应观，太平寺水壁，即杨万里尝称其绝妙一时者。登君山，憩浮远堂，堂在光孝寺，瞰江凭阑四顾，千里一瞩。历嵩山，访胶山寺，僧延坐一室，有峰当户，焦千之刻诗其上，其半插云雾中，隐隐可辨识者，仅得"云拥秀峰来户外"三数语尔。过华藏褒忠寺，上"云海亭"，亭前临太湖，一槛之外，波涛汹汹，望七十二峰，近可揽取，如盘盂中物。因诵僧法尚诗，其卒章云"明日慧山曾有约，又携茶鼎汲清泠"，遂去寻陆子，品"第二泉"饮之。自是舣舟罨画溪，披荆棘，行二十里，至善卷洞，与寺僧戒航秉燧深入，穷天然精巧处，出就航语，留止信宿。

遄归，过予言曰："性嘉既饱玩名郡山水，且得诸搢绅诗甚富。诗皆指阅历处为题，视之囊中，独少公一言，幸不鄙而赐之言，持归以见吾师，信不虚此行矣。"世尝称吾儒者之与浮屠氏游，常不于其迹而于其人，必其人有道，其所爱慕而服习者，多与吾儒者事同，吾是以略其异而取其同，而与之游，如唐文畅、宋闻复之流，求之于今，则本初其人也。本初工书，作诗间亦有奇语，如闻复，喜文词，有行必请诸搢绅以咏歌，其志如文畅，是宜其得此于人之多也。苏长公不云轮扁斲轮，疴瘘承蜩，苟可以发其智巧，则神而明之，物皆有可寓者，矧文词之正，诗书之雅乎。本初幸以予斯言归告，而师毋徒曰华严法界尽属篷庐而已也。

《明文海》卷三百二十三

王　屿，生卒年不详，生平不详。

冬游记（节选）
[明]罗洪先

……

（嘉靖己亥十月）十二日（王）龙溪入城了部事，余与（王）鲤湖游灵谷寺。由松径入，五里许至殿前，观吴伟画廊及后宝志塔，后有八功德水。午后龙溪始来，同登无梁殿，校射堳中。日暮宿月泉方丈。

十三日游禅堂，诸禅请作浴，次第浴罢，登禅床，皆熟睡。睡觉，诸禅作斋，供讫，移宿退居。是夜，龙溪再问余曰："自信如何？"余曰："欲根种种未断耳！"龙溪曰："今人为学，只不紧要，故皆难成，须于咽喉下刀，方是能了性命，而今只为有护持在。"余曰："试论余如何。"龙溪曰："汝以学问凑泊，知见纵是十分真切，脱不得凑泊耳。"且留余久居。余曰：闻河北渐冻，既追东廓、荆川不及，吾当停舟途次，复来相聚。

十四日早饭罢，别龙溪，龙溪笑曰："勿至前途改念。"余应曰："欲改念，亦非一言可能束缚。"遂相顾大笑，上马去。

……

二十六日早投报单入孝陵，余素服，行谒陵礼，饭夏太监宅中。夏乃乡人，饭罢，其侄云，尚有懿文皇太子陵。由孝陵门左折东下，行叩头礼。出遇屈奉御，引余达观陵外规制，并指吴王孙权所葬处，为之悲悼今昔，令人轻世。

《四库全书·冬游记》

罗洪先（1504—1564），字达夫，号念庵，江西吉水人。明嘉靖八年状元，授修撰，迁左赞善。因事罢归后致力王阳明之心学，三年不出户。于学无所不窥，尤精理学及地理学，考图观史，实地调查收集资料，以计里画方之法，创立符号图例，绘成《广舆图》。卒谥文庄。著有《念庵集》。

高皇帝像赞
[明] 徐 渭

上之岩也，天高以覆耶？下之丰也，地载以厚耶？扫孽胡而握汉统，维斯之与咊耶？眉采耶？目河耶？唐与虞之后耶？氏以朱耶？金天氏之胄耶？是为我圣祖高皇帝之面耶？部耶？

《徐文长全集》

徐 渭（1521—1593）。见前。

《金陵杂纪》（节选）
[明] 王 樵
莲花庵

出太平门，长堤数里，蜿蜒如冈阜，上为驰道，夹道皆乔木，堤尽而西转，为三法司总门，入门又迤而北，有坊曰"贯城"，东为大理寺，中为刑部，西为都察院，皆面南。而钟山耸于左，玄武湖映带于右，则其大观也。夏月湖水澄碧，莲花盛开，红翠相错，清风徐来，芬馥相递，而今岁尤盛，一望数里，几与册库洲等。堤之东，山之趾，皆田也。有池，亦种莲，而花多白者。每行堤上，红白夹堤，亦一奇也。因与中丞元冲张公、右丞虞蓻朱公有观荷之约；二公者又与太常进庵胡公、京兆止庵杨公、符卿观颐沈公、少司成具区冯公语及，四公者欣然愿与焉。予三人遂为观荷主人，且喜偶合竹林七人之数，凤具于莲花庵。

庵在钟山之趾，亦有莲池，折简以招四公，冯公以疾辞不至，至者胡、沈、杨三公，饭于庵中，酒数行，移于竹林下，胡、张二公象奕，沈、朱二公围奕，皆数局。乃出竹林，问莲池所在。从者导行，历山冈，冈上有开平常忠武王墓。杨公辞先去，予六人下平田，坐茂林下，莲池茂密，正与城内隆广山相对。旁有石可坐，予与进庵胡公首憩焉，取荷为碧筒子，先饮一觞，以劝进庵，进庵为饮二觞；元冲又易筒以劝进庵，次则虞蓻与予易坐而分，欸客少话，沈公辞不能饮，遂起还，仍坐于竹林下，酒数行，又奕，迨暮乃归。新月初上，行太平堤上，湖光月色相映，人影与树影相交错，又一佳景也。

灵谷寺

观荷之又二日，进庵胡公、止庵杨公、观颐沈公，折简期会于灵谷寺。

其日，予自刑部散衙归，虞蓻朱公使人来言，以生疠不赴；元冲张公先行拜客，使人约予，曰投谒毕，即追至矣。予出朝阳门，循城而北，又转而东，则止杨公亦在道，遂与同行。过孝陵前下马，行可二里许，过观音阁，又可三里许，至灵谷寺，未至山门数十步许，大雨如注，予与止庵避雨山门下。予谓杨公曰："此宝公迎客雨也。"良久雨少止，予与杨公连舆行，夹道皆长松古柏，往时松柏下，麋鹿成群，今皆不见。临入寺，又遇雨，憩小门下，候止乃入，登法堂，则沈公候已久，云其至极早。俄而张元冲继至，云途中遇雨，无地可避，从者衣皆沾湿。宾主既接，欢动颜色，曰："此雨若早半月，岂不大善！"

是日，胡公以腹疾不至，宾主四人，促席相对，雅谈甚欢。雨时作时止，暑气顿清。酒数行，入修廊，登佛殿，再重无梁殿，乃纯用瓴甋，如造城闉之法，广深与修，皆以洞相通，无异屋下。殿后有塔，云宝志葬处也。寺据钟山左偏，诸开国功臣皆陪葬山趾，而此僧独当一面，亦一奇事也。寺后有八功德水，出自山趾，旱久不流。大率此山，苍翠环合，又在禁地，绝无游人杂沓，当为城东第一禅林。

归途晚晴，新月欲上，与元冲并舆行，语次颇及金陵形势与前古防守之略。张公易直好善，通知今古，每语多合，亦不易得者也。

蒋　庙

汉秣陵尉蒋子文御贼战死，至今祀之，与蜀梓潼事同。今鸡鸣山十庙，蒋尉已列祀典，而钟山之阴，复有庙宇。每岁四月，士女云集，香火甚盛，而护国之说尤属诬妄。二祖渡江，成大业，皆所谓天授，何假神力。至于靖难之事，推秣陵死事之心，尤必不如流俗所传也。

智居楼

南京都察院后堂之北有"敬亭"，立洪武八年勅谕碑。基高五尺，栏槛四周，旁多古木。敬亭之北为"智居楼"，左山右湖，两面皆空旷，可以远眺，而于观山尤宜。钟山之盘郁，紫气之郁葱，朝夕相对，可以忘倦。闻之山以远而妍，以近而得其真，此可谓兼得之矣。惟不见江上山耳。

按勅谕言设置"贯城"，取法天象，欲刑官"法天以从事"也；又言"狱清而无事，心静而神安"，以玄武之澄波，印钟山之苍翠，虽飞巢巅而走窝下，亦莫潜毫厘，洞见其真。智人居是，能不开怀抱而长啸终日，引觞侣酌，以快今生，汝其敬哉。

万历二十三年六月，蒙简任右都御史，莅任之三日登是楼。乃觉圣训所状景象，宛然在目，虽文士书之不能如此之确，而寓意之宽厚，训廸之深切，尤臣下所当深体。夫夙夜兢兢业业，使刑必当罪，狱无冤人，则狱清而无事，心静而身安，斯可以当智人之称。居是焉者，岂易易哉！

《方麓集》卷十一

王　樵（1521—1599），字明远，镇江府金坛人。明嘉靖二十六年进士。授行人。历刑部员外郎,著《读律私笺》,甚精核。万历初,任浙江佥事,擢尚宝卿。以请勿罪反对张居正夺情视事之言官,忤张居正,出为南京鸿胪卿,旋罢。后复起,官至右都御史。著有《方麓居士集》。

重修宝公塔记
[明]释可浩

塔者,梵语窣堵波,此云方坟,以之藏舍利,标记古师灵迹,示法不灭也。圣师天生圣质,出处罔测,动止非常,神异渊奥,杖携尺、刀、拂,语隐齐、梁、陈,凡悬谶皆应之,若合符节,大矣哉!天假之圣也。粤萧梁事佛,惟好有为,盖机有大小,德有浅深素分也。虽圣之启迪,亦无如之何也,已矣!然必授之以大乘记莂耳。

圣师全身舍利宝塔,屡兴废或移徙,大抵莫逃乎数。虽圣人之道,亦隆替不常,况遗驱塔庙者乎!然化之者诚之至,则神之格理必然也。昔武帝以二十万金易钟山独龙阜造塔,藏师全身舍利,创精舍额曰"开善",俾僧司祀焉,遣文翰臣陆倕制《铭》以彰之。武帝一日思师有言"贫僧塔坏,陛下社稷随坏",以石更之,辄坏木塔,社稷之危即至。宋绍兴辛巳,金人犯淮甸,师显相力赞,卒使虏酋就殄,被旨加封"慈应",塔曰"感应"。历朝封号、祭词、诏诰、铭记,感应、功迹,具如原录。至我朝洪武十四年,岁次辛酉九月,太祖高皇帝诏曰:"朕本寒微,统一华夏,鼎定宫室于钟山之阳,与宝公塔密迩。僧众登高俯下,有所不宜,敕移之。"初择地于珠湖洞,因湫隘,更迁于湖之东麓独龙冈,敕建"大灵谷禅寺",为天下丛林之首。设僧录,俾僧时祀焉。正统丙辰,主塔僧法讳大滋,仍旧贯修之。弘治庚戌,住持广公安人经理之。嘉靖乙酉岁,可浩滥膺洒扫,仰观圣师宝塔故朽,谅纶天地,洪纤靡间,岂拘缩乎一区也哉!但民具尔瞻,自生福庆。丙戌岁,拉僧宗受协众,一加补葺焉。届今复将腐圮,遂谋诸耆宿,洎江右喻姓,法名演高者,参历之士,援而止之。而止者承守备太监潘公真、萧公通、先任太监陈公林,纠财召众,协相新之。凡尊贵贫贱,咸体信服从,经营未远,焕然成之,亦圣师冥助之速也。仰惟圣天子御极,恩被林泉,每托有司激励僧徒者,盖不忘灵山之嘱也。吾人果然能修道德、明性命、尊正化,俾止恶措刑,化淳俗美,可谓阴翊皇猷者也。老子云:"我无为而民富。"一旦奋志于其间,人皆可以为圣,师何独事浮屠之突屼者哉！

师生于宋文帝元嘉年，灭于梁天监十三年十二月初六日也。

嘉靖十八年，岁次己亥腊月八日，毗陵月泉沙门可浩撰。

《灵谷禅林志》卷三

释可浩（1530年前后在世），见前。

白云窝记
[明]释续洪

云之为物，变化若神。嘘！天地之灵气，发山谷之精华，映日色，乘风雨，则形势不同，气象间异。原夫本质，则怡然闲静，纯白无杂，凝结如霜雪，轻扬如飞絮。

钟山之阳有灵谷，灵谷之阿构小室数椽，轩窗八面，常有白云遮拥，名之曰"白云窝"，僧录月泉之宴居也。或凭虚游历，则以之为车马，为旌旆；或返而居处，则以之为屏幄，为几席；或怡然寝息，则以之为床褥，为衾枕。既利其用，又同其体，道人与世，如云之无心。不计去留，优游自在，舒之兮弥满六合，卷之兮退藏于密；润物兮为霖为雨，覆庇兮寰宇阴清。

余坐移时，虚襟疏旷，心物两忘，不知白云为我也，我为白云也。遂喜而赋诗：

一望弥漫尽白云，云深何处著尘氛。
冷和明月浑无影，清逼梅花欲断魂。
济世祇凭龙变化，巢松相与鹤平分。
深藏空谷以时出，四海于今有令闻。

《灵谷禅林志》卷三

释续洪　生卒年不详，生平不详。约明嘉靖年间在世。此文撰于释可浩（月泉）任僧录司职之后，编纂《灵谷寺志》之前。

留都述游·游孝陵灵谷寺记※
[明]王士性

……纵目都城，要约具是矣。则遂往郭外而眺，问孝陵所奠，云在钟山。乃出东门，走钟山。缇垣绛阙，翠栢万树，肃入，礼成，见郁葱王气，隐隐起万绿间。中贵某为开重楼，指珠襦玉匣之藏，云借之于志大师所入定处也。寻半山亭、木末轩，则陵谷迁矣。山一名蒋，亦名紫金，辞陵出门。我国家图籍所藏，云在玄武湖。

则遂明日出太平门，趋后湖，行太平堤上。清樾荫人，中抱碧流百顷。一小城架楼作东西牖，以收初旸夕照，辟蠹鱼。湖上远山如黛，莲花映水时更佳。泛湖而归，问志大师塔所，云在灵谷。

则又是明日取途灵谷，即钟陵东麓也。入禅林，行五里松下，虬枝蔽亏天日，鹿呦呦千百为群，狎客而过。上无梁殿，击景阳钟，殿皆瓴甋作三券，不设椽桷。钟，制朴而平脣，则望之知有古色。殿右一哑钟，勅置于风日之下，前朝选入为禁钟，不鸣，归之则鸣于寺中。僧云尔也。下殿试响墀，左入，过琵琶街。又拍手试之，良如弹丝云。其下多叠甓，乃梁昭明太子读书处。绕廊观吴伟画壁，已蚀不存。入塔礼志公，犹肉身也。左立一异香，如凤目，倚以锡杖，婆娑竟，乃引至八功德水，掬而饮之。昔法喜祷求西域阿耨池，以七日得之者。梁以前尝取以给御。案：故在峭壁寺东，自迁志塔，水从之而涌，旧池遂涸。亦僧云尔尔。出寺……

《续修四库全书 · 五岳游草》

王士性（1547—1598），字恒叔，号太初，临海人。明万历五年进士，授确山知县。历官广西参议、河南提学、山东参政、南京鸿胪寺正卿，不久致仕归里。喜游历，游迹几遍全国。所到之处，辄悉心考证；对地方风物，广事搜访，详加记载。著有《五岳游草》、《广游志》、《广志绎》、《玉岘集》。

（嘉靖）《灵谷寺志》序
[明] 黄 河

钟山左胁有寺，曰灵谷，台殿崇邃，林木膴美，士大夫暇游其间，谓为金陵第一境界。予时谒孝陵，亦往观焉，则见浮图卓立，金碧耀煌，仰瞻圣翰，凤翥鸾翔。予乃呼僧满亲历历指导。则我太祖留意于此寺，颁降敕旨，不一而足。百七十年来，衣钵相传。优游佳胜，而高天厚地之恩，殆有安享，而不知所自者。予惧其久而逸，逸而且忘也。乃谓之曰，是可以无志乎？夫大圣人一言一字，万世准则，士民期一见而不可得，尔寺乃特赐额，颁敕龙凤之文，金玉之章，层见叠出，照耀林壑，其光被山门，不啻万倍，而可以不志也？于是，满亲唯唯而去，乃谋于僧录可浩，汇兹山事迹若干，诗文若干，请正于缙绅先生，校而刻之。

嘉靖癸卯孟冬之吉。

《灵谷禅林志》卷十一

黄 河（1543年前后在世），生平不详。

灵谷寺东探梅记
[明]冯梦祯

留都惟灵谷寺东,有数里梅花。岁前与张端叔中丞、陆敬承祭酒、张睿甫仪部有探梅之约。又约于中甫比部,愆期者再,中甫业先行。连朝阴雨,昨复雪。此日卧内,侍儿报新晴,遂蹶然起。积雪皎然,高兴勃发,亟捉笔报三君子,各持一榼一壶。余先行,骥儿从。出朝阳门,群山如玉,清辉蔽野。越灵谷而东二里许,北行百步,达梅花下。花放者已十三四,冲泥纵观,万树弥望,徘徊久之,乃觅支径抵灵谷。约三里,舆步各半,俱行长松下。既至,上殿礼佛,次礼宝公塔,命骥儿一登,余坐塔下。顷之,睿甫至,同往方丈,憩左室,各进数酌,而敬承至,遂令骥儿先归。久之,端叔亦至。敬承、端叔各先看梅,而觅支径抵寺,与余同,独睿甫尚欠一往耳。饭罢,睿甫、端叔对奕数局,步出寺前,登松堤呼酒,各进数酌。睿甫以看梅别去,而余三人方车入城。

万历二十二年甲午之正月初三日也。

《灵谷禅林志》卷二

冯梦祯(1548—1605),字开之,号具区,浙江秀水人。明万历五年进士,历编修、广德州判官、南京国子监司业、右谕德,署南京翰林院,再迁右庶子,拜南京国子监祭酒。后被劾罢官,移居杭州,筑室孤山,名快雪堂。与沈懋学、屠隆以气节相尚。著有《快雪堂集》、《历代贡举志》。

募修灵谷寺四大天王殿疏
[明]黄居中

江左名刹以十数,而灵谷为之长。寺跨独龙冈,钟山当其右,拱挹都城,拥卫陵寝。盖自高皇帝改建窣堵波,崇奉宝志,敕书"天下第一禅林",则舍利与其传衣在焉,毫光时见,照耀人天。

而亦为四天王殿者,摄八部、降四魔,佛之前茅,门之外护。今且栋宇摧残,风日穿漏,枯株破瓦,寂寥龙象之观;法界香台,萧瑟烟岚之气。金刚何以努目,菩萨得无低眉乎!去春,家大宗伯拉予登山,顾而太息。予曰:"是孝陵香火,领在祠官,不可不治。"宗伯曰:"此司空事也。然五方殿已久废,且奈时诎何?"因各赋一诗以志慨。予曰:南中自不乏檀信,会当有兴斯役者。都人高文学,见而发慈悲念,谋之郑居士泽,曰:"是及其未坏新之,可事半功倍,否则与五方殿鞠为茂草矣!"各捐赀为倡,而思独力之难成也,乞予

《疏》，广募四方。阮家一文钱，东方一囊粟，从此所施舍，诸长者、善知识，能无发欢喜心，聚沙布金，共襄胜举耶？众生灵性，本抱悭贪，事度之门，启于诚信。如郑、高两君者，扶义种福，修姑熟、鸠兹通逵，赞庸赞贿，效已见于前事矣；四方善信，信两君檀度化人，如券取负，亦何藉于予言，作财施、法施、无畏施也。佛法首重君亲，意者惠徵于高皇，创造二百余年之休养生息。吾侪四民，岂其忘报，而爱其锱铢龠合，不以赴将事之义？庶几五方殿，以次渐还旧观，其与八功德水孰大焉？若志公所云漏因小果，则以砭冠达帝，非为众生说法也。

《灵谷禅林志》卷十一

黄居中（1562—1644），见前。

客座赘语（节选）
［明］顾起元

佛会道场

宋景濂学士记蒋山广荐佛会，有云："洪武五年正月辛酉昧爽，上服皮弁服，临奉天前殿，群臣朝衣左右侍。尚宝卿启御撰章疏，识以'皇帝之宝'。上再拜，燎香，复再拜，躬视疏已，授礼部尚书陶凯。凯捧从黄道出午门，置龙舆中，备法仗鼓吹，导驾至蒋山。癸亥日，时加申，诸浮屠行祠毕。上服皮弁服，搢玉珪上殿，面大雄氏北向立，群臣法服以从，举行佛事。乐凡七奏，初《善世曲》，再《昭信曲》，三《延慈曲》，四《法喜曲》，五《禅悦曲》，六《遍应曲》，七《善成曲》。间以悦佛之舞，舞二十人，手各有所执，或香，或灯，或珠玉、明水，或青莲花、冰桃、名荈、衣食之物。事毕，上还大次，解严。"先是，诏征江南有道名僧来复等十人诣京师，举行兹会。

永乐中，上征尚师哈立麻于西番，寻命同灌顶大国师哈思巴啰等于灵谷寺建大斋，为高皇帝后资福；又命于山西五台寺资度仁孝皇后。哈立麻颇善法事，工咒术，其两会俱有佛光、庆云、金莲花、狮子瑞像之异。而上所自著《灵谷寺塔影记》："二日之内凡现七影，其色或黄或青，流丹炫紫，绀绿间施，锦绣错综。若琉璃映彻，水晶洞明；若琥珀光，若珊瑚色；若玛瑙珲璘，文彩晃耀；若渊澄而珠朗，若山辉而玉润；若丹砂聚鼎，若空青出穴；若凤羽之陆离，若龙章之焱灼；若

［明］顾起元

蜺旌孔盖之飘摇，金支翠旗之掩映；若景星庆云之炳焕，紫芝瑶草之斓斑；若阳燧之迎太阳，方诸之透明水；若日出而霞彩丽也，雨霁而虹光吐也，岩空而电影掣也，闪烁荡漾，神动光溢。虽极丹青之巧，莫能图其万一；言语形容，莫能状其万一。至于铃索撞摇，宝轮层叠，霤瓦之鳞比，阑槛之纵横，玲珑疏透，一一可数。人之行走舞蹈，所服衣色，各随见于光中，若鸟雀冲过，树动花飞，悉皆可见。而天花雨虚，悠扬交舞，大者如杯，小者如钱。"夫以二祖之神武戡乱，而独于善世法门第一禅林、大报恩寺表章构造，务极工力，其必有独契圣心，不可思议者矣。

海水雪景

《海水雪景》画壁在灵谷寺。胡文穆公广以永乐三年至阳山观孝陵碑石归，至寺。同解学士大绅、金侍讲幼孜阅此，记称"当时绘画者所图，不知出何人笔"。今殿与画廊俱圮。余于万历甲申曾阅之，其廊之壁上，荒葛断藤中犹有遗迹，第寺僧谓"是小仙吴伟笔"，不知何所据也？至吕泾野柟《记》言："西廊观吴道子画《折芦渡江》及鸟巢、佛印画壁。"则又为无据矣。文穆公又言："寺僧出东坡诗翰，有元诸名公品题。"又宋璲篆书《金刚经》，今亦不复闻，不知存否？画壁应是初建寺所有，不应至正、嘉间吴伟始为之画云。云者，相沿误传耳。

以上《客座赘语》卷二

梁钟山定林寺藏经

刘勰家贫不娶，依沙门居，博通经论，区别部分而为之叙，定林寺藏经，其所诠次也。所撰《文心雕龙》，中书令沈约绝重其文。凡都下寺塔名僧碑碣，皆出其手。

孝陵碑石

永乐三年秋，于阳山采石为孝陵碑。石长十四丈，阔三之二，厚一丈二尺，黝泽如漆。学士胡公广有《游阳山本业寺记》。而詹事邹公济有《记》乃云：二年冬，于幕府山阳访碑石，高广中度，寻于龙潭山麓，凿石求趺。既而神龟呈露，昂首曳尾，介文玄苍，乃于龟下遂得趺材，适与碑称。与胡公记异，不知前碑材后竟用否？石龟今藏孝陵殿中，有木平台，上安二御座，乃朱红圈椅，前一朱红案，案左一红匣，贮龟于中，长可尺余，首昂，身形略似而已，右以一空匣配之。邹记言"宜藏于太庙"，今人遂谓太庙中有神龟，误矣。

以上《客座赘语》卷三

铸鼎剑于蒋山

吴皓铸一鼎于蒋山，纪吴之历数，八分书。晋怀帝永嘉六年，铸一鼎，沉于瓜步江中，无文字，鼎似龟形。宋文帝得鰕鱼，遂作一鼎，其文曰"鰕鱼"，四足。齐高祖讳道成，于斋中池内见龙斗，箫鼓音，遂埋一鼎，其文曰"龙鼎"，真书，四足。梁武帝大通元年，于蒋山埋一鼎，文曰"大通"，真书；又铸一鼎，书老子五千言，沉之九江中，并萧子云书。陈宣帝于太极殿中铸一鼎，文曰"忠烈"，常侍丁初正书，见梁虞荔《鼎录》。宋后废帝昱以元徽二年于蒋山顶造一剑，铭曰"永昌"，篆书，见陶弘景《刀剑录》。

《客座赘语》卷四

上　陵

上陵之礼，南京文武官凡八次，其在京师止清明与霜降耳。京师之礼，是嘉靖时所定，旧亦与南京同。当时更制，不知何以不并行南京？不可解也。万寿圣节，百官于礼部拜贺后，吉服诣孝陵行香，京师各陵乃无此举。庚戌，余随诸公后行礼，光禄吴公达可、太常刘公曰梧每讲求于此，以为世庙以八月初十日生，而是日适为高皇后忌辰，故拜贺后遂诣陵行礼。隆庆中，踵而行之，以至今日。果如所言，贺寿与祀陵礼并行，似亦不可不一为厘正也。

《客座赘语》卷五

半　山

王荆公半山寺，或以今之永庆寺傍有谢公墩当之，以公"我屋公墩"之句咏此。夫半山以城中至钟山，政得其半，故名。若永庆寺，在宋江宁府城内西北，与去城至山居半之说不侔。且公半山园诗曰："今年钟山南，随分作园圃。"又《次吴氏女子》诗自注："南朝九日台在孙陵曲街傍，去吾园数百尺。"据此，公居岂在冶城后邪？今大内东长安门外，有河出于铜井，井穿城西入，引外壕水穿宫墙入御沟。井傍有半山里，里有一墩，父老言此是谢公墩，而半山里正以旧为寺址名也。友人沈文学秋阳偶过为余言，积疑顿释，为之大快。盖宋江宁府城止于今大中桥之西。大中桥，旧名白下（桥）。自桥至钟山，计铜井傍之半山里，正当其半。且既有土人名字，其为荆公居址无疑。徒以今都城改拓，遂堙圮不显。士大夫以登眺所不及，故亦不知其名，犹赖有父老之言在也。

半山诗句

金陵，国朝建都后，宋以前遗迹多不可寻矣。宋之居此，而赋咏最多且传者，毋如王荆公。今检其集中诗题系金陵地名者，计一百三十六首，就其诗中有可使百世而后髣髴见当日形胜者，如《招吕约之职方》有曰："往时江总宅，近在青溪曲。井灭非故桐，台倾尚余竹。池塘三四月，菱蔓芙蕖馥。蒲柳亦竞时，冥冥一川绿。"如《示元度》有曰："今年钟山南，随分作园囿。凿池构吾庐，碧水寒可漱。"如《浐亭》有曰："朝寻东郭来，西路历浐亭。"又有曰："西崦水泠泠，沿冈有浐亭。"如《游土山示蔡天启》有曰："定林瞰土山，近乃在眉睫。谁谓秦淮广，正可藏一艓。"如《游八功德水》有曰："寒云静如痴，寒日惨如戚。解鞍寒山中，共坐寒水侧。"如《思北山》有曰："日日思北山，而今北山去。寄语白莲庵，迎我青松路。"如《谢公墩》有曰："走马白下门，投鞭谢公墩。井迳亦已没，漫然禾黍村。"如《次韵约之》有曰："鱼跳桑柳阴，鸟落蒲苇侧。已无溪姑祠，何有江令宅。故人耽田里，老脱尚方舄。开亭捐百金，于此扫尘迹。我行西州旋，税驾候颜色。相随望南山，水际因一息。"如《酹王浚泉》诗有曰："宋兴古刹今长干，灵跃台殿荒檀栾。二泉相望弃不溦，西泉尚絫三石槃。"如《东门》有曰："东门白下亭，摧甓蔓寒葩。浅沙栈素舸，一水宛秋蛇。翰林谪仙人，往岁酒姥家。调笑此水上，能歌杨白花。"如《游章义寺》有曰："九日章义寺，倦游因解镳。拂榻寄午梦，起寻北山椒。"如《饭祈泽寺》有曰："驾言东南游，午饭投僧馆。山白梅蕊长，林黄柳芽短。筹箸沙际来，略彴桑间断。"如《乙巳九日登冶城》有曰："欲望钟山岑，因知冶城路。跻攀隐木杪，稍记曾游处。"如《雨花台》有曰："盘互长干有绝陉，并包佳丽入江亭。"如《过法云》有曰："路过潮沟八九盘，招提雪脊隐云端。"如《光宅寺》（有序）曰："光宅，梁武帝宅也。其北齐安隔淮，齐武帝宅也。宋兴，又在其北。"又曰："今知光宅寺，牛首正当门。"如《忆金陵》有曰："覆舟山下龙光寺，玄武湖畔五龙堂。"如《示报宁长老》有曰："白下亭东鸣一牛，山林陂港净高秋。"观此诸什，当日名迹，髣髴见之。盖自国朝以钟山为陵寝，后湖为册库，而拓东门城至钟山，如青溪、潮沟、燕雀湖，遂皆无复有迹可睹。以故半山诗中所纪，多归幻化，古称桑田沧海，岂不信哉。

王逢原钟山诗

王逢原一日与王平甫数人登蒋山，相与赋诗，而逢原诗先成，举数联，平甫未屈。至"仰跻苍崖巅，俯视白日徂。夜半身在高，若骑箕尾居。"乃叹曰："此天上语，非我辈所及。"遂阁笔。东坡赋《钟山诗》，荆公亦依韵和之，而谓其"峰多巧障日，江远若浮天"之句，为非人所及。至指案上研与东坡联句，才见坡翁"巧匠琢山骨"一语，遽尔辍吟。此不独见古人服善之勇，亦是善用其长处。劲敌在前，务攻其坚，用兵者所忌也。

以上《客座赘语》卷九

顾起元（1565—1628），见前。

钟　山
［明］张　岱

钟山上有云气，浮浮冉冉，红紫间之，人言王气，龙蜕藏焉。高皇帝与刘诚意、徐中山、汤东瓯定寝穴，各志其处，藏袖中。三人合，穴遂定。门左有孙权墓，请徙。太祖曰："孙权亦是好汉子，留他守门。"及开藏，下为梁志公和尚塔，真身不坏，指爪绕身数匝。军士辇之，不起，太祖亲礼之，许以金棺银椁，庄田三百六十，奉香火，舁灵谷寺塔之。今寺僧数千人，日食一庄田焉。陵寝定，闭外羡，人不及知。所见者，门三、飨殿一、寝殿一，后山苍莽而已。

壬午七月，朱兆宣簿太常，中元祭期，岱观之。飨殿深穆，暖阁去殿三尺，黄龙幔幔之。列二交椅，褥以黄锦，孔雀翎织正面龙，甚华重。席地以毡，走其上必去舄轻趾。稍咳，内侍辄叱曰："莫惊驾！"近阁下一座，稍前，为碽妃，是成祖生母。成祖生，孝慈皇后妃为己子，事甚秘。再下，东西列四十六席，或坐或否。祭品极简陋。朱红木簋、木壶、木酒樽，甚粗朴。簋中肉止三片，粉一铗，黍数粒，东瓜汤一瓯而已。暖阁上一几，陈铜炉一、小筯瓶二、杯棬二；下一大几，陈太牢一、少牢一而已。他祭或不同，岱所见如是。先祭一日，太常官属开牺牲所中门，导以鼓乐旗帜，牛羊自出，龙袱盖之。至宰割所，以四索缚牛蹄。太常官属至，牛正面立，太常官属朝牲揖，揖未起，而牛头已入燖所。燖已，舁至飨殿。次日五鼓，魏国至，主祀，太常官属不随班，侍立飨殿上。祀毕，牛羊已臭腐不堪闻矣。平常日进二膳，亦魏国陪祀，日必至云。

戊寅，岱寓鹫峰寺。有言孝陵上黑气一股，冲入牛斗，百有余日矣。岱夜起视，见之。自是流贼猖獗，处处告警。壬午，朱成国与王应华奉敕修陵，木枯三百年者尽出为薪，发根隧其下数丈，识者为"伤地脉、泄王气"，今果有甲申之变，则寸斩应华亦不足赎也。孝陵玉石二百八十二年，今岁清明，乃遂不得一盂麦饭，思之猿咽。

《陶庵梦忆》卷一

张　岱（1597—1679），又名维城，字宗子、石公，号陶庵、天孙、蝶庵、六休居士，山阴人。寓居杭州。仕宦世家。明亡披发入山，隐居著述。康熙初，尝与修《明史纪事本末》。诸艺俱精，尤精茶艺、鉴赏、散文。著有《琅嬛文集》、《陶庵梦忆》、《西湖梦寻》、《夜航船》、《石匮书》。

《金陵选胜》（节选）
[明]孙应岳

观音阁石镜
灵谷寺成，大士现梦，有手提鱼篮之影，因建此阁。中有石壁，高广几二丈，厚径尺，白皙红润，光可鉴人须眉。此钟山东岭石也，真堪与茅山争胜。

定林乳钟
即景阳钟，有一百八乳，乳各异声。相传有中贵移去，叩之无声，返寺如故。今灵谷亦有之，乃胜国时造，制颇可观。古物独钟最多，其文古者，真堪摩赏。

宝公法被
灵谷寺有志公所遗法被，四面绣诸天神像，中绣三十三天、昆仑山、香水海，高一丈二尺，阔如之，真齐梁时物。志公神僧，亦怪僧也，其迹多异，不胜纪。

幸何美人墓

齐武帝出游钟山，幸何美人墓。有朱硕仙善歌，歌云："侬忆所欢时，缘山破岗苲。山神感侬意，盘石锐峰动。"帝神色不悦，曰："小子不逊。"时朱子尚亦善歌，复为一曲云："暧暧日欲宴，欢骑立踟蹰。太阳犹尚可，且愿停须臾。"帝悦，俱蒙厚赍。帝又有《估客乐》一曲，追忆布衣时樊邓往事，令释宝月被之管弦。

此地十倍

沈约迁尚书令，虽名位隆重，而居处俭约。尝立宅钟山下，既成，刘杳赞之。约报云："惠以二赞，词藻妍富，便觉此地十倍。"约居金陵，金陵以约重，何翅万倍。

蒋山林木

蒋山本少林木，晋令刺史罢还者种松百株；宋诸州刺史罢职还者栽松三千株，下至郡守各有差。退休林园，只宜灌园种树，况乃名山，故是助胜。

努目低眉

隋薛道衡尝游钟山开善寺，谓一沙弥曰："金刚何为努目，菩萨何为低眉？"沙弥答曰："金刚努目，所以降伏四魔；菩萨低眉，所以慈悲六道。"道衡怃然称善。大都释氏之教，大旨不过如此，能降伏便慈悲矣。所谓以嗔喜作佛事。

苏王钟山诗话

东坡自黄徙汝，过金陵，荆公野服乘驴，谒于舟次。东坡迎揖曰："轼今日敢以野服见相公。"公笑曰："礼岂为我辈设耶？"乃相携游蒋山，方丈饮茶，公指案上大砚曰："可集古诗联句赋此。"东坡应声曰："轼请先道一句。"因大唱曰："巧匠斫山骨。"公沉思良久，起曰："且趁此好天气，穷览蒋山之胜。"及东坡渡江至仪真，和荆公《游蒋山》诗，公读至"峰多巧障日，江远欲浮天"，抚几叹曰："老夫一生诗无此二句。"二公皆仙才不可及。

王荆公墓

在蒋山东三里，与其子雱分昭穆而葬。绍圣初，吕吉甫知金陵，时侍制孙君孚责知归州，经从，吕燕待甚厚。一日，报谒清凉寺，问孙曾上荆公坟否，盖当时士大夫道金陵未有不往者。五十年前，土人节序亦往致奠，时之风俗如此。曾子固有《上荆公坟诗》，见《曲阜集》。

均自《金陵选胜》

孙应岳　（1609年前后在世），字游美，江西大庾人。明万历三十七年举人，后在顺天中进士，任刑部司务。曾在南京国子监任职。公余喜探访名迹，搜罗史册，撰成《金陵选胜》十二卷。作者友人申绍芳为之作序。

山晓亭记

[清]杜　濬

羽南子构亭二间于其居之后圃，甫垩壁，工未竟，亟引余观之，咨亭名焉，余名之"山晓亭"，而顾谓羽南曰：夫北城，金陵之异域也。吾与子居于是，何恋乎？恋钟山之秀色耳。往昔，吾与子起居出入，未尝不见此山，不啻以为依归然，及今之岁，几见哉？嘈嘈杂杂，入耳而不绝者，雨也；冥冥濛濛，极视而不见者，山也。逆而数之，断自元夕以后。如是者为日将百有余，山如在长夜之中焉。乃兹者登是亭也，天忽然而开，云忽然而归，气忽然而爽，山之蜿蜒磅礴于亭外者，由北而东北，左而东前，明翠和烟，倏来亲人，虽亭之距山中间尚十余里，而层峦叠嶂，近出短垣之上，若可以乎探而足蹑之。吾与子亦心开目明，抵掌称快于此亭也。岂非向也为山之夜，而今始晓乎？晓夜之义不施于蚤晏，而存乎明晦之间。

盖钟山者，气象之极也。当其明霁，方在于朝，时作殷红、时作郁苍、时作堆蓝；少焉亭午，时作干翠，时作缥白；俄而夕阳，时作烂紫，时作沉碧；素月照之，时作远黛，时作轻黄，星河影之，若素若玄。凡此无论昼夜，皆此山之晓也。惟不幸而淫雨、而穷阴、而风霾尘沙、而妖氛，山隐于垢浊，晦昧不见。如此，则虽在永昼，亦山之夜也。

且夫钟山之怪也，焚斫蹂躏，而不改其容，惟阴晦则厄焉。厄久而通山之爱晓，而喜有今日也，与人无异。而是亭之胜，尤足以尽荟蔚之美，竦刮目之观。又其成也，适与景会，余故乐为记之，俾后之览者，不独想见其处，而亦可以论其世也。若夫剪茅茷定而势，莳花帖石之工，与夫亭之爽垲可以饮酒赋诗，盖不必言。

[清]杜茶村

杜濬（1611—1687），见前。

钟山纪略
[明] 余 怀

余所居南溪，陂岸之东，有钟山影，峰峦倒垂，若石钟乳。予朝夕徘徊其上，不能舍去。盖不能不再拜稽首于钟山也。因疏轶事，列于左方。

唐地理志云："江南道名山，衡、庐、茅、蒋。"蒋山即钟山也。后汉秣陵尉蒋子文逐贼战死。葬于山下，有蒋帝祠。

钟山本少林木，晋令：刺史罢还，种松百株。宋诸州刺史罢职还者，栽松三千株。下至郡守，各有差。其郁郁苍苍者，盖晋宋以来树也。

钟山最秀者屏风岭。巧石青林，幽邃如画，在明庆寺前。山之东有八功德水，在悟真庵。又宝公塔西二里，有洗钵池，兴国寺有道光泉。以僧道光穿凿得名。宋熙泉近宋熙寺之侧。寺东山巅，有定心石。下临峭壁。西北百余步，又北高峰绝顶，有一人泉，挹之不竭。洪觉范有一人泉诗。

周颙居钟山，作草堂。自称高隐。后仕于朝，孔稚珪作《北山移文》以嘲之。草堂名"山茨"。

散骑常侍刘觊经始钟岭之南，以为栖息。聚石蓄水。朝士雅素者多与之游。

诸葛武侯云："钟山龙蟠，石城虎踞，帝王之宅。"

雷次宗住钟山西岩，宋文帝筑招隐馆以居之。

周续之住钟山。

梁天监中有胡僧寓锡于此山，遇一庞眉叟曰："知师渴饮，措之无难。"俄而一沼沸出。后西僧继至，云："西域八池，已失其一。"自梁以来，取给御府，饮之可以愈疾。

阮孝绪母病，药须生人参。旧传钟山产，遍历幽险不得。忽一鹿前导，至则得之。

陈后主将亡国，钟山群鸟翔鸣，曰："奈何帝，奈何帝。"

南唐李后主，自号钟山隐士。题画皆曰"钟隐"。

李建勋以司空致仕，赐号"钟山公"。营别墅于山中，放意水石。

王安石读书钟山定林寺。米元章题榜曰"昭文斋"。

李伯时画像于壁。

蒋山有应潮井，在半山之间。俗传云与江潮相应。常有破船朽板，自井中出。唐贞观中有牧童汲水，得杉板长丈余，上有朱漆字。云："吴赤乌二年豫章王子骏之船。"

张文潜云："予自金陵月堂，谒蒋帝祠。初出北门，始辨色。行平野中。时暮春，人家桃李未谢。西望城壕水，或流或绝。多鸲鹆白鹭。迤逦傍山，风物夭秀，如行锦绣图画中。"

钟山多紫青黄碧之气，日凡数十变。云气蓊然，上与霄汉联结。故俗一名"紫金山"。

沈约立宅钟山之下。既成，刘杳赞之。约报云："惠以二赞，词采妍富，便觉此地十倍。"

庾肩吾谢东宫赉宅启云："前接钟阜，却枕洛桥。"

《黄裳说南京》

余 怀 （1616—1696），字淡心，又字无怀，号广霞、曼翁，又号寒铁道人，晚年自号鬘持老人，福建莆田人。生于南京。熟读经史，学识渊博，有匡世之志，文名震南都。甲申后避居嘉兴、苏州、青浦等地，以布衣终。著有《板桥杂记》、《东山谈苑》、《味外轩稿》、《玉琴斋词》等。

康熙间重修（灵谷寺）志序

[清] 吴 云

予游灵谷山，晓苍和尚延修山志，两月成书。皆按旧文，订正字句，条理纲目，次叙先后，未敢笔削于其间。但前志混同，未及分类，予但编为十六条目，以便观览，不至淆杂。乃再拜稽首而序曰：钟山之钟，灵谷之灵。山不甚高，谷不甚深。八功德水，一敕封林。万脩篁绿，千乔松青。宜奉天竺，上古先生。自明高皇敕建，辇道来临；太宗驻跸，御阶常升。非私佞佛，惟祝护民。广荐佛之会，超百万之幽冥。多工筑之役，赦五千之罪人。建寺自出天子帑内，必不烦于子民；礼佛必奏先王乐律，而不同于梵音；皆寓意于国事，不专属乎禅心。及太宗永乐之年，历佛显圣，诸天现身，宝公出见于天表，尊天高立于云程，祥光弥漫于旷野，雨花缤纷于苍旻。乃感动好生之德，无深怒殉难之臣，见天人之感应，想佛祖之慈仁。若夫让皇出走，万里只身，同鸿渡月，共鸦向晨，拖钵野店，补屦荒亭。如是者四十余年，始得还于帝京，九十余岁，老佛呼名，若非佛祐，何以延龄？是佛心与君心相应，前明无负于诸佛，诸佛无负于前明。孝陵在望，与寺为邻。帝佛往来，俱如故人。帝感佛祐，佛念帝诚。是宜交述，勒铭山庭。乃志版已毁，文献何征？不止失三百年典故，而且废千余岁旧闻。石匣玉匮，岂忍壁沈；海岳洞室，何肯函倾。晓苍和尚深念山灵，乃以此事属予老人。予年将八十，目倦睛昏，路远三千，客思旅情，而又当卧疾之余，调参和苓，废放之久，笔秃墨尘，何以捧一卷之书，而能鼓众山之琴。墨松使者何在？藜杖老者何人？自不过寻行数字，按籍纪名，据事直书，因理考情。志公入梦两夜，宝塔放光三更，此宝公之自为宝，而灵谷之自为灵。予适当是时，逢之而已，何敢曰《志》、气相感，神而明之，存乎其人，以应予之志成？谨序之。

《灵谷禅林志》卷十一

灵谷寺记
前　人

灵谷山，即钟山之阳，太师李善长奉命择地得此。北枕钟山，东西陵阜交抱，两水合襟于其前，以石为洞门，上建高楼祀佛，太祖亲题为"第一禅林"，以收远山。有一山员（圆）而赤，如一硃砂钵盂；有一山远而青，如云中双木鱼；有一山条而横，如青玉案；有一山员（圆）而盍，如诵经员（圆）铜磬。其山色皆如佛座中物，是岂人为之者哉！盖蒋山薄而灵谷厚，蒋山侧而灵谷正，蒋山散而灵谷聚，蒋山缺而灵谷全，以灵易蒋，志公福也，亦高皇之意也。何也？其名灵者，非佛灵之灵，非邀灵之灵，非空灵之灵，乃念生灵之灵，欲诸佛慈祐于民，如呼谷谷应，若古灵台之义云尔，能不择坚固之地哉！况乎北倚钟山，每有云起山露，石纹生成一"灵"字之象；东西陵阜，两向交对，又二水合襟，有口字仪状，又生成"谷"字之容。是山水自命为灵谷也，又岂强名之者乎！灵谷真灵矣哉！记之。

《灵谷禅林志》卷二

八功德水记
前　人

天一生水，无往不功，无往不德，滋润两仪，膏泽万物。即举之以为心，学圣人以此洗心，退藏于密，何止于八。然而此功德水，则言其八。昔晋时法喜禅师，以居无泉，竭诚礼忏，求西天阿耨池八功德水，方求七日，遂获此泉。其益有八：一清、二冷、三香、四柔、五甘、六净、七不噎、八蠲疴。自梁以前，尝取给御。按梅挚《亭记》：梁天监中，有胡僧昙隐寓锡于北山中，乏水。时有庞眉叟相谓曰"予山龙也，知师渴饮，措之无难"，俄而一沼沸成。后有西僧至，"本域八池，已失其一"，竭彼盈此。曾极诗云："数斛供厨替八珍，穿松漱石莹心神。中涵百衲烟霞气，不染齐梁歌舞尘。"洪武年间，因迁寺于东麓，旧池就涸。从寺东马鞍山下通出，先年以木为枧，通水入寺。宣德五年，本寺住持雪峰映禅师以石枧易之。因火后，三年水竭不到。至正统元年久旱，忽地涌出如初。近一日水竭，晓苍和尚告水曰："也当把情面还我！"其水涌如旧。然则又不必老龙作水矣！又不必西域移水矣！若必欲西域移一水来，而西域八功德水遂竭其一。然则东海南海，汪汪洋洋，其十一佛，会主华严海，会以海水移来，而华严海水竭乎？此必无之事也！天一生水，无物不有，无时不然，安用移借为哉！因记此水而辨之。

《灵谷禅林志》卷二

树王记
前 人

树岂有封王之礼乎？然灵谷山之树王，则实有可封之礼。明高皇帝宸游灵谷，见古银杏八十二株，忽有一株中正，笑呼曰"树王"。是日，此树于绿中忽中出一枝黄色，若既封王当衣黄然。高皇帝笑曰："朕无心呼尔为王，尔即受命表其色，亦异矣。"遂取玉带挂之。是岁生银杏，粒粒无心，而银杏肉上皆有一围带痕。帝见而又异之曰："不违朕言，一至此乎？"于是，八十二株之树在于四面，无不侧枝向之，如以下待上之礼，而树王又偏独低，有以贵下贱之情。且于秋老叶黄之天，又独出一枝，特青，似教各树谨臣节者。至今每岁如是，三百余年不改，何其灵也。呜呼！蓂荚知历，屈轶指佞，维兹银杏，不替大伦，谁谓草木竟无知哉！但天地无心而成化，树何以无心？以贵下贱，大得民也，树何以知以贵下贱？天威不违颜咫尺，树何以知臣礼？盖此道塞天地之间，无物不有，无时不然，其道当如是也，树岂敢违之！

《灵谷禅林志》卷四

树节记
前 人

有一老僧，年八十，向予言："树王不但全臣之忠，而且全妇之节。"予笑曰："何谓也？"僧云："各树俱已典于人，典者获利。有一人忌之，八十三株之中，止有一株属阳，八十二株皆阴，忌者伐其阳，遂不生果。典树者遂欲移普济寺一阳杏来，是夜，梦八十二妇人曰'我诸树阴，必不更二夫，愿封故夫土，则故夫之元神在'。梦醒，乃请众僧于无量殿建佛事三日，求佛回原阳之气。盖其形虽无，而其神仍在。乃以土封之，白果复生如初。岂非守节乎！"予叹曰："有是哉此树也，以言乎臣则臣忠，以言乎妇则妇节。其八十二树，不惟不更，而且不妒。若八十二身合为一身，而全无彼此之嫌，则尤为人所不可及也。夫妇人伦之本也，世之夫妇，有□□□妻妾，而能守节者哉，是又可以风世已。"

《灵谷禅林志》卷四

第一禅林碑跋
前 人

明太祖御笔题"第一禅林"四字于灵谷山门，其意以为，敕建名山本自天子，称之为"第一禅林"，以冠天下，诸方谁能出其右者？虽所以尊佛，亦所以尊君然。而揣度睿思，未必专指于是。若专指于是，徒以名义压四方之寺，共仰于九重之尊，谓"天无二日，民无二王（疑为主字）"云尔。其第一之名分虽有，而第一之义理何在？帝意必尚有深于是者也。岂以宝公之显圣为第一乎，何以处夫宝公以上之祖也？以世尊为第一乎，何以安夫释迦以上之佛也？以释迦之师燃灯为第一乎，何以位夫说偈之七尊也？以七佛为第一乎，何以有夫三世一切诸佛也？以如来称摩诃伽叶为众生第一乎，何以了众生之心也？以如来许阿难为总持第一乎，何以及总持之外也？岂以法本法第一乎？法本法无法，既无法，则法本法不第一也；无法第一乎！然无法法亦法，既法亦法，则无法不第一也；法法何曾法第一乎？何以知法法，何曾法是法法？何曾法亦不第一也？生灭灭已寂，灭为乐第一乎，并灭而灭，并灭灭而寂，尚以何为乐乎？亦不第一也。然则以释迦佛初生，一手指天，一手指地为第一乎？后何以又见明星而悟道言奇哉？一切众生皆有如来圆明智慧，是先自许为第一，后又不自许为第一也。然则以不二法门为第一乎？不二是一，万法归一，一归何处？是又无第一也。岂第一之义竟无之也？然人人自有第一在也。自生民以来，维皇上帝降衷下民，若有恒性第一乎，不第一乎？孩提无不知爱亲第一乎，不第一乎？试问孩提有恶否？世必无恶孩提矣！人于此可思第一也。试想，维皇有恶否？天必无恶维皇矣！人于此可思第一也。人人有第一，而偏不为第一，其故何哉？或者明祖睿思深意，寓教人人皆可第一，寓教于百官万民，亦未可知也。岂但为佛氏言欤！

《灵谷禅林志》卷十一

祖道重辉碑
前　人

予至灵谷方丈，见许公题"祖道重辉"四字于方丈之门，赠晓公，予笑曰："此四字乃祖道之金针，祖庭之宝筏，可拨转天下之昏瞳，指回天下之迷津。"晓公曰："虚誉山僧，何为此奖？"予曰："非奖也，乃教也。请听吾语，吾儒者不知佛义，然何地非佛？若举何地为佛地，曰佛曾至此，此地必当为我之所有。佛既至此，此地必惟为我佛之所有，是若豪势之家，专为夺地之谋，安得谓之佛。乃自万历以来，仗佛威者甚多，专为夺地之事，至于今日，患犹未息。如昔日某祖庭毙国学之生，某祖庭掘合族之坟，近日某祖庭逐里民之居，某祖庭兴战斗之场。佛在西天，抚膺长叹，必谓我昔日舍家出家，今出家如此，甚非我心。当我入定鸟巢，我发出定之时，觉正抱雏，惟恐惊之，仍入定去，待其雏飞，然后出定。以物据我之心，尚惟恐伤物。今何为争地，而遂忍于此？地虽可得，心地失矣！佛心地乎，亦争地乎？佛岂有争心，佛出家时孤身耳，后自有五百王子之同，千二百五十人之俱；逝多林久饿耳，而自有五百牛客之供，后自有八万龙天之养；雪山坐苦冻耳，后自有紫金袈裟之献、黄金铺地之奉，何尝有争心于其间哉。而四百万劫之久，自无一敢与之争者，此其所以为佛，盖慈悲大忍，授安众生，如有争心，则万劫之唯心全消。盖佛在心，而不在居。若以佛至雪山，必占全雪山；佛至逝多林，必占全多林；佛至华严海，必占全海；佛至非非想天，必占全天，令百万龙天何处安生乎？此必无如是之佛也！佛必令天、人、物、佛俱安，而后可即。如灵谷第一禅林，三百年后，房倾物毁，破屋西风，仅余数尊佛像，在冷烟凄雨之间，乃一旦钟鼓自鸣，伽蓝托梦于南和尚，策杖忽至，争来之乎？非争来之乎？谁令钟自鸣也？麈仙和尚相继阁堂，普门、雪亭二公接守。今公又秉拂升坐，宣扬宗纲，告尊天，尊天应；告众人，众人应；告龙神，龙神应；告风神，风神又应。公争为之乎？非争为之乎？一有争心，不如是己。此横山、南屏，得法三峰，乃为兄弟。横山无法嗣，欲以南屏为徒，而南屏即为之徒，降弟作子。于南、麈仙得法南屏，亦为弟兄。于南无法嗣，又欲以麈仙为徒，降兄为儿。全无胜气，但有让心。普门、雪亭、晓苍得法麈仙，亦为兄弟，而三人交相递及，全无争意。至于晓公，即登正座，亦不肯居，每与人言，唯恐伤人，虽觉一行，亦必退后，此所以为祖道重辉，不但祖庭专辉也。若专辉祖庭，而不辉祖心，不辉祖道，而忍以祖堂之故，令众生有悲怨之气，祖虽荒天露雪，而不愿此居矣！佛不云乎'树下一宿，即树下便是祖庭'。佛不云乎'不入王宫供养，虽宫中不是祖庭'。如必争多地，以为华堂方谓祖庭，何不塞天塞地塞海塞山塞空塞界，一一皆祖庭也。然究竟塞天塞地塞海塞山塞空塞界，何一不皆祖庭也？夫祖道虚空有尽，而愿力无穷，可不深思之乎！予故曰见'祖道重辉'四字，可呼为金针宝筏也。"晓公曰："有是哉，君之论祖道也，可勒碑以警于世。"乃书。

《灵谷禅林志》卷十

吴　云（约1623—1700后），见前。

灵谷禅林柴山碑记

[清]何　采

闲尝读浮图氏之书，知宝积运薪为担荷法门第一义，及见庞居士《参石头偈》云："神通并妙用，运水与搬柴。"益信密谛上乘，皆在日用饮食中，正不烦舐空作蜜也。投老以来，每觊香林莲社之乐，四百八十家之遗迹可寻者，足迹几遍。惟灵谷枕钟山麓，石泉回曲，古松偃干，邃荫数里，诚震方之庆地，欲界之仙都。绀宇丹甍，恢恢煒煒，四方耆宿，鳞萃云集，为诸刹冠。既而瞻彼桑田，鞠为茂草，风楹雨柱，香积萧寥。自于南大师卓锡于此，提倡宗风，主持法席，顿令龙象，鳌然一新。普门和尚绍隆厥绪，缁素闻风，笈笤益繁，樵苏莫继，怃然忧之，即躬亲斧柯，效古德运薪搬柴之举，所裨几何？必豫为槎蘖之藏，以垂永久。适侯氏柴山募购，须千金无能胜其任者。行僧瑞林，发大勇猛，身肩弗辞，持盂击竹，跣足垢面，搏颡呼号，庶几一遇布金长者。诸善信咸慨然谋为檀施，以满其愿力，第安有一举而致千金者。于是相与谋析，为四十八愿，愿率十二金，其所募之资，或兼数愿，或汇成一愿，所置之山，或数亩，或数十亩，寸积铢累，不遗馀力。适又有吴氏捐产，山界广阔，价值多金，皆瑞林积诚所感，而喜舍不吝。自戊午冬，迄壬戌春，始克有成，山隶于寺，炊挂无虞，良非小补也。

《经》云：若福德多，如来不说得福德多。安用取所募所置所费，而屑屑记之？然既属有为之法，不得任无怀之风，勤于初者怠于末，始于让者卒于争，被忍辱之镫者，尤婴攻瑕之锋，续拈花之镫者，无忘传薪之火，是不可以无记。记者有二：一以示劝也。瑞林苦行，檀那乐施，皆非近名食美者，而忘所自不可也。一以志防也。界不清则泾渭紊，券无据则虞芮争，或刍牧之渐蔽于不知；或樵采之衅启于同室，尤可虑也。余既执笔，应普公之请，并录诸善信姓氏。契券界址，另石锓之，聊以笔墨作佛事云尔。

瑞林，法名照祥，陕西渭南人。

康熙壬戌仲春上浣，郡人宏昌何采撰。

《灵谷禅林志》卷五

何 采（1626—1700），字敬舆、濮源、乖厓，号省斋，别署浮山人，桐城人，占籍上元。何如宠孙。清顺治六年进士。历充会试同考官、右春坊赞善。后因事罢归隐居。工诗文，善书法。书风近傅山，曾钤"傅山弟子"印。与吴梅村有交往。著有《让村集》、《南涧集》、《南涧词选》。

【注】此简历之与作者何采是否同为一人，待考。

孝陵恭谒记

[清]屈大均

[清]屈大均

出通济门，从天坛旧址，沿钟山南麓以行。山向背不一，双峰骈开，状如天阙。东首龙蟠之势，西首虎踞之形，古所谓金陵山也。最秀丽者屏风岭，次则桂岭，多紫、青、黄、碧之气，日凡数十变。旧有松数十万株，苍翠阴森，与岩石云林相蔽亏，皆六朝古物，今弥望无一存矣。孝陵在中峰下，自朝阳门入，东行至下马坊，有碑曰"神烈山"，肃皇帝之所封树，以与天寿山并称二岳，而为万年之形胜者也。又有卧碑一，圣谕存焉，为烈皇帝所立。数百步至大金门，有神功圣德碑，巍然高大，中当御道，则文皇帝所立。其文亦撰自文皇帝，有御名焉。逾桥，桥下之水通霹雳沟，曲水流波，潺湲斜注于东涧，是曰御河。桥以北有石兽六种：首为狮子，次獬豸，次橐驼，次象，次麒麟，次马。每种有四，皆两立两蹲，东西相向，森然若卤簿焉。擎天柱二，白如玉，雕镂云龙文。石人凡八，高可四五丈，四将军，介胄执金吾；四文臣，朝冠秉笏，若祇肃而候灵辂者。御道尽为棂星门。又逾桥，桥下之水，西注于前湖，其流稍微，亦御河也。越百步，有文武方门五，三大而二小，今塞其四，出入仅左一门。又大殿中门、左右方门亦五。门内神帛炉二，左、右庑三十。门外御厨亦二，其左为宰牲亭，右曰具服殿，皇帝所驻以具服者也。殿后则六部房，今皆亡矣。正殿有金榜曰"孝陵殿"，凡十一楹，中宫奉高皇帝、高皇后神主。其中以黄纱幕覆之，非旧制也。殿后门者三，为夹室数楹，皆用黄瓦，中官居之，以司香及洒扫焉，亦非旧制也。逾桥，至隧道，上有明楼，楼后为宝城，周遭完固，梓宫实葬其中，封之崇三四丈，望若崇丘焉。东有小山，特起穹窿，与其南之独龙冈相似；其下为东陵，懿文皇太子之所葬也。

相传思宗南渡，初谒孝陵，告奠甫毕，即顾问懿文皇太子寝园享祀，云何都人传其语以相讶？呜呼！二百余年，自革除以来，圣子神孙，未尝有此问也。其让皇帝复来耶？考建文元年二月，追尊皇考懿文皇太子为兴宗孝康皇帝，皇妣懿文皇太子妃为孝康皇后，陵曰东陵。思宗初立，以礼部尚书顾锡畴言光复谥号，而东陵亦仍其旧称，建文君则谥曰惠宗让皇帝云。东陵故有门、殿各一重，今亦亡矣。黄土一丘，蒙茏荒草，谁复有过而吊之者？臣大均自至陪京，尝三谒孝陵以及东陵，匍匐阶墀，与二三宫监相向而哭。松楸已尽，御气虚无，仿佛神灵其犹未远也耶。有牧马蕃儿方斫殿柱，柱上金龙鳞爪半欲摧残。臣大均与以多钱，拜之而求免。呜呼！尚忍言哉！亦尚忍而不言哉。

《道援堂集》

屈大均（1630—1696），见前。

游钟山灵谷寺记

[清]王士禛

　　古称江南名山衡、庐、茅、蒋，又云钟山龙蟠，常从秦淮水阁柱笏东望，钟阜苍翠，飞扑眉睫，欲蜡屐齿者数矣。

　　游鸡笼、龙潭之明日，遂决计冒暑往。过青溪，拜侍中黄公祠。公讳观，贵池人。当靖难师入，公募兵上游，闻金陵不守，自投罗刹矶；夫人翁与二女相携，死通济门桥下。今祠即其故宅，楼面秦淮，上祀公、夫人及二女像，下有夫人血影石。趺坐宛然，阴晦愈见。苌弘之血，三年化碧；嵇侍中血，御衣不浣。精诚所贯，巾帼何殊？

　　出通济门，经天坛，坛已废，弥望蔓草萦烟而已。数折沿钟山行，屡有向背，峰崿蔽亏，云日明晦，舆中诵沈隐侯"干云非一状"、苏端明"峰多巧障日"之句，叹其极工。按：江左时刺史还任，例种松千头，山在六朝，故多林木。故明为陵园地，龙鳞虬鬣，弥遍山谷，上陵者寒涛天籁中不复见山，今十九供樵爨矣。寺当乙酉、丙戌间毁于盗，荒凉如绝域。吕泾野谓"松亘四五里，纵横络绎，微瓴甋甓，路不得其门而入"者，了无一株。第一禅林、五方天王诸殿，半化劫灰，惟无量殿、宝公塔仅存。殿创自永乐时，宏丽甚。

　　上人于南，灵隐豁堂师传衣弟子，顺治辛丑自武林卓锡。肃客入方丈，为言寺废之由，慨然发大愿力，欲以十年重兴初地。余深服其勇。

　　午暑甚，浴楼下。楼后正面屏风岭，宋潜溪所谓"碧石青林，幽邃如画"。风逢逢自绝壑下，林木飒然有声，急欲挟纩。饭方丈毕，偕上人观景阳钟，礼宝公塔，余登焉，上人不能从。问三绝碑，亦毁于火。三绝者：张僧繇画志公像、李供奉赞、颜鲁国书也。今广陵蜀冈上方寺有三绝碑，正与此合，而府志不载。余尝摹拓数十本。上方寺不闻志公故迹，或好事者从此寺古本钩摹，未可知也。寺有志公法衣革履，未及观。旧传西廊吴道子画"折芦渡江"、鸟巢、佛印，三教画壁皆不见，惟颓壁数版，丹青漫漶，如天吴紫凤，颠倒裋褐。稍东为说法台址，旁即八功德水，榛荆蒙茸，九曲劈髶，无复澄泓涓滴矣。南为琵琶街，僧雏拊掌，隐若弦丝之音，觉众山皆响。殿前有巨铁剪，规制甚奇，上锲大"吴"字，上人讹为赤乌时物。按明高帝初定建康，为吴国公，八年为吴王。此当是未改元时所作，然不识何所用之。上人云：相传山有蛟，铸此为镇云。

梅花坞在山门东，寒香数百树，尚横斜山翠中。桃花、茱萸二坞，皆废。上人方种桃李数千株，二三月间，如明霞素雪，约余以春杪来游，余戏举摩诘诗"笑谢桃源人，花红复来觌"，余不吝复来，正恐山中人畏俗客如南阳刘子骥，劣使望石困耳。

问文惠太子博望苑，刘勔、周颙草堂及萧思话弹琴石，舒王定林、昭文旧址，皆不可详。会日夕，遂与上人别，樵唱满山，悲风骚屑，涧水潺湲，屡乱流而渡。昔人《登乐游原》诗，若为今人诵之。上人贻予《豁堂诗》，自蒋陵至青溪，遂尽其卷，清绮明瑟，汤休、帛道猷之流也。

王士禛《金陵游记》

池北偶谈（节选）
前　人
谒陵诗

康熙辛酉二月，上谒孝陵，诸公卿三品已上皆从，多赋诗纪事。刑部尚书蔚州魏公环溪（象枢）一诗，极令人感动。诗曰："蓟门西望望皇畿，共侍銮舆展谒归。礼罢祾门云自阖，梦回寝殿泪频挥。老臣将去填沟壑，何日重来拜翠微。廿载承恩无寸补，钟鸣漏尽尚依依。"予谓五六句最沁人心脾，然是后汉宦者张让语耳。

《池北偶谈》卷三

亲谒孝陵

康熙甲子冬，大驾幸金陵，亲谒明太祖孝陵。上由甬道旁行，谕扈从诸臣皆于门外下马。上行三跪九叩头礼，诣宝城前行三献礼；出，复由甬道旁行。赏赉守陵内监及陵户人等有差；谕禁樵采，令督抚地方官严加巡察。父老从者数万人，皆感泣。总督两江、兵部侍郎王新命刻石纪事。己巳春南巡，再谒孝陵。古今未有之盛举也。

《池北偶谈》卷四

前　定

昔阮孝绪于钟山听讲，母王忽病，兄弟将召之，母曰：孝绪至性冥通，必当自到。果心惊而返，信有是哉！

《池北偶谈》卷二十

王士禛（1634—1711），见前。

遣祭文
[清]福　临

顺治八年，岁次辛卯，四月丁未朔，越七月癸丑，皇帝谨遣内翰林弘文院侍读学士白胤谦，致祭于明太祖，曰：

自古帝王，受天明命，继道统而新治统，圣贤代起，先后一揆，功德载籍，炳如日星。

朕诞膺天眷，继缵丕基，景慕前徽，图近芳躅，明禋大典，亟宜肇隆。敬遣专官，代将牲帛，爰修禋荐之诚，用展仪型之志。伏惟格歆，尚其鉴享。

《康熙江宁府志》

爱新觉罗·福临（1638—1661），满族。清太宗爱新觉罗·皇太极第九子。崇德三年正月三十日生，其母为永福宫庄妃，博尔济吉特氏，即孝庄文皇后。1643年即位，翌年入关，定都北京，年号顺治。在位十九年，卒谥章皇帝，庙号世祖。

圣驾诣明太祖陵颂（有序）
[清]张玉书

皇帝圣神文武，君生在宥，御极二十有三载，德威煇赫，仁恩诞敷，化流海表，声驰域外。顾时巡求莫，岁及三辅。惟东南赋繁役重之地，未莅玉趾，频轸睿怀。秋九月辛卯，德音既涣，六龙斯御，肇省方于山左，旋问俗于江南。歌舞载途，扶携望幸。比至江宁，循视风土。以明太祖陵宅钟山之麓，咨命具仪吉蠲展奠。

冬十一月癸亥，法驾诣陵。及门降辇。既入，升自右阶。入殿，行三跪九叩礼。既兴从殿后入神路门。所司设芗几于升仙桥，侍臣奉爵，上亲醊酒三，仍拜如前。周环览观，抚缭垣倾圮，林木蔫败，申诫司香宦寺及奉陵人户守护勿怠。越日，复降谕旨，追美明太祖混一区宇之功，肇造基业之盛。饬地方官吏严督军民，禁遏樵牧，春秋时享，务肃将祀事。仍传敕诸大吏，以时修治惟谨。于戏！自唐以后，凡前代陵寝所在，辄命有司典祀，宋艺祖下诏修葺，史书遂侈为美谈。兹以当代万乘之尊，特诣胜国山陵，亲致拜奠，礼文隆渥，逾于常祀，是乃千古盛德之举。在昔帝王未有行者，行之自今日始。于时垂白之叟，含哺之氓，罔不感仰圣仁，至于流涕。臣书方以衔恤抵广陵，蒙恩召见于御舟之侧。退而见大学士臣明珠、王熙，翰林臣常书、朱玛泰、高士奇，具为臣言，相与叹诵久之。臣自念旧史官也，且备员典礼，敬录懿媺，传信无穷，臣之职也，安可无纪。臣窃惟国家加礼胜国，其度越前代者多矣。世祖章皇帝定鼎之初，即设明诸帝守陵人户，太祖陵户凡四十人。我皇上缵承休德，复屡廑诏旨，命加守护。比年臣叨侍讲幄，备记圣政。明藩王墓被盗掘，发法司议狱，坐盗发常人坟冢律。上曰："明藩王不应与常人等。"命改坐。又以章奏斥明为"废明"，非是！诚嗣后勿复称。此皆我皇上渊识大度，以忠厚化导天下至意，自有书契以来所仅见。仅牵连书之，用诏来祀，俾知大圣人行事迥绝今古如此。不揣弇鄙，系以颂词。颂曰：

惟圣御宇，光镜八荒。经文纬武，揖虞追唐。
苞蘖既翦，烝民胥宅。绝岛树郡，洪流帖席。
怀柔秩祀，靡神弗通。銮舆时迈，百灵景从。
泽如春敷，气霭朝燠。所过赐租，经行问俗。
东瞻乔岳，南溯大河。旆临江左，衢祝壤歌。
绮丽旧都，六朝遗址。蜿蜒明陵，钟阜是倚。
繄明太祖，功德显融。翕受众策，芟锄群雄。
政成惟明，令肃惟断。卜年三百，规模不焕。
吁嗟弓剑，于兹永藏。惟我国恩，岁祀有常。
翠华至止，明禋肃戒。万乘执谦，敛容致拜。
于以酹之，清酤玉罍。自堂徂寝，顾瞻徘徊。
丸丸松柏，樵苏宜屏。爰召守臣，天语申儆。
式涤芜废，戒遏践踩。灵爽是栖，维护必周。
猗欤圣仁，加礼异代。至德如天，神人并戴。
粤讨坟索，古莫与京。我皇至德，遹流骏声。
拜手矢颂，礼臣之职。史册永垂，万祀钦式。

《四库全书·张文贞集》卷一

张玉书（1642—1711），字素存，号润甫，江苏丹徒人。张玉裁弟。精春秋三传，深邃史学。清顺治十八年进士。历侍讲、刑部尚书、兵部尚书、文华殿大学士兼户部尚书。久任机务，直亮清勤。尝主持修《明史》，《佩文韵府》、《康熙字典》总裁官。卒谥文贞。工古文辞。有《文贞集》。

皇帝躬祀孝陵记

[清]林 璐

虞夏商周而降，天子不巡狩者垂数千载。今皇帝嗣服之二十三年，为康熙甲子，肇修典礼，先期放免江宁、江广、两浙田租，所过地丁悉捐正税；宣谕守土诸臣，毋越境，毋止商旅，毋闭市，毋苛取刍积，毋监设膳羞、重伤民力。期门、羽林诸军沿途驻防，以候回銮，甚盛举也。秋九月，谒孔林，亲度河工，咨询要害。孟冬，渡江南幸，至江宁，周咨风俗，问民疾苦。皇帝却辇乘马，延揽登眺，儿童父老阗溢街衢，望见天颜，嵩呼如雷。按辔徐行，任臣民瞻拜。复择吉，亲祭孝陵，禁止采伐，大赉陵监。草莽臣林璐闻之叹曰："前代天子致祭帝王庙，犹命官摄事。至历代陵寝，遣官享祀，间一举行。未有如皇帝之谦冲，优礼胜国，恩至渥也。"词臣吴伟业，昔年作《秣陵口号》曰："易饼市傍王殿瓦，换鱼江上孝陵柴。"故老遗黎，读之流涕。臣愚以为国家代兴，王师吊伐，维时从龙心膂，半属旧京，猝至江南，无暇稽查典故。即胜国旧臣心知樵牧，又以事关隔代，嗫不放言。顺治己亥，海寇登崖，拔剑砍柱。今也环陵四望，郁葱佳气，山童材尽，种蔬菜于隧道，积马矢于朝门。守陵老监，目击身危，徒与泥中翁仲，潦倒于寒烟蔓草垂四十年。幸遇皇帝亲临，今而后始保玉鱼金碗，永永不出人间者矣。昔者煤山之变，故明诸臣忝附班行，未有齿及故主者。自世祖圣谕云："帝非亡国之君，增户守陵，以时瞻视，施及其孙。"皇帝南巡，复行旷举，亲享其祖。呜呼！汉历未改，已有上陵磨剑者。崇祯十七年，孝陵夜哭，兴亡之数，明祖神灵知之久矣。旧时见官南雍者，从陵监写御容归，状貌如天神，望之增怖。尝作诗曰："花月春江事已非，秦淮流水冷鱼矶。孝陵有泪怜青盖，天阙无星护紫微。半岁神孙新甸服，百年遗老话垂衣。画图省识真龙准，风雨灵旗孰敢依。"又曰："虎踞南朝形胜同，降幡多在大江东。风云长啸三山外，日月空悬四极中。异代真龙夸黑子，当时逐鹿几重瞳。汉家陵寝曾磨剑，好把沧桑问画工。"因感仰盛事，为千古未有，而附记于此。

《岁寒堂存稿》

林　璐（1644年前后在世），字玉达，号鹿庵，浙江钱塘（今杭州）人。明遗民，入清不仕，以诸生终。所撰《岁寒堂存稿》，尤为时人所重。

遣祭文
[清]玄　烨

维康熙七年，岁次戊申，四月丁巳朔，越二十一日己丑，皇帝谨遣鸿胪寺正卿加一级周之桂致祭于明太祖，曰：

[清]康熙皇帝

自古历代帝王，继天立极，功德并隆，治统道统，昭垂奕世。朕受天眷命，绍缵丕基，庶政方亲，前徽是景。明禋大典，亟宜肇修。敬遣崇官，代将牲帛，爰昭殷荐之忱，聿备钦崇之礼。伏惟格歆，尚其鉴享。

《康熙江宁府志》

祭 文
(康熙三十八年)
前 人

惟帝天锡勇智，奋起布衣，统一寰区，周详制作，鸿谟伟烈，前代莫伦。朕曩岁时巡，躬修醑荐，景其遗辙，不囿成规。兹因阅视河防，省方南迈，园林如故，睇松柏以兴思；功德犹存，稽典章而可范。溯怀弥切，祭奠重申。灵其鉴兹，尚期歆享。

《康熙江宁府志》

爱新觉罗·玄烨（1654—1722），即康熙皇帝。见前。

孝陵恭谒记
[清]魏世傚

庚申春，傚将南游，语弟俨曰："往者卧病而过金陵，此行不谒孝陵，不返也。"俨曰："兄必详纪孝陵事，归以示俨。"予曰："诺。"孟夏，抵金陵数日，结至思恭谒，令乡人导以至。于是免冠，九顿首于殿下，悲从中来，鲠涕不下，伏地不能起。呜呼！此吾三百年开创圣主所藏衣冠之地乎，傚何人乎？而得至于斯！此非以时之不然，而出入者皆无从而问乎？于是拭泪起，周视殿上。殿壁黄赤所墁，新旧参之。殿柱三十有六，去地二尺许皆为刀斫伤，或折柱木三分之二。殿两旁，多贮马粮。殿前有□□致祭牌二。于是出殿，而谓守陵者曰："吾欲从隧道达陵可乎？"曰："新奉严檄，禁游人。门钥不敢启。"固强之，与之财，终不许。守陵者竟走出。傚于是自恨来谒之迟也，心愤愤然，卒无可如何。于是，绕殿之前后环观之，信步至所钥门处，傍皇四顾，阒无人焉。倚徙于门外不能去，偶以手连跃其锁。锁忽堕地，而门启。予于是且惊且喜，以手加额曰："天乎！"然颇怵惕，恐守陵者知之。于是，令导行者立于门，手持门锁，竟从隧道入。有二游人适至，遂同以登。隧道中，人步行若扣钟然。历阶而升，环陵四望，山高阔而无树。二游人云："昔者山多紫气，佳木数百万。天晴明时，日光照耀如金色，故呼为紫金山。今树之为金陵人薪者有年矣。"于是疾趋而出，阖门而钥之，如其故，守陵者卒未知也。守陵者为内侍，年几八十，就之语，不甚答。以天将雨，速余行。问其姓，曰："刘氏。"问其守陵几何年，曰："自崇祯至于今。"更问其他，又不答。呜呼！彼一老阉也，守死而不去，三四十年间香火赖以不绝，彼士大夫不有视之而反面却走者乎！而问以语多不答，抑亦忧畏隐深。虽八十垂死之阉，其情亦有不得已焉者耶？于是有赤缨、窄袖、佩刀、挟弓矢，从殿前控马疾趋而过者数十人，牧羊马、种蔬圃者交迹于殿外。于是历所谓前殿数重，天子之更衣亭、朝门钟鼓楼址，凡数里，微可考。朝门内外所镂石，为黄门内侍、将军、狮象牛马之属，或直立，或颠仆，折落于污泥之中。而游人更相谓曰："以兵刃伤殿柱者非他人，岁己亥，郑氏兵至，不识楠木，而以为异香也，遂斫削而去。"呜呼！时异代更，犹不失祭奠礼、修葺之役，赞扬功德，以昭示后世。彼郑氏而反敢如此耶？哀哉！于是为之记，不能文，特以归山中，示吾俨也。同游者，受业师南丰甘京师之子表、金陵游人二、仆夫及先路者五人。

《魏昭士文集》

魏世俲（1656—1725），宗名会潮，字昭士、耕庑，江西宁都人。魏礼长子。少有奇气，十岁作古文，从学于伯父魏禧。十四五岁遂立志隐居，奉亲读书。后走吴越齐鲁，达燕都，出中州，经三楚而归。性果敢，于义当为则奋不顾身。文如其人，若有没羽之锐。著有《魏昭士文集》。

杜茶村先生墓碣
[清] 方 苞

先生姓杜氏，讳濬，字于皇，号茶村，湖广黄冈人。明季为诸生，避流贼张献忠之乱，流转至金陵，遂久客焉。少倜傥，常欲赫然著奇节，既不得有所试，遂一意于诗，以此闻天下，然雅不欲以诗人自名也。于并世人，独重宣城沈眉生，吴中徐昭发，自愧不如。其在金陵，与先君子善，客维扬，则主蒋前民。金陵为四方冠盖往来之冲，诸公贵人求诗名者凑至，先生谢不与通。惟故旧或守土吏迫欲见，徒步到门，亦偶接焉。门内为竹关，先生午睡或治事，则外键之。关外设坐，约：客至视键闭，则坐而待，不得叩关，虽大府至亦然。及功令有排门之役，有司注籍优免。先生曰："是吾所服也。"躬杂厮舆，夜巡绰，众莫能止。

先生居北山，去先君子居五里而近，以诗相得，旦晚过从，非甚雨疾风无间。先君子构特室，纵横不及寻丈，置床衽几砚。先生至，则啸咏其中，苞与兄百川奉壶觞。常提携开以问学。先生偶致鸡豚鱼菽，必召先君子率苞兄弟往会食，其接如家人。

丙寅春，先生年七十有七，携襆被叩门，语先君子曰："吾老矣！将一视前民，归而窀室蒋山之阳，死即葬焉。"是日渡江，数月竟死维扬，丧归，寄长干僧舍。一二故人谋卜兆，子世济曰："吾有亲而以葬事辱二三君子，是谓我非人也。"无何，世济亦卒。先生故三子，一子幼迷失，一为僧远方，众莫敢主。

又数年，长沙陈公沧洲来守金陵，谓先生其乡人之能立名义者。哀其志，为买小丘蒋山北梅花村，召先生从孙扬文及故人会葬。先君子执绋，视窀穸。时苞客燕南归，而命之曰："先生吾所尊事，汝兄弟亲炙，可无志乎？"苞重其事。将俟学之有成而措意焉。自先君子殁，患难流离，今衰且老矣。自恨学之无成犹昔，而旧乡限隔，恐终堕先人之命，乃姑述其大略，使人往碣于墓之阡。

先生诗，世所传不及十一。平生著述，手定凡四十七册。世济殁，势家购得之，弗善，仍归其从孙某。先生生于明万历辛亥年正月十六日，卒于康熙丁卯年六月某日，葬以康熙丙戌年二月十六日。铭曰：

死而不亡，光于世，嗣逢长！

《方苞集》

方　苞（1668—1749），字凤九，号望溪，桐城人。生于六合。幼聪颖。乡试解元。清康熙四十五年会试取第四名，因母病回乡未赴殿试。尝因受《南山集》案牵连下狱，为李光地所救。历官文学侍从，官至礼部右侍郎。告老后闭门著书。是桐城派散文创始人。著有《方望溪先生全集》。

康熙间重修《(灵谷寺)志》序
[清]释寂暹

灵谷山旧有《景泰志》、《嘉靖志》，嘉靖以后遂无志。常欲增修而未逮。庚辰正月十九夜，志公菩萨宝塔放光，众曰山中必有佳话。二月间，豫章吴舫翁先生偶至寺中，寻别去，以一诗寄予曰："巾车二十里，越涧入高峰。岂是寻三笑，亦非问五宗。何须涂毒鼓，自有景阳钟。不见萧梁在，今惟存志公。"予曰："此岂凡人乎！"遣僧追留，一见相得，即问："有志否？"曰："有。"问："有版乎？"曰："无。"先生曰："万一此志忽失，必不可复得，岂非山中永无志哉！急宜修之，以存文献。"予即以是举请，先生逊谢。予曰："先生旧史臣，何不念旧敕建乎？"许之。携二门人来山抄稿，先生一一分类编定。既而先生劳苦成疾，伏枕裹衾，饮柏子汤，不食者七日。七日内仍目不停视，手不停披，凡五十日而卒业。志成之日，宝公塔复放光，飞空结成紫云，众目共见，真异事也。大慧禅师谓："张无尽护法，从十指上放光，良有以哉。先生修樵峦志成，瑞林上人实为化主。久住远方，十年不见，适以是日来山斋僧，岂有约而然乎！"编次既久，无力雕锓。戊子春，适临安盛紫翰先生来游白下，见过山中，索观旧志，因举舫翁所订志稿授之。越数日，予入城，答侯于马惠我先生府中，谓予："此志经天门叟厘定允当，顾弗登剞劂，何以广流传、垂永久？"惠我先生亦力赞付梓，各捐赀为檀护倡；紫翰先生复不吝校雠，多所辨定，阅数月而书成。噫！异哉！舫翁年已八十，越数千里来修此志；紫翁需次客游，亦不远千里来成此志，皆属前缘，岂偶然哉！志公塔上行且复放毫光，而现宝相矣。因详述之，以不忘所自焉。

《灵谷禅林志》卷十一

释寂曙（1691年前后在世），见前。

钟山赋

[清] 李 兰

粤稽望秋之典，载考职方之书，维名山之峻极，乃作镇于雄都。越江表而遐观，览钟阜兮盘纡；映斗宿之灵曜，跨金陵之奥区。拟崇隆于嵩霍，齐名胜于匡庐，洵瑰奇之所宅，实神异之攸居。尔乃观其形势，伟丽雄秀，万壑奔腾，千岩辐辏。牛首峙其前，鸡笼居其右，温泉涌其左，玄武带其后。水淙淙以赴涧，云容容而出岫。湍流可枕，砺石堪漱，俯临城郭，近接田庐，朝烟倏变，暮景全殊。晴云掩映，阴霭浓敷，或见或隐，或卷或舒，腾幻质于俄顷，极异态于须臾。至若怪石星罗，奇峰数组，凌跨霄汉，蔽亏日月。鸟道逶迤，羊肠曲折，路欹侧而可通，径盘旋而忽绝，崎岖百迭，宛转千回，既嵯峨而巀嶪，复巃嵷而崔嵬，履险途而趑趄，陟磴道而徘徊，循岳之麓，傍山之隈，近瞩心怡，远眺怀间，意眇八纮，志狭九垓。凭高峰而极目，对天际之长江，观波涛之澎湃，觌洲渚之苍茫，泛估舟与官舫，尽楚舶与吴樯。当其乘风而破浪，俨若夫飞隼之翱翔，迨夫风恬而浪静，又似乎游凫之颉颃。阅层波之渺渺，叹逝水之汤汤。亘终古其如斯，缅水德之灵长，此乃川渎之壮观，而与兹山并著于岩疆者也。乃有茂林阴翳，灌木成丛，丸丸翠柏，落落青松，春深绿树，秋尽丹枫。曲水流觞，遡晋朝之盛事；游山射雉，仰齐代之遗踪。沈仆射之郊园，但余渌水；萧德施之书邸，祇对秋风。

灵谷之寺，建于山侧，梁帝之所游豫，志公之所驻锡。梵宇辉煌，琳宫崒崔，街号琵琶，泉名功德，入门而松径十里，仰瞻而塔光五色，洵净域之伟观，实香城之绝特。若夫春日载阳，风融景和，游人杂沓，士女骈罗，逍遥乎林之薮，放荡乎山之阿，以偃以息，载啸载歌，又有高士携筇，幽人命驾，或踞乎山之巅，或立乎云之下，怅景物之递新，感时序之代谢，聊登山而临水，庶写心而销暇。于是移高就下，越陌度阡，离离坂隰，每每原田，农夫荷耒于陇畔，稚子馌饷而往旋，咸含哺而煦煦，尽鼓腹以便便，歌咏太平之福，优游丰稔之年，耕食凿饮，以安于熙皞之化；出作入息，而忘于知识之天。盖盛世之德，周而仁溥，斯山川之祥，集而瑞全，故记有之，天不爱其道，而降甘露；地不爱其宝，而出醴泉也。伊斯山之奇，特匪笔墨之能究，惟仁者之是乐，实广大而博厚，体既立静效亦宜，寿保不亏而永固。表纲纪于宇宙，维登高之作赋，羡古昔之名贤，兹掆管以敷陈，希追踪而比肩。

彼夫玉树青葱，子云贻讥于往论；卢橘夏熟，长卿见笑于前编。要体宏而用大，原无事于侈言。撰斯文以志胜，任评骘之媸妍。

《江南通志》卷十一

李　兰（1692—1736），字汀倩，直隶乐亭人。清康熙五十六年解元，翌年成进士。雍正六年任江西布政使，十年降任按察使，十一年任安徽布政使。曾任《江南通志》提调。在江西时曾修章江城楼、百花洲。工文赋。曾为陶渊明祠撰记。张伯行殁后为梓《小学集解》。著有《李汀倩集》。

金陵述游（节选）

[清]齐周华

孝陵，明太祖陵也，在京城之东，蒋山之麓，懿文太子附焉。石狮、石虎、石马、石羊、骆驼、白象、文武石人，排列三里许。黄道中有瓴甋所甃碑亭，其高莫测。亭中巨碑，碑座龟首，昂不可扳，碑字大如茶杯，仰观上截，惟见微影。因忆明胡广《游阳山记》云："永乐三年秋，皇帝因建碑孝陵，斫石都城东北之阳山，得良材焉。其长十四丈有奇，阔不及长者三之一，厚一丈二尺。色黝泽如漆，无疵颣。特命翰林学士解缙、侍讲金幼孜暨广偕往观。三人相视惊叹，以为天生此石，以有待也。"今视之信然，他皆称是。折入御桥，则紫金城。城内左旁，宫闱楚楚，乃守陵中贵所居也。中为御碑亭，乃圣祖南巡所亲祭奠者。碑亭后玉石丹墀，高九级，墀上则宝殿崇隆，金寝照耀。殿内圣祖御书"治隆唐宋"字，神采焕目。左、右朝房数十间。殿后则御沟桥，桥后则宝城。宝城者，犹士庶家坟墓之罗围面石也，倚山而筑，高数百尺。中开城门，内列石级，约百余始达其顶，岿然一阜如珠。后倚钟山，前锁御河，夹以林木，层层曲折而出，左则东山、灵谷，右则大江、都城。郁郁葱葱，青紫之气交错，具见开创圣君之弘模厚福也。伐罪吊民，功同汤武；攘夷抚夏，威迈汉唐。由释子而为真王（明太祖少为皇觉寺僧，书云其中释子是真王），有耿光而无惭德，子孙虽至亡国，尚烈烈似雷轰，陵寝犹存守阍，独蒸蒸如霞蔚。我朝之相待不薄，亲奠者三；后人之瞻就维殷，游观日众。随请觑太祖遗像，同行者各敛香钱授中贵，然后捧悬殿内，率众行九叩礼。旁列而视，其颜如龙，额如虎，河目凤眉，微须龙准，面具七十二痣，不威自畏。倘相遇于稠人旅肆中，虽非希夷，亦知紫微星不可对坐也。画风格甚高古，而墨气平庸，疑后人摹仿而出，盗其真而存其伪也。不然，帝王家无事不精，况内廷画苑，名手纷纷，岂有描写御容而妄委俗子者乎！

《古今游名山记》

齐周华　(1698—1768)，字漆若，号巨山，自号独孤跛仙，天台人。少能诗文，文有奇气，书法钟王，花鸟灵动有致。清雍正八年撰《救晚村先生悖逆凶悍疏》，被拘狱。编成《风波集》。出狱后遂弃儒巾，漫游五岳名山。自此浪迹山水三十年。后因旧案被凌迟。著有《名山藏副本》。

重勒宝公像碑跋
[清]释法守

灵谷寺宝志像，为吴道子手笔，唐时勒石，元代重刊，明宣德间，寺毁碑亦遂亡。乾隆丁丑春，翠华重幸。臣僧法守觅得旧藏拓本，敬谨装演，恭呈御览，奏允重勒。蒙恩赐题"净土指南"四字于额，真禅林千载盛事，岂特宝志面目增辉已哉！

住持臣僧法守恭纪。

《灵谷禅林志》卷四

释法守　(1701—1767)，见前。此碑于清乾隆二十二年重勒上石。

净土指南碑

康熙间重修《(灵谷寺)志》序
[清]盛宏燧

灵谷旧志，第编年耳，天门叟重加厘定，别类分卷，蔚然大观。予览之而慨然于天道有往复，地运有盛衰，人事有得失，而废兴因之。方灵谷之兴也，岑楼杰阁，密竹深松，交辉互映，赐田绣错，赡僧千计。其间，历代銮舆之所临幸，公侯卿相履舄之所接迹，与夫学士大夫、山人羁客之所吟咏，高僧耆宿谈经树拂之所提倡，以及丰年歉岁旱涝祈祷之所感应，按籍可考，世称"第一禅林"，良有以也。今之灵谷非昔矣！在易有之，无平不陂，无往不复，废兴相循，厥由人事。灵谷之兴，其在晓公乎！晓公侍其祖于南翁，入山经营，况瘁阅四十年。废者修，坠者举，既焕然改观矣！岁乙酉，恭逢皇上南巡江左，驾幸钟山。晓公奏对称旨，锡以联额，煌煌宸藻，炳耀林壑，固灵谷复兴之兆，抑亦晓公之勤修善行，有以感之而然欤！今戊子春，偶客金陵晤晓公，谈及山志，令其亟付雕开，取舫翁所定原稿，悉为校雠，代募同人捐资镂版。书成，晓公请予为序。余何言，夫予家距灵谷，不啻千里，与晓公曾未谋面，一见而欢若平生。是书之刻，实余为之权舆，倘亦灵山曾受付嘱，抑三生石畔，得无相视而笑耶！他时捧檄得近名山，当力襄胜事，俾"第一禅林"，重振海内，余之愿也。予何言！

《灵谷禅林志》卷十一

树君臣记
前 人

昔者黄帝尧舜，垂衣裳而天下治。山龙藻火，其质必黄，故衣黄者为天子。灵谷银杏有居中最大者，受明高皇封，其树杪一枝忽变黄色，噫！异矣！乃众树青而此独黄，众树黄而此又独青。其诸天子居青阳左个之义欤！抑又异矣？且东西前后，众树之环植者，枝皆相向，如侍臣之鹄立，摺笏而朝，毋敢戏渝，抑何其明于令，共之谊耶！至若一树伐，而众木从一而终，凛然柏舟之操，微特谷灵，树亦灵矣！不宁惟是道林宝塔之时时放光，八功德水之清甘不竭，琵琶街之应声叶律，皆具有灵气。即今翠华临幸，往僧求更寺额，皇上仍"灵谷"之名，而特增"禅林"二字。以灵谷之为灵昭昭也。又岂独树之守节乎哉！

盛宏邃（1703年前后在世），见前。

康熙间重修《(灵谷寺)志》序一
[清]马　益

宇内名山大川，载在通志，即禅栖梵宇，隶于郡县者，例得并纪古迹中。凡以高僧卓锡之地，深山穷谷，林壑诚美；即处通都大邑间，莫不有奇迹可纪。况灵谷寺为钟山名刹，所称"第一禅林"者，而可以无志乎！予自关中卜居金陵，六朝名胜，得恣幽探，间与方外交，则晓苍和尚，尤称莫逆，时时过其丈室，饮八功泉，听说无生理。晓公手辟荒芜，雅意恢复，规模草创，尤惓惓于山志，拟重修雕版，忽感宝公塔放光之异，得豫章吴舫翁先生为之厘定，纪载一仍古本，而分卷别具体裁，名山钜手，相得益彰。适吾友临安盛君紫翰，偶来白下，客予静远斋，相与校定，兼募同人捐资剞劂，书成请序。予喜钟山之奇丽，爱晓公之纯朴，而尤乐是书之足以备观览、垂永久也，为道其缘起如此。

康熙间重修《(灵谷寺)志》序二
前　人

余登钟山，谒明孝陵，迤逦而东，陟冈四五重，至灵谷寺造晓苍和尚丈室，晓公烹山泉、劚笋蕨为饭。饭罢，同余遍游堂庑、林木间，历指古所谓名胜处，复憩山房，出豫章吴先生新次志书，索余为叙。披览一过，识其由来。

兹寺也，众山环其左，森然若卫；右则孝陵巍峨，石头城郭之繁华，列列在目；松柏蓊郁，区宇廖廓，诚山川之奥区，瞿昙之窟宅也。孝陵是其故址，明太祖建都，以其逼近宫阙，降敕移造。寺为古志公道场，志公塔在焉。其龙宫绀殿，贝叶琅函，若龙象，若宝幢，若尚方之锡赉，与夫古迹、法器、土田、菽粟之供乎苾刍者，皆巨丽博大，非天下梵宇可比，天人叶应，其符瑞灵异，以及艺文之焕赫，古德之纯修，亦迥异寻常。历有旧志如干卷，以壮厥观。三百余年来，岁月递嬗，世代迁移，殿宇摧颓，金碧非昨。斯志也，鸟啄虫穿，版图已不可问矣！残编仅在，良可慨与！晓公主斯席，经行实事，宏敞宗风，手自修废举坠，日以恢复旧观为兢兢，欲辑旧志而未迨。岁庚辰，豫章吴舫翁先生偶来山中，访求逸事。晓公因以是役请，先生诺，而与门人笔削之，因其原本而增其近事，分类题名，别为十六卷，条理秩秩，览者益瞭然，两阅月而告成。先生年将八十，博古强记，吐辞成文章，行事落落，自异姓名，不炫于时，观其诗古文，类多铜驼、禾黍之感，其殆隐君子与！先生将至之夕，志公塔放白毫；志之告成也，其夜亦然。噫！异矣！莫非志成之日，即灵谷振兴之日与?！今天子迈郅隆之治，尊崇古先哲王，曩岁南巡至省会，一再谒明陵，复其税，隆祀典，禁樵苏，置守陵尉。今且松柏青青，原庙聿新矣。一旦追前朝轶事，遣官庀材，复三百年巨丽博大之旧观，以应白毫之瑞，其在斯乎！其在斯乎！

均自《灵谷禅林志》卷十一

马　益（1708年前后在世），见前。

祭　文
（乾隆二十二年）
［清］弘　历

　　惟帝英姿首出，雄略如神。起濠、泗而乘时，丕建安民之策；奠寰瀛而垂统，聿彰创制之模。治定功成，修人纪而澄吏治；礼明乐备，崇正学而礼耆儒。仰茂绩之流传，式焕鸿名于史册；揽故宫之典物，长昭灵爽于园陵。朕载莅南邦，钦承祖训，亲临钟阜，躬奠樽醪。殿宇常新，缅胜国开基之烈；松楸勿翦，见我朝列圣之仁。秩祀既将，溯怀弥切。灵其昭鉴，歆此明禋。

《江宁府志》

祭　文
（乾隆二十六年）
前　人

　　惟帝英姿迈世，大勇安民，采石扬帆，运肇兴王之柞；金陵定鼎，谋传祖训之书。溯开国之规模，神功宛在；览故宫之典物，灵爽犹存。朕时迈江邦，载临钟阜，松楸勿翦，长体累朝忠厚之心；丹膢有加，益思圣代创垂之迹。特申奠醊，用达悃忱。昭鉴有灵，馨香是格。

《江宁府志》

爱新觉罗·弘历（1711—1799），即乾隆皇帝。见前。

扫葺无量殿记

[清] 释德玉

灵谷之无量殿，创自明洪武间。凡巨费悉出内帑，及至宇内鼎沸，其他峻宇修廊，尽遭劫燹，惟斯殿岿然如故。当时咸有鲁灵光之拟也。既而年深月积，未免渐至圮落。逮今上御极之岁，适先师晓老人继席之六年，始谋诸孝陵卫檀信，欲重新之。乃有陈君配、吴公瑾等，欣然应之，遂结缘，首四十八人，捐己资、募众财，不数年而焕焉一新。所谓时节因缘，岂偶然哉。今岁夏，陈、吴两善人复醵钱，而为芟蔓补瓦，爰是召集同志，得三十人，而告之曰："余两人已老矣，恐不能再为之倡，欲与诸君图久远计，作此无量功德。然须各出囊资一星，每岁扫葺一次，董其事者三人，日月轮转，周而复始，庶使斯殿长新。而各姓子孙亦绵绵与山灵佛日并垂于不朽云。"时在会诸君，欢喜乐从，索余言勒之贞珉，以为来者征，予既忝主院事，不获辞其任，因略叙缘起如此，刻诸檀姓字于左。

（姓名略）

康熙戊戌七月上浣，沙门德玉撰。

芷园刘毓琏书。比丘方觉捐资勒石。

《灵谷禅林志》卷三

释德玉（1718年前后在世），见前。

岘亭记

[清] 姚鼐

金陵四方皆有山，而其最高而近郭者，钟山也。诸官舍悉在钟山西南隅，而率蔽于墙室。虽如布政司署瞻园，最有盛名，而亦不能见钟山焉。

巡道署东北隅有废地，昔弃土者聚之成小阜，杂树生焉。观察历城方公一日试登阜，则钟山翼然当其前，乃大喜。稍易治，其巅作小亭。暇则坐其上，寒暑阴霁，山林云物，其状万变，皆为兹亭所有。钟山之胜于兹郭，若独为是亭设也。公乃取"见"、"山"字合之，名曰"岘亭"。

昔晋羊叔子督荆州，时于襄阳岘山登眺，感思今古。史既载其言，而后人为立亭曰"岘山亭"，以识慕思叔子之意。夫后人之思叔子，非叔子所能知也。今方公在金陵数年，勤治有声，为吏民敬爱。异日，或以兹亭遂比于羊公岘山亭欤？此亦非公今日所能知也。今所知者,力不劳,用不费,而可以寄燕赏之情。据地极小,而冠一郭官舍之胜,兹足以贻后人矣。不可不识其所由作也。

嘉庆三年四月桐城姚鼐记。

《惜抱轩文集》卷十四

姚　鼐(1732—1815),见前。

游钟山记
[清]顾宗泰

衡、庐、茅、蒋为天下名山,而蒋山实江南之冠。吴为蒋子文立庙,曰蒋山;又以南齐周氏隐此,曰北山;山时有紫气,则又曰紫金山。统而名之,为钟山。余于是山,向一至焉,未尽其胜,今鼓兴而往。

未至山六七里,峰崿蔽亏,藏云障日;水泉激涧,净细可爱。至山,松阴夹路,寒涛吼空;风自绝壁而下,掩鳞动翠,其音飒然。自晋以来,刺史罢还,栽松百株,山故多松也。

沿山五里,遂抵灵谷寺。寺故在独龙阜,梁武帝为宝志禅师建塔;宋改太平兴国寺;明初徙山之东偏,名灵谷。龛镂壁绘,不及往时,惟无量殿宝公塔独存。因偕寺僧观景阳钟,规小而音短,不能必为景阳楼中物也。至宝公塔礼焉,问三绝碑,已毁没矣。

南为琵琶街,履之若有声。由塔循山而左,为安石读书所。其说法台旧址旁,为八功德水。藤葛纠纷,求所谓清冷者不可得。

由是为太子岩,此山之最高者。余乃升高而望,豁然四空。西瞰覆舟、鸡鸣诸山,黛螺缭绕,后湖隐见,其六朝之佳丽乎?而其南则俯眺城中万家烟火,绮纷绣错;旷无人处,夕阳故宫也。北凌大江,苍然极浦,紫盖黄旗之气犹有可想见者,而虎踞龙蟠,江山如故。独慨然于齐梁递迁之主,而叹其销沈于是。

历岩而下,日已薄暮。朝阳洞、商飚馆、周氏草堂、羲之墨池,诸境最僻,俱不得访,别僧而归。归则松风送人,明月满衣。流连清景,恍若有失,不知路之幽且□也。

《小方壶斋舆地丛钞》

顾宗泰(1749—?),一名景泰,字景岳,号星桥、晓堂,苏州元和人。与王鸣盛同从沈德潜学。清乾隆四十年进士,历官吏部主事、高州知府。嘉庆十一年掌教娄东书院,十三年入浙主万松书院。工诗文。家有"月满楼",常举文酒之会,海内名士无不交投。著有《月满楼诗集、文集》。

重建圣师塔记
[清]胡 镐

[南朝]宝 志

钟山之阳，万松翁郁，中有灵谷寺，志公塔在焉。为地灵之说者曰：东有马鞍山，西有朱湖洞，天印拱其南，屏风拥其北，四面环向，二水交萦，其为灵也昭昭矣！然吾思扶舆清淑之气，随地而钟，江南名山，衡、庐、茅、蒋，岂第一山为然哉！寺之碑记云："明祖命韩国公李善长相度地形，以图进，上曰'以此奉志公为宜，赐额灵谷。'"可知灵谷之灵，乃谓志公之灵爽昭著，固在此而不在彼也。塔建于洪武十四年，嘉靖十八年重修，释可浩有记。国初顺治乙酉、丙戌间寺毁，惟塔与无量殿存。及今历年久远，崩坏愈甚，顾工费浩繁，无过而问之者。甲戌春，甘君福以母未安窀穸，斋戒祈祷，得签有"浩荡朱门"之语，是夜又得梦兆，若神示其所者。逾年果得地葬母。其地名、山形皆符合，感公默佑，倡首重修。贵州陈进士周书与甘君友善，闻其事，慨然舍资以助。乃鸠工庀材，于今年七月诹吉兴工，阅四月而告竣。董其役者住持悉朗，暨执事僧莲溪、悟开也。公自梁以来，千百年间灵感彰彰，具载前籍，观此而梗概可知矣。虽然神明之道，唯感斯应，假非甘君事亲之诚，足以对公无愧，安见一焚香顶礼间遂若是，其捷如影响者，至诚感神，意在斯乎！予故乐记之。俾后世知灵谷称名之本意，而并以劝孝云。

嘉庆二十一年，岁在丙子冬十月，上元胡镐记。

《灵谷禅林志》卷三

胡 镐（1762—1847），字圣基，号心斋，上元人。幼承母训，博闻强记，读书目十行下，能背诵《十三经注疏》。因馆甘氏久，得遍览津逮楼藏书。治经兼汉宋两家之长，尤邃于《易》。为文浑朴醇茂。康基田尝聘校《玉海》。生平践履笃实。年八十余，犹日读书盈寸。著有《群经说》、《说易》。

（道光）《灵谷寺志》序
[清]朱绪曾

甘实庵大令辑《灵谷寺志》成，体例分明，辨证博洽，其大指在抉择醇雅，而不语怪也。

自明祖废钟山旧寺，并入灵谷，卜独龙阜为陵寝，徙宝公塔于屏风岭下，规模宏敞，凡钟山名胜悉萃于兹寺中矣。嘉靖时，释可浩创有《志》，略踬。国初，释晓苍踵成之，顾中多踬误，览者微有憾焉。夫灵谷以宝公得名，而宝公非灵光达摩比也。李延寿修《南史》，择言雅驯，列宝公与陶贞白于隐逸，盖尝论之。六代之间，干戈云扰，变如奕棋，达观洞识之士，恒远引于圭组之外，贞白挂冠神虎，宝公著屐都市，原不待梁武之世，而始翛然高蹈也。梁公以礼接士，故二人时与往来。然窥其太平日久，侈心渐萌，于是昭阳之殿，贞白题之；寿阳之师，宝公歌之，俱负前知之鉴，如合符券，人以其神妙不测，遂仅仅以术数称，而不知其为隐君子也。宝公灵著钟山，较贞白为更显，后世读其谶记，谓其定数之不可逃，岂知其定理之不可易哉。至《志》中谓：宝公托迹齐梁，而对北魏胡后语者，别有宝公。《宋史·五行志》云"江南伏龟山下，宝公墓中得诗碣"，与葬钟山不合。引《高僧传》诸书以断其非，刊讹正谬，皆有根据，尤非率尔操觚者比矣！

实庵家有藏书数万卷，金石鼎彝，充牣璀璨。且自东晋以来，世居金陵为旧族，习知故事，一志特著述之小者耳，而能不冗不滥，刊俗语之丹青，归于雅正，岂独为山灵生色已乎！故揭其旨趣而为之叙。

上元述之氏拜撰。

《灵谷禅林志》卷十一

朱绪曾（1796—1866），见前。

（道光）《灵谷寺志》序
[清] 甘　熙

钟山旧有寺七十所，齐梁以降，递有废兴。王荆公并诸小刹于太平兴国寺，六代旧址，半为邱墟矣。明初，以其地连山陵，更并而为灵谷。当是时，缁流云集，足赡千僧，与报恩、天界为三大刹。道场之盛，论者叹观止焉。自明迄今，虽时殊事易，隆替靡常，而丛林规模未之或改。当康熙、乾隆朝，屡蒙翠华临莅，宸章彪炳，永镇名山，尤徵太平盛世。而自来名流硕彦，往往探奇揽秀，播为咏歌，此固一邦名胜之区，考古者所当三致意也。旧有明景泰辛未仪铭志，久佚无传。今所存者，嘉靖癸卯释可浩《志》二卷，文甚简略，盖草创而成。康熙庚辰，释晓苍延豫章吴太史云复为重辑，中多舛漏，且沿袭旧习，体例殊乖，非善本也。矧自雍正间，侣石禅师奉敕住山，改传洞宗，多所更易。则徵信阙疑，订讹补缺，及今弗为，不将久而愈紊乎！圆照上人屡请于予。予忆自壬申之春，随先子策蹇来游，礼圣师塔，获睹林泉之胜。后遂数数过从，间尝假宿山堂，挑灯煮茗，与诸衲子叙谈往古，辄中夜不倦，以故山中事迹，得诸目见闻者甚稔，盖忽忽卅载于兹矣。今闻其请，不禁怵然有感者久之，因搜采群书，重为厘定，与监院悟开往返旬月，咨询参校，阅半载书成，付诸剞劂。同里朱述之大令，渊博好古，熟悉金陵掌故，其中得匡助之力居多。噫！时运有盛衰，而人事无难易，亦视乎所为如耳。灵谷为金陵首刹，四百余年来，递兴递耗，皆有崛起之人，以维持乎其间，后之作者，诚事事师古，以前贤之心为心，将勇猛精进，百废具兴，起今日之衰，转而复昔年之盛。予所进于上人者，岂独修志一事也乎哉！

道光二十年，岁次庚子秋七月，金陵石安居士序。

《灵谷禅林志》卷十一

灵谷深松赋
前　人

郁秀钟山，通幽石室，盖密青霄，伞张赤日。何处问吴陵晋寝，烟罨荒榛；此中藏绀宇琳宫，风凄古木。忆前朝之创造，世界大千；瞻胜地之葱茏，禅林第一。厥有灵谷寺者，山门未到，松影遥迷，轮囷岁老，堉塸星齐，万树撑空，前疑无路；千林踏去，下自成蹊。黯黯兮花间鹿睡，萋萋兮子落鼯啼。街响琵琶，五里浓阴夹道；泉临功德，一株老干横溪。则见其窈而深也。阴垂邃谷，气郁灵峰，将疏又密，似淡还浓。遥看塔影千寻，半遮半露；猛听钟声一响，无迹无踪。如教飞锡空中，惊开白鹤；曾使挂衣枝上，舞出苍龙。当夫云气沈沈，雾光耿耿，天空有声，月薄无影。山林变色，飞来几道惊涛；花雨漫空，隔断数层尘境。铁骑吼云关之夜，风聚龙湾；银虬嘶石舍之秋，烟迷鹫岭。抑若霁景朝生，岚光远簌，山明雪冷，万条之匹练横披；岭出云开，一幅之屏风新沐。洒涤烦襟、揩俗目，灵采仙芝，闲锄野茯，小憩万工池畔，隔林而人语遥闻；偶来九曲渠边，穿树而鸟声徐逐。彼夫度岭寻梅，香霏曲坞，环山种竹，韵冷空庭，娑罗则金丸撷紫，银杏则玉带围青。曷若此深蟠曲迳，深覆疏棂。想当年辇路周回，曾向荣于草木，叹此日禅关闃寂，徒致慨夫榛苓。爰为之歌曰：

郁郁深松气莽苍，树犹如此使人伤。

兴亡阅尽千年恨，宫殿常留太古香。
虫语寝园凄夜月，龙吟萧寺吊寒霜。
可怜二十余陵树，漠漠寒烟满建康。

《灵谷禅林志》卷四

甘　熙（1798—1852），见前。

半山寺记
[清]奎　光

半山寺故址，乃宋相王介甫园圃，介甫罢相闲居半山园时，命笋舆于钟山、白荡之间往来游眺，题咏甚多，后遂舍宅为寺。古柏双株，相传荆公手植。其东岩，即谢公墩也，为太傅与康乐围棋赌墅名区，故荆公有争墩之作。唐李青莲亦有《东山蔷薇》诗，而沈休文所赋东田即其地，事俱载在建康、金陵等志。

先君驻守以来，于乾隆乙卯夏始，构"韬光别墅"于寺东。至嘉庆戊午，复增建"留余山房"，凿池种花，戎政余闲，藉以息静，霜来露往，岁久亦稍摧残。

光于道光癸未，葺而新之，槛外鸣湍潺潺终日，虽久旱不竭。水源来自钟山燕雀湖。明季筑城，乃作铜沟压城底，引水入内，回环九曲，由青溪直达桃叶渡。

甲午秋，制府陶云汀先生暇日来游，登东岩舒眺，因与共议筑亭于岩上，二水三山，望如画幅。

乙未春，光复鸠工构"古柏山房"，院内古木寒烟、老梅香雪，与山头云树、屋角泉声，高低掩映，足快听瞻。是乃因前哲之遗踪，藉以成今日之佳境也。惟虑岁久无稽，援笔记略於石。

道光十六年岁次丙申秋九月，钟山戍客奎光书。

据国家图书馆藏原碑拓

奎　光（？—1853），改名奎泽，字益之，别署钟山戍客，江宁驻防，满洲镶红旗人。清宗室。道光九年己丑科进士。官协领。尝于半山园筑"韬光别墅"，增建"古柏山房"。咸丰癸丑太平军破城，阖门殉难于此。

重构半山亭记
[清]魁　玉

半山为王荆公半山园旧址，晋代谢公墩也。道光中，督部陶文毅公与奎益之都护暇日来游，建亭于其上。或以为墩在冶山北，读荆公"争墩诗"，知墩在半山无疑。山之小，不能一亩，兵燹后寺宇残破，亭亦圮毁，有石焉，翳于草，有泉焉，伏于土，山僧野老过而陋之，即寻幽访古之士，足迹亦罕到。

同治庚午秋，余镇守此邦，兼摄督篆，因公偶经其地，感谢、王之云遥，慨胜迹之湮没，命寺僧铲刈榛莽，疏理溪涧。古径辟，荒烟收，奇石出，清泉流。迺鸠工添筑数楹，补亭于山上。每一登临，山水回环，引人入胜。挹云岚之秀，崇山峻岭无此幽邃也；听珠玉之声，长江大河无此和雅也。遂不觉性与之静，而心与之清，是知旷代名流，苻龙蟠虎踞之区，独憩乎此山者，不仅在视听之娱也，后之游者亦领略溪山之胜，而不以半山之小小之也，是则山之幸也，抑不独山之幸也。亭落成，爰以所见书于石。

同治九年岁次庚午闰十月，长白魁玉并书；古歙陈鉴镌。

《南京历代碑刻集成·重修半山亭记》

魁　玉　（1805—1884），姓富察氏，字时若，别署长白山人，满洲镶红旗人，生于荆州。少时读书习武，稍长以二品荫生入军。清咸丰间与曾国藩在湖北堵击太平军，后任江宁副都统，攻陷天京后升江宁将军，权两江总督，旋调成都将军。卒谥果肃。喜吟咏。著有《翠筠馆诗存》。

修治金陵城垣缺口碑记
[清]曾国藩

道光三十年，广西贼首洪秀全等作乱。咸丰三年二月十日，陷我金陵，据为伪都。官军围攻八年不克，十年闰三月师溃，贼势益张，有众三百万，扰乱十有六省。同治元年五月，浙江巡抚臣曾国荃率师进攻金陵，三年六月十六日，于钟山之麓用地道克之。是岁十月，修治缺口。工竣，镵石以识其处。铭曰：

穷天下力，复此金汤。苦哉将士，来者勿忘。

《四部丛刊·曾文正公文集》

灵谷龙神庙碑记
前　人

龙于古不列祀典，国有大水，智者不禜，或有旱暵，圭璧祈禳，亦不及之。汉世儒者，以龙能兴云致雨，乃别四时，方色为象，土禺缯缋，有祷辄应，其后五龙、九龙之堂浸作，祀事兴矣。国家褒崇龙祀，祭式、祝号一准王仪。自京师黑龙潭暨各行省，皆立庙崇奉，甘泽时降，人蒙其庥。金陵省治之东，有泉曰八功德水，出于钟山之阳。灵谷之寺，旧有龙神祠，屡获嘉应。洎兵兴祠毁，坛宇荡然无存。同治六年，自春徂夏，数月不雨，禜祷之术既穷。国藩乃与布政司李君宗羲，督粮道王君大经，盐巡道庞君际云，先后求诸灵谷之神，四祈而四效，旋叩而立应。最后甘霖滂沛，圻壤膏流，槁苗勃兴，嘉蔬蓊蔚，陂泽旁汇，鱼鳖灌泳，岁仍有秋，民用康乐。于是乃相与重构斯庙，以报赛而妥灵，棼橑坚致，黝垩无华，取足严裸献之仪，酌质文之衷而已。盖金陵自六代以来，号为名都，梵宇琳宫，震耀今古，勋戚甲第，涌殿飞甍，往往数千百年遗构尚存。独至粤贼洪杨之乱，埽地划除，无复一椽片瓦之留遗。即灵谷寺，屡兴屡废，亦无似此次之澌尽者。今龙神庙巍立基绪，而全寺之踵修，名迹之兴复，不知更待何年？《易》称龙为乾德，万物资始，厥施甚普，自今以往，意者百工云兴，日新月盛，将尽还承平之旧乎？斯固守土之吏所寤寐诚求者也！

《四部丛刊·曾文正公文集》

曾国藩（1811—1872），字伯涵，号涤生，湘乡人。清道光十八年进士，因率湘军与太平军作战有功，封一等勇毅侯，擢两江总督等职，后任武英殿大学士、直隶总督，卒于三任两江总督任内，赠太傅，谥文正。在金陵曾主持修复江南贡院，修葺钟山、尊经书院。有《曾文正公全集》。

祭明太祖陵寝文

[清]洪秀全

不肖子孙洪秀全，率领皇汉天国百官谨祭于吾皇之灵曰："昔以汉族不幸，皇纲覆坠，乱臣贼子皆引虎、引狼以危中国，遂使大地陆沈，中原板荡。朝堂之地，行省之间，非复吾有，异族因得以盘据，灵秀之胄，杂以腥膻，种族沦亡，二百年矣。秀全自惟凉薄，不及早除异类，慰我先灵。今藉吾皇在天之灵，默为呵护，君臣用命，百姓归心，东南各省，次第收复。谨依吾皇遗烈，定鼎金陵。秀全不肖，以体吾皇之心，与天下附托之重，东南既定，指日北征，驱除异族，还我神州。上慰吾皇在天之灵，下解百姓倒悬之急，秀全等不敢不勉也。敢告。

《太平天国文钞》

[清]洪秀全

洪秀全（1814—1864），原名仁坤，小名火秀，原籍嘉应州，生于花县。清道光间屡应科举不中，遂取基督教义中的平等思想，创立拜上帝会，撰《原道救世歌》以布教。三十年在广西金田村起事，号称太平天国，自称天王。咸丰三年攻占金陵，称天京。同治三年病卒。同年天京覆灭。

游紫霞洞
[清]汤 濂

洞在钟山云深处，径甚杂，若有若无，洞亦时隐时见。行渐近谷口，宽十余丈，左张而右抱，道旁有涧，势随山下，深处约四五丈，势亦险峻，是为山水所冲，而吾行时却无水。山右近涧处，石势如半月、如屋檐，其下即洞。洞之中有灶将颓，似久无烟火者。洞外稍上有门，昼锁不可窥，又似有人大呼。再上而云起谷应，仰见紫霞洞居中，其外盘石上，一羽士编钱为剑，洞中一羽士观书；天然半间屋，中供吕祖像，座上有医方数纸，叩其由，盖知医而不知道者。仰天四顾，别紫霞浩歌而归：

住洞者多，住心者少。心若洞然，是石皆窍。
可出可入，昼夜同晓。我下山去，云袖瑶岛。
紫霞从之，歌声未了。

《汤氏文丛·螽仙杂组》二十七册

汤　濂（1822—1882 后），见前。

挥泪碑
[清]朱洪章

戊子季夏，请旨入觐，道出石头城，晋谒曾爵帅，抚时感事，不胜今昔之悲。爰赋七律四章以志。

贼居金陵十四秋，红旗报捷释民忧。
雄兵犹忆分三路，死士谁怜葬一丘？
乱石腾空飞似燕，城砖倾倒势如牛。
追思往事增伤感，两眼频将老泪流。

曾记当年克此城，英姿飒飒胜韩彭。
精兵四百全遭殁，壮士三千半幸生。
漫道红旗邀赏赉，可怜白骨竟纵横。
而今再过疆场地，物换星移岁几更。
踊跃登城地道开，身先士卒鬼神哀。
将军岭上挥戈去，幕府山前击鼓来。
冷月侵尸横遍野，腥风裹血扫轻埃。
盛朝从此欃枪净，自问犹渐御侮才。

秣陵旧事不堪论，千古凄凉酒一樽。
壮士挥戈卫社稷，宰臣仗策转乾坤。
马头乍见良苗秀，陇畔犹疑故垒城。

往事何堪再回首,太平门外吊忠魂。

古黔朱洪章焕文甫挥泪草

【摘编】1984年6月,在太平门外半里的白马村一号院内发现这块"挥泪碑",石碑长145厘米,宽70厘米,厚46.5厘米,碑身已断裂为二,但碑面文字清晰完整,楷书阴刻,直行排列,计十一行,行二十四字。此碑立于清光绪十四年(1888年),现存太平天国历史博物馆。

表忠之碑
前 人

戊子夏,请旨入觐。绕道金陵,晋谒曾爵帅,经过石头城,复见昔日攻城轰毙勇士丛冢。烟草荒凉,孤凄暴露,抚时感事,不胜太息。爰歌四律以吊,并立石请爵帅赐志颠末焉。

为拔金陵百计谋,掀天地炮起城头。
催兵奋击分三队,主帅雄才展一筹。
乱石腾空飞似雨,残砖倒塌势如流。
而今雉堞新完处,即是疆场万古留。

◎曾爵帅授计由紫金山龙脖子掘隧道实火药攻城告毕,举火者莫敢响迹,乃推章为先锋。

记得登城地道开,身先士卒鬼神哀。
将军令下挥戈扫,幕府山前击鼓催。
斩逆尸横填道路,诛酋血染透尘埃。
江南吊故难回首,惨见埋忠土一堆。

◎章首先登城,爵帅率大队继进,挥军下城巷战,章直夺伪天王府。
◎章夺伪天王府,亲手阵擒伪王次兄献俘。

不易当年克此城,今朝却是倍伤情。
精兵四百遭全殁,壮士三千只半生。
捷报红旗身已陷,惨抛白骨泪频倾。
存亡两事何堪问,敢谓留遗不朽名。

◎章四百精兵奋勇随攻隧道,炮发城崩,尽被掩埋,存者左右数人而已。

入都复绕太平门,举目凄凉不忍言。
岭上开濠犹有迹,山腰结垒尚遗痕。
冲锋历记千军拥,破敌追思万马奔。
触景伤怀空洒泪,独怜荒冢吊忠魂。

黔南朱洪章未定稿

【摘编】"挥泪碑"原立于太平门外通往明代开平王常

遇春墓地的半道路侧，原来该处尚有一块石碑（表忠之碑），太平天国史专家罗尔纲在《南京太平天国遗迹调查记》一文中提及："在太平门缺口城外约半里，荒冢一堆，葬有攻城时被击毙的清军先锋队的骸骨，冢上树立有清光绪十五年（1889年）统领攻城先峰队的朱洪章立的'表忠之碑'。碑高180厘米，阔83.5厘米。碑上刻曾国荃题识。碑文云：'表忠之碑。同治三年甲子闰六月十六日，龙脖子地道告成，火发，轰开城垣二十余丈，砖石雨下，长胜焕字等营，首先登城。前队奋勇死者四百余名，同瘗于此。呜呼，惨矣！亟志之以表忠烈云尔。太子太保、兵部尚书、都察院右都御史、一等威毅伯、两江总督曾国荃识。前统带长胜焕字等营、云南鹤丽镇总兵、世袭骑都尉朱洪章立石。二品顶戴、江苏即用道、前翰林院编修、国史馆纂修谢元福书丹。光绪十五年己丑仲秋穀旦。'"此碑现存太平天国历史博物馆。

朱洪章（1832—1895），字焕文，贵州黎平人。清咸丰初随胡林翼剿匪，后入湘军，从曾国荃收复景德镇，攻太湖，克安庆。同治四年开地道于龙脖子山麓，发火崩城，率部首先冲入，直攻天王府。以军功世袭骑都尉，调云南鹤丽镇总兵。后调留两江总督府。卒谥武慎。有《从戎纪略》。

怀朱军门洪章（并序）
［清］沈瑜庆

［清］沈瑜庆

　　壬辰四月，余管江南水师学堂，值新宁尚书大阅礼成，方盛服陪侍，有鞣韦跗注趋而过余，则云南鹤丽镇总兵朱公洪章也。款曲倾吐，立谈未能毕其辞。丰碑屹立于道左，乃曾威毅伯为公纪所部四百人同日死事之冢也。正值忌日，健儿具酒脯。待公奠毕，与余登钟山绝顶，指示贼所筑天保城。拳石列坐，下瞰形势，遂纵所谈。公贵州镇远人。益阳文忠为守时，以亲军从杀贼，文忠甚壮之，随下武汉，无役不从。文忠母寿，诸将毕贺。公中酒伤其曹，文忠辞焉。密使曾文正收之，遂隶曾部。与毕公金科攻吉安城。文正以忧归。江抚满洲某挟粮台凤嫌，靳饷促战，毕公战殁，公突围夺尸还。文正再出，令选精锐数千人，从威毅捣金陵。时威毅所部皆楚将，公以黔军特立。有危险事，公任其冲，以此知名，威毅亦信任之。开龙脖子地道，垂成而陷，四百人无一全者，公仅以身免。二次地道成，威毅集诸将，问谁当前锋？莫对，公愤，退而出队，从火焰中跃冲缺口上。贼辟易，以矛授所部，肉薄蚁附而登，诸将从之。城复论功，李臣典于克城次日以伤殒，威毅慰公，以李列首，公次之，呈报安庆大营。文正按官秩先后，公列第四，故诸将有列封五等者，公赏轻车都尉世职，以提督记名而已。公谒威毅，语不平，威毅以鞘刀授之曰："奏名易次，吾兄主之，实幕客李某所为高下也，盍刃之？"公笑而罢。湘中王闿运成《湘军志》，乖曾氏意。威毅使东湖王定安改订之，亦缘官书，未改正公前事。时承平日久，公感髀肉之生，不能无觖望于威毅，因论其书，至抵几而骂。威毅虽优容之，新进排挤，几不能自全。公悲怀慷慨，乞余为文为诗讼之，久之未就。甲午东海事起，南皮张公移节江南，檄余总筹防事。以将才问，首以公应。南皮亦夙耳其名，令募十营守吴淞。在防各营统归节制。嗣移驻江浙连界之金山卫。修台筑垒，市廛不扰，军民肃然。公久废骤用，又嗫嚅宿将，同事者辄訾议牵掣之，使不得行其意。未几，伤发，卒。南皮公属余草疏，请恤于朝，遂得以所闻于公，略叙曲折，得旨赐谥建祠，饰终典礼备焉，公可以掀髯于地下矣。余因曩言，不敢负亡友，略具颠末，赋诗纪之。云霄张目，庶无诺责。

　　侯官沈瑜庆记。

　　　　每饭意不忘钜鹿，眼前魏尚翻为戮。
　　　　少年不自惜功勋，垂老对人羡蒲谷。
　　　　苍头特起黔中黔，太守益阳与薰沐。
　　　　颍川骂坐雄万夫，酒失岂真弃心腹？
　　　　一为楚将亦冠军，迁地为良敢雌伏。
　　　　屯兵坚城势欲绌，连营百里气转蹙。
　　　　忽惊地道隧垂成，四百儿郎糜血肉。
　　　　即今丰碑龙脖子，空使诗人叹同谷。
　　　　破敌收京谁第一？再接再厉疮垂复。
　　　　冲锋居后受赏前，公等因人何碌碌。
　　　　当时大树耻言功，今夕灞陵还止宿。
　　　　文吏刀笔错铸铁，幕府文书罪罄竹。
　　　　谁知东海又传箭，矍铄据鞍更踢鞠。
　　　　不侯枉自矜长臂，再植何堪拟群木？
　　　　飘零草疏讼陈汤，鼙鼓闻声思李牧。
　　　　白首忘年怅较迟，奋笔成诗助张目。
　　　　行空甲马如有闻，我有长歌方当哭。

　　　　　　　　　　　　陈衍《石遗室诗话》卷三

沈瑜庆（1858—1918），字志雨，号爱苍、涛园，侯官人。沈葆桢第四子。

清光绪十一年举人，会试落第，以恩荫签分刑部广西司行走。李鸿章荐任江南水师学堂会办。庚子拳乱，上书言东南互保。历官湖南按察使，顺天府尹，江西巡抚，贵州巡抚。民元后，避居上海。著有《涛园集》。

（光绪）《灵谷禅林志》序
[清]谢元福

自古名山大川，幽关梵宇之胜，必有奎文雅咏为之品题，高僧真灵为之表著，而又有忠臣义士之气凭依呵护于其中，故能积久弥彰，剥而仍复也。其地以人传欤，抑人之杰者地益灵耳？

庚辰夏，刘岘庄制府移节两江，以元福请于朝，调至金陵。金陵向多古迹，发逆后名胜之地荡然矣。与土人话乱离事，言吾乡张忠武公攻贼东郭门，阵亡病故官兵多葬于灵谷寺右。乃出郭访其处，晤寺僧光莲，指示义冢累累，如北邙道，其琳观玉宇无复存者，而林木阴翳，松楸之间，犹勃然有生气，地之灵欤，人之杰欤？光莲因述其师德铠居此三十年，寇至不去，凡忠武所部殁于王事者，悉书于册，且收其尸而瘗之，故此冢岿然存，并寺志十四卷亦其师所守也。因急请一见，则闭关谢客久矣，惟取寺志读之。窃念发逆之乱，金陵被害尤酷，名城大郭，摧为薪樲，而区区一寺，传人传书兼焉。盖尝稽之于志，则宋明以来，题咏固多，而先皇帝宸翰尤足照今烁古，且自志公以下，道行僧踵相接，宜其剥而能复也。而德铠之保有此土以享国殇者，殆忠魂毅魄所默佑乎！一发千钧，久将失坠，因付其书于梨枣，而增入忠义一门，使后之览者想见昔日之盛，而忠义亦有所激发焉，是则私心所深幸也夫。

光绪十三年，岁在丁亥孟夏月，二品顶戴、江苏补用道、前翰林院编修谢元福书于龙江公廨。

《灵谷禅林志》

清故让之禅师塔铭
前 人

禅师让之，俗姓周氏，名凤高，扬州篓人子。幼失乾阴，零丁孤苦，母氏抚之，依□为活。琐尾之状，极于生初，饘弱之求，□于朝夕。稍长，居肆学为贸，□不耐群，卒逃而他往，道路颠沛，南北转徙，以是因缘备诸苦恼。会军官王姓，邂逅逆旅，抚以为子，爱若所生，延师于家，日授章句，自时厥后，乃有定居。

身既即安，念母良切，归询乡人，从迹得之。毛裹之爱，久别而益亲；天性之恩，弱龄而已笃。□（甫）越一岁，母氏长逝，王解兵柄，寻亦他适，俯仰天地，一身孑然，踽踽凉凉，靡所投止。历思畴曩遭，遂怀出世之志，披剃于钟山之万福寺。禅师时二十有三龄矣，沾□（泥）之絮，拟其禅心；明镜之台，逊其佛性。斋鱼粥鼓，□最上之乘；塔雨铃风，契无生之旨。旋返邗水，营葬二亲，怆念劬劳，悲痛次骨，负土既毕，行脚远归。梵修之余，嗜善若渴。湘人谭某，病即危殆，凡诸逆旅，无敢留止，悯其孤苦，毅然馆之，或惧贻累，怵以危语，心不为动，谭亦寻愈。又尝假宿临寺，会失珍物，横被窃铁之诬，默希还牛之美，嗣得主名，咸推长者。盖其□菩提之心，忘人我之相，慈悲济渡，□（罣）碍胥无，烦恼屏除，宠辱何有？信乎全空！五蕴独证，三途者也。时月潭长老方唱宗风，志心皈依，传其衣钵。建业人士，交相引重，历邀卓锡，叠主精蓝。前后所止曰妙相庵、曰颜鲁公祠、曰曾文正公祠、曰鼓楼，最后乃之府城隍庙居焉。适丁饥岁，哀鸿可怜，爱者淖糜，以饷饥者，仁浆义粟，遍乞于檀越，食德饮和，顿苏夫沟瘠。负一粒而趋，浑忘蝼蚁之力；活□（万）人之众，遂成丘山之功。事闻有司，群嘉其志。秣陵行省，流民萃止，隆冬施赈，岁以为常。举以委之，赈事咸办。积劳而成疾，仍矢志而不移，都其所全活者，奚啻恒河沙数。功行既积，因果斯证，屡于梦寐，得见诸佛，现金身之丈六，接引而来，超法界之三千，解脱而去，示疾未久，坐化奄然，光绪二十六年三月初六日未时也。生于道光二十六年五月初八日戌时，世龄五十有五，僧夏三十有五。法徒印空，剃染徒彻清、彻明、彻亮、彻礼、彻底，徒孙体德，徒曾孙用慈，奉遗骸于是年闰八月初八日辰时，葬于钟山万福寺之西，原圆□（寂）之先，自为行述，历纪身世，四言琅琅。至是，诸弟子特以乞铭，铭曰：

　　即空即色，世界浮沤；如泡如影，形骸赘疣。
　　寂灭虚无，象礼之修；身且不□，名复奚求。
　　□其功德，与世长流；百千万众，铭德悠悠。
　　逃儒归释，所恶比丘；如禅师者，抑又何尤。
　　依依陵□，□□松楸；书之贞石，以谂千秋。
　　上元龙杏波敬镌。

据詹天灵手录《钟山小茅峰万福寺遗址石塔碑文》

谢元福 （1839—1906），字子受，号绥之，广西临桂人。清咸丰十一年举人，同治十年进士。光绪十六年起三任淮扬海道台。除盗安良，治理地方，兴修水利，关心教育，关注民间疾苦，后因洪泽湖高家堰决口被免职。淮安、盐城等地民众为立"去思碑"、"德政碑"。通医道、擅书画。

善僧塔
（湘乡王肇鸿敬题）

[清] 王肇鸿

善僧，江宁府城隍庙住持让之和尚，本年清明日圆寂。其生前乐善好施，为善积劳，至死不悔。江宁城乡上自督部以及官绅，下至走卒以迄妇孺，皆能道其行善之实事。兹将出缸之期，同人等谨以湘乡王刺史肇鸿题和尚生时画像、叙略上呈，征请四方知言大君子钜篇阐扬，以为后来之有志好善者劝云尔。

余与和尚交，近二十年矣。犹忆甲申岁，余随太傅曾忠襄公督节来江宁，客于郡署，居停桐城孙公，人推大贤，间为余述当年折狱及妙相庵事。妙相庵者，和尚昔日卓锡之所，以游人涉讼者也，由是知有和尚名。洎余寓龙蟠里，与和尚咫尺相望，每朝夕过从，和尚语故讷，无所谈论，故不之奇也。傍近有杨氏居，店本亏折，除日将自尽，忽喧传室西北隅拥出钱文，咸以为异，遂不死。传者益神其说。明年，余游颜鲁公祠，佃人宋三为余言，和尚每年亏欠，去年除夕剩钱五千数百缗，令我阴送杨家，勿为人言。余心识之，频过僧舍，则见流落不偶、旅病无归之人，下榻满室，询之，辄有四五年居此，莫名一钱者。余由是奇之。是年冬大雪，平地积深五六尺，饥者益寒。先是宁城每届隆冬，当轴赈米，散放贫民，里□因缘为奸，贫者至无所得，又以雪深，道殣相望。和尚慨然曰，此时不救，将无可救之人矣！乃罗掘所有，仅米六石，逐煮糜粥，担食贫民，米且尽不知所为。余因请于当路，且倡言于众，闻者感动，钱粟源源捐济不竭，秦伯虞孝廉、马钟山广文益助之，日担散各街巷，全活甚众。当轴闻而贤之，明年亦知赈米多弊，遂改设粥厂矣。和尚以粥厂虽改，老幼发疾之人，势难□□，□推广所为，且施医，乐散棉衣，设义塾，备棺材诸善举，次第推行，逾年而普德寺两次赈粥，又逾年而青龙山赈粥，食者至万余人。如是，上自官绅，下至妇孺，城乡内外，无不知和尚名。今山西抚部黄冈李公守郡，时闻其贤，使奉郡庙，岁入香资，尽付善举，不足则不惜借贷以益之。今都转柯公相继为郡，尤扶掖备至，和尚故能尽心推广善举。其后太守刘公暨历任元宁各贤侯，每嘉叹不置，以为地方得此善僧，贫民攸赖然。其间龙王庙两次赈粥，以食难勇，全活尤多，两江督部刘公暨两协各卒伍，至今称道。近且创设暂栖所，由中正街火神庙四迁至于朝阳门外之万寿寺，又设保幼局，延师以教，雇工以养，章程乃益美备。然后知和尚之施德于人，积善于己，尚未有艾也。余方欲请于张季直殿撰列《高僧传》，今睹其小照，而叙其实事如此。

江宁同人公启。光绪二十六年闰八月榖旦。

据詹天灵手录《钟山小茅峰万福寺遗址石塔碑文》

王肇鸿（1884年前后在世），湘乡人。历官江苏候补布理问，刺史。曾随曾国荃到江宁，客于郡署。忠襄卒，有联挽之。与让之禅师交近二十年。师卒，题其画像，为撰叙略。

祈雨谢坛文
[清] 释祖慧

伏以累旬不雨，炎炎烈日之威；四山无云，滚滚狂飙之势。田原几为焦土，沟壑尽作枯流。当道忧心，偏野蹙额，此正情急势迫，万难缓待之秋也。

恭惟我普济圣师菩萨，具大神通，发真愿力，护国佑民是任，捍灾御患为怀，前古以来，神感昭著。今江南总督陶（澍），为民请命，仗佛求慈，躬率群僚，虔修斋祷。祖慧五体投诚，一心皈向，衲子愧乏咒钵之术，而菩萨已施随车之灵。坛开三日，旋瞻垂盖慈云；泽遍四郊，幸被倾盆法雨。有感斯应，无非鉴报国之诚；转歉为丰，孰克媲回天之力。爰于某月某日，恭悬匾额，仰答灵庥，窣堵有灵，用垂鉴享。

《灵谷禅林志》卷六

释祖慧（1840年前后在世），灵谷寺住持僧。

游半山寺记
[清] 顾 云

出故明厚载门而东，远望孤亭，耸立云树之表，城垣衺抱之。同游仲甫王君曰：是谓东岩，王荆公半山园在其西偏，今寺故园址，而东岩即所谓谢公墩者也。于是行山径里许，又折北而登焉，以谓是非谢公尝与右军临眺以出世为言，而右军规之康济之地乎。今或执是讥公，然当公御秦淝水举投鞭断流之众于谈笑覆之间者。粤逆虽煽起其燄，未若苻氏之烈，使有如公者，逆而制焉，则燎原之势可熄。而临眺之迹，又何至与生民俱煐也哉！其慨慕冲举，盖所谓寝处有山泽间仪，而公所偶寄也。王君曰然。又以谓荆公罢政后用文章自娱，而戏持其诗以争之谢公者，亦此地也。夫荆公亦今所诟病，岂不以制置条例一切以利言然，而平准诸物，相为转输，其利故在中国。今则诸夷以其诡诞不经与夫中人嗜好之物，罔中国之利而擅焉，而中国者，又以其要约恫喝惟诸夷之利而奉焉。甚者假贷予息，使如青苗之法之责利于我，是殆荆公所窃笑，而以为未始前闻者也。王君曰然。然则毋徒高议古人也已，亦求所以富强之术，俾诸夷远屏，而粤逆覆辙，亦无自敢循。登斯亭也，庶几识所取法矣乎。

亭，庚午重建，其外岩石坟如，冒以霜藓，作淡碧色，颇磊砢可观。余寺屋十数楹，两公栗主阙焉，无足记者。于是遵曩径以返，复道故宫城，相与想当日殿廷省寺，禁籞尊严，而野水荒烟，无可仿佛矣。

《盋山诗文录》

顾　云（1845—1906），字子鹏，号石公，上元人。廪贡生。尝应聘纂修《吉林通志》。选宜兴训导，署常州教授。后主讲崇文书院。好游善饮，擅诗文，为"石城七子"之一。师从薛时雨，勤于学。于"薛庐"旁改建"深柳读书堂"以居之。著有《盋山诗录》、《盋山文录》、《盋山志》。

振威将军张公新建部下阵亡将校祠堂记
[清]陈鸣玉

咸丰三年春二月十一日，逆匪杨秀清陷金陵。越十日，钦差大臣向奉命自九江来援，都督张公国梁率所部将校以从，于时雾暗蚩尤，星明旬始，武昌云黑，皖口烽红，关闻铁牡之飞，地警金瓯之脱，加以援兵未集，败绩相仍，县官之供顿全虚，江表之藩篱尽撤。警三军而固守，孰是张巡；避万景以先奔，无非庾信。公乃激扬忠义，部勒赳桓，均服振振，戎容暨暨。丹旌蔽日，耀八陬之蛇龙；白羽凌霜，下三秋之鹰隼。首涂句曲，取道丹阳，屯兵钟阜之阴，饮马清淮之曲。淬神锋于秋水，五甲五兵；连猛气于春霆，八战八克。于是一军深入，七萃前驱，鼓角鸣于地中，将军下于天上。星旄昼落，高搴五丈之旗；燧火宵明，平划四郊之垒。凶顽授首，筑京观以封尸；胁从输忱，诣营门而纳款。民心大定，我武维扬，捧海水以浇营，鼓天风而扫箨。使彭越独当一面，千里横行；命陈平遍护诸军，重围立解。遂乃声闻九陛，气壮三山，微如草木，亦识威名，露出襜帷，争瞻颜色。福星临于一路，生佛颂乎万家，靡不舆诵喧涂，壶浆载道。而公受宠若惊，有功不伐，红旗日报，维天子之明威；白版星驰，繄元戎之伟略。槖鞬道左，壶矢营中，礼法秉之凉公，风尚循乎征虏。虎臣矫矫，良士休休，方之古人，盖无惭色。

公，粤东高要人也，所部将校，皆百粤壮士。防边李牧，爰资代北之兵；助汉窦融，即用河西之众。于以指挥井钺，驱使天戈，聚其爪牙之众，委以心腹之任。投芳醪于河浒，醇饮春流；被重纩于师中，温回冬谷。战疮亲裹，碎虎魄以非难；士气方酣，炙牛心而遍享。甘苦必共，劳逸咸均。尊大使者，凛若天神；依仆射者，亲如父子。然后千辟万灌，三令五申，按太白以搜军，挽中黄而角武。阵法则如荼如火，甲帐晨开；兵机则四正四奇，庚铃夜掘。用能足旋地轴，手抗天关，沟三刻而轻逾，碉十寻而直上，望哥舒之枪段，贼胆先寒；聆兴霸之铃声，敌风却走。每战必克，所至有功，载一队而成行，鼓两甄而就列。岂直幡悬白虎，陈浴铁之三千；府捣黄龙，环背嵬之八百。为足震奢埌埏，宣昭史牒云尔哉。日月其慆，欃枪未扫，交绥战屡，报国殇多。青燐熠燿，依故垒之烽烟；碧血斑斓，洒同仇之泪雨。虽化厉犹能杀贼，式表英灵而升荣，首重招魂，宜修祀典。公乃审方规地，命日鸠工，杰构霞张，重栏星属。供其木主，郁黯黯之风云；奠厥牺牢，设莘莘之俎豆。士民翕集，部曲咸来，显以贞士志于行间，幽以慰精魂于地下。《礼》云：捍灾御害；《传》曰：崇德报功。鸿训维昭，于兹信矣！鸣玉白门草屋，青箱末系，瞻光凤阙，雅欲弹冠；泐铭燕然，有惭命笔。仰嵯峨之庙貌，动慷慨之幽思。以为秦相营台，始刊乐石；孔君立庙，肇勒祥金。嗟陵谷之俄迁，籍文章以不朽，矧乃重仁暨义，负气含生。国史记其姓名，明堂登其禋祀。白霓婴茀，俨传忾僾之声；丹盖犀轩，行荷褒崇之制。烝尝未替，扬榷无闻，甚非所以奖励戎行，振兴风俗之意也。是用锡华翠琬，摘采丹豪，俪峻伐于前徽，张崇勋于来祀，庶使风生鼙鼓，九京思将帅之臣；常教云拥旌旗，万古壮川原之色。

《灵谷禅林志》卷首

陈鸣玉（生卒年不详），江宁人。官文林郎、即选知县。

游半山寺记

[清]刘可毅

半山寺者，宋王荆公罢相家居之园，在朝阳门左，既自后安门出，当折东始达寺许。乃径歧四，迆益崎塞，北向路狭似线，潦渟不流，旁襟短垣，蔬远逾绿，丛栵之杪，微露古刹，树尽屋见，则名香林。赭墙缭云，磬响时越，老衲看日，客呼不应。永嘉之游，屐齿已迷，阴陵之途，陷淖复左。却步旁睒，喜来跫音，导以东趋，寻窦复还。松阴辽霏，时罨城半；冽泉右带，徐穷水源，触石派分，数尺即合，人影横碉，不见衣绔。萦前益窄，左圜寺门。晴雀数声，愕人入檐，野羊一头，碍路作啸，斋鱼悬寂，诵堂呞籨，佛鸽点粪，维卫浮沈。昔时齐梁，宗法林远，头陀薙草，天女散花，楼观洪纷，四百八十，丹阳一郡，几成梵林。印度既衰，教亦渐微，今之存者，十不逮一。禅慧攸托，无复高轨，层台累驾，丽亦靳之。袤廊左旋，别有娟室，对宇萧曼，中明珪除。短碑纠溏，黝入庑壁。更后狭巷，新构三楹，济阳使君，既为崇基，同泰香城，旧本理署。重研少憩，遐瞩复举，东出寺后，崇岩接眉，因山而城，市寺三面。铜沟背寺，其上重湮，燕雀一湖，水自麓灌。沿东以出，当寺西曲，迆入御沟，下达桃叶。浅濑不断，齧齿有韵，壅土作渡，宽不盈尺。磴道冻折，鸟盘无痕，树根入云，猱附嶫上。平眺忽旷，即谢公墩。棋坪已荒，谁为康乐？洛生何咏，此犹东山。安化之亭，将同原烟，都护之竭，方炙嶂颢。百年所閟，已成陈迹，况在典午，过江流风。介甫争之，当非达观，尤而效焉，甚有今日。名者身网，长为所羁，至如缚茧，良足浩叹！墩之所临，群象皆卑，峨城瞰阴，更出墩表。鼓屦躁进，泥黄易胶，斜陀迁登，兰碧不蹴。甫立平堞，风掎似坠，倒卧城阙，驳蚀有纹。背枕蒋山，粉墨剥斑，下则紫霞，洞流寒泉。孝陵赭垣，吴墓佳气，峰回沙郁，精固雾暳。左望瓯垒，即明故宫，虚无人烟，蔓草为萦。朝阳之门，丕丽厥中，双阙似浮，雄麓以东。石襟幕府，覆舟形似，北极新阁，鸡鸣古埭。绀宇峵嶙，攒树荟翳，若绝若续，群壑连襟。面则盦岫，翠微一亭，深隐烟际，万家中横。迤南诸冈，聚宝之阇，机厂四突，苔茗䕫蹲。一邱之高，方址之细，阳夏为墅，临川为囿。时代嬗异，风景亦殊，今之来游，已非昔贤；后有作者，畴与论古？延伫未已，虞渊景徂。狂鹜而南，压墩趋注，势若丸走，逼溪始止。褰裳以涉，炉火正然，芳醪渐温，倾作碧色。杂尘豪唼，饥肠反鸣，瓮鸡将殚，山蔌续进。木兰一饭，钟异后至，香积数里，厨方爇炊。谐语再腾，庭晷欲淡，酡颊出寺，跨蹇益昂。归鞭缘城，故辙之东，坏云转赪，远上野烧。倦鸟投宿，嘤投枯楸。崇墉外经，明东安门，规前正阳，石郭伟峙。雉隅轇轕，犹醴丛霭，通门旷旷，乃遵广途。圣清龙飞，分旗驻吴，熠于粤氛，复拾煨烬。俾还防所，生聚稽候，然其元气，一创不振。大厦谲诡，忽间槿篱，长干属延，半成荆堑。员池一角，少女骈至，风裳淞萃，柔嫚承舄。云髻靓饰，娿媛娭波，阏氏之山，移艳江南；文姬三驼，妆习塞北。暝色渐合，振策稍骤，黄埃逤市，惟辚关车，红灯出簷，一闪桥河。秦淮小水，益迤而西，丁簾桁稀，唤渡槪瘖。子野山阳，已无笛声；献之雪舟，未免兴尽。隘巷下蹇，返顾各杳，瞻园夕归，梦游如日。

光绪丁亥季冬二十一日，同役者凡四人，江宁端木藩（叔蕃）、润（季重）、陈光宇（御三）也。

《刘葆真太史文集》

刘可毅（1855—1900），原名毓麟，字葆真，武进人。清光绪十八年壬辰科进士，官翰林院编修。某年考差，其起讲起句为"且自不得已而后有君臣"。阅卷大臣见之大怒，谓其灭绝人伦，即欲上疏劾之。经某大臣解释，始免，然卒不获放差。后死于庚子拳乱。有《刘葆真太史文集》。

游灵谷寺记
[民国]俞殿华

出朝阳门，山行六七里，抵灵谷寺。寺在钟山东麓，箐深林密，曲径通幽，寺后连峰插天，壁立屏障，天然一幅山水画图也。入山门行万松中，风自山巅下，杳霭间复簌簌作海涛响。将抵梵舍，周植绿竹万竿，露篸风篁，荫蔽澄碧，携筇款步，飘乎若仙。寺东龙神祠，为曾文正所重建，寺僧云祷雨甚验，余姑听之。立祠外，隔篁竹闻溪水汤汤，清脆如碎玉声，迹之得泉，俗呼曰"龙泉"。泉方不盈丈，水清而味甘，泉旁有山涧，水流乱石间，昼夜不息，或曰此即"八功德水"。本在钟山之阳，自洪武移寺东麓，旧池就涸，其水遂从寺东马鞍山下流出，潆洄往复而至此，钟山第一灵迹也。攀丛密，缘涧行，距泉数十武，有巨石卧涧中，形似盘龙，谛视之乃一古碑，因涧水经此，石上砂泥为水冲刷，而显露者。当余初见泉时，意即欲竭余之力以穷其源，复阻巉岩，艰於步履，遂中止，兹颇深悔之。夫人之学问事功，亦皆有阻力，苟遇小挫，而辄畏难不进，皆酿悔之弊端也，岂独兹泉也欤哉！寺后宝公塔为志公藏骨地，壁嵌碑，碑上绘志公像，系吴道子画、李太白赞、颜鲁公书，故世称"三绝碑"。又有铁剪，以体积度之，重当在五百斤外，俗以旧无是翦，故名"飞来"，实则是剪久没地中，后经雨洒风扫，砂砾随山水流去，剪始负土而出，与盘龙石之因涧水而露，同一理由也。外尚有万工池、无量殿等遗迹，然一则荷尽水涸，几莫可纵迹；一则败垣颓壁，孤峙於荒烟蔓草间，均不足供人游览，抑余于此更有默会于神，而流连不能舍者，觉是中松风竹露，鸟语泉鸣，一种悠然虚寂之景，接于耳目，谋于心神，几疑此身，真若悠悠乎与造物者游者。呜呼，"金陵四十八景"，余虽未尝遍，然此"灵谷深松"，余实不能不为于诸名胜中首屈一指云。

《游记丛抄》第十四册

俞殿华　生卒年不详，生平不详。

祭明陵文
[民国]孙　文

中华民国元年二月十五日辛酉，临时大总统孙文，谨昭告于大明太祖开天行道、肇基立极、大圣至神、仁文义武、俊德成功高皇帝之灵曰："呜呼！国家外患，振古有闻。赵宋末造，代于蒙古，神州陆沈，几及百年。我高皇帝应时崛起，廓清中土，日月重明，河山再造，光复大义，昭示来兹。不幸季世俶扰，国力疲敝，满清乘间，入据中夏。嗟我邦人，诸父兄弟，迭起迭踣，至于二百六十有八年。呜呼！时怨时恫，亦二百六十有八年也。岁在辛亥八月，武汉军兴，建立民国。义声所播，天下响应。越八十有七日，既光复十有七省，国民公议，立临时政府于南京。文以薄德，被推为临时大总统。瞻顾西北，未尽昭苏，负疚在躬，尚无以对我高皇帝在天之灵。迩者以全国军人之同心，士大夫之正谊，卒使清室幡然悔悟，于本月十二日宣布退位。从此，中华民国完全统一，邦人诸友享自由之幸福，永永无已。实维我高皇帝光复大义，有以牖启后人，成兹鸿业。文与全国同胞至于今日，始敢告无罪于我高皇帝。敬于文奉身引退之前，代表国民，贡其欢欣鼓舞之公意，惟我高皇帝实鉴临之。敬告。

[民]孙逸仙

《辛壬春秋》

孙　文（1866—1925），字载之，号逸仙，广东香山人。早年求学檀香山、香港。1905年创立中国同盟会。1912年就任中华民国临时大总统。是中国近代民主主义革命的先行者，中华民国和中国国民党创始人，三民主义的倡导者。1925年病逝于北京。1929年迁葬于南京紫金山。

（民国）重印《灵谷禅林志》序
［民国］林　森

　　灵谷寺于金陵丛林首屈一指，年湮代远，渐失旧观。前岁蒋公介石因建阵亡将士公墓，于寺之左近，始创议重修无量殿及兴复志公塔，疏导功德水。经营两稔，焕然一新，古迹乃因而保存。寺故有志，清季重刻，久未付印。寺僧以春秋佳日游观者众，苦无志书以供探讨；旧版多帙，若不即加整理，且有散佚之虞，因商余输资重印，以资览胜之征考。爰识其缘起如此。

　　民国廿二年三月，青芝老人识。

《灵谷禅林志》卷首

［民］林　森

林　森（1868—1943），原名林天波，自号青芝老人，闽侯人。1905年加入中国同盟会。后入美国密歇根大学、耶鲁大学文科研究院学习。1914年在东京加入中华革命党。曾主持中山陵建设。历任临时参议院院长、立法院院长、国民政府主席。抗战时随国府西迁，后因车祸在重庆去世。

海棠木瓜
［清］徐　珂

　　海棠木瓜，出江宁孝陵卫。花如贴梗花棠，实较寻常木瓜大者约十分之二，香淡永，微酢味，以薰鼻烟，陈干者良。

《清稗类钞·植物类》

人以"避青先生"号顾亭林
前　人

　　明社既屋，顾亭林誓不损节，每届端午，辄于门楣悬红色蔓菁一，内实以蒜青小许，并挂白布一片于后，书"避青"二字，意示不直国朝恶而避之之义，人因称之曰"避青先生"。尝步行至江宁明孝陵，哭吊数次，往返千里，不辞跋涉之苦也。

《清稗类钞·姓名类》

徐　珂（1869—1928），原名昌，字仲可，杭县人。举人。关注新学，清光绪二十一年赴会试时，参加"公车上书"。曾参袁世凯幕，因思想不合离去。后加入南社。在上海时与张元济、蔡元培、梁启超等为友。任职《外交报》、商务印书馆、《东方杂志》。喜填词。编有《清稗类钞》等。

钟山园墅小志
[民国]陈诒绂

南 宋

东山园，在钟山东，彭城刘伯猷勔常经始钟山岭，造此园，以为栖息之所。

儒学馆，在鸡笼山。元嘉十五年，帝征豫章处士雷次宗居此，聚徒教授，车驾数幸其馆，资给甚厚。久之，还庐山，公卿并设祖道。俄又应聘入都，为别墅于钟山西岩下，谓之"招隐馆"。

梁

春涧，在宋兴寺东，平原刘彦度处士訏别墅。訏与族兄士光及阮士宗为"三隐"，往来钟山，有终焉之志。

郊园，在钟山下，武康沈休文祭酒约行园。约立宅东田，瞻望郊阜，尝为《郊居赋》，以序其事。

果园，在雨花山，昭明太子建。又起著书台于钟山定林寺后北高峰上。横山、句曲山皆有昭明太子读书台旧址存留。

徐氏小园，在钟山，东海徐简肃勉园。勉素清节，居官时，尝谓"人遗子孙以财，我贻以清白"。为书戒子曰："聊于东田开营小园，常恨人谓是我宅。"

南 唐

沈氏园，在钟山，宜春沈子文郎中彬居金陵所筑园也。庭有古柏，可百余尺。

青溪草堂，李致尧建勋园。建勋，赵王德诚第四子，官至昭武军节度使，适意泉石，营亭榭于钟山，以司徒致仕，赐号"钟山公"。建勋有诗云："地虽当北阙，天为设东溪。"又云："窗外皆连水，松杉欲作林。"

宋

半山园，在钟山南，临川王荆公安石故宅。元丰七年，安石请以宅为寺，赐额"报宁"。由城至钟山，此为半道，故名半山。寺前即半山园，寺后安石墓在焉。园东石阜隆然，相传为谢公墩。荆公诗所谓"我屋公墩者"是也。

东园，在县东八里，乾道五年留守史正志筑于半山寺前，有"钟山堂"，"见墩"、"草移"二亭。又建青溪阁于淮水东颜鲁公放生池上，溪云芦雪，秋景绝佳。

元

江东精舍，在钟山南。庆元程时叔博士端学居金陵时所拓之别业。

明

漆园、桐园、棕园，在钟山之阳。洪武初造海运及防倭战船，油漆棕缆用繁费重，乃立三园，植漆、桐、棕树各千万株，以备用而省民供焉。

清

韬光别墅，在半山寺侧，江宁驻防奎光，字益之园。有半山泉。咸丰癸丑，阖门殉难于此。

《金陵园墅志》

陈诒绂 （1873—1937），字稻孙、蛰斋，号无何居士，江宁人。陈作霖长子。诸生。先后任南京中学堂、师范学堂教习近三十年。曾任江苏通志馆分纂。助徐世昌编《晚晴簃诗汇》。1923年返宁后闭门著作，致力于乡邦文献。著有《钟南淮北区域志》、《石钟山志》、《金陵园墅志》等。

白门食谱（节选）
[民国]张通之

钟山云雾茶 钟山，即紫金山。山中产茶曰云雾，今不易得。闻昔人以此茶，取山中一勺泉之水，拾山上之松毯（疑有误字），煮而食之，舌本生津，任何茶不能及也。

灵谷素筵席 金陵各寺院，显者常游，僧人因讲求作素菜以待客。记往年友人叶仪之，邀朋辈游灵谷寺，嘱寺僧代办一筵席宴客，各菜皆佳，城内著名之素馆不能及。闻其所用之酱油，内皆煮笋与豆汁入之，以致其味鲜美，市上不可得也。

北山何首乌 金陵北城外，山间多产此，大者肥似山药。生食，其味先苦而后甜，与谏果同。熟食，其汁清补。

中正街昔时有人取以为粉出售，服食者，确有功效。夫子庙常有售此者，以一人形者出售。购者服之，并无大功效。闻此盖由售者预取肥大首乌，放在人形模子内，埋入土中，日加培植，以致长成此人形，故亦无大功效。然既由肥大之首乌作成，食之当亦有益焉。

《南京文献》1947年2月第二号

张通之　（1875—1948），名葆亨，字通之，清末六合人。居南京仓巷。拔贡，未仕。从教三十三年。擅诗书画，丙戌冬日作《金陵四十八景题咏》。参与编辑《南京文献》。著有《娱目轩诗集》、《秦淮感逝》、《庠序怀旧录》。

《明孝陵志》序
[民国]柳诒征

[民]柳翼谋

驾吾辑《孝陵志》，就馆书钩贯鈲错，经以己意，为形胜、规制、丧葬、谒祭、守缮、灾异、艺文七目，事实赅著，文约义丰，洵国史、方志之别子，而前贤之所未有也。史称赤眉入关，发掘园陵，惟霸陵、杜陵完。而曹操躬掘梁孝王坟，破棺裸尸，略取金宝，又署"发丘中郎将"、"摸金校尉"，所过矍突，无骸不露。吾民之习于残毁，自汉、魏已然。杨琏真伽之发宋陵，无论矣。明社既屋，土人争盗孝陵木，番儿斫柱，郑氏兵亦继焉，其不蹑赤眉者，亦仅耳。何子贞《金陵杂诗》："全荒十大功臣庙，未敢摧夷到孝陵。"若为洪、杨宽者，彼盖有所假借而不敢肆也。使所凭以号召庸众者，无所须于往迹，复何爱抔土朽骨乎？然吾观于明代诸陵，历清世数百年，犹保幽宫而不启。清亡迄今，甫廿余年，而裂骷拉骸相属，未尝不叹鉴戒之迹也。种性别，功德殊，庋藏之厚薄异，临民者之标识复判焉不同，而民德之污，乃缘以暴其发挥之徐疾、深浅焉。故即帝王陵墓存毁一端，其关系之赜且巨若是。驾吾好学深思，其更揿张吾说，而谋所以淬厉民德乎！

癸酉冬十月柳诒征。

《明孝陵志》

柳诒征（1880—1956），字翼谋，号劬堂。江苏丹徒人。诸生。曾就读三江师范。入江楚编译局，就学于缪荃孙，随师赴日本考察。历任中央大学教授，江苏省立图书馆馆长，中央研究院院士。后任上海市文管会委员。著有《中国文化史》、《国史要义》、《劬堂读书录》、《清史刍议》等。

躬祭明孝陵诗话
[民国]郭则澐

国朝以忠厚开基。入关之始，为明庄烈帝发丧，祭葬悉从帝礼。复有诏，设置明陵员户，春秋致祭。顺治时，有倡开煤之议者，意以窥孝陵，江宁守林公恶而杀之。见蜀人李长祥集。而魏禧所述，则己亥海师至金陵，陵木为之一空。以复明为帜者，乃如是耶？全谢山《蒋山曲》备述其事云："神烈遗髯久寂寥，卫官老死卫户彫，曲阿王气黯然消。衣冠纵出游，但有秋风号。频闻降新诏，群牧无许来山椒。阿谁凶谬希温韬，贤太守，一剑枭，珠襦玉匣幸不摇。岂期故国遗，反容豨突恣焚烧，高皇嗔之跳而逃。中天六驭至，神光迓旌旄。盛德斯撝谦，旁行九顿不惮劳。睠兹弓剑地，穹碑奎墨何于昭。谓是贤主朕所豪，三百年祚非浪邀，忍令薪木憖萧条。咨史臣，漫以深文嘲。中山感叹开平泣，不独秣陵父老戒采樵，吁嗟圣德如天高。"

圣祖南巡，躬祭明孝陵，行九叩礼。祭文出御制，推崇甚至。且御书"德迈唐宋（【注】应为治隆唐宋）"四字，勒石为坊。查初白《扈从纪诗》云："明代山陵在，天家祀典昭。千官随虎旅，万乘驻鸾镳。风雨东来近，江关北睇遥。石城蟠脉厚，灵谷蓄泉饶。狐兔何曾窟，松楸竟一凋。运虽经鼎革，诏特禁刍荛。下马坊犹笔，棱恩殿忍烧。遗民安率土，圣主念前朝。本以仁除暴，还同舜绍尧。统传心有契，社废庙无祧。陵户烦增置，神宫俨旧寮。霸图卑六代，园寝任萧条。"谢山诗所云"盛德撝谦"，即指其事。"史臣深文"一语，则谓修《明史》时，熊文端进所撰本，于明高皇有贬词，圣祖特斥之。尤见如天之度。顾黄公有《圣驾恭谒孝陵纪盛》诗，汤圣宏有《奉命祭明孝陵敬赋盛典》诗。钱捧石重谒明孝陵诗云："宝城享殿犹樵禁，圣祖神孙几酹杯。自是本朝鸿泽至，军都诸寝总无摧。"盖纪实也。

嘉庆己卯，仁宗六旬万寿，遣京堂以上官分祭历代帝王陵寝。于前明孝陵，特命明裔袭侯朱毓瑞往祭。王箓山时摄江宁布政使，得与陪祀。纪诗云："落日荒荒白下门，冬青几树黯朝昏。唐陵汉寝今仍在，几处清明见子孙。"自昔礼遇胜朝，无如是恩礼兼尽者。

《民国诗话·十朝诗乘》卷二

[民]郭则澐

郭则澐（1882—1946），字蛰云，号啸麓、子厂，侯官人。郭曾炘长子。清光绪二十九年进士，官武英殿协修、金华知府、浙江提学使等。民元历任国务院秘书长、侨务局总裁。后讲学著作，校印古书。北平沦陷，拒任伪职。著有《瀛海采风录》、《十朝诗乘》，小说《红楼真梦》等。

潘士魁和周实《明孝陵》诗

[清]周 实

千年人物余邱陇，一代兴亡等奕棋。
松柏远排钟阜树，墙红斜覆孝陵碑。
不闻明主真龙见，只听胡儿牧马嘶。
如此江山谁爱惜？城头屡见竖降旗。

此乡先辈潘秋舫和余明孝陵作也。秋舫，名士魁，年六十余，无家属，借射阳书院地课蒙童以自给，浣濯炊渐一切胥自任之，老病龙钟，至可悲悯。甲辰岁，余寓书院中迟月楼消夏，先生辗然索稿观，观讫，赋此相示，余受而读之，起结处悲壮苍凉，音节入古，惟第三联稍病浅直。然此老胸中，固大有磈垒在也。

《无尽庵遗集·诗话》

《孝陵图》与摹本

前 人

顾亭林先生数谒孝陵，曾绘有《孝陵图》并题五古一章（有序），载先生集中。嗣披阅粤人张药房《逃虚阁集》，知先生《孝陵图》久失，而清湘老人有抚本，药房尝题一律于卷末云："亭林诗本系于图，诗在图亡孰与摹？都赖残僧写堂寝，如同处士拜榛芜。蜿蜒云气山千叠，黯淡烟光树几株。樵采久闻申厉禁，墨痕空复认糢糊。"今清湘本亦不知死殁矣。秋九月同社诸子同拜孝陵，顺德蔡哲夫有守，偕其配张倾城独立，雅善绘事，因商量补绘一图，以上继顾先生之志。呜呼！顾先生所谓"空山掌故"者，其在斯乎，其在斯乎？

《无尽庵遗集·诗话》

周 实（1885—1911），见前。

庚戌重九金陵游记

[民国]姚 光

金陵为古帝王都，扼大江之冲，所谓龙蟠虎踞石头城也。庚戌秋季，余来游此。重九节，登北极阁。造其巅，纵目四望，前牛首，后武湖，钟阜镇其左，全城形胜，历历如指诸掌。呜呼！何其壮也。题名而下。折而东，至明故宫，为太祖之所宅，有驰道直达紫禁城之西安门。城已无有，存者惟东西安门，暨正中之午朝门，巍然独峙。然亦颓废零落，近方鸠工拆毁，车载驴负以去。入门有五龙桥，五桥并立，中为御桥，正对洪

[民]姚石子

武门。登桥顾瞻，则见午朝门外，衰草连天。欲于荆棘瓦砾之中，求当时内廷遗址，渺不可得，潜焉过之，啜其泣矣。而回顾西安门外，旌旗飞舞者，则江宁将军驻节处也。故宫之西北，为方正学祠，祠之东隅，有血碑亭，巨石翼然，赤痕缕缕，摩挲不忍去。呜呼！煮豆燃箕，此明之所以不竞也。出自祠，从东安门，出朝阳门，折而东北，行三里许，抵明孝陵前。地势崎岖，山形雄峙，绀宇丹壁，日光澹然，此太祖埋骨处也。陵当钟山之阳，甬道迂回，石琢之人兽，夹道而立，无虑数十。门外跨石桥三。入门为响殿，升阶绕至殿后，又门一重。旁有小舍数椽，乃守陵阿监之所居也。再进，上为祭坛，下为隧道。由隧道直达陵前。陵周以垣，荆楚交加，与山相接，几不能辨。登祭坛，凭吊久之，麦秀黍离，荒烟满目，断砖残瓦，聊认前朝。于是唏嘘而出。时则残山一角，落日苍茫，驴背沈吟，不堪回顾矣。吾因之忆去年此日，方在虎林，于雨丝风片之中，拜苍水张公之墓。今年此日，复来建业，于疏柳斜阳之外，谒胜朝太祖之陵。如此重阳，其真百无聊赖矣。

《白门悲秋集》

姚　光（1891—1945），见前。

《总理陵园小志》自序
[今]傅焕光

往余随诸同人之后，襄助纂辑《总理陵园管理委员会总报告》一书，起自民国十四年四月孙中山先生葬事之经始，讫于二十年六月，后先六年，为字都四十余万，为图百余幅，焕然巨观，洪纤毕载，余幸得侧列其间，藉手赞扬总理伟大悠久之精神于万一，诚非偶然之幸遇已也。顾读者苦于篇幅繁多，非仓促览观所能毕事，而坊间所行记载陵园诸图书，其根据报告成书者，又往往采撷未当，详略互乖，陵园真相每不能昭朗于世人。心思耳目中，重以近二年来陵园所有新建设为前次报告所未尽，今年夏间，余本思参与中国科学社年会于四川，牵于事，不果行，爰以暑日余暇，检总报告及同人新集材料，博观而约取，芟繁而择要，重事编纂，书成，名曰《总理陵园小志》。余以爝火之微明，曷足以赓总理日月之余光，虽然，世之人欲知陵园规模之崇高宏远，与夫总理精神之伟大悠久者，尚未遑远求，即手此一编，其亦可已。

[今]傅焕光

民国二十二年十月，志章傅焕光自序于陵园。

《总理陵园小志》

傅焕光（1892—1972），字志章，太仓人。早年入读上海南洋公学，后赴菲律宾大学学习森林及农科。历任江苏省第一造林场场长、中山陵园主任技师、陵园管理处园林组主任兼设计委员、天水水土保持实验区主任、中央林业实验所所长、中山陵园管理处处长等。著有《总理陵园小志》。

游新都后的感想（节选）

[今]袁昌英

[今]袁昌英

对着古迹，我有的是追慕、怀忆、神驰。对着新名胜，许是与我更接近的缘故，我的情绪与精神就完全两样了。欣赏之中总不免批评神的闯入。新名胜之中，自然首推中山陵墓，因为急欲一面的情热，我和朋友竟不避新雨后泞烂的道路，驱着车，去尽兴地拜赏了一番。数里之遥，在车上，我们就眺见了前面山腰上块然几道白光在发耀，恍若浪山苍翠中忽然涌出一股白涛，皎洁辉煌的。以位置而论，中山墓自然较明孝陵高些。然而就一路上去的气魄而言，我却不敢说前者比后者雄壮些。孝陵的大处，令人精神惊撼处就是一路上排列的那些翁仲、石像、石马。在它们肃然看守之中，我们经过时，自然而然地感觉一种神秘、一种浩然的气魄。向中山墓驱进之时，我们的精神并没有感着偌大的摇撼。许是正路还未竣工，我们所经过的是侧路吧，但是一到了墓前的石阶上，往下眺望时，我们才领略了它这一望千里无涯的壮观！这个位置才真不愧代表孙先生的伟大人格、宏远意志、硕壮魄力。然而我们仍然觉得好中不足。假如这全国人所尊敬的国父的墓能建筑在更高的地点或索性在山巅上，一目无涯地望下来，那岂不更能代表他那将全人类一视同仁的气魄吗？间接的岂不更能代表我们大中华民族的伟大精神吗？一个时代的民族精神的发扬光大常是在它的纪念胜迹上面看得出来。在这上面多花几百万银钱确是值得的事！这建筑的本身虽然也有优点——如材料的良美之类——但是在形式上讲起来，不是我们理想中的国父墓。石阶太狭，趋势太陡，祭堂也不够宽宏巍峨，墓与祭堂连在一块更减少不少的气魄。我们觉得正墓如果再上一层，中间隔离一层敞地，看上去一定更雄伟些。然而这不过是私人的评断与理想。将来这个纪念胜迹完全竣工之后，我们希望它给予人的印象要比我们这次所得的要深刻、要动人些。在这形象粗定之时，我们自然看不出它的全壁的优美。

《山居散墨》

袁昌英（1894—1973），字兰子、兰紫，女，湖南醴陵人。早年入英国爱丁堡大学学习，获文学硕士学位，后入法国巴黎大学研究院深造。1928年回国，任上海中国公学、武汉大学教授。曾加入中国民主同盟。著有《山居散墨》、《行年四十》、《法国文学史》、《法国文学》、《孔雀东南飞》。

总理奉安哀辞
（歌　词）
[今]罗家伦

广道兮填填，哀吹兮极天。
日月兮时迈，灵輴兮既迁。
肃奉安兮国父，动万众兮号攀。
森全史兮象设，怆若失兮群颜。
谟勤兮日昃，逝景兮何迫？
遗命兮谆劳，党人兮式则。
四十载兮胼胝，奉兴继兮有责。
致心国力兮陈辞，天青青兮日白。
崇阙兮崔巍，隧寝兮邅廻。
岁兮永闷，临礼兮崩摧。
骈千途兮会葬，穆奔赴兮云雷。
惟精神兮不死，见天地兮昭回。

《总理奉安实录》

[今]罗家伦

罗家伦（1897—1969），字志希，绍兴人。早年入北京大学文科。与傅斯年等成立新潮社，五四时起草"宣言"。后去美国、英国、德国、法国等著名高校学习。回国后任清华大学校长、南京中央政治学院教育长、中央大学校长、驻印度大使，后赴台湾。著有《新人生观》、《逝者如斯集》。

南　京（节选）
[民国]朱自清

　　南京的新名胜，不用说，首推中山陵。中山陵全用青白两色，以象征青天白日，与帝王陵寝用红墙黄瓦的不同。假如红墙黄瓦有富贵气，那青琉璃瓦的享堂，青琉璃瓦的碑亭却有名贵气。从陵门上享堂，白石台阶不知多少级，但爬得够累的；然而你远看，决想不到会有这么多的台阶儿。这是设计的妙处。德国波慈达姆无愁宫前的石阶，也同此妙。享堂进去也不小；可是远处看，简直小得可以，和那白石的飞阶不相称，一点儿压不住，仿佛高个儿戴着小尖帽。近处山角里一座阵亡将士纪念塔，粗粗的，矮矮的，正当着一个青青的小山峰，让两边儿的山紧紧抱着，静极，稳极。谭墓没

[民]朱自清

去过，听说颇有点丘壑。中央运动场也在中山陵近处，全仿外洋的样子。全国运动会时，也不知有多少照相与描写登在报上；现在是时髦的游泳的地方。

《朱自清全集》第一册

朱自清 （1898—1948），原名自华，号秋实，改名自清，字佩弦，生于江苏东海，原籍浙江绍兴。光绪年间其父定居扬州。早年毕业于北京大学。曾任清华大学、昆明西南联大教授。擅诗歌、散文。著有《踪迹》、《背影》、《欧游杂记》、《你我》、《伦敦杂记》、《诗言志辨》、《论雅俗共赏》。

陵园明月夜

[民国]王平陵

时季已届隆冬，陵园的腊梅，争吐清幽的芳香。到这里来玩耍的人，已全不是过去常来的游踪，他们早在五年前跟随抗战中心的移动，暂时离开神圣的首都。他们都抛弃悠闲的生活，为了祖国的复兴，直接间接参加民族解放的战争；而此刻留在这里，优哉游哉，聊以卒岁的一群享乐者，是许多忘记了自己的国籍，在敌寇卵翼下甘作鹰犬的新贵，是秦淮河边的歌女和下妓，是忘记了同胞被惨杀，妻女被强奸，祖宗的坟墓被践踏，仍旧恬不知耻，强颜事仇的奴种；此外，就是成群结队的以抢劫起家的岛国的海盗。这一群卑污的脚印，踏在庄严神圣的祭坛，照例是名山奇卉的耻辱；但是，大自然毕竟是伟大的，陵园的腊梅，灵谷寺的常绿树，从深邃的山谷里流出的涓涓清泉，环生于寺院屋侧的篁竹，以及钟山上伞盖似的青松……这种种自然美妙的点缀，并不因这些鸟迹兽蹄的践踏，减少青翠的光泽，还是喷发触鼻的芳香，怒茁蓬勃的生机。大自然的慧眼，好像已从他们趾高气扬的现阶段，看到他们的消沉没落，就在眨眼即至的将来。便当作忽然添了一批人形的畜类，穿插在豺狼狐狗之中，遨游于山巅水涯一样，既无损于大自然的伟大，就让他们在灭亡之前，暂时满足一下兽性的享乐吧！

环绕于陵园一带的旷地，在七七事变以前，早经市政府当局划分了区域，让富有资产的人们，自由购置。有些已由许多从外国学成归来的建筑师，依照欧美流线型的新图案，精密设计，创造了一个地上的乐园；而属于陵园范围以内的花树、亭榭，随着季候所表现的形形色色，都是陵园管理处的技术师苦心经营的成绩。中山路是一条直达陵园，衔接京杭国道的干路，全用纯粹的最好的柏油，涂抹得光可鉴人；路的两旁，成阴的法国梧桐、洋槐、桃李，把常青的肥硕的叶子，遮塞住路面的隙缝。这一条弯弯曲曲的路，爬上中山陵最高的石级上望下去，就同一条青灰色的巨蟒，蜿蜒地从山洞里游出来似的，各式各样的车辆，发出混杂的叫鸣，像从大森林里跑出无数的怪兽，打陵园前疾驰而过。

游客们沿着中山路的人行道，悠悠自在地散步，一种飘飘然的神韵，可以忘却远足的劳苦；清脆的鸟语，音乐似的从树枝上漏下来，你可以欲行又止，领略一回悦耳的天籁，就是一个人在踯躅，也不会感觉寂寞的。待金黄色的太阳穿过茂密的树叶，箭似的射在平直的路面，幻成水晶一般的闪光时，就知道时已近午了。

沿中山路走着，出了中山门，不到一里多路就是明孝陵的残址，古道上，具体而式微的石马石狮，道貌岸然的翁仲，都静默地排列着。它们站在这里，在将近六百年的时期中，从未移动过一步；但一幕幕的人间活剧，不知几经变化，都在它们的眼前闪过去了。从这里可以一直爬到明孝陵的顶点，那是高度仅次于紫金山的一座山峰。在孝陵的左侧，是规模宏大的遗族学校，京杭国道懒洋洋地躺在学校的门前。从学校的后面走过去，是中山教育馆；我们耗资巨万，兴筑数年才告完成的全国运动场，就在馆址的附近，这些建筑物，像群星拱围了北斗似的，拱围着紫金山巅神圣的祭坛。

全国运动场面对着祭坛，如果在春秋佳日，全国的运动员们在这里竞走比剑，开始各种的球赛，就同古希腊举行奥林匹克大祭时，号召全国孔武有力的英雄们竞技决赛的广场。

在陵园的范围内，每一寸土地都是洁净的，一花一木都是芬芳扑鼻，不染一尘的，不论哪一类型的建筑，都代表东方文化最崇高的意义，象征着国父宽大博爱，庄严慈祥的精神，而现在是给撒旦占有着作为施展罪恶的渊薮。重重的黑暗，淹没了人类的良知，使光明照不到这里，本来是地上的乐园，此刻是暗无天日，惨无人道的地狱，无数的牛鬼蛇神，正在黑鼻地狱里欢唱狂舞。

陵园的附近，还有许多私家的住屋，都是战前建造的，现在也给一般凶恶的撒旦拿去藏垢纳污了。就在紫金山的半腰，山峰凸出像怀孕妇快要临盆时的大肚，宽广、砥平，有一条马路连接着四通八达的中山路，从多年的老树林的枝丫里，远远地可以窥见一座壮丽的巨宅，是敌寇刚侵入南京时就动工兴建，预备招待东京、柏林、罗马，还有长春这些地方的贵宾的。

现在，敌寇已变更了预定的用度，在这巨宅中所招待的，并不是从上列各地到南京去观光的贵宾，而是从河内投奔到敌寇的怀抱，由敌寇一手捧他上台的汪傀儡。

这巨宅的构造，竭尽其出神入化之能事，钢板制成的墙，比紧要的阵地还要坚固，每一个阁，一座楼，一条过廊，都有秘密的机关抵御突来的袭击。自汪傀儡移住在这里面，敌寇又添了一些在防御上认为是十分必要的设备。屋外，重重的电网，弯曲的壕沟，乃至各式口径的炮位……都像经过军事家的擘划，穷年累月所布置的工事。敌寇司令部派出的巡逻、武装的宪警，成日成夜，轮班换次地守住交通的要点。敌寇为了爱护他，已不知浪费几许心血，耗去多少经费，敌寇要做到绝不使有任何的风险，损害汪傀儡的毫发。

这屋子，虽也是属于陵园的一部，但和外界是完全隔绝的，是指定为不准游览的禁地。往来于陵园的人们，只能在遥遥的一角，偷偷地窥看一下屋子周围所摆布的杀人的凶器，起一阵内心的战栗。不经敌寇的特许，谁都无法朝见他们所谓的汪主席；那命令不能飞出屋檐的汪傀儡，要是得不着敌寇的照准，当然也不许自作主张，召见他所能指使的喽啰们的。他在名义上是这里最觉得好听的一个人，在表面上也是最被尊敬的一个人，而实际上是给敌寇当作一件活宝封锁在纯钢打成的箱子里，仿佛是传说的一只活妖怪封锁在西湖边的雷峰塔里一样。

汪傀儡住在那里，尽量地享受着敌寇所赏赐的穷奢极欲的供奉。屋子里一切的装潢，尽是刺激性特别强烈的设备，例如：俗不可耐的大红花按时开放，朱色的绣榻，衬映着湖绿色的绸衾，常有一种不可名状的香气，冲进鼻子里去。人们只须一触到这些奇异的色香，那不可压抑的胡思幻想，就立即怦怦跳动。欲望像鲸鱼似的张开大嘴，要求着满足而不可得，反变为极大的苦恼，寸磔人类的天性与良知；墙壁上，悬挂了些古怪的漫画，是出自日本劣等漫画家之手故意描摹的裸体画——比下贱的春画还要恶劣到十倍的裸体画。那些掌管广播事业的播音员，执行敌寇的命令，在汪傀儡进餐、休息、睡眠之前或者散步游玩的时间，把敌寇急于要提倡的"王道文艺"，扬州调、泗州调、四季相思调、小放牛、苏州滩簧、十杯酒、十八摸……这一类的肉麻难耐的调儿更番播送，意思是要破解汪傀儡的寂寞，却愈益加重他的苦恼；因为这些歌声，是淫乐的，放荡的，有时候又是十分凄凉伤感的，这使他常不免发生身世之悲，急图趁着拙劣的诗兴之被挑起，把难于克服的胡思幻想，乞怜于又腐又酸的滥调，五言、七绝、古诗、长短句等等，尽情宣泄一回；不过，当他勉强写成一首诗，或填就一阕《卜算子》、《摸鱼儿》的词曲，再仔细吟诵了几遍，考虑若干次，觉得自己的心事，纵能转弯抹角地吐出一鳞半爪，可是，受了格律的限制，并没有能爽爽快快地说出。文字是终于无灵的，就是句斟字酌，内心的烦郁，生活的矛盾，依然存在。他从签订《日汪密约》，满足了主子的心愿，被主子敕封为汪记的主席后，关于个人的生活，已可暂时释念，他的主子在这上面已计划得异常妥帖，决不至于使他在生活上，物质的享受上，感觉缺少什么的，就是他们天皇陛下的日常供奉，也不会比他更安逸，更舒适；但是越是生活在万事满足的境遇里，越是美中不足，总好像还遗失了什么似的不能称心如意。他能在主子的栽培与保护下，实现了二十年来渴想的主席梦；可是，他不能做到也同中国古代的帝王似的，环绕在他的左右前后，罗列着六宫、九嫔、七十二御妃、八十二贵人，以及计数不清楚的美丽年轻的妇女，任凭他的选择，可以随意把羊车牵引到某一位宠姬的绣闼，作为发泄烦郁的对象，使还有一段作恶的生命，在骄奢淫逸中度过去；而时时刻刻站在身后，站在他面前说话的声音，比男人更洪亮，发怒时，比狮子还要有威风的女人，只有一位常把他严加管束，连呼吸的自由都尽剥夺了的妻。他自以为是富于情感的人，能写出使自己下泪，使读者动情的诗，能制作那些带有颓废气息的妙句，也能对着盲目的趋炎附势者，以及被他麻醉了的众生，声泪俱下，装腔作势，在台上发表像煞极有内容而实际是毫无意义的话。这些话，在听的人，不以为是废话，而听完以后，谁也说不出他那感慨淋漓的声调里，究竟包含了些什么。他十分满意自己有这样一种感人的，煽动的技术；同时，又天生一副白嫩的脸——是大家公认为长春不老的美少年的脸蛋儿，因此，当他揽镜自窥，不免暗自神伤，想起隋炀帝说的两句有名的遗言："好头颅，谁当斫我？"便立刻抽笔舒毫，填词一阕，借以透示难言的苦闷，把认为满意的精句："艰难留得余生在，才识余生更苦……"时刻挂在嘴角，酸楚的眼泪，不自觉地淌在面颊上。这时候，他真需要得到些温柔的安慰，尤其希望听几句像音乐一般的甜蜜蜜的软语，使能把人生的烦郁，暂时抛开一边的；但从妻的嘴里所接触的声音，都是些暗算别人的阴谋，生硬的政治新闻，以及可信不可信的情报，他不知道自己的太太从哪里搜刮到这些乏味的消息。当他看见太太拥起浮肿的横肉，高阔的身材，披了一件只有她的轮廓才算却却合度的黑大氅，慢慢地踱着，走近他的身旁时，常使他心胆俱碎，急图躲避，而又恐违抗她的逆鳞，在盛怒下咆哮起来，于是他就只得在极端憎恨的情形下，假装怡颜悦色的神气，恭聆清诲，听着她津津乐道地发出一大篇高谈阔论；唯唯地承认做这些，干那些了。太太的话，也同军部的敕令，天皇颁下来的诏书一样，他从不敢轻易拂逆的；所以，那些跟随汪傀儡卖身投靠的喽啰们，都已学会了一个升官发财的诀窍，就是，但求能打通汪太太的偏门，能够把自己没有灵魂的活尸，躲藏在她的黑大氅下，千方百计把握到她的喜欢。这样，他们的饭碗，就是钢制铁打的，任何险恶的风浪都能抵挡得住，断不会损坏了一只角落；而且，他们偷活在世上的余生，也就比保了寿险，兵险、水险、火险，一切的险，更要万无一失。老实说，他们如果得着了汪太太的掩护，就是开罪于汪傀儡，又怎么样呢，他还能违抗太太的意旨，迁怒于她所喜欢的人儿吗？正相反，要是喽啰们之中，有这么一个冲撞了汪太太，那他的命运，就算是完结了，就是他们的汪主席存心要爱护妻所不悦爱的人，也是爱莫能助的。汪傀儡极有自知之明，他不仅是敌寇御用的傀儡，而实在是自己的妻所操纵戏弄的玩具。他屡图挣扎，挣脱太太加在他颈项里的锁链。为了这，曾和他无话不说的心腹们从长计议，密谋应付的策略。有些心腹们由于巴结不上汪太太或和她发生利害冲突的缘故，颇想站在汪傀儡的一边，抱着满肚的抑塞，借题发挥一下的；可是，当汪傀儡一见到太太的"仪态"，一听到她可怕的咆哮，那些经过心腹们苦苦考虑所拟定的非常妥当而极有功于汪傀儡的妙策，不但无法实施，竟会彻底遗忘，连影子都记忆不起的。

在首都南京的每一块土地,每一条街巷,每一个城角……中国的爱国志士们是不会使那些奸伪和敌寇安安稳稳地享乐的。这些志士们在铁蹄的蹂躏下,冒着生命的危险,干那"潜水艇式"的工作,不幸,即被鹰犬的爪牙所擒抓,给敌寇绑到雨花台去打靶;甚至抽干鲜红的血液,灌进消过毒的瓶子里,送到野战病院,给受伤的鬼子们当作注射的补剂;或者是酷刑吊打,备受人世的惨苦,而至于丢弃了宝贵的生命;但决没有一个爱国的志士,慑服敌寇的淫威,屈膝投降,冰结了复仇雪耻的心。南京始终是中国的领土,是中国神圣的首都,留住在那里的中国人,除了敌伪的一群,他们不做奴隶,不做敌寇的鹰犬,他们即使不能表现爱国的举动,他们的心也是光明的,纯洁的,是没有一时片刻忘记自己的祖国的。当敌寇初进城的时候,嗜血的敌寇,在下关火车站,车站附近的山岗上,神策门、太平门外的田野里,就把我们受伤的士兵,徒手的战斗员,逃不脱的老百姓,妇女、小孩,游戏似的杀戮了三十多万。他们经过这一次狂暴的杀戮,觉得中国人还是那么多,在数量上好像并没有减少了一个,才知道中国人是杀不尽的,他们预感到无限的仇恨已在中国人的心坎里生了根。终有一天在他们身上寻求加倍的报复的,他们眷顾到自己的将来,有些骇怕起来了。特别是深居简出的汪傀儡,正不知自己死有余辜的残生,将在何时何地宣告结束。他虽也是四万万五千万人中的一个,但到了自己的一切都已交给敌寇,由敌寇任意支配时,便觉悟到他是中国人中最孤单的一个,最危险的一个。他闷居在那座屋子里,一天到晚,做着荒诞不经的梦,渴望在他的掌心里,真能握持生杀予夺的权力,能够充当名副其实的主席,可以由他来发号施令,为所欲为,如其所愿地毁坏一部历史,再捏造一部历史,这样,千百年后的人类,就无人知道他是一个破坏抗战,出卖民族利益的大汉奸,而也误认他是一位了不起的人物呢!他未尝不想从主子的严密监视下,抬起脖子,呼吸一次自由的空气;可是,那些喽啰们知道他将假托出巡的名义,企图走出变相的牢狱时,他们就会沟通敌寇,尽力阻止;敌寇们便故意在他住屋的周围,放射连珠似的排枪,谎称中国的游击队又来夜袭了,汪傀儡常吓得一佛出世,惟恐自己不

能躲藏得更安全，更神秘。那些喽啰们更肆无忌惮，更可以沉浸在赌窟、烟寨，陶醉在夫子庙新开张的舞厅里，实行慢性的自杀了。

　　他一面痛恨中国的游击队，一面是感恩保护他的主子，以及为了他的安全，进行着"扫荡"中国游击队的鬼子们；他只恨自己并没有什么可以报答主子的恩典。因此，他在喽啰们之中，虽犹撑持自己所应有的尊严，但在主子面前，决不敢摆出神气活现的模样，说明他是主席的身份。敌寇也知道他的底细，绝对无权束缚他们的自由。他们的天皇不过赐给他一个好听的名义，至于在名义下必须配合若干分量的"权力"，天皇没有赐给他。他们在心照不宣中，都默认他是一个徒具人形，缺乏人性的傀儡。

　　冬天的夜，海似的深了，下弦月扁着身体从紫金山的树尖上寂寞地滚下去，乏力的光线，斜射到高阁，穿进百叶窗，偷窥汪傀儡的卧室。他的沉迷的灵魂，忽被刺醒，使他合不拢睡眼，披衣走起，在屋子里踱了几步。呵哈一声，恍惚中，他久已熄灭了的智慧，像一盏暗黑的灯，骤然一亮，他才彻悟自己在生命的历程里，大部分的好时光，都白白地浪费了。他不知道抛弃多少次改过自新的机会，让自己忏悔前非之余，再做一个堂堂的人。现在，他已活到六十开外了，距离人生最后的终点，一天迫近一天，他为什么不能趁上帝留给他的无限好的余晖，干出一点于国家民族有益的工作，保全自己的晚节，让将来的历史家表示赦宥的论评呢！冷酷的现实，已向他提出最严厉的警告："一切的机会，全都消逝了。"他的自传，已写到煞尾的一页，虽然他的躯壳还是活着的，他的一生，已到盖棺论定的阶段了。面前是坚硬的石壁，证明他已走近人生的尽头，他实在找不出任何理由原谅自己的错误了。那在昏黑中亮起的智慧，使他清楚地照见过去和现在的罪恶，他深感刺痛。

　　他轻轻打开窗子，瞪大眼睛，从紫金山麓，看到陵园的周遭，看到一块乌云盖着冷静的古城，稀疏的路灯，在夜风中抖动。田野是静穆的，只有山中的树叶瑟缩声，毫无变化地击动他的耳膜。城里冒出的灯光，隐隐地渲染着玄武湖旁的北极阁，像一只巨大的怪兽，将要展开四趾，逃出城圈，向原野里狂奔似的。把北极阁做目标，他还能部分地说明这城市在以前有些什么机关。他在五年前常到的地方，是行政院、铁道部，是丁家桥中政会的议场；那时候，他记得在中政会开完了会，道经外交部时，还要把汽车开进去，坐在虚位以待的第一把交椅上，向那些诺诺承命的属员，询问几句无关痛痒的废话或无可无不可地翻翻堆在案头的例行公事呢！南京高高的城墙，北极阁、紫金山、玄武湖……还同从前一样。

　　突然，高阁下响起打更的声音，那惊心动魄的号角，从山后敌寇的营部里，呜呜地传来；接着，成队的铁蹄，像担任了夜巡的使命似的，打紫金山麓"切擦切擦"地蹈过去，他警觉自己此刻所栖止的地方，是敌寇卵翼下的南京，并不是五年前的南京呵！当四万万五千万的中国人正和敌寇拼死活的今天，只有他，和他所役使的无耻的喽啰们，悄悄地回到敌寇侵占的南京了，他们回南京，可说是在中国人中最早的一批了。昔日的光华，是渺茫的回忆中偶然一闪的"黄粱梦"，已同吹向空中的肥皂泡，给无情的狂风撕得粉碎。面对着就要到来的悲惨的命运，周身的血液循环起了剧烈地收缩，一颗充满忧闷的心在凄凉无比的寂寞中感到一阵彻骨的寒冷。他便随手关上百叶窗，机械地转回来，扭亮电灯，走近书架，乱找一回丢在书架上的旧稿。他抽出一首诗，掠一掠有些模糊的视线，粗略地瞟一下，觉得很满意，确实能道尽他的心事，解消他的苦恼。神经质地发出低闷的声音，他若断若续地念下去：

去恶如茹戟，滋有行复萌。掖善如培花，茫茫不见形。
不生济时意，拐落无所成。椅枕眼汛澜，中夜闻商声。
愿我泪为霜，杀草不使生。愿我泪为露，滋花使向荣。
不然为江河，日夜东南倾。

　　念完了一遍，又一遍，连念了好几遍，默揣隐藏着的诗意，惨酷地笑起来，一面在屋子里徘徊，一面根据他天书似的诗句自言自语：

我要杀尽爱国的志士，无奈越杀越多；
我要栽培尽忠天皇的朋友，
可恨栽培未成，都纷纷逃走。
我效忠于天皇的苦心呵，
永不会实现了，我只有痛哭。
半夜里，听被杀者的惨号，我靠枕哭到天晓。
我愿泪化为霜，把志士们斩草除根；
我愿泪化为露，

滋养些效忠于天皇的花，皆大欢欣。
要不然，我就只有痛哭。
哭得眼泪汪汪，像江河一般地流，
向东南流，日日夜夜，
流向东洋大海里去。

说完了，他又愤怒似的把这首诗丢在原来的书架上，深深地发出一声阴沉的叹息，随后，就像一条疲乏的蛇，无力地躺在床上。他不愿再从这些方面想去了，尽可能地把支配思想的脑系组织，回复到平静的状态。

他伸直了脚安睡着像死过去一样。月光沿着紫金山麓的树尖，渐渐沉落下去。

《湖滨秋色》商务印书馆1947年版

王平陵 （1898—1964），原名仰嵩，字平陵，江苏溧阳人。毕业于杭州师范，尝主编《时事新报·学灯》。上海暨南大学教授，《中央日报》副刊主编。笔名西泠、史痕等。赴台湾后主编过文艺月刊。著有小说集《新狂飙时代》、《残酷的爱》，长篇小说《茫茫夜》，散文集《雕虫集》。

灵谷寺
[今]赵景深

[今]赵景深

二月杪我因事赴京，只能做一天的勾留，下午四时就要动身回沪了。饭后无事，张先生盛意邀游，想借着这匆促的数小时，让我看一看南京的胜景。这位老南京选择了灵谷寺。我们俩一同乘公共汽车前去。

出城后地势渐高，张先生说："汽车在爬了！"我曾在香港坐过爬山的电车，还不曾坐过爬山的汽车，在颠簸的行进中，颇感兴味。遥瞩远山，残雪未消，一搭一搭地挂在褐色的土上，像是一条花狗伏在那里，遍身都是白色的斑点。近旁的树疏疏落落地排着，车行过时，似一阵疾风，树都排头倒退回去。俯瞰山下人家，屋舍错落有致，田园阡陌，逶迤走道，也都历历在目。是的，我是在山上了！张说："这山就是紫金山。"我突然想起奔丧到南京的女词人李清照来。

到了灵谷寺，我们这两个胖子下车步行。过了一个穹门，便是修长的行人道，颇类虎丘的头山门。这时恰巧是雨后，道上犹湿。张领我到阵亡将士堂。堂前的檐上水滴了下来，似为我们的英雄洒泪。门口有两个士兵持枪看守着。堂的建筑颇宏大，混合着中西的风味。里面充满了挽联，排满了纸花圈，自然而然的使人感到严肃和阴冷。我脱下了帽，向壮士们的英魂致敬。绕到堂后，便是那些将士的坟墓，整齐地按号排列，我们幻想着时常来此吊奠的各样的人——有死者的妻子父母和儿女，以及他们之间的悲苦而又壮烈的故事。那该是多么的可歌可泣呵！

再从斜岔里走到灵谷寺，看了看活的面壁的达摩，便转到谭氏的墓道，一个喜欢负重的赑屃驮着碑。这个傻瓜！

碑旁有一条大沟，沟水向下流，流到九十度直角的光滑的石板时，便像织绢似的把水梳下来，是那样的细致，洁白，透明，而又光润，映着将落的阳光，真是好看。那样一丝一丝的细条子触动我的纤细的神经纤维，把我看得呆定了。张说："你真有点恋恋不舍呢！"是的，我成了乡下人了；这样平常的沟水，都留恋不忍遽去，倘若看见雁荡的瀑布，还不知要怎样的倾倒呢。

虽是两三小时的小游，过着机械生活的我至今还把它萦回于脑际，也像看水似的不忍遽去。

《海上集》上海北新书局 1946 年 10 月版

赵景深（1902—1985），曾名旭初，四川宜宾人，生于浙江丽水。早年在天津《新民意报》编文字副刊，并组织绿波社，提倡新文学。后任复旦大学中文系教授。对元杂剧和宋元南戏、昆剧等剧种的历史和声腔源流均有研究。著有《曲论初探》、《中国戏曲实考》、《中国小说丛考》等。

孙中山先生的奉安大典
[今]项德言

一九二九年春，南京紫金山中山陵工程已基本竣工。中国国民党中央常务委员会通过决议，成立总理奉安委员会，决定于一九二九年三月十二日，为举行总理奉安大典日期，即孙中山逝世四周年纪念日。因一九二八年冬雨雪多，迎榇大道未能如期竣工，中常会决定把奉安典礼展期至五月二十六日至六月一日举行。五月十八日，宋庆龄偕同孙科、戴恩赛夫妇赴北京碧云寺，瞻仰孙中山灵柩，二十二日将孙中山遗体重殓，准备南移。

国民党中央常务委员会决议选派林森、吴铁城、郑洪年等为迎榇大员，各部处派秘书一人及职员若干人随行。中宣部为张廷休，中组部为张道藩，中训部为史维焕，中秘处为王子壮。一行先赴北京，做好一切准备工作，恭迎灵榇南下。

当时，我在中宣部指导科任代理总干事，主要工作是负责审查报刊的出版工作,对一星期中的宣传纲要进行指导。中宣部每星期都要制定宣传要点,都由我赴电台,将中宣部宣传要点向电台作扼要说明,并由我向全国口播本星期宣传要点的新闻稿。中央广播电台就设在湖南路的中央党部内。林森、吴铁城、郑洪年三人赴北京之日至六月一日这段时间里,仍由我去电台播发了一星期的新闻宣传要点四五条,主要内容即为中常会关于奉安的决定、回宁时间及奉安内容等。

中宣部具体负责奉安的是部长刘庐隐(曾任考试院长),属下设三位秘书,分别为肖同兹、张廷休、朱云光。五月二十二日之后,国民党中央党部秘书长叶楚伧到中宣部召集各科负责人会议,布置有关奉安大典的具体工作,部里科主任(当时科不设科长)以上人员均出席会议。中宣部的指导科主任为傅启学,编纂科主任为钟天心,出版科主任为崔唯吾,征审科主任为肖同兹,国际科主任为郎醒石,总务科主任为沈君匋,我以指导科总干事名义也参加了这次会议。会上,根据各科原来的工作范围派定了任务。指导科负责奉安大典的具体宣传工作,编纂科编写孙中山先生的生平及哀思录等,出版科负责有关奉安典礼的文字印刷发行,征审科对外征集孙中山先生的史料,国际科负责对外宣传奉安大典实况,总务科负责接待事宜。

五月二十八日,总理灵柩到达浦口,中宣部负责具体工作的人员均前往码头迎灵,国民党党政军要人悉数云集此处。约下午五时,灵柩由"威胜"军舰载运过江,停泊在中山码头,宋老夫人偕宋蔼龄在此迎候,再迎至城内丁家桥中央党部,停放在大礼堂讲坛上。

次日至三十一日,奉安委员会决定将中央党部大礼堂对外开放三天,进行公祭,市民可以自由出入瞻仰孙中山先生遗容。公祭由国民政府内政部主持。二十九日,为中央委员、国民政府委员,党政军警代表公祭,中宣部全体职员也于是日参加。三十日,为群众代表公祭;三十一日,为各国使节、外宾公祭及家属祭奠。具体引导、招待、迎送由中秘处派专人负责,公祭期间,各界人士争先恐后,络绎不绝,急欲一睹孙中山先生逝世四周年后的遗容,大家饱含沉痛,依依不忍离去。直到三十一日下午五时多,举行封棺典礼,瞻仰人群方告别散去。

六月一日凌晨,举行起灵典礼,狮子山炮台鸣放礼炮一百零一响致敬,参加恭送人员在送灵队伍总指挥孔祥熙的带领下,全体肃立致哀。从中央党部至中山陵,二十多里的公路两旁,夹道灵榇经过的群众,男女老少,万头攒动,无不自觉地肃立默哀致敬、灵榇由中央党部出发,从丁家桥、狮子桥前外交部门前经过,转鼓楼直向中山大道、新街口,再转中山东路,出中山门,到陵园路。灵榇由国民党中央及国民政府要人谭延闿、蒋中正、胡汉民、戴季陶、于右任、王宠惠、林森、蔡元培、张继、宋子文、丁惟汾、叶楚伧、何应钦、朱培德、李烈钧、邵元冲、陈果夫、陈立夫、朱家骅、罗家伦、孙科等执绋前导,缓缓徐行;女眷则有宋庆龄、宋老夫人、宋蔼龄、宋美龄、孙科夫人(陈淑英)、戴恩赛夫人(孙琬)及其子女,在行至鼓楼后始分乘几辆马车随后驰行;后面是各机关、团体的男女职员身穿素服,依次步行。送灵队伍一边行进,一边同声高唱奉安歌(歌词为罗家伦所作):"大道兮填填,哀吹兮极天,肃奉安兮国父,灵輀兮计迁……"歌声此起彼落,悲壮感人,伴着乐队奏的哀乐,悲戚气氛萦回在整个南京城、紫金山上空。送灵队伍总指挥孔祥熙,骑着高头白马,驰骋在队伍行列之间,指挥队形,维持秩序,肃穆前进。约十时后,灵榇抵达紫金山麓停下。由执绋人员轮换着、一步步地拾级而上,舁上中山陵堂。十二时正,移入陵寝,狮子山炮台再次鸣放礼炮一百零一响致敬。这时,举国上下,全体人员,就地肃立默哀三分钟,表示深切沉痛哀悼。

陵下,有一碑竖立,上有谭延闿书"民国十八年六月一日中国国民党葬总理孙先生于此"几个大字。

奉安大典结束后,奉安委员会向参加奉安人员各颁发了一枚奉安纪念章和一本《哀思录》,作为永恒纪念。

奉安纪念章呈圆形,黄铜铸造,直径七十六毫米,厚四毫米。正面是孙中山先生浮雕正面头像,双目炯炯有神,威严庄重。背面是中山陵祭堂缩影,祭堂是花岗石建造,正面三拱门,装置了紫铜双扉,门额顶端分别镌有篆文书写三民主义的"民族""民权""民生"等字样。中门顶端镌有孙中山先生手书的"天地正气"直额一方,堂前石阶辟为三道,整个祭堂庄严肃穆,图案清晰可辨。图案上方周边镌有"孙中山先生安葬纪念"和"中华民国十八年三月十二日"字样。奉安日期实际系六

奉安纪念章正面

奉安纪念章反面

月一日，纪念章上却为三月十二日，系因纪念章事先委交美商制造，以致日期上出现这个失误。每枚纪念章用一个蓝绫镶制的硬盒子盛装，十分精致美观。

《哀思录》由总理奉安委员会和中宣部合编，系蓝底封面，优质白纸铅印，呈狭长型，二十四开本。内容刊登了孙中山先生逝世后，全国各界赠送的挽联、祭文和治丧委员会、总理奉安委员会成立经过，以及各委员会的委员和职员的姓名录。凡参加奉安人员都载入职员录。封面"哀思录"三个字，由中宣部长刘庐隐题签。

以上这两件珍贵纪念品，由于我是亲身参加者，有幸也各获得一份，一直珍藏在南京马家街我家书房里。一九三七年"七·七"事变爆发后，接着又发生了"八·一三"事件，南京经常遭受敌机轰炸威胁，妇女老少多疏散到安全地带暂避，我则因为参加中央前线视察团的工作，要经常奔赴各前线巡视，无暇顾及家中事物。不料当年十二月十三日，南京即告沦陷。随着战火的蔓延，这些珍贵纪念品连同我家一切财产（只剩下一个房子空壳），都毁于兵燹。

南京中山陵从孙总理奉安以后，经历了南京沦陷、日寇占领、汪精卫统治等几个阶段，始终安然无恙。

《老南京写照》

项德言（1902—1987），字润生，淳安人。1927年参加北伐，任书记官。后任天津《民国日报》主编。1928年起，在国民党中宣部任职，后任贵阳新闻处少将主任。调西南公路特别党部执行委员兼书记长。再调云南，因不满内战未赴任，携家回南京。1958年起，在中央门职业中学任教。

【注】《哀思录》一函三册，函套及第一册签条由张人杰（静江）书写，第二册由胡汉民书写，第三册由吴敬恒（稚晖）书写，见附图。该文作刘庐隐题签或为误记。

孝陵游感
[今]艾 芜

去游明孝陵的时候,我和同伴都是赤足穿着木拖鞋的,这并不是故意要排斥绅士气,无非一时天太不作美,街上道上,都为夏天的雨水浸着了,穿鞋著袜,而要缓步当车,那是不可能的。

城外的大道两旁,漫生着年青的松树,许是由于雨后空气澄清的原故吧,发出的芬香,就特别浓烈些,颇能激起泼辣的生趣,加以木拖鞋在笑声中拍达拍达地响着,使人觉得这样的游历,实在太中意了。

[今]艾 芜

做过牧牛儿的死者,想不会讨厌我们这些赤足的游客吧?起着这样令人微笑的念头,便走进衰残的墓地了。但乘汽车而先来了的绅士和太太们,偶然在石人石兽的过道上,或是古老殿宇的廊下,碰着我们的时候,便敛着身子避开,他们脸儿上的骄气,倒仿佛是曾经在朱皇帝的驾下当过臣仆那么似的。

墓前有台,登临上去,但见砖石缝里生着乱草,"老鸦粪沾得点点发白",蓦地觉着了芥川龙之介的名作《罗生门》那衰凉的情形,大约也有点儿类于此吧,虽然在这里尚不至在微明的夜色中,看见了摘取死尸头发的老妪。

如今在北方教大鼓词的王君,不知在那时是受了别人的督促,还是为了要驱遣在败草残瓦间所引起的寂寞起见,便一下子激昂地唱起了原文的《马赛曲》来。歌声在台下隧道也似的石阶上回荡着时,天然增大了的音节,就将我们一行人的青年之气,猛地壮起,接着唱起别的歌曲。牧牛儿尚能占有大地河山,全无愧色,则我辈在此地的放肆高唱,当然是要毫无忌惮的了。

《漂泊杂记》云南人民出版社 1982 年 11 月版

艾 芜(1904—1992),原名汤道耕,四川新都人。祖籍湖南武冈。早年在成都省立一师读书,后漂流云南、缅甸、马来亚等地,当过小学教师、报刊编辑,因参加反对殖民统治活动,被当局驱逐回国到上海。加入左联。开始发表小说。后任四川文联名誉主席。著有《南行记》、《山野》。

中山陵前中秋月
[民国]梁得所

火车到京时,已是下午五时了。斜阳照着一阵微雨,天空现出彩虹。彩虹的一端仿佛落在石头城边的玄武湖上,使那古朴的城池,添上鲜艳的色泽。

下关车站上,早有中央宣传委员会代表黄英先生招接，下站乘汽车进中央饭店，行李略事安顿，天色已晚。今夕无事，又是中秋。我们正想找个什么月亮当头的地方坐坐，不辜负一年一度的良宵，黄君却说京中几个朋友约定邀我们到紫金山下中山陵园去赏月。

驱车出城，郊外非常僻静，半小时才到中山陵园主任马湘先生住宅。马主任便是中山先生生前的卫士，观音山之役奋身保护先生出险，直到现在先生安葬了，马氏还守卫陵墓。我在他客厅偶然看见他一幅少年留影，跨着一步弯弓马，双手举着一柄大关刀，眉宇间果然流露一股好汉的豪气。

宅前摆着两桌酒菜，席间谈笑无拘执。座中健谈的，要算那七十多岁的王先生。这位先生长着一匹林森式的胡须，衔着一支雪茄，穿长衫而戴打鸟帽。据说他从前在南洋是三合会领袖，后来跟中山先生奔走革命，现任中央监察委员。老人家诗兴不浅，我们听他背了好几首得意之作，即如《总理龙舟歌》和《洛阳即景诗》。洛阳诗做得太妙，我请他重念一遍：

"乘车洛阳兮穿过山谷，平原远望兮青青绿绿，居民坭洞兮无房无屋，夜间黑暗兮无灯无烛……"

他念了，格格地笑了一会说："我们南洋伯是不会做诗的，不过去年游洛阳口占几句罢。还有，当时和陈果夫先生游龙门，看石窟中残破的佛像，陈先生吟了两句'满山都是佛，可惜佛无头。'我替他续两句'不知谁人杀，何从去报仇。'"说罢，又格格地笑了一阵。

他又说，从前在南洋三合会时，是主张扶明灭清的。后来听孙先生说灭清不必复明，便可成立新的民国。言之果然有理，往后我便跟他。我听了这些简洁的话，想起当年革命事业何其简洁，到今日政治所谓上轨道，其中关键便繁复起来了。我又想中秋节，原本就是从前扶明灭清的民族革命运动的纪念日，月饼便是党人藏信通消息的纪念品。我更想起，今年的中秋节，正是日本承认满洲伪国的日子，难怪紫金山上的明月，在乌云中黯淡无光。

夜已央，明月终于冲出了云围。皎洁的光芒，照着孙陵、明陵等民族领袖的墓地，照那历朝盛衰所在的都城。当今内忧外患交迫时节，凄淡的明月，忍听紫金山下逝者的叹息，忍听秦淮河畔商女的弦歌！

《猎影记》良友图书印刷公司 1933 年版

梁得所（1905—1938），广东连县人。1926年曾任上海《良友画报》总编

[今] 梁得所

辑，创办大众出版社，任总编辑。擅长写作、翻译，兼长美术、音乐。著有短篇小说集《出帆》、《女贼》等；散文集《得所随笔》、《猎影记》、《烟和酒》；编有《中华景象》、《中国建筑美》、《中国雕刻美》等。

孝陵樱
[今]张慧剑

[今]张慧剑

"辇道飘香感废兴，髯翁风味走花塍。当时被发伊川痛，万树樱花种孝陵"。此刘成禺忆江南诗之一也。

战前数年，倭人日言亲善，而百出其计以凌我。某次，以彼国樱花数百本见赠，必欲种之陵园，使我地增此东洋风景，我不能拒，杂植之于明孝陵隙地，而旅京倭人遂日挟肥女来此徘徊。予曾于其地两见须磨弥吉郎（驻京倭总领事），一次意摧酒歌呼花下，为之悲愤无已。

今不知作何状矣？他日振旅还京，必尽删之，断不许此贱蕊，永污我雄陵也。

《辰子说林》

灵谷寺后
前 人

灵谷寺在民国十六年南京建都前，地既僻隘，访者甚稀。寺最后，志公塔，一僧居之，其面瘦小如婴，且作死灰色。吾合数友往游，此僧方饭，舍箸即起，视其所食为何？则豆渣一钵，搅以油盐少许，别一小器，置萝卜脯数片，僧恶然曰："我辈苦人耳！"出至前殿，则两秃足恭向前，且曰："公等烧香来耶？"一甚胖，一则瘦有髯，满面笑肉，灵谷佳地，着此恶物，我辈皆为太息。

未几，南京建都，灵谷渐成闹地，志公塔旧址，改植纪念塔，豆渣和尚为寺长所逐，遂流居山中，为制草鞋匠，见吾犹识，合十言曰："我辈苦人耳！"后不知所终。

《辰子说林》

张慧剑（1906—1970），原名嘉谷，安徽石埭人。中学时因病辍学，自习文史。1923年后开始发表笔记、小说。曾任《南京日报》、《南京晚报》、《新民报晚刊》等报副刊编辑。有"副刊圣手"之称。著有《慧剑杂文》、《马斯河的哀怨》、《辰子说林》，历史小说《屈原》，传记《李时珍》等。

金陵一周记（节选）

[近]张梅盦

　　十时一刻回寓，午膳后，约同学六人游明孝陵。乘车驰朝阳门外，一望荒凉，不堪入目。枯坟累累，动以数百计。间有丰碑高树，上载年月及死亡人数或马数者，盖多系革命阵亡之兵士，而红十字会为之掩埋者也。嗟乎，白杨黄土，人招野外之魂；青冢荒山，日落江南之路。腥风血雨，原草不春，怨魄幽灵，泪碑犹湿。沧桑人事，痛后思维，凭吊唏嘘，盖亦足怆然动情矣。自此一路，断砖残瓦，崩石颓垣，连绵断续，一望数里，游其地者，如入罗马古城也。有工人数百，搬运砖石，询之知备建筑之用。再入数里，则皇城至矣，黝然一门，深可二丈，半遭拆毁，非复旧观。上有巡按使命令，禁止拆毁，保存古迹，故此门犹巍然独在，恍如灵光之殿。女墙多付阙如，野草丛生，蔓延其上，黄赭相间，不一其色。虽历遭风雨之剥蚀，兵火之蹂躏，而其建筑之巩固，雕饰之精工，则犹不可掩。然则追溯数百年以前，其灿然烂然者，当可想见矣。造孝陵凡三憩，足疲不能前，至则已三下钟矣。缭垣四绕，荆棘披离，甬道尽处为一亭，有碑高一丈余，文曰"治隆唐宋"，为康熙亲笔，书法颇劲道。其后更有短碑，嵌于壁中，为乾隆南巡时所立，文多恣肆讥讽之辞。当时气焰之盛，可见一斑。然而百年兴废，天命无常，两朝遗踪，曷堪重说。越亭而过，蔓草披覆，仅余蹊径，间有断瓦数片，隐于草中，游者争拾之。越隧道，晦暗如暮夜，试一作声，冷气森然，随闻响应。登其巅远瞩四极，据紫金而控鸡鸣，倚石城而望北极，烟霞隐现，气象万千。连山绵亘，有若卧龙。所谓天子气、所谓龙虎势者，其在斯耶？古墙欲坠，惊沙时飞，鼠迹狐踪，随处皆是。流览一遍，相率乃下。其陵在山之半麓，兴败不欲登。有外人数辈，挟枪猎其上，枪声起处，山鸟拍拍惊飞，相顾为乐。而夕阳西沉矣，钟山反照，一片暮紫，归心乃勃发不可遏。沿原道回，山麓有酒家，兼售茶，称"钟山第二泉"，不知所谓。饮之亦复甘洌适口。遂乘人力车回。城中灯火荧然，炊烟四起，至都督府搭火车至丁家桥，抵寓已五时一刻。夜膳毕，各述游踪，互询所见，颇饶趣味。有游后湖者，多谓不足观，余等初拟往游，至此议乃罢。

《新游记汇刊》中华书局 1921 年 5 月版

张梅盦　生平不详。1914年秋，曾随南通某校参观团赴南京观瞻省立学校联合运动会，住丁家桥省议会。一周内游览劝业会以及钟山、北极阁、明故宫、莫愁湖等名胜古迹，撰为《金陵一周记》。

首都名胜（节选）
［近］马元烈

　　故宫游毕，出东安门，步向朝阳门，将以往谒孝陵也。途中见东北城垣之下，有乔木两株，夹屋而植，闻即荆公半山寺遗址，以不得其路未往。

　　孝陵在朝阳门外，钟山之阳，所谓独龙阜也。朝阳门为南京之东门，门外尚有瓮城，城楼及垣上，悉着枪弹痕，两次光复战役之遗迹也。出瓮城，向东而北折，路虽不砥平，亦不崎岖。将至陵，即见华表、石兽、翁仲对植于道周丛草间，制颇伟。翁仲文武各四，虽久处风雨之中，尚未摧残，雕工亦可观；历时四百余年，尚能完好，亦可贵也。由此又经数折，乃抵陵门，据高坡上，朱垣环之，横镌"明孝陵"之金字额。入之，其前门平列三碑，剥坏不可卒读。门外复嵌小碣，镌特别布告，以六国文分书之，盖此间外人来游者颇众，故有此种指示也。在正门之北，为飨殿，中供太祖神位，后悬太祖遗像。此殿为后来新建，以殿外旧础较之，视旧制杀三之一，殿材亦殊单弱，盖仅存胜无而已。守陵者于此中布案凳售茶点水果，并有啤酒汽水之类。旁并设一摊，陈故宫砖瓦，并他骨董，惟一无足取。予等在此瀹茗休息，守者谓此系钟山泉水所烹，尝之与永宁泉同一，无甚特异处。

　　殿之北两旁为守陵者所居，中复有门，入门即见一长方形庞大建筑物远峙于陵前。予以不谙旧礼制，不敢定其何名，或曰此祭坛也，姑因之，志以备考。坛直向门，中有石铺甬路，惟榛莽载途，积草没胫，零落荒凉，令人兴叹。坛之下为隧道，作穹窿长弄，由南而北，倾斜而下，建筑甚坚。趋而过，声隆隆然回声甚大，此空谷足音所以跫然动人耶？逾隧道，左转，登坛之巅，高可数丈；纵目四眺，景物尽收眼底。时细雨洒人，北望钟山之坳，气蒸然者，白云也。坛上稍北有壁周立，向南穴三门，已多残败，似是已圮之殿，然否不可知矣。

　　坛之北有岗隆起，占地颇大，树木满其上，郁郁葱葱，沐以雨，愈形苍翠，闻此下即太祖埋骨之所。

《中国游记选》上海亚细亚书局1934年版

马元烈 民国时人，生平不详。著有《息庐游乘未定稿》。

茶陵谭公墓志
（1931年国葬）

公讳延闿，字祖安，自号无畏，湖南茶陵人。清故两广总督谥文勤公第三子。以光绪五年己卯岁十二月十四日生于浙江巡抚署。光绪丁酉科优贡生，壬寅科举人，甲辰科进士第一人。翰林院编修，湖南谘议局议长。辛亥革命军兴，被举为湖南都督，民国五年再任湖南省长兼督军，六年解任；八年驻郴州，为湖南总司令；九年进克长沙，兼省长；十二年在广州任讨贼军湘军总司令，内政部长，建设部长，大本营秘书长；十三年选任中国国民党第一届中央执行委员、常务委员，北伐军总司令；十四年国民政府成立于广州，任国民政府委员，军事委员会委员，军政部长、政治会议主席，旋代国民政府主席；国民革命军改编，仍兼第三军军长；十五年联任第二届中央执行委员，军事委员会主席团主席；十六年定都南京，任国民政府常务委员兼主席，十七年改任国民政府委员兼行政院院长；十八年联任第三届中央执行委员、常务委员。十九年九月二十二日薨於京第，春秋五十有二。国民政府令营国葬于首都紫金山东窪池之原。丑首未趾，以二十年　月　日葬。配方夫人，先公卒，葬长沙乌龟塘；子二，长翊、次翃；女四，其一殇；孙女一。公之世系、功业、行谊，具详于著述及年谱、行状、家传，谨揭其要刻石，纳诸圹，以垂无穷。

金陵经□□□钱庵刻石

据墓志（原拓存国家图书馆）

[民]谭祖安

谭墓墓志盖

故陆军上将范烈士墓表
（1936年国葬）

维中华民国二十有（五）年（二）月（十九）日，国民政府式遵先典，遣使送柩，将羽林甲士，前后鼓吹，以陆军上将威仪，与各院部长以下，葬我范烈士于总理山陵之阳，礼也。烈士讳光启，字鸿仙，安徽合肥人也。体纯懿之上德，粹忠贞之伟节。总角入学，综贯百家，弱冠勤事，卓著茂实。值胡清失序，天纲解纽，忧宗国之阽危，哀生民之殄瘁，矢志兴复，拯此元元。与于右任、陈其美、宋教仁诸公，创《民呼》报馆于上海。日本乘清政不纲，陵铄中国日急，烈士著文声讨。日领事讼之上海会审公廨，清吏大恐，捕于右任，下之狱。烈士徒跣走救之，又自慷慨就逮，对簿侃侃，辞色不挠。谳具，报馆封禁，而于右任得以赎论。乃改报曰《民立》。烈士既怀文艺之才，知机达要，鸿文日出，海内响风。以江淮之间，古多豪俊，刘汉朱明，声烈未泯，纠合同盟，创立江淮革命党总部。行己忠俭，遇人顺恕，东南志士，雾会响臻。安庆扬旆，广州举义，烈士筹策之功为多焉。武汉义师既起，四方响应，荆楚赣皖，先后光复。而贼之豪帅张勋、张人骏，大酋铁良，负隅金陵，抗拒大兵。第九镇新军将士，多明大义，遥受烈士印号。张勋患之，收其器械，使出屯秣陵关，诸将益恐怒，烈士与其美预作节度，以舟师济其军，资戒弹械毕至，乃发而偏率轻敌，迳攻雨花台贼垒不克，我师大奔。贼将发轻骑追之，前锋及高资。时林述庆以千人保镇江，柏文蔚所部千人亦新附，苏常震动，东南全局岌岌可危！诸将率无所统属，莫能决战守，烈士躬至镇江，激励将士，又违众议，拔徐绍桢为督，乞浙江出师，与苏军并力，军势赖以复振。绍桢感激用命，奋兵扑讨，霆击电扫，江表底定。乃亟迎总理，以中华民国元年元旦正位南都。政府既建，民党诸魁杰各居高位。烈士独深以胡虏未灭为忧，誓欲北伐中原，扫清群丑。募淮上壮士五千人，自将之。简练甲兵，搜讨军实，戎车既次，丑虏侧目。时袁世凯据北平为城社，阳遣使议和，而阴谋自王。烈士逆知其不可信，痛陈之于枋政，诸公不省，乃以所典兵还执事，躬返上海，复主《民立》报馆事。和议甫成，而遽释兵柄，裁兵不哗，匕鬯无惊，前所未有也。既遂初服，衡门悬车，跌宕文史。袁氏既得政，日以好爵羁縻天下士。奔竞之徒，莫不委质。闻烈士高名，征聘数至，终不降身。虽鲁连抗志于暴秦，幼安嘉遁于辽海，无以尚兹也。及宋教仁被戕，袁氏叛迹章露，烈士痛哭流涕，誓剪凶仇。而议者多主持重，莫敢发难。烈士独奋然兴起，冒危难入皖督师。既开府芜湖，发兵北拒倪嗣冲，又遣将定大通，躬入安庆，与柏文蔚并力进规上游。会胡万泰叛应袁氏，兵薄城下，僚属将佐震惧，有议举城降者。烈士慨然曰："吾党知杀身以成仁，不求生以害义。使吾得遂横草之烈，幸也！"将驰马赴敌死之，或强扶之登小舟以

[民]范鸿仙

免。会南都溃,事不可为,乃变姓名,亡之日本东京。时总理播越海外,深慨党人之无识,纪纲之不张,以致违命失律也。潜谋独运,改弦而更张之。昧者不察,动相阻挠。烈士曰:"吾党地广于贼,兵多于贼,顾不能办贼,而为所破者,皆违孙公节度故也。天下事犹可图,终成大业者,其孙公乎。"乃与陈其美力赞其事,密勿军国,嘉谋屡中。总理亦委任之。烈士益自发摅,请先归国,经营东南事。尽鬻藏书数十万卷以充军资,犹不给,则斥卖家人衣饰。午夜筹策,达旦不瞑,至于梦寐中大呼"讨袁"。诸将士感其忠义,附者日众。贼将郑汝成军屡夜惊,和门昼扃,不可禁止,乃悬金十万购烈士。烈士图之愈急,举事有日矣。自以将略非所长,上书总理,请命一上将来视师。总理遣蒋中正归,又以巨金犒劳。烈士感激流涕,谓所亲曰:"今日吾知死所矣。"越三日,独居治军书。夜漏四下,贼逾垣入,推刃割之,洞胸喋血,殁而犹眠。呜呼,烈矣!时民国三年九月二十日也。总理震悼,同志悲号。夫人李真如,慷慨明大义,善体烈士遗志,必待革命成功乃葬,

范鸿仙烈士墓鸟瞰图

灵輀漂遥沪滨二十有二年矣!国民政府褒扬勋绩,追赠陆军上将,特令陪葬山陵,以彰崇报。同志永思,缀辑功烈,以赞铭之。铭曰:

  明明上将,旷世绝伦。天祚汉族,维岳降神。
  茂德贞固,辅毗圣人。穷神知化,允武允文。
  奋奇夷难,毓德振民。殒身匡国,区夏以宁。
  邦家之彦,所谓斯人。穆穆盛典,陪葬山陵。
  式昭懿德,以慰显魂。

《范鸿仙上将灵榇移京纪念特刊》

游灵谷寺并谒陵园记

[民国] 曾迪公

久闻灵谷寺之林木幽深，总理陵墓之筑构宏伟，复员东来，惜少胜侣，久未前往一游。八月四日，社会服务处组灵谷寺旅行团，因邀周君念劬、史君一同往。适罗丈厚甫，已先期参加，因偕同游廿六人，乘卡车经中山门而前，刚抵城闉，马路平净如砥，夹马路树美国梧桐，皆张盖成荫，宛如两条苍龙，蜿蜒至山椒，已蔚为奇观，而树外如有巨人裸身横卧，仅著绿萝卫其下体者，古之钟山山脉，今之紫金山也。遥见高塔凌空，翠楼映日者，革命纪念塔及总理陵墓也，荡漾绿阴中。同游诸君，或坐或立，大都收束尘躅，一意向山矣。须臾绕华表抵革命纪念堂之丹墙，始如凫雁散而登山。前有横塘半亩，荷叶田田，红白花盛开，较环城诸湖，尤为绿净宜人。既而历烈士墓，皆勒石编号，不志名氏。绕石垣而南，有外似宫殿而内似桥梁之高屋一所，曰正气堂，中供烈士灵座，左右刊总理遗嘱，及国歌，四围均刊碑纪革命有功诸烈士名氏，面面有窗，仍不能解肃穆幽深之感。再上历高楼一所，碧瓦丹扉，开亮宏敞，下可寓数百人，登楼瞩目，则窗枢虽毁，而结构平实，宜于登览休憩。游人坐者卧者，携手而谈者，到此尤众。再沿石级而登，则革命纪念塔也。以钢筋水泥，铸为白石状，中竖巨柱，诸梯皆环柱而上，惟每层结楼处，与塔身相连，较诸倚窗为梯，处处凭藉塔身者，尤为空灵。随罗丈历级而登，每层小憩，遍指诸山，以相评赏。及至最高层，则当天而横立之方山，与迤左之牛首，均遥遥相对，因之共怀六朝讲学诸名哲之盛迹，响往甚久。而长江汤汤，初如一流，继如一绳，最后如白云横互碧空，相距曾不甚远。久不涉江，遥对洪流，便有风涛汹涌之势，苍松巨柏与杂树辈刺天竞长。返出脚下，大野如绿海平铺，秦淮诸流，暨有名无名诸湖港，如杯如盂，不可胜数。斯时城中炊烟四起，比屋接丽，如织锦交错，郊坰人家，如浮萍著水，如蜗壳附石，良禾苍黄，覆被田畴，更瞻江南土地之丰腴。适有异鸟一双，黑膺而白翅，绕塔一周，惊鸣而去。感山川之幽畅，景物之澄鲜，同游诸人，虽所领各有不同，然胸臆下舒，同抱出尘之想，证以塔门悬禁题字之板，而塔巅仍有好事者题名，盖今昔盛衰之感，情怀有所难制也。既而下高塔，入松径，访所谓志公塔者，团团墓所，制杂中西，前有石碑，刊李白赞，颜真卿书，吴道子画像，所谓三绝之碑也。画像肖否吾未亲见志公，无可稽考，而题字则大似学钱南园之流，殊非鲁公体也。嗣又缓步石子马路，经灵谷寺神龙祠，盘旋于八功德水池畔，瞻仰谭组庵先生国葬碑，白石长丈余，巨螭为趺，尤成伟构，清风徐来，游人渐聚。再登则谭公陈列馆及墓所，陈列馆旧有遗像及生前所用什物，今并铜鹿铜鹤而无一存，惟墓前小亭，及绕墓松柏，曾有昔日游客，谓更苍翠可爱耳。墓旁百尺，有小溪涓涓作响，水色苍白，知是山根流出，间有横石为桥，沿溪设庐者，游人或立或坐，姹女妙男，相映如仙侣。

　　旋入灵谷寺午憩，寺凡三楹骈立，皆周以砖墙，设茶市以饷游人，与峨嵋僧侣设榻以寓行人者无稍异。正殿祀诸佛及十八阿罗汉，金相庄严，乞签示灵者甚众。其余二楹，一悬达摩相，一供玉佛，有湘乡曾文正公昆仲木刻楹帖及墨宝，时贤之楹帖及题咏亦甚众，惟高垣下有明永乐中僧碑二通，一为宋濂撰刘基书，一为塞义书，门侧有神龙祠碑记，为曾湘乡书。据闻此文乃吴先生挚甫创稿，湘乡改其后章，列为己作，所以至今曾吴二集并列。此外则记僧腊、记布施之石，无甚深意也。适有美军携食槛，集一室，同游诸人或坐或立，久之乃得各踞一座，分茶点一包，载饮载食，各自成饱。最后集正气堂，摄影后步行以趋陵园焉。

　　陵墓雄峙明孝陵与灵谷寺之中，赤日当空，同游诸人沿马路步行，至音乐台集华表下，已多怀倦意，余独与周、史、秦诸君前往，一申展谒之敬。白石台阶，约十余台，计四百余级，夹于两旁绿荫中，如张素练百幅，直挂山腰。行人上下如蚁如蟹，蜿蜒不辍。初经碑庐，巨碑金字，如苍松劲竹，知为谭组庵先生书。再历一堂，榜示谒陵仪节，三休而后达灵堂；中坐总理白石遗像，四壁均刊总理墨宝及谭公书；寝门深掩，闻须定时开放，游人至此莫不录然谨严，余致最敬礼后，巡行灵堂一周而出。天生圣人以康中国，救斯民于水火之中，以入民主大同之域，岂一代兴国之英及一时蹶起之雄，可得比类哉！兹山因陵墓而愈张，建筑亦古朴而庄严，虽沦于东夷盘踞者八年，仅铜炉被炸有裂痕，大体尚少摧毁，岂非感人之深，使敌国丑类亦不敢轻于肆侮耶！久立华表浓阴下，斜视灵谷纪念塔及横疏诸山皆在足下，寓目之观，尤为寥廓。既下山，竟以百番市杯水济渴，松下候车，聆罗丈谈抗战初期仓皇出走，公私之损失，人民之死亡，追念血史，各怀感怆。忽有黄鹂独鸣，山蝉互噪，因之稍畅游悰。窃考明孝陵与总理陵墓及今之灵谷寺，均为钟山之脉，钟山旧有七十寺，自齐梁兴，递有废兴，至宋王安石并诸刹于太平兴国寺，而名刹半为丘墟，自此寝寝衰废矣。志公初建开善寺，已因建明孝陵乃迁于今之灵谷寺，志公之塔则又因建革命纪念塔而迁于今之松阴，岂关陵谷之变而已耶！志公为释宝志，太始中初见于齐宋之交，齐武帝由憎施敬，梁武帝礼敬尤敦，平生灵显多著于志公符，《南史》曾两记其人。或又曰志公金陵东阳朱氏妇闻鹰巢有儿啼声，梯树得之，抚为己子。虽为神道之言，具见当时颇有盛名。八功德水，则传为梁僧昙隐卓锡，为神龙所献；明初迁寺东麓，水亦随往。事虽不经，要亦若山故实也。且明初，两僧因宋刘诸公之笔，勒之山石；湘乡一时祷雨感怀，记之壁间，使后之游者，抚遗迹、思古昔，有不尽之意，岂非文笔之功耶！总理与谭公之丰功伟绩，及开国诸烈士之精诚壮烈，虽已昭如日月，传之万世，国史可纪，故老可访，然而有此陵墓，及此堂隍，巍然云立，当时党国元老大手笔具在，竟无述德纪功之文，使后生小子不得详其事迹，未始非遗憾也。至于志公者，一时僧侣之雄耳，幸有《南史》诸书以纪其事，得以流传至今，其墓石所刊三绝碑，实不如刊其小传，使览者得以追想之为愈（宜）也。除另为格（律）诗数章，随笔述怀外，爰志所游以资他日回忆。而服务社总干事吴君景康，招待尤为周至，并以致感谢焉。

1946 年 8 月 30 日《中央日报》

曾迪公　生卒年不详，生平不详。1946 年前后在世。

金陵览古（节选）
[今] 朱 偰
明孝陵及明故宫

　　明孝陵在钟山之阳独龙阜，阜高一百五十公尺；原为宋时太平兴国寺址，又称蒋山寺。六朝时，钟山佛寺甚多，有七十余所，至宋代，并诸小刹而为太平兴国寺，寺两庑级石而升，凡四五十丈云。明初以其地卜葬太祖，别于钟山东麓建灵谷寺，徙太平兴国寺于此。

[今] 朱 俊

孝陵高度自七十公尺至一百公尺，最后穿隧道而登祭坛，坛后为独龙阜，松柏蓊翳，即太祖埋骨处也。其中墓道绵长，石像森列，隧道幽深，墓穴廓大，徘徊其间，想见当年体制之崇闳；且远望红墙缭绕，隐现于万木丛中，古色苍茫，令人神往不置。

明故宫即昔之紫禁城，一名皇城，位朝阳门内，洪武门之北。城作方形，东南城址即今城墙，西以西华门为界，沿秦淮河；北与后宰门竺桥平行，系明洪武二年（1369）九月建，六年八月告成。尝填燕雀湖，建筑壮丽之宫殿于其北部；南则为大内百司庶府之所，实当时政事荟萃之区。满清入关后，遣将军率旗兵驻防于此，故又名驻防城。后经太平及辛亥之役，故宫荡为灰烬，仅余残砖败瓦，供人凭吊而已。据《江宁府志》所载，则今之西华门疑系顺治十七年（1660）所重造者，沿旧西华门名称，非明代宫城之西华门也。正南有门洞三，即昔日之午朝门，门外正南有外五龙桥，再南为正阳门（即洪武门，今改光华门）。午门内正北有内五龙桥，桥北为故宫遗址，今则禾黍离离，令人不胜麦秀之感矣。

九月三日，天高气清，已现秋意，因乘兴出中山门，拟游钟山，谒孝陵。道过明故宫，满目苍凉，仅余门楼遗址一座（归后考之，盖系西华门，西长安门，及东长安门，楼已无存，仅留门垣），古色黯然，点缀稻田之间。观览之余，不胜黍离之感。诵许浑诗：

玉树歌残王气终，景阳兵合戍楼空。
楸梧远近千官冢，禾黍高低六代宫。
石燕拂云晴亦雨，江豚吹浪夜还风。
英雄一去豪华尽，惟有青山似洛中。

余今日驱车过明故宫，亦有同感焉。

出中山门，旧名朝阳门，折北沿城墙而行。金陵古称帝都，城壕深固，惟城墙上枪痕凿凿，想像当年太平、辛亥之役，正不知此地几经征战矣。行行抵明孝陵，先见华表二柱，错落衰草间，其前石兽横陈，后则翁仲成行，因摄影一张，惟莠草颇高，摄取不易。按明时孝陵为禁地，陵内蓄鹿数千头，项悬银牌，往来林塾间。明亡，鹿苑之制亦随之俱尽。《秣陵集》卷六："钟山旧少林树，是以东晋有刺史栽松之令。孝陵之建，有松十万株，长生鹿千，今则林木仅有存者，鹿亦杳不可见，陵户间有收得银牌者耳。"故吴梅村《秣陵口号》诗云："无端射取原头鹿，收得长生苑内牌。"亡国之恨，隐于辞外。今则孝陵享殿摧毁，碑亭残阙，仅余石人石兽，错落西风残照之间，供人凭吊而已。

又前行里许，抵棂星门遗址，渡陵桥，入正门，有碑亭一座，矗立道中，上镌"治隆唐宋"四字。盖系康熙手笔。两旁更有乾隆御制诗并书。转出亭后，抵享殿，盖系后世重建者，中供明太祖像，旁悬楹联一副："与钟山终古；为民族争光。"系于髯笔墨。出殿，下玉陛，经殿后门，行甬道，两侧松柏交翠，楸梧成行；抵宝城，系明代建筑，其上故有楼一，今则仅余四壁，古色苍凉，遗制宛在。楼后则钟山连峰，苍翠宜人。穿行楼下隧道，拾级而登，抵孝陵，明祖埋骨处也，其上古木茏葱，浓荫蔽日。陵据钟山之阳独龙阜，形胜天然，登楼而望，则一抹长江，皎皎如练，远近长岭回环，错落天际；其下则石头城百雉纡余，万户栉比，登临长望，百端交集。流连久之，乃下陵，寻小径，拟游紫霞洞。

紫霞洞

紫霞洞在明陵东北里许，深处山谷中，有紫霞、说法二洞。紫霞洞可容十数人，旁有悬瀑，潺潺不绝，味极沁冽。旧为一道院红屋，特著于松林丛翠中，恍若紫霞。今陵园于其地植枫树、紫薇、碧桃、石榴等，红葩丹叶，名副其实焉。

由明孝陵而下，左转有一小径，行田野中，一路细流潺潺，盖紫霞洞瀑布之余泉。因缘溪而行，两岸各式杂花，纷开空谷岑寂之中。行里许，抵说法洞，有精舍一所，建于悬崖之下，拾级而登，则门户皆扃，不得已重行来径，山石嶙峋，古木蓊翳；久之抵紫霞洞，旧有道院，红墙一抹，掩映于松柏丛翠之中，远望之恍若紫霞。穿精舍，抵紫霞洞口，旁悬飞瀑，今则细流涓涓，如碎琼瑶。承瀑布有小池二，其下有古钟一座，杵作鱼形，古色黯然，下连水轮，往往隔数分钟，于水流潺潺中，铿然一声，响彻云霄。紫阳洞深数尺，可容十余人，两崖石壁，劈翠夹琼，洞中镌"紫阳洞"三字，并有考证，谓为元羽士周典修真之所，典系刘伯温师，明祖定鼎，追封为紫阳真人，为建道院一所，今则仅余遗址矣。

钟山紫霞洞(1922年摄)　　转自《南京旧影》

钟　山

　　钟山，古名金陵山，一名蒋山，一名紫金山，又名神烈山。钟山考据，各说纷繁，兹引其可信者如下，以备省览。

　　钱塘陈文述《秣陵集》卷一，引干宝《搜神记》曰：蒋子文，广陵人也，嗜酒好色，常自谓青骨，死当为神。汉末为秣陵尉，逐贼至钟山下，贼击伤额，因解绶缚之，有顷遂死。及吴先主之初，其故吏见文于道，乘白马，执白羽，侍从如生平，于是使使者封子文为中都侯，次弟子绪为长水校尉，皆加印绶，为庙堂，号钟山为蒋山。六朝以来，灵应甚著，洊崇帝号；今父老犹奉为土神。

祠一在雉亭山，为齐武帝射雉处，即骑亭山，以子文见神得名；一在龙尾山，即蒋山之麓。子文死钟山之阴，故有蒋陵之号。后湖亦名蒋陵湖也。

马士图《莫愁湖志》云：钟山在府治东北。汉末有秣陵尉蒋子文逐盗遇难，吴大帝为立庙，封曰蒋侯，因避祖讳，遂改钟山之名曰蒋山。南北并连山岭，其形如龙。故武侯称为钟山龙蟠。自梁以前，寺至七十余所之多。又名金陵山，道书所谓"朱湖大生洞天"也。《金陵地记》云："秦始皇埋金玉杂宝于钟山，以厌天子气，其后宝物之精上见，时有紫气，俗呼为紫金山。"又《秣陵集》卷六谓：嘉靖十年（1531），更名钟山为神烈山。

郎瑛《七修类稿》云：南京钟山，太祖陵在焉。云气山色，一日之间，青黄紫翠之色不一，人以为旺气所致，如汉高祖隐芒砀，而上常有五色之云。予见沈约《钟山诗》云"发地多奇岭，干云非一状"，则知晋时已如此也。

杜琼山《晓亭记》云：盖钟山者，气象之极也。当其明霁，方在于朝，时作殷红，时作郁苍，时作堆蓝。少焉亭午，时作干翠，时作缥白。俄而夕阳，时作烂紫，时作沈碧。素月照之，时作远黛，时作轻黄。星河影之，若素若玄。凡此无论昼夜，皆山之晓也。惟不幸而霾雨，而穷阴，而风霾尘沙，而妖氛，山隐于垢浊。晦昧不见，如此虽在永昼，亦山之夜也。

山峙立城外东北隅，海拔千四百尺（即四百五十公尺），三峰耸立，第一峰最高，据全山之中央，称曰北高峰，介乎中山墓与明孝陵之间；第二峰曰茅山，高三百五十公尺，其西即中山墓；第三峰为天保城，高二百五十公尺，将来首都天文台拟建于斯，环山马路已筑成。全山东西约长七公里，南北三公里，旁薄数十里。钟山居高临下，易守难攻，南京历代战争，辄以钟山为全城锁钥，第三峰近城堞，尤称要害。太平军于第三峰筑天保城，今遗址犹存。辛亥之役，浙军克天保城，南京遂下，后建有纪功碑于此。今遥望其地白色尖培之处即是。

由紫霞洞登钟山，原无途径，仅说法洞上有残径宛然，惟行不数步，即没于丛草间。无已，寻路而前，得雨水冲沟一，即循之而上，白石崚嶒，登之颇劬。惟由此直上高峰，最为捷径，因坚忍出之。可一小时，始抵正路，自以为已近山巅矣；举首远眺，则钟山蟠龙夭矫，依然在望。因循路行，折向东北，奔茅山，回首西望，则晴江一抹，浴日反照，皎洁似练；天保城山石崚嶒，错落斜阳影里，风光极佳，忆东坡《和王胜之游蒋山》诗云："峰多巧障日，江远欲浮天。"

《西清诗话》云：元丰中王文公在金陵，东坡自黄北还，日与公游；后渡江，至仪征，和游蒋山诗，寄金陵，王胜之公亟取读，至此二句，乃拊几叹曰："老夫生平作诗，无此二句。"今余身临其境，益觉诗人三昧，盖从体验中得来，非强学所能几也。

缘道北行，至北高峰与茅山分界处，至此山回路转，折向西北，行石径，径诣最高峰，行于龙脊之上。一路山石嶙峋，突兀万状，或危岩削成，或孤峰直上。时已向晚，日色苍黄，在悬崖之顶摄影二张，飘飘有凌云之势。既而披草莱，拨荆榛，达最高峰；有瞭望台一，矗立山巅乱石中，登此而望，则远近群峦，尽收眼底，长江自西南来，绕石头城，向大荒东流。诵太白句："孤帆远影碧空尽，惟见长江天际流。"洵得登高山望大江之致。俯瞰石城，则千堞万户，隐现晴霭之中，金陵形势，一览无遗，开襟当风，超然物外。凭眺久之，乃下瞭望台，迤逦西行，则见玄武湖澄潭绿水，一碧千顷，岛屿点点，如铺锦绣；其外则江流浩荡，波光相映。时斜阳将下，远景烟霞，江水湖光，映落日余晖，反照耀目，晚景之佳，以此为仅见。流连久之，乃下山归去，已近黄昏，深山人静，顿觉幽凉。道旁杂树阴森，满山惟闻蟋蟀声。行行绕过溪壑，转出谷后，听流水潺湲，宿鸟扑漉，尽增懔栗。仰见山崖作黝色，沉沉似墨，俯瞰石头城，初则一片晚雾，笼罩似幕；继则千家灯火，灿若繁星。因疾趋而下，天已深黑，幸有新月一弯，送我归程。道随山数转，始见村落，禾黍气息，弥漫水沼间。须臾出孝陵旁，行原路归去。夜色中翁仲对立，黑影憧憧，在衰草蟋蟀之间，更觉神秘，蛩声唧唧，如话兴亡。过前湖，路已不可辨，幸去城不远；彼荒村夜犬，吠影吠声，空谷足音，幽邃迷路，益令人惴惴焉。

附《夜过明孝陵》二首：

无言翁仲影憧憧，残月朦胧一夜风。

惟有悲秋虫唧唧，兴亡如话汉时功。

废沼依然落月中，金凫飞去泣西风。
荒陵石马今犹在，何处当年万本松？
一九三二年十月写于鸡笼山麓。

《汗漫集》

朱　偰（1907—1968），见前。

章太炎曾谒孝陵
[今]杨心佛

[今]杨心佛

鲁迅在《趋时和复古》这篇文章里，曾提到章太炎于民国十五年为军阀孙传芳邀请赴南京主持"投壶"事，对之进行讥讽。文章说："清末治朴学的不止太炎先生一个人，而他的声名远出孙诒让之上者，其实是为了他提倡种族革命而且还'造反'。后来'时'也趋了过来，他们就成为活的纯正的先辈。但是晦气也夹屁股跟到。……孙传芳大帅也来请太炎先生投壶了。原来拉车前进的好身手，腿肚大，臂膊也粗，这回还是请他拉，拉还是拉，然而是拉车屁股向后，这里只好用古文'鸣呼哀哉''尚飨'了。"

这事，实为章氏一生的白璧微瑕。但查阅《章太炎年谱长编》，却说章氏并未参与投壶，现再做一次文抄公，摘录有关材料如下：

"八月六日，盘踞东南五省（笔者按：系浙、闽、苏、皖、赣五省）的孙传芳为了提倡'复古'，在南京举行'投壶'古礼（宾主依次投矢壶中，负者饮酒），原定邀请章太炎主持，章未去，当时报纸屡纪其事。"

投壶于8月6日举行，"大宾本请章太炎，因有事未能来，临时改请姚子让，大馔为杨文恺"。

8月8日，章氏应五省联军总司令孙传芳、江苏省长陈陶遗"特聘"到南京，任"修订礼制会会长"。9日在联军总司令署开修订礼制成立会。报载：

"孙陈特聘章太炎为修订礼制会会长，但焘为会员。章氏已于昨（八日）夜到宁，下榻教实联合会。九日正午在省署瞻园公宴，下午四时在总部西花园开第一次礼制讨论会，晚七时复行雅歌投壶礼。"

据《申报》1926年8月10日《南京快讯》8月9日报道，章氏以"疫气深重"即乘夜车返沪。8月13日，发出通电，反对北伐。

从以上所录，看来"投壶大典"章氏虽未"主持"，但"雅歌投壶"还是"复行"了一次。上述文字，说章氏于8月8日夜车到宁，8月9日即乘夜车返沪，似乎在南京只呆了一天。但仔细研究一下，章的8日到宁，已见报载，确乎可信，而9日返沪，则是依据致李根源信中所说，究竟他本人是否返沪，其中大有回旋余地。

现在笔者在南京明孝陵的隧道中，发现了一方为人忽略的石刻，却对这段史实提出了疑问。

这方石刻记的是8月29日章太炎与友人谒陵的事，而且同游的人竟然还有李根源，不能不引起人们的重视。

因为按时间计算，它是在投壶之后二十天的事。

石刻是章氏亲笔书写的石鼓文，然后就刻在原来的隧道石壁上，需要抬头注视，才能隐约看到。笔者也是在一个偶然机会中发现，临时用铅笔将它拓印回来，因为原文是石鼓文，细加辨认，文字如下：

"民国十（五年）八月二十九日余杭章炳麟、腾冲李（根）源、崇明徐兰墅同谒陵，记于隧中。"

这段文字，是章氏自己无意中留下的痕迹，事在投壶之后，有可能是去而复来，不为人知；也有可能根本就不曾离开南京。究竟属于哪种可能性，只有留待专家们去研究吧。

顷阅《吴县文史资料》第四辑李根瑄《李根源先生的生活和爱好》一文载："民国十二年他赴南京的紫金山，谒明太祖陵。民国十四年，同章太炎再谒明太祖陵。民国二十七年，又去谒孙中山陵墓。他三次去南京谒陵，都有题字刻石。"而隧石题为"十五年"，似为李根瑄记忆之误。

《金陵十记·记陈迹》

杨心佛（1910—2000?），南京人。早年尝读小学、私塾，十六岁孤身赴常州习画。历任《华报》记者、全球通讯社编访部主任等。参与组织南京市书画研究社，与金干城、李诚斋同为常务理事。"文革"中曾入狱，下放农村。后任上新河中学语文教师。留心南京掌故。著有《白下丛谭》、《金陵十记》。

梅花山

[今]黄　裳

很早就知道汪精卫葬在南京的梅花山。在重庆时就从朋友的信中知道汪的遗嘱还要人家为他树一块"诗人汪××"的墓碑。这是效自叹"误尽生平是一官"的吴梅村的故技的。这梅花山的名字也许与史阁部的梅花岭有着影射的作用。总之，汪是在弄得身败名裂之余也还想使人家相信他是"爱国者"。当汪作的一首"不寐"诗传到大后方以后，很多人都注意了。郭沫若先生还作了"考证"，终于不知道"如含瓦石"那一句说的是什么。原诗如次：

"忧患重重到枕边，心光灯影照无眠。梦回龙战玄黄地，坐晓鸡鸣风雨天。不尽波澜思往事，如含瓦石愧前贤。郊原仍作青青色，酖毒山川亦可怜。"（原注：《广雅堂集》"金陵杂咏"有云：兵力无如刘宋强，励精图治是萧梁。缘何不享百年祚？酖毒山川是建康。其然岂其然乎？）

[今]黄 裳

这诗很能写出汪的心事。这诗作于南京，金陵四战之地，郊原春色，大约很使这位投机者心中不能宁贴了。诗中那句"鸡鸣风雨"，使我想起一个故事。听说有一位老先生，重游南京，登鸡鸣寺，下望考试院，知道这就是汪的伪府的办事处以后，喟然叹曰，汪逆不愧为风流人物，傀儡登场，还选了这样一个风雅的地方。可惜处身于饿鬼道、辱井之间，不覆败何待？

饿鬼道是说梁武帝饿死地的台城，辱井则是胭脂井。

一九四二年冬过金陵，在一个寒风凛冽的向晚时分，登台城一望，伪府的那些崇楼高阁上插了不少旗帜，当时心想过几年收京之日，再过此地一看，一定会有今昔之感的。

经过洛阳，看见汪精卫、陈璧君两逆的铁像跪在街旁，小便满身的样子，完全是仿效西湖岳坟前面秦桧夫妇的格局，当时即想他日归来，伪府的一切，大约要给人打得粉碎了吧，要想看看傀儡的遗迹也将不可得。其实这倒是过虑了。考试院还是考试院，那样漂亮的房子怎么舍得拆掉呢？也不曾在前面树起一块碑，记下当年汪逆精卫曾经傀儡登场于此之类的话头，有点遗憾。更遗憾的是那"青山不幸埋奸骨"的梅花山也很少有人知道了。打听起来颇为费事，而且走到那里，即使已经站在那地面上了也还不知道，遗迹破坏得非常彻底。不用说，在我这样有一点点"历史癖"的人觉得缺然，即使是有"正义感"者想去小便一通也没有了目标，真是可惜之至。

打听梅花山这名字，是一件困难的事情。在南京是不大有人能说出它的坐落来的。只得到一点印象，说这是在中山门外，与中山陵在一起的，真不知道一个"有鬼论"者将要怎样想像，孙中山先生也许要派了阴兵来将汪精卫赶出去的罢？有如《今古奇观》上所写的羊角哀的故事一般。一夜风雨之声，金戈铁马之声，结果是地面上斑斑点点的血迹……

梅花山汪逆精卫墓（转自秦风编《民国南京1927—1949》）

现在却已经有另外的一批人将汪精卫赶走了。也神秘得很，至今没有人能说出这是一批怎样的人物。只知道梅花山上现在是已经没有什么墓的了。

听朋友说在明孝陵的宝城上面可以望见汪墓。一天与C出城，先跑到了孝陵，天很热，站在孝陵的宝城上披襟当风，看满天骄阳，和那像蒸笼一般的南京城。在眼前，有一片浅浅的湖水，好像也将要为强烈的太阳蒸发得干了的样子，去找那小山岗，却总是找不到。四顾荒芜，没有一个地方像是曾经起过墓的样子。

口干舌燥了，到茶馆里去吃茶去。就在孝陵前面，有两家茶馆。卖茶，也卖汽水。生意很不错。豆棚瓜架，一头小毛驴睡在草棚旁边。我们在葫芦架下泡了两杯浓茶，歇歇疲乏的脚。茶博士是一个小孩子，走出走进忙碌得很。我们向他问了些我们所需要知道的事，他忙得很，只回答一两句，就跑到别的地方去了。这样，经过好几次的问答，我们知道了一些事。

梅花山就是茶馆对过的那座山。梅树的确是有的，小得很，好像刚刚弄起来的树圃。更加上半人高的荒草堆满了山，更显得荒芜了。

这山本来是吴王山。据说吴大帝孙权的墓在这山上。不过，后来我们跑了好久，终于没有找到一点断碑残碣。——听说是还有一块碑的。

汪精卫的墓就在这山上。胜利之后这里忽然又热闹了一个星期。便衣人布满了岗,没有人准许到山上去。白天没有动静,晚上听见隆隆的炸声和一阵阵的火光。还有一批批的卡车在那条新辟的山路上来往。一星期后,一切寂静,山上也再没有什么遗痕。付了茶钱以后,穿行于没胫的蔓草之间上了山。当路之处有几座小房子,是陵园管理处之类的机关。再向右折,有一条汽车路,旁边堆满了还没有用的水泥碎片,杂树丛生,走到上面,四望廓然,明陵与中山陵都在眼底,这是一块孤悬的高地,再向下走就没有路了。

这里就是曾经费了一个星期的时间发掘过的地方,奇怪的是完全看不出发掘的痕迹,好像又用压路机压平了的样子。只留下了几块断石,其中一块是只余一半的断碑,碑面磨得平滑得很,上面还不曾刻上字迹。

发掘出来的事物运到了什么地方,没有人能知道。

又从什么小报上看到过这样的记载。当初汪的棺木运到这儿之前有过另一次出丧,也许葬在此地本来即是"疑冢"。

到底实际的情形如何,没有人能知道。

《黄裳说南京》

半山寺与谢公墩
前　人

在南京城里,东面的一角,本来是明故宫的遗址。不过现在却连废堵断石也少见了。听说这些都已经被什么人搬了回去作了庭园的装饰。不用说,这自然也是"雅"得很的事。如果想出城,到明孝陵去,走近中山门,左望一片荒芜,还有那一草不生的"富贵山",实在使人寂寞得可以。其实这儿就正是王荆公故宅的半山寺的遗址。几次经过那一带,都不曾去看,因为害怕这已经十分荒落,会连一点遗迹也寻不到了的。后离京日近,才去匆匆地看了一次,印象不错。自然那颓败荒凉原是早已料想到了的事。

我们沿了明故宫的废址走去,这儿虽然已经找不到一些遗迹,可是御河的旧道还存在。悬想当日这一带正是南明弘光的小朝廷的所在地,也好像真的能想像出那位"虾蟆天子"的一举一动,他身边那些女人吹奏的细乐声。……

御沟拖出了一道水田的水道，两岸有着垂杨，水田里有着鸭群，看见人来了，都逃了开去，发出怪声来。我在很窄的一条垅上走着，踏着湿而软的泥，有点惴惴然。不久，从柳阴中发现了一角危亭的影子，好美，该是摇摇欲坠的样子了吧？我想到了"危亭翼然"的话，那似乎真是"危"的，有点凌空飘举的意思，"翼"字也好得很。

再走近一些，可以看见两株高得很的古柏。——抱歉得很，不说不识菽麦，树的种类我也分不清的。——一条小径穿进去。在城边上，地势高起来了，亭子就在山上，旁边是一堆破烂的房子。

不出所料，这一堆破烂的房子就是王荆公的故居了。先抄一点关于"半山"的故实。

《舆地纪胜》："由城东门至蒋山，此为半道，故名。"悬想宋时这一带正是附郭的地方。王荆公住在他的钟山南面随分作的园囿里面，是可以一下就看到紫金色的蒋山的，没有现在的一垛墙围着。人们出城上山，大约也都经过这里，不像现在的非经过朝阳门（今中山门）不可的。

我们走进了寺门。一片荒凉，院子里满是堆过稻草遗留下来的乱梗残叶。看着墙上镂空的窗户，木榍已经无存，却有些庭园的趣味。在空落的耳房里，地上，架了四挺机关枪。

这就是王荆公的故居了。

刘成禺《金陵今咏》中有一首诗："废址无人听水来，半山亭半寺门开。马房榜殿僧难住，又是争墩笑一回。"诗后有注说："半山寺由荆公舍园为寺，谢公墩在寺旁，前岁与鹤亭、拔可、葆初诸公往游，全寺夷为马房，殿芟草秣、死驹纵横。僧人云：谢公墩亭兵欲眠马，予辈以死争之。……"是了，是了。这是民国二十三四年的事。现在马已没有，兵却还在，自然不是当时的兵，穿了破烂的黄布短衫裤总是一样的。那个以死力争的和尚大约也自知徒然而走去了吧？找不到一个和尚。

徘徊在耳房里，在墙上忽然发现了一块石刻。是清道光十六年丙申九月钟山戍客奎光所题。有一颗"戎马书生"的小印，开头时说："半山寺故址，乃宋相王介甫园囿。介甫罢相闲居半山园时，命笋舆于钟山白荡之间，往来游眺，题诗甚多。后遂舍宅为寺。……"

我仿佛可以看见熙宁罢相以后的王介甫，一个清癯的老头儿，在这里的左近徘徊。环境是寂寞的，荆公的心事恐怕更为寂寞吧？在现在看来，王安石的理想自然不能算太高，然而就是这并不算太高的理想，就已经弄得寰宇骚然，"正人君子"如司马光、苏氏父子都出来说话了，于是乎罢相（英宗治平四年即公元一〇六七年，以安石知江宁府），做了一个闲官。在金陵住了十七年，在元丰七年，他请以所居宅舍为寺，赐额"报宁"。

这真是可怕的寂寞呀，没有一点同情，到处都是一闪闪睒着的白眼。甚至连他所关心着的，为了他们而弄得如此狼狈的老百姓也不能了解他。宋人话本中有《拗相公饮恨半山堂》，加以嘲骂，这自然还是有些受了苏洵宣传的影响，"囚首丧面，而读诗书"，简直把他描画成一个怪物。连他是为老百姓的幸福而工作着的事都给遮没了。到现在，小朋友们恐怕还在读着那篇有名的"宣传文"——《辨奸论》吧？在老百姓的想像中，半疯的不近人情的王安石后来终于疯狂了，他一生所造的"孽"全由他的儿子偿付，半夜的噩梦中，他看见了他的死去的儿子在阴间受着怎样惨酷的刑戮，满身血迹，王安石从噩梦中惊呼着醒转来。

我想起了屠格涅夫所作的《工人与白手的人》。

王介甫在寂寞中死去，我还清楚地记得他在末落的哀愁中所作的一首诗："自古英雄亦苦辛，行藏端欲付何人。当时黮闇犹承误，末学纷纭更乱真。糟粕所传非粹美，丹青难写是精神。区区岂尽高贤意，独守千秋纸上尘。"

出寺门，左折，一片假山——也许是真的山也说不定，不过那装置，排列，是异常工致的，也自然得很。石头上杂生了小树，那个从远处望起来秀整得很的亭子就在山上。要到山上去又发生了困难，一位"同志"肩了枪说是不许上去，看那样子似乎是再动动就要开枪的样子了。向他交涉也无效，后来跑到半山寺后的小房子中找到了两位军官，他们倒客气，一挥手，我们就安然无阻地走上去了。

这又是一座可怜的亭子。里边堆满了稻草，碑看不见了。不过悬在亭子顶上的两块匾还可以看出来，一块是"谢公墩"，一块是"临风怀谢"。是谢安的遗迹。传说谢安与王羲之曾经到这里来登临过。谢安的侄子谢玄，就是曾经破苻坚大军的名人，他的孙子谢灵运也曾住在这里。谢安有一段很有名的故事，他少时即有重名，征辟不出。隐居东山，以妓自随。这是后人很好的画题。我前年在重庆的故宫书画展里看见一幅明朝郭诩所画的"东山携妓"，至今不忘。画中的谢安石，宽衣大袖，戴了唐巾，胡子清清楚楚的一根根可以计算得出。不过立在他后面的几个妓女，鼻子都隆起着，好像要打嚏的样子。画上有一首诗："西履东山踏软尘，中原事业在经纶。群姬逐伴相欢笑，犹胜桓温壁后人。"阳夏在现在的河南，画里的东山据说是在会稽，今上虞西南四十五里处。不过看诗语及《谢玄传》，他后来是做了桓温的司马的，指挥他的侄子与苻坚作战，住在建康，那么现在的谢公墩，很可能就是当日携妓之处了。

王安石还有一段小故事，非常有名，那一首诗小时背得熟："我名公字偶相同，我屋公墩在眼中。公去我来墩属我，不应墩姓尚随公。"后人称之为"争墩"，那位与兵士以死力争，不得眠马于亭内的和尚，也给加上了"争墩"的雅号，其实是差得远了。

匆匆一看就下山来，感到满意。这种地方，是破败也有破败的好处的。如果一个好地方，名胜之区，看不见一位"同志"，在我，那反而是要感到意外而觉得"遗憾"的吧？

沿了原路回去，又经过了那两株古柏前面。——有的书上说是桧，远远望来是两株，近处看，是各有两株的，一共四株却分成了两组。一株已经上半枯萎了，另一株却还繁茂得很。

一九四七年。

《黄裳说南京》

王介甫与金陵
前　人

历史上和南京发生过关系的名人真是太多了。南京像一座雄伟的舞台，数不清的帝王将相、才子佳人都在这里上演过悲壮雄武、哀感缠绵的活剧。当然，他们中间有正面的英雄，也有反面的丑类，更多的则是近于平凡的"中间人物"。以演员而论，就有主角，也有配角和龙套。归根结底，真正闪闪发光的名角是并不多的。而王安石则是少数使我不能忘记的名角中的一个。

王安石一生中和南京曾经发生过几次密切的关系。当他还是一个少年的时候，曾随着在江宁府做官的父亲在这里住过一个时期。后来就是在他的晚年，两度罢相后，都回到南京。第二次一住就是十年，最后死在这里。

南京是留下了王安石的一两处遗迹的，至少在记载上是如此。三十多年以前，我曾经按照《金陵古迹图考》的指引，寻访过这些遗迹。那就是在中山门内的"半山园"和"谢公墩"。这次重游，有一部车子，方便是方便得多了。但有一利必有一弊，也就没有了当年安步当车的方便，一下子就开出中山门外去了。我只从窗口张了一下，什么都没有看到。不过我想，三十多年前也只不过是一个土堆的地方，今天还能留下什么来呢？很可能已经是一片崭新的建筑了。这是很自然也很值得高兴的事。只要我们知道在这一带曾经有过哪些遗址，也尽够了。

王安石的"半山园"，据旧记，就坐落在宋江宁府东门与钟山之间，恰好一半路程的地方。这里原来是谢太傅（安）的园池故址，正在上、下定林寺中间。谢安也在这附近留下了一个土堆子，就是有名的"谢公墩"。它在"半山园"的后面，我去访问的时候，连一棵小树也没有，是不折不扣的一个土丘。但就是这个土丘，留下了"争墩"的故事。王安石有两首"谢公墩"绝句：

"我名公字偶相同，我屋公墩在眼中。公去我来墩属我，不应墩姓尚随公。"

"谢公陈迹自难追，山月淮云只往时。一去可怜终不返，暮年垂泪对桓伊。"

两诗之中，人们大抵只熟知第一首，但写得好的却是第二首。王介甫哪里是在说谢安，他正是在说他自己。罢相，也就是与政治生活告别，这在王安石是不能甘心的。他的诗集里像这样的作品还有不少。他有那许多政敌，却没有把这些诗拿来，深文周纳，上纲上线，揪去批斗，不能不说，比起苏轼来，他是运气多了。

三十多年以前，我到这里来访问时，对这位政治家、诗人是充满了同情的。那时他还不曾阔起来，被捧为响当当的"法家"。三十年后，我对王介甫的感情也并没有什么变化。现在，那阵喧天鼓噪所引起的"反胃"感觉也已消失，这就使我们可以再和王介甫平静地相处，读他的诗文，考虑他的言行。他是一位伟大的历史人物，他在九百年前进行的那一场政治改革，也是影响巨大的。就从改革引起了那么强烈的反对看，也可以知道他的政治措施的深刻意义。但这终究不是像"四人帮"

的论客所宣传的那样，他的头上应该并不存在什么刀枪不入的光圈。

清朝有个蔡上翔，作了一部书为王安石辩诬，提出了一些好意见。不过因为同乡的关系，有些强词夺理的话也说得十分可笑。其实这并不是研究王安石的好办法。前些年蔡上翔的书几乎被定为标准历史读物，当然那些形而上学的方法也被许多人继承了下来，至今也还没有很好的消毒。例如，当王安石罢相之后，苏轼到南京来看他，两人交换了许多诗文、禅悦方面的意见。有的研究者就说，因为两人在政治上是敌对的，王安石无话可说，只能采取这样的应酬方法，好像王安石就像一个两面派。其实王安石在并不与政治上的反对派相对时（他有不少和尚朋友），或一个人关起门来时写下的诗文，同样的思想也是充分流露了出来的。这是想把王安石打扮得"正派"一些，不慎误将鼻子涂白的并不聪明的作法。

王安石推行的"新法"后来终于失败了。为什么失败，研究者也还没有提出可以使人信服的分析。有人说，原因之一是，"新法"虽然意在抑制豪强和大地主，但可惜没有对他们进行更为致命的打击。这是要求王安石背叛自己的阶级去做一个"彻底的革命派"，这样的要求无疑是过高了。同时人们还指责宋神宗的态度不够坚决，都是非常奇怪的逻辑。

"新法"的失败，我想原因之一恐怕在于执行中间走了样。本来的良好意愿，最后变成为人民带来苦难的东西。查查"乌台诗案"，苏轼在一些诗中说的一些怪话，都被一一指出了写作的动机。如"老翁七十自腰镰，惭愧春山笋蕨甜。岂是闻韶解忘味，迩来三月食无盐"。就被说成是"讥盐法太急"。这是当权者判定的"罪案"，应该是可信的。带了镰刀上山的老头儿，当然也不会是地主。苏轼对政策的具体执行提出了意见，被打成"反革命"了。这本身，不也说明了"新法"执行者的峻急么？

不过，作为一个勇敢的改革者，王安石是很值得佩服的。特别是他所提出的"三不足"。"天变不足畏"，是带有强烈政治斗争性的朴素唯物论思想。"祖宗不足法"和"人言不足恤"更是勇敢的宣言，是九百年前坚持实事求是、坚决不搞"本本主义"的政治宣言，直到今天都是生气虎虎的政治见解。

从南京回来后，又找出雁湖李壁笺注的《王荆公诗文》来读。仿佛很能弥补我此次匆匆经过的缺憾，把钟山路上的景物，又重温了一遍。不过有趣的是，王介甫诗最动人的篇什往往是描写春天景色的。像"春风自（一本作'又'）绿江南岸"那样的名句，不必说了，我一直爱读的是《北山》：

"北山输绿涨横陂，直堑回塘滟滟时。细数落花因坐久，缓寻芳草得归迟。"也真写得好。这北山是否即是《北山移文》里的北山，李壁没有说，不过，在灵谷寺一带确是随处都能看到这样的景色。也不只是北山，江南一带，这样美妙的地方又哪里没有呢？王介甫喜欢春天，这是很有意思的，很能说明诗人的精神境界。即使在退休的日子里，过着貌似闲适的生活，还保持着可贵的生机。他还写过"割我钟山一半青"的诗句，王介甫不只要向谢安"争墩"，还要求钟山"割青"，都表现了诗人有趣的心理活动。

同样的"闲适"诗，还可以举出《钟山即事》："涧水无声绕竹流，竹西花草弄春柔。茅檐相对坐终日，一鸟不鸣山更幽。"真是静极了。但不能相信，诗人在这样整天静坐的时候，就一些思想活动都没有。

不过王介甫是不会安于投闲置散的生活的。在他的诗中，愤激、悲凉的调子也时时可以听到，而且往往更为激越和撼人心弦。如同样也是写春暮景色的《萧然》一诗：

"萧萧三月闭柴荆，绿叶阴阴忽满城。自是老来游兴少，春风何处不堪行。"可能是在大病之后，舍宅作"报宁寺"，移寓秦淮时所作。诗人的心境更加寂寞，但并不颓唐。他说"何处不堪行"，正是因为"俱不得行"的缘故。

李壁在诗笺中还时时提供了一些侧面得来的有关王介甫的资料，他记下一位任金陵酒官的朋友的话。留在王介甫身边的一个老兵时常来买酒，向他打听介甫的生活动静，老兵说："相公每日只在书院中读书，时时以手抚床而叹，人莫测其意也。"老兵不能理解的其意，我们是多少可以知道的。李壁作笺的那首《新花》诗，是写老病中的心情的，全诗充满了一种末世的凄凉。经过十年身心折磨摧残的王介甫,好像已经完全失去了旧日的锋芒。像"驽骀自饱方争路,骥騻(古骏马)长饥不在闲(马厩)"那样的抗议的声音已经再也听不到了。当听到皇帝给他加封了"舒国公"的称号时,他作了三首绝句,他说:"国人欲识公归处,杨柳萧萧白下门。"这是一声悲凉的叹息,他知道自己的事业已经到了将近结束的时候了。不过他还是清醒地估计到自己的生平事业在历史上留下的印迹,他将不会为人民所遗忘。

王介甫没有猜错。当他死后,关于他的事业的评价,就一直争论不休,几百年后也不曾停止。反对他的人还把他写进了小说,他的一个绰号"拗相公"也因此流传下来了,不过这绰号倒很能传出他在政治斗争中不屈不挠的姿态与风格。出乎意料的是,在九百年后他又"时来运转",很阔气了一阵。多年来,不同的政治集团与个人,结合现实斗争的需要,都曾借了他的"幽灵"作过种种文章,这本是司空见惯的常事,只不过最近这一次表演,格外热闹,也格外离奇而已。他有一首题为《读史》的七律:

"自古功名亦苦辛,行藏终欲付何人。当时黯黮犹承误,末俗纷纭更乱真。糟粕所传非粹美,丹青难写是精神。区区岂尽高贤意,独守千秋纸上尘。"

真像早已预见到他将被各种论客梳妆打扮上演种种喜剧、闹剧似的,早已为"四人帮"的"评法批儒运动"作了总结,多么深刻的一个总结。

王介甫到底是值得佩服的历史人物。人们走过南京城东、半山园侧时,是不能不想到他的。

一九八〇年一月七日。

《黄裳说南京》

黄　裳(1919—2012),原名容鼎昌,山东益都人。生于河北井陉。早年在上海交通大学就读。后任翻译、记者、编辑、编剧。尝在《文汇报》工作,任编委。工散文,富藏书。学识渊博,著述甚多。著有《过去的足迹》、《榆下说书》、《旧戏新谈》、《银鱼集》、《金陵五记》、《珠还记幸》等。

明楼赋
[今]袁裕陵

公元二〇〇九年七月三日,政府有司及各界人士齐集于孝陵宝顶前,庆贺方城明楼复建工成,属余作赋以志其盛:

维元苛政之暴虐兮,英雄起自八方。如火之熊熊烈烈兮，似水之浩浩汤汤。聪慧机智神勇兮，问何人能匹？为僧为王为帝兮，乃太祖元璋。建元除旧肇新兮，改革政体；与民休养生息兮，治隆宋唐。遵历史发展之规律兮，人终有一死；慕钟山祥瑞之王气兮，陵作以龙藏。前朝后寝，后圆前方。气象雄伟，俯视群冈。诚建筑之奇观兮，开陵寝之新制；仰帝德之尊严兮，期大明之永昌。

2009年复建孝陵明楼竣工（据网络图片下载）

无情岁月，六百星霜。纷飞战火，历史创伤。崇楼倾圮，陵园就荒。狐兔营穴，马牛徜徉。睹迷离之寒烟兮，何人扼腕？践凝碧之衰草兮，我心惭惶……

今逢清平时世，喜见国力腾骧。感孝陵园景之损毁，冀华夏文明之重光。传承历史兮，明楼重建；精工雕琢兮，做大文章。崔崔嵬嵬，翼翼堂堂。清清穆穆，烨烨煌煌。飞阁流丹，下临无地；画栋栖云，上接穹苍。耳边涌松涛万顷，眼底来翠色未央。斯是佳日，景美辰良。登临杰阁，意味深长：同庆明楼，壮观永存天地；共祝神州，大道齐迈康庄。

电子邮箱传送稿

袁裕陵 1950年生于南京。祖籍河北深州。曾到高淳插队，回宁后在粮食部门工作，后借调至省作家协会诗词协会从事研创工作。历任江苏省楹联研究会副会长、春华诗社常务副社长、南京市楹联家协会主席、南京市民俗博物馆顾问。与人合著《当代诗词学》、《青少年学诗写诗入门》等。

附录一

钟山游草

嘉庆庚午秋镌　卧云楼藏板

钟峰长啸图序

嘉庆庚午岁六月，孙子虎溪出示筠谷崔丈所画《钟峰长啸图》，并取历年来与其师马月川钟山倡和诗一册付之剞劂，征同人题咏，属余弁言于首。

钟山，余生平未得造观之地也。夫近在郡城，举步即是，然少以诸生力学，故闭门呫哔，无暇言游；中年出走外郡，旅食京师，以及游宦滇黔远省，不少名山大川可喜可骇之观，或为道里所必经，或因勾当公事相聚咫尺，辄纡道一往。综计半生，游迹多在边徼，独回望家山如钟阜者，反远隔千万里外，欲归而游焉岂可得耶。今归矣，霏岚翕黛，朝夕在眼，但未尝振策一跻其巅，举凡岩壑之高深、泉石花木之幽异，无从亲识其状，而确指其处也。虽然身所到者以目游，身所未到者以神游不同，而所以娱快心意其趣一也，况有其图与其诗之可以省览而吟诵者乎。则虽未获游，而先以一序为后日之游之嚆矢，亦奚不可。今与虎溪约，秋间必一至钟山，登西南两峰，遍求一人泉、霹雳涧诸胜与六朝以来名贤之遗迹。虽老矣，犹能援笔成图，即事赋诗，为兹山增一重翰墨缘也。

同学弟胡钟晚晴氏撰。

钟峰长啸图序

虎溪诗人者，余从母弟也。性耽吟咏，从家君游历有年矣。遇春秋佳日，辄登山临水，遍访名胜之地而后快，所到之处必有诗以纪之，诗不成不乐也。数年以来，积诗既富，而与家君游览唱和之作，十居其八，其中游钟山之诗，则又指不胜屈焉。岁丁卯冬，家君见弃，虎溪来吊，为诗四章，有云"山荒何处可招魂？云气蒙笼画亦昏"，又云"七字难伸千种思，长吟聊结再生缘"，读其诗，缠绵凄楚，何情之真而语之挚也。

今筠谷崔翁，画《钟峰长啸图》以赠。翁年近百岁，精神矍铄，犹操笔作画，见之者目为神仙中人。虎溪得此图，思遍求诸名流题赠，而又虑此图之狭而难该也，爰刊长啸图自序、并载先君与虎溪游钟山之诗，以为征求之具。先君全稿已乞交知校订，将付之梓，而虎溪全集行寿梨枣，又岂仅沾沾咏钟山而已哉。

嘉庆十五年六月上浣，白下马梦魁伯梅氏拜题。

钟峰长啸图自序

　　金陵诸山，惟钟阜为最钜，南北两峰，高数百丈，冈峦绵亘，周十余里。东晋以来，都城附于其麓，名贤贵胄，日事游览，故六朝胜迹之在金陵者，钟山十居六七焉。余平生癖山水、耽吟咏，少从姨丈马夫子游，学为诗古文辞有年矣。夫子性喜登涉，每命驾必之钟山。春秋佳日，余从夫子及同社诸人携酒榼茶具茵褥食饵等物枝，担以壮奴一两人，穷日之力，循麓至巅。凡岩壑之幽邃，泉石花木之奇异，以及六朝宋明诸贤名迹，无夷险必获乃止。倦则荫深林，藉草石铺茵坐卧，拾松枝煮泉以解渴，意有所会，引满相属；醉则或联吟、或分韵，各极其心所欲言而后已。少休复游，游倦复息，如是者以为常。迄今山中之泉，入口即辨其味；寺僧野老，不问而知其姓名。盖余之游亦久且熟矣，是以余诗数卷，与吾夫子唱和者为多，而唱和之诗，则又游钟山者为尤多。丁卯冬，吾夫子去世，迄今三四年间，余游钟山诗未尝不忆夫子，忆夫子诗亦未尝不言钟山云。今年，崔丈筠谷见余诗，而喜余之健于游也，作《钟山长啸图》见赠。嗟乎！余之诗本不工，而幸附吾夫子名作之后，又得崔丈之画，以永其传，岂非厚幸哉！惜吾夫子不及见此图，为可伤耳。丈年九十有六，步履强健如少壮，游兴其未倦乎。余又将与不老神仙，向钟山从赤松子游矣，岂不更幸哉。夫子讳光祖，字月川，晚号定溪居士。

　　嘉庆庚午夏日，白下孙龄虎溪氏著。

　　龄因崔丈既赠此图，窃不自揣，欲乞诸吟坛君子题咏，而又难以挟图遍求，是以将自序用付剞劂，略见大意；敬录月川夫子游钟山之诗于前；妄附鄙作于后，以志一时师弟追随之谊。倘海内诸君子不吝珠玉，有以教龄，俾积累成集，则幸甚焉。

钟峰长啸图

（见下页）

鍾山詩文集

金陵佳山水巍峩仰鍾阜暇日動
高吟三五聚良友孫山賦奇才予
題不停手掲来陝山樹萬戶羅煙
叢長啸發幽思裁箋披左右如此
巒斜川晨夕豈非偶 己巳仲秋
虎谿五世兄屬
九六老人崔瑤并題

钟山游草题词

王勿庵　少司空，以衔，归安人。
旷达孙苏门，临风啸空谷。清响激层冈，萧萧振林木。
谁与嗣斯音？乃在图半幅。策杖健攀跻，鹄立山之麓。
放眼天地宽，古今一信宿。在昔萧梁间，当机竞秉轴。
智力岂难凭，风镫过眼速。长松六代门，荒草数间屋。
世事付残阳，诸公何逐逐。天风起刁调，落日下飞瀑。
藉此声长啸，以呼尘梦熟。

秦易堂　司业，承业，江宁人。
　　山气葱茏护石城，壮游新集早裒成。
　　登高共奋磨崖笔，读赋犹馀掷地声。
　　纪胜诗联珠乙乙，寻幽路记石庚庚。
　　年来已有归田志，便拟从君振策行。

陈耳荪　司马，鸿焘，六合人。
　　名流胜地证前因，作赋登高笔有神。
　　却忆谢公江令后，六朝山惯款诗人。

　　谈经马帐记渊源，更有新诗与细论。
　　绕郭名山助清啸，白门风雅胜苏门。

　　写图人是崔黄叶，尺幅青苍逼九霄。
　　识得山灵真面目，不将金粉效南朝。

　　侬住龙津古渡头，隔江山色到南楼。
　　年来偶被红尘绊，屡负携尊襆被游。

　　春明门外整归骖，一路灵区次第探。
　　齐鲁好山看不了，定添新咏到江南。

吴山尊　太史，鼐，全椒人。
长啸出烟鬟，江南第一山。放观天地大，好趁此身闲。
绝顶我曾到，蒙萝不易攀。移文再三读，惭愧鬓毛斑。

吴懿山 孝廉，受祉，无锡人。

势随九嶷参突兀，气接蓬瀛显郁勃。
钟毓原来天地心，故与游人辟灵窟。
邛州竹杖谢公履，层云欲傍襟怀起。
虬鳞奋张万岭松，螺髻洗出东山峰。
昂首直搏天际鹏，俯瞰蛟龙搅雪长江中。
先生弟子尽名宿，诗筒茗椀追芳踪。
忽闻林壑发清响，小玑片玉生和风。
展君诗卷读君画，此身顿觉尘魔空。

姜兰石 孝廉，本礼，六合人。

湿翠淋漓一抹浓，吟声高压六朝松。
神传师弟联吟日，酒担诗瓢云外钟。

声华久已重都城，此日豪游赴帝京。
愧我临行无以赠，题君诗册送君行。

秦宜亭 侍御，绳曾，江宁人。

天台作赋属君家，钟阜新游集更夸。
绘得秣陵风景妙，毫端犹觉带烟霞。

诗人啸咏寄岩阿，箬笠芒鞋乐趣多。
借问草堂名胜地，韭菘风味美如何？

姜春帆 孝廉，士冠，六合人。

虎龙蟠踞势雄奇，豪客登临健笔□。
绛帐远追千古谊，翠岚新写六朝诗。

为披酿雨浮烟景，却忆停车仗策时。
惆怅人师难再得，同游合认岘山碑。

◎人师：月川先生，冠未获师事，而瞻仰光仪，实深景佩。闻已仙逝，悼恻殊殷。◎同游：明岁南旋，拟随杖履同作蒋山之游。

陈竹村 茂才，垲，顺天大兴人。

苏门长啸有高台，旧日登临野望开。
泉迸珠玑咽危石，树含蓓蕾逗疏梅。
携琴竹里传三叠，立马花间醉百回。
一自征轮偕计吏，披图往事起裴徊。

◎共城旧有啸台，家君作宰是邑。余以侍养，暇日屡游其间，故忆及之。

读罢新诗意黯然，髫龄随侍彩衣翩。
揭来冀北三千里，梦绕江南二十年。
待兔功名惭我拙，雕龙藻思仰君贤。
高峰想见晴云护，何日重寻水石缘。

莫春田　茂才，汝培，江浦人。
杖策游观意洒然，唱酬风趣俪先贤。
苏门合听孙登啸，骏足谁加祖逖鞭。
如此烟霞容小隐，可知松桂是前缘。
惭余恐负天台梦，不到钟山已十年。

哈荫亭　份，上元人。
君不见虎溪之志在山水，
又不见虎溪之枝继前美。
间作长啸绍祖风，时向钟山快仰止。
小立峰巅眼界宽，置身已在云之端。
天风翛然野服受，偶动幽兴引青鸾。
长啸一声非丝竹，清音欲与云追逐。
絪缊之气蕴藉中，高低飞扬震林谷。
源远溪斜作细流，声外有声散复留。
钟山自古毓灵秀，又得虎溪时唱酬。
百岁老人我契友，赠君一图空前后。
扫去一切生面开，笔健高超真大手。
山本名高重六朝，又添妙技记诗瓢。
时逢征鞍赴冀北，壮游怀抱逍遥逼。
君名一路知者多，到处停鞭人皆识。
泰岱奇观多赋诗，处处登临遇最奇。
惊人之句动台阁，梅花早放向南枝。
京师游观才卓荦，冠盖填门笔勤握。
近日繁华谁不贪？归计宜早毋忘却。
脱身南归慰倚闾，再游愿结钟山庐。
日向灵谷啸风月，不妨唤我老樵渔。

吴达夫　广文，介宝，江宁人。
我生金陵四十年，足迹未放钟山巅。
毋乃猨鹤易腾诮，笑我未老懒使然。
虎溪出图走相告，云是崔公钜笔挥神鞭。
突兀一峰插霄汉，旁有天梯石栈相钩连。
飞泉百道漱鸣玉，苍松一径凝寒烟。

钟声隐隐出古寺，如闻清梵流哀蝉。
对之不觉发狂叫，况乃身到青冥前。
呼童捡点双腊屐，杖头先觅沽酒钱。
后游得与吾其俦，请君洗耳高秋天。

金茹斋 茂才，诰，江宁人。

谁将图画写游仙？长啸钟峰最上巅。
声下半空鸣涧谷，云飞五百起松烟。
居然赉酒邀青眼，竟欲携诗问碧天。
从此苏门知有凤，枕流清绝一人泉。

马榈村 上舍，士图，江宁人。

一声惊起云中龙，峥嵘头角钟山峰。
行雨不肯归碧海，爱听长啸潜孤踪。
苏门仙人啸不已，金丹奉母今居此。
天风鼓吹鸾凤音，听时未许俗人耳。
峰头啸罢复高吟，吟声戛玉还敲金。
曾记前年招我听，啸声吟声清人心。
仙句吟成寿梨枣，更寻思话弹瑶琴。
思话弹琴空剩石，石上松盖犹森森。
弹指五年见此图，江山依旧眼模糊。
六代烟岚滴紫翠，崔颢手笔真仙乎。
忽缩峰峦列屏幛，阴晴变幻有万状。
座客惊闻清啸声，啸声却出溪籁上。
君今挟图将北游，双峰轻载车一两。
啸声远振黄金台，萱帏笑倚钟峰望。

冯少瘴 明经，震东，滁州人。

西风卷云天光绿，钟峰插空净于沐。
有客登临聚主宾，酒榼诗囊担一仆。
江左孙郎兴豪迈，登高一啸震林木。
万鹤盘空飞不栖，孤猿抱树静还伏。
山灵闻声应笑语，古今奇籁唯君独。
忆昔东吴蒋子文，军声十万围山麓。
又忆移文托孔君，狂歌夜夜出茅屋。
从未孤声澈远霄，令人一听惊心目。
但惜去如流水流，焉得常闻在林谷。
崔公老人九十六，抽毫为写锦一幅。
绘出奇声楮墨间，高风千载犹堪读。

我来为客江南城，开卷宏音耳畔生。
只愁一夜南风起，吹度长江作雨声。

周晴川 上舍，鸿鉴，江宁人。

探幽曳杖出红尘，古木阴浓六代春。
岂必丹成天上去，得来仙境即仙人。

镇日山中云里行，踏云应觉此身轻。
豪情直出白云外，未必云能碍啸声。

周月溪 茂才，宝倛，江宁人。

昔日孙登有啸台，高风今又见仙才。
云中忽听一声起，唤醒痴云合复开。

春秋无岁不经过，曾共探幽踏绿萝。
记得锦囊贮佳句，先生诗更比侬多。

豁尔惊从空际闻，余音袅袅散斜曛。
卷从灵谷松风里，虎啸龙吟两不分。

驱车北上壮游踪，云水一重山一重。
定发豪情登泰岱，啸声不独在钟峰。

胡芸泉 孝廉，澂，江宁人。

钟峰探胜汲清泉，选石题诗句亦仙。
堪羡苏门成小隐，一声长啸白云边。

师弟偕游雅趣同，穿云到处坐春风。
名山遗咏传千古，从此香生一瓣中。

滇黔万里侍亲颜，叠嶂层峦几度攀。
自笑归来经十载，反教辜负六朝山。

◎滇黔：余随任往来云贵十一年。
◎辜负：家山诸名胜从未造观。

相见春明握手欢，披图把卷思漫漫。
他时共著登山屐，扪石攀萝仔细看。

伍芝山 国子监学正，长恩，上元人。

未披图册到吟坛，佳句先从壁上观。

展颂烟云双管下，诗中好作画中看。

　　师弟风流足颉颃，学山愿果至山偿。
　　唱酬高勒层崖处，空谷常留一瓣香。

　　雅音叠叠咏烟萝，胜地前贤几度过。
　　我读诗同琴入听，此间松石意良多。

　　旅中索我赋云鬟，妙境嫌予未共攀。
　　闲里咏哦眠里忆，朝朝吟梦到家山。
◎旅中：时寓京师。

马伯梅 茂才，梦魁，上元人。
昔有苏门啸，于今且绘图。钟峰万壑响，孙氏两贤符。
列宿罗胸次，双眸渺市区。鸾音横碧落，气宇压三吴。

地纵分南北，人宁判古今。登临自千载，豪放有同心。
飞鸟闻皆静，疏钟撞欲沉。步兵谁个似，烟染北山岑。

释松亭 弥朗，上元人。
　　两耳凭谁喝是非，闻君长啸出崔巍。
　　音连瀑布喧空壁，声杂松涛卷夕晖。
　　古涧蛟龙冲浪听，苍岩鹡鹤破云飞。
　　囊中赋就游山句，只恐阳春和亦稀。

黄小秋 上舍，金，甘泉人。
　　小住钟山且作家，传经师弟癖烟霞。
　　云迷翠合峰无影，径转香生路有花。
　　选胜共寻山屈曲，联吟互赏句清华。
　　振衣绝顶舒长啸，仙境思浮八月槎。

鲍绿村 茂才，樾，江宁人。
　　卅载依滁老课农，家山久不著行踪。
　　一人泉冽思烹茗，灵谷云深忆听松。
　　忽接鸿文惊吐凤，如闻清啸振蟠龙。
　　江南江北声相应，凡响琅琊转愧侬。

黄秋舲 上舍，钰，江宁人。
　　西北峰峦，东南烟水，乾坤大半游归矣。故园我亦爱钟山，山光变幻真无比。　　泰伯堪师，介夫继美，联珠合璧追温李。骚坛远近竞传观，集成印贵金陵纸。
调寄《踏莎行》

◎宋孙介夫师事李太白，学问淹贯。虎溪师事马月川先生，合梓《闲日游钟山》诸作。

章荆帆　明经，沅，江宁人。

是我曾游地。忆攀萝、缘磴踏交，层翠转眼。金台羁别梦怅望，云峰千里喜□。□画里、岚光犹是。一幅旧游传啸咏，似当年舞雩春风意。感往昔，长如此。

天涯一笑逢知己。恰分明、那回白下，者番燕市。不为看花来上苑，著甚鞍银裘绮？论风景、江南何似。约得归时同记取，蹑钟峦更泛青溪水。把佳会，重联起。
调寄《貂裘换酒》

鲍漱石　茂才，淳，江宁人。

山色呈奇，渲染倩、暮烟朝旭。如观贝、迎眸似白，倏成紫绿。孙子爱山同爱画，及时登览休还复。对丹崖、青壁短长吟，云生足。　　题警句，才何速。鸣得意，口先蠙。接苏门嫡派，声穿灵谷。误听圆通钟几杵，惊飞霹雳珠千斛。试披图、声色两分明，留芳躅。
调寄《满江红》

吴兰坪　茂才，藻，江宁人。

何须丝竹，爱清音山水，供人坐卧。长啸一声陵谷响，惊起猿贪鹤惰。螺髻眠云，松钗煮茗，闲把奚僮课。草堂未出，移文漫许轻作。　　更羡师弟追随，题襟分韵，得句频频和。酒榼茶铛装点好，携向云根石垛。身世无猜，烟霞有癖，麋鹿俱成夥。倘歌招隐，画图会许添我。
调寄《百字令》

周竹恬　上舍，介福，江宁人。

猿鹤遥相迎。羡词人、云筇雨屐，酒瓢茶鼎。最是孙登长啸好，恰与松涛互应。听徧也、人间仙境。头白山僧能款客，汲清泉小憩钟山顶。咽不及，白云冷。

落花啼鸟归题咏。问前游、君留鸿爪，我如萍梗。六代繁华成一梦，却被蒲牢唤醒。剩碧草、黄花满径。又为登高重结约，望秋山瘦尽斜阳影。浮大白，助游兴。
调寄《金缕曲》

钟山游草

秣陵　马光祖　月川甫著

灵谷寺
志公卓锡有奇缘，占得龙盘石一拳。
清净身留舍利塔，广长舌在倒流泉。
松门五里青成雨，竹岭千层绿到天。
多少唐陵与汉寝，何如衣履奉金仙。

灵谷闻钟
灵谷花宫何处寻？鲸鱼蓦地发长吟。
一声尽醒齐梁梦，千古长和山水音。
欲识法王狮子吼，且凭棒喝老僧心。
从来般若无言说，天籁偏能豁素襟。

宝公塔
志公卓锡有奇缘，占得龙盘石一拳。
清净身留舍利塔，广长舌在倒流泉。
松门五里青成雨，竹岭千层绿到天。
多少唐陵与汉寝，何如衣履奉金仙。

【注】此处原为《晤灵谷僧祇园》诗一首，与后《喜晤灵谷寺祇圆上人》相同，故略去，换录《灵谷禅林志》所载作者是诗，恰为该稿本所失收者。

丙寅仲春，门人孙虎溪招余及刘在竹游钟山，先留宿冯汇东家，即席奉赠
年来何事可开颜，绣佛长斋日闭关。
偶过苏门发清啸，又逢大树许同攀。
香霏几席梅侵户，黛染帘栊屋枕山。
如此幽闲东道主，来游无怪不知还。

山　行
岚气湿人衣，濛濛入云去。
但闻流泉声，不见流泉处。

花朝日将游钟山一人泉，遇雨不果
揭来信宿钟山下，相期石髓杯中泻。
况逢明日是花朝，多应不负看花者。
谁知入夜起东风，银钩玉蒜敲帘栊。
诘朝雪霰霏霏下，阻我寻芳独恼公。
忽然梦到龙蟠上，嫣红姹紫纷如障。
玉女三浆捧帝壶，流霞杯里翻红浪。
仙人邀我共题笺，月珮风裳翰墨鲜。
从今天上春如海，不数钟峰一勺泉。

清明偕门人游钟山，憩圆通寺
前朝陵墓锁烟霞，咫尺堪寻佛子家。
宴寝凝香无麦饭，世尊微笑付桃花。
却看山色真难老，只有春光不用赊。
倒尽一樽芳草地，浑忘榆火绕邙斜。

九日偕门人孙虎溪出朝阳门望钟山
重阳欲就菊花杯，郭外篮舆蒋阜隈。
投树乱鸦千点落，横天新雁一行来。
秋风何处商飚馆，九日谁人戏马台？
唯有草堂容我到，晓猿夜鹤莫相猜。

圆通寺喜晤道公上人
西来大意有谁知？何幸莲池为决疑。
已悟此身非我有，若思作佛更成痴。
栽田吃饭寻常事，运水搬柴旦昼为。
绝不谈禅禅味足，善言般若是吾师。

喜晤灵谷寺祗圆上人
才从竹院叩禅关，握手欢然便解颜。
不是三生盟石上，那能一笑契人间。
平时常示维摩病，此会偏偷半日闲。
何用丰干更饶舌，早知灵谷有寒山。

叠前韵谢祗圆上人见酬之作
退院年来久闭关，无人得拜紫芝颜。
偶寻曲迳通幽处，已觉双林非世间。
舌到广长惟守默，身归清净莫过闲。

从今识得真如意，一谒香台当入山。

和夏竹香《游灵谷寺杂咏》

曾此寻幽我旧谙，骑驴扫塔定林庵。
若愁元亮攒眉去，莲社应添酒一坛。

又

六朝如梦一声钟，唤醒痴人春睡浓。
欲问萧梁兴废事，饱看惟有寺门松。

又

当年九曲旧池名，风雅昭明何所之。
千古英灵应识我，临流有客又题诗。

游钟山寻萧思话弹琴处

钟山如龙作龙吟，天风拂拂笙竽音。
天籁地籁谁能和？人籁应推雷氏琴。
我来独慕萧思话，当年意气何豪迈。
一弹再鼓风泉鸣，万壑松涛共澎湃。
于时宋祖霁龙颜，含笑还将异数颁。
玉女三浆帝壶酒，许教酣畅翠微间。
虽云周卫奏薄技，亦见君臣相得矣。
曲高自古知音稀，何幸天颜竟有喜。
青松落落石盘盘，曾听当时古调弹。
松有心兮石无语，石林日冷松风寒。

一人泉

探奇钟峰顶，来汲一人泉。泉仅给一人，山灵奚取焉。
宝藏兴无尽，乃尔惜涓涓。一瓢余或足，七椀数难全。
锵锵碎玉戛，累累珍珠悬。竟如逢石髓，白日升青天。
细思钟山英，寓意何深渊。使人对蹇浅，贪心于此捐。
世岂尽夷齐，廉让庶无愆。

秋仲登西山文昌阁即事

上山聊借葛陂藤，不惮云梯几百层。
天际龙蟠千叠嶂，窗中星闪万家灯。
花枝红拂寻诗客，石磴黄飘扫叶僧。
从此阮孚应腊屐，重阳风雨亦来登。

题西山山房

天边列岫对禅扉，不许纤尘点翠微。
绕迳秋花红到槛，一双蝴蝶上阶飞。

九日同人登西山即席分赋，用杜少陵蓝田庄及九日韵

心随迥野豁然宽，老去惟思觅古欢。
且逐孟嘉嘲落帽，不从贡禹庆弹冠。
商飚馆废秋风急，吴帝陵荒夕照寒。
太息齐梁人不见，江山如旧不同看。

人言胜迹足徘徊，宋武还留九日台。
小迳香幽黄菊冷，长天日暮碧云开。
已逢有客持螯醉，不虑无人送酒来。
戏马事遥殊寂寞，何如文阵自相催。

客钟山怀张益壮

晨夕相依臭味同，那堪为客各西东。
疏钟催梦春山外，孤馆怀人夜雨中。
镇日无心芳草绿，几回啼血杜鹃红。
遥知望远张平子，定有相思托塞鸿。

拟沈休文《钟山应西阳王教》

南邦擅名胜，古贤觇地灵。龙蟠仰钟阜，虎踞连石城。
岚光照廛市，秀色满郊坰。北山迄南廓，千古不断青。

触石耸奇峰，排空列诡状。紫翠朝暮殊，形势东西望。
甘霖遍四野，肤寸引层嶂。实为江左福，岂但资雄壮。

凝笻登绝顶，山川见瑰奇。遥瞻双阙峰，近带九曲池。
羽旄杂云卷，铜辇随风移。天低红日迎，仰攀若木枝。

自昔多高人，结茆在山足。次宗开讲堂，彦伦隐岩曲。
青松励吾节，白云淡吾欲。蹇浅一人泉，饮之心自足。

洞天三十一，仙驾驻崇基。飘扬飞翠盖，仿佛下云旗。
汲泉烹白石，和露餐紫芝。愿随松乔辈，千载以为期。

钟山游草

秣陵　孙　龄　虎溪甫著

秋日和马月川夫子《出朝阳门野望》元韵
小阁宵酣竹叶杯，晓乘谢屐蒋山隈。
峰头鹤带寒云去，驴背人随返照来。
远树翠攒灵谷寺，野花红上读书台。
无心久似闲云淡，鸟雀何须见客猜。

山　行
破晓登宝山，斜阳下紫岫。
漫道空手回，白云携满袖。

春日游灵谷寺
一
五里入松径，岚光满目青。来寻六代寺，更上半山亭。
试茗烹云涧，临风听塔铃。一声清磬响，摇曳度禅扃。
二
绀宇隐深林，桥横石径阴。读碑怜字古，伐木应山音。
梅拟天花胜，云如佛法深。提壶流水曲，诗思费沈吟。
三
石磴穿空翠，幽深殿几层。窗撑山外雨，云暗佛前灯。
垒甓何年建，攀萝此日登。欲询六代事，闲话白头僧。
四
阶下礼金身，蒲团悟净因。钟鸣僧上殿，饭熟鼠窥人。
塔迥云中树，花开世外春。何时构茆屋，于此作幽邻。

宿钟山麓怀八弟赊月客都门
梦断孤鸿叫，征人何日还？堪怜钟阜月，同照蓟门山。
难解别离思，况于兄弟间。无聊眠未稳，松影独幽闲。

登钟阜
游山趁逸趣，访古钟峰西。踏石云生履，穿花露湿衣。
寺围松迳暗，烟压草堂低。人迹罕能到，春莺处处啼。

和夏竹香游灵谷寺诸处元韵

钟阜遥横卧碧岚，四围山色冷云庵。
钓诗具在何方觅，童仆肩挑酒一坛。

四顾深山何处钟，遥闻声渡紫烟浓。
云披破衲僧归寺，雪点虬枝鹤上松。

游钟山寻萧思话弹琴处

一声清啸峰头踞，不见萧子横琴处。
猿鹤潜踪众壑深，俯送斜阳西海去。
峭壁千寻开洞天，金银楼阁悬层巅。
异香扑鼻灿芝草，掉臂欲入尘缘牵。
长林小憩值樵客，能识当年一片石。
天半龙吟松栝声，云根雁足莓苔迹。
知音宋祖赐琼浆，君臣相得共称觞。
一弹再鼓万山响，余音飞绕双凤长。
风景依然人世异，扣石相赏千秋事。
风流试问草堂灵，白云无语穿空翠。

未到钟山倏经三月，冬日复客卫中，喜月川夫子、闵蓼江踏月枉顾，留赠一律，次韵奉酬

不辞寒夜过冈东，无限相思一旦通。
客值来时茶已熟，人逢良夜烛偏红。
惯闻话旧侵窗月，似解谈诗入户风。
更定游山来日约，钟峰休教碧云笼。

赠灵谷寺祇园方外，敬步月川夫子元韵

面壁多年不启关，恬然鹤发驻童颜。
三乘妙法红尘外，一片慈云碧障间。
笑我却从愁里老，羡君肯向死前闲。
欲随杯去真难渡，不二门中万仞山。

霹雳涧

山破石泉开，珠玑滚滚来。瀑飞千嶂雪，声吼一溪雷。
不作催诗雨，偏能泛酒杯。涧边听不尽，小酌坐莓苔。

送月川夫子之孝陵卫设帐

出郭传经远市尘，筍舆破晓入松筠。
不惟灵谷迎词客，更喜钟山得主人。

岭上寒烟封户暗，云中疏磬入窗频。
诗翁若试如椽笔，先咏梅花寄早春。

暮春偕周晴川西山文昌阁晚眺
高阁凭临瞰远村，和风拂面喜初晴。
女桑叶减春蚕长，南畛人多早麦成。
双髻盘云天阙迥，一龙卧野蒋山横。
窗迎宋武登高处，碧草黄花夕照明。

游灵谷寺
萧寺绝尘氛，旃檀古殿焚。翠排千嶂木，幽护一堂云。
壁响飞流落，山明夕照曛。与僧半日话，归路暮钟闻。

赠灵谷寺六和上人
静里乐天真，融融满面春。能恁般若妙，参破去来因。
香积饱禅味，袈裟绝世尘。廓然无挂碍，麋鹿日相亲。

赠灵谷寺祇园上人，次周晴川元韵
禅室双林曲，云栖物外身。世间无此境，花界自生春。
苔色讲堂净，经声空谷频。羡君能独醒，愁煞梦中人。

庚午春日游灵谷杂咏
钟峰雨霁晓岚滋，春色晴明觞咏时。
杨柳绿浮陶令酒，杏花红入放翁诗。
深林烟护千年刹，古道苔封六代碑。
镇日出游游不倦，此心独有白云知。

午梦初醒上翠微，牵衣曳屐踏斜晖。
双双白鹤松闲立，两两黄鹂花外飞。
云纵去来无老死，石因顽钝免嘲讥。
频年自觉机心尽，犹恐闲鸥拟是非。

暮春偕杜心堂、夏竹香、儿子莲亭游灵谷寺晤祇园上人
云里招提石径蟠，雨余山色碧犹寒。
蒲牢几杵春将尽，壮宇一声花欲残。
工部欣逢联咏好，维摩话旧触心酸。
人间往事如流水，那及空门万虑宽。

松花绽雨石溪香，山翠飞来晚更苍。
烟磬隔林僧课梵，鹓冠照水客流觞。
杖迎舞蝶游桃坞，衣曳闲云过草堂。
回首六朝成梦幻，空余荒径冷斜阳。

偕周月溪灵谷听松

五里绿云齐，涛声过涧溪。鹤栖萧寺北，人立石桥西。
飞瀑响难辨，疏钟度欲迷。赏心忆贞白，徙倚夕阳低。

志公塔

松排山麓碧云横，一塔高标远望明。
日绚琉璃辉舍利，风敲铃铎说无生。
仰观北斗星堪摘，直拟银河浪有声。
不见志公衣履迹，翘瞻法相更奇清。

五里松

寒空一派怒涛声，夹道乔松五里迎。
翠滴直疑灵谷雨，阴浓不辨蒋山晴。
干高百尺龙鳞老，脂结千年琥珀成。
遮遍南朝萧帝寺，钟鱼清韵隔林鸣。

灵谷竹林

郊晴翘望绿遮空，修竹千竿古刹东。
满地破云灵谷月，一天细雨蒋山风。
来寻禅室寒烟隐，静听疏钟曲径通。
绀宇碧分深处见，浑疑居在渭川中。

同社诸人联咏

甲子秋日，闵蓼江邀余及月川夫子、张益庄丈、周月溪、刘在竹、夏竹香诸子同游钟山、灵谷诸名胜，辄于途中即事联句，用志一时之胜概云耳。

霹雳涧

四望气苍茫，俄焉皓月光。_{竹香、虎溪}
金门辉碧瓦，石马卧清霜。_{月溪}
鸿雁征人字，芙蓉倩女妆。_{月川}
钟声幽谷出，山影远林藏。_{竹香、月川}
两袖清风爽，单衣薄露凉。_{竹香、月川}
狂歌踏归路，缓步陟高冈。_{虎溪、竹香}
村犬迎人吠，篱花泥客香。_{月川}
数椽茅屋小，一径石桥长。_{竹香}
蟹伏寒沙底，碑残古涧旁。_{虎溪}
泉流犹在耳，诗思各回肠。_{在竹}
名士成佳会，豪情觅醉乡。_{月川}
一时游兴适，何日不重阳。_{月溪}

圆通寺

竹篱茆舍二三家，岑寂真堪避世哗。_{月溪}
人为寻秋来古寺，僧因留客点新茶。_{蓼江、月川}
一声清磬疏林静，百尺飞泉曲涧斜。_{月川、月溪}
阁杪轻烟分树色，台前细雨坠天花。_{月溪}
圆通妙谛禅心活，方外幽情酒兴赊。_{月溪、竹香}
暮霭远凝迷石迳，夕阳返照透窗纱。_{竹香}
荆公遗迹埋荒草，宝志浮图抹晚霞。_{虎溪}
何处高人吹玉笛？曲终深谷白云遮。_{月溪}

西山晚眺

山环城郭水环山，选胜何如在此间。_{竹香、益庄}
草木作声寒有信，江天绘影雁初还。_{虎溪、月溪}
疏篱月冷黄花瘦，古迳云深白鹤闲。_{竹香}
人坐峰腰衣染黛，展经石磴藓成斑。_{月溪}
胸襟潇洒怜丛竹，岩岫萦回抱远关。_{竹香、月川}
老衲担柴衫履破，饥鹰啄木树枝弯。_{在竹}

煮泉留客茶烟淡，绕屋凝霜柿叶殷。月川
九日高台刚咫尺，好乘余兴共跻攀。月川

灵谷寺

秋光都在四山中，乘兴登临一眺空。虎溪
风逐寒云遮鸟道，竹摇疏磬出花宫。虎溪、月川
涧边霹雳声何壮，峰到崔嵬势倍雄。月川、虎溪
缠树古藤长间短，学书新雁拙还工。虎溪
晨钟破处痴人醒，古寺行来曲径通。蓼江
沂水何殊今日乐，兰亭堪拟此山崇。月川
渐看晚霁霞拖北，才觉烟消月已东。益庄
禾稼收时平野阔，村村箫鼓庆年丰。益庄

附：作者简介

马光祖（1805年前后在世），字月川，一字定溪，上元人。诸生。喜游历，每遇佳山水，辄穷其胜，必至人迹所不到处，肆意啸歌以为乐。曾携弟子孙龄寻钟山定林寺、开善寺遗址。工诗。著有《笛楼诗稿》、《钟山游草》（与孙龄合著）。

孙龄（1810年前后在世），字虎溪，上元人。清道光监生。官守备。辞归侍母。早年从同邑马光祖游，曾刊二人游钟山诗为《钟山游草》。擅诗，兼工山水。住金沙井望鹤冈，筑卧云楼。与马士图、周宝侯、马梦魁、黄钰、吴藻、鲍樾、鲍淳、周介福等有诗画之交。著有《紫筠馆诗抄》。

附录二

丁亥重九
紫金山天文台
登高诗集

（民国三十七年重阳节）

冒广生

丁亥重九紫金山天文台登高，赋呈右任、溥泉、煜如诸公大教

昨雨分明洗污尘，朝来风日一番新。
天能万事从人愿，诗是前生种佛因。
好醉淳醽酬令节，欲知贤主视嘉宾。
乾坤旋转需公等，老我凭高岸角巾。

靳　志

丁亥重九，三原院长、沧州馆长、沁水部长召宴紫金山天文台，不分韵、不限体

霜风九月到江干，菊有黄花枫叶丹。
小摘秋香岂迟暮，上窥玉宇讶高寒。
并时稷下多谈士，几辈龙门旧史官。
七政玑衡调玉律，看他万古走双丸。

◎史官：谓国史馆诸君子。

靳　志

紫金山登高宴罢，青溪、白下两社同人再集古林寺，分韵得月字

暮下紫金山，举头见新月。有缘月随人，照我入禅窟。
古林经行处，旧题在崒屼。广殿称大雄，崇坛郁嶰崒。
觉路直如绳，迷津近得筏。萧槭黄叶下，婴姗苍苔滑。
颒洞廿年间，几见群芳歇。钟阜连石头，东西眺超忽。
秋色满江南，霜红点翠樾。酒为诗人置，兴因高秋发。
北山慢移文，鸣驺集簪笏。井梧起夕阴，波尘生罗袜。
蔷卜悟佛性，䣣碧醁吟骨。黄花无数新，天风吹短发。
孟嘉彼何人？相逼真咄咄。

陈颂洛

丁亥九日集紫金山作

风云今日动上京，重阳一会多豪英。
天公还与巧布置，澄宙开出千里晴。
钟山直上迎寒旭，登高故是好题目。
眼前突兀天文台，翼蔽幽丛散秋馥。
三原大老众妙该，余事书圣诗亦魁。
世人气象那有此，黄河原自天上来。
张侯潇洒美巾服，悲来每为忧时哭。
平生兄事章太炎，晚以雄文专史局。

韬园句律良精深，太行山势同崎嵚。
玉衡平持不自假，雅尚往往盍朋簪。
主人能贤客奚让，相逢一笑乾坤旷。
坐间济济七十人，虎掷龙拏各殊状。
如皋之冒番禺商，紫芝眉宇腾精光。
少年更挈二三子，王粲小友差可当。
此地此辰大堪纪，名字亲题丈幅纸。
微吟坐答林叶声，谁分冲夷寓瓌伟。
赋诗何必定菊花，有酒使我颜如霞。
肥牛块胾足快意，催归翻恨城头笳。
欲归不归宁犹溢，明岁仍看盛今日。
莫从四海问兵戈，诗国早欣天下一。

◎张侯：张溥泉。如皋：冒鹤亭。番禺：商藻亭。小友：许昌刘永平、天水霍松林，年皆二十余。

汤鹤逸

右任、溥泉、煜如三老，邀宴在京词流，蒋山天文台登高

台高望远得秋偏，策策西风拂曙烟。
绕郭层峦环眼底，过江名士尽尊前。
瞳瞳日脚翳还吐，浩浩江流去不还。
弗恨落晖勤把酒，霸才我忆杜樊川。

又

老子于此兴不浅，南楼旧事忆元规。
长天松水横衣带，万里晴空入酒卮。
人物销沉几今昔，山川形胜自嵚奇。
中原北望凭谁语，独抚危栏有所思。

张元群

丁亥重九紫金山天文台登高，即席有成

凤城新霁万人家，第一峰高看碧霞。
足下江山蟠带砺，眼中岁月驶骝骅。
群龙起陆情何急，多难兴邦愿未奢。
饱阅沧桑无个事，羡他城上白头鸦。

高阳台·前题余意未尽，再谱此阕志感

风雨全收，云山尽揽，重阳霁景初开，红叶萧疏，秋心点缀丹崖，晴岚如画江声寂，御天风，直上瑶台，快登临，造极凌虚，群彦齐来。　　题糕不作新亭泣，

喜经天皓日，一扫阴霾，物与民胞，人间忍听鸿哀，痌瘝在抱疮痍抚，慎毋忘，公望公才，赞中兴，鼓吹休明，都仗吾侪。

张墨园
大有·昨阅卢先生九日词，殊为钦佩，即用原韵赠之

振响高冈，寄情流水，看气吞云梦八九。为去年登楼风物依旧。清词妙唱京华播，又是重阳时候。人比周昉画肥，谁云少陵诗瘦。　　东篱畔、刚送酒，何处觅婵娟拂笺红袖。相惺惺惺，十八女郎耆柳。只是风云一瞥，沧桑里何堪回首。且莫道公是卢前，我非王后。

谢孝苹
龙山会（丁亥九月）

昨夜频风雨，何处登临！短发羞无主，题糕诗又赋，东篱畔，愁煞江潭羁旅。莫举翠萸杯，谁理会秋人情绪。正销凝，霜钟似和，隔邻碪杵。　　陶潜一去千年，隐约南山，坐阅成今古。吟蛩声最苦。琴丝上，解道凄凉如许。云表渺斜帆，误几回，天涯归橹。忆乡园，龙舟竞渡，太平箫鼓。

◎太平：太平时日乡人于九日作重阳会，竞舟为戏，盛况不减重五。

卢　前
丁亥九日，右任、溥泉、煜如三先生邀往钟山天文台登高，念三十年前与李子清悚尝留宿山下，俯仰今昔，光景都非，归途感成此诗

散策钟山顶上行，高台观候越分明。
金棺玉匣陵空在，石鼓铜壶世已更。
紫洞探寻非往迹，黄尘飞舞尚层城。
登临此日无风雨，听取松涛万壑声。

任　鼒
丁亥九日登紫金山天文台即用康乐登石门最高顶韵，质右任、溥泉、煜如三先生并同游诗伯

宁远迟嘉侣，钟阜觅幽栖。车盖迈深郭，宾从媵秋溪。崇丘卑原隰，断石余荒基。茱萸坞应在，乾道字未迷。

兹峰何爽垲，溯景测回溪。静静野花发，关关林鸟啼。
山风恋襟里，胜日此召携。健步陵松径，放眼寄芳荑。
深杯愁酒监，铨比定编排。兰台同素愿，云路薄天梯。

任 鼐

次冀野丁亥九日钟山登天文台韵

翩迁裙屐此经行，雨后溪山照眼明。
鹤伴忘年伤倦羽，枫摇古道慨陵更！
侧身绝巘开新极，回首沧江卧石城。
插遍茱萸尊特健，高台驻景听涛声。

◎鹤伴：与冒鹤老同车。

殷孟伦

丁亥九日，右任、溥泉、煜如三老招同登紫金山天文台，赋呈长句

作健秋心未惜劳，烦忧合赋却登高。
偶缘巾履酬天意，渐觉谈谐远俗嚣。
似弈长安棋待定，横流此日首频搔。
诗成循列珍重九，袖手何人兴独豪。

◎天意：前宵犹雨，是日暄时，右老谓为"天公助美"。

濮一乘

九日紫金山天文台登高

陶风楼上酒，有约不敢醉。徒行非所堪，假乘赴高会。
阒然天文台，鸟雀纷满地。客来抑何迟，向人若示异。
平生坐迂缓，败兴更败事。搔首对茫茫，斜晖澹林翠。
台郎招我前，移指辨星位。一丸掌下旋，顿觉苍穹隘。
沙界入微尘，我躬藐焉寄。奇器有岁年，制自朱明世。
曾为万里行，璧归殆天意。露立壮江山，耻下铜仙泪。

汪 东

瑶台第一层·九日登紫金山天文台作

萧瑟西风吹鬓影，登临万里秋。接天波宕，绕城山拥，形势无俦。蜀关行极险，记佩萸，同此清游。厌人世，似牧之心迹，危涕难收。　　归休。偶从佳会，啸歌不妄指神州。万方多事，旌旗云卷，燧燧星稠。愿逢昌盛际，矍健身重上高头，醉凝眸。看璇玑宵运，露湿衣裘。

王德箴
重九登高，上右任院长、志希师，冀野、卓宣诸先生

秋染枫林雁阵回，十年离乱又登台。
紫金偶集簪缨客，红粉虚怀济世才。
塞北烟云增隐患，江南花草有余哀。
仲宣去后知音少，忍共持螯倾旧醅。

姚鹓雏
重九紫金山天文台登高，余小病未与，赋呈右公并简溥泉、煜如、翼谋、伯欣、硕公诸先生

雨霁花开颜，日出山破睡。相将作重九，解赏已非易。
赏奇屏凡近，揽胜先选地。缘阜登崇台，浩旷遂无二。
兹台实司天，象纬入诗思。耆彦数逾百，错落星有位。
逢辰领元老，髯鬓郁霜气。义宁七字诗，索解殊未费。
行厨馈芳泠，庶比餐英味。维余病感寒，重暮成闭置。
诘朝询友朋，缕述颇详备。铺纸且具书，右史能纪事。

杨 湜
丁亥重九紫金山天文台登高，即步冀野先生原韵

兹辰我亦作郊行，第一峰高望眼明。
万里江流萦带尽，四围山色岁时更。
西风落帽真名士，北海开樽旧石城。
诗格自推庾鲍体，还将佳句壮秋声。

柳诒征
九日天文台登高

天上星辰尚可攀，秋容跌荡紫金山。
铜仙饱阅无穷劫，石隐偷追半日闲。
首曲盘旋醒醉际，一丸消息转移间。
前游难起曹能始，茱菊凄留老泪潸。
◎曹能始：战前偕曹纕蘅来游。

濮一乘
奉和翼谋先生天文台登高

露台危磴许跻攀，此是神京第一山。
望里长江奔海去，坐来顽石共人闲。
半圜躔度星辰表，几辈风流晋宋间。

莫向关河迟雁讯，哀鸿遍野泪痕潸。

简 易

丁亥九日，应三原院长、沧州馆长、沁水部长之约，燕集紫金山天文台，午后小儿辈踵至，欣然有作

去年九日银鸢举，辞汉还京一弹指。
今年九月石龙蟠，历陧跻台耸危视。
台高百仞揽天文，悬象昭昭黑白分。
本为玉衡平国政，翻怜铜浑卧秋氛。
简仪倦逐圭阴影，聊复攀登效桓景。
飚车迤逦发华林，宾主东南会钟岭。
天教微雨散崇朝，不负良辰引兴豪。
枫叶径凉萸作佩，菊花杯暖枣为糕。
须眉委照霜容显，契此苔岑快流眄。
山向鸡鸣埭口回，江从燕子矶头转。
第三峰上草芊芊，下瞰双陵簇紫烟。
灵谷试探功德水，升州还忆太平年。
谢傅悠然高世想，却携子侄东山上。
畿辅星甍百万家，诗仙雪发三千丈。
对酒狂歌世虑删，那能愁水复愁山。
棘槐拥路长松静，鹰隼昂霄瘦鹤闲。
圆丹莫问蓬莱殿，楚客茫蘅心共远。
今日佳招信有情，明年此会知同健。

任 鼐

丁亥重九青溪诗社白门雅集，同文集古林寺，用太白九日诗拈得霞字

钟山之游兴未倦，却伴王陈走钿车。
鹤老曼青喜先至，仲翁敦约看秋花。
阳和皑皑最清丽，市糕沽酒斗尖叉。
少帆王盟识题榜，韵选青莲得大家。
禅房静寂地虚敞，鞠绿橙黄故璘华。
我闻此寺曾历劫，直年庚子委泥沙。
重新庙貌阁黎愿，后四七载诞诗葩。
可园老去佳城在，复明隶笔舞龙蛇。
大悲阁上来时彦，几人哦句自三巴。
时艰蒿目尚沉默，何关朝野有纷拏。
散曹我昔受困轭，欣从诗伯字笼纱。

苦饥岂尽伤臣朔？顾影浑如黏壁蜗。
荚囊解佩笑稚女，榴实登盘慰阿耶。
戈铤未罢舞筵醉，辟邪何处徒咨嗟！
倾觯初酡愁再饮，风定人归怅日斜。
展来赤牍余侯署，试擘砑笺墨晕加。
催诗更比催租急，风雨凄迷处士家。
诗卷知从名宿定，许教散绮咏流霞。

◎王陈：王新令、陈颂洛。鹤老：冒鹤亭。
◎曼青：郑岳。仲翁：靳仲云。
◎可园：陈先生雨生，讳作霖，门弟子私谥曰"孝通"。著有《可园丛书》。熟于金陵文献，卒葬寺前。国立音乐学院勘定校址时，几迁其墓，赖冀野一函，得以保存。
◎复明：杨先生复明，善绘兰，所藏郑所南册极名贵。隶师怀宁方朔，本武梁祠题榜，寺有其长联。
◎阿耶：座有携小儿女至者。
◎催诗：余少帆氏主社，以书催诗，并附笺索拙字，苛于催租吏也。

任 鼐

大有 · 次潘希白韵质冀野

利涉桥边，水关城下，记胜游还又逢九，尽芳筵，珠灯翠黛如旧。清漻浅约长淮黯，看北土烽烟初候。试咏故国山围，漫怜黄花人瘦。　　筝弦急，翻困酒，征辔满江南，泪浸衫袖，佳节云何？惟有白门烟柳，落帽参军蛮舌，夷歌倦，谁为戎首？好相向，御叶题红，云旗缀后。

高二适

丁亥重九，于右任、张溥泉、贾煜如三先生招赴紫金山天文台登高，是日例不分韵，余用陶诗"尘爵耻虚罍，寒花徒自荣"之句，赋得十首

一

京城气颒词，豁若摧秋尘。山光入佳节，登览穷河津。
往吾落庸蜀，十载泣萧晨。凭高烽火逼，遵海川涂堙。
今忽撑远目，地接乡园亲。况逢名卿饮，拓迹骋高旻。
回首苍梧坵，根柢木轮困。何异崇明德，亦与荡亡秦。

二

兹台踞山巅，兹山拱京雒。昔日形胜地，谁言病文弱？
从古邦之兴，应怀大宽廓。老言政察察，其居缺缺若。
此土本崇礼，刑德涂刀臕。今来率背圣，末流工夺掠。
王师正北讨，豺虎待归搏。吁嗟原草枯，民命如汤雀。
在宥天下理，客儿句宜酌。国遭阳九灾，比兴原非虐。

吾生敢妄论，一笑付人爵。

三

登临踵作赋，无文大夫耻。吾以望群公，群公差吾指。
同车赏林壑，亦见曾周已。弃子尤瞎吾，饮啖分甘旨。
腊屣约同遨，照影必相倚。君今勿漫夸，吾诗非俗喜。
众欣雉皋鹤，国能亦有齿。求之不无得，何必钓鳌士！

四

闲居伤世短，靖节乃吾徒。作诗张重九，气澈天宇舒。
千秋逮于斯，骚雅属文儒。既无风雨厄，复作殽酒俱。
何以贷此士？时运非皇图。朱门怨黄落，入户叹时徂。
诸君先忧乐，吾岂忘吾庐。念时不可再，仰天啸空虚。

五

秋风有陵暴，高处则恢恢。忽聚四方士，饮啄一尊罍。
主人酌大斗，多士数追陪。此会不常有，重阳世所哀。
劝君拚酒力，余事借诗才。

六

九日气佳哉，何尝受风寒。赏心古所乐，滋味入儒酸。
亦有狄君武，称诗尽余欢。离坐陈大句，令我摧心肝。
此地本欹侧，何山不属蟠？落帽岂风流，孟桓事无端。
吾诗怕惊人，伤时语多删。

七

于公笔飞动，何似走龙蛇。飘髯制诗题，无取斗尖叉。
从来词赋手，不尽傍篱花。秋光明可掬，秋士兴尤赊。
此老主坛坫，大诏郁腾挐。迫促伤能事，冀野语少哗。
吾诗方运思，君句满京华。涉想不同趣，哦歌许正葩。
真呼卢在前，自省是枯槎。

八

渤澥高仲武，自喜沧州徒。沧州张溥老，峨峨突师儒。
主人公居上，群客面而趋。海内二章公，文史信琳瑚。
吾不及馀杭，犹侍孤桐居。公今绍重黎，野史亭岂无！
闻道六家旨，百虑归殊途。钩党复安作，史佚名可除。
吾初举重九，长沙局辕驹。八载相和答，此老世焉如。
私淑成私录，遗山语非诬。高会始揖公，文章公可扶。
质厚倘不足，求野幸区区。一言犯狂悖，不用弃泥涂。

九

前代盛雅集，今时有所自。不缘文字荒，那得辨同嗜。
高台初陟巇，井灶万家坠。吾里一篱落，黄白多深味。
忽泛朱雀桁，兴歌与人醉。矜诗气已粗，矜才天更罪。
在昔戏马台，毁作何王殿。霜降授寒服，巢幕无南燕。

钟阜郁陵阙，商飚成胜宴。莫谈前世事，穷达宜收泪。
无兴整乌纱，况伸如猿臂。

十

曩吾迁西蜀，结友气纵横。九日集北泉，高吟俛一泓。
惟时郓阳玉，与语最关情。酒半各称诗，要吾总文衡。
彼时绿芳阁，谈笑动危城。无何诗战罢，逝景高台倾。
今见贾韬园，恻怆不能名。王公与贾公，同出并州城。
论诗虽少暇，论交或可评。不堪死生事，吾言取谁荣。

◎前诗既成，懒不得写，聊以原稿乞饮虹先生代为表扬，兼求同集诸公之教，俟有佳篇，吾当甘受压倒耳。二适附记。十一日。

陈天锡

丁亥重九紫金山天文台登高

九日登高饱领略，落帽题糕都卓荦。
今年佳节又来临，大雅扶轮欣有作。
欲上钦天格未能，紫金之巅容着脚。
眼底江上一望收，置身俨似九霄鹤。
孰堪伯仲惟栖霞，儿孙俯视北极阁。
高犹易陟卑难攀，初疑受挫终收获。
如云胜友共登临，快哉一吐胸中恶。
天文台畔肆长筵，主人酒戤纷交错。
少长胥泯笑语生，脱略礼数宽束缚。
献酬既毕继留题，观象诸仪参各各。
摩挲天球久叹嗟，何年归自枭雄橐。
更从复室展徐汤，异代蜚声彰钦若。
掌台首任者谁人？吾乡高叟信谔谔。
夙昔渝州忝结邻，只今泉下空萧索。
缅怀怅触百感生，忽如背上生芒角。
兴尽下山谢山灵，再来重订明年约。

但焘

丁亥重九，右任院长、溥泉馆长、煜如部长集同人紫荆山天文台登高

紫荆万木点秋光，九日登高在异乡。
玉版题名疑纸贵，轻轩速客觉途长。
携觞肯屈乌台重，落帽能容坐上狂。
定有鸿文辉列象，叨陪载笔祝时康。

【注】紫荆山：似应为紫金山。

方叔章

九日诸老招同紫金山天文台登高

驰道高轩接轸来，凉秋绝巘陟崔嵬。
酒边豪俊何为者？眼底山川亦壮哉。
望远日中窥黑子，题名石上扫苍苔。
六朝陵庙都无迹，人世须臾剧可哀。

汪辟疆

九日登紫金山天文台作

一旷端能散百忧，逢辰真为此山留。
满林黄叶非前度，豁眼沧波无限秋。
观象直疑天可步，凭高转觉句难酬。
钟山故事吾能说，丁亥重阳是俊游。

尹石公

丁亥九日，于右任、张溥泉、贾韬园三老召集天文台登高

随分登高睒八方，露台茗饮亦堂堂。
淮哗縠转云随散，江介风流帽落狂。
三老占天支北阜，众宾越席话南塘。
放言合抹香涛句，酖毒山川是建康。

钱公来

丁亥重九紫金山天文台登高雅集，辱承于院长、张溥老、贾煜老柬召即事
（五言八韵）

令节怀孤往，高人兴倍浓。明扬及侧陋，揖让耦群公。
酒洌樽浮绿，霜清叶染红。挥毫神作笔，歌啸气如虹。
河汉众星北，璇玑故国东。占天资夏历，卜世颂尧功。
临眺尘埃外，抬携丧乱中。艰难劳此会，吾道未应穷。

向乃祺

丁亥重九紫金山天文台登高二首

万选偏逢多难日，登临逸兴到秋无。
思从胜会逃尘网，偶接耆英入画图。
绝顶风高吹帽落，几番海涸见桑枯。
倘凭彝器观星象，定有仙人谪隐壶。

又

江波吸饮佐霞餐，谁懔琼楼玉宇寒。

一角危崖安燕幕，九边晴日放雕盘。
天殁解试龙泉技，野菊都簪獬豸冠。
剪彩题糕何处好？愁怀惟有酒杯宽。

钱问樵

丁亥重九紫金山天文台登高雅集

飞橄收京色，豪情共酒杯。八年如过客，九日此登台。
郡国留诗乘，乾坤老霸才。哀鸿在中泽，吟望一低徊。

成惕轩

丁亥九日，右任、煜如、溥泉三公招集都中群彦，同赴紫金山天文台登高，赋呈座上诸君子

层台矗立抚苍穹，呼吸真能帝座通。
六代已销龙虎气，九秋初试鲤鱼风。
剩看劫后衣冠在，难得尊前笑语同。
天为黄花珍晚节，未妨携酒更篱东。

漆运钧

重九天文台登高赋诗二章，录呈煜如诗家雅教

重阳佳节会神京，钟阜崇台近太清。
六代山川增壮丽，九州人物共峥嵘。
借将璇玉窥天象，俛顾闾阎念众生。
遥忆少陵蓝涧句，大江波浪正纵衡。

又

春秋代序去恩恩，象取行强易道隆。
多士登高存雅会，庶官无旷代天工。
于今边塞传烽火，自古云台纪战功。
笑把茱萸祝寿考，好修文德化兵戎。

宋庆瑺

丁亥重九紫金山天文台登高 并序

余避地十载，重返故都。丁亥重九，因践友人之约，赴紫金山小饮。适于夫子右公偕诸名宿共登天文台，效西园之雅集，命题赋诗，风雅犹昔。回忆自离门墙，已三十余年矣。虽名山坛坫不敢望其万一，不揣谫陋，步学邯郸，聊志雪鸿之感云尔。

云山万壑势苍茫，所谓伊人水一方。
重九登高真乐事，不管人世阅沧桑。
人说莫登高，登高有危险。

吾谓世间人，莫把重门掩。
于今驱车可登山，电掣星驰频往还。
醉卧高台君莫笑，万方多难一身闲。
竹叶青，梅花酒，
白下诗人集大成，奉觞同上先生寿。

又

大地山河面面开，长江万里逼人来。
西邻江浦成天险，南望中原有劫灰。
极阁扶摇争北响，函关紫气尽东来。
登临难雪兴亡恨，姑借黄花酒一杯。

又

天文台上豁双眸，好水好山任我游。
黄叶丹枫寻万古，白衣苍狗自千秋。
比来人淡真如鞠，老去心同不系舟。
此日登高无限感，渺茫身世等闲鸥。

朱 偰

丁亥重九紫金山天文台登高

钟阜郁岧峣，神宫锁寂寥。烟尘连海岱，云树暗金焦。
寇息氛还炽，民劳瘵未消。劫灰纷在眼，何必问渔樵。

又

十载巴渝客，东归意渺然。登临疑是梦，相见各题年。
烟拥千家树，云遮万里船。故园何处是？目断海门边。

冯 飞

丁亥重九，右任、溥泉、煜如三公邀集天文台登高

观星台回俛层颠，九日登临重悯然。
幸见候仪完赵璧，难将沉醉问钧天。
沙场战伐多新鬼，洛社衣冠集众贤。
赖有主人同爱客，伤高怀远更题年。

蔡谈月色

丁亥九日天文台登高率赋一律

如此江山好，登台一望收。浑仪昭变象，匜地若宜秋。
话旧徒悲逝，伤怀感昔游。烟波何渺渺，点点几鸥浮。

◎昔游：丙子九月，于右任、张溥泉继、邓孟硕家彦、叶楚伧、马君武、冯自由懋龙、居觉生正、戴季陶传贤、李协和烈钧、吕天民志伊、吴瞿安梅、靳仲云志、张默君昭汉、邵翼如元冲、许公武崇灏、汪旭初东、于范亭洪起、刘禺生成禺、林一厂百举、刘季平三、狄君武膺、王陆一诸公欢聚，星霜十易，邵元冲、刘季平、李协和、吴瞿安、叶楚伧与先外子

皆作古人矣。

默 君
丁亥重九阳登紫金山天文台，用太白九日韵
紫霭开晴霄，神京分外明。凡卉萎霜露，黄花孤节荣。
蟠节有灏气，激射天文清。登临感今日，豪情聊共倾。
三山二水间，一啸秋风生。

默 君
丁亥九日登紫金山天文台，怆怀翼如先烈，用少陵蓝田崔氏庄韵
忧时心为济时宽，强遣浮生半日欢。
泼地云光聊澥眼，凭阑怒发漫冲冠。
悲歌应使山灵泣，彩笔曾干气象寒。
晶宇流哀惊鹤唳，携游佳处忍重看。

仁 父
丁亥重九紫金山天文台登高，次默姊用太白九日韵
八陔风雨静，灵景晦忽明。层台作高会，钟阜添殊荣。
乾坤一俯仰，长啸天为清。相期振骚雅，欲挽纲维倾。
如闻狮子吼，醉梦醒群生。

仁 父
丁亥九日紫金山登高，有怀翼如先烈，次默姊用少陵蓝田崔氏庄韵
崆峒鹤返海云宽，白坠黄花接古欢。
一代文章思榘矱，六朝风度想衣冠。
英灵永锡人间祉，广厦留遮天下寒。
遍采茱萸增旧感，蒋山高处几回看。

赵曾俦
丁亥重九登高紫金山天文台
以云宙合囊天地，底用居离校形器。
三秋游应与人同，万物知皆于我备。
衣养会动云山情，履声直撼星辰位。
好从灵宪着张衡，更把容经传贾谊。
成章逸兴见成龙，天门玄览开天驷。
已易丁年亥步长，寅宾申命壬林至。

紫金山号美鑢磨，白玉京看炯珠粹。
纵横轨辙舞轮囷，图转光音溪炊累。
摩挲旧物感多方，跌宕新知存一义。
改历端在崇祯初，制仪蔚起康熙季。
三百年间造与因，九万里中飞还骑。
便将微渺验无垠，亦揽幽深惊有自。
群贤咸集敞观言，列坐交辉到文字。
题名天秩从引年，图真物则规弘致。
不嗟风雨近重阳，却欣台阁崇三事。
东南宾主有余欢，上下古今无量思。
合写长言镇叶千，莫道具美巧违四。
归来更步圣之和，拾得又宣乘石二。
高谈吉甫宪万邦，并推元老撑鸿秘。
他年倘识人海藏，斯意坐对江天恣。

陈粹苓

丁亥重九，右任、溥泉、煜如三老邀赴紫金山天文台登高

重阳从古属词曹，欹帽题糕兴最豪。
旷代难逢今日盛，三山不动一台高。
杖藜拨雾夸腰脚，采菊分霜入鬓毛。
指点青云初得路，明年有约莫辞劳。

又

绣斧纡尊访翠岚，一时名士竞停骖。
飘髯接席人相望，振笔凌霄酒半酣。
万里悲秋寻杜甫，当筵按曲祇何戡。
从知管领风骚主，岂独勋干在斗南。

又

东南旧数石头雄，闾阖门高九扇通。
淮水出城开远碧，枫林饰老学春红。
龙蟠气转洪钧运，马鬣云封拱揖中。
已遣版图归禹贡，车书犹伫即时同。

又

劫尽虫沙欲定魂，又闻万马跃中原。
风生苹末浮秋气，海入桑田种乱源。
狐火横天伤远目，雁声吹露落啼痕。
衣冠济济看仍在，残照何须赋白门。

又

凭高一望起幽情，腾口南朝擅艳名。

商女隔江歌玉树，参军吞恨向芜城。
休言锦缆舟难系，更有青衣洒次行。
会见吾侪新着力，永将盘石奠神京。

又

客心日夜大江流，遥揽潇湘水国秋。
九月寒砧连鼓角，十年乔木半松楸。
陆机传信唯黄耳，江总离家负黑须。
纵得囊萸兄弟隔，何如莼菜满归舟。

程孟林

丁亥重九，青溪诗社白门雅集，同仁约集古林寺大悲楼登高，用李青莲九日诗分韵，得独字

终日劳劳抱公牍，文字生涯殊迫蹙。
块然偃仰人海中，自叹因人徒碌碌。
矫首长空一凝睇，苦怪羲和鞭日速。
古今如此又重阳，节序推迁同转毂。
昨宵风雨忽满城，兹辰阴殢岂易卜。
天公有意助清游，仍悬白日照地轴。
登高有约荷嘉招，相与开樽泛黄菊。
城之西偏古林寺，跫然足音满空谷。
夹道寒松郁苍翠，满径幽花散芬馥。
掌上擎来酒一杯，胸中洗尽尘万斛。
吾侪扰攘城市间，一例趋趑恋微禄。
容易偷来半日闲，消受山林清净福。
座中靳先老弥健，酒酣与鹅相角逐。
气吞湖海陈元龙，狂吟早有千毫秃。
乡邦耆旧仰谌翁，款接谦衷何粥粥。
南中杰出才媛谈，画手诗肠凤推服。
浣花高会旧时人，今兹来者止五六。
弹指匆匆十一年，追思昔游在心目。
去者逝者不可留，聚散无常感今昔。
恍如宫女话开天，往事思量痛在腹。
世乱方殷何时已，相为敌雠恣杀戮。
罔知所届譬舟流，瞻乌爰止谁之屋。
归途负手学微吟，险韵分来增悚恧。
斜阳新月映寒林，钟山天半苍然独。

◎靳先：仲云（即靳志）。陈元龙：啸湖。
◎谌翁：子裁。才媛谈：月色（即谈月色）。

许凝生

重阳前一日，纕蘅先生周年忌日，偕小鲁、弃子、二适、惕轩、君武、振佩诸兄赴栖霞山墓园致祭，感赋

旧事空余梦寐亲，万山红叶泪长新。
经年风雨埋幽恨，此日宾朋哭故人。
欲起诗魂作重九，暂分野色寄闲身。
何侯高义凌今古，泉路交期孰与伦。

◎叙甫先生分山地葬公，复为营缮墓园。

任 鼐

承颂洛先生以九日登紫金山诗见视，次韵答之

胜会欣逢集玉京，召邀词客尽髦英。
秋原红叶点殊韵，钟阜翠屏暄宿晴。
华林旧苑迎朝旭，万里澄鲜豁远目。
履舄交错车辚辚，太平门外撷幽馥。
游燕鸿谈绮绪该，座中名宿半人魁。
罔象既除明世法，三峡奔流赴腕来。
八年圣战虾夷服，翻觉新亭多事哭。
中兴间气郁高台，正唱民主开前局。
柿糕牛脯何味深？长枪大戟赓玄音。
脱略忘形桓子野，挥弦弄笛对花簪。
题襟叙齿互为让，丈幅衔名各高旷。
骚坛一老三原于，皓首银髯古德状。
空山落木动清商，绕砌寒花暎极光。
韬园似书显身手，杜陵诗史其能当。
斯迹敢烦写官纪，柱下张侯挥茧纸。
水绘流芬冒疚斋，美意延年弌奇伟。
番禺词笔粲江花，精气王处散余霞。
卢生与我惭小友，寄情妙境闻清笳。
谁言多难诗思溢？主美宾贤惜此日。
璇玑转律紫金山，独倾觞壶潜第一。

◎长枪大戟：用"长枪大戟谁能似？惟有黄州喻石龙"句意。

郑曼青

丁亥九日集紫金山天文台

去年有今日，乃已归京都。秦淮湖畔路，衰柳不胜疎。
危楼试登眺，欣慨将焉如。少长喜重集，离索非故吾。

转瞬又重阳，始识黄花香。插萸仍健会，结习未能忘。
高台凌爽气，觞咏相颉颃。愧非陶谢俦，放眼空苍茫。
龙蟠与虎踞，荒荒没烟树。风雨久怀人，鸡鸣不肯曙。
樗散固非材，敢云生不遇。此日动悲歌，何用惊人句。

张墨园

重九后梦赴紫金山天文台登高歌

飘渺紫金山，岿然不易攀。
上有天文台，凌霄四面开。
髣髴莲花座，空中现如来。
星云浩浩垂天表，何日登临一快哉。
重九一天无风雨，人已登高我尚阻。
偶尔吟朋到三五，持螯欣有黄花睹。
转瞬三日去，还慕登高处。
此身飘然不自由，崎岖竟觅南朝路。
直上高山窥下界，再登高台非避债。
满天星斗动珠玑，足踏龙蟠千万怪。
看来金阜腾辉起，都被银河散锦笼。
紫气上，白光中，
相映成趣，丹霞点点落秋风。
争奈萑苻方载道，谁显身手起哀鸿？
惯为苍生霖雨作，如龙如虎气熊熊。
转旋万象天工夺，今古漫称造化雄。
一霎钟声响，江天夜气深。
狂潮打耳鼓，惊我梦中心。
乘风倏然又飞归，鹤化人疑丁令威。
回忆者番遥陟处，茫茫景象是耶非。

霍松林

丁亥九日陪诸公登钟山天文台，得六十一韵

钟阜压江浒，势与泰华埒。斗起插天关，穴此日与月。
烟岚相颃洞，云霞儵变灭。积想通山灵，约我黄花节。
驱车何太驶，倏入虚皇阙。枫柟吟断涧，松栝啸深樾。
石廪与天厨，神物司扃鐍。百怪眩左右，一道通箭筈。
著我天吴宫，侍坐文章伯。堂堂三原公，勋名光史册。
余事擅书法，挥毫当座客。龙蛇入金石，鳞甲动碑碣。
诗亦如其书，威棱不可逆。掣鲸大海中，浩气驾虹霓。
沁水今礼部，量才衡玉尺。平生诗万首，传诵累重译。
沧州领史局，雅有征南癖。陈范羞前辈，班马实联璧。

三老气精爽，	同据主人席。
商翁头已童，	冒先鬓如雪。
王陈称沆瀣，	词坛两健鹘。
济济七十人，	贱子亦忝窃。
活脔庖丁解，	霜脍昆吾切。
酒酣斥八极，	顾盼小吴越。
或驰而甲胄，	或拱而袍笏。
或手旌与旗，	夹道而引喝。
或如鹏摩空，	或如鹰奋翮。
或虫而蠕蠕，	或马而骎骎。
百谷栖平野，	田田若补缀。
大江泻千里，	势欲吞溟渤。
蛎奴杂珠母，	虾姑混鱼妾。
碎云泻日影，	一望摇金碧。
造物閟灵异，	不与世俗接。
在昔开宝间，	艺苑郁蓬勃。
追琢河岳愁，	乃启委宛穴。
当时号诗人，	其数何止百。
何如秋风凉，	盛会诱今日。
不独以艺鸣，	乃能续学绝。
文教之枢机，	生命之命脉。
不用观天象，	视此千人杰。

以次置几椅，	嘉宾森成列。
方湖吾本师，	眉宇何朗彻。
卢师忽落帽，	喧笑声稠叠。
於焉开高宴，	肴饵纷陈设。
风伯拭杯器，	日车送曲蘖。
万山斗姿媚，	殊态争趋谒。
腰大或羽箭，	控鞍而振策。
如狮或奔腾，	如虎或咆敦。
或宛若鸥鹭，	或翩若蜻蜓。
或鲸而䫤䫤，	或鹗而饕餮。
此乃民之天，	尔曹慎勿夺。
一气苍茫中，	冯夷之所宅。
硍硠打石城，	沧桑几代阅。
绿泛子胥涛，	赤化湘娥血。
当其遇合时，	元机偶一泄。
数贤登慈恩，	俯仰宇宙阔。
大句照千古，	灵变犹恍惚。
转徙兵戈间，	多为尘垢没。
或书或以画，	或诗或以笔。
四维赖以张，	二仪赖以燮。
大野斫豺狼，	深山逐蛇蝎。

◎三原、沁水、沧州：即于右任、贾景德、张继。
◎商翁、冒先、方湖：即商衍流、冒鹤亭、汪辟疆。
◎王、陈、卢：即王新令、陈颂洛、卢冀野。

以上均见《中央日报·泱泱副刊》

补：

周学藩

丙戌九日紫金山天文台登高分韵得光字

坐曹郁郁负秋光，尘垢真能寂寞妨。
强预胜流修故事，聊倾冷饮作重阳。
须眉古拙亲诸老，笳吹悲凉警万方。
倘有太平星象见，登台试为索穹苍。

◎诸老：鹤亭、禹生、右任诸公。

《周弃子先生集》

后 记

2005年议修《钟山志》，当时给我的任务是编纂"艺文志"，因循未果。《钟山志》付梓后，原志主编王鹏善先生约我谈编纂《钟山诗文集》事，故以"艺文志"重加增删、校勘、整理，交付出版。

钟山地区修志史上曾出版过清人甘熙著《灵谷寺志》（灵谷寺曾多次修志，现在一般能看到的，只有民国时以甘氏志为底本重印的《灵谷禅林志》）、民国王焕镳著《明孝陵志》、民国傅焕光著《总理陵园小志》等书。傅著未收诗文，前两种志书所收诗文较多。均属区内文化史料，故酌情收入本书。又从《四库全书》系列丛书的"集部"中以及其他各种书刊旧报中，辑录了大量前人诗文；另将清人马光祖、孙龄合著《钟山游草》稿本一种，以及民国《中央日报》连载的于右任、张继、贾景德发起之"丁亥重九紫金山天文台登高诗会"相关诗作，合为一种，辑为附录。此两种均非习见资料，借本志出版而重新面世，存史实而证风雅，洵可宝贵。

这本集子，以六朝至民国时期诗文为主，酌收少量1949年以后诗文资料，当然不全面，但为以后续编留下了空间，重要的是更具文化特色。

钟山地区艺文资料浩繁，收不胜收，仅以一人之力，确难胜任。好在还有不少朋友给以无私帮助。如南京"藏书状元"周瑞玉先生常将自家藏书中发现的相关资料提供翻拍；南社研究专家金建陵先生生前曾应编者之约，查找了许多南社成员咏钟山的资料，以供编书之用；詹天灵道兄是有心人，曾专门登钟山访碑抄碑，又曾翻检大量旧书刊，为编纂者提供不少资料和帮助；本书前插长卷《谒杜茶村墓诗碑》（拓片），系承江宁区档案局王毅、童庆以及江宁区旅游局王诚、王曼君等人的帮助和支持，才得以化身千百，公之于世；为本书提供帮助的人员及单位还有杨永泉、许廷长、汪励、陈希亮、邓攀、韩文宁、潘益民、孙钢、黄建琛、汪定民，钟山研究会吴志男，以及南京图书馆古籍阅览室、民国资料阅览室，南京市地方志办公室资料室等等，在这里谨表由衷的感谢！

除了诗文资料收辑以外，另一项难度较大的工作是给每位作者配上简介。知名度高的作者研究者多，资料也多，删繁就简，取舍相对容易；知名度低的作者就比较困难，有的只有一个名字，有的资料零散，有的即使查到资料也不能确定是否就是作者，花费时间、精力做出来，也不一定完全正确。并且还有一部分作者仍然没能找到相关资料。看到这本书的朋友，如果有相应的考证资料，希望能够提供给编者，以便今后增加、修改。有些人物资料，考证起来很麻烦，比如生卒年、籍贯、字号等等，专业工作者自知其中甘苦，此书之差错在所难免，敬祈识者指正之。

本书还有一个着重点是给一部分诗文和作者配置了画像和老照片，以收图文并茂、赏心悦目之效。鉴于图像来源不一，大部分图片进行过加工整理，但仍有一小部分图像质量不很理想，更感遗憾的是还有相当数量的南京籍重要历史人物没有找到图像资料，未能入书。同事周黎明为图像资料的加工付出许多劳动，谨此致谢！

本书资料大都出于古代文献，一个明显特征是古字、通假字、异体字比较多，以及在作者简历中，化用古文进行描述、评价等等，与现今通行规定不甚符合，经与出版社方面沟涌，为保持古人语境特色和文字使用习惯，酌情予以保留，或许会给许多读者一种陌生感和新鲜感。为此，由衷感谢东南大学出版社各位编辑为本书出版付出的辛勤劳动！

据记载：明人朱书撰有《灵谷纪游稿》（或名《灵谷寺纪游》等）、清人陈懋龄撰有《钟山忆》以及南朝梁钟山寺僧僧佑曾撰《诸寺碑文》（书名未知）等书，至今尚无缘见到，否则定会有更多有趣资料发见。编者很期待此类资料有重新面世的机会。

钟山地区艺文资料还有不少未经发掘，如历史碑刻之拓片，除本身内容的文史价值外，很多兼具书法价值；同样，历史文化名人遗留下来的书法作品中，也有一定数量是吟咏钟山的诗词作品；另外，历史上以钟山为题材的画作也并非空白，如果能收集起来，汇编出版，可与本书成为一双"姊妹花"。

此书付梓，并不是钟山诗文征集工作的结束，而仅仅只是开了个头。每位有志于此者，都贡献出自己的一份力量，都贡献出自己所经眼的资料，相信会给钟山文化研究开垦出一片新的天地！

编　者
辛卯仲秋于金陵古城墙下

特别申明

本书人物插图（包括雕塑作品）及摄影照片，有些是从网上下载的，一时无法联系到相关作者，敬请各位原作者给予谅解和支持，并请与钟山文化研究会联系，当补寄本书为谢！亦希望具备深湛功力的人物画家，更多地创作以历史人物形象为题的佳作，并将高清图像传到网上，让大家观摩欣赏，并载入各种书刊、家谱、族谱，以资表彰先贤，传承文脉，勉励后来。